# 死魂灵

[俄]果戈理 著

郑海凌 译

中国友谊出版公司

**图书在版编目（CIP）数据**

死魂灵 /（俄罗斯）果戈理著 ；郑海凌译. -- 北京：中国友谊出版公司，2014.1（2022.9重印）
ISBN 978-7-5057-3282-7

Ⅰ. ①死… Ⅱ. ①果… ②郑… Ⅲ. ①长篇小说－俄罗斯－近代 Ⅳ. ①I512.44

中国版本图书馆CIP数据核字(2013)第284760号

**书名** 死魂灵
**作者** [俄]果戈理
**译者** 郑海凌
**出版** 中国友谊出版公司
**发行** 中国友谊出版公司
**经销** 新华书店
**印刷** 唐山富达印务有限公司
**规格** 889×1194毫米 32开
13.375印张 314千字
**版次** 2014年4月第1版
**印次** 2022年9月第3次印刷
**书号** ISBN 978-7-5057-3282-7
**定价** 49.80元
**地址** 北京市朝阳区西坝河南里17号楼
**邮编** 100028
**电话** （010）64678009

这将是一部卷帙浩繁的长篇小说，而且它也许会使人发笑……我打算在这部长篇小说里，即使只从一个侧面也好，一定要把整个俄罗斯反映出来。

Николай Гоголъ

尼古莱·瓦西里耶维奇·果戈理（1809—1852）
著名小说家、剧作家，俄国批判现实主义文学奠基人

# 《死魂灵》主要人物表

（按出场顺序整理）

- **巴维尔·伊凡诺维奇·乞乞科夫**

  贵族，六品文官。能说会道，一心想着致富。善于钻营，投机取巧。

- **谢里方**

  乞乞科夫的马车夫。粗心大意，常因喝酒误事。

- **彼得卢什卡**

  乞乞科夫的仆人。沉默寡言，酷爱读书，穿着邋遢。

- **玛尼洛夫**

  地主。故作高雅，言语虚伪。沉迷于空谈和幻想，毫无见地。

- **索巴凯维奇**

  地主。粗鲁冷漠，贪婪精明，很少讲别人好话。

- **诺兹德廖夫**

  地主。放荡不羁，谎话连篇。好赌，喜欢对亲近的人使坏。

- **娜斯塔西娅·彼得罗夫娜·柯罗鲍奇卡**

  女地主，已故十品文官的妻子。愚钝迷信，因循守旧。

- **米茹耶夫**

  诺兹德廖夫的姐夫。

- **波尔菲里**

  诺兹德廖夫的仆人。

- **普柳什金**

  地主。视财如命，极其吝啬。自我封闭，对待下人态度恶劣。

- **安娜·格里戈里耶夫娜**

  全面讨人喜欢的太太。

- **索菲娅·伊凡诺夫娜**

  比较讨人喜欢的太太。

- **安德烈·伊凡诺维奇·田杰特尼科夫**

  地主，曾任十品文官。生活消极，在田庄虚度光阴。

- **瓦尔瓦尔·尼古拉伊奇·维施涅波克罗莫夫**
  退伍的上校，田杰特尼科夫的邻居，空谈家。
- **乌琳卡**
  田杰特尼科夫的心上人，贝特里谢夫将军的女儿。美丽聪慧，急躁任性。
- **亚历山大·季米特里耶维奇·贝特里谢夫**
  退休的将军。仪态威严，独断专行。
- **彼得·彼得罗维奇·别杜赫**
  地主。热情好客，爱美食，每餐都要大吃大喝。
- **尼科拉沙、阿列克萨沙**
  别杜赫的两个儿子。
- **普拉东·米哈雷奇·普拉东诺夫**
  地主。无所事事，游手好闲，因找不到生活的乐趣而忧郁。
- **康斯坦丁·费多罗维奇·柯斯坦若格洛**
  地主，普拉东诺夫的姐夫。勤劳踏实，经营管理田庄出色。
- **科施卡廖夫**
  上校，贝特里谢夫将军的亲戚。做事死板教条。
- **彼得·彼得罗维奇·赫洛布耶夫**
  地主，十二品文官。田庄经营不善，不想办法谋生，只顾追求享乐。
- **瓦西里**
  地主，普拉东诺夫的哥哥。性格敏感，对待事物过于认真。
- **阿列克赛·伊凡诺维奇·列尼津**
  贵族，曾在彼得堡任职，瓦西里的邻居。逢迎巴结，蛮横无理。
- **阿法纳西·瓦西里耶维奇·穆拉佐夫**
  包税人，商人，白手起家成为百万富翁。聪明过人，善良无私。

# 导读

1835年秋，果戈理开始创作《死魂灵》。1836年6月他离开俄国，到国外去“排遣烦恼”，先到罗马，随后到了德国、瑞士、法国，后又返回罗马专心写作。《死魂灵》的第一卷是1840年于意大利完成的。可以说这部诗史是果戈理漂泊在异乡的岁月里，怀着无限的乡愁写成的。1841年9月，果戈理携带《死魂灵》的手稿回到俄国。当他把改定后的手稿送到莫斯科书刊审查机构审查时，当即被否决。于是他托别林斯基走后门活动关系，使这本书在彼得堡通过了审查，并于1842年出版了《死魂灵》的第一卷。

《死魂灵》的出版在俄国引起了巨大轰动。这部小说被公认为“自然派”的奠基石，“俄国文学史上无与伦比的作品”。赫尔岑曾回忆说：“该小说的出版震动了整个俄国。”从此，果戈理作为讽刺文学流派的开拓者和伟大的现实主义作家挺立于俄罗斯文坛。《死魂灵》奠定了俄国现实主义文学的基础；其创作原则也为后来的俄国作家所公认和发展，它的批判倾向对于19世纪俄国文学的长足进步具有指导性意义。

小说讲述了唯利是图的六品文官乞乞科夫买卖死农奴的故事。在俄语中，“农奴”和“灵魂”的字形与发音完全相同，这也包含了书名的双重意义，一方面指买卖死农奴这一贯穿全文的主线，另一方面也隐喻了小说主人公自己的灵魂，揭示了“他那讳莫如深的最隐秘的思想”。

乞乞科夫凭借其天生的交际才能，用了一个多星期的时间打通了省城N市上至省长下至建筑技师等大小官员的关系，妄想从地主手里低价购买已经死去但尚未注销户口的死农奴，然后将他们当作活的农奴抵押给监管委员会，以骗取大笔押金。他马不停蹄地走访一个又一个地主，经过一番周折以他较为满意的价格买到了一大批死农奴，然后急急忙忙凭着早已打通的关系迅速办好了法定的买卖手续。其间，他向诺兹德廖夫提到要买死农奴未果，后被诺兹德廖夫在省长举行的舞会上将之公之于众。之后，关于乞乞科夫买卖死农奴的谣言越传越广，说法越传越多，使得全城百姓人心惶惶，政府官员人人自危。最终乞乞科夫不得不仓皇逃离了省城N市。

果戈理在第一卷中揭露了俄国贵族地主腐朽的生活和农奴制社会的反动本质，批判了新兴资本主义的掠夺性，同时也带着强烈的爱国主义激情和对民族力量的坚强信念描绘了俄罗斯的光辉未来。果戈理描写的基本人物及其生活都是否定的、停滞的和渺小的，甚至主人公也不是高尚的人物。他在书中讲到了不选择高尚人物作为主人公的原因，“因为‘高尚人物’这个字眼已成了人们的口头禅，因为人们把高尚人物变成了马，没有一个作家不骑他，用鞭子或者随便什么东西抽打他，驱赶他；因为人们已把高尚人物折磨得够呛，现在在他身上连美德的影子也没有了，只剩下皮包骨了。人们假惺惺地呼唤高尚人物，实际上并不尊重他。够了，终于该让卑鄙人物出来拉车啦。”然而乞乞科夫也不是一个卑劣的人，果戈理给乞乞科夫下的结论是“唯利是图的老板，追求发财致富的人”。

所以说第一卷的主导思想仍然是为了前进，为了发展人民和民族的创造性而描写否定的人物与生活的。

《死魂灵》创作期间，果戈理的思想发生了激烈的变化，由批判封建农奴制转为保卫它，并热衷于从神秘主义和禁欲主义中去寻找出路。1842 年在出国途中，他开始考虑在《死魂灵》的第二三卷中创造一些善良的正面形象，以供人们模仿和学习。他在封建主义的政治立场与不愿放弃现实主义原则之间的矛盾之中左思右想，反复修改原稿，最终还是痛苦不堪地将《死魂灵》第二卷的修改稿焚毁了。

我们现在看到的《死魂灵》包括：第一卷十一章，第二卷只有四章和结尾部分残存的一章。

# 目录

## 第一卷

第一章/003

第二章/017

第三章/040

第四章/065

第五章/098

第六章/122

第七章/147

第八章/171

第九章/197

第十章/217

第十一章/238

## 第二卷

第一章/275

第二章/308

第三章/320

第四章/358

结尾部分残存的一章/379

# 第一卷

# 第一章

在省城N市，这天，一家旅店的院子里，哗啦啦地驶进来一辆相当讲究的四轮轻便马车。一般说来，乘坐这种带弹簧底盘的小型马车的人，通常是些光棍汉，比如退伍中校、陆军上尉、拥有一百来个农奴的地主等，总之一句话，全是那些被称为中等绅士的人。坐在马车里的这位绅士，论长相虽说不是美男子，可也不算丑，不算胖，可也不算瘦；论年纪他不算老，可也不算很年轻。他抵达省城并没有引起什么轰动，他的到来也不曾使省城里发生什么变化，只是在这家旅店对面的小饭馆门口，站着两个俄国乡下人，看见马车驶过来，两个人随便讨论了一些看法。不过话又说回来，他们议论的多半是这辆马车，而并不涉及坐在马车里的那位绅士。“你瞧，这马车轮子可真棒哟！”其中一个乡下人说，“要是去莫斯科，你看怎么样，它跑得到还是跑不到？”“跑得到。”另一个乡下人回答。“依我看，要是去喀山，恐怕就难说啦？”“去喀山恐怕不行。”另一个人答道。两人的谈话就此而止。还有，这辆马车驶到旅店大门口的时候，迎面走来一位年轻小伙子。小伙子身着燕尾服，那服装的款式显然是想赶时髦，故意露出胸衣，胸衣的对襟用一枚土拉城出产的带青铜手枪形饰物的别针扣着，下身穿一条又瘦又短的白斜纹布裤子。年轻小伙子转过身来，朝马车望了望，一只手按住差点被风吹跑的帽子，继续走他的路。

马车驶进院子之后，立刻有一个旅店的侍者跑过来迎接客人。在俄国旅店里，通常把侍者唤作伙计。跑出来的这个伙计，活泼伶俐，伺候客人更是机敏异常，简直叫人来不及端详他那张脸是什么模样。他一溜儿风似的跑出来，手里拿着餐巾，只见他穿一件长长的仿锦缎面常礼服，他个子很高，常礼服的衣领差不多顶到他的后脑勺。他把头发向后一甩，转眼之间，已经引领着绅士来到楼上，沿着一条木制长廊走去，领他去看看上帝恩赐给他的客房。这客房是一间普普通通的客房，因为这旅店本是一家普普通通的旅店，也就是说，这种旅店在省城里颇为常见。在这种旅店里，过路的客人只消花两个卢布，就可以得到一个房间，住上一昼夜。这种客房里难免蟑螂横行，爬满室内各个角落，看上去像黑李子干。房间里照例有一道门通往隔壁的客房，这道门又总是被一只五屉橱柜堵死。住在隔壁房间的客人，通常是沉默寡言，喜好安静，但却有一种古怪的好奇心，知道你初来乍到，不把你的来龙去脉打听明白他便睡不安心。这家旅店的外观与其内部倒也般配：这是一座长长的二层楼房，一层没有挂墙皮，赤裸着深红色的砖墙，砖头原本就有些破旧，加之年深日久风吹雨淋，砖墙的颜色变得愈加灰暗；二层墙皮上涂着经久不变的黄漆；楼下是一排卖马轭、绳索和面包圈的店铺。在这排店铺的拐角处，有一家小店，或者更确切地说，有一个窗口，里面坐着一个卖蜜水香茶的男人。此人赤红脸膛，那脸色与他身旁摆着的俄式红铜茶炊[①]相差无几，倘若他不是长着乌黑油亮的大胡子，远远望去，还以为窗户里摆着两只大茶炊呢。

新来的绅士还在仔细打量着自己的房间，手下人已把他的行李搬了进来。最先搬进来一只白皮箱，箱子已有些破旧，说明它并非初次用于旅行。白皮箱是马车夫谢里方和仆人彼得卢什卡抬进来的。

① 俄国特有的一种茶炉，多为铜制品，上面有雕饰，外观很漂亮，内中烧炭火，颇似我国旧时铜制茶炉，但体积较小。

谢里方矮矮的个子，穿一件没挂面的羊皮袄；彼得卢什卡是个三十岁上下的小伙子，穿一件肥大的常礼服，显然是主人穿旧了赏给他的。这小伙子面相阴沉，看样子脾气很大，厚嘴唇，高大的鼻子。在皮箱之后，又搬进来一只带有精致的桦木镶嵌图案的红木小匣子、几副皮靴楦头和一只裹在蓝纸包里的烤鸡。搬完行李之后，马车夫谢里方就到马厩里照料马匹去了，仆人彼得卢什卡开始在窄小的门厅里安置自己的住处。这门厅极为简陋，黑糊糊的，又暗又脏。他事先已把自己的外套扔在那里，所以门厅里弥漫着他身上所独有的特别的气味，后来他拿进来的一袋子仆人的各种衣物，也都沾染了这种气味。他就在这门厅里靠墙支一张三条腿的小窄床，在床上铺一条小垫子；这垫子似床垫又不是床垫，早已被压得又扁又薄，像他从旅店老板那里讨要来的煎饼，油渍麻花的，恐怕真正的煎饼也莫过如此吧。

仆人们忙活着张罗各自的事情，新来的绅士在这时已离开客房独自到大厅里去了。这类公共客厅里的大概情形，恐怕每个出过门的人都是非常熟悉的啦：大厅的四壁通常涂着油漆，墙壁上部给抽烟的人熏得乌黑，下部被形形色色的过往旅客的脊背蹭得发亮。不过在这里盘桓得最多的还是当地的客商，每逢集市的日子他们都到这里来，六七个人聚在一起，照例喝上两杯茶。天花板通常是熏得黑糊糊的，当中通常悬挂着一盏熏黑了的枝形烛架，烛架下面挂着许多玻璃装饰。每当伙计活泼地端着托盘，托盘上摞着像海岸边的鸟群似的多得数不清的茶碗，从铺着破旧漆布的地板上跑过时，那些玻璃装饰就跟着跳动，发出叮叮的响声。墙壁上总有那么一两幅油画，画面和整个墙壁一样宽，总而言之，这里的一切都和别的旅店一样，不同之处最多也不过有一幅油画上画了一位女神，露出一对格外引人注目的大乳房，这么大的乳房我想读者大概也不曾看见过。话又说回来，造物主的这类玩笑在各种历史题材的油画里是颇为常见的，这些历史画不知是由什么人，也不知在什么时候，从什么地方带进我们俄罗斯来的，说不定还是我们的达官贵人、绘画爱好者，在他们的信差劝诱之下，从意大利买回了这批画呢。这时，我们的绅士脱下帽子，解下围在脖子里的带彩虹图案的毛围巾，这种围巾通常是妻子亲手给丈夫编织的，还温柔体贴地嘱咐过该怎样使用它。至于使用这种围巾的光棍汉，我就不敢断定是谁给他编织的啦，也许只有上帝才知道，反正我是从来不围这种围巾的。解下围巾之后，绅士就要吃午饭，吩咐侍者上菜。于是侍者便端上来一般旅店里通常供应的各种饭菜，有一盘热菜汤外加馅饼，这种馅饼是专为过路客官准备的，已保存了好几个礼拜。有牛脑烩豌豆，有泥肠白菜，有油炸鸡块，有腌黄瓜，还有随时都可以供应的糖心馅饼。当侍者把这些热菜和凉菜端上来摆在桌上的时候，绅士便拉着侍者，或者唤作伙计的，东拉西扯地闲聊起来：问他这家旅店过去是什么人开的，现在的老板是什么人，旅店营利情况如何，他们老板是不是个卑鄙无耻的家伙。对最后一个问题，侍者通常是回答说："哎呀，他最喜欢坑蒙拐骗啦，老爷！"正如在文明的欧洲一样，在文明的俄罗斯，现如今也有许许多多值得尊敬的人，在旅店里不跟侍者闲聊一通，他们是吃不下饭的，有时他们还要拿侍者开一通荒唐的玩笑。话又说回来，新来的这位绅士所提的问题并非都是废话，比如说，他严肃认真地详细询问了这省城的省长是什么人，民政厅厅长是什么人，检察长是什么人，总而言之，省城里的显要人物他一个也不肯漏掉。然而，问起本地所有知名的大地主，即便说他不是怀着极大的兴趣，也可以说他更加确切细致地问起：哪一个地主拥有多少个农奴，他的住处离省城有多远，性格怎么样，是否经常到省城里来，等等。他还认真询问了这一带乡村的情形：本省范围内是否发生过某些流行病，比如猩红热、致命的疟疾、天花以及诸如此类的传染病。这些情况他都打听得认真细致，而且要求回答准确，由此看来，他并非出自一般的好奇心。这位绅士的举止风度流露出一种庄重威严的气派，连擤鼻涕也比别人响亮。不知他到底是怎样擤的，反正他擤鼻子的声音很像吹喇叭。他的这一优点显然是天真无邪的，但却在旅店的侍者中间为他赢得了不少尊敬，因此每当侍者听见他擤鼻涕的声音，便立刻把头发一甩，立正站好，显得更加恭敬，微微低头问道：“您还需要点什么东西吗？”吃完了午饭，绅士又喝了一杯咖啡。他坐在沙发上，随手把一只靠垫塞在自己背后。在俄国旅店里，这种靠垫里装的不是柔软的羊毛，而是一种像砖头和石块一样硬的东西。绅士一坐下来就哈欠连天的，于是他吩咐侍者领他回房间去。他躺了一会儿就睡着了，足足睡了两个小时。休息好了以后，他根据旅店侍者的请求，把自己的官职和姓名写在一张纸片上，以便呈报警察当局。侍者拿着纸片下楼去了，一边走一边按音节拼读着纸片上的文字：“六品文官巴维尔·伊凡诺维奇·乞乞科夫，地主，私事旅行。”当侍者还在吃力地辨认字条上的文字时，巴维尔·伊凡诺维奇·乞乞科夫径自出了旅店，到城里观看市容去了。看得出，他对这座省城颇为满意，也许他认为这城市与其他省城相比毫不逊色，最为引人注目的是那些砖砌的房舍都涂着米黄色油漆；木头房子上的油漆是灰色的，看上去颜色较深，倒也显得朴素大方。这里的房屋都是楼房，可分为一层楼的，两层楼的，一层半楼的，都清一色地带有阁楼。省城里的建筑师们认为，这必不可少的阁楼是最为美丽的部分。有些地方街道宽阔得像旷野，这些房子孤零零地掩蔽在鳞次栉比的木头栅栏里，显得很不起眼；有些地方房屋簇拥在一起，那里的行人明显增多，气氛也显得热闹。他沿着街道走去，遇见的尽是各种各样的招牌，几乎全给雨水冲刷得褪了色，招牌上有的画着花形小甜面包；有的画着高统靴子；有一处招牌上画着一条天蓝色裤子，下面还有某一个华沙裁缝的签名；有一家帽店的招牌上竟写着“外国人瓦西里·费德罗夫”；有一处招牌上画了一张台球案桌，桌旁有两人正在打台球，两人都穿着燕尾服。在我们的剧院里，演到最后一幕时，那些拥上舞台的看客们就穿着这种燕尾服。这两个打台球的人手握台球杆，正在瞄准目标，胳膊稍稍向后扬起，两腿弯曲着，像芭蕾舞演员腾空弹跳后刚刚落地似的。这幅广告画下面写着“台球房在此”。有的地方直接在街道旁摆出几张桌子，桌上摆着核桃、肥皂和看上去跟肥皂相差无几的蜜糖饼干。一家小酒馆的招牌上画了一条肥鱼，鱼身上插着一把餐叉。最为引人注目的是那些带有灰暗的双头鹰国徽图案的房屋，现如今已不再是官府的办公处所，而被改作酒店，并打出了十分醒目的招牌。城里的马路铺得不大像样。他又顺便到市立公园里转了转，其实公园里仅有几株细细的小树，树根长得很不牢靠，树身下面用三根棍子支撑着，支架上涂着漂亮的碧绿色油漆。话说回来，尽管这些小树长得还不及芦苇高，但报纸上描写本城的装饰时却这样写道：“承蒙市政长官关怀，我市装点得更为美丽，新辟公园绿树成荫，炎夏酷暑可为市民提供乘凉消夏之所在。”接着又写道，“笔者曾目睹广大市民满怀感激之情，心情极为激动，泪如泉涌，对市长大人深表谢忱，万般情状，感人至深。”绅士向岗警详细打听了去往教堂、各长官衙门和省长官邸的最近便的路，以便在必要时前去造访。然后他便去欣赏了那条从市中心流过的河，在路途中顺手揭下一张贴在廊柱上的海报，以便带回旅店去细细阅读。接着，他发现街道旁木制的廊式人行道上走来一位模样并不难看的女士，后面跟着一个身着军服的少年侍仆，手里提着包袱；他专注地将那女士细细打量一番，再朝四周环视了一遍，好像要把这里的地形牢记在心似的，此后便动身回旅店去了。他回到旅店，一名侍者连忙上前伺候，轻轻搀扶着他登上楼梯，领他径直回到客房里。他喝足了茶之后便在桌旁坐下，叫人给他点上蜡烛，于是他从衣袋里掏出那张海报，凑近了蜡烛，微微眯缝着右眼，认真地读了起来。不过，这张海报上没有多少值得注意的东西，登载的是正在上演的柯楚布[①]的一部戏的广告，波普廖文先生在剧中饰演罗拉，齐雅勃罗娃小姐在

① 柯楚布（1761—1819），德国戏剧作家。

剧中饰演柯拉，其余的角色都是些默默无闻的人。可是，绅士却把他们的名字逐个读了一遍，甚至连池座的票价也没有放过。他发现，这张海报是在省政府的印刷厂里印制的，然后他翻到海报的背面，想看看背面是否印着什么东西，结果什么也没有找到，于是他揉了揉眼睛，很珍惜地把海报卷起来放进他那只红木匣子里去。绅士有一个习惯，不论捡到什么东西，他都要放进这只小匣子里收藏起来。后来，他又吃了一盘冷牛犊肉，喝了一瓶酸梅饮料，接着便呼呼大睡起来，正如我们辽阔的俄罗斯国土上某些地方的说法，鼾声如雷地进入梦乡。看来，绅士的一天就这样结束了。

第二天，这位外来的绅士把全部时间都花在拜客上。对省城里所有的显要人物，他一一做了拜访。他首先怀着敬意拜会了省长，原来这位省长大人和他乞乞科夫一样，长得不胖也不瘦，恰到好处；省长脖子里挂着圣安娜勋章，甚至有传闻说，省长大人很快要荣获星形勋章了，已作为提名人呈报上去。不过这位省长倒是个非常慈善的人，有时闲来无事还亲自动手在透空纱上绣花。然后绅士去拜访了副省长，然后去拜访检察长、民政厅厅长、警察局局长、包税人、官办工厂的总监……绅士拜会的显要人物实在太多，可惜在这里无法一一列举，但这里只需指出一点就足够了：这位外来的绅士在拜客方面表现出非凡的能力和热情，连卫生监督和本城总建筑师那里，他也登门表示了敬意。此后，他又在那辆四轮轻便马车里坐了很久，苦思冥想，想想还有哪些官员需要去拜访，然而在省城里，他没有拜访过的官员竟一个也想不出来了。他在同显要人物谈话的时候，极为巧妙地对他们每个人都恭维几句。在省长面前，他便含蓄地说，到贵省来旅行，简直像进入天堂一般，道路四通八达，平坦光滑得像铺了天鹅绒一般；又说当局任用的官吏也都是贤明之士，政府诸位长官的确值得大力颂扬；这些话他说得十分得体，仿佛无意中顺便提起，绝无曲意奉承之嫌。见了警察局局长，他便夸奖省城的岗警，对他们做了极高的评价。在同副省长和民政厅厅长谈话时，居然两次把他们误称为“大人”[1]，虽然他们两人仅仅是五品文官，但对这个错误的称呼却非常满意。他这么做的结果是省长当即邀请他当天晚上光临省长官邸，出席一个家庭晚会；其余的官员也都各自发出邀请，有人请他共进午餐，有人请他玩波士顿纸牌，有人请他随便坐坐，喝杯茶。

这位外来人很少谈他自己，仿佛故意要回避似的，即便有时谈起来，也只是笼笼统统地说上几句，显得非常谦虚。在这种情况下，他的谈话就明显带着书生气，说他在这大千世界上不过是一条微不足道的毛毛虫，不值得人家对他多加关照；又说他这一生阅历很广，为了捍卫真理他仕途失意，累遭挫折，而且到处树敌，有些敌人甚至试图谋害他的性命；现在他只想找一个栖身之地，能够最终得到一点安宁；还说他抵达本城之后，理应拜见当地最高长官，向他们表达无限崇敬的心情，这乃是他不可推卸之责任。在这省城里，对于这位很快就要在省长的家庭晚会上露面的新客的来历，所能了解到的也就这么多。为出席这次晚会，外来的绅士花去两个多小时专事梳洗打扮，他在这方面所表现出的专注和耐心也不是到处可以遇见的。午饭后他睡了一会儿，醒来之后便叫人伺候他洗脸。他用舌头从里面顶着腮帮子，用肥皂在两边脸颊上搓了很长时间；此后，他随手从旅店侍者肩头拿起毛巾，一丝不苟、面面俱到地擦他那张胖脸，先从耳根擦起，并且在这之前先冲着侍者的脸孔重重地哼哧两下鼻子。接着他来到穿衣镜跟前，穿上坎肩，随手拔掉两根探出鼻孔的鼻毛，随后就直接穿上一件金光闪闪的紫红色燕尾服。就这样，他把一切都收拾停当，就坐上他那辆专用马车，在省城那些无比宽阔的街道上疾驶起来。街道上黑糊糊的，只是偶尔从几家窗户里闪过微弱的灯光。然而，省长官邸里却灯火通明，犹如举办盛大的舞会一般；大门外面停着一辆豪华的四轮马车，马车上挂着灯笼，

---

① 俄国旧时对四品以上的官员才可称大人。

大门口站着两名宪兵，几名前导马驭手在远处吵嚷着，总之，一切都应有尽有。这时，乞乞科夫走进大厅，在最初的一分钟，他不得不眯缝起眼睛，因为烛光、灯光和女士们服饰的闪光交织在一起，令人头晕目眩。大厅里的一切都沐浴在光辉里。此刻，黑色燕尾服在大厅里到处闪动、飘荡，忽而分散，忽而簇拥在一起，恰如在炎热的 7 月盛夏一大群围绕在洁白晶莹的糖块上飞来飞去的苍蝇。这时，上了年纪的管家婆在敞开的窗户前面，把精制的方糖块斩碎，飞散出亮晶的碎片；孩子们围着管家婆，好奇地盯着她那双粗糙的手，观看那小锤子上下飞舞地打击着糖块；苍蝇的空中轻骑队伍，驾着轻风闯进来，那副威武雄壮的气势和这里的肥胖的主人们毫无二致，它们借着管家婆老眼昏花，加上阳光不停地晃她的眼睛，便肆无忌惮地降落在香甜可口的糖块上，有些苍蝇分散行动，有些密密麻麻地聚在一堆。在这丰年的夏天，它们本来是没有食欲的，再说到处摆着美味佳肴，随时可以饱餐一顿，所以它们飞到这里来绝不是为了吃东西，而只是为了露露面儿，显示一下它们的存在而已。它们在白糖堆上逍遥自在地爬来爬去，把两条前腿或者后腿彼此摩一摩，或者在翅膀下面搔一搔，或者伸出两条前腿，举在脑袋上面蹭一蹭，然后转身飞去，不一会儿，又带着新的队伍令人讨厌地飞回来。

乞乞科夫还没有来得及仔细察看大厅里的情形，就被省长大人拉住了胳膊，省长大人立刻将他介绍给省长夫人。此时，这位来客也没有给自己丢面子：他十分巧妙地对省长夫人说了几句恭维话，这些话出自一个具有中等官衔的中年男子之口是相当礼貌得体的。这时要跳舞的人一对对地架起胳膊排列成行，把大家挤到墙根上，于是乞乞科夫倒背双手，仔细打量那一对对舞伴们，瞧了大约两分钟。许多女士都打扮得花枝招展，穿着入时，其余的女士打扮得随便一些，穿着在这省城里置办的上好的服装。这里的男士也和任何别处一样，大致可分为两类人：一类人精瘦，喜欢纠缠女人，在这类人中间，有的人很像彼得堡的绅士，简直很难把他们区分开来，这些人同样留着精心梳理的连鬓胡子，或者干脆把一张椭圆形的脸刮得精光，修饰得漂亮雅致，同样是动作轻佻地靠近女士坐着，同样说着地道的法语，像彼得堡的绅士那样，妙语连珠地逗女士们发笑；另一类男士是胖子，或者是像乞乞科夫那样胖瘦适度，就是说，不臃肿但也不太瘦的人。这类人与前者截然不同，他们对女人不感兴趣，避开不看她们，或者躲在一旁两眼向四周扫来扫去，看看省长的仆人是否在什么地方摆出了绿呢子铺面的牌桌。他们的脸又圆又胖，有些人脸上甚至长着赘疣，个别人脸上还有麻子。他们不喜欢留那种一撮毛式的冠式发型，也不喜欢留鬈发，更不愿理成法国人所说的那种“活见鬼”发型。他们的头发要么剪得很短，要么梳得十分光洁，而他们的脸庞就越发显得滚圆、盛气凌人。这就是省城里值得尊敬的头面人物。唉！在这个世界上，胖子比瘦子更善于料理自己的事务，瘦子当官多半是做一些受上司委托办理的事，或者只是挂个名儿，尸位素餐而已；他们的存在实在是无足轻重，轻飘飘的，完全靠不住。可是胖子就全然不同啦，他们从来不占据间接的职位，而是直接发号施令，要是在什么地方坐下来，也一定坐得稳当牢靠，宁可把那位子压瘪，压得嘎吱作响，他们也不会挪动地方。他们不喜欢外表的豪华，他们穿的燕尾服不像瘦子的那样做工精美，但在他们精致的小匣子里却藏着上帝赐予的珍宝。瘦子在三年之内会把家产荡尽，连农奴也全部抵押到当铺里去；可是胖子就不同啦，你瞧，他们日子过得悠闲自在，今天在城市尽头某个地方以妻子的名义买一幢房子，时过不久又在城市另一头买下另一幢房子，接着又在靠近城边的地方买了一处田庄，然后又买了一个能经营农、林、牧、渔多种产业的村子。最后，胖子为上帝和国家效劳一段时间，赢得了普遍尊敬之后，便辞去官职，转到乡下去当地主，变成一位可亲可敬的俄国乡绅，慷慨好客，日子过得舒舒服服。他们去世以后，又由一些瘦子来继承产业，按照俄国的风习，用不了多久就把父亲攒下的产业挥霍殆尽。不言而喻，乞乞科夫在仔细观察端详这伙官吏的时候，头脑里充满的尽是这一类的念头。经过反复思考，他最终加入胖子的行列，遇见的几乎全是熟悉的面孔：检察长那两道眉毛又黑又浓，左眼老是不停地眨巴，似乎在说："老兄，我们到另一个房间去吧，我有句话要跟你说。"不过他是个很严肃的人，不苟言笑；邮政局长个子矮小，爱说俏皮话，是个满腹哲理的人；民政厅厅长深明事理，待人很客气。这些人全都像对待老相识那样向他表示了敬意，乞乞科夫微微躬腰，十分愉快地向他们一一还礼。就在这里，他结识了两位地主，一个是和蔼可亲而且礼貌周全的玛尼洛夫，另一个是看上去有点笨头笨脑的索巴凯维奇，后者一见面就踩住了他的脚，说了一句："请原谅。"紧接着，有人请他去打惠斯特牌，乞乞科夫接过纸牌，又礼貌得体地鞠一躬。于是他们便在绿呢子铺面的牌桌前坐下，一直打到吃晚饭，谁也不曾站起身来。像往常人们聚精会神地做一件有意义的事一样，他们停止了一切谈话。虽然邮政局局长平常能说会道，但他一旦把纸牌拿到手里，便立刻做出一副苦苦思索的表情，下嘴唇紧紧遮住上嘴唇，不管这牌要玩多长时间，他都始终保持这种姿势。每当他出一张大牌，他就重重地擂一下牌桌，如果出的是王后，他就叫道："去你的吧，神父的老婆子！"如果是大王，他就说："滚蛋吧，唐波夫省的乡巴佬！"而民政厅厅长则不时地叫道："我要揪掉这小子的胡子！""我要揪掉这娘儿们的胡子！"有时他们出牌时使劲往桌上摔牌，边摔边喊："啊！豁出去啦，没别的牌可出，就出方块吧！"或者不摔牌，只是嘴里喊着："红桃！破烂红桃！没用的黑桃！"或者喊着："愚蠢的黑桃！黑桃傻帽！黑桃笨蛋！"有时甚至干脆利落地叫道："黑小子！"这些名目是他们在自己圈子里根据纸牌的花色编造的不同叫法。打完牌之后，他们通常要争论一阵子，而且嗓门相当高。我们这位来宾也加入了争论，但他的争论特别高明，用词极为巧妙，所以大家立刻发现，他虽然是在争论，但却争得令人愉快。他从来不说"您出牌"，而是说"阁下您出牌"，"我荣幸地压住了您的二点”，以及诸如此类的话。为了使争论的对方对他更加心悦诚服，他每次都要把自己的银制的鼻烟壶送到对方鼻子底下。这只精美的鼻烟壶镶着珐琅，在它的底部有两朵紫罗兰，是为了增添香味才放在里面的。上面提到的两位地主，玛尼洛夫和索巴凯维奇，最为吸引我们这位来宾的注意力。乞乞科夫立刻把民政厅厅长和邮政局局长叫到一旁，开门见山地问起两位地主的情况来。从这位客人提出的几个问题可以看出，他不仅有旺盛的求知欲，而且是个一丝不苟的人，因为他首先打听那两个地主各有多少个农奴，他们的田庄现状如何，然后才问起他们的名字和父称。过了不大一会儿，他们自己也被这位客人迷住了。地主玛尼洛夫年纪一点也不算老，一双像糖那样甜得发腻的眼睛，每当他发笑的时候总是把眼眯成一条缝。他被来客深深迷住，几乎神魂颠倒。他久久地握住乞乞科夫的手不放，恳求他一定要给个面子，抽空光临他的庄园，并且说他的村子距离城门楼仅有十五俄里[①]。乞乞科夫极为恭敬地低头鞠了一躬，诚挚地紧握他的手回答说，他不仅非常乐于从命，而且把接受这邀请视为最神圣的义务。索巴凯维奇也发出邀请，只是说得较为简短：“请您也到我家来。”说着脚后跟咔嚓一响，立正行礼。他穿一双特大号的靴子，恐怕未必能再找一双适合穿这种靴子的脚，尤其是在当今，神奇的巨人在俄罗斯已开始渐渐绝迹的时代。

次日，乞乞科夫应邀去警察局局长家吃午饭，并且参加当晚的聚会。吃过午饭，他们从 3 点钟聚在一起打惠斯特牌，一直玩到深夜 2 点钟。顺便提一句，乞乞科夫在这里认识了地主诺兹德廖夫，此人年纪在三十岁左右，是个活泼能干的小伙子，刚说了三四句话他便同乞乞科夫套起近乎来，开始以“你我”相称。诺兹德廖夫对警察局局长和检察长也亲切友好地称呼“你”，但是一旦下了大的赌注，警察局局长和检察长便认真仔细地察看被他吃掉的牌，对他打

① 一俄里等于一点零六公里。

出的牌，几乎每张都要察看一下。第二天傍晚，乞乞科夫应邀去民政厅厅长家里做客。民政厅厅长竟穿着带油污的家常罩衫接待客人，而且客人们中间有两位女士。后来他又去出席副省长家的晚会，参加包税人的午宴，与检察长共进午餐，尽管是家庭便宴，但也相当排场。做完午祷之后，市长请他吃茶点，虽说是小吃，但也不亚于正式的午餐。总之，他一个小时也闲不住，只有睡觉时才回到旅店里来。这位外来的绅士似乎到处都能应付自如，显示他是交际场上经验丰富的雅士。不管谈论什么话题，他都能谈得头头是道：你要是谈起养马场，他也谈养马场；你谈良种狗，他就对养狗发表一通很有价值的看法；人们谈起税务局起诉的一桩案件，他马上显示出对诉讼方面的招数他也略知一二；人们议论打台球，他打台球从来没有败过阵；人们谈论高尚的品德，他谈起高尚的品德滔滔不绝，甚至眼睛闪着泪花；人们谈起酿制烧酒，他熟知烧酒的妙用；人们谈到海关稽查和海关官吏，他也能对他们评头论足，仿佛他自己当过海关稽查和海关官吏似的。然而值得注意的是，他谈论这些话题的时候，巧妙地流露出一种老成持重的神气，举止风度十分得体。他说话时声音不高，但也不太低，完全是恰到好处。总之，不管从哪方面来看，他都是一个完全正派的人。对这位新客的来临，所有官员都表示满意。省长谈到对他的看法，说他是一个忠实可靠的人；检察长说他是一位精明强干的人；宪兵上校说他是个学识渊博的人；民政厅厅长说他是个无所不知、值得尊敬的人；警察局局长说他是个值得尊敬、礼貌得体的人；警察局局长的夫人说他是个最为和蔼、最讲究礼貌的人；就连一向很少讲别人好话的索巴凯维奇，那天从城里回来时间已经很晚了，当他脱衣就寝的时候也对躺在身边的干瘦的妻子说：“亲爱的，我参加了省长家的晚会，午饭是在警察局局长家吃的，认识了六品文官巴维尔·伊凡诺维奇·乞乞科夫。他是个非常令人愉快的人！”妻子哼了一声，算作回答，同时踹了他一脚。

总之，省城的官吏们对这位客人评价极高，这些看法一时间传为佳话。直到后来这位客人为人怪异，并且做了一件在外省人看来稀奇古怪的事情，几乎使得全城上下坠入五里雾中，人们才终止了对他的颂扬。至于他到底干了一件什么样的怪事，读者不久就会知道的。

# 第二章

外来的绅士在省城住了一个多礼拜了，这期间，他四处拜访，出席晚会，赴宴，真可谓过得非常愉快。最后他决定到城外去，遵照他事先的许诺，去访问地主玛尼洛夫和索巴凯维奇。他之所以这么做，也许还有别的更切实的原因，有一件使他牵肠挂肚的更加重要的事情……不过，这些事情，读者只要有耐心，把这部小说细细读下去，自然会慢慢明白的；这部小说篇幅很长，接下去故事逐渐展开，越是接近收场部分，场面就越发宏大、广阔。他已吩咐马车夫谢里方，叫他次日一早就预备车马，把马匹套在那辆读者已熟知的四轮轻便马车上。彼得卢什卡奉命留守，照看客房和主人的皮箱。我想，对于诸位读者来说，认识一下我们主人公的两个家奴，也算不得多此一举。当然了，这两人不是什么重要人物，而是所谓的二流甚至是三流角色，这部史诗的主要线索和构架也不是以他们为基础，也许只是什么地方偶尔涉及和提到他们，然而作者是个极端认真的人，做什么事都喜欢详尽细致，从这一点来看，他倒是很愿意像德国人那样谨慎细心，尽管他本是俄罗斯人。不过话又说回来，这不会占用很多时间和篇幅，因为读者已经对他们有所了解，在此之外需要添加的东西并不多。正如诸位读者所知，彼得卢什卡穿一件有些肥大的棕色常礼服，是老爷穿旧了赏给他的，他的相貌与他的身份也颇为般配，长着高大的鼻子，厚厚的嘴唇。就其性格而言，他不大喜欢说话，而是沉默寡言；他甚至有一种高贵的求知欲望，就是说，喜欢读一些内容较为浅近的书，至于它是不是坠入情网的主人公的冒险经历，还是一本识字课本或者祷告书，他是完全无所谓的，他会同样聚精会神地读下去，就是塞给他一本化学课本，他也不会断然拒绝。他所喜欢的，与其说是他所读的书中的内容，不如说是读书这件事本身，或者确切些说，是读书这一过程本身。那些字母拼凑起来就是词句，至于这些词句是什么意思，有时鬼才晓得呢。读书的时候，他多半是躺着的，躺在门厅里的一张床上或者垫子上，由于他老躺着，那垫子被他压得像煎饼似的，又扁又薄。除了酷爱读书之外，他还有两个习惯，也就是他这人的两个典型特征：一是习惯于和衣而眠，也就是穿着那身常礼服，原封不动地躺下睡觉；二是他身上总有一股特别的臭味，是他自身散发出的气味，有些像卧室里的气味，因此，只要他在随便什么地方搭起床铺，哪怕是在一间从未住过人的房子里，再把他的外套和日常用品一起拿进去，你马上就能闻到一股气味，就仿佛有人在这房子里住过十多年了。乞乞科夫本是个极端敏感的人，在有些场所他甚至吹毛求疵，很难伺候。早晨起来，他总是要抽动清新的鼻子，吸一点屋里的空气，皱皱眉头，摇摇头说："老弟，鬼才知道你是怎么搞的，出汗了吧。你最好去澡堂洗个澡。"彼得卢什卡听了这话，常常是一声不吭，而且抓紧时间随便找件事做，或者拿起刷子去刷挂在那里的老爷的燕尾服，或者干脆收拾一下房间里的东西。他哑口无言的时候，心里到底想些什么呢，也许他在心里说："你可真行啊，一句话重复四十遍了，也不觉得腻味。"家奴挨老爷教训的时候心里想些什么，别人是很难知道的，大概只有上帝知道吧。好吧，关于彼得卢什卡，可以奉告读者的暂时就这么多。马车夫谢里方则是一个截然不同的人……不过，作者在这里长篇大论地向读者叙述这些下等人，实在是于心不忍，凭我的经验，读者诸君是不乐意结识下层人的。俄国人就有这个特点：热衷于结交那些官比自己大的人，哪怕是比自己高一品也行。在他们看来，跟伯爵或者公爵有点头之交，也比跟任何其他人做亲密朋友好得多。就是对本书的主人公，作者也没有多大的把握，因为他只是个六品文官。大概那些七品文官愿意结识他，但是那些已经升到将军级别的官员们就不得而知了，也许他们会对他投以轻蔑的一瞥，像对待那些卑躬屈膝地趴在他们脚下的人；也许会更糟，他们大摇大摆地走过去，连正眼也不去瞧他，这就要让作者大大为难了。然而，不管这两种情况怎样令人苦恼，我们也还得回到主人公那里去。就这样，他在头天晚上对两个奴仆吩咐停当，次日清早他醒得很早，洗过脸之后，他便拿一块湿了水的海绵，从脚到头细细地擦了一遍。平常只有在礼拜天他才这么做，但说来凑巧，这天恰好是礼拜天。接着他便刮脸，他刮脸一向是一丝不苟的，一定要使得面颊像真正的绸缎那样光滑明亮。此后他穿上那件带小圆点的紫红色燕尾服，然后再罩上一件熊皮外套。走下楼梯的时候，旅店的侍者时而在这边，时而在那边搀着他的胳膊，最后他终于坐上那辆四轮轻便马车。马车咕隆隆地驶出旅店大门来到大街上。迎面走来一个神父，看见马车急忙脱帽致意，几个衣衫龌龊的小孩，伸出两手喊道："老爷，可怜可怜孤儿吧！"马车夫发现其中一个孩子总想爬上马车后面的脚踏板，就抽他一鞭子，马车便在石子路上颠簸着向前驶去。这时远处出现一处画着条纹的栏木，这是很令人高兴的，因为它表明这种马路和别的种种折磨不久就要结束了。乞乞科夫的头又在车厢壁上重重地磕了几下，终于平稳地坐在马车里，在松软的乡间土道上行进了。依照惯例，这马车一出城界，我们就该去描写大路两旁那些荒芜杂乱的景色：到处是一簇簇荒草、杉树林子，低矮而又稀疏的小松树丛，烧焦了的老松树枝干，野生的杜松，以及诸如此类的荒草野树。路旁有几个村落拖得老长老长的，像一条线绳似的一直延伸开去，村里的房舍看上去像一堆堆垛起来的旧木柴，灰色的屋顶下面，雕刻着各种木头装饰，形状很像并排悬挂起来的一幅幅绣花毛巾。照例有几个农夫穿着没挂面的羊皮袄，坐在大门口的长凳上打着哈欠。村妇们脸孔胖大，胸部束得紧绷绷的，从阁楼上的窗户里窥探着，下面的窗户里有一头牛犊向外张望着，或者有一头瞎眼猪探出了鼻头。总之，这些乡村的景色是众所周知的。马车行驶了十四俄里之后，乞乞科夫记起来了，照玛尼洛夫的说法，他要访问的村庄应该就在眼前了。可是马车已经驶过了十五俄里，仍旧看不见那村庄的影子，要不是迎面走来两个农夫，恐怕他们未必能顺利抵达目的地。两个农夫一听有人打听萨玛尼洛夫卡村，便脱下帽子，其中一个看来比较聪明，留着尖尖的络腮胡子，回答说：

"大概是玛尼洛夫卡村，而不是萨玛尼洛夫卡村吧？"

"对了，是玛尼洛夫卡村。"

"是玛尼洛夫卡村！往前再走一俄里，然后你就向右拐。"

"向右拐？"马车夫问道。

"是的，向右拐，"那农夫说，"你沿着那条路走就到玛尼洛夫卡村啦。这里根本没有萨玛尼洛夫卡村。这村子的名字叫玛尼洛夫卡，萨玛尼洛夫卡村这里是压根儿没有的。到了那里，你立刻会看见小山包上那座房子，是砖砌的两层楼房。那就是老爷的府第，老爷本人就住在那里。那就是你要找的玛尼洛夫卡村，那里根本没有什么萨玛尼洛夫卡村，从来没有过。"

他们只好继续向前行驶，去寻找玛尼洛夫卡村。行驶了两俄里才找到那个转弯处，拐过弯去是一条村间土道，接着又走了一段路，大约有三四俄里，仍然看不见那座砖砌的两层楼房。这时乞乞科夫才恍然大悟，当朋友邀请你去他的村庄的时候，如果他说有十五俄里，那就意味着，这段路至少也得有三十俄里。从玛尼洛夫卡村所处的位置看来，往常到这里来访问的人不多。老爷的府第孤零零地坐落在一片开阔的高地上，就是说，这是一座四面没有屏障的山丘，不论从哪儿吹来的风都能光顾它。老爷府第所在的斜坡上，覆盖着精心修剪过的草皮，其间按英国方式布置了两三个花坛，花坛里种着丁香树丛和黄澄澄的金合欢。有些地方簇拥着五六株白桦树，叶子细小的稀疏的树梢高高地指向天空。其中两棵白桦树下面有一座凉亭，凉亭的顶端是扁平的绿色圆顶，木制的圆柱漆成了浅蓝色，横匾上写着“静思亭”。下面不远的地方，有一个覆盖着绿色浮萍的池塘，不过，在俄国地主们的英国式花园里，这种池塘并不稀奇。在这山丘的脚下和一部分斜坡上，横七竖八地坐落着许多灰不溜秋的木头农舍，看上去黑压压的一大片。这时，我们的主人公不知出于什么目的，立刻就一座座地数起来，一共有二百多座。在这些农舍之间，连一棵小树苗也没有，也看不见一株青草，能够看到的就是那些农舍上的圆木。有两个农妇动作优美地撩起衣裙，把衣裙掖在腰间，在没膝深的池塘里缓缓走动，为这一座座单调的农舍增添了几分生气。她们两人拉着一张拴在两根木杆上的破渔网，渔网里有两只被网住了的龙虾，还有一条自投罗网的银光闪闪的鲈鱼。这两个农妇大概彼此闹了别扭，不知为什么事你一言我一语地对骂着。远处有一片深绿色松树林子，看上去黑沉沉的。不过这天气倒是很会讨人喜欢：这天既不是晴空万里，也不是阴暗多云，而是笼罩着一层淡白但又灰暗的颜色，这种颜色就像那些平时很和气，但一到礼拜天就喝醉的警备部队的士兵穿的旧军服。为了充实这幅乡村画卷，我们还要添上一只善于预报这变化无常的天气的雄鸡；它虽然因为那种风流韵事，头上被别的公鸡啄得稀烂，几乎要流出脑浆，却依然放开嗓门大声啼叫着，甚至还拍打着两只被揪得光秃秃的破席卷似的翅膀。马车朝院子门口驶过来。这时乞乞科夫看见主人站在楼前的台阶上，穿一件绿色的毛料斜纹布常礼服，正手搭凉棚遮在额头上，仔细端详着渐渐驶近的马车。随着马车越来越近，他的眼睛变得越发高兴起来，笑容也在脸上逐渐扩大了。

“巴维尔·伊凡诺维奇！”看见乞乞科夫钻出马车，主人终于高声叫起来，“您到底还是没有忘记我们！”

两位朋友极热烈地接了吻，然后玛尼洛夫领着客人去他的客厅。

现在他们要穿过门廊、前厅和餐厅，这虽然用不了多长时间，但我们想尝试一下，能否借这片刻工夫粗略地介绍一下这房屋的主人。然而说到这里作者不得不承认，类似的举措是很难实现的。相比之下，刻画那些性格突出的人物就容易得多：你拿起颜料随意在画布上涂抹几笔，炯炯有神的黑眼睛，倒挂的眉毛，额头上深深的皱纹，披在肩头的黑色或火红色的风衣，于是一幅肖像就画成了。可是，要为那些在这人世间为数众多的地主老爷画像就极端困难啦，因为这些人外表看来长得差不多，然而你再仔细看看，就会发现他们各自有许多难以捉摸的特征。因此，你就得高度集中精力，强迫那些细微的、模模糊糊的特征浮现在你的眼前，总之，你必须用那种善于观察、久经磨炼的锐利目光去深入地探究人的心底。

也许只有上帝才能说清楚，玛尼洛夫的性格是什么样的。众所周知，有这么一种人，他们毫无特别之处，算不上很好，也不算很坏，正如谚语里所说的，既非城里的鲍格丹，又不是乡下的谢里方。大概玛尼洛夫就应该归于这一类人。外表看来，他是个很出色的人，他的脸庞也不失为令人愉快，但在这令人愉快里面，似乎过多地加进了一些甜味；他的举止风度和待人接物都带有一种阿谀奉承的神气，竭力博得对方好感以便与之结交。他的微笑是很迷人的。他生着淡黄头发，一双蔚蓝的眼睛。同他谈话的时候，在最初一分钟，你会情不自禁地说：“你这人真是太令人愉快啦，太善良啦！”一分钟过后，你就无话可说了，再过一分钟，你就会说：“鬼才晓得他是怎么回事！”说罢你会躲他远远的，即便是不躲开，你也会感到无聊得要命。从他那里，你永远甭想听到一句生动的话，哪怕是一句大话也听不到，其实自夸的话是每个人都说得出口的，只要你谈到他的心爱之物。嗜爱之心人皆有之。比如有人热衷于饲养猎犬；还有的人自以为是一个真正的音乐爱好者，精通音乐的一切奥妙；第三个人好吃喝，并且饭量极大；第四个人不安于本分，总要扮演比自己略高一些的角色；第五个人的愿望比较狭隘，经常做梦说梦话，梦见自己跟皇上的侍从武官一起游园散步，还向他的朋友、熟人甚至陌生人炫耀此事；第六个人天生一双嗜赌的手，一看见方块爱司或者二点就不可遏制地要下赌注；第七个人的手则老想找个地方整顿一下秩序，于是便在驿站长或者马车夫身上找碴儿。总而言之，每个人都有自己的东西，可是玛尼洛夫却什么也没有。平时在家里他很少说话，大部分时间是在沉思默想中度过的，但是他到底想些什么，恐怕也只有上帝才知道。要说他在考虑田产的经营，那也是不公正的，因为他甚至从来也不曾去田地里看一眼，对田产经营不管不问。每次管家对他说："老爷，这些事情这么办比较好。"他就照例回答说："是的，是很不错嘛。"他答话的时候通常是抽着长杆烟斗，抽长杆烟斗的习惯他是在军队里养成的。他在军队里服役的时候，是大家公认的最谦虚、最讲礼貌、最有修养的军官。"是的，的确是很不错。"他又重复一句。如果一个农夫跑来见他，用手搔了搔后脑勺说："老爷，给我点时间吧，我想去干点别的活，挣点钱交人头税。""你去吧。"他抽着长杆烟斗说，他甚至连想也不曾想过，这个农夫是酗酒去了。有时候，他从门前的台阶上忽而望望院子，忽而望望池塘，自言自语地说，要是能从这房子下面修一条地下通道，或者在这池塘上架一座石桥该多好啊，在桥两边可以开设店铺，让商人们坐在店铺里卖农民们所需要的日用杂货。说到这里，他的眼睛就愈加甜得发腻，脸上充满志得意满的神气。话又说回来，这些空洞的设想最终也不过是空话而已。在他的书房里，总是摆着一本书，在第十四页上夹着一枚书签，可是这本书他经常阅读已经有两年了。他家里总是缺少点什么东西，比如说，客厅里摆着一套漂亮而又名贵的家具，家具的蒙面是精美的丝绸布料，这种布料的价钱想必是相当昂贵的；可是这布料不够用，剩下两把椅子就只好暂时用蒲席蒙面，长久地摆在那里了。不过，在后来的几年里，每次有客人来，主人总是预先警告自己的客人："请您不要坐这两把椅子，这椅子还没有完工呢。"在另一间房子里，居然一件家具也没有，尽管婚后头几天里玛尼洛夫就说过："宝贝，明天就设法弄几件家具来，摆在这间屋子里，哪怕是暂时凑合一下也好。"每天晚上，他们都要拿出那只非常精致的青铜烛台摆在桌上，烛台上雕着古希腊三女神，并且带有一个漂亮的珠母色托盘，可是并排摆着的一只烛台却是普通铜制的，早已残缺不全，瘸着一条腿，向旁边倾斜着，积满油垢。然而，不论是主人、主妇，还是仆人们，谁也没有发现这一点。至于他的妻子嘛……话又说回来，他们彼此都感到心满意足。虽然他们结婚已有八年多了，但他们恩爱如初，还时常要亲手喂对方一片苹果、一颗糖果、一颗胡桃仁，同时用一种表示真挚爱情的娇柔动人的声音说："亲爱的，快张开你的小嘴，我要把这一小块放进你嘴里去。"不消说，这样一来，小嘴自然就优美地张开了。每逢过生日，都要准备一些使受贺人吃惊的礼物，比如一只用细小的五颜六色的玻璃珠穿成的牙刷套。他们经常坐在长沙发上，常常是谁也不知道什么原因，忽然间，他放下手中的长杆烟斗，而她放下手里的针线活（如果这时她正在做针线活的话），两人便拥抱着情意缠绵地长吻起来。他们这种长吻，长得可以让你不慌不忙地吸完一支小雪茄烟。总之，他们真可谓和和睦睦、美满幸福。当然，你会发现，在这个家庭里除了那些长吻和意外的礼物之外，还有许多其他的事要做，还可以提出各种各样的疑问。比如说，厨房里饭菜为什么做得那么糟糕，毫无条理；贮藏室为什么老是空空荡荡的；为什么管家婆老偷东西；为什么男仆穿得邋里邋遢，个个都成了酒鬼；为什么所有的仆人都喜欢睡懒觉，不睡觉的时候也不干正事呢；然而所有这些事情都是低贱的，俗不可耐的，而玛尼洛夫太太受的是高雅的教育。众所周知，这种高雅的教育是在贵族女子学校里接受的。谁都知道，在这种寄宿学校里，开设三门主课，作为造就人的美德的基础：一是法语课，法语是幸福家庭生活所必不可少的；二是钢琴课，为丈夫弹弹钢琴使之度过愉快的时光；最后是家政课，比如编织钱包和其他意外的礼物。话又说回来，在不同的学校里，在教学方法方面常有各种完善和变更，尤其是在当今的时代。这多半取决于校长的智慧和才干。在有些学校里，常常是把钢琴弹奏放在首位，然后才是法语，最后是家政；也有的学校把家政摆在首位，也就是编织各种意外的礼物，其次是法语，再次是钢琴弹奏。教学方法多种多样。我们不妨再指出一点，这位玛尼洛夫太太……可是，老实说，我最害怕议论女士，再说我早该回到我们的主人公那里去了，他们两人已经在客厅门口站了好几分钟，彼此谦让着，都坚持让对方走在前面。

“哎呀，您饶了我吧，您这样对待我简直太客气啦，您先请。”乞乞科夫说。

“不行，不行，您先请，巴维尔·伊凡诺维奇，您是客人。”玛尼洛夫一边说，一边用手向他指着门。

“请您不要太费心啦，不要太客气啦，您先请进吧。”乞乞科夫说。

“哎呀，这可不行，请原谅，像您这样一位令人愉快的有修养的客人，我绝不能让您走在我后面。”

“岂敢说有修养呢？……还是您先请吧。”

“哎呀，还是您先请吧。”

“这是为什么呢？”

“就因为这个嘛！”玛尼洛夫令人愉快地微笑着说。

最后，两位朋友只好侧着身子，彼此拥挤着同时进入客厅。

“请允许我向您介绍我的妻子。”玛尼洛夫说，“宝贝！这位就是巴维尔·伊凡诺维奇！”

乞乞科夫这时才看见一位女士，刚才他跟玛尼洛夫在门口只顾点头哈腰互相谦让，完全没有注意到她。她长相不算丑，衣着与她的脸色也很般配。那件宽大的淡白色丝绸连衣裙穿在她身上显得很合身；她那只小巧玲珑的手把一件什么东西急忙扔在桌子上，随手拿起一块四角绣着花的细亚麻布手帕。她从坐着的沙发里站起身来。乞乞科夫走上前去，十分愉快地吻了吻她那小手。玛尼洛夫太太也颇为激动，甚至说话有些咬字不清，她说，他的光临，使他们夫妻俩感到特别高兴，说她丈夫没有一天不想念他。

“对啦，”玛尼洛夫插话说，“她一直缠着我说：‘你那位朋友怎么还不来呀？’我对她说：‘宝贝，再等一等，他会来的。’现在您终于来啦，您大驾光临真是使我们万分荣幸。对我们来说，这简直是精神享受……是5月的春光……是盼望已久的节日……”

乞乞科夫听到对方恭维他到了无以复加的地步，心里不免有点发慌，连忙谦虚地回答说，他既没有很大的名气，也没有很高的官职。

“这些您全有，”玛尼洛夫依旧带着那种令人愉快的微笑打断了他的话，“这些您全有，甚至还不止这些哩。”

“在您看来，我们的省城怎么样？”玛尼洛夫太太问道，“您在那里过得快活吗？”

“那是一座很好的城市，非常漂亮的城市，”乞乞科夫回答说，“我过得也很愉快，交往的人也都和蔼可亲、礼貌周到。”

“那么我们的省长呢，您以为怎么样？”玛尼洛夫太太又问道。

“据说是一个最值得尊敬、最和蔼可亲的人，您说对吗？”玛尼洛夫又补了一句。

“这话对极了，”乞乞科夫说，“他是个最值得尊敬的人。他是全心全意忠于自己的职位，官当得很明白！但愿能够多出一些这样的人才。”

“不管对待什么事情，他都是那样的，这您是知道的，恰如其分，他的一举一动都礼貌得体。”玛尼洛夫补充说，他得意地微笑着，眼睛几乎完全眯缝起来，像一只昏昏欲睡的公猫，让人用手指轻轻地搔着它的耳朵。

“他是一个礼貌得体、令人愉快的人。”乞乞科夫继续说，“他还是个心灵手巧的人，这一点是我万万料想不到的。他居然精通各种家庭刺绣！他给我看过他亲手绣的一只钱包，很少有女士能够绣出这么精美的作品。”

“那么副省长呢，听说是个漂亮可爱的人，您说对吗？”玛尼洛夫又微微眯起眼睛，问道。

“他是个仪表堂堂的人，非常可爱。”乞乞科夫答道。

“请问，您觉得警察局局长怎么样？都说他是个非常令人愉快的人，您说对吗？”

“一点不错，他聪明过人，博学多识！我跟检察长和民政厅厅长在他家里打过惠斯特牌，一直打到鸡叫三遍；他的确是一个值得尊敬的人。”

“那么，您对警察局局长的太太看法如何？”玛尼洛夫太太又问道，“听说她是个非常和蔼的女人，是吗？”

“噢，她是我所认识的最值得尊敬的女士中的一位。”乞乞科夫回答说。

接着他们又谈到民政厅厅长、邮政局长，最后几乎把省城所有官员评论了一遍，结果他们个个都是最值得尊敬的人。

“您的时间都是在乡村里度过的吧？”乞乞科夫终于提了一个问题。

“多半是在乡下度过的，”玛尼洛夫答道，“不过，有时候也进城去和那些有教养的人见面谈一谈。一个人要是总待在乡下，会变粗野的，这您是知道的。”

“说得对，说得对。”乞乞科夫连声说。

“当然啦，”玛尼洛夫接着说，“如果有一些好邻居，那就另当别论啦。比如说，如果有这样一位邻居，你多少可以跟他谈谈待人接物的礼貌、高雅的风度，研究一点学问，让你的心灵多少受到一点震动，产生一种所谓的激情……”说到这里，他似乎还想发挥点什么，但他发现自己扯得太远了，便把手在空中划了一下，接着说，“要是那样的话，这乡村和宁静的生活当然是非常令人愉快的。可惜一个合适的人也没有啊……那就只好偶尔读读《祖国之子》啦。”

乞乞科夫完全赞同他的看法，并且补充说，再没有比幽居乡村，欣赏大自然的美景，偶尔随便读点书更愉快的了……

“可是，您知道吗？”玛尼洛夫又说，“如果没有知心朋友，那就……”

“哎呀，您这话说得对，说得对极了！”乞乞科夫打断他的话，“如果没有知心朋友，那么世界上的珍宝又有什么用呢？正如一位圣贤说的：‘不求财产万贯，但求结交知己。’”

“您知道吧，巴维尔·伊凡诺维奇！”玛尼洛夫说，这时他脸上的表情不仅是甜，而且是甜得发腻，恰如老于世故的医生耍滑头，为了讨好病人而故意在苦药里加糖调成蜜水，“要是有一个知心朋友，你就会感到一种可以说是精神上的享受……比如说现在，一个偶然的机遇使我得到这种可以说是完美的幸福，能够同您谈话，享受您的亲切指教……”

“哪里，哪里，这怎么能算是亲切指教？……我是个微不足道的人，仅此而已。”乞乞科夫回答说。

“哎哟哟！巴维尔·伊凡诺维奇，请允许我坦率地说一句：您所具有的那些高贵的素质，要是能让我拥有一部分，我就心甘情愿奉献我的一半家产！……”

“恰恰相反，从我这方面来说，我倒认为是最大的……”

要不是仆人进来禀报饭已准备好，真不知这一对知己会推心置腹到什么地步。

“我最诚挚地请求您赏光，”玛尼洛夫说，“请您原谅，我们这里拿不出大都市里和交际场上那种盛大宴席，我们只是按照俄国习惯请您吃菜汤，不过这是我们的一片诚意。我最诚挚地请您赏光。”

这时，他们又为了该谁走在前面争论了一阵子，最后乞乞科夫侧着身子走进了饭厅。

有两个小男孩站在饭厅里，他们是玛尼洛夫的儿子，已经到了上桌吃饭的年纪，不过还得坐高脚椅子。站在他们身后的家庭教师彬彬有礼地微笑着鞠了一躬。女主人面对着汤盘就座，客人被请到主人和主妇之间的位子上。仆人在孩子脖子上系好餐巾。

“多么漂亮的孩子！”乞乞科夫望了望两个孩子说，“几岁了？”

“大的八岁了，小的昨天刚满六岁。”玛尼洛夫太太说。

“费米斯托克留斯！”玛尼洛夫对大儿子说，大儿子正在把下巴颏从餐巾里挣脱出来；仆人把他的下巴颏系在了餐巾里。

乞乞科夫听见这个带点希腊味的名字，不禁稍稍扬起了眉毛，不知玛尼洛夫为什么在尾巴上加了个“留斯”，但他马上就镇定下来，脸上的表情恢复了原状。

“费米斯托克留斯，你告诉我，法国哪个城市最美丽？”

这时，家庭教师全神贯注地盯着费米斯托克留斯的脸，仿佛要跳进他的眼睛里去，直到听见费米斯托克留斯答出了“巴黎”，他才最后放下心来，点了点头。

“那么我们国家哪个城市最好啊？”玛尼洛夫又问道。

家庭教师又紧张起来。

“彼得堡。”费米斯托克留斯答道。

“还有哪个城市？”

“莫斯科。”费米斯托克留斯回答说。

“你真聪明，亲爱的！”乞乞科夫立刻夸奖说，“您瞧瞧，真厉害呀……”他马上又转过脸来，带着几分惊讶的表情继续往下说，“小小年纪就已经掌握这么多知识！我得告诉你们，这孩子将来会有大出息的！”

“哎呀，您还不了解他呢，”玛尼洛夫答道，“这孩子简直是聪明极了。这个小儿子亚尔基德，脑子就没那么快。可是这个大的，要是遇见甲虫、瓢虫之类的小虫子，他的眼睛就滴溜溜地直打转，就跟着跑过去，用心去研究它。我看他将来在外交方面有发展。费米斯托克留斯，”他又向大儿子转过脸，问道，“你长大了想当公使吗？”

“想当。”费米斯托克留斯嘴里嚼着面包，摇头晃脑地回答说。

这时，站在他身后的听差给“公使”擦了擦鼻子，幸亏他擦得十分及时，否则那一大滴极为多余的鼻涕就滴到汤盘里去了。在饭桌上，宾主二人又谈起宁静的乡村生活的乐趣；女主人不时打断他们，发表她对省城剧院及其演员的看法。家庭教师全神贯注地望着正在谈话的人，发现他们脸上有些笑意，他便立刻把嘴张得老大，一丝不苟地笑起来，也许他是个知恩图报的人，想以这些笑脸来报答主人给予的优厚待遇。然而，有一次他却生气地绷起脸来，两眼直勾勾地盯住坐在他对面的两个孩子，用餐具敲起桌子来。他这一敲也正敲得恰到好处，因为费米斯托克留斯在亚尔基德耳朵上咬了一口，亚尔基德疼得眯起眼睛，张大了嘴巴，正要悲哀地号叫起来。但他马上感觉到，也许他这一哭就要失去盘中的美餐，于是他立刻把嘴巴恢复原状，眼泪汪汪地啃起羊骨头来，两腮在羊骨头上蹭得油光光的。女主人不时转过脸去对乞乞科夫说：“您怎么什么东西也不吃呀，您吃得太少啦。”每当这时，乞乞科夫总是客气地回答说：“非常感谢，我吃饱了，说说知心话胜过一切美餐呀。”

于是大家离开了餐桌。玛尼洛夫一副心满意足的样子，一只手扶着客人的脊背，打算就这样扶着他回客厅去。这时客人却忽然做出一副很神秘的样子，说他有一件非常要紧的事想同主人商谈。

“既然如此，那就请您到我的书房里去吧。”玛尼洛夫说罢，把客人引进一个不大的房间。这间房子有一面窗户正对一片青苍的树林。“这就是我自己的角落。”玛尼洛夫说。

“好舒适的小书房呀。”乞乞科夫朝房间里扫了一眼，说。

这的确是一间舒适的书房，墙壁漆成了似蓝非蓝、似灰非灰的淡青色，摆着四把椅子、一把圈椅和一张写字台。写字台上摆着一本书，书里夹着一枚书签，这本书我们在前面提到过，还有几张写过字的纸，但写字台上摆得最多的是烟叶。这烟叶摆放的方式也各不相同，有的装在纸袋里，有的装在烟盒里，有的直接堆在写字台上。两边的窗台上，摆放着一堆堆从烟斗里磕出来的烟灰，精心地排列成行，看上去相当美观。显而易见，有时候主人是用这种办法来消磨时光的。

“请您允许我请您坐在这把圈椅里，”玛尼洛夫说，“坐在这里您会舒适些。”

“对不起，我坐在这把椅子上吧。”

“请原谅，我不能让您坐在椅子上。”玛尼洛夫笑眯眯地说，“这圈椅是我专为客人制作的，不管您愿意不愿意，但您一定得坐在这里。”

乞乞科夫只好坐在圈椅里。

“请允许我向您敬烟。”

“不，我是不抽烟的。”乞乞科夫和蔼地答道，脸上显得有点惋惜。

“为什么不抽呢？”玛尼洛夫也用和蔼的口气说，脸上也带着惋惜。

“恐怕是没有养成这个习惯吧，据说抽烟使人老得快。”

“请允许我谈一点看法，我认为这是偏见。我甚至觉得，抽烟斗比闻鼻烟有益得多。我们团里曾经有一个中尉，是一个非常好的人，特别有教养，他一天到晚叼着烟斗，不仅吃饭的时候要抽烟，而且，说句不雅的话，他就是蹲茅坑也叼着烟斗。结果怎么样呢？他现在已经四十开外了，感谢上帝，身体非常健康，健壮如牛哩。”

乞乞科夫说，的确有这种情况，自然界里有许多现象就连那些智慧超群的人也解释不了。

“不过，请允许我先请教您一件事……”乞乞科夫的声音似乎有点古怪，或者说几乎是古怪的，他说到这里不知为什么四下里瞧了瞧。玛尼洛夫不知为什么也朝四周瞧了瞧。“请问，最近一次的农奴户籍名册[①]您早交上去了吧？”

---

① 俄国废除农奴制以前，地主每隔七至十年向政府呈报一次所拥有的农奴名单，政府按农奴户籍名册收税。

“早交了，确切地说，这事我已经不记得了。”

“从那以后，您这里死掉的农奴多吗？”

“这我可说不准；我想，这事得问问管家。哎，来人呀，去把管家叫来，今天他本来就该来见我。”

管家走进来。此人年近四十，下巴刮得精光，穿一件常礼服。看样子他日子过得很悠闲，因为他那脸孔显得有些虚胖，面色黄黄的，一对小眼睛，这一切都表明，他熟知鸭绒褥子的滋味。一看便知，他也像其他地主老爷府里的管家一样，是从一个普通家奴一步步爬上来的：最初他只是在府里打杂，认得一些字，后来跟太太宠爱的一个名叫阿迦什卡的女仆结了婚，这女仆替主人掌管着各处的钥匙，结婚后这差事就由他来干了，后来就升了管家。当上管家之后，他自然就跟所有的管家一样，设法结交村里比较富裕的农户，与他们认干亲家，而对那些贫穷的农户则增加税收和劳役。早晨他8点多钟才睡醒，等茶炉烧开了，他才开始喝茶。

“你听着，亲爱的！自从把农奴户籍册子交上去，我们家死掉多少农奴？”

“死掉多少，这怎么说呢？自那以后，很多人都死掉了。”管家说到这里打了一个饱嗝，一边用盾牌似的大手捂了捂嘴。

“是啊，老实说，我自己也这么想，”玛尼洛夫附和着说，“就是说，死的人太多啦！”他马上又转过脸来对乞乞科夫说，“真的，死的人太多啦。”

“比如说，具体数目有多少呢？”乞乞科夫问道。

“是啊，到底有多大数字？”玛尼洛夫跟着问道。

“这数目该怎么说呢？不知道到底死了多少，谁也没有计算过呀。”

“是的，的确是这样，”玛尼洛夫转过脸去对乞乞科夫说，“我也是这么想的，估计死亡率是很高的；但究竟死掉多少个，那就无处知道了。”

“请你把这些死掉的农奴计算一下，”乞乞科夫说，“按照姓名列一个详细的花名册。”

“是的，按照姓名把所有死掉的都列出来。”玛尼洛夫说。

管家说了声“遵命”就出去了。

“您了解这些东西是要做什么呢？”管家走后玛尼洛夫问道。

这个问题似乎把客人给难住了，他脸上露出几分紧张的表情，这种紧张甚至使他涨红了脸。之所以紧张，大概是因为他有话要说却又难以启齿。的确如此，片刻之后，玛尼洛夫终于听到了一桩稀奇古怪的事情，这样的怪事是人的耳朵从来没有听见过的。

“您是问我，这样做是出于什么原因？原因是这样的：我想买一些农奴……”乞乞科夫说到这里停下来，没有把话说完。

“可是，请允许我问一句，”玛尼洛夫说，“您想买农奴，采用什么方式呢？是连土地一起买，还是只改换所有权，也就是不包括土地？”

“不，我要买的不是您所说的那些农奴，”乞乞科夫说，“我希望买死掉的那些……”

“什么？请您原谅……我有点耳背，我觉得这句话令人莫名其妙……”

“我打算买那些已经死掉的，但在户籍册上还活着的农奴。”乞乞科夫说。

此刻，玛尼洛夫手中的长杆烟斗啪的一声掉在地板上，他吃惊地张大了嘴巴，就这样张着嘴坐在那里，持续了好几分钟。两个朋友一度推心置腹，大谈友情给人带来的种种快乐，现在却呆坐在那里，一动不动，彼此都瞪着眼睛凝视对方，仿佛古代对称地挂在镜子两旁的肖像。最后，玛尼洛夫俯身捡起他的长杆烟斗，顺便自下而上地望了望乞乞科夫的脸，极力在他嘴唇上捕捉一丝笑意，看看他是不是在开玩笑；结果没有找到丝毫这类迹象，恰恰相反，他的脸甚至比平时更加沉稳、严肃。后来，玛尼洛夫心想，这位客人会不会是突然发疯了，于是他便留心仔细打量他的脸；然而，客人的眼睛亮闪闪的，泰然自若，丝毫看不出他有疯人眼睛里转动的那种野蛮暴躁的神气，他的一切都显得礼貌得体，平静如常。玛尼洛夫绞尽脑汁，反复思考他该怎么办，采取什么对策，但他什么也没有想出来，仅仅是从嘴里喷出一缕残存的烟雾。

“因此，我想知道，您能否向我提供这样一种农奴，就是说，他们实际上已经死了，但在法律形式上依然活着；您能否把他们转让给我，或者按照您认为合适的方式办理？”

可是玛尼洛夫十分难为情，心慌意乱，不知如何是好，只是呆呆地望着他。

“您好像是有些为难吧？……”乞乞科夫问道。

“我？……不，我倒不是为难，”玛尼洛夫说，“但我弄不明白，……请您原谅……我没有受过良好的教育，不能像您那样，可以说一举一动都显出教养有素；再说我也不具备突出的口才……也许这里面……您刚才所说的这件事里面……隐藏着别的什么……也许您这样说只是为了显示您的漂亮的口才？”

“不是的，”乞乞科夫连忙说，“不是的，我本来就是实话实说的，我指的就是那些确确实实已经死掉的农奴。”

玛尼洛夫完全被弄糊涂了，茫然不知所措。他感到需要做点什么，应该提一个问题，可是提什么样的问题呢，大概只有鬼知道。最后他又用喷云吐雾来结束这尴尬的局面，不过这回烟雾是从他鼻孔里喷出来的。

“因此，如果您这里没有障碍的话，那么，上帝保佑，我们就可以着手签订买卖合同啦。”乞乞科夫说。

“什么，签订买卖死农奴的合同？”

“啊，不是的！”乞乞科夫说，“我们在合同里写的是活农奴，就像户籍名册里实际登记的那样。我这个人习惯于照法律办事，不论做什么事都不脱离民法，尽管因为这一点，我在仕途上受过挫折，可是有什么办法呢，对我来说，履行责任是一件很神圣的事。至于法律嘛，我在法律面前哑口无言。”

玛尼洛夫觉得这最后几句话很中听，但是这件事本身的含义他仍旧无法理解；于是他以拼命抽烟来代替回答，由于用力过猛，最终抽得长杆烟斗咕咕地叫起来，发出巴松管似的响声。瞧他那副神气，仿佛要从烟斗里抽出对付这种意外情况的办法来，然而长杆烟斗只是咕咕作响而已。

“大概，您还有什么疑虑？”

“噢，哪能呢，丝毫没有。我这话的意思并不是说我对于您的人格，就是说，有什么批评的意见。可是，请允许我向您请教，这个事件，或者确切地说，这笔所谓生意，会不会违反民法条例和俄国其他法令的规定呢？”

说到此处，玛尼洛夫的头轻轻摇晃了几下，他有所暗示似的打量着乞乞科夫的脸，而把自己的脸也向对方清楚地展示出来，紧绷的嘴唇上和眉宇之间都流露出那种深思熟虑的表情。这种表情大概在一般人脸上是看不到的，也许只有那种英明盖世的国务大臣，在思考某个极端棘手的问题时才出现这样的表情。

可是乞乞科夫说得很清楚，这类事情，或者说这类买卖，丝毫不违背民法条例和俄国其他法令，而一分钟之后他又补充说，甚至国库也能得到好处，因为政府可以按法律征税。

“您真的这么认为？……”

“我认为，这笔买卖是很好的。”

“既然很好，那就是另一回事啦，我没有什么可反对的了。”玛尼洛夫说到这里，完全放心了。

“现在就剩下谈价格了。”

“谈什么价格？”玛尼洛夫说到这里又停顿了一下，“难道您认为，为了这些实际上并不存在的农奴，我会要您的钱？您要是还抱有这种可以说是不切实际的愿望，那么我可以告诉您，从我这卖方来说，我愿把这些农奴无偿地转让给您，并且签订合同的费用也由我来出。”

假如让一个历史学家来记述这一事件，假如他忽略了玛尼洛夫这一番话在客人心头荡起的压抑不住的狂喜，那么这位历史学家肯定会受到极大的谴责。此时此刻，不管乞乞科夫如何沉稳、理智，他都按捺不住自己，几乎要像山羊似的蹿跳起来。大家知道，这种动作也只有在极端兴奋而忘乎所以的时候才做得出来。他在圈椅里急剧地扭动一下身子，大概用力是很猛的，以致于撕裂了圈椅的座垫上的毛料蒙面。玛尼洛夫有点迷惑不解地望了他一眼。乞乞科夫这时感激万分，兴奋不已地说了许多道谢的话，一直说得玛尼洛夫不知所措，满脸通红，连连摇头表示不敢当，直到最后才找到了适当的言辞，说这事的确算不了什么，说他恰好想证实一下自己的诚意，一种心灵的相投。至于那些死农奴，在某种意义上可以说是毫无价值的废物。

“绝不是废物。”乞乞科夫说着，拉起他的手握了一下。直到这时，他才深深地舒了一口气。看来他情绪极佳，要对朋友说几句推心置腹的话。终于，他把自己的感情流露出来，带着令人感动的表情说出如下一番话来：“唉，您是不会知道的，这些在您看来一钱不值的废物，对于一个没有家室、无名无位的人来说是何等的重要啊！不瞒您说，我这个人是饱经忧患，什么样的挫折没有遭受过呢？就像惊涛骇浪里的一片孤帆……排挤、迫害，我哪样没有遭受过？什么样的苦水我没有尝过？这都是因为什么？因为我忠实于真理，因为我从不做亏心事，因为我曾帮助过无依无靠的寡妇和可怜的孤儿！”说到这里，他甚至热泪盈眶，连忙掏出手帕来拭泪。

玛尼洛夫被深深地感动了，两个朋友久久地彼此握着手，久久地望着对方的眼睛，两个人都沉默着，眼睛里都流下了泪水。玛尼洛夫更是不愿放开我们的主人公的手，继续热烈地握着，一直握得乞乞科夫忍受不住，但又不知该怎样把手抽回来。最后他还是轻轻地把手抽了回来，对玛尼洛夫说，最好是尽快签订买卖合同，如果能劳他的驾到省城去一趟，那是再好不过了。然后他拿起帽子，向玛尼洛夫鞠了一躬。

“怎么？您要走啦？”玛尼洛夫忽然明白过来，吃惊地问道。

恰好在这当口儿上，玛尼洛夫太太走进了书房。

“丽珊卡，”玛尼洛夫带着几分悲伤的表情说，“巴维尔·伊凡诺维奇要离开我们了！”

“那么巴维尔·伊凡诺维奇一定是讨厌我们啦！”

“夫人！在这里，”乞乞科夫说，“就是这儿，”他把手按在胸口上，“就是在这心坎上，将永远记住和你们一起度过的愉快的时光！请相信，对我来说，再没有比跟你们住在一起更幸福的了，即便不能住在一幢房子里，那至少也做个近邻。”

“您知道吧，巴维尔·伊凡诺维奇，”玛尼洛夫说，看来乞乞科夫这番话说到了他的心坎上，“要是能跟您住在一起，住在同一个屋顶之下，或者坐在阴凉的榆树底下谈论点哲学，深入研究点问题，那的确是太好啦！……”

“啊！那简直是神仙过的日子！”乞乞科夫感叹了一声说，“再见，夫人！”他走上前去吻了玛尼洛夫太太的小手，接着说，“再见啦，我最尊敬的朋友！可别忘了我的请求哟！”

“哎呀，您放心好啦！”玛尼洛夫回答，“我们现在分手，不出两天就会再见面的。”

宾主一起来到饭厅里。

“再见啦，亲爱的孩子们！”乞乞科夫说，他看见亚尔基德和费米斯托克留斯正在玩一个既没有胳膊也没有鼻子的木制的骠骑兵。“再见啦，我的小朋友们。原谅我没有给你们带礼物来，老实说，我事先不知道你们是不是已经出生了，不过，我下回再来这里，一定给你们带礼物来。给你带一把马刀，想要马刀吗？”

“想要。”费米斯托克留斯回答。

“给你带一个战鼓，你喜欢战鼓吗？”他向亚尔基德俯下身，问道。

“喜欢战鼓。”亚尔基德低下头，含糊不清地低声答道。

“好，我一定给你带一个战鼓。带一个非常漂亮的战鼓，敲起来它就会咚咚地响……咚咚咚……再见啦，亲爱的，再见！”说到这里，他在孩子头上吻了一下，然后回过头来对玛尼洛夫夫妇微微一笑，他这一笑也是极为得体的，人们通常用这种微笑向孩子的父母表示这些孩童的愿望多么天真无邪。

“巴维尔·伊凡诺维奇，您还是住下吧，真的！”大家来到门口的台阶上，玛尼洛夫又说，“您瞧那乌云，怕是有雨啊。”

“这点云彩没关系的。”乞乞科夫答道。

“上索巴凯维奇那儿去的路您认得吗？”

“我正要问您呢。”

“好吧，我这就告诉您的车夫。”于是玛尼洛夫便认真细致地给车夫讲了行车路线，一副礼貌周到的样子，其间还把车夫称呼为“您”。

马车夫听他说，在前面两个路口不要转弯，到第三个路口再转弯；于是就回答说：“一定照您的吩咐走，请您放心，老爷。”紧接着马车启动了，乞乞科夫看见玛尼洛夫夫妇向他久久地鞠躬，然后又踮起脚尖向他挥动手帕。

玛尼洛夫在台阶上站了很久，目送着那辆渐渐驶去的四轮轻便马车，后来马车完全看不见了，他还叼着长杆烟斗站在那里。最后，他回到书房里，坐在一把椅子上，陷入了沉思。想到自己能给客人一点小小的满足，他从心眼里感到高兴。接着，他的思绪又不知不觉地转到别的事情上去了，最后便漫无边际地遐想开来。他想，有了好朋友便能事事顺遂；又想，要是能跟好朋友一起住在河边上该多美呀，然后他就在这条河上修建一座桥，然后再修建一幢大住宅，在住宅里修一座高高的瞭望台，从那里甚至可以看见莫斯科，到了晚上就在瞭望台上露天喝茶，谈论一些有趣的事情；后来他跟乞乞科夫一起乘坐着豪华的马车来到一处交际场上，在那里，他们两人优雅的谈吐举止使所有赴会者着迷；后来大概是皇上知道了他们俩的友谊，就降旨封他们做了将军；最后他们两人的结局如何，恐怕只有上帝知道，连他自己也弄不清楚了。这时，乞乞科夫那个奇怪的请求忽然跳进他的脑海里，打断了他的种种遐想。可是不知为什么，一想到这件事，他的头脑就变得迟钝起来，他翻来覆去想着，但任凭他怎么想，到底也没有想出个头绪来。他呆呆地坐在那里，抽着长杆烟斗，一直坐到晚饭摆在桌子上。

# 第三章

这时，乞乞科夫坐在他那辆四轮轻便马车里，精神十分畅快，他已经在宽阔的驿道上行走多时了。读者从前一章里已看出了他的趣味和爱好的主要对象，因此，他很快就把全部身心都投入到这件事上，读者并不感觉奇怪。他心中的推测、盘算和种种想法，不时地浮现在他的脸上，看来都是使他愉快的，因为它们每时每刻都在他脸上留下满足的微笑。他只顾沉浸在美妙的幻想里，丝毫没有留意他的马车夫在做些什么。马车夫在玛尼洛夫家里受到仆役们的款待，一路上扬扬得意，正在十分认真地批评那匹拉右边套的花斑马。这花斑马最爱耍滑，它老是装出一副在使劲拉车的样子，可是真正在全心全意地卖力拉车的是中间那匹枣红色的辕马和左边那匹拉边套的橙红色的马（因为这匹马是从一位陪审员那里买来的，便得了个绰号叫“陪审员”），从它们的眼睛里也可以明显地看出它们由于辛勤劳动而得到的快乐。“耍滑头，我叫你耍滑头！看你滑得过我吗！”谢里方说着，欠起身子，在那匹懒马身上抽了一鞭。“你这个德国吝啬鬼，你得明白你是做什么的！枣红马就是一匹值得夸奖的马，它知道尽自己的本分，我就乐意多喂它一些饲料，因为它的确干得好。‘陪审员’也是一匹好马……喂，喂！你摇什么耳朵呀？你这个蠢货，好好听着，主子在说话呢！你这没教养的，我不会教你干蠢事的。瞧你走到哪儿去了！”说到这里，他又抽了懒马一鞭子，接着说，“唔，野蛮的畜生，你这个该死的拿破仑！”接着，他朝三套马喊了一声，“快点跑呀，伙计们！”同时他在每匹马身上都抽一鞭子，不过这次不是惩罚，而是显示一下他对三匹马都很满意。慰勉过它们之后，马车夫又对花斑马说：“你以为，你不好好干活，能瞒过我的眼睛。那你可想错啦，你要是想让人器重你，就得老老实实，不能耍滑头。就说我们刚才去过的那位地主家吧，一家人全是好人。要是遇着好人，我就乐意同他聊天；同好人在一起呀，大家不分彼此，都是亲密朋友：我喜欢同他一起喝杯茶，吃点东西，因为是好人嘛。好人总是到处受人尊敬。比如咱们老爷吧，谁都尊敬他，因为他，你好好听着，因为他为国家效过力，还是个六品官呢……”

谢里方自言自语地唠叨着，终于越扯越远，最后只剩下一些空洞玄虚的议论。乞乞科夫如果细心听他唠叨，可以从中了解不少对他个人的具体评价，但他聚精会神地盘算着自己那桩事，直到空中响起一声霹雷，才把他从沉思中惊醒过来。他连忙四下里瞧了瞧，只见天空已布满了乌云，密集的雨点洒落在布满尘土的驿道上。接着，又响起一声霹雷，更响更近，于是转眼之间大雨便像瓢泼似的浇下来。开始雨水倾斜着飘过来，从侧面抽打着车篷，后来又从另一面飘过来，最后改变了攻击方式，垂直从空中浇下来，像敲鼓似的敲打着车篷顶部。雨水最终飞溅到乞乞科夫脸上，他连忙放下车门上的皮帘。那皮帘上带有两个小圆窗，以便察看道旁的景色。他同时吩咐谢里方催马快走。唠唠叨叨的谢里方讲到兴头儿上被打断了话头，但他也看出时间的确不能耽搁，便马上从车夫台下面拽出一件破旧的灰呢子外套，套在自己胳膊上，抓起缰绳，向三套马吆喝了一声。那三套马本来听着谢里方喋喋不休的训斥，感觉着一种愉快的疲劳，脚步变得疲软起来。然而，恰在这时，谢里方偏偏记不起已经驶过几个路口了，到底是驶过了两个呢，还是驶过了三个？为了弄明白这一点，他又回想了一会儿，最后他断定已经走过好多个路口了。在关键时刻，俄国人总能随机应变找出办法来，因而不愿做长远的考虑，于是谢里方便在下一个十字路口向右拐弯，高喊一声："哎，可爱的朋友们，你们加油跑呀！"三套马放开四蹄飞奔而去。至于这条路通往何处，他谢里方是不愿多想的。

雨还在下着，看来一时半会儿是停不下来的。路上的尘土很快变成了烂泥，马车行走在泥道上，马匹拉车愈来愈吃力了。行走了很长时间，仍旧看不见索巴凯维奇的村子，乞乞科夫心里便着急起来。他认为这村子早该到了。于是他朝四周望了望，可是周围漆黑一团，伸手不见五指。

"谢里方！"他终于从马车里探出头来，喊了一声。

"什么事呀，老爷？"谢里方答道。

"你快看看，能不能看见村子？"

"不行啊，老爷，根本看不见！"谢里方说罢，挥鞭打马，一边拉长了声音哼哼呀呀地唱起来，他唱的像歌但又不是歌，而是一种随心所欲的呼喊，没完没了的怪叫，其中包括了全俄国的车夫们催马快走时所使用的各种称赞和叫骂，还有他顺口瞎喊的乱七八糟、不伦不类的形容词。就这样他赶着马车糊里糊涂地唱下去，最后竟把三套马唤作书记官了。

这时乞乞科夫渐渐发现他的马车有些不对劲儿。车身急剧地左右摇摆起来，把他颠簸得晕头转向。他这才感觉到马车已经离开大道，大概是驶到刚刚翻耕过的田地里去了。谢里方显然早已察觉到了，但他什么话也没有说。

"你这个骗子，这是怎么回事呀，你把马车驶到哪儿去啦？"乞乞科夫说。

"这是没有办法的，老爷，时间这么晚了，天又这么黑，连马鞭子都看不见！"他说到这里，马车倾斜得更厉害了，乞乞科夫不得不用两手支撑着身子。这时他才看出谢里方是带着醉意的。

"快停下，快停下，马车要翻啦！"他向谢里方喊道。

“没事儿，老爷，我怎么能让马车翻了呢，”谢里方说，“把马车赶翻了多不好啊，我心里有数。不会翻的，我无论如何也不能让它翻呀。”他说罢便赶着马车稍稍转弯，转着转着，马车终于完全翻倒了。乞乞科夫摔了个嘴啃泥，四肢着地趴在烂泥里。然而谢里方却使劲拉住了马，话说回来，这三套马早已累得疲惫不堪，就是不拉它们也会自动停下来。这个意外事故使谢里方大为惊奇，他从车夫台上爬下来，两手叉腰站在那里，呆呆地望着这辆四轮轻便马车，与此同时，乞乞科夫老爷在烂泥里挣扎着，正在使尽力气从泥地里爬起来。谢里方望着马车沉思了一会儿，自言自语地说：“瞧你，还真的翻了！”

“你这家伙喝得烂醉如泥！”乞乞科夫说。

“不对，老爷，我是绝不可能喝醉的！我明白，喝醉酒是很不好的。我只是跟一个朋友聊了一会儿天，因为他是一个好人，同好人聊聊天也不是坏事。我不过是跟他一起吃了点东西，吃点东西也不算得罪人，跟好人在一起吃点东西也没什么关系。”

“上次你喝醉了酒，我是怎么给你说的？啊，全忘啦？”乞乞科夫说。

“没忘记，大人，我怎么能忘记呢？我是很本分的。我明白，喝醉酒不是好事情。我只是跟一个好人聊了一会儿天，因为……”

“瞧我抽你一顿鞭子，叫你给我明白，该怎样跟好人聊天！”

“那就随您的便吧，老爷，”谢里方回答，他服服帖帖地听候发落，“要是该抽一顿，您就抽我一顿吧，我是无话可说的。既然是做错了事，抽一顿鞭子也是应该的，这就全由老爷做主啦。的确是该揍他一顿，因为这个家奴不听话嘛。不守规矩是不行的。既然做错了事，就该吃鞭子，何不抽他一顿呢？”

谢里方唠唠叨叨地嘟囔了一阵，老爷反而被他弄糊涂了，不知该怎样处置他。然而恰在这当口儿上，似乎命运本身对他动了怜悯之心，远方隐约传来狗叫声。乞乞科夫喜出望外，吩咐谢里方打马快走。俄国马车夫的嗅觉常常比眼睛好使，正因为如此，有时候他眯缝着眼睛拼命赶车，最后也能把车赶到目的地。在滂沱大雨之中谢里方虽然什么也看不见，却把马车直接赶到一个村子里，直到车杠撞在一堵围墙上，完全无路可走了，他才把马车停下来。此时大雨如注，乞乞科夫透过密集的雨帘，模模糊糊地看见了屋顶。于是他吩咐谢里方去找那房屋的大门；假如在俄罗斯压根儿不用恶狗代替看门人，假如那些恶狗看见生人不发出震耳欲聋的吠叫，谢里方寻找大门一定要花费很长时间。一个小窗子里灯光闪了一下，灯光透过雨幕照亮了围墙，我们的过路人这才看见大门的位置。谢里方走到门口敲了敲门，不一会儿围墙上的侧门打开了，探出一个披着粗呢子外套的身影。紧接着主仆二人听见一个嘶哑的村妇的声音：

“谁敲门呀？干吗这么吵吵嚷嚷的？”

“是过路的，老妈妈，让我们在这里住一夜吧。”乞乞科夫说。

“瞧你，真莽撞，”老太婆说，“也不看看是什么时候！这里不是大车店。这是一位地主太太的住宅。”

“实在是没办法呀，老妈妈，我们迷路啦。天这么晚了，我们总不能在野地里过夜呀。”

“是啊，天这么黑，这时候是很不好的。”谢里方插嘴说。

“你住嘴，蠢货。”乞乞科夫喝住他。

“您是什么人？”老太婆问道。

“是贵族，老妈妈。”

老太婆对“贵族”这个词语似乎有点费解。

“请等一下，我去向太太禀报一声。”她说罢就回屋去了，大约过了两分钟她又走出来，手里提着一只灯笼。

大门打开了。另一个窗户里又亮起灯光。乞乞科夫的马车驶进院子，在一幢低矮的小屋跟前停下来，院子里很黑，看不清这幢小屋的模样。窗户里射出的灯光，照亮了半边小屋，小屋前面有一片水洼，被灯光照得亮光闪闪。大雨浇在木屋的房顶上，发出哗哗的响声，雨水汇成淙淙溪流流进屋檐下的木桶里。这时，一群看家狗拼命吠叫起来，叫声各不相同。一条狗气势汹汹地昂着头，直着嗓子吠叫，特别卖劲儿，仿佛是为了得到某一种只有上帝才知道的奖赏似的；另一条狗仓促上阵，哼哼哈哈地吠叫着，像和尚念经似的；这两条狗的吠叫声中夹杂着一串清脆响亮的汪汪声，像驿车上的铃铛似的，大概是一条小狗崽在吠叫。最后，它们的吠叫声被一个低沉粗壮的声音遮盖住了，大概这是一条老狗，并且是一条健壮有力的公狗，因为它的声音嘶哑，像教堂唱诗班里的男低音发出的嗡嗡声；当演奏进入高潮的时候，男高音歌手们踮起脚尖，极力把音调拔高，其他演唱者也都引颈昂首，要唱出自己的最高音，唯独男低音蹲下来，几乎要坐在地板上，他把没有刮胡子的下巴颏缩在领结里，用尽全身力气唱出低沉浓重的歌，震得窗玻璃发出共鸣。单从这群看家狗的大合唱便可看出，这是一个相当大的村庄；然而我们的主人公浑身湿透了，冻得直哆嗦，一心盼望着早些上床睡觉，其余的什么也不去想了。还没等马车完全停下来，他已经跳到台阶上，身子摇晃了一下，差点跌倒。这时门口的台阶上又出现一个女人，与刚才那个老太婆长得很相像，只是显得年轻些。这女人是出来迎接客人的，她把乞乞科夫领进一间屋子。乞乞科夫也顺便朝屋里瞅了两眼：墙壁上贴着带条纹图案的壁纸，看上去已显陈旧，挂着几幅花鸟画；窗户之间有几只古色古香小巧玲珑的镜子，深色的镜框上雕着卷曲的树叶；镜子后面或者插着信札，或者插着一副旧纸牌，或者插着一只袜子；挂钟的刻度盘上画着花朵……除此之外，别的东西乞乞科夫什么也看不见了。他觉得，他的眼睛似乎给人涂上了蜜，眼皮几乎粘在一起。大约过了一分钟，女主人走进来，这是一位老太太，大概是因为匆忙走出来，头上还戴着睡帽，脖颈里围一条法兰绒披肩。她属于那种常常哭穷却又善于敛财的小地主婆，这些老太太一有机会就抱怨收成不好，入不敷出，说话时总是微微歪着头，暗地里却一点一点地攒钱，把钱装在几只花粗布缝制的口袋里，分别放置在五斗柜的抽屉里。这一只布袋里装的全是一卢布的银币，另一只布袋里装的是半卢布的银币，第三只口袋里装的是四分之一卢布的银币。表面看来，五斗柜里除了几件内衣、睡衣、几绞毛线和一件已经拆开的女式罩裙之外，似乎什么东西也没有。那件拆开的罩裙是预备改连衣裙用的，如果在烤制节日甜饼和各种馅饼的时候，不慎把一件旧连衣裙烧坏了，或者旧连衣裙自然穿破了，这件拆开的罩裙就改作新的用。然而，这位地主婆的连衣裙既不会烧坏，也不会自然穿破，因为她是一个格外小心谨慎的人。这样一来，她那件拆开的罩裙也就注定要长久地存放在抽屉里，然后根据遗嘱，连同其他各种破烂一起转交给她堂姐妹的侄女。

乞乞科夫向女主人道了歉，说他的意外到来打扰了她。

“没关系，没关系，”女主人说，“想不到上帝在这种时候派您到这里来！天这么晚了，下这么大的雨……走了这么远的路，本应该吃点东西的，可是这深更半夜的，也无法给您做吃的。”

就在这时，忽然响起一种奇怪的咝咝声打断了女主人的话头；客人给吓了一跳，这声音听来令人毛骨悚然，仿佛这屋里到处都爬满了蛇。乞乞科夫抬眼望了望，马上便镇静下来，原来是墙上的挂钟快要敲打时发出的声音。挂钟咝咝叫一阵之后，紧接着又发出嘶哑的声音，最后终于鼓足了力气，敲打了两下，那声音听来好像有人用木棍敲打一只开裂的陶罐，接着，钟摆又平稳地左右摇摆起来。

乞乞科夫连忙向女主人道谢，说他什么东西也不需要，叫她不必费心，说他只是在此借宿而已，别无他求，只是有一点想打听一下：他这是来到了什么地方，这地方离地主索巴凯维奇的村子远不远。老太婆听了，回答说，她没有听说过这个名字，这附近根本没有这么一位地主。

“玛尼洛夫的名字您总知道吧？”乞乞科夫说。

“这个玛尼洛夫是什么人？”

“是一位地主，老妈妈。”

“没有，我没听说过，没有这么个地主。”

“你们这里的地主都姓什么呢？”

“鲍勃罗夫、斯维宁、卡纳帕季耶夫、特列帕京和普列沙科夫。”

“他们是不是很富有？”

“不，老爷，这里没什么富人。有的人家有二十个农奴，也有有三十个农奴的人家，有百把个农奴的人家就没有啦。”

乞乞科夫这才明白，这地方原来是穷乡僻壤。

“这地方离省城远吗？”

“大约有六十俄里。真对不起，没法给您弄点吃的。您想不想喝点茶，老爷？”

“谢谢您，老妈妈。除了一张床，什么东西都不需要。”

“的确是的，走了这么远的路，的确需要好好休息。就请您睡在这张长沙发上吧，老爷。喂，费季尼娅，快拿褥垫来，还有枕头和褥单。上帝啊，您看看这天气，这雷声多响啊，我在圣像面前点上了蜡烛，要点一整夜呢。哎呀，我的老爷，您这是怎么搞的，像猪似的，背上和腰里都沾满了烂泥！这是在什么地方弄得这么脏啊？”

“这还得感谢上帝呢，只是身上沾了点泥，没有摔断腰就算运气啦。”

“圣徒啊，真是多灾多难！要不要给您擦洗一下？”

“多谢，多谢。请别费心啦，请您吩咐女仆，把我的衣服刷干净，烤干就行了。”

“听见没有，费季尼娅？”女主人转身对女仆说，费季尼娅就是刚才拿着蜡烛到台阶上迎接客人的那个女人。她已把羽毛褥垫拿进来，用手在褥垫两侧拍打着，把羽毛拍松，直拍得羽毛飞了一屋子。“过一会儿你把这位老爷的外衣和贴身衣服拿去，先在火上烤干了，再好好揉一揉，把上面的泥巴掸掉，就像我家老爷在世时那样做。”

“是，夫人！”费季尼娅答应着，在褥垫上面铺一条褥单，又把枕头放整齐。

“您瞧，老爷，床铺好了，”女主人说，“再见，老爷，祝您睡得好。对了，还需要什么东西吗？也许您跟我家老爷一样，睡觉之前得让人给搔一搔脚后跟？我家老爷在世的时候，不搔脚后跟是睡不着觉的。”

然而，这位客人谢绝了她的盛情。女主人走了，他连忙把身上的衣服脱下来，然后把脱下的外衣内衣统统交给女仆，女仆也向他道了晚安，就抱着这些湿衣服出去了。屋里只剩下他一个人了。他十分畅快地瞧一眼床铺，只见床铺已高高地鼓胀起来，几乎要顶住天花板了。可见费季尼娅是拍打羽毛褥子的能手。于是他踩着椅子爬上高高的床铺，经他的身子一压，床铺马上就沉下来，几乎沉到地板上，褥子里挤出的羽毛飞得满屋都是。他熄灭了蜡烛，拿一条印花布面的毯子盖在身上，全身蜷起来像一个花形面包似的，一会儿工夫就睡着了。第二天早晨，他醒来很迟。太阳从窗户照进来，阳光在他眼睛上跳跃着。苍蝇夜间趴在墙壁上和天花板上睡足了觉，现在都向他飞过来。一只苍蝇落在他的嘴唇上，另一只苍蝇落在他的耳朵上，第三只苍蝇还在盘旋着，大概想落在他的某一只眼睛上。另有一只苍蝇粗心大意，竟想在他鼻孔附近歇一歇脚，结果被蒙眬中的乞乞科夫吸进了鼻孔里。乞乞科夫忽然打了一个很响的喷嚏，把那只苍蝇从鼻孔里喷出来。直到这时，他才从睡梦中醒来。他睁开眼睛朝屋里望了望，这时他发现那几幅画上画的并不全是花鸟，图画之间的墙壁上挂着一幅库图佐夫[①]的肖像，还有一幅油画，画的是一个老头，穿着保罗一世时代的那种镶红边饰的制服。挂钟又发出咝咝的声响，紧接着敲了十下。一张女人的脸在门口晃了一下，马上就躲藏起来，因为乞乞科夫为了睡个好觉，浑身上下脱得一丝不挂。他觉得，刚刚探头探脑的这个女人很面熟，便认真回想这女人是谁。最后他终于记起来了，她是女主人。他穿上衬衫，淋

① 俄国著名统帅，曾在1812年俄法战争中率俄军击败拿破仑。

湿的衣服早已烤干了，刷得干干净净，整整齐齐地摆在他身旁。他穿好衣服，走到镜子面前，又打了一个响亮的喷嚏。这时恰好有一只公火鸡走到窗户跟前，这窗户离地面很近，公火鸡听了他那响亮的喷嚏，忽然用它那种奇怪的语言急急地冲他嚷了一句，大概是说："祝您健康。"乞乞科夫听了并没有感到高兴，反而骂它是混账东西。他走到窗户跟前，开始察看眼前的景色。从窗户望出去，不大的庭院几乎像一座养鸡场，至少他面前这个狭小的天地里，挤满了各种家禽和家畜。火鸡和母鸡多得不计其数，一只公鸡在它们中间潇洒自如地走来走去，时而摇动一下鸡冠，歪着头站在那里，似乎在谛听什么声音。一头母猪带着一群小猪崽闯到这里来了，就在这里，它在一堆垃圾上拱来拱去，顺便吃掉了一只小鸡，它自己却全然不知道这回事，一切如常地继续啃它的西瓜皮去了。这不大的庭院，或者说养鸡场，是用一道木制的栅栏围起来的。栅栏外面是菜园子，种着白菜、大葱、土豆、甜菜和其他一些常见的蔬菜。菜园子面积很大，园子里还种着一些苹果树和其他果树，分散在几处地方，果树都用网罩了起来，以防喜鹊和麻雀来侵扰。这里的麻雀可真不少，一阵阵地飞过来，黑压压的，像斜飘过来的云朵似的，忽而飞到这里，忽而又飞到那里。正因为如此，园子里还立着几个稻草人，它们都扎在长竹竿上，难看地张开双臂，其中一个竟戴着女主人的睡帽。菜园子后面是一些农舍，这些木头房屋虽然很分散，横七竖八的，没有一条整齐的街道，但乞乞科夫却有自己独到的见解。他认为这些房屋恰恰显示出居民们的富裕，因为房屋都维护得很好：所有的屋顶上，那种破旧腐朽的木板都换成了新的，没有一处大门是歪斜的，有几家农户的板棚正对着他。他发现板棚里都停放着一辆几乎是全新的备用大车，有的板棚里还停放着两辆。"她的村庄可真不小哩！"他自言自语地说，立刻决定好好同女主人谈谈，套一套近乎。于是他从女主人先前探进头来的门缝里往外瞧一眼，看见她正坐在茶桌旁，便立刻带着满脸的快活而又温柔的表情朝她走去。

“您好，老爷，您睡得好吗？”女主人欠起身来说。她的衣着比昨天晚上讲究些，穿一件深色裙子，头上已不戴睡帽，但脖颈里依旧围着围巾。

“睡得很好，”乞乞科夫说着，在一把圈椅里坐下来，“您睡得怎么样，老妈妈？”

“睡得很不好，老爷。”

“为什么呢？”

“我有失眠症。腰疼得很，腿也疼，脚踝往上老是发酸。”

“会好的，会好的，老妈妈。这点小毛病算不了什么。”

“但愿上帝保佑，让我快点好了吧。我擦过猪油，松节油也擦过啦。您在茶里放点什么呢？水壶里有果汁。”

“很不错嘛，老妈妈，那么就加点果汁吧。”

读者想必已经发现，乞乞科夫虽然一副满脸堆笑的样子，但比起在玛尼洛夫家里，他的谈吐要随便得多，而且完全不拘礼节了。这里需要说明，在我们俄罗斯，如果说我们在其他方面比不上外国人，那么在与人打交道的本领方面，外国人是远远赶不上我们的。我们俄国人接人待物有很多细微差别和微妙之处，这里不可能一一列举。一个法国人或者德国人，恐怕一辈子也弄不清楚，并且理解不了我们在这方面的各种特点和差别。他们跟一个百万富翁和一个卖香烟的小贩说话，几乎用的是同样的语气和同样的语言，尽管他们的内心里，对百万富翁敬佩之至。在我们俄国就不是这样，我们有些人非常聪明，他们跟一个拥有两百农奴的地主说话，和跟一个拥有三百农奴的地主说话是完全不同的；跟一个拥有三百农奴的地主说话，和跟一个拥有五百农奴的地主说话又完全不同；跟一个拥有五百农奴的地主说话，和跟一个拥有八百农奴的地主说话又完全不同。总之，哪怕是农奴数目达到一百万，只要拥有农奴的数量不同，他们说话的口气就有细微差别。举个例子说吧，譬如不是在这里，而是在一个非常遥远的国家，有一个衙门，而在这个衙门里有一个长官。现在他正坐在自己的下属官员中间，请你们看一看他那副气派吧，你准会吓得目瞪口呆！扬扬得意，气度高雅，他那张脸上表情之丰富，是没有人可以与之相比的。你干脆拿笔把他画下来吧：整个一个普罗米修斯[①]，跟普罗米修斯一模一样！你看他，目光锐利、威严，像雄鹰，步态优雅，举止从容。就是这样一只雄鹰，只要他一走出衙门，来到他上司的衙门门口的时候，他马上就变成了一只山鸡，夹着公文包急匆匆地走路，一副上气不接下气的样子。在交际场所和晚会上，如果出席的官员职位不高，那么普罗米修斯一如既往，趾高气扬；可是，如果有人比他的官职哪怕高一点点，那么他就会立刻变了形状，他变形的巧妙恐怕连奥维德[②]也想象不到：他竟变成一只苍蝇，甚至比苍蝇还小，干脆变成一个不起眼的小沙粒！“这哪里是伊凡·彼得罗维奇呀，”你望着他，会不由自主地说，“伊凡·彼得罗维奇个子比他高大，而眼前这个人个子很矮，瘦瘦的；伊凡·彼得罗维奇说话嗓门很大，声音粗壮深沉，从来不会笑，而眼前这个人鬼晓得是怎么回事，说话像鸟叫，嗓子又尖又细，并且一直是满脸堆笑。”你走近一瞧，正是伊凡·彼得罗维奇！“哎呀，原来是这样的。”你心中暗想……然而闲话少说，我们还是回过头来看一看本书中的人物吧，我们已经看到，乞乞科夫决定不再拘泥于礼节，便顺手拿起一只茶杯，往茶杯里加点果汁，大大咧咧地说：

“老妈妈，您这个田庄挺好嘛。村里有多少农奴啊？”

“老爷，我这村子里农奴倒差不多有八十个，”女主人说，“可惜这年景不好，加上去年庄稼歉收，这日子简直没法过，只好靠上帝保佑啦。”

---

① 希腊神话中的巨人，因从天上窃火种给人类而遭宙斯惩罚。

② 古罗马诗人，著有叙事诗《变形记》。

“可是这些种田的人看上去倒很强壮，那些农舍也都很结实牢靠。请问您贵姓？我忘记问您啦，瞧我这人多粗心……再说又是深夜赶来的……”

“我姓柯罗鲍奇卡，是已故十品文官的妻子。”

“非常感谢。那么您的名字和父称呢？”

“娜斯塔西娅·彼得罗夫娜。”

“娜斯塔西娅·彼得罗夫娜？这是一个很好的名字。我有一个亲姨妈，也就是我母亲的姐妹，也叫娜斯塔西娅·彼得罗夫娜。”

“那么您叫什么名字？”地主婆问道，“我猜想，您大概是一位税务官吧？”

“不，老妈妈，”乞乞科夫嘿嘿一笑，答道，“我不是税务官，我是为了点私事出来转转。”

“那您肯定是一位买主啦！说起来真可惜，我把蜂蜜全卖给商人了，卖得太便宜啦，要是早点遇上您呀，老爷，您准会把我的蜂蜜全买下的。”

“我也不是买蜂蜜的。”

“那您还要买什么？莫非您想买大麻？可是大麻我这里剩下不多了，只有半普特[①]啦。”

“不，老妈妈，我要买的是另一种东西。请问，你们这里经常有农奴死掉吗？”

“唉呀，老爷，整整死了十八个啦！”地主婆叹息着说，“死的尽是些精壮的人，全是干活的好手。当然，后来又添了些人口，可是生的都是些什么人呢，全是些没用的小孩子。税务官来了，就说，交税吧，按人口交税。人已经死了，可是还得照着活人交税。上个礼拜，我家的铁匠刚刚烧死了，这个铁匠的手艺很好，还会做钳工活呢。”

“莫非你们这里失过火，老妈妈？”

---

① 旧俄重量单位，一普特等于十六点三八公斤。

“上帝保佑，我们这里没有失过火，要是失火就更糟了。是他自己烧死的，老爷。不知是怎么搞的，他身体内部着起火来，喝酒太多啦，只见他身上冒出一团小火苗儿，他全身就慢慢烧起来，就这样烧死了。全身发黑，烧得像一块木炭似的。他是很好的铁匠，手艺好极了！现在我出门连车也坐不成啦，没有人会给马钉铁掌呀。”

“这都是按上帝的意旨安排的，老妈妈！”乞乞科夫叹了口气说，“违背上帝意志的话，可不能随口乱说哟……您就把他们转让给我吧，娜斯塔西娅·彼得罗夫娜？”

“您指的是谁，老爷？”

“就是这些死掉的，统统转给我。”

“那么，这是怎么个转法呢？”

“这非常简单。换句话说，就是卖给我。我把他们买下来，付给您一笔钱。”

“您说什么？我实在是弄不明白。难道您要把他们从地下挖出来？”

乞乞科夫看出老太婆离题太远，没有明白他的意思，必须把事情给她解释清楚。于是他简单地给老太婆解释了几句，告诉她，这种转让或者说购买仅仅是纸面上的事，这些死农奴登记时还要写成是活着的。

“那么您要这些农奴做什么呢？”老太婆眼睛鼓出来瞪着他问道。

“这就是我自己的事啰。”

“您要知道，他们是死的呀。”

“谁说他们不是死的啦？就因为他们死了，您才遭受损失的呀，您照旧得为他们纳税。现在我把他们买下来，这样既省得您去操心，又省得您纳税了。明白了吗？不仅如此，我还要额外地付给您十五个卢布。怎么样，现在清楚了吗？”

“说实话，我不清楚，”女主人迟疑了一下，答道，“老实说，我还从来没有卖过死人哩。”

“这还用您说！您要是卖过，那才真的成了怪事哩。也许您认为，他们的确有什么价值？”

“不，我倒不这么想。他们有什么价值呢，一点价值也没有。只是有一点我弄不明白，就是说，他们已经死掉了呀。”

“哎，这个老村妇，真是个死心眼！”乞乞科夫在心里骂道。

“您听我说呀，老妈妈。您还是好好想一想，农奴死掉了，您还照着活人替他交税，这样下去，您会破产的呀……”

“哎呀，我的老爷，您就甭提这些啦！”地主婆说，“两个礼拜以前，我刚交了一百五十多个卢布的税呢。额外还给了那个税务官好处。”

“您瞧，老妈妈，我说对了吧。现在我只想提醒您，从今以后，您再也用不着去讨好税务官了，因为这些人的税款将由我来付，和您没关系了。所有的官差、劳役和税务都由我来承担，就连签订这笔买卖的合同的费用也由我来出，您现在总算明白了吧？”

地主婆听了，认真思索起来。她看出，这件事似乎的确是有利可图，只是有些稀奇古怪，过去从未听说过。想到这里，她更加害怕起来，担心这位买主不是好人，说不定是编了圈套让她跳呢。天晓得他是从哪儿来的，况且是一个深夜来客。

“考虑好了吗，老妈妈，可以成交了吧？”乞乞科夫问道。

“说实话，老爷，死掉的农奴我的确是一次也没有卖过。我倒是卖过活着的，两年前我把两个女奴转让给了大司祭，每个人收他一百卢布。大司祭是很感谢我的，两个姑娘都特别会干活，连餐巾都是她们亲手编织的。”

“哎呀，现在不是谈活着的，让上帝保佑她们吧！我要的是死农奴。”

“老实说，我是头一回遇着这种事，我害怕上当。说不定，我的老爷，您是在欺骗我呢，也说不定他们……他们还能卖大价钱呢。”

“您听我说呀，老妈妈……哎呀，瞧您说到哪里去了！他们能值什么钱呢？您要明白，这些东西一钱不值。您明白了吗？他们仅仅是骨灰而已。您随便拿一样东西，哪怕是最不中用的东西，都比他们值钱。比如说，就算是一块普通的破布吧，那么破布也可以卖钱，至少可以把它卖给造纸厂吧。可是这些死农奴呢，不管做什么都用不上他们。您自己说说吧，他们到底有什么用处？”

“您说的这些的确是实话，他们是一点用处也没有的。可是，最让我担心的也正是这一点，就因为他们已经死掉了。”

“哎呀，这老东西真是不识抬举！”乞乞科夫心里暗暗骂道，他实在是有点不耐烦了。“真拿她没办法！这个该死的老太婆，急得我直冒汗！”这时，他额头上真的冒出汗来，他从口袋里掏出手帕擦了擦头上的汗。其实，乞乞科夫着急生气也是没有道理的。有时候，即便是那种可尊敬的人，身居要职的官吏，遇到事情也会像这位地主婆一样固执。他一旦在头脑里打定某个主意，你就甭想说服他改变主意；不管你向他申说多少像白昼一样明明白白的理由，他都照例给你挡回来，就像皮球打在墙上反弹回来一样。乞乞科夫擦去脸上的汗，并没有泄气，试图从别的方面加以开导，也许能够打动她。

“老妈妈，”他说，“您要么就是不想理睬我说的这些话，要么就是故意拿话来搪塞我，没话找话说……要知道，我是要付给您钱的，给您十五卢布，付现钞。您明白了吧？这可是钱哪。这些钱，您在街上是捡不到的。喂，请您告诉我，您的蜂蜜卖什么价钱？”

“十二个卢布一普特。”

“您这么说话可有点昧良心，老妈妈。照这个价钱您是卖不出去的。”

“上帝作证，我真的卖出去了。”

“可是您要明白，您卖的毕竟是蜂蜜呀。您采集这些蜂蜜，大概要花费一年时间，还要操心，花费力气，东奔西跑；您还得到外面去放蜂，还得熏蜂[1]，还得把这些蜜蜂放在地窖里，喂养整整一个冬

① 取出蜂房时，需要先用烟把蜜蜂熏昏。

天。可是，那些死农奴就是另一回事了，他们与我们人世间毫不相干。从您这方面来说，您并没有为他们花费什么力气，他们死掉了，固然给您经营田产造成损失，但这全是上帝的意愿。您的蜂蜜价钱卖到十二个卢布，是因为您付出了辛劳，花费了力气，可是，您卖死农奴却不需要花费一点力气，白拿钱，而且价钱也不是十二卢布，而是十五卢布。给你的不是银币，全是蓝蓝的钞票。”乞乞科夫列举了这些令人信服的道理之后，几乎不再怀疑老太婆最终要动心了。

“老实说，”地主婆回答说，“我一个寡妇做这种事是没有经验的！我最好还是等几天，也许等商人来了，我还能问问他们，这价格合适不合适。”

“荒唐，荒唐，老妈妈！这简直太荒唐了！您自己也想一想，您这是说的什么话呀！谁愿意买您的死农奴呢？再说了，就是有人买了，他用这些死人能做什么呢？”

“说不定在经营田产方面能派上用场呢……”老太婆反驳说，她说到这里停下来，张大了嘴巴，带着吃惊的表情望着他，想看看他如何回答。

“让死农奴经营田产！您这是扯到哪里去了！难道是让他们给您看菜园子，夜间吓唬麻雀，还是怎么的？”

“上帝啊，保佑我们吧！你说得太可怕啦！”老太婆说着，连忙在自己胸前画十字。

“您还想让他们做什么事呢？话又说回来，他们的骨头和坟墓统统留给您，买卖只是在纸上做文章。喂，您看这么办行吗？怎么样？您至少总得回答一句吧。”

地主婆又陷入了沉思。

“您在想什么呢，娜斯塔西娅·彼得罗夫娜？”

“老实说，我怎么也想不出该怎么办；我最好还是卖给您大麻吧。”

“这和大麻有什么关系呢？您算了吧，我请您做的是另外一件事，您却硬要卖给我大麻！好吧，大麻归大麻，等我下次来了，就把您的大麻全买了。这样总算可以了吧，娜斯塔西娅·彼得罗夫娜？”

“说心里话，这买卖简直太古怪了，我是从来没听说过的呀！”

这时，乞乞科夫完全忍耐不住了，一怒之下抓起椅子狠狠地在地板上摔一下，骂她是活见鬼。

地主婆一听到“鬼”字，吓得浑身直哆嗦。

“哎呀，求求您啦，别再提它啦，上帝保佑它！”她吓得面无人色，喊叫起来，“前天夜里，我做了一夜噩梦，梦见一个恶鬼。这都怪我，那天睡觉之前，我做完祷告，又忽然想起拿纸牌算卦，这么一来，肯定是上帝派它来惩罚我的。我梦见的那个恶鬼，模样可怕极了；它头上的角比牛角还长呢！”

“我真奇怪您怎么没有梦见一群恶鬼。我只是出于一个基督徒的仁爱之心，不忍看见一个无依无靠的寡妇走投无路，忍受贫穷……去你的吧，您和您的整个村庄都见鬼去吧！……”

“哎呀，您骂得多难听啊！”老太婆惊恐失色地望着他，说道。

“跟您没什么好说的！坦率地说，您倒像个看家狗，不会说难听的话，就会躺在干草垛上，自己不吃草，也不准别的家畜吃。我本来是要向您采购各种农产品的，因为我也经办一些国家专卖的物品……”他顺口在这里撒了个谎，顺便说说而已，并没有什么进一步的意图，却产生了意想不到的效果。娜斯塔西娅·彼得罗夫娜对国家专卖物品特别感兴趣，至少她说话的口气已经带有几分恳求了：

“您何必发这么大的脾气呢？早知道您这么爱发脾气，我就压根儿不顶撞您啦。”

“我有什么可发脾气的呢！本来就是芝麻绿豆大的小事，我何必为它发脾气呢！”

“好啦，好啦，我愿以十五卢布现钞的价钱卖给您！不过，您为国家采购物品的时候可要多多关照呀，我的老爷，要是采购黑麦面粉，或者是荞麦面粉，或者是麦糁，或者是各种家畜肉，总之，请您不要忘了我。”

“不会的，老妈妈，我一定不会忘记您的。”乞乞科夫一边说，一边擦汗，汗水像小溪似的从他脸上流下来。他问老太婆，在省城里有没有代理人或者熟人，可以代表她签订买卖合同，办理一切应办理的手续。

“当然有啦，大司祭基里尔神父就行，他儿子在官府里做事。”地主婆答道。

乞乞科夫请她写一份给大司祭的委托书，为了省去不必要的麻烦，便主动提出由他执笔。

“他为国家采购物品的时候，最好是让他买我的面粉和牲口。”地主婆心里暗自盘算着，“得好好招待他一下，昨晚上还剩下一些和好的面，我去吩咐费季尼娅，叫她烙一些饼，再做一个鸡蛋素馅饼，也是很好的。我家的厨子做这种馅饼是很拿手的，再说这时间也来得及。”女主人出去了，她要把做鸡蛋馅饼的想法落到实处，说不定她还要增添一些家里烤的面包和其他饭菜。乞乞科夫回到他过夜的那间客厅里，因为他要从他那只精致的小木匣子里取些纸来。客厅早已打扫干净，那些精美的羽毛褥子和枕头之类的卧具也搬走了，一张蒙着桌布的桌子摆在长沙发前面。他把小木匣子放在桌上，坐下来喘口气。他感觉到自己通身是汗，像掉在河里似的，身上穿的，从衬衫到袜子都被汗水湿透了。“这个该死的老太婆，这回真把我给害苦了！”乞乞科夫骂道。休息片刻之后，他打开了那只精致的小木匣。我可以有把握地说，有些读者的好奇心是很强的，他们甚至想知道这只小木匣子的内部结构和布局。那么，我们为何不满足一下他们的好奇心呢！请看，这就是它的内部结构：正中间是一个肥皂盒，肥皂盒后面有六七层狭窄的隔板，是为放刮刀片用的；然后是两个四方格子，一个格子里放着沙瓶，另一个格子里放的是墨水瓶；这两个格子之间挖了一个长槽，其中放的是鹅毛笔、火漆和一些长条的用具；然后是各种隔板隔成的方格子，有的带盖子，有的不带盖子，这里面放的是比较短的东西，譬如拜客名片、送葬名片、戏票以及其他留作纪念的东西。上层抽屉同所有的隔板是一个统一体，可以抽出来。抽屉下面是空的，里面放着几沓裁开的纸张。然后是一个盛钱的秘密的小抽屉，它位于小木匣的侧面，抽出时并不引人注意。主人总是匆匆抽出这个秘密的小抽屉，立刻又把它推进去，所以我们很难说清楚那里面藏着多少钱。乞乞科夫削好了鹅毛笔，立刻动手写委托书。就在这时，女主人走了进来。

“您这小箱子真漂亮，老爷，”她说罢在他身边坐下来，“大概是在莫斯科买的吧？”

“是在莫斯科买的。”乞乞科夫一边答话，一边继续写下去。

“这我是知道的，那里的东西做工都很精美。两年前，我妹妹在那里给孩子买的棉靴，做得真结实，至今还没穿坏呢。哎哟，您这里有许多带国徽的公文纸呢！”她探过身去朝他的小木匣子里望了一眼，惊讶地说。在他那小匣子里公文纸的确不少。“哪怕是送给我一张也好啊！我就缺少这种纸；万一要给法院写个呈文，没有这种纸就没法写呀。”

乞乞科夫向她解释说，这不是她要的那种公文纸，这种纸是起草合同用的，不是用来写状子的。不过，为了安慰她，乞乞科夫拿了一张纸给她，价值一个卢布。他写好了委托书，让地主婆在上面签了字，又请她提供一份死农奴的名单。原来这老太婆是从来不留字据的，也没有建立名册，她凭着记忆几乎能把所有人的名字背出来。于是乞乞科夫叫她立刻把这些人的名字念一遍，他亲自笔录下来。有些农奴的姓，尤其是绰号，稀奇古怪的，而且特别长，这使得乞乞科夫暗自惊讶。他每次听到这样的姓氏和绰号，都事先停顿一下，然后才把它们记下来。有一个农奴的姓名是彼得·萨维里耶夫，绰号为“切莫敬重洗衣盆”，乞乞科夫听了，不禁叫道：“这人的名字够长的！”另一个农奴的名字后面附带一个绰号“牛屎饼子”，还有一个农奴的名字倒很简短“轮子伊凡”。快写完的时候，他耸了耸鼻子，轻轻吸一口气，一股诱人的油煎馅饼的香味钻进他的鼻孔里。

“请您吃点东西吧。”女主人说。

乞乞科夫回过头来看见桌上已摆了蘑菇、馅饼、葡萄干烤饼、奶渣饼、圆面包、煎饼，还有配料不同的各种烤饼：葱花烤饼、罂粟籽烤饼、奶渣烤饼、胡瓜鱼烤饼，真可谓应有尽有。

“这是鸡蛋素馅饼！”女主人说。

乞乞科夫把身子往前靠了靠，凑近了鸡蛋素馅饼，转眼间吃掉一大半，并极力夸奖做得好。这鸡蛋素馅饼本身就很好吃，在他同老太婆软缠硬磨，终于降伏她之后，他觉得这馅饼更美味可口了。

“煎饼好吃吗？再吃点煎饼吧？”女主人说。

乞乞科夫没有答话，他把三张煎饼卷在一起，在溶化的奶油里蘸了蘸，放进嘴里，然后用餐巾擦了擦嘴唇和双手，就这样他一连吃了三卷煎饼，随后便请女主人吩咐下人给他准备马车。娜斯塔西娅·彼得罗夫娜立刻派费季尼娅去通知马车夫，同时吩咐她再拿些热煎饼来。

“老妈妈，您府上做的煎饼非常好吃。”乞乞科夫说着，便拿着刚端上来的热煎饼吃起来。

“我们家的厨子做煎饼是很拿手的，”女主人说，“只可惜收成不好，这面粉也不大好……您这是怎么啦，老爷，干吗这么着急呀？”她看见乞乞科夫拿起了帽子，又说，“马车还没套好呢。”

“这就套好了，老妈妈，这就套好了。我那个马车夫套车可快啦。”

“既然这样，那就请便吧。给公家采购的时候，可别把我忘啦。”

“放心吧，忘不了。”乞乞科夫说着朝门廊里走去。

“您不采购猪油吧？”女主人跟在他后面，问道。

“为什么不采购？当然要采购的，只是要过一段时间。”

“我这里在圣诞节前后就会有猪油的。”

“我们要买的，请放心，我们什么东西都要买的，猪油肯定是要买的。”

“大概您还要买羽绒吧。在菲利浦斋戒期以前，我这里会有一些羽绒。”

“好吧，好吧。”乞乞科夫说。

“您瞧，老爷，您的马车还没套好呢。”他们来到门口的台阶上，女主人说。

“快啦，马上就套好啦。可是，请您告诉我，通往驿道的路怎么走啊？”

“这怎么说好呢？”女主人答道，“这条路很难跟您解释清楚，因为一路上有很多路口。这样吧，我派个姑娘去送您，她认得这条路。不知您那车夫台上有没有她坐的地方？”

“有她的位子。”

“好吧，我派个姑娘去送您，她知道该怎么走。不过您要当心，可别把她给拐走了。上次有几个商人就从我这里拐走了一个姑娘。”

乞乞科夫对女主人说，他保证不会拐走带路的姑娘，柯罗鲍奇卡这才放心了，便用两眼在院子里认真打量起来，一样东西也不放过。她看见管家婆从贮藏室里出来，手里提着一只盛着蜂蜜的木桶，接着她又看见大门口出现一个农夫。于是，她的思绪慢慢地转移到家务管理上去了。然而，我们为什么要在这个柯罗鲍奇卡身上花费笔墨呢？不论是柯罗鲍奇卡还是玛尼洛夫太太，家务操劳还是非家务操劳，统统不要去提啦！这世界上的事本来就是奇妙的：高兴的事情转眼间可以变为忧伤的，要是你在这里停留久了，天晓得你会生出什么念头呢。也许，你甚至会这么想：得了，在人性完美的无穷尽的阶梯上，柯罗鲍奇卡所处的位置真的这么低下吗？她与那些高贵的姐妹之间真的有天渊之别吗？那些高贵的姐妹居住在戒备森严的贵族府第里，家里陈设富丽堂皇，铁铸的楼梯上洒着香水，铜制器具闪闪发光，摆着红木家具，铺着华贵的地毯。比如有这样一位姐妹，她手里拿一本没有读完的书，打着哈欠，等待机智风趣的雅士来拜访她。等到高朋满座的时候，她便可以炫耀她的聪明，发表她早已背熟的见解。她的这些见解往往要时髦一阵子，在一个礼拜之内传遍全城。当然，这些见解并不涉及她府第和田庄里发生的事情，尽管由于她不懂经营管理而造成田园破败，生产混乱；而是讲法国正在酝酿之中的某一次政变，以及时兴的天主教产生了某种倾向。话又说回来，得了，得了，讲这些东西干什么？然而，在那种无忧无虑、轻松愉快的时刻，为什么会自然而然地突然出现另一种奇妙的情景呢：你还没有来得及收起笑容，周围的人依旧在你身旁，你的模样却已判若两人，你的脸色已变成另一种颜色了……

“瞧，我的马车，马车来啦！”乞乞科夫看见他的马车终于驶过来，不禁叫起来，“你怎么搞的，笨蛋，怎么磨蹭了这么长时间？昨天喝醉了酒，大概现在还没有全醒过来吧？”

谢里方挨了骂，什么话也没有说。

“好啦，再见，老妈妈！您说的那个小姑娘在哪儿？”

“喂，贝拉盖娅！”地主婆向站在台阶旁边的一个小女孩喊道。这小女孩大约有十一二岁，穿一件家染的花布裙，赤着脚，两脚沾着泥巴，远看还以为她穿着靴子呢。“你走一趟吧，给这位老爷带路。”

小女孩由马车夫搀扶着爬上车夫台，她一只脚踩在老爷用的踏板上，把踏板踩得脏乎乎的，爬上车夫台之后，便在马车夫身旁坐下来。紧接着，乞乞科夫也把脚踩在踏板上，因为他身子太重，压得马车向右侧倾斜过来。他好容易才坐正了身子，说道：

“呵，现在好啦！再见了，老妈妈！”

马车启动了。

一路上谢里方神色严肃，并且赶车非常认真，每当他出了差错或者喝醉酒之后，总是表现得规规矩矩，做事毫不含糊。马匹刷洗得干干净净，看上去整齐利落。其中一匹马脖子里的套具，过去几乎一直是破破烂烂，皮革下面露出了麻絮，这次也缝补好了，并且缝补得很漂亮。谢里方一路上埋头赶车，很少说话，只是有时挥几下鞭子，对马匹也没有再发表那种训诫性的演说。不过，那匹花斑马显然想听点善意的开导，因为一向喜欢唠叨的赶车人现在不知为什么懒懒地拿着缰绳，鞭子在马背上晃来晃去，只是做做样子而已。可是，面色阴郁的马车夫这回只是单调地令人讨厌地喊着："瞧你，瞧你，马大哈！看你那懒样儿，看你那懒样儿！"除此之外，再没有别的话了。就连枣红马和"陪审员"也不满意，因为它们一次也没有听到"伙计们"或者"亲爱的"一类的称呼。花斑马身上丰满肥厚的部位吃了几鞭子，感到很不舒服。"你瞧，他这人真滑头！"花斑马心里暗自想道，它把耳朵稍稍竖起来，"看来他知道该打什么地方！他那鞭子不打脊背，专挑怕疼的地方打，不打耳朵就抽肚皮底下。"

"是在这儿向右拐吗？"谢里方向坐在他身旁的小姑娘严厉地问道，一边用鞭子指了指清新碧绿的田野上一条被雨淋得发黑的村间土道。

"不对，不对，我会指给您看的。"小姑娘说。

"现在该往哪儿拐？"马车又往前驶了一段，谢里方问道。

"就往那边拐。"小姑娘用手指了指，回答说。

"你这小丫头！"谢里方不耐烦地说，"这就是向右拐嘛，连哪边是左，哪边是右都不知道！"

虽然天气很好，道路上却泥泞不堪，马车行驶了一会儿，车轮上很快就沾满泥巴，像裹了一层毛毡似的，行驶起来十分艰难；再加上这村间道路上土质很黏，特别容易粘车轮子。由于这种种原因，他们在中午之前竟没有走完这段乡间土路。幸亏有这个小姑娘带路，否则他们非迷路不可，因为这里岔道很多，道路向四面八方伸展，仿佛被捉进袋子里的龙虾又放了出来，四处乱爬。因此，谢里方这回再走错路也怪不得他了。过了不大一会儿，远处出现一座黑糊糊的房屋，小姑娘用手指了指那房屋，说：

"那边就是驿道啦！"

"那房屋是什么地方？"谢里方问道。

"那是个小饭馆。"小姑娘说。

“好啦，现在我们认得路啦。”谢里方说，“你可以回家了。”

他停下马车，搀扶着小姑娘下了车夫台，一边自言自语地嘟哝着：

“瞧你这姑娘，脚丫子真脏！”

乞乞科夫赏给她一枚铜钱，小姑娘扬扬得意地回家去了，能在车夫台上坐一坐，她已经很满足了。

# 第四章

马车驶到小饭馆跟前，乞乞科夫便吩咐车夫停车。这一方面是因为他想让马匹休息一下，从另一方面来说，他自己也想吃点东西，提一提精神。作者只好承认，这类人的食欲和胃是非常值得羡慕的。在作者看来，彼得堡和莫斯科的那些上流绅士倒算不得什么，他们吃饱了饭无事可做，便坐在那里考虑明天该吃点什么，后天的午餐该如何安排。他们在坐下来吃午饭之前，照例要先服用一粒药丸，吃遍了牡蛎、海蜘蛛和其他的珍奇海味之后，便到卡尔斯巴德或者高加索的疗养胜地消闲去了。不过，这一类绅士是从来不曾让作者羡慕的。可是，那帮中流绅士怎么样呢？他们在一个驿站品尝了火腿，在下一个驿站就吃乳猪，再下一个驿站就吃一块鲟鱼，或者吃一份大葱馅的烤灌肠。然后，不论在什么时候，只要他们愿意，就在餐桌前坐下大吃大喝起来，仿佛压根儿没吃过东西似的；他们就着鱼肉包子或者鲶鱼尾馅的烤饼，津津有味地吃着加了小块鲟鱼肉和牛奶的鲟鱼汤，嘴里不断发出咝咝声和咕咕声。这样一副吃相，就是让旁观者看了也顿生食欲，就是这帮老爷，真是天赐的好胃口，的确是令人羡慕！在那些上流绅士里面，就有不止一个人愿意花钱得到中流绅士所拥有的那种胃，有的人为了得到这种胃，情愿立刻牺牲他家里一半的农奴和一半的田庄，不论是抵押过的还是没有抵押过的，并且是采用外国方式和俄国方式改良过的田庄。然而遗憾的是，不论他们愿出多大价钱，也不论他们愿意牺牲什么样的田庄，改良过的还是没有改良过的，都无法得到中流绅士所拥有的那种胃。

这幢木头结构的看上去黑黢黢的小饭馆，引起了乞乞科夫的食欲，把他招揽到门前狭窄的凉棚底下。这凉棚支撑在几根精心雕刻的木头圆柱上，圆柱看上去很像教堂里古色古香的烛台。小饭馆看上去有点像俄国传统的农舍，只是规模大一些。窗户四周和屋檐底下，都用新木料雕刻着各种花纹图案，在乌黑的墙壁衬托之下，显得格外醒目、生动，护墙板上绘着插满了鲜花的陶罐。

乞乞科夫登上狭窄的木头阶梯，向上走了几步，来到宽宽的门廊里。就在这时，门吱呀一声打开了，走出一个穿印花布裙的胖乎乎的老太婆，对他说："请进来吧！"进屋之后，他发现这里的一切都非常眼熟，所有的陈设都是在那些驿道旁的小饭馆里常见的老相识了，具体地说吧，有蒙着一层霜的俄式茶炊，刨得平滑的松木板壁，墙角里有一只三角橱柜，里面摆放着茶具，圣像前的彩带上悬挂的金黄色的瓷制彩蛋，刚生过猫崽的母猫，一面能让人改变形状的镜子，能把两只眼睛照成四只，把人脸照成烙饼；最后，还有摆在圣像两侧的一束束香草和石竹花早已枯干陈旧，可以让前去闻它们香味的人一连打几个喷嚏，仅此而已。

"有乳猪吗？"乞乞科夫向站在那里的一个村妇问道。

"有的。"

"是放了姜和酸奶的吗？"

"正是。"

"快端上来吧！"

老太婆到橱柜里去拿餐具，不大一会儿，便拿来一只菜碟，一块浆得像干树皮一样硬可以直立摆放的餐巾。接着又拿来一把像削笔刀一样薄的餐刀，骨制的刀柄已经发黄，一把只有两个齿的餐叉和一只摆在桌上就要歪倒的歪歪扭扭的盐瓶。

我们的主人公像往常一样，立刻同老太婆聊起天来，问这饭馆是不是她自己开的，到底谁是这里的老板，这饭馆收入怎么样，儿子是否同他们住在一起。又问她大儿子是光棍汉，还是结过婚了，儿媳妇怎么样，是不是有一笔很可观的嫁资，儿子的老岳父是否满意，在举行婚礼的时候，收到的礼物不多他有没有生气。总之，他打听得仔细认真，没有放过任何细枝末节。不言而喻，他没有忘记打听附近都有哪些地主。于是他了解到，这周围住着各种各样的地主：勃洛欣、波契塔耶夫、梅里诺依、切普拉科夫上校、索巴凯维奇。“哎呀，索巴凯维奇你也认识？”乞乞科夫问道。老太婆立刻回答说，她不但认识索巴凯维奇，而且认识玛尼洛夫，并且说，玛尼洛夫比索巴凯维奇大方些。比如说，玛尼洛夫来了，马上要一个清炖鸡，要一盘煎牛犊肉，要是有羊肝，他再要一个羊肝，每一种菜他只是尝一尝，吃得不多；可是索巴凯维奇却只点一个菜，而且吃得精光，有时要求给他加菜，却不愿多付钱。

就这样，他边吃边谈，不多时，盘里的乳猪只剩下最后一小块了。这当口儿，忽然传来马车驶近的辘辘声。乞乞科夫朝窗外望一眼，只见一辆由三匹好马驾着的四轮轻便马车在小饭馆门前停下来。马车里走下来两个男人，其中一个金黄头发，个子很高，另一个男人略微矮一些，头发乌黑。金发男子穿一件深蓝色骑兵服，黑头发男子穿一件普通的花条短上衣。这时，远处又驶来一辆四轮轻便马车，不过这辆车里没有坐人，驾车的四匹马毛发很长，脖子里的套具破破烂烂的，挽具是用麻绳做的。金发男子下了车，没有停留，立刻走上扶梯，进屋去了。可是那个黑发男子还站在马车旁边，好像在马车里找什么东西，一边同仆人交谈着，又朝随后驶来的那辆马车招了招手。乞乞科夫听见了他的声音，感觉着似乎有点耳熟。当他仔细打量那个黑发男子的时候，金发男子已经找到房门，推开门走进来。此人高挑身材，从脸上看，他是很瘦的，或者是所谓的未老先衰，留着两撇棕红色的小胡子。从他那黝黑的脸色可以判定，他是同烟很有交情的，他所接触的烟即便不是硝烟，那么至少也是人抽的烟。他很有礼貌地向乞乞科夫鞠一躬，乞乞科夫还他一个同样的鞠躬。大概过不了几分钟，他们就会像老相识那样亲切地交谈起来，因为两人一见面就十分投机，几乎同时谈到昨天那场大雨荡涤了路上的尘土，并对今天凉爽愉快的行车表示高兴。可是恰在这时，他那位黑头发同伴闯进来。这黑发男子脱下帽子往桌上一扔，使劲搔了搔他那乌黑浓密的头发。这是一个英姿勃发的小伙子，中等身材，体魄相当健壮，脸颊丰满，面色红润，雪白的牙齿，漆黑的络腮胡子。他那皮肤，的确长得鲜嫩，白里透红，浑身上下焕发出健康的活力。

“哎呀呀！”一看见乞乞科夫，他便张开双臂，忽然叫起来，“真想不到，你怎么到这里来了？”

乞乞科夫认出了诺兹德廖夫。他曾同这个小伙子一起在检察长家里吃午饭，当时诺兹德廖夫竭力同他套近乎，见面不过几分钟便要与乞乞科夫“你我”相称，尽管乞乞科夫并没有主动向他表示亲近。

“你这是去哪儿了？”诺兹德廖夫问道，还没等他答话，又接着说下去，“老兄，我刚从集市上回来。不过你得向我表示祝贺呢：瞧，这回我输了个精光！你相信吧，我这辈子还从来没输过这么惨。连马车也输掉了，只好雇了一辆居民的马车！你要是不信，就朝窗外瞧瞧！”说到这里，他使劲按一下乞乞科夫的头，乞乞科夫的脑袋冷不防被按下去，差点撞在窗框上。“你瞧瞧，这辆破马车成什么样子啦！这些该死的马，费了九牛二虎之力才把那破车拉到这儿，我只好坐到他的马车里去了。”诺兹德廖夫说着，挥手指了指自己的伙伴，“你们俩还不认识吧？这是我姐夫米茹耶夫！今天上午，我同他多次提到你。我对他说：‘你等着瞧，说不定我们会遇上乞乞科夫的。’哎呀，老兄，你不知道这回我输得多惨！你相信吗，我不但输掉四匹精壮的快马，而且把身上的东西也输光了。你瞧，连怀表和表链也给输了……”乞乞科夫留心望了他一眼，果然没有看见他的怀表和表链。他甚至觉得，诺兹德廖夫的络腮胡子也似乎少了，仿佛这半边脸上的胡子比另半边脸上稀薄一些似的。“其实呀，假如我这口袋里还有二十个卢布，”诺兹德廖夫接着说，“只要有二十个卢布就够了，我就全赢回来啦，就是说，不但把输掉的赢回来，而且现在，我这钱夹子里还装着三千卢布呢。我是个诚实的人，绝不撒谎。”

“你当时不也是这样说的嘛，”金发男子在一旁答道，“当时我给了你五十卢布，你照样立刻输掉了。”

“本来不该输掉的，上帝作证，本来是不会输掉的！要不是我自己一时糊涂，说真的，我的确是不会输掉的。下了双倍赌注之后，我真不该在那个倒霉的七点上再加一码，否则那一把，我就把庄家的赌本全拿回来啦。”

“可是你毕竟没有拿回来呀。”金发男子说。

“这一把丢得冤枉，只怪我没有及时加码呀。怎么，你觉得那个少校牌打得好吗？”

“不管他打得好不好，总归是他赢了你。”

“哎呀，这有什么了不起呀！”诺兹德廖夫说，“你瞧我下回赢他。哎，下回让他下双份赌注，让他试一试，我倒是要瞧一瞧，我要看看他到底有多大本事，看他算是个什么样的赌徒！不过，乞乞科夫老兄，前几天，我们在这里又吃又喝，玩得真叫痛快！这集市的确是热闹非凡呀。商人自己也说，从来没见过这么盛大的集会。我从村子里运来的货物，很快就卖光啦，还都卖了好价钱哩。哎呀，老兄，我们猛吃猛喝，玩得那真叫快活！现在回想起来，真是……真他妈的见鬼！就是说，可惜那时你不在这里。你想想吧，离城三俄里的地方，驻着一个龙骑兵团。你相信吧，那些军官呀，全到城里来了，不知他们到底有多少人，反正进城的军官就有四十个。我们在一起喝得真痛快，老兄……那个骑兵上尉波采鲁耶夫……是个非常可爱的小伙子！他那两撇漂亮的小胡子呀，老兄，你是没见过的！他管波尔多葡萄酒干脆叫饮料。他总是说：‘老弟，快拿几瓶饮料来！’那个中尉库甫申尼科夫……哎呀，老兄，他也是一个讨人喜欢的人！可以说，他才是一个地地道道的嗜酒如命的人。我们一直跟他在一起。波诺马廖夫卖给我们的酒呀，那才叫真正的好酒！你要知道，这个波诺马廖夫是个奸商、骗子，在他的店铺里你什么都不要买，因为他往酒里掺乱七八糟的东西，为了给酒加深颜色，这个恶棍，往酒里放紫檀染料，放烧焦的软木塞，有时甚至放接骨木。不过，他有一间专门的房子，那里面专门存放好酒，他要是从这间房子里给你拿出一瓶酒来，那么，老兄，你喝了这酒简直就像登上了九重天。我们喝的香槟酒呀，那简直是没法比的，相比之下，省长家的香槟酒算得了什么，那简直是克瓦斯[①]！你可想而知，这可不是普通的克利欧牌香槟酒，而是一种特制的香槟酒，也就是说，比克利欧牌香槟酒强一倍。他还带来一瓶法国酒，那牌子叫作：邦邦牌。是什么香型？噢，是玫瑰花香型，你喜欢什么香型，它就是那个香型。我们喝得昏天暗地！……在我们之后，又来了一位公爵，他差人到酒店里去买香槟酒，结果跑遍全城，一瓶香槟酒也没买到，全让这帮军官给喝光了。你相信吗，我一顿饭就喝了十七瓶香槟酒！”

“嘿，这不可能，你喝不了十七瓶。”金发男子说。

“我是个诚实的人，绝不撒谎，我真的喝了那么多。”诺兹德廖夫回答说。

“你愿意说喝了多少，那是你自己的事，但我告诉你，连十瓶你也喝不完。”

“你说我喝不完，你敢打赌吗？”

“何必打赌呢？”

“来吧，你就把在城里买的那支猎枪赌上吧。”

“我不想打赌。”

“哎呀，就押上吧，试一试嘛！”

“我也不想试。”

---

① 一种盛行于俄罗斯、乌克兰和其他东欧国家的含低度酒精的饮料。

“对啦，你是怕输了猎枪，因为你已经输过一顶帽子了。唉呀，乞乞科夫老兄，当时你不在场，我实在是遗憾得很。依我看呀，你要是遇见库甫申尼科夫中尉，你肯定会舍不得跟他分手的。你肯定会同他一见如故，那该多好啊！他可不像检察长，不像我们省城里那帮吝啬鬼，那帮人花一个戈比都心疼得浑身哆嗦。这个中尉先生，老兄，才真正是大手笔呢。不管是玩迦尔毕克牌，还是拿出赌本来做庄家，他都满不在乎，你愿意怎么玩他都奉陪。哎呀，乞乞科夫，你这回没去实在是不应该呀！说实在的，就凭这一点，就看出你不讲交情，你这家伙真是个滑头！快来亲我一口，亲爱的，我打心眼里喜欢你！你瞧瞧，米茹耶夫，我们两人在这里不期而遇，这真是缘分啊！嘿，他与我有什么关系呢，或者说我与他有什么关系呢？想不到他亲自来了，天晓得他是打哪儿来的，我也是，恰好住在这地方……你不知道，老兄，我原来有多少辆漂亮的马车，现在全输光了。我玩了一会儿轮盘赌，赢了两盒发蜡、一只细瓷茶杯和一个吉他，后来又下了一次赌注，结果输了个精光，上当了，额外搭进去六个卢布。你不知道，库甫申尼科夫中尉真是个风月老手！我同他一起，几乎参加了所有的舞会。我们遇上一个女子，打扮得特别漂亮，衣服上镶着各种各样的花边，应有尽有，鬼晓得这些装饰该怎么叫……我心中暗想：‘让她见鬼去吧！’可是，库甫申尼科夫呢，告诉你吧，他对付女人是很有办法的。他在这女子身边坐下来，用法语对她说了不少恭维话……你相信吗，他连普通的村妇都不肯放过。他把这种事叫作：拈花惹草，逢场作戏。集市上运来不少非常好的鲜鱼和咸鱼干。我买了一块咸鱼干，幸亏当时钱还没有输光，我想到要买一块咸鱼干。你现在是去哪儿啊？”

“我是去看一个人。”乞乞科夫说。

“算了吧，是什么人啊，别去看他了！我们一起到我家去吧！”

“不行啊，不能不去，还有事情要办呢。”

“你算了吧，有什么鬼事儿啊！准是你瞎编的！哎呀，你这人真是的，奥波德尔道克·伊凡诺维奇[1]！”

“的确有事情要办，而且是一件要紧的事。”

“我敢打赌，你准是撒谎！到底是去看谁，你就直说吧。”

“我去看索巴凯维奇。”

诺兹德廖夫听了，立刻放声大笑起来。他的笑声特别响亮，只有那些朝气蓬勃的健壮小伙子才会有这样的笑声；这类人发笑的时候，嘴巴张得很大，露出满嘴像白糖一样洁白光亮的牙齿，腮帮子急剧地颤抖和跳跃，笑声之大，连隔着两道门住在第三间房子里的邻居也会被吵醒，从床上跳起来，瞪大了眼睛，吃惊地说："哎呀，这人喝醉了！”

“这有什么好笑的？”乞乞科夫说，看样子他对这种大笑不很满意。

然而，诺兹德廖夫继续放声大笑，一边气喘吁吁地说：

“哎哟，饶了我吧，简直笑死我了！”

“这没什么可笑的，我答应去看他的。”乞乞科夫说。

“你到了他那里就知道了，你会觉得在他那里一点意思也没有。他是个十足的吝啬鬼！你的性格我还会不知道呀，你以为在他那里能找个东家玩玩牌，喝一瓶法国产的邦邦牌好酒。你想错啦，你准是白跑一趟。算啦，老兄，别去理那个索巴凯维奇啦，跟我一起到我家去吧！尝尝我的风干鱼，味道好极啦！波诺马廖夫虽说是个大滑头，不过他那里的确有好酒。他点头哈腰地对我说：‘这酒是专门给您留的，您就是找遍整个集市，也找不到这么好的酒。’当然，他是个人面兽心的家伙，坑人坑惯了的。我直截了当地对他说：‘您和我们那个包税商都是第一流的骗子！’这个老滑头不但没生气，还捋着胡子笑呢。我跟库甫申尼科夫两人天天在他的酒店里吃早点。哎呀，老兄，我忘了跟你说啦，有样东西你准会喜欢的，不过我得

---

① 乞乞科夫的名字和父称是巴维尔·伊凡诺维奇，诺兹德廖夫在这里叫错了。

事先告诉你，你就是给我一万卢布，我也不能让给你。喂，波尔菲里！”他走到窗户跟前，朝自己的仆人喊道。只见那仆人一只手里拿着一把小刀，另一只手里拿着一块面包皮和一块咸鱼干，这块咸鱼干是他趁着去马车里取东西的机会顺手切来的。“喂，波尔菲里，”诺兹德廖夫喊道，“把小狗拿过来！这只小狗太棒了！”他向乞乞科夫转过身来，继续说，“是我偷来的，它的主人说什么也不肯卖。我答应给他一匹橙红色的母马，你还记得吧，就是我从赫沃斯蒂廖夫那儿换来的那匹马……”其实乞乞科夫从来没有看见过那匹橙红色母马，也不曾见过赫沃斯蒂廖夫。

“老爷，您要不要吃点东西？”这时老太婆走上前去，问道。

“不要，不要。哎呀，老兄，我们吃喝玩乐，真痛快！也好，来一杯伏特加酒吧。你这里有什么样的伏特加酒？”

“有茴香伏特加。”老太婆说。

“好吧，就来一杯茴香伏特加吧。”诺兹德廖夫说。

“也给我来一杯！”金发男子说。

“在剧院里，有一个女演员的确讨人喜欢，唱起歌来像一只芙蓉鸟！库甫申尼科夫就坐在我旁边，他对我说：‘你瞧，老弟，能尝尝这颗草莓的味道该多好啊！’到处都有临时搭的戏台，我想大概有五十多座。费纳尔迪的筋斗翻起来像风车似的，一连转上四个小时。”说到这里，诺兹德廖夫从老太婆手里接过酒杯，老太婆向他深鞠一躬致谢。“啊，快把它抱到这儿来！”他看见波尔菲里抱着小狗走进来，便高声喊道。波尔菲里的穿着跟主人一样，也穿一件做工精美的棉长衣，只是沾了些油垢，看上去有点脏。

“快抱过来，就放在这地板上！”

波尔菲里把小狗放在地上，小狗舒展四肢伸了个懒腰，在地上闻了闻。

“就是这只小狗！”诺兹德廖夫说着，一只手揪住小狗的脊背，把它从地板上提起来。小狗抱怨似的尖叫起来。

“我给你说过的，你肯定没照我说的去做，”诺兹德廖夫转过脸来对波尔菲里说，一面仔细察看小狗的肚皮，“你就没想到用篦子给它梳理一下？”

“不，我给它梳理过了。”

“那为什么还有跳蚤呢？”

“这我可说不准。说不定是马车里带来的。”

“你胡说八道，你忘了给它梳理了。混账东西，我看这跳蚤是从你自己身上来的。你快瞧呀，乞乞科夫，你瞧它这耳朵多漂亮，你来摸摸。”

“何必要摸呢，我已经看出来了，是良种狗！”乞乞科夫回答说。

“不，不，你一定要抱它一会儿，摸摸它的耳朵！”

乞乞科夫为了讨他喜欢，只好摸了摸小狗的耳朵，附和他说：

“是的，长大了一定是条好狗。”

“还有鼻子，你感觉到了吗，它的鼻子冰凉，快用手摸摸。”

乞乞科夫不愿让他生气，便在小狗鼻子上摸了摸，说：

“嗅觉很敏感。”

“它是地地道道的莫尔达猎犬，”诺兹德廖夫接着说，“老实说，我早就想弄一只莫尔达猎犬，简直朝思暮想哩。喂，波尔菲里，把它抱走吧！”

波尔菲里用手托着小狗的肚子，抱着它朝马车走去。

“哎呀，乞乞科夫，现在你说什么也得到我家去，只有五俄里路程。一口气就跑到啦，再说你从我那里走，也可以去看索巴凯维奇嘛。”

“这么说来，”乞乞科夫心里暗自琢磨着，“我干脆到诺兹德廖夫家去一趟。他哪点不如别人呢，同样是个地主，再说又刚刚输了钱。他这人看来办事很痛快，有些事情我要是去求他，说不定他会白送给我呢。”

“好吧，我答应您了，”乞乞科夫说，“不过，我们事先说好了，的确不能久留，我的时间很宝贵。”

“好了，宝贝，这才叫痛快！这就好啦，等一下，为了这一点，让我亲亲你。”于是，诺兹德廖夫和乞乞科夫亲吻起来。“我们三人同行，这样太好了！”

“不，不，你还是让我走吧，”金发男子说，“我该回家了。”

“别废话啦，别废话啦，老兄，我不能让你走。”

“真的，我老婆会生气的，现在你可以搭这位老爷的马车嘛。”

“绝对不行的！你打消这个念头吧！”

金发男子属于这样一种人，乍一看来，他的性格倒也刚强。还没等你开口说话，他已经做好准备要跟你争辩一番，你如果和他的想法不一致，他是无论如何不会附和的。他绝不会把笨蛋称为聪明人，尤其是不愿让别人指挥他跳舞；可是到了后来，结局又总是以他的让步而告终。这种人的性格里，原来有一种柔软的东西。结果他所赞同的恰好是他反驳过的，于是便称愚蠢为聪明，最后跟着别人的笛子跳起舞来，而且跳得极为出色。总之，这种人往往开初很体面，最终丢脸。

“废话少说！”诺兹德廖夫不容置辩地说，一边把帽子戴在金发男子头上。金发男子没再说什么，跟在两人后面朝外走去。

“老爷，酒钱还没有付哩……”老太婆提醒道。

“啊，好吧，好吧，老妈妈。喂，姐夫，你付一下酒钱吧，我口袋里连一个戈比也没了。”

“多少钱？”姐夫问道。

“没多少，老爷，总共二十戈比。”老太婆说。

“你胡说八道。算啦，给她半个卢布，足够她的啦。”

“太少了[①]，老爷。”老太婆说，但她接过钱，仍旧是连连道谢，

---

① 老太婆索要的二十戈比是银币，相当于八十戈比纸币。半卢布是纸币，等于五十戈比纸币。

还急忙跑去给他们开门。实际上她并不吃亏，因为她把酒价抬高了三倍。

三人都上了马车，落了座。于是，两辆马车并排行驶起来，乞乞科夫还坐他那辆四轮轻便马车，诺兹德廖夫和他姐夫坐在另一辆马车里。这样一来，他们三人在路上可以随便交谈。诺兹德廖夫租来的那辆小四轮马车跟在后面，四匹瘦马懒洋洋地拉着这辆马车，老是远远地落在后面。波尔菲里带着那只小狗坐在这辆马车上。

三个旅伴之间的谈话大概读者是不会感兴趣的，因此，我们不如乘此机会介绍一下诺兹德廖夫本人，说不定他在我们这部史诗里会扮演一个不小的角色呢。

诺兹德廖夫这张脸，也许读者已经多少有些熟悉了。这种人的面孔，对任何人来说都不会陌生。他们被人们称作精干的小伙子，活泼，能干，善于交际，早在孩提时代和在学校读书时就出了名，被视为好伙伴。不过挨打总是免不了的，常常被打得鼻青脸肿。他们脸上的表情又总是开朗、直率的，流露着敢作敢为的神气。这种人很容易结交，见面之后，还没等你转一下身，他便同你称兄道弟起来，这交情也似乎是永世不变的。然而，就在当天晚上的友好的欢宴上，刚刚结交的好朋友便彼此打起架来，这种情况几乎也是很常见的。他们通常是能说会道，喜好吃喝玩乐，胆大妄为，逞强好胜，闻名遐迩。诺兹德廖夫三十五岁了，仍旧像二十岁一样放荡不羁，喜欢找女人厮混。结婚以后，他丝毫不改旧习，况且妻子不久就一命呜呼，撇下的两个孩子，在他诺兹德廖夫看来也完全是多余的。不过，他把两个孩子交给一个长得相当好看的保姆照看，他便去四处游逛，在家里他是一天也待不住的。他的嗅觉极敏感，甚至几十俄里之外有交易会、集市或者舞会，也总是瞒不过他。一眨眼的工夫，他已经赶到那里，在绿呢子蒙面的牌桌上与人争吵起来。不闹乱子他总是不甘心，因为他也跟同流者一样，是一个狂热的赌徒。他打牌是不很守规矩的，总要打点马虎眼，这一点我们从第一章已经看得清楚。再说他也熟知作弊的许多窍门和微妙之处，因此，玩到后来往往就动起手来了：他要么给人痛打一顿，饱以拳脚；要么给人拔掉他那浓密的、保养得很好的络腮胡子。有时候，他回家时脸上只剩下半边胡子，而且也只有稀稀拉拉的几根了。不过，他那健康丰满的面颊质地良好，饱含强大的生长能力，过不了几天，胡子便又长出来，甚至长得比原来更好看。最让人奇怪的是，过了一段时间，诺兹德廖夫又跟那些痛打过他的朋友见面了，而且见面时仿佛什么事都不曾发生过，正如常言所说，双方都满不在乎。这情形大概也只有在俄罗斯才会发生吧。

在某种意义上说，诺兹德廖夫是个富有戏剧性的人物。任何一次聚会，只要他一到场，要平安无事就不可能了。总得闹出点什么事来：他不是被宪兵扭住胳膊赶出大厅，就是被自己的朋友撵到门外。即便不发生这类情况，那么也会发生一些别人绝不会发生的事。比如说，他在小吃店里喝醉了酒，醉得大笑不止；或者在那里胡说八道，漫天撒谎，最后不能自圆其说，连他自己也羞愧起来。此外，他说谎话往往是毫无用意，想到什么就说什么。比如说，他会忽然告诉别人，他有一匹蔚蓝色或者粉红色的马，以及诸如此类的谎话，直到听众纷纷告退，摆摆手对他说："嘿，老兄，你大概又开始神吹了吧。"有这样一种人，他们特别喜欢说朋友的坏话，有时完全是无缘无故的。比如说，有的人甚至身居要职，仪表优雅，胸前佩戴着星形勋章，起初很客气地握你的手，同你谈论一些深刻的令人沉思的问题，渐渐地谈得兴致勃发，可是过了一会儿，他就当着你的面突然说起你的坏话来。他说人的坏话时，用词是很粗野的，像个普通的驿站长，却完全不像一个胸前佩戴着星形勋章谈吐高雅的达官贵人；这样一来，你只好乖乖地站在那里，除了表示惊讶、耸耸肩之外，再没有别的可说。诺兹德廖夫也有这样一种怪癖。谁要是同他越亲近，他就越要暗中给谁使坏，比如散布荒诞无稽的谣言、搅乱人家的婚礼、破坏人家的生意，并且根本不认为自己是与人为敌，伤天害理；相反地，如果他有机会再见到你，他便又对你亲热起来，甚至会说："你这个没良心的家伙，怎么从来不上我家来呀。"从多方面来看，诺兹德廖夫的确是一个全面发展的人，也就是说，是个多面手。只要你愿意，他会立刻陪你去往你要去的地方，哪怕是去往天涯海角，或者跟你一起干一番你所喜欢的事业，或者跟你交换各种东西，你愿意换什么都可以。比如说，以你的猎枪换他的猎枪，以你的狗换他的狗，以你的马换他的马，什么东西都可以对换，但他绝不是为了占你的便宜。他这样做，只不过是因为他性格里含有某种不安分的活泼豪爽的气质。在集市上，如果某个老实人撞到他手里，把钱输个精光，那么他便把赢来的钱立刻花掉，把他先前在店铺里看到的东西统统买来：马具、熏香、保姆用的头巾、种马、葡萄干、银质洗脸盆、荷兰麻布、精制面粉、烟叶、手枪、鲱鱼干、油画、磨具、陶罐、皮靴、陶瓷器皿，总之，把钱花光为止。话又说回来，虽然东西买来一大堆，但是运回家去的机会却很少。这些东西几乎在当天就统统输给了另外一个幸运的赌徒，有时还把自己的长杆烟斗连同烟荷包和烟嘴一起搭进去。还有的时候，他把四匹马连同四轮马车和马车夫也一起搭进去。这样一来，他自己只好穿一件短小的常礼服或者一件短上衣，跑去寻找一个朋友，借用一下他的马车了。这就是诺兹德廖夫其人！也许人们会把他称作过时的典型，也许有人会说，像诺兹德廖夫这样的人现在已经不存在了。不！谁要是这么说，那他肯定是不公正的。在这个世界上，像诺兹德廖夫这种人在短时期内是不会灭绝的。这种人无处不在，我们中间就有，也许只是穿着不同的外衣而已；然而人们往往肤浅轻率，缺少应有的洞察力，在他们看来，一个人穿上另外一件衣服就成了另外一个人了。

这时，三辆马车已经来到诺兹德廖夫家门口。不过，对于客人们的到来，家里却丝毫没有准备。餐厅中央摆着木头架子，两个家奴站在支架上，正在粉刷墙壁，一边干活，一边拉长声音唱一支没完没了的歌。地板上撒满了白灰。诺兹德廖夫吩咐家奴，立刻把木头架子抬出去，然后跑到另一个房间里下达命令去了。客人们听得见他的声音，他在吩咐厨子准备午饭。乞乞科夫早就有点饿了，他见此光景，料定5点钟以前他们是不可能坐下来就餐的。诺兹德廖夫把一切安排停当之后，便领客人们去观看他的田庄。他把村里所有的东西一一展示，花了两个多钟头时间，终于把他所有的东西展示一遍，再没有别的东西可以向客人们炫耀了。他们最先看的是马厩，那里有两匹母马，一匹是带深色圆斑点的灰马，另一匹是橙红色的，然后是一匹枣红色的公马。这匹马看上去并不漂亮，但诺兹德廖夫却对天发誓说，他买这匹马花了一万卢布。

“买这匹马你没有花一万卢布，”他姐夫说，“我看它一千卢布也不值。”

“上帝作证，我的确花了一万卢布。”诺兹德廖夫说。

“这价钱你可以随便说，说多少都可以。”姐夫答道。

“那么，好吧，让我们打个赌吧！”诺兹德廖夫说。

姐夫不愿意同他打赌。

接着，诺兹德廖夫又给客人们看了几个空荡荡的马栏，这里先前也养着一些好马。客人们在这座马厩里看见一只山羊，根据古老的迷信传说，人们认为山羊是马厩里必不可少的东西；这只山羊看样子跟马匹处得很好，它在马肚子底下踱来踱去，显得很随便。此后，诺兹德廖夫带客人们去看他养的一只狼崽。这狼崽拴在一条锁链上。“这就是狼崽！”诺兹德廖夫说，“我特意喂它生肉。我想把它喂养成一只地地道道的猛兽！”接着他们去看池塘，据诺兹德廖夫说，这池塘里养着一种特大的鱼，要把它从池塘里拖出来，两个人的力量恐怕是不够的。然而，他姐夫马上就对此表示怀疑。“乞乞科夫，”诺兹德廖夫说，“我要给你看两条非常漂亮的狗：筋骨健壮极了，你看了会大吃一惊的，下巴颏尖尖的，像根针似的！”于是客人们跟着他来到一间建造得非常漂亮的小屋跟前，小屋四周围着高高的木栅栏。他们走进院子里，便看见一大群各色各样的狗，有长毛猎狗，有纯种猎狗。狗的颜色和毛发也各种各样：有深灰色的，有黑色带白斑的，有白里带花斑的，有深褐色带花斑的，有红色带花斑的，有黑耳朵的，有灰耳朵的……这些狗的名字也都稀奇古怪，并且多半都带有命令的口气，比如，“开枪”“痛骂”“闲逛”“失火啦”“花花公子”“见鬼”“穷追不舍”“大火烧”“急性子”“燕子”“奖赏”“女监护人”。诺兹德廖夫来到狗群中间，完全像父亲同家人团聚一样。狗一看见主人，全都竖起被养狗行家称之为直尺的尾巴，并且立刻朝客人扑过来，亲切地向他们打招呼。其中有十多条狗站立起来，把前腿搭在诺兹德廖夫肩膀上。那条名叫“痛骂”的狗，对乞乞科夫也十分友好，直立起身子伸出舌头舔了舔他的嘴唇。乞乞科夫连忙啐了一口唾沫。客人们看了诺兹德廖夫引为自豪的那两条筋骨健壮得令人吃惊的狗，的确是两条凶猛异常的狗。接着，又去看了一条克里米亚母狗。据诺兹德廖夫说，这条狗眼睛已经瞎了，大概离死不远了，但在两年前却是一条很出色的母狗。客人们仔细看了看，发现母狗的眼睛的确瞎了。后来，他们又去看了水磨，但这座水磨不能转动，因为缺少磨脐，上面一层磨石无法与下层磨石安装在一起，也就不能跟着轴心飞转。按照俄国乡下人的古怪说法，这种磨脐叫“飞铁”。

“前面很快就到铁匠铺啦！”诺兹德廖夫说。

他们往前走了一段路，果然看见一个铁匠铺。于是他们便进去看了看。

“就是这块地，”诺兹德廖夫指着一片田野说，“野兔多得不得了，简直连地面都看不见啦。我曾亲手抓住一只野兔，一把抓住了它的后腿。”

“得了，你用手是抓不住野兔的！”姐夫说。

“我就抓住了，我的的确确抓住了！”诺兹德廖夫答道。“现在我带你去看看我的地界，”诺兹德廖夫转过脸来对乞乞科夫说，“到了那儿，我的领地就到尽头啦。”

诺兹德廖夫领着客人们穿过原野。原野上布满了生着苔藓的土冈。客人们不得不在闲着的和耙过的田地之间绕行。这时，乞乞科夫已觉着有些倦意。他们经过的许多地方，脚下竟踩出水来，可见那地势是很低的。起初他们举步很小心，留神不要踩在烂泥里，但后来发现这样做无济于事，就干脆迈开步子照直走过去，也不管脚下有没有泥浆了。走过很长一段路之后，他们果然看见了由木桩和壕沟筑成的地界。

“这就是边界！”诺兹德廖夫说，“在这一边的，你所看得见的一切东西，都是属于我的；而在那一边的，你瞧，这片深绿色的树林子，还有这树林后面的一切，也都是我的。”

“这片树林子什么时候成了你的了？”他姐夫问道，“莫非最近你把它买过来了？据我所知，这片树林子以前并不是你的。”

“是的，我不久前把它买过来了。”诺兹德廖夫答道。

“你是什么时候买的，居然会这么快？”

“快什么，我前天就买下来啦，他妈的，价钱还挺贵呢。”

“可是你别忘了，前天你在集市上呀。”

“瞧你说到哪里去了，索弗朗！难道我在集市上就不能同时买地了吗？是啊，我当时是在集市上，可是这块地是我不在的时候我的管家买的。”

“好吧，就算是管家买的！”姐夫说，但他仍旧有些怀疑，无可奈何地摇了摇头。

客人们原路返回，又在那条糟糕的路上辛苦了一趟。诺兹德廖夫把他们领进自己的书房，然而这书房却全然不像书房的样子。一般书房里的陈设在这里是完全没有的，就是说，既没有书也没有纸。只见墙壁上挂着马刀和两支猎枪，一支猎枪花了三百卢布，另一支花了八百卢布。姐夫看了这间书房，只是摇头。这时诺兹德廖夫又给客人们看他的土耳其匕首，其中一把匕首上竟刻着俄国工匠的名字“匠人萨维里·西比利亚科夫”，大概是误刻上去的。随后他又给客人们看一架手摇风琴，当着客人的面，诺兹德廖夫立刻弹奏起来。这风琴听起来倒也悦耳，可是乐曲弹到一半却好像出了岔子，因为本来弹的是马祖尔卡舞曲，结尾却变成了歌曲《玛尔波罗出征》，而这支歌曲弹到结尾时又突然变成了一支大家早已熟悉的华尔兹舞曲。诺兹德廖夫的弹奏停止以后，风琴里有一支管子还在起劲地响着，怎么也不肯沉默下来，时过很久它还在那里独自吹奏着。然后，诺兹德廖夫又拿出他的烟斗来给客人们欣赏。这些烟斗有木制的，有陶瓷的，有海泡石的，有使用过的，也有没使用过的，有的包着鹿皮，有的没有包鹿皮。其中一支带琥珀烟嘴的长杆烟斗是他不久前打牌赢来的；还有一只烟荷包，是一位伯爵夫人给他刺绣的。那是在某地的一个驿站上，一位伯爵夫人爱上了他，爱得神魂颠倒，便给了他这个赠物。用他自己的话说，他那情人的一双小手纤细美妙得一塌糊涂——这个词用在此处，大概他是要表达完美之至的意思。他们先吃了一点干咸鱼脊肉，然后在将近5点钟的时候，才在餐桌前坐下来。看得出来，在诺兹德廖夫家里，吃饭并不是主要的，饭菜做得好不好都没有多大关系：有的菜烧得带煳味，有的菜根本没烧熟。看来厨子多半是靠着灵感行事，手底下碰巧有什么他就放什么。比如说，他手底下摆着一瓶胡椒粉，他就放胡椒粉，要是碰巧有白菜，他就把白菜放进去，又随手放进去很多牛奶、火腿和豌豆。总之，放在一起搅和几下，烧热了，总会有一种味道的。可是，诺兹德廖夫把功夫下在喝酒上：汤还没有端上来[①]，他已经给客人们敬上一大杯波尔多红葡萄酒，接着又斟了一杯高级索特尔纳白葡萄酒，因为在一般的省城和县城里是没有普通的索特尔纳白葡萄酒的。接着，诺兹德廖夫又叫人拿来一瓶马德拉葡萄酒。他对客人们说，就连元帅也没有喝过比这更好的酒了。果然不错，这种马德拉葡萄酒

---

① 按照俄国人的习惯，第一道菜是一盘汤。

喝下去，烧得嘴里火辣辣的，原来酒贩子摸到了地主的口味，知道他们喜欢喝上好的马德拉葡萄酒，就拼命往这种酒里加罗姆酒，有时甚至往里面加王水[①]。他们总希望俄国人的胃是什么东西都经受得住的。接着，诺兹德廖夫又吩咐人拿来一瓶非同寻常的酒。据他说，这种酒兼具布尔冈红酒和香槟酒的味道。他极为热心地左右斟了两大杯，一杯给他姐夫，一杯给乞乞科夫。然而，乞乞科夫暗中发现，他给自己的杯子里却添酒不多。于是他变得谨慎起来，趁着诺兹德廖夫谈得兴致勃勃或者给他姐夫斟酒的时候，他便找个机会把自己杯中的酒倒在菜盘里。过了一会儿，桌上又摆出一瓶花楸露酒，据诺兹德廖夫说，这酒有一股纯正的奶油味道，可奇怪的是，它却散发出一股呛人的劣质酒的味道。后来又喝了一种叫不出名字的酒，味道像香草酊剂。那酒倒是有名字的，但是很难让人记得住，连主人自己转眼间也忘记了，只好给它用了另一个名字。午餐早已吃完了，各种酒也都喝过了，客人们却依旧围坐在餐桌四周。乞乞科夫一直无法开口，他总不愿意当着那位姐夫的面跟诺兹德廖夫提那件重要的事情。他姐夫毕竟是外人，而那件事情需要两人在私下里友好地商谈。话又说回来，姐夫也未必会坏他们的事，因为他大概已经喝得差不多了，坐在椅子上不住地打盹儿。后来他姐夫也发觉自己有些不大对头，终于请求诺兹德廖夫放他回家，但他说话时声音萎靡不振，干巴巴的，照俗话说的，就好像给马脖子里套马具一样费劲。

“绝对不行！你不能走！”诺兹德廖夫说。

“不，不，我的朋友，你就饶了我吧，真的，我得走了，”姐夫说，“你让我太为难啦。”

“少废话，少废话！我们现在就摆开牌桌，现在就坐庄打牌。”

“不，老弟，你自己玩吧，我实在不能奉陪，我老婆会不满意

---

① 硝酸和盐酸的混合物。酒贩子在酒里加王水，是为了使酒味变得更加浓烈。

的。真的，我得赶快回家给她讲讲集市上的事。应该，老兄，真的，应该让她高兴才是。不，你不要挽留我！”

“去她的吧，你老婆，去……我看你是急着去跟她干那件要紧的事！”

“不，老弟，她是一个很正派的人，她很忠实！她对我是百依百顺，你相信吧，我常常感动得热泪盈眶。不，你不要挽留我啦，我是个很正直的人，我的确得走啦。我向你保证，我是诚心诚意地请求你。”

“让他走吧，何必要挽留他呢！”乞乞科夫低声对诺兹德廖夫说。

“的确如此！”诺兹德廖夫说，“我最讨厌这种婆婆妈妈不爽快的人！”于是他便大声说，“得了，你见鬼去吧，回家去跟你老婆鬼混去吧，傻鸟[①]！”

“不，老弟，你不要骂我是傻鸟，”姐夫答道，“多亏有了她，我才能活下去。真的，她非常善良，可爱，对我简直是温柔极了……我常常感动得流泪。她一定会问我在集市上都看见什么啦，我得给她好好讲一讲集市上的盛况哩。真的，她可爱极了。”

“你快走吧，去跟你老婆胡说八道吧！这是你的帽子。”

“不，老弟，你可不应该这样说她。可以说，你这样说她，也是对我不尊重呀，她的确是很可爱的。”

“好了，快点滚回家找你老婆去吧！”

“是的，老弟，我得走啦，请原谅，我不能留在这里。我心里倒愿意留下来，但身不由己呀。”

姐夫还在长久地重复着那几句道歉的话，却没有发觉他早已坐在四轮马车里。马车早已辘辘地驶出大门，行驶在空旷的原野上了。由此看来，集市上的详情恐怕他老婆也未必能听到多少。

“真是个废物！”诺兹德廖夫站在窗前，目送着渐渐远去的马车

① 粗野的骂人话。作者原注：这个词是对男人含有污辱性的骂人用语。

说，“你瞧他那辆马车，慢悠悠的简直跑不起来！那匹拉边套的马倒是不错的，我早想把它买过来。可是这家伙好难对付，怎么也同他谈不拢。这个傻鸟，纯粹是个傻鸟！”

随后他们走进客厅。波尔菲里拿来了蜡烛，乞乞科夫忽然发现主人手里拿着一副纸牌，不知他转眼之间从哪儿弄来的纸牌。

“我说，老兄，”诺兹德廖夫用手指捏着牌边，把纸牌弯了一弯，刷的一响跳出一张纸牌来，“怎么样，消磨一下时间吧？我拿出三百卢布做庄家！”

但乞乞科夫装作什么也没有听见，只当是他自己忽然想起一件事说道：

“哎呀！我几乎给忘了：我想求你办一件事情。”

“什么事情？”

“你先答应我：你会办这件事的。”

“到底是办什么事呢？”

“你先答应我！”

“好吧。”

“一言为定？”

“一言为定。”

“事情是这样的：你大概有不少死去的农奴吧，他们死掉以后还没有从户籍册子上除名吧？”

“是有的呀，你要做什么？”

“把他们转给我吧，转到我名下。”

“那么你要他们有什么用呢？”

“我需要他们。”

“需要他们做什么？”

“需要就是需要嘛……至于做什么，这是我自己的事，总之，我需要。”

“看来，你肯定是在打什么鬼主意。你老实说，你到底要做什么？”

“我能打什么鬼主意呢？这些东西一钱不值，我拿他们能打什么主意呢。”

“既然这样，你为什么还要他们呢？”

“哎呀，你这人真是好奇！什么样的垃圾你都想伸手去摸一摸，还想去闻一闻味道哩！”

“那你为什么不愿意说呢？”

“你打听这事对你有什么益处呢？这事很简单，是我一时心血来潮罢了。”

“那好吧，你要是不肯说出来，这件事我就不办了！”

“你瞧，这就是不守信用啦！你答应过的事，现在又变卦了！”

“哼，不管你怎么说，你不告诉我有什么用，我就不办这件事。”

“我该怎么跟他说呢？”乞乞科夫心中暗想，于是他思索片刻之后，便对诺兹德廖夫说，他需要死农奴是为了在上流社会提高自己的身份，说他没有很大的田庄，暂时弄些有名无实的农奴来也显得风光一些。

“你骗人，你骗人！”诺兹德廖夫没容他说完，便打断他的话，“你这是骗人，老兄！”

乞乞科夫自己也发现，他这个谎话编得不够巧妙，理由很不充分。

“得了，我干脆实话告诉你吧，”于是他又改口说，“只是有一点，请你不要把这事告诉任何人。我打算结婚啦。可是你要知道，我那未婚妻的父母爱好虚荣。这真是一件麻烦事：虽然订了婚，可也没什么可高兴的，他们一定要未婚女婿家里无论如何不得少于三百个农奴，可是我几乎还缺一百五十个呢……”

“你还在骗人！还在骗人！”诺兹德廖夫又大声嚷起来。

“我这回说的，”乞乞科夫说，“的确是一丁点谎话也没有。”他用大拇指掐住小指的指尖比画着最小最小的部分。

“你要不是撒谎，我这脑袋就不要了！”

“你这话说得，真是让人难过！我到底成了什么人啦！我为什么一定要撒谎呢？”

“有什么可难过的，你是什么人我最清楚，你是个地地道道的大骗子。请原谅，我是看在咱们俩的交情上，才给你说这话的！假如我是你的长官，我早就随便找棵树把你吊死了。”

这几句话的确让乞乞科夫受不了，他感到自己蒙受了侮辱。他本来是个极爱面子的人，任何一句粗鲁话或者有伤体面的话，都会让他感到不快。他甚至从来不喜欢别人对他不拘礼节地过分亲热，当然了，如果对方是个身份很高的大人物则另当别论。因此，他这回是真生气了。

“我向上帝保证，我肯定会吊死你，”诺兹德廖夫又说，“我这是开诚布公地告诉你，这并不是为了扫你的兴而是看在咱们俩的交情上才这么说的。”

“不论什么事都得有个限度，”乞乞科夫颇为自尊地说，“你要是喜欢卖弄这些骂人的话，那你就到兵营去吧，”然后他又为自己打圆场说，“既然你不愿白送给我，那就卖给我好了。”

“卖给你！我可是把你看透了，你是个十足的无赖。你肯出大价钱买他们吗？”

“哎呀，你这人可真行啊！你自己看吧！你以为他们都是些宝石呀？”

“瞧，我说对了吧。我早把你看透了。”

“算了，算了，老弟，你怎么像犹太人似的，斤斤计较起来！按理说你是很大方的，就是把他们白送给我也算不了什么。”

“得了，为了让你知道，我绝不是什么吝啬鬼，我可以把他们白送给你。不过，你得买我那匹公马，这些死农奴就算是饶给你啦。”

“你算了吧，我要公马有什么用？”乞乞科夫说，他的确没想到诺兹德廖夫会提这种建议。

“怎么没有用？你要知道，我买这匹马花了一万卢布，现在我卖给你，只要你四千卢布。”

“可是我要公马做什么？我又不开办养马场。”

“你听我说呀，你还没听明白：我现在总共只收你三千卢布，余下的一千卢布你可以过一段时间再付给我。”

“可这公马我的确不需要呀，别再提它啦！”

“那么好吧，你就买那匹橙红色母马吧。”

“我也不需要母马。”

“一匹母马，再加上一匹灰马。那灰马你在我的马厩里看过了，我总共只收你两千卢布。”

“可我不需要买马。”

“你可以卖掉嘛，你随便放到哪个集市上，都会有人出三倍的价钱买你的马。”

“你既然有把握赚三倍的钱，那你最好还是自己去卖吧。”

“我知道，这笔买卖有钱可赚，但我想让你也从中得到好处呀。”

乞乞科夫对这番盛情表示感谢，并且直截了当地对诺兹德廖夫说，他既不买那匹灰马，也不买那匹橙红色的马。

“那你就买狗吧。我有一对好狗，卖给你吧，这种狗简直让你毛骨悚然！长毛，长胡子，毛发都竖立着，像鬃毛似的。它的腰圆鼓鼓的，像木桶似的，真叫人不可思议。它的爪子缩成一团，走起路来不着地似的！”

“我买狗做什么？我不打猎。”

“可我心里特别希望你能养几条狗。好吧，既然你不想买狗，那你就买我的手摇风琴吧，我这只风琴简直好极了。我是从来不说谎话的，我买这只风琴整整花了一千五百卢布，现在九百卢布卖给你好啦。”

“我要手摇风琴做什么？我又不是德国人，可以背着它四处流浪，沿街乞讨。”

“这你可弄错啦，这不是德国人背的那种手摇风琴，这是管风琴。你一定要好好看看，全部是用红木做的。现在我带你去再看一遍！”诺兹德廖夫说到这里，立刻拉住乞乞科夫的胳膊，硬要把他拖到另一个房间里去。乞乞科夫拼命用两脚支撑住地板，反复地说，他已经知道那是一只什么样的手摇风琴，不必再去看了。但他最终也没能躲过去，只好又去听诺兹德廖夫弹了一遍《玛尔波罗出征》的曲子。

“你要是不愿意用钱买，那我们就这么办好啦：我把这只手摇风琴和我所拥有的死农奴全都给你，而你把自己的马车给我，额外再给我三百卢布。”

“瞧你说的，那么我坐什么车呢？”

“我可以把另一辆马车给你嘛。走吧，我陪你到车棚里去看看那辆马车！你只要重新刷刷漆，它就是一辆漂亮的马车啦。”

“哎呀，这家伙简直是恶鬼附体，没完没了啦！”乞乞科夫心里暗自骂道，他拿定主意，无论如何也要把话说清楚，不再去纠缠这些马车、手摇风琴和各种各样的狗，尽管那些狗腰圆得像木桶似的，令人不可思议，并且爪子缩成一团。

“好吧，这回马车、手摇风琴和死农奴全给你啦！”

“我不要。”乞乞科夫又说一遍。

“你为什么不要呢？”

“因为这很简单，我不想要，就因为这个。”

“好啊，你这家伙，果然是这样的！我没看错。对待你这种人是不能讲朋友交情的，你这家伙，果然是这样的！……现在我算是看透了，你是个口是心非的家伙！”

“我怎么啦，难道我一定要当个傻瓜呀？你自己评评理吧，既然那些东西我完全不需要，那么我为什么一定要买它呢？”

“好了，请你不要再说啦。我现在算是认识你啦。果然是个蛮不讲理的家伙！喂，你听着，你愿不愿意玩一把牌？我把所有的死农奴全押上，作为赌注，把那只手摇风琴也押上。”

“用赌博来解决问题，那就等于一切都是未知数。”乞乞科夫说着，斜眼瞟了一下诺兹德廖夫手里的纸牌。他仿佛觉得那纸牌全是伪造的，里面做了不少手脚，连牌背面的花纹也十分可疑。

“为什么是未知数呢？”诺兹德廖夫说，“这绝不是什么未知数！只要你的赌运好，你就什么东西都能赢到手，能得到的东西不计其数。就是这张牌！瞧这好运气！”他说着，便开始发牌，以便刺激乞乞科夫的赌瘾。“你瞧这好运气！你瞧这好运气！这手气是真好！这个倒霉的九点！我上回就栽在这个九点上，输个精光！我当时就感觉到这个九点要坏我的事，于是我眯起眼睛，心里暗暗想道：‘你这倒霉的家伙，你要是坏我的事，就让魔鬼把你拿去！’”

诺兹德廖夫说话的当口儿，波尔菲里上了一瓶酒。但乞乞科夫断然拒绝打牌，同时也拒绝喝酒。

“你为何不愿打牌？”诺兹德廖夫问道。

“因为我没有情绪。对了，老实告诉你吧，我本来就不爱打牌。”

“你为什么不爱打牌呢？”

乞乞科夫耸了耸肩膀，又补充说：

“就因为我不爱打牌。”

“你是个废物！”

“我有什么办法？上帝是这样造就的。”

“纯粹是个傻鸟！我原来以为你好歹算是个正派人，可是没想到你连最起码的礼貌都不懂。跟你这种人说话，绝不能像对待好朋友那样……连一点爽快劲儿都没有，假惺惺的，没有一丁点诚意！跟索巴凯维奇一模一样，同样是个下流坯！”

“你凭什么骂起我来了？我不打牌难道也是过错吗？既然你是这样的人，为了这些废物斤斤计较，那你就单把死农奴卖给我好啦。”

“见鬼去吧，你什么也甭想得到！本来想白送给你的，可是现在你甭想啦！你就是奉送给我三个王国，我也不会卖给你啦。你这个骗子，臭炉匠！从现在开始，我不想同你有任何关系。波尔菲里，你快去告诉马夫，不要再让他的马吃燕麦了，就让它们吃干草吧！”

乞乞科夫万万没有料到，最终弄成了这样的局面。

“你最好不要让我再看见你！”诺兹德廖夫说。

宾主二人虽说是吵翻了脸，但他们却又坐在一起共进晚餐。不过，这回桌上没有摆出那些名目繁多稀奇古怪的酒。一只酒瓶孤单单地摆在餐桌上，说是塞浦路斯出产的一种什么酒，但从各方面看来，它不过是被人们称为酸汤的那种劣质酒罢了。晚饭后，诺兹德廖夫领客人去正屋侧面的一间耳房，并且告诉他，已经在那里为他铺好了床。

“你就睡在这里吧！我不想祝你晚安！”

诺兹德廖夫说完就走了。乞乞科夫独自留在耳房里，情绪沮丧极了。他在心里暗暗恼恨和咒骂自己，后悔不该到诺兹德廖夫这里来，白白浪费了这么多时间。不过，他更加恼火的是自己办事过于轻率，像小孩子似的，傻瓜一般，居然把那件要紧的事告诉了诺兹德廖夫。因为这件事情非同寻常，是完全不能让诺兹德廖夫知道的……诺兹德廖夫是个彻底的无赖汉，诺兹德廖夫会信口胡说，添枝加叶，鬼知道他会编出什么谎话，制造出什么样的流言飞语……哎呀，糟糕，糟糕。“我真是傻透了。”他自言自语地说。这一夜他睡得很不好。有一些大胆泼辣的小虫子咬得他苦不堪言，害得他拼命在咬痛的地方抓挠着，边挠边骂：“唉，该死的，让魔鬼把你们跟诺兹德廖夫一起捉走吧！”第二天早晨，他醒得很早。起床第一件事便是披上睡衣，穿上靴子，穿过院子到马房里去，吩咐谢里方立刻套车。出了马房，他在院子里遇见了诺兹德廖夫。诺兹德廖夫也穿着睡衣，嘴里叼着长杆烟斗。

诺兹德廖夫友好地向他致意，并且问他睡得怎么样。

“马马虎虎。”乞乞科夫冷冷地答道。

“我做了一夜噩梦，老兄，”诺兹德廖夫说，“提起这件事真叫人恶心。昨天夜里睡着之后，我嘴里的味道简直没法说，就好像有一个骑兵连在我嘴里过夜似的。你猜我梦见什么了，哎呀呀！梦见有人用鞭子把我痛打一顿！你猜是谁打的？你无论如何是猜不出来的：是波采鲁耶夫上尉和库甫申尼科夫。”

“是啊，”乞乞科夫心中暗想，“要是真的有人用鞭子抽你一顿就好啰。”

“真的，痛得我受不了！醒来一看，真他妈的见鬼，原来是什么东西在咬我，我在拼命挠痒呢。大概是该死的跳蚤。得了，你回屋穿衣服去吧，我马上就去找你。我非把那个混蛋管家臭骂一顿不可。”

乞乞科夫回屋去了。他穿好衣服，洗了脸，来到餐厅里。这时桌上已摆好了茶具和一瓶罗姆酒。屋里还存留着昨天的中饭和晚饭的痕迹，看来地板根本没有刷过。地板上扔满了面包屑，连桌布上的烟灰也还照样撒在那里，无人擦拭。主人倒是没有让他久等，立刻走了进来，他只穿一件睡衣，睡衣里面什么也没有穿，袒露着胸膛，胸脯上长着很长的胸毛。他一只手拿着长杆烟斗，另一只手端着茶杯，一边走一边呷着茶。他这副样子对于画家来说倒是一个很好的模特，如果某一个画家讨厌那些像理发店的招牌似的头发梳得溜光带着卷儿的绅士或者那些理着平头的绅士，那他一定会喜欢诺兹德廖夫的。

“喂，你觉得怎么样？”诺兹德廖夫沉默了一会儿，问道，“你不愿意打牌赌死农奴吗？”

“我已经跟你说过了，老弟，我不打牌。要是可以买，我倒是愿意买的。”

“我不想卖，那样做就太不够朋友了。我不会去赚这种不清不白的钱的。打牌就是另一回事啦。我们就玩一会儿牌吧！”

“我已经说过了，不玩。”

“那么交换东西你愿意吗？”

“我不愿意。”

“好吧，那我们就下棋吧，你要是赢了，那么死农奴全归你。这样的农奴我多得很呢，早该把他们从户籍册子里除名啦。喂，波尔菲里，快把棋盘和棋子拿过来。”

“多此一举，你拿来我也不下。”

“这下棋可不像打牌；下棋不可能凭什么运气，也不可能作弊。下棋全靠你棋艺高超。我甚至可以先告诉你，我一点也不会下棋，你最好让我先走几步。”

“也好，”乞乞科夫心中暗想，“就跟他下一盘棋吧！我下棋还是不错的，再说他在这里也很难作弊。”

“好吧，就这么着吧，我跟你下棋。”

“死农奴作价一百卢布！”

“为什么？他们能作价五十卢布就够多了。”

“不行，五十卢布算什么钱呀？就照这个数目，我最好再加上一只中等价钱的小狗，或者一颗系在表链上的金图章。”

“好吧，就照你说的办吧！”乞乞科夫说。

“你打算让我先走几步？”诺兹德廖夫问道。

“这从何说起呢？当然一步也不让。”

“你至少得让我先走两步。”

“不行，我自己下得也不好。”

“我们了解你，你不怎么会下棋！”诺兹德廖夫说着向前走了一步。

“我好久没摸过棋子了！”乞乞科夫说着，也向前走了一步。

“我们知道你，你的棋下得很不好！”诺兹德廖夫说着，向前走了一步，同时用袖口把另一个棋子向前带了一步。

“我好久没有摸棋子了！……哎，哎！这是怎么回事，老弟？你快把它退回去！”乞乞科夫说。

“把谁退回去？”

“把棋子退回去。”乞乞科夫说，与此同时，他发现几乎就在他鼻子跟前，另一只棋子正在悄悄朝王城逼近；这只棋子是从哪儿冒出来的，只有上帝才知道。“不行，”乞乞科夫从棋桌后面抽身站起，说道，“跟你根本无法下棋！没有这样下棋的，转眼之间一下子走了三步！”

“哪里走了三步？这一步是不小心走错了。这不是故意的，我把它退回来就是了。”

“可是这另外一个棋子是从哪儿来的？”

“什么另外一个？”

“就是这个棋子，正在向王城靠近的这个？”

“你这人真是的，难道你真的不记得了？”

“不，老弟，我们走过的棋我全算过的，我全都记得。这是你刚刚放在这里的。它的位子应该在这里才对！”

“怎么应该在这里？”诺兹德廖夫面红耳赤地说，“老兄，我看你最爱编造谎话！”

“不，老弟，看来你才是最爱编造谎话呢，只不过你的谎话编得很不高明。”

“你把我看成什么人了？”诺兹德廖夫说，“难道我会作弊吗？”

“我没有把你看成什么人，只不过从现在开始，我再不跟你下棋了。”

“不行，你想甩手不干可不成，”诺兹德廖夫愤怒地说，“这一盘棋已经开始！”

“我有权甩手不干，因为你下棋不规矩，不像一个正派人。”

“不，你胡说，你不能说这样的话！”

“不，老弟，你自己才是胡说哩！”

“我没有作弊，你不能甩手不干。你得下完这一盘！”

“你不要强迫我，强迫也没有用。”乞乞科夫镇定自若地说，这时他走到棋盘跟前，一把搅乱了棋子。

诺兹德廖夫勃然大怒，他照直朝乞乞科夫扑过去，离得这样近，逼得乞乞科夫后退了两步。

“我就是要强迫你下棋！你搅乱了棋子没关系，这每一步棋我都记得。我们可以照原样把棋子摆上。”

“不，老弟，这件事已经结束了，我不再同你下棋了。”

“这么说，你不愿意下了？”

“你自己也很清楚，没法跟你下棋。”

“不，你坦率地说，你是不是不愿意下了？”诺兹德廖夫说着，又朝前逼近一步。

“是不愿意下了！”乞乞科夫答道，但他这时不得不抬起两手放在脸前，以防不测。看来事态的确已发展到白热化了。

这一预防措施采取得十分及时，因为诺兹德廖夫已经抡起了胳膊……此时此刻，我们的主人公那张讨人喜欢的胖脸，很有可能要蒙受洗刷不掉的耻辱。然而，幸好那一拳被他挡住了，他及时地抓住了诺兹德廖夫那双好斗的手，紧紧地抱住了他。

“波尔菲里，帕甫鲁什卡！”诺兹德廖夫疯狂地喊叫着，拼命地挣扎着。

听到这喊声，乞乞科夫便放开了诺兹德廖夫的手，他不愿让仆人目睹这动人的场面，同时他也感觉到，不放开诺兹德廖夫也是徒劳的。就在这当口儿上，波尔菲里走进来，后面跟着结实健壮的帕甫鲁什卡，跟这小伙子打交道是没有便宜可占的。

“你真的不愿意下完这一盘棋？”诺兹德廖夫说，“直截了当地回答我！”

“不可能下完这盘棋。”乞乞科夫说着，向窗外瞟了一眼。他看见自己的马车已经套好，停在那里，谢里方也似乎只等他一挥手，便会把马车驶到门口来。然而，要逃出这个房间是万万不可能的，只见门口站着两个结实健壮的混蛋家奴。

“你真的不愿意下完这盘棋？”诺兹德廖夫气得满脸通红，又问了一句。

“假如你规规矩矩地下棋，像一个正派人那样，这盘棋是可以下完的。可是现在我没法跟你下。”

“啊！这么说你是没法下，下流坯！你看出这盘棋你赢不了，所以你就没法下啦！你们俩给我揍他一顿！”他转过身来发疯似的向两个家奴喊道，而他自己也把那只樱桃木做的长杆烟斗抓在手里。乞乞科夫吓得面如土色，他似乎还想说些什么，他感觉到自己的嘴唇在动，但却发不出声来。

“快揍他呀！”诺兹德廖夫挥舞着长杆烟斗，高喊着冲上前去，他浑身冒火，汗流满面，仿佛在向一个难以攻克的堡垒发起冲锋。“快揍他呀！”他大声喊道，这喊声就像发起猛攻时他向全排士兵发出的号令：“兄弟们，冲啊！”此时此刻，他就像一个不怕死的中尉，因为这个中尉一向是大胆鲁莽且名声在外，所以上级特意下达命令，要他在战斗的关键时刻沉着冷静，不要鲁莽行事；然而这个中尉既然感觉到战斗的激情冲动，便马上头脑发昏；苏沃罗夫元帅的身影在他眼前晃动，他要立刻冲上去建功立业。“弟兄们，冲啊！”他拼命喊叫着冲上前去，并没有考虑他的举动破坏了上级精心安排的总攻计划，在那高耸入云的坚固的要塞的墙壁上，枪眼里已伸出数百万支枪口，他那一排无足轻重的士兵顷刻间就要灰飞烟灭，一颗致命的子弹正在呼啸着飞过来，马上就要击中他那大声喊叫着的喉咙。但是，如果说诺兹德廖夫表现出了那个大胆无畏、敢打敢冲的狂暴的中尉的拼命气概，那么他所攻击的堡垒，却丝毫不像是那座坚不可摧的要塞。恰恰相反，那“堡垒”已经吓得手足无措，连魂儿也躲藏到脚底板下面去了。这时，乞乞科夫于慌乱之中赖以自卫的一把椅子已被两个家奴夺去，他吓得魂不附体，微闭上眼睛，准备尝受主人那根切尔克斯出产的长杆烟斗抽打的滋味，至于他这回要落到一个什么下场，恐怕只有上帝才知道了。然而，我们的主人公看来运气很不错，在此危急之际，他居然能使自己的腰肋、肩膀和身上其他保养得很好的部位得以保全。忽然间，响起一阵铃铛声，这简直是天外之音，完全出乎人们意料。于是清晰地传来四轮马车驶近门口的辘辘声，甚至在房间里也能听见刚刚停下的冒着热气的三套马的沉重的喘息声。大家不由自主地向窗外望去，只见马车上跳下一个人来。此人留着两撇小胡子，穿一件军装样式的常礼服。他在门厅里打听了几句，便立刻进了客厅。这时乞乞科夫正吓得晕头转向，还没有完全清醒过来，恰如一个垂死的人，处在那种极为可怜的状态中。

“请问你们谁是诺兹德廖夫先生？”陌生人问道。他有些诧异地望了望手握长杆烟斗站在那里的诺兹德廖夫，又以同样的目光望了望刚刚由窘困中恢复常态的乞乞科夫。

“请允许我先问一句，您是什么人？”诺兹德廖夫走上前去问道。

“县警察局局长。”

“您来这里做什么？”

“我特意来通知您，有人控告了您，在您的案件了结之前，您随时听候法庭传讯。”

“这简直是胡扯，这是一桩什么案件？”诺兹德廖夫问道。

“您所牵涉的是殴打地主玛克西莫夫案，就是说，您在喝醉酒之后鞭打了地主玛克西莫夫，使他的人格蒙受了侮辱。”

“您这是胡扯！我根本没有见过地主玛克西莫夫！”

“尊敬的老爷！请允许我向您报告，我是一名军官，您可以用这种口气跟您的仆人说话，可我不是您的仆人！”

乞乞科夫听到这里，便不再等候诺兹德廖夫答话，慌忙拿起帽子，悄悄地从县警察局局长背后溜出门外，爬上马车落了座，吩咐谢里方拼命打马快走。马车一溜烟地飞驶而去。

# 第五章

我们的主人公这回的确是吓昏了头。马车发了疯似的向前奔驰着，诺兹德廖夫的村庄早已无影无踪，消失在冈峦起伏的原野后面，但他依旧不时地回头张望，带着一副惊恐不安的神情，似乎担心后面马上就有人追上来。他呼哧呼哧地喘着气，伸手摸了摸胸口，他感到心在突突乱跳，像一只困在鸟笼里的野鹌鹑似的。“哎呀，你这个坏蛋，看把我吓得通身是汗！”于是他把诺兹德廖夫狠狠地一顿臭骂，诅咒他不得好死，甚至使用了一些肮脏的字眼。有什么办法呢？毕竟是俄国人嘛，再说又是在气头上。况且这件事本身的确也不是开玩笑。“不管怎么说，”乞乞科夫心里暗自琢磨着，“要不是那位警察局局长及时赶到的话，恐怕我今生今世再也看不到上帝创造的美好世界啦！要是那样，我就会像一个小水泡似的从这个世界上消失，不能留下丝毫的痕迹，既不能留下子孙后代，也不能给未来的孩子留下财产和好的名望啦！”看来，我们的主人公对自己的后代倒是关怀备至。

“这个老爷可真坏！”谢里方心里暗暗骂道，“我还真没见过这样的老爷呢。瞧他干的那事，真该啐他一脸唾沫！你可以不让人吃东西，可是你不能不喂马呀。马就是喜欢吃燕麦嘛！燕麦是马的食粮，就像我们人要吃饭，马就要吃燕麦。燕麦是它们的食粮嘛！”

大概那几匹马也在抱怨诺兹德廖夫，不止是枣红马和那匹绰号叫陪审员的橙红色的马，就连那匹花斑马也闷闷不乐。虽然谢里方每次给它吃的燕麦都不大好，而且在给它的马槽里撒燕麦时，总要先骂一句："你这个家伙呀，坏透了！"可是不管怎样，吃的总是燕麦呀，而不是普通的干草。它嚼起燕麦来是很高兴的，还时常把它那长嘴巴伸到同伴的马槽里去，品尝一下它们的食粮。谢里方不在马房里的时候，它就更为放肆啦，可是现在吃的全是干草……这太不像话了。可见大家都心怀不满。

然而，这些不满的情绪刚刚流露，却很快就被一个意外的事故骤然打断了。原来是一辆六匹马驾驶的四轮轻便马车直冲着他们飞驶过来，直到坐在马车里的女士的惊呼和马车夫的臭骂、威胁飞到他们耳边的时候，他们大家，包括马车夫谢里方，才终于猛然清醒过来。这当口儿，只听见对方的马车夫生气地骂道："哎呀呀，你这个无赖，难道你没听见，我直着嗓子向你大喊：马大哈，快点靠右走！你怎么搞的，是喝醉了还是怎么的？"谢里方明知是自己的疏忽，但是俄国人是最不喜欢在别人面前认错的。于是他立刻摆出一副威严的神气，毫不示弱地说："你是怎么搞的，把马车赶得像飞似的？你那眼珠子是换酒喝了，还是怎么的？"嚷嚷一通之后，他便收紧缰绳，赶着马向后倒车，要从对方的挽具上把马车摘下来。可是白费了半天劲儿也没有摘开，因为双方的马搅在了一起。花斑马好奇地在两旁的新朋友身上嗅来嗅去。这时，坐在那辆四轮轻便马车里的女士们望着这情景，脸上带着惊恐的神色。其中一个已上了年纪，另一个是年轻姑娘，大约有十六岁的光景，金色的头发梳得整整齐齐，使得她那小巧玲珑的脑袋显得秀丽可爱。她生就一张俊俏的椭圆形的脸蛋，圆圆的像一只嫩鸡蛋，白生生的，晶莹透亮，恰如一只刚生下的鸡蛋，管家婆拿在黝黑的手里，对着阳光照一照，鸡蛋透过灿烂的阳光，变得瑰丽动人。她那雅致的耳朵也透着亮光，在温暖的阳光下变成了粉红色。这时，她的嘴唇始终开启着，带着吃惊的神色，眼睛里闪动着泪花，总之，她身上的一切都是妩媚动人的。我们的主人公盯着她看了好几分钟，丝毫顾不得理会双方的马匹和马车夫之间的纠纷了。“往后退呀，哎呀，你这个下新城的马大哈！”对方的马车夫气呼呼地喊道。谢里方向后拽了拽缰绳，对方的马车夫也勒了勒缰绳。双方的马匹都向后退了几步，但不一会儿它们重新跨过挽索，又混到一块儿去了。那匹花斑马这时却颇为得意，它乘着混乱之际结交了新相识，并且对它们十分依恋。意外的命运让它陷进那倒霉的车辙里，它居然宁死也不肯从那里拔出脚来。它把自己的长脸贴在一位新朋友的脖颈上，似乎在它耳边低声说些什么，大概它说的话很不中听，它的新朋友听了连连摇头。

说来凑巧，幸好附近有一个村庄。这混乱的局面引发了村民的好奇心，他们便纷纷围过来看个明白。对于乡下人来说，这类场面实在是天惠神赐，就好比德国人心目中的报纸或俱乐部，所以马车四周很快就围拢了无数的村民，大概村子里只剩下老太婆和小孩子了。挽索终于解开了，那匹花斑马脸上挨了几拳，它才向后退了几步，总之，搅在一起的双方的马匹最终被拉开了。可是，对方的马匹不知是因为同朋友分开而感到苦恼呢，还是故意在那里犯脾气，任凭马车夫怎样抽打，它们总是纹丝不动地站在那里，仿佛脚下生了根似的。这立刻引起了村民们极大的同情，他们一个个争着挤上来出主意：“安德留什卡，你过去，引导那匹右边套马，米佳伊大叔骑那匹辕马！米佳伊大叔，快上马吧！”米佳伊大叔又高又瘦，蓄着棕红色大胡子，他爬上那匹辕马，像一座乡村教堂里的钟楼似的，或者确切些说，更像井台上打水用的辘轳的吊钩。马车夫挥鞭打马，可是事与愿违，米佳伊大叔什么忙也帮不上。“等一下，等一下！”村民们喊道，“米佳伊大叔，你骑那匹边套马，让米尼雅伊大叔骑辕马！”米尼雅伊大叔是个身宽体胖的汉子，蓄着漆黑的大胡子，圆鼓鼓的肚子像一只可以供应整个集市上挨冷受冻的人喝蜜水香茶的巨型茶炊。他兴致勃勃地骑上那匹辕马，压得那辕马的肚皮几乎贴着地面。“现在没问题啦！”村民们喊道，“狠狠地抽它几鞭子！狠狠地抽它几鞭子！抽那匹金黄马，抽它几鞭子。这家伙最固执，你瞧它那样子，像一只科拉莫拉蚊子[1]！”可是，米佳伊大叔和米尼雅伊大叔发现事情毫无进展，任凭马车夫怎样抽打那些马都不起作用，于是他们两位大叔就一同骑到辕马上去，让安德留什卡去骑那匹边套马。这时，那马车夫终于忍不住了，便轰走了米佳伊大叔和米尼雅伊大叔。他这下做对了，因为那些马被折腾得浑身冒汗，仿佛一息不停地拉着马车跑过了一站路似的。他让马歇了一会儿，歇息之后，它们也就自动拉着马车走了。在这段时间里，乞乞科夫一直盯着那位陌生的年轻姑娘，仔仔细细地端详着，他几次想跟姑娘搭话，却没有找到合适的机会。然而，这时女士的马车已经走远了。那漂亮的脑袋，俊俏的脸蛋，苗条的身姿，像幻觉似的，转眼间就不见了。眼前又只剩下驿道、马车、读者所熟悉的三套马，以及谢里方、乞乞科夫和四周平坦空旷的原野。在人的一生中，不论他的处境如何，不管他是生活在粗俗贫穷、落后而又龌龊的社会底层，还是生活在单调冷酷、整洁但却乏味的上流社会，他总归要在人生道路上遇见一种他以前从未遇见过的现象。这种奇遇哪怕只有一次，但它总归要在他的心中激起一种他从来不曾感受过的感觉。不论我们生活在什么地方，也不论我们的生活中有多少忧愁和烦恼，总会有那么一天，我们的眼前忽然掠过一种令人喜不自胜的灿烂光辉，犹如有那么一天，一辆带有镶金挽具、如画的骏马和闪闪发光的玻璃窗的豪华马车，忽然间令人意想不到地驶过一个偏僻贫穷的小村庄一样。这里的村民，除了乡下的马车之外，没有见过任何别样的马车，他们长久地张着嘴站在那里呆望着，虽然那辆奇妙的马车早已走远，无影无踪了，他们却还不肯戴上帽子。那位金发小姐同样也是在忽然之间，完全出人意料地出现在我们这部小说里，又同样出人意

---

① 这是一种大而且长的蚊子，性情呆板，有时孤零零地趴在墙上，人们走过去抓住它的腿，它仍旧不动弹。——作者注

料地忽然消失了。倘若这时她遇见的不是乞乞科夫，而是随便一个二十岁的小伙子，不管他是骠骑兵还是大学生，或者是涉世未深的普普通通的年轻人，那么，我的上帝，他会怎样地猛醒、冲动、心荡神迷啊！他肯定会久久地站在那里，一动不动，呆若木鸡，两眼直勾勾地望着远方，忘记了他还需要赶路，忘记了耽误路程他会受到处罚和斥骂，忘记了自己公务在身，忘记了整个世界和世界上所有的一切。

然而，我们的主人公毕竟是中年人，遇事谨慎沉着。他也沉思了一会儿，不过他比较冷静，没有想入非非。他的想法也比较切合实际，甚至在某种程度上说是多少有点依据的。“这小丫头挺可爱的！”乞乞科夫在心里说，这时他打开鼻烟壶闻了闻鼻烟。“不过，重要的是她有什么动人之处呢？她的动人之处在于，她显然刚从学校毕业，刚读完寄宿女校或者某一所女子学院，她身上还不曾沾染那种所谓的娘儿们的俗气，也就是说，没有普通娘儿们身上那种令人厌恶的东西。她现在童心未泯，她身上的一切都朴实、纯洁，她高兴说什么就说，想笑的时候就朗声大笑。在她这样的年纪，要改变她是很容易的，她既可以成为一个纯洁无瑕的淑女，也可以变成一个俗不可耐的荡妇，的确，她会变成一个荡妇！不信你现在把她交给那些庸俗的姑妈阿姨，让她们去管教她，那么过一年你再来看她，她准会变成一个俗气十足的娘儿们，变得连她的亲生父亲也认不出她来啦。她不知从哪里学来的那种傲慢神气，凡事墨守成规，按照事先背熟的一套训诫去接待应酬，一天到晚挖空心思去琢磨应该见什么人，说什么话，话说到什么程度，还要琢磨应该怎样看人，对不同的人要用不同的眼光。于是她时刻担心说出多余的话，最后连她自己也糊涂了，只好信口胡说，久而久之，养成撒谎的恶习，一辈子也改不了，鬼晓得她最终会变成一个什么样的人呢！”想到这里，乞乞科夫沉默了一会儿，接着又在心里说：“真该打听一下她的来历，她是谁家的小姐？她父亲是什么人，是个值得尊敬的富裕的地主，还是一个在做官期间积攒了一笔钱财的奉公守法的绅士？假如这姑娘有二十万卢布的嫁资，那她可真是一块令人垂涎的肥肉呢。这足够一个安分守己的人享一阵子清福哩。”此时，他脑海里浮现出令人垂涎的二十万卢布，馋得他心烦意乱。他开始暗暗恼恨自己，两辆马车搅在一起折腾了好长时间，为什么不乘此机会去问问前面导马驭手或者马车夫，那辆马车里坐的是什么人。然而，他这些思绪很快就被打断了，眼前出现了索巴凯维奇的村庄，他不得不把思想集中到他所关心的那件大事上。

他觉得，这个村庄相当大，村庄的左右两侧有两片树林，像两只翅膀，一片是白桦树林，另一片是松树林；白桦树林颜色较浅，松树林显得暗一些。村子中央矗立着一座带阁楼的木头房屋，红屋顶，深灰色的或者确切地说是暗灰色的墙壁。总之，这幢房子颇似我国为军屯人员和德国移民建造的那种住所。不难看出，建筑师在建造这幢房屋时，曾一再同房主发生争执。建筑师过分认真，不考虑房主人的审美观，讲究对称，而房主人则追求舒适。因此，正如我们所看到的，建筑师不得不取消了一面墙壁上的所有窗户，而在窗户的位置上钻了一个小孔，大概只有阴暗的贮藏室才开这样的通风口。山墙也显然跟整座房屋很不相称，建筑师据理力争也未能奏效，因为房主人命令他撤去侧面的一根圆柱。这样一来，正面柱廊上的圆柱就不是规定的四根，而只剩三根了。院子的围墙非常坚固，栅栏上的木头都特别粗大。看来这位地主注重建筑物的牢固，为此动了不少脑筋。马厩、库房和厨房上用的都是沉重粗大的圆木，几百年之内不会损坏。农夫居住的木屋也建造得相当讲究：虽然没有花墙，没有雕刻的装饰和其他精美的花样，但却修建得坚固耐用，朴实大方。甚至井台上也使用了结实的橡木，这种橡木一般是用来制造磨盘和船舰的。总而言之，他所看到的一切都稳固坚实而且粗笨。马车驶到门口的时候，他发现窗户里几乎同时探出两张人脸来：一张女人的脸，又瘦又长，像一根黄瓜似的，头戴包发帽；另一张是男人的脸，脸庞很宽，圆圆的，很像摩尔达维亚南瓜。有的地方管这种南瓜叫葫芦，俄罗斯人喜欢用这种南瓜做一种轻便的二弦琴。风流倜傥、聪明能干的二十岁的小伙子打扮得漂漂亮亮，弹起这种二弦琴，登时神采飞扬、喜上眉梢，他飞着媚眼吹着口哨，吸引那些脖颈和胸脯雪白的姑娘前来听他那美妙悦耳的琴声。那两张脸只在窗口晃了一下，便立刻消失不见了。门口的台阶上走出一个穿着带蓝立领的灰色上衣的男仆，把乞乞科夫引进了门厅。这时，主人亲自出来迎接，来到门厅里，一看见客人，他简短地说了一句："请！"于是便领着乞乞科夫朝客厅走去。

乞乞科夫斜眼瞧了瞧索巴凯维奇。这次会面他觉得索巴凯维奇完全像一只中等个头的狗熊。此外，他穿一件地道的熊皮色燕尾服，袖子很长，裤脚肥大，两只大脚掌走起路来歪歪扭扭，时常踩在别人的脚上，这就更让人觉得他像一只狗熊了。他的脸色黑里透红，像淬过火似的，颇似五戈比的铜币的颜色。众所周知，人世间有不少人的脸是相当粗糙的，造物主在塑造它们的时候，显然没有花费苦心去精心雕饰，不曾使用锉刀、微型钎之类的精雕工具，只是抡起斧头草草地砍几下：一斧头砍下去就是一个鼻子，再砍一斧头就是两片嘴唇，再用大钻头钻两个孔，就成了一双眼睛，于是还没有来得及修饰打磨便说了声："活啦！"就打发他到人间来了。索巴凯维奇的相貌就是这样的，看上去显得粗壮有力，并且五官拼凑得十分奇特：他多半是弓着身子，低着头，很少挺起身来；他的脖子是从不转动的，正因为如此，与客人谈话的时候，他那双眼睛很少看客人，却总是望着壁炉的一角或者望着房门。两人穿过餐厅的时候，乞乞科夫又斜眼瞧了瞧索巴凯维奇，暗想：的确是狗熊！简直是一只真正的狗熊！说来奇怪，他的名字居然叫米哈伊尔·谢苗诺维奇，真是恰如其分[①]。乞乞科夫知道他习惯于踩别人的脚，所以迈步时特

---

① 俄国人习惯用"米哈伊尔"的爱称"米沙"来称呼狗熊。

别留神，并且尽量让他走在前面。主人也似乎察觉到了自己的毛病，便马上问道："我没有让您感到不便吧？"而乞乞科夫连忙道谢，说暂时还没有感到什么不便。

来到客厅里，索巴凯维奇指了指高背圈椅，又对客人说了声"请"。乞乞科夫坐下来，抬眼望了望墙壁和挂在墙壁上的版画。画上刻的全是英姿勃发的英雄人物，并且全是希腊统帅的全身肖像：马弗罗柯尔达托一身戎装，鼻子上架一副眼镜，然后是米阿乌利、卡纳利。这些英雄人物全都长得腿脚粗壮，蓄着罕见的大胡子，仪态凛然，令人望而生畏。在这些威武雄壮的希腊统帅中间，却挂着一幅巴格拉季翁[①]的肖像，不知主人为什么要这样安排，身材瘦长的巴格拉季翁的肖像镶在一个最窄的小画框里，下面有一些小旗和火炮。紧挨着他又是一个希腊人，女英雄鲍贝琳娜，她的一条腿比当今交际场上那些纨绔子弟的腰还粗。由于主人自己生得结实健壮，看来他喜欢用这些结实健壮的人来装饰自己的客厅。鲍贝琳娜身旁的窗框上，挂着一只鸟笼，一只黑色带白点的百舌鸟从笼子里朝外探望着，样子也很像索巴凯维奇。宾主二人沉默了不到两分钟，客厅的门就打开了。女主人走进来，太太个子很高，戴着包发帽，帽带用家制颜料重新染过色。她举止得体、稳重，像一株棕榈树似的挺着身子，昂着头。

"这是我的费奥杜丽娅·伊凡诺夫娜！"索巴凯维奇对客人说。

乞乞科夫走到女主人面前，躬身吻了吻她的手。费奥杜丽娅·伊凡诺夫娜径直把手背贴在他的嘴唇上，因此他有机会发现，她的手是用腌黄瓜的水洗过的。

"亲爱的，我来给你介绍一下，"索巴凯维奇接着说，"这是巴维尔·伊凡诺维奇·乞乞科夫，是我荣幸地在省长府第和邮政局局长府第认识的！"

---

① 俄国名将，曾参与1812年的击败拿破仑的战争。

费奥杜丽娅·伊凡诺夫娜也说了声“请”，同时像扮演女王的女演员那样摆了一下头，请乞乞科夫就座。然后，她便在长沙发上坐下来，披上她那条精美的羊毛披巾，呆呆地坐在那里，连眼睛和眉毛也不动弹一下。

乞乞科夫这时又抬起眼睛，他又看见墙上挂着的大腿粗壮的蓄着大胡子的卡纳利，看见了鲍贝琳娜和笼中的百舌鸟。

大家一言不发，几乎沉默了五分钟。客厅里只有百舌鸟发出的笃笃声，它在啄食鸟笼底部的谷粒。乞乞科夫又朝客厅里扫了一眼，他发现这里的一切都极为坚固粗笨，与房主本人有一种奇特的相似。一张宽大厚重的老式写字台占据着客厅的一角，四条腿做得奇形怪状，活像一只肥大的狗熊。此外，桌子、高背圈椅和普通的椅子都极为笨重，看上去很不舒服。总之，这里的每一件东西，每一把椅子都似乎对你说：“我也是索巴凯维奇！”或者说：“我也特像索巴凯维奇！”

“在民政厅厅长伊凡·格里戈利耶维奇家里，我们曾谈到您，”乞乞科夫发觉大家都不准备先开口说话，只好自己先开了口，“是在上个礼拜四。在那里玩得非常开心。”

“是啊，那天我没去厅长家。”索巴凯维奇回答。

“他这人好极了！”

“您说的是谁？”索巴凯维奇两眼盯着壁炉的一角，问道。

“民政厅厅长。”

“嗯，这大概只是您的感觉而已。要知道，他不过是个共济会会员①，像他这样的傻瓜，天下少有。”

乞乞科夫没想到索巴凯维奇会如此尖刻地评价民政厅厅长，一时有些难为情，但他很快就镇静下来，接着说：

“当然了，任何人都难免有不足之处，不过，省长的确是一个非

---

① 共济会是18世纪欧洲各国产生的秘密宗教组织。18世纪30年代传入俄国。一般人认为共济会会员具有自由思想，不拘社会习俗和礼节。在老百姓口中，有时“共济会会员”是骂人话。

常好的人！”

“省长是一个非常好的人？”

“是啊，难道我说得不对？”

“他是世界上头号强盗！”

“怎么，省长是强盗？”乞乞科夫问道，他完全无法理解，堂堂的省长大人怎么会沦为强盗呢。“不瞒您说，这一点我是万万想不到的。”他接着又说，“不过，请允许我冒昧地说一句，他的举止可完全不像是一个强盗，恰恰相反，他待人是非常温和的。”说到这里，他甚至列举了省长亲自动手绣荷包以证明其性格的温柔，并且对他那张和善的面孔大加赞美。

“一副强盗的嘴脸！”索巴凯维奇说，“你只要给他一把刀，放他到大道上去，他准会拦路杀人，为了一文小钱他就会行凶杀人！他和那个副省长是一路货，都是无恶不作的坏蛋！”

“不对，看来他跟他们有矛盾，”乞乞科夫心中暗想，“我现在跟他谈谈警察局局长，看他怎么说。说不定警察局局长是他的朋友。”

“不过，依我看，”乞乞科夫说，“不瞒您说，与其他的长官相比，警察局局长是我最喜欢的人。他为人耿直，性格开朗，看他的面相，倒像是一个忠厚老实的人。”

“他是个骗子！”索巴凯维奇十分冷静地说，“他出卖你，欺骗你，还要请你同桌吃饭。他们这帮人我了解，全是骗子。那省城里头就没有好人，全是这路货：钩心斗角，尔虞我诈，全是些出卖基督的坏蛋。他们中间只有一个正派人，就是检察长。不过，老实说，就连他也不是什么好东西。”

听到这种独特的略嫌简短的褒奖之后，乞乞科夫看出，其他官员不必再提了。这时，他忽然想起索巴凯维奇是一向不爱说人好话的。

“亲爱的，我看还是去吃饭吧。”索巴凯维奇夫人提议说。

“请！”索巴凯维奇说。

随后，宾主三人就来到摆着下酒菜的小桌跟前，毫不含糊地照例喝了一杯伏特加酒，吃了点下酒菜。在幅员辽阔的俄罗斯，不论是在城市还是在乡村，人们都喜欢吃这种下酒菜，也就是各种腌咸菜和其他能开胃的凉菜。然后他们便朝餐厅走去。女主人步履轻盈地走在最前面，像一只从容不迫的母鹅。一张不大的餐桌上摆着四副餐具。宾主落座之后，很快就来了一位女士，坐在第四个位子上。外表看来，很难确切地说出她的身份，不知她是太太还是姑娘，是亲戚、女管家，还是寄居在这里的普通房客。她没戴包发帽，约莫在三十岁上下，披着花披肩。世界上本来就存在这种无足轻重的小人物，与其说她们是人，倒不如说她们是附着在人身上的一个斑点或者污渍，而且与人本身是毫不相干的。她们总是坐在指定的位子上，头部保持着同样的姿势，一副呆头呆脑的样子，人们几乎要把她们当成家具，甚至会以为她们有生以来还不曾开口说过话。不过，她们在女仆的房间里或者在仓库里就完全是另一副模样了。

“亲爱的，今天的汤做得好极了！”索巴凯维奇夸奖道，他喝了一口汤，从盘子里为自己切了一大块馅饼。这种馅饼是一道名菜，跟第一道菜配在一起，它的外皮是一只羊肚子，里面装的是荞麦糊、羊脑子和蹄子肉。这时他转过头来对乞乞科夫说：“这样的馅饼，您在省城里是吃不到的，您到了那里，鬼晓得他们给您吃什么东西！”

“可是，省长府第的饭菜倒是挺不错的。”乞乞科夫说。

“您知道那些饭菜都是用什么东西做的吗？恐怕您知道了，就不会去吃了。”

“我不知道是怎么做的，关于那些饭菜的做法我不敢妄加评论，可是那些猪肉丸子和清炖鱼是非常可口的。”

“那只是您的感觉而已。我最清楚他们在市场上买些什么东西。他们家的厨子就是个骗子，做饭的手艺是跟一个法国人学的。就是这个厨子，他在市场上买一只公猫，剥了皮，就当作兔肉给你端上来了。”

“嘿！你说的这事儿太恶心啦！”索巴凯维奇夫人说。

“这有什么恶心的，亲爱的，他们就是这么做的，这不能怪我，他们那帮人全都这么干。他们不管什么乱七八糟的东西都吃，这些东西要是在我们家里，早被阿库尔卡扔到泔水桶里去了。请恕我直言，他们却拿这些东西煮汤！真的，直接往汤里放！”

“你老是在吃饭的时候讲这些乱七八糟的事儿！”索巴凯维奇夫人又表示异议。

“这有什么关系，亲爱的，”索巴凯维奇说，“我自己又不那么做，不过我要当面对你说清楚，我是不会去吃那些乱七八糟的东西的。你就是用糖把青蛙包起来，我也不会把它往嘴里放。牡蛎我也绝不会吃的，因为我清楚牡蛎看上去像什么东西。请您尝尝这羊肉，”这时他对乞乞科夫说，“这是羊肋条肉配米饭！这可不是老爷的厨房里做的那种浇汁羊肉丁，他们用的羊肉都是市场上的剩肉，在市场上放了四五天了！那帮该死的德国医生和法国医生，尽想些坏主意，要是撞在我手里，我非把他们绞死不可！就是他们想出的节制饮食，饥饿疗法！他们德国人生来就瘦弱，饭量小，所以他们就这样揣摩我们俄国人，以为俄国人的胃也禁得住饥饿！不对，他们完全想错了，简直是凭空捏造，这全是……”这时索巴凯维奇停顿了一下，甚至怒冲冲地摇了摇头，“他们喜欢谈论什么启蒙啦，教育啦，难道这就是启蒙——呸！要不是正在吃饭，说话要顾及体面，我就要用别的字眼了。我就不信他们那一套。我要是吃猪肉，就吃一头整猪，吃羊肉的时候，就吃一只整个的羊，要吃鹅的时候，就吃整鹅。菜不必很多，两个菜就行，但要吃够，愿意吃多少就吃多少。”索巴凯维奇说到这里，立即用实际行动来证实自己的话：他把半个羊肋扒到自己盘子里，吃完之后，又啃了啃骨头，连最后一块骨头也放在嘴里吮吸一番。

“是啊，”乞乞科夫心想，“他这张嘴的确是会吃。”

“我可不像他们，”索巴凯维奇用餐巾擦了擦手说，“我可不像普柳什金那种人，家里拥有八百农奴，可日子过得可怜巴巴，吃的还不如我的牧人呢！”

“这个普柳什金是什么人呢？”乞乞科夫问道。

“他是个骗子，”索巴凯维奇说，“十足的吝啬鬼，您想象不到他有多吝啬。监狱里戴足枷的囚犯也比他生活得好，仆人都让他给饿死了。”

“这是真的？”乞乞科夫以同情的口吻附和说，“您是说，他家的仆人大批死掉？”

“是真的，像苍蝇一样大批死掉。”

“真的像苍蝇那样？那么请问，他住得离您远吗？”

“只有五俄里。”

“只有五俄里！”乞乞科夫不禁叫起来，他甚至感到自己的心剧烈地跳起来。“可是，假如乘马车出了您家的大门，然后往右拐还是往左拐呢？”

“我劝您不必打听去这个老狗家的路，”索巴凯维奇说，“随便去一个下流场所，也比去拜访他好些。”

“不，我打听这些并不是为了去拜访他，只不过是想熟悉一下这里的地形。”乞乞科夫解释说。

吃过羊肋之后，紧接着又端上来奶渣饼，每只饼都比菜碟大得多。接着又端上来一只大个头的火鸡，几乎跟牛犊一般大，肚子里塞满了各种杂碎：鸡蛋、米饭、肝脏，还有一些叫不出名字的东西。这是午餐的最后一道菜，这顿饭终于接近尾声了。大家从餐桌旁站起身来。这时乞乞科夫感觉到，他的体重增加了整整一普特。他们来到客厅，只见茶碟里已摆上蜜饯，它不像是梨子，不像是李子，也不像别的什么浆果。不过，宾主二人谁也不曾去动一下蜜饯。女主人出去了，她还要去拿蜜饯放在别的茶碟里。乞乞科夫趁着女主人不在，便朝索巴凯维奇转过身来。这时索巴凯维奇正躺在圈椅里，不时地打着饱嗝，每打一个饱嗝，他就在自己胸前画一个十字，嘴里嘟嘟哝哝地不知说些什么，时而用手捂着嘴。乞乞科夫朝他转过身来，悄悄地说：

“有件小事我想同您谈谈。”

“还有蜜饯呢，”女主人端着茶碟走进来，说，“蜜水萝卜！”

“蜜饯我们过一会儿吃，”索巴凯维奇说，“你现在先回自己房间去吧，我和巴维尔·伊凡诺维奇想换一下衣服，休息一会儿。”

女主人要吩咐仆人去取鸭绒褥子和枕头，但索巴凯维奇马上拦住她，说：“不必了，我们就在圈椅里歇一会儿。”于是女主人回自己房间去了。

索巴凯维奇稍稍向前伸了伸头，准备听客人对他说些什么。

乞乞科夫开始离题很远，先从整个俄罗斯国家谈起，赞扬了它的幅员辽阔。他说，就连古罗马帝国的版图也没有这么大，难怪外国人常常惊叹不已……索巴凯维奇低着头认真听着。接着乞乞科夫又说，俄罗斯国家威名远扬，无与伦比，根据这个国家的现行条例，那些登记在册的农奴，虽然他们的生命已经结束，但他们仍旧在编制之内，在新的纳税人口花名册发下来之前，他们与活着的农奴是一样的。之所以如此，是为了避免那些繁琐庞杂而又徒劳无益的修改工作，从而减轻那些政府机关的负担，省去一些麻烦，因为俄罗斯国家机构本来就非常复杂……索巴凯维奇一直在低着头认真听着。这时乞乞科夫又说，尽管这种制度是非常公正的，但它多多少少给许多地主增加了负担，因为根据这个制度规定，他们要为那批农奴缴纳人头税，就跟那些农奴活着的时候一样。他说，他本人对索巴凯维奇非常尊敬，甘愿替他分担一部分这种确实沉重的负担。对于那桩重要的买卖，乞乞科夫表达得十分谨慎，他避开了死农奴这个字眼，而是把他们叫作实际上并不存在的农奴。

索巴凯维奇仍旧在低着头听着，脸上没有流露出丝毫表情，仿佛他只是一具完全没有灵魂的躯体，或者说他有灵魂，但却根本不在他的躯体里，就像童话里那个长生不老的瘦老头，把自己的灵魂藏在深山里，并且裹着一层厚厚的包皮。不管他的灵魂深处转动什么念头，都不会反映到它的表面上来，所以他的表情是不会有丝毫变化的。

“事情就这样……”乞乞科夫说完，焦急地等待着回答，心里有些激动。

“您要买死农奴？”索巴凯维奇随便地问道，没有流露出丝毫的惊奇，仿佛他们谈的是粮食买卖。

“是的，”乞乞科夫回答，为了把话说得婉转些，他又补充道，“是实际上并不存在的。”

“有的，怎么会没有啊……”索巴凯维奇说。

“既然有，那么不消说……您一定乐于甩掉他们，从而省去一些麻烦啰？”

“好吧，我倒是愿意卖。”索巴凯维奇说，这时他已经稍稍抬起头，并且已看出买主在这里肯定能捞到某种好处。

“真他妈的见鬼，”乞乞科夫心里暗想，“还没有等我开口，他就主动要卖了！”于是他问道：

“那么，譬如说，价钱怎么样？……再说，这些东西虽然……对这种东西讨价还价简直令人奇怪……”

“我也不愿意向您要高价，每个农奴您给一百卢布好啦！”索巴凯维奇说。

“一百卢布！”乞乞科夫惊叫起来，他张大了嘴巴，望了望对方的眼睛，不知是自己听错了，还是对方因生性蠢笨，舌头不灵活，无意中把数字说错了。

“怎么，难道您觉得价格高了？”索巴凯维奇说，接着他又补充说，“可是，您打算出什么价钱呢？”

“我出什么价钱？我们大概是弄错了，要么就是彼此都没有明白对方的意思，忘记了我们谈的是什么东西。说心里话，我认为，一个农奴卖八十戈比，这已经是最好的价钱啦！”

“八十戈比——这简直是胡扯！”

“这没办法，依我看来，不能超过这个价钱。”

“您要明白，我卖的不是草鞋。”

“可是您自己心里也明白，您卖的也不是真正的农奴。”

“您真的以为您能碰到一个傻瓜，他会以这样的价格把注册的农奴卖给您？”

“对不起，请问您为什么要把他们称作注册的农奴呢，其实这些农奴早就死了，留下的不过是一个既看不见也摸不着的空名而已。话又说回来，为了不在这方面多费口舌，我给您一个半卢布，就是这个价格，我不能再多给了。”

“您出这样的价格简直不害臊！您可以讨价还价，亮出您的实价吧！”

“不能再多啦，米哈伊尔·谢苗诺维奇，请相信我的良心，不能再多啦。办不到的事情是勉强不得的。”乞乞科夫说，但他又加了半个卢布。

“您怎么这么心疼钱呢？”索巴凯维奇说，“我出的价钱的确不贵！您要去找别人，准会上当。他肯定会骗您，卖给您一些破烂货，而不会把农奴卖给您。我这里都是些货真价实的东西，个个都是经过挑选的：即便不是工匠，那他至少也是一个身强力壮的庄稼汉。您仔细想想吧，譬如说，马车匠米海耶夫就是个好样的！他专做带弹簧底盘的马车，除此之外，别的什么马车他都不做。他做的马车呀，特别结实，可不像莫斯科人做的那种马车，用一个小时就坏了。他做活特仔细，钉子是他亲手钉的，油漆也是他亲自上的！”

乞乞科夫张了张嘴，想向他指出米海耶夫早已离开了人世，可是索巴凯维奇谈得正起劲，真可谓口若悬河，滔滔不绝：

“木匠普罗勃卡·斯捷潘怎么样？我敢拿脑袋担保，您不管到哪里都找不到这么好的庄稼汉。他的力气大得惊人！他要是到近卫军里去当差，天晓得会给他个什么官衔，他的个头有三俄尺①多高呢！”

---

① 一俄尺折合零点七一米。

乞乞科夫又想对他说，普罗勃卡已经离开人世了，但索巴凯维奇显然有些走火入魔，话语像潺潺流水般奔流不息，迫使你不得不认真听下去。

“还有米卢什金，他是个顶好的砌砖工！不管什么样的房子，他都能给你砌一座漂亮的壁炉。还有马克西姆·杰利亚特尼科夫，是个鞋匠，他动一动锥子，一双靴子就做好了，而且靴子做得保你满意。这人还有一条好处：滴酒不沾！还有叶列梅·索罗柯普廖欣，是个庄稼汉，他一个人能顶所有的人干活。他到莫斯科去做生意，光代役租金他就交五百卢布。您瞧我的这些人怎么样！普柳什金之流不可能有这么好的农奴，他们也不可能卖给您。”

“不过，请您原谅，”乞乞科夫终于开口说，想不到索巴凯维奇会如此健谈，滔滔不绝，简直没完没了，他不禁暗自惊讶，“您何必列举他们的质量呢，您要知道，质量再好现在也没用了，因为这些人已经死了。俗话说得好，让死人去支撑篱笆墙，毫无用途啊。”

“是啊，当然啦，他们是死人，”索巴凯维奇说，他好像刚刚明白过来，想起那些农奴真的已经死了，但他接着又补了一句，“不过话又说回来，那些活着的农奴又有什么用呢？不过是充数而已。他们都是些什么样的人呢？他们是苍蝇，而不是人。”

“但他们毕竟是存在的呀，而那些死人只是空想。”

“不对，不是空想！您听我说呀，像米海耶夫那样的农奴，您是绝对找不到的。他的个头高大无比，连这间客厅的门都进不来。不，这不是空想！他的两只臂膀力气比马都大。我倒是想问问您，您在别处什么地方能找出这样的人来！”

说最后这段话的时候，索巴凯维奇已经把脸转过来，面对挂在墙上的巴格拉季翁和科洛柯特罗尼的画像。两人谈话时往往有这样的情形：谈话的人忽然不知为什么转过脸去，不再面对与他交谈的人，而去面对着偶然走来的某个第三者。这个第三者甚至与他素不相识，显然不会回答他的问题，也不会发表意见或替他证实什么，但他却把视线集中到这个陌生人身上，好像要请他来做公证人似的；这位第三者一时有些不知所措，他对谈话人所说的事情一无所知，不知是随便敷衍几句好呢，还是表示出应有的礼貌默默地站一会儿，然后走开好呢。

“不，高于两个卢布我就为难啦。”乞乞科夫说。

“好啦，您也不要怪我要价高了，也不要怪我不给您面子。好啦，一个农奴您给七十五卢布，不过要付现金，这也看在我们两人相识的分上！”

“他到底是怎么回事，”乞乞科夫心中暗想，“莫非他真的把我当成傻瓜了？”于是他接着说：

“我觉得很奇怪，我们两人好像在演戏，或者说在演一出喜剧，否则我无法理解……您这人看来相当聪明，见多识广，学识渊博。您显然知道，我们这笔交易纯粹是买空卖空。这种东西值什么钱？有谁愿意要呢？”

“您现在就在买嘛，可见您就愿意要嘛。”

乞乞科夫这时张口结舌，无言以对。于是他又谈起那些有关他的家庭和婚姻方面的情况，但索巴凯维奇打断了他的话，直截了当地说：

“我不想知道您的家庭关系如何，我从不干涉别人的家务事。这是您个人的事。您需要购买农奴，我愿意卖给您，您现在不买将来会后悔的。”

“两个卢布。”乞乞科夫说。

“您这人真是死心眼，正像俗话说的，喜鹊学会一种话，开口闭口离不开它。您一口咬定两卢布，就不肯往上加了。好吧，您给个实实在在的价吧！”

“唉，真他妈的见鬼，”乞乞科夫暗暗骂道，“这个狗东西，我再给他添半卢布，让他买胡桃吃！”

“好吧，我再加半卢布。”

“那好，我也把实价告诉您吧：五十卢布！老实说，照这个价钱卖给您我是吃亏的，这么好的农奴，又这么便宜，您在别处无论如何是买不到的。”

“这个贪心不足的家伙！”乞乞科夫暗暗骂道，于是他满脸不高兴地说：

“您说到哪里去了……好像我们俩当真在做买卖似的。要是在别处，我根本用不着花钱。人家巴不得白送给我呢，以便尽快从纳税人口花名册上把这批农奴转让出去，省得再为他们缴人头税。只有傻瓜才死抱住他们不放，甘心情愿地为他们缴人头税呢！”

“可是您知道不知道，这种买卖总是违法的，我们朋友之间说句知心话，假如我或者其他什么人把这事说出去，那么我就臭名远扬了，以后再订立什么合同，或者承担某种优惠的义务，谁也不会再信任我啦。”

“这个下流鬼，他这张嘴可真厉害！”乞乞科夫心想，但他马上又装出一副非常镇静的神气说：

“不管您是怎么想的，那是您的事，我购买这些农奴纯粹是寻开心，是一种爱好，并不是像您所想的要派什么用场。两个半卢布您不愿卖，那就再见啦！”

“真拿他没办法，固执极了！”索巴凯维奇心想。

“好啦，愿上帝保佑您，我们就按三十卢布一个，您拿去好啦！”

“不，我看出来啦，您是不打算卖，再见吧！”

“不行，不行！”索巴凯维奇拉住他的手说，并且踩住了他一只脚，这也怪我们的主人公粗心大意，活该他吃这苦头，疼得他呀呀乱叫，一只脚跳起来。

“实在对不起！我让您不舒服了。请您坐到这里来，请！”说着，他搀着乞乞科夫在圈椅里坐下来。这时他的动作变得灵活起来，倒像是一只驯养的狗熊学会了翻身打滚，并且能按照人们的吩咐表演一番：“米沙，给表演个女人洗澡吧！”或者“米沙，给表演个小孩偷豌豆吧！”

"老实说，我现在是瞎耽误工夫，我得赶快上路啦。"

"请再坐一会儿，我要给您说一句好听的话，您准会高兴的，"索巴凯维奇说着，把椅子朝他面前移了移，凑到他耳朵上神秘地小声说，"一角行不行？"

"您是说二十五卢布？绝对不行，就是四分之一角也不成，一个戈比也不能加了。"

索巴凯维奇没有答话，乞乞科夫也没再说什么。两人约莫沉默了两分钟。挂在墙上的鹰钩鼻子巴格拉季翁密切注视着这场交易。

"您的实价到底是多少？"索巴凯维奇终于开口了。

"两个半卢布。"

"在您那里，一个人的灵魂[1]就等于一只焖萝卜的价钱。您就给三个卢布吧！"

"不可能。"

"算啦，真拿您没有办法，就这样吧！吃亏我也认了，我生就这么一副怪脾气：只有让好朋友高兴我才能安心。不过，我想这件事还得立一个字据，以便把这事办妥当。"

"那是自然。"

"对啦，我们还得到省城去一趟呢。"

这件事就这么谈妥了。两人商定第二天就进城去办理与签订合同有关的事宜。乞乞科夫希望拿到一份农奴的名单。索巴凯维奇满口答应，立刻走到写字台前，亲笔写了一份所有的死农奴的名单，不仅写出了他们的姓名，而且注明他们各自具有的各种特长。

乞乞科夫站在他身后，由于无事可做，便仔细端详起他那宽大的身躯来了。望着他那像维亚特卡矮马似的宽大肥厚的后背，他那像人行道上的铁墩子似的粗壮的双腿，乞乞科夫不禁发出由衷的感

---

① 在俄语中，"灵魂"和"农奴"的读音和写法完全相同。这里索巴凯维奇诙谐地把"农奴"称为"灵魂"。

叹：啊，上帝多么偏向你啊！常言说得好，外貌不漂亮，身体很健壮！……你是天生如此，像一只狗熊，还是这穷乡僻壤的生活、田间耕种和管理农奴，使你变粗野了，变成了一只狗熊，最终变成了一个人们常说的那种贪心不足的人？可惜不是，我看，你即便是接受了合乎时尚的教育，进入上流社会，住在彼得堡而不是住在穷乡僻壤，你照旧会是现在这个样子。区别仅在于，你现在津津有味地把半个羊肋配米饭吃光，又狼吞虎咽地吃一个菜碟一般大的奶渣饼，而那时你可能只吃几个肉丸子配鲜蘑。你现在管理的是农奴，你同他们的关系不错，你当然不会欺负他们，因为他们是你的私有财产，欺负他们对你自己也没有好处；而那时你管辖的是小官吏，你会拼命压榨他们，因为你知道，他们不是农奴，不是属于你的，要么你就会去盗用公款！不，一个人既然贪得无厌，他就不会发善心的！贪得无厌的人发一点善心，结果会更坏。这种人一旦懂得一点狗屁学问，等他身居要职之后，准会向那些真正有学问的人显摆一番。恐怕他以后还会说："我要让你们知道我的厉害！"他会凭空想象出一项英明法令，让许多人倒霉……"名单写好了。"索巴凯维奇转过身来说。

"写好了？请拿给我瞧瞧！"乞乞科夫匆匆把名单看了一遍。这名单写得字迹工整、准确明白，他不禁暗暗吃惊：不仅详细列出了农奴的专长、称呼、年龄和家庭状况，而且在纸边上专门注明了品行，是否酗酒。总之，这个名单看上去令人满意。

"现在请付定金吧！"索巴凯维奇说。

"您要定金做什么？到了省城我会把这笔钱一次付清的。"

"您知道，任何买卖都要付定金的。"索巴凯维奇反驳他说。

"这倒让我为难啦，因为我随身没有带钱。对啦，我这里有十个卢布。"

"十卢布太少啦！您至少得付五十卢布！"

乞乞科夫又推说自己没有钱，但索巴凯维奇不吃他这一套，说他身上肯定带着钱。乞乞科夫不得不又掏出一张钞票来，说道：

“好吧，再给您十五卢布，加在一起是二十五卢布。但您得给我一张收据。”

“您要收据做什么？”

“要知道，开个收据还是必要的。以防万一嘛……现如今什么样的事情没有呢。”

“好，拿钱来吧！”

“拿钱做什么？钱就在我手里！只要您写好收据，钱立刻交到您手里。”

“对不起，我怎么能凭空给您写收据呢？我要先见到钱才行。”

乞乞科夫只好把钞票交给索巴凯维奇。索巴凯维奇接过钞票走到桌子跟前，左手按住钞票，右手拿起笔在一张小纸片上写道：今收到出售农奴预定金二十五卢布现钞。写好收据，他又把定金重新检查一遍。

“钞票太旧了！”他拿起一张钞票，对着亮光照了照说，“已经揉破了，不过看在朋友分上就不计较啦。”

“真他妈的贪心不足！”乞乞科夫在心里暗暗骂道，“而且还是个狡猾的骗子。”

“您要不要女性的？”

“不要，谢谢。”

“我可以便宜一点卖给您。看在朋友的分上，一个卢布一个。”

“不，我不需要女奴。”

“好吧，既然您不需要，那就没什么可说的了。各有所好嘛，俗话说得好，有人喜欢神父，有人喜欢神父的妻子。”

“我对您还有一个请求：这笔买卖只是我们两人之间的事，请不要外传。”告辞的时候乞乞科夫说。

“这一点请放心。外人没有必要来掺和这件事。知心朋友凭真诚办事，彼此之间友情为重，真诚相待。再见啦！谢谢您的访问，我预先请求您，等您有空的时候，请别忘了来我这里吃顿饭，消遣时光嘛。说不定我们还能找到机会彼此帮个忙哩。”

“你算了吧，千万别再帮忙了！”乞乞科夫坐上那辆四轮轻便马车的时候，心中暗想，“一个死鬼他收我两个半卢布，真他妈的会敲竹杠！”

他对索巴凯维奇的贪婪大为不满。不管怎么说，总算是个熟人吧，在省长大人府第和警察局局长府第都见过面，可他的做法完全像个陌生人。拿死鬼来卖钱！马车驶出院子的时候，他回头望了一眼，发现索巴凯维奇仍旧站在门口的台阶上，看样子在留心注意客人往哪个方向走。

“下流鬼，到现在还站在那儿呢！”他低声骂了一句，然后吩咐谢里方朝农夫居住的木舍那边转弯。这样往前走，从老爷的宅院那边就看不见马车的去向啦。他想顺便去看看普柳什金，因为索巴凯维奇的确说过，普柳什金家的农奴死掉很多，像苍蝇似的。但他又不想让索巴凯维奇知道此事。等马车驶到村子尽头，他便叫住迎面走来的一个农夫。此人在路上捡到一根粗大的圆木，像一只辛勤劳作的蚂蚁似的扛在肩上往家里走去。

“哎，大胡子，要是绕开老爷家的宅院，去普柳什金家怎么走哇？”

农夫被问住了，茫然不知所措。

“怎么，你不知道？”

“我不知道，老爷。”

“嘿，你这个人呀！亏你还是个白发老人呢！你真的没有听说过吝啬鬼普柳什金？就是那个不让仆人吃饱饭的老爷。”

“啊！是补丁老爷，是补丁老爷！”农夫叫道。

这农夫在形容词“打补丁的”后面很巧妙地加了一个名词，但这个名词实在是不登大雅之堂。我们便把它省去，权且称为“补丁老爷”吧。不过，读者可以猜得出来，这个名词的确是用得恰如其分，因为在那农夫从视野里消失之后，马车已经向前行驶了很远的路程，乞乞科夫还在马车里不停地笑呢。俄国老百姓的修辞色彩是非常丰富的！一个人一旦被人赏赐一个外号，那么这个外号就会陪伴他终生，并且世世代代地传下去，不管他是去做官还是辞官不做回家赋闲，不管他是去彼得堡还是去往天涯海角，这个外号他都甩不掉了。即便是他挖空心思，试图附庸风雅，花钱雇佣一批文人引经据典，证实他的外号出自古代某王公贵族的家谱，也丝毫无济于事。因为这外号本身的含义是很鲜明的，就像乌鸦扯开嗓子聒噪一声，人们立刻就明白这是一只什么样的鸟了。一个贴切的外号就好像粘在了人身上，就是拿斧头也砍不掉。来自俄罗斯民间的语言是非常精确的，因为在俄罗斯腹地，既没有德国人，没有芬兰人，也没有其他外国人，那里都是些土生土长、生动活泼的语言大师。他们用不着去借用他人的语言，也用不着像母鸡抱窝那样长久地思索。送给你一个外号，就像发给你一张终生有效的身份证，立刻粘在了你身上，日后用不着再补充说明你的鼻子嘴唇是什么样的，一个词就把你从头到脚刻画得惟妙惟肖啦！

正像在神圣虔诚的俄罗斯分布着无数的带有圆顶和十字架的教堂和修道院一样，世界上也分布着无数的种族、氏族和民族，他们各自集聚在一起，色彩纷杂，奔波谋生。任何一个民族都具有自己的潜力，充满着自己独特的创造性，具有鲜明的特点和其他种种天赋。每一个民族都有自己独特的语言，他们不论表达什么事物，其言谈话语中都会流露出本民族的性格特点。英国人往往在谈话中流露出深明事理和对人生的英明见解；法国人谈话辞藻华丽，恰如一个花花公子在你面前炫耀他的漂亮衣饰，给人留下的印象并不深刻；德国人的语言别出心裁，充满着智慧但却有些枯燥乏味，一些深奥的词句不是人人都能理解；然而世界上还没有任何语言像巧妙的俄罗斯口头语言那样敏锐泼辣，那样发自人的心灵深处，那样热情奔放，令人激动不已。

# 第六章

在很久以前，在我那一去不复返的短暂的孩童时代，每当我坐着马车初次来到一个陌生的地方，我的心里总是很高兴的。不论是来到一个小村庄，一个穷苦的县城，还是一个村镇，凭着孩子好奇的眼光，我总能发现许多新奇的东西。任何一座建筑，一切具有某种鲜明的特色并给人留下深刻印象的东西，都使我流连忘返，惊愕不止。在市井平民居住的低矮的木头平房中间，孤零零地矗立着的由著名建筑师建造的带有许多饰窗的砖砌的官房，耸立于粉刷得雪白的新建教堂之上的包着白铁皮的端正的圆顶，熙熙攘攘的集市，来城里观光的某个乡下阔少，这一切都躲不过孩子的敏锐细致的目光。我坐在行驶着的马车里，把鼻子伸到车外，好奇地打量着一件从未见过的款式奇特的常礼服，打量着蔬菜店门口一晃而过的装在木箱里的钉子、橙黄色的树脂、葡萄干和肥皂，以及一罐罐干硬的莫斯科产的糖果。我发现旁边走过一个步兵军官，不知他来自哪个省份，也不知是什么风把他吹到这寂寞的小县城里来了；一辆两轮轻便马车一闪而过，马车上坐着一位身穿腰部打褶的短上衣的商人，我的思绪便跟随着他们，去探究他们的穷苦的生活。一名本县的小官员从旁边走过，我往往会陷入深思：他究竟是到哪儿去，是去参加某个朋友的家庭晚会，还是直接回家去，以便在暮色降临以前在门口台阶上坐上半个钟头，然后陪同母亲、妻子、妻妹以及全家人共进晚餐。吃过第一道菜之后，戴着项圈的年轻女仆或者穿着肥厚的上衣的男仆拿来一支插在经久耐用的家用烛台上的脂油蜡烛，这时他们会谈些什么呢？每当我乘坐着马车驶近某个地主的村庄时，我都用新奇的眼光去看那里的细高的木头钟楼或者深色的宽大古老的木头教堂。我朝远方望去，只见翠绿的树林后面隐隐露出地主宅院的红屋顶和粉白的烟囱，这宅院是诱人的，这时我焦急地等待着马车向前驶去，等待遮住宅院的园林向两旁闪开，让整个宅院呈现在我的面前。那时候，在我的心目中，它的外观并不显得俗气；我从房屋的外部猜测这家地主老爷是一个什么样的人，是不是一个胖子？他的孩子全是儿子呢，还是清一色的六个姑娘，并且喜欢嬉戏玩耍，不时地发出银铃般的笑声？最小的姑娘是不是长得最漂亮？这六个姑娘是不是全是黑眼珠？地主本人是达观快活呢，还是阴沉得像9月末的天气，只知道翻着日历谈论什么时候该种黑麦和小麦，让年轻人感到枯燥无味？

现在，不论我乘车来到任何一个陌生的乡村，我都不会产生当年那种感觉啦。望着它那俗不可耐的外表，我对什么都不感兴趣；我的目光是冷漠的，这里的一切都令人厌烦，没有什么东西能使我感到可笑。往昔那些使我高兴得眉飞色舞，使我发笑和使我发表滔滔宏论的东西，现在从我身旁闪过，我无动于衷地沉默着，我的嘴唇一动不动。啊，我的宝贵的少年时代啊！啊，我的清新敏锐的感觉啊！

乞乞科夫还在想着那件事，暗暗嘲笑农夫给普柳什金起的那个外号，他没有发现，马车已经驶到一个有许多农舍和街道的大村庄的中心。不过，他很快就醒悟过来，因为马车驶上了圆木铺设的马路，剧烈的颠簸打断了他的遐思。这圆木路面像钢琴的琴键似的，高低起伏，城里的卵石马路与它相比算得上平滑如镜了。马车行驶在这种圆木铺的马路上，乘客是要格外留神的，否则不是后脑勺上碰一个包，就是额头上碰出一块青斑，再不就是自己的牙齿咬痛了自己的舌尖。乞乞科夫四下里瞧了瞧，发现所有的木头建筑都特别陈旧，农舍上的圆木黑黢黢的，显得很破旧。许多屋顶露出了破洞，像筛子似的，还有一些房顶上只剩下屋脊上的孤零零的马头形木雕和两侧肋骨状的椽子。大概是房主们自己拆掉了房顶上的板条和木板。当然啦，他们的考虑也是合情合理的，下雨天这种木屋不遮雨，大晴天它本身又不下雨，跟女人调情也用不着这些房子，不如在酒馆里和大路旁自由自在，总之，爱在哪儿厮混都行。这些农舍的窗户上没有玻璃，有的挂着一块破布，有的塞着一件粗呢子上衣。房檐下面带栏杆的小阳台歪歪斜斜，黑不溜秋，看上去很不雅观，真不知俄国的许多农舍为什么要搭这么个阳台。这些农舍后面，有不少地方耸立着一排排高大的粮垛，看来已经堆放了很久，颜色已变得像烧坏了的旧砖坯的颜色，粮垛上部长满了杂草，侧面甚至长出一株灌木丛，倒挂在那里。粮食显然是主人家的。在这些粮垛和那些破旧的屋顶后面，并排耸立着两座乡村教堂，在明朗的天空下忽隐忽现。

乞乞科夫乘坐的马车转弯的时候，这两座教堂时而出现在马车右边，时而出现在马车左边。其中一座木结构的教堂已废弃不用，另一座是砖砌的，米黄色的墙壁上污迹斑斑，布满裂缝。这时，地主的宅院已隐约可见，但暂时看不见它的全貌。直到马车驶到那些排列成行的农舍的尽头时，它才整个展现出来。这里是一片空地，大概是菜园或白菜地，因为四周围着低矮的篱笆，有些地方的篱笆已经折断。接下去便是地主的宅院了。这古怪的城堡建造得特别长，长得各部分失去一定的比例，看上去像是一个跌倒的衰弱的残废人。有的地方是平房，有的地方是二层楼，有的地方的屋顶已腐朽发黑，遮盖不住它的老态；屋顶上矗立着两座望楼，彼此面对面遥相呼应。不过这两座望楼都已摇摇欲坠，涂在上面的油漆已经脱落。房屋的墙壁显然经受了长年累月的风吹雨淋和秋天多变的恶劣天气的侵袭，有些地方已露出缝隙和赤裸的板条。房屋上的窗户只有两个是开着的，余下的都罩着护窗板，或者干脆用木板钉死了。然而这两个开着的窗户也是半瞎，其中一个窗户上贴满了三角形的蓝色糖纸，看上去黑糊糊的，遮住了亮光。

宅院后面是一个破败的大花园。这花园的面积很大，一直伸展到村外的旷野上。园子里一派荒凉景象，长满芜草野蔓，但在这个大村庄里，好像唯独这座花园显得有些生气，也唯独它那如画的荒凉寂寞别有一番情趣。那些天然的野树枝叶繁茂，轻轻摇动的树冠奇形怪状，连成一片，像飘浮在天际的绿色的云朵。一棵高大的白桦树挺立在这片绿树丛中，树顶已被暴风或者霹雳折去，白色的树干从那绿色云朵中挺然而出，端正滚圆，像一根在空中闪闪发光的大理石圆柱。只是这根圆柱的顶端没有雕饰的柱冠，而在折断处有一个尖尖的斜面，已腐朽发黑，看上去像一顶帽子似的，或者像一只黑鸟站在洁白的圆柱顶上。这棵白桦树的下部，缠绕着密密层层的蛇麻，这野蛮的藤蔓先是缠绕了低矮的接骨木树丛、花楸树和榛树丛，然后沿着围墙的木栅顶端爬过去，最后向上爬，爬上了这棵白桦树的树干。蛇麻爬到白桦树干的半腰，又从那里掉头向下，去缠绕别的树梢，或者干脆悬在半空中，一卷卷纤细灵敏的触须在空中轻轻摇荡着。在这片茂密的丛林里，那些被阳光照亮的碧绿的树丛，有几处彼此分离开来，露出一个阴暗的空洞，像猛兽张开了阴森可怕的大嘴。这块地方整个被阴影遮蔽着，在幽暗的林丛深处，隐隐约约闪现出一条弯曲的小路，路旁有一座摇摇欲坠的凉亭，还有一些倒塌的栏杆。一棵老朽的柳树满是孔洞，只剩下树干。紧靠柳树背后，有一丛银白色的灌木。它的枝叶被可怕的藤蔓盘绕着，乱蓬蓬地缠在一起，已枯萎变色，像浓密的鬃毛似的支棱着；此外，这里还有一棵幼小的枫树，从侧面伸出它嫩绿的枝叶。阳光不知从哪儿钻进来，照在其中一片枫叶上，忽然间把它照得莹晶透亮，火红火红的，登时给幽暗的林中曲径增添了奇异的光彩。在花园的尽头，紧靠着栅栏有几棵比别的树更高的挺拔的白杨树，摇曳的树梢高举着几个很大的乌鸦窠。有的白杨树的树枝被人折断了，但没有掉下来，连同枯叶垂挂在那里。总之，这里的一切都令人赏心悦目，这一幅图画既非出乎大自然的构思，亦非出自艺术家的雕琢，它的完成往往是大自然和艺术本身的巧妙结合。在人类创作的繁琐粗糙而且往往又很不合理的作品之上，大自然运用其独特的刻刀对作品进行最后的加工，删去那些拙笨的线条，抛弃那粗俗的工笔画风，改正那些容易透露创作的立意构思的过分直露的毛病，让刻意追求工整的阴冷画风创作出的一切产生奇妙的暖意，最终形成这一佳作。

我们的主人公乘坐的四轮轻便马车转了一两个弯，终于来到这座宅院大门口。来到跟前，乞乞科夫发现这座宅院显得更加凄凉。围墙和大门上的木头腐朽不堪，覆盖着一层青苔。院内很拥挤，仆人的房子、谷仓、地窖挤在一起，看样子也快要倒塌了。在这些房屋左右两侧，还各有大门与别的院子相通。从各方面都可以看出，这里曾经是家大业大，发达兴旺。现在却只有一派破落阴郁的景象，当年那种生机盎然的动人的气氛早已荡然无存。听不见开门关门的声音，看不见进进出出的人们。在这个庞大的地主宅院内，冷冷清清，似乎所有的人都无事可做，没有任何家务操劳和繁忙！只有宅院的大门是敞开着的，这是因为刚刚有一个农夫赶着一辆满载货物的马车驶进了大门。马车上蒙着粗糙的草席。农夫的出现似乎故意为这个死气沉沉的宅院带来一点生气。看来宅院的大门平时是紧锁着的，因为铁门环上挂着一把大锁。过了不大一会儿，乞乞科夫发现院内的一座小屋旁边有一个人，正在那里怒冲冲地跟那个赶着马车进来的农夫吵架。乞乞科夫看了好久，最终也看不出这人到底是男是女。单从此人的服装上是无法断定其性别的，因为他那件衣服很像女人的长罩衫，头戴一顶乡村女仆常戴的那种小圆帽。他觉得只有此人的嗓子不大像女人，听起来显得嘶哑一些。“噢，果然是个女人！”乞乞科夫心想，但他马上又改变了看法：“噢，不是的！”接着他又仔细瞧了瞧，终于看清楚了，说：“肯定是个女人！”这时，那人也在仔细打量乞乞科夫。对她来说，家里来客人似乎是一件稀奇古怪的事情。她不仅仔细打量了乞乞科夫，而且仔细打量了马车夫谢里方，最后把马匹也从尾到头认真察看一遍。她腰里挂一串钥匙，并且同那个农夫吵架时骂得相当刺耳，乞乞科夫由此得出结论：这女人肯定是个管家婆。

“喂，老妈妈，”乞乞科夫下了马车，问道，“你们老爷呢？”

“不在家，”管家婆没容他把话说完，答道，过了一会儿她又问乞乞科夫，“您要做什么？”

“有要紧的事！”

“请进来吧！”管家婆说着转过身去。乞乞科夫发现她背上沾着面粉，长罩衫的后襟上有一个破洞。

乞乞科夫跨进昏暗的宽大门厅，就有一股好像从地窖里来的冷气向他吹来。穿过门厅，他来到一间同样昏暗的房子里，只是门下的缝隙较大，从缝隙里透进来的光线给室内增添了些许亮光。他推开这道门，终于见到一个明亮的房间，但眼前的混乱却让他大为惊奇。仿佛这位地主老爷家里正在刷洗地板，暂时把全部家具堆到这间房子里。一张桌子上居然放了一把断腿的椅子，旁边放着一只座钟，蜘蛛已在钟摆上结了网。就在这里，紧贴墙壁放着的一个橱柜里，摆着古老的银器、精致的细颈瓶和中国出产的瓷器。一张镶嵌着螺钿的老式写字台上，有些地方螺钿已经脱落，只剩下一些填着干胶的黄色的空洞。写字台上乱七八糟地堆放着许多什物：一堆写满了字的纸片，上面压着一只带卵形把手的绿色大理石镇纸，一本红裁口的皮革精装的旧书，一只完全干透的胡桃大小的柠檬，圈椅上掉下来的断把手，一杯叫不出名的饮料，里面飘着三只苍蝇，上面盖着一封信，一小块封信用的火漆，一片不知从哪儿捡来的破布，两支蘸过墨水的鹅毛笔，干枯得像害了肺痨似的，一根完全变黄的牙签，大概还在法国人进攻莫斯科之前主人用它剔过牙。

墙上横七竖八地挂着几幅画，挤在一起：一幅经久发黄的长条版画，画的是某一次会战。画面上有巨大的战鼓，有戴三角军帽的呐喊的士兵和落水的战马。这幅画镶在一只红木画框里，没有安装玻璃，框架上饰有精致的青铜嵌线，四角镶着环形青铜花纹。旁边挂着一幅已经发黑的巨幅油画，占据了半壁墙，上面画有一些花卉、水果、一只切开的西瓜、一个野猪头和一只头朝下挂着的鸭子。天花板中央挂着一盏枝形烛架，外面罩着麻布袋子，袋子上满是灰尘，看上去很像一只里面睡着蚕蛹的丝茧。靠墙角的地板上堆着一堆旧东西，大概是不够精致，所以不配摆在桌子上。至于这堆东西到底是些什么，我们是很难判断清楚的，因为那上面积着极厚的一层灰尘，任何人伸手去摸一下，都会沾一手灰尘，像戴上了手套似的。这堆东西里面，只有半截木铲和一只旧靴底露出来，可以看得清楚些。若不是放在桌上的那顶破旧的睡帽提醒了你，你是无论如何也不会相信这间房子里是住着活人的。当乞乞科夫仔细察看这里的古怪陈设时，侧门打开了，他在院子里遇见的那个管家婆走了进来。但他马上发现，这个管家婆更像是一个男管家，因为管家婆至少是不应该刮胡子的，而此人却相反，不仅刮胡子，而且似乎不经常刮。他的整个下巴乃至下半个脸长着短短的硬毛，就像马厩里用来洗马的铁刷子。乞乞科夫脸上做出疑问的表情，不知男管家想对他说什么，便焦急地等待着，男管家不知乞乞科夫想对他说什么话，也在等待着。乞乞科夫对这种古怪的犹豫不决感到惊奇，最后拿定主意问道：

“老爷哪里去了？他在自己房间里？”

“主人就在这里。”男管家说。

“在哪里？”乞乞科夫又问一遍。

“怎么，难道老兄您眼瞎了？”男管家不客气地说，“嘿！我就是这家的主人！”

听到这话，我们的主人公着实吃惊不小，止不住倒退一步，又仔细看了看眼前这个人。乞乞科夫本是个见多识广的人，各种各样的人他见过不少，大概我和诸位读者永远不可能见到的人他都见过；然而，像眼前这样的一位地主老爷，他却是头一回看见。此人的脸并没有什么特色，跟常见的干瘪老头的脸几乎没有差别，只是他的下巴颏特别长，向前突起，以致每次吐痰时他都要先用手帕捂住下巴，以免把痰吐在下巴颏上。他的眼睛虽小，但并不呆滞，在长长的浓眉下面滴溜乱转，活像两只小老鼠从黑洞里探头探脑，竖起耳朵，动动胡须，警惕地察看，是否有猫或者顽皮的孩子躲在什么地方伏击它们，并且疑惑地抽动鼻子闻闻空气。他那身打扮是颇为引人注目的。要弄清他那长罩衫是什么料子做的是件极困难的事，不论你用什么方法，花费多大力气，都是枉费心机。袖子和前襟油渍麻花，闪光锃亮，像做靴子用的油性皮革。背后两片后襟下摆裂成了四片，棉絮不时地从那儿掉下来。他脖子上系的也很难让人弄清楚是什么东西：不知是长筒袜，是腰带，还是肚兜，反正绝不是领带。总而言之，假如乞乞科夫在教堂门口遇见他，准会赏给他一枚铜币。应该说，我们的主人公的人格是很高尚的，他的心肠特别软，每当遇见穷人，他总要忍不住施舍一个铜板。然而现在站在他眼前的不是乞丐，而是一位地主老爷。这位老爷拥有一千多个农奴。你不妨试试看，能否找到第二个拥有这么多家财的地主。他家里贮藏着这么多粮食、面粉和庄稼垛，他家的贮藏室、粮仓和干燥房里堆放着这么多布匹、呢料、熟制的羊皮和生羊皮、干鱼和各种蔬菜蘑菇之类的副食品。如果你到他的作坊里去看一眼，看着那些储存备用的各种木材和永远用不着的器皿，你准会以为自己无意中闯进了莫斯科的木器商店（那是勤俭持家的岳母和婆婆每天光顾的地方，她们带着厨娘在那里购买日用器皿）。这里各种各样的木制器具堆积如山，白花花一片，有榫合的，有旋制的器具，有手工雕刻和编制的。有木桶，木盆，双耳木桶，带盖的木桶，带嘴的木桶和不带嘴的木桶，圆形小口木桶，树皮筐，妇女们放麻絮和其他杂物的篮子，用白杨树皮做的各种盒子，桦树皮编的小圆盒，还有许多在俄国不论贫富都要使用的其他各种器具。人们不禁要问，普柳什金要这么多木制器具做什么呢？即便是他拥有两个像他的村子这么大的庄园，这些器具他一辈子也用不完。然而他本人却不这么看，他觉得这些东西还很少。由于不满足于现有的东西，他便天天在村里走街串巷，留心察看桥下路边。不论是什么东西，只要让他遇见了，哪怕是一只旧鞋底，女人用过的破布，一只铁钉子，一块瓷片，他都要捡回家去，放在乞乞科夫看见过的屋角里那一堆杂物里。村里人每次看见他出去捡破烂，就说："你瞧，老渔夫又外出打渔去啦！"实际上，他走过的街道就用不着再扫了。有一天，一名军官骑马路过这里，丢失了一只马刺，转眼工夫这只马刺就进了他家的那堆破烂里。如果某个女人疏忽大意，把水桶忘在了井台上，他就把这水桶提回家。话又说回来，如果被某个农夫发觉了，当场揭发他，他也不去争辩，立刻就交出窃去的东西。不过，如果这东西已经进了他的破烂堆，那就甭想再追回了。他会对天起誓，说这东西是他的，是他花钱从某人手里买来的，或者说是祖宗留给他的。就是在自己家里，他也喜欢拾起地上的各种东西，一段火漆，一张小纸片，一支鹅毛笔，他都捡起来放在写字台上或者窗台上。

然而，他过去曾经是一个勤劳俭朴的当家人！他曾经有过妻室儿女，邻村的地主常来他家做客，向他询问经营方法，学习他精打细算勤俭持家的本领。那时候，他的庄园里也曾充满着生机，一切都安排得井然有序：磨坊、制毡作坊在忙碌着，呢绒厂、木工车床和纺织厂在正常生产。主人锐利的目光无处不在，察看着庄园里的每一个角落。他像一只勤劳的蜘蛛，在他那经营管理的蛛网上四处奔走，勤勤恳恳地操劳和忙碌着。他的感情是不外露的，脸上从未出现过特别激动的表情，但他的眼睛却闪烁着智慧的光芒。他的谈话里饱含生活经验和处世哲理，所以客人都喜欢听他谈话。女主人彬彬有礼，十分健谈，并且非常好客，远近闻名。每当客人来访，两位模样俊俏的小姐便出来迎接，两人都长着金黄头发，娇美艳丽如初开的玫瑰；活泼可爱的儿子也跑出来，抱住客人就要亲吻，也不看看客人愿意不愿意。家里的窗户都敞开着，阁楼上住着一个家庭教师，是法国人，脸刮得精光，是个出色的射手。每次出去打猎，都带回几只野鸡或者野鸭来佐餐。有时不走运，只带回几个麻雀蛋，他便吩咐厨子给他做一个煎雀蛋，因为全家人除他以外谁也不喜欢吃。他的一位女同胞，两位小姐的教师，也住在阁楼上。主人本人来餐厅用餐时，总是穿着常礼服，虽说有点旧了，但干净利落，肘弯下面没有破洞，一个补丁也没有。然而，善良的女主人不幸早逝。于是，她掌管的那一部分家务连同各种琐碎的操劳，从此便落在他的身上。普柳什金变得急躁起来，像所有中年丧妻的人一样，变得多疑、吝啬。他最不放心的是大女儿亚历桑德拉·斯捷潘诺夫娜。不过他的担心是对的，时过不久，大女儿果然跟一个过路的骑兵上尉私奔了。天晓得那军官属于哪个骑兵团！亚历桑德拉·斯捷潘诺夫娜和他在一个乡村教堂里仓促地举行了婚礼，因为她知道父亲对军官存有古怪的偏见，好像所有的军官都是赌徒，挥霍无度。父亲对她的私奔只是咒骂了一通，咒她在路上遭到上帝惩罚，但并没有费心去追赶她。长女出走以后，家里更加空虚冷落。这位一家之主的吝啬也一天天地明显起来。这时他那粗硬的头发里开始出现白发，白发是吝啬的忠实伴侣，随着白发增多，他变得更加吝啬了。法国家庭教师被辞退了，因为儿子已长大成人，该出去为国家效力了。那位法国女教师被驱逐了，因为她涉嫌参与诱拐长女亚历桑德拉·斯捷潘诺夫娜。儿子按照父亲的吩咐，到省城去谋差事。父亲希望他在政府机关里找一个实实在在的职位，不料他却到军队去供职；在办理了入伍手续之后，他才给父亲写信，说是需要钱购置军服。不言而喻，父亲自然是不给钱，而且回信把他大骂一顿。最后，留在家里陪伴他的小女儿也死掉了，只剩下老头一个人。从此以后，他既是这个庞大的地主庄园的主人，又是自己家产的保管人和看守人。老人过上孤独的生活，吝啬更是乘虚而入。众所周知，吝啬是一种独特的饥饿，有如一只饿狼，吃得越多，胃口就越大。人类的情感，在他身上原本就不深厚，现在迅速地变得浅薄起来，于是人性一天天地从这个老朽的废物身上消失着。就在这时候，似乎要故意证实他对军人的偏见，儿子打牌把钱输个精光；他写了一封信以父亲的身份着实把儿子臭骂一顿，从此不再理他，连儿子是否还活在世上也不去过问。他家里各处房子上的窗户逐年关闭，最后只剩下两个窗户敞开着，其中一个窗户读者已经看到，上面贴满了蓝色的糖纸。就这样，年复一年，经营管理方面的大事渐渐地从他的视野里消失了，他那狭窄的目光开始关注他屋子里收集的那些纸片和鹅毛笔。对待那些找上门来向他购买农产品的客商，他变得愈来愈固执，斤斤计较，寸步不让。买主们开始还耐心地跟他讨价还价，最后干脆不再理他了。他们最终明白，这老家伙不通人性，简直是个魔鬼。于是，干草和粮食烂掉了，庄稼垛和草垛变成了真正的厩肥，可以直接在上面种植白菜。地下室里的面粉变成了石块，食用的时候只好拿斧头来砍。那些呢料、麻布和家织的布匹年深日久已化作尘土，简直连碰也碰不得啦。连他自己也忘了他家里到底存放着多少财物，都是些什么东西。他只记得，在他的橱柜里，什么地方摆着一只细颈酒瓶，酒瓶里还剩下多少酒。他亲自在酒瓶上做了记号，以防有人偷偷把剩酒喝掉。他还记得鹅毛笔或者封信用的火漆放在什么地方。然而，庄园里的田产收入却丝毫不减：农奴照旧要向他缴纳那么多租子，农妇照旧得向他缴纳那么多核桃，织布女工照旧得给他织那么多布匹。他把这些东西全部堆在仓库里，最后这些东西逐渐霉烂，被虫蛀空，他自己也终于变成一个腐朽的空空的躯壳了。亚历桑德拉·斯捷潘诺夫娜曾带着幼小的儿子来看过他两次，想从父亲这里得到点什么。看来，跟那个骑兵上尉一起过军旅生活并不像她在婚前所想象的那样迷人。普柳什金到底还是原谅了她，甚至拿起桌上的一颗纽扣给小外孙玩了玩，可是钱却分文没有给她。第二次回来的时候，亚历桑德拉·斯捷潘诺夫娜带来两个孩子，给父亲带来一个当茶点吃的奶油甜面包和一件新罩袍，因为他身上穿的那件实在不像样子，不仅让她看了感到惭愧，而且使她觉得很不光彩。普柳什金对两个外孙很亲热，把他们抱起来，让他们分别骑在自己左右两个膝盖上。他颠起两脚摇晃着，使他们完全像骑马奔跑一样。他收下了女儿送给他的面包和罩袍，却没有给女儿任何东西。就这样，亚历桑德拉·斯捷潘诺夫娜空着手走了。

总之，此时站在乞乞科夫面前的就是这样一位地主！应该说，像他这种人在俄罗斯是颇为罕见的，因为俄国人不论做什么事都喜欢大刀阔斧，而不喜欢缩手缩脚。假如拿他与邻居相比，那他就更加令人惊奇了。离他不远就住着一个性格豪放、喜欢摆阔的地主，终日花天酒地，寻欢作乐，正如俗话说的，挥霍无度。缺乏生活经验的过路人看见他的宅第，会吃惊地停下脚步，会感到纳闷：一个世袭亲王怎么忽然间驾临到这些愚昧无知的小地主中间来了？因为他那庞大的石砌庄园看上去像是一座王府。那一幢幢白色的房屋上有数不清的烟囱、瞭望台、风信旗，周围环绕着许多厢房和供客人下榻的各式各样的馆驿。他什么东西没有呢？这里有剧院，有舞厅；花园里彻夜灯火通明，乐声震耳。来自半个省的客人打扮得漂亮动人，在树下愉快地散步，尽情玩耍，嬉戏。这时，浓密的树林深处伸出一根树枝，在人工灯光的照耀下，像舞台布景似的，失去它原有的翠绿的色泽；树枝上方显得昏暗阴沉一些，而高处的夜空更加威严可怖；阴沉的树顶似乎不满意虚饰的灯光照亮它们的根部，便极力向寂静的夜色深处退去，在高处哗哗地摇动着树叶；这强光照耀下的夜景虽然稀奇古怪，阴森可怖，但谁也不觉得害怕。

普柳什金已经在那里站了好几分钟，始终一言不发，而乞乞科夫在留神端详主人的尊容和他房间里的陈设，一时没有顾上开口说话。乞乞科夫沉思良久，最终也没有想出用什么话来解释他这次来访的原因。他本想这样来表明来意，说他久闻普柳什金的高尚品德和美好心灵，认为自己有责任亲自登门向他表示敬意。但他忽然醒悟过来，觉得这样说有点让人肉麻。他又斜眼瞟了一眼室内的陈设，觉得不如用“节俭”和“井然有序”一类的字眼代替“高尚品德”和“美好心灵”之类的说法。于是他把这番话做了修改，对普柳什金说，久闻他勤俭持家，经营田产出色，他认为自己有责任登门求教，并表示敬意。当然还可以列举其他更好的理由，但他一时脑子不好使，别的什么话都想不出来了。

普柳什金的回答含糊不清。因为没有牙齿，他蠕动嘴唇嘟哝了一阵，不知到底说了些什么。但大意可以猜得出来：“表示什么敬意，让你和你的敬意统统见鬼去吧！”不过，在我们这个殷勤好客之风盛行的国家里，连吝啬鬼也不得不装出一副好客的样子。于是他马上就较为清晰地补了一句：“您请坐吧！”

“我好久没见到客人啦，”普柳什金说，“不瞒您说，我认为接待客人是得不偿失。人们热衷于相互来往，这种风气坏透了，不成体统，连治理田产也顾不得啦……再说了，还得替客人喂马，浪费干草！我午饭吃得早，我家的厨房又小又脏，烟囱也塌了，你还没生着火，没准先把房子给点着了。”

“果然如此！”乞乞科夫心中暗想，“幸亏我在索巴凯维奇家里吃了奶渣饼和一块羊肋。”

“说出来不怕您耻笑，整个田庄连一把干草都没有！”普柳什金又说，“的确如此啊，哪里存得住干草啊？就这么一小块地，农夫们懒得很，好吃懒做，一天到晚就想往酒馆里钻……您瞧着吧，说不定到老了还得去讨饭呢！”

“可是我听说，”乞乞科夫恭敬地说，“您有一千多个农奴哩。”

“您这是听谁说的？老爷，要是有人这么说，您就该当面啐他一脸唾沫！那一定是个爱作弄人的人。他大概是拿您开玩笑呢。说我有上千个农奴，可您去算一算，剩下的就不多啦！最近这三年，可恶的热病毁坏了我一大批农奴啊。”

“这是真的？病死的多吗？”乞乞科夫同情地大声问道。

“是啊，病死好多。”

“请问究竟是多少？”

“八十来个。”

“不对吧？”

“我不骗您，老爷。”

“请允许我再问一句：这些农奴，我想您是从最后一次人口登记结束之日算起的吧？”

“要真是这样，就感谢上帝啦，”普柳什金说，“可惜不是。从您说的那个日子算起，死掉的农奴有一百二十人呢。”

“这是真的？整整一百二十个？”乞乞科夫高声叫道，甚至惊喜得张大了嘴巴。

“老爷，我这么大岁数是不会骗您的，我已经六十多岁了！”普柳什金说。听了乞乞科夫近乎高兴的叫喊，他似乎很不高兴。乞乞科夫也察觉到对别人的苦恼如此漠然置之的确不大礼貌，于是他连忙叹一口气，说他对此深表同情。

“深表同情又有什么用呢，”普柳什金说，“离这里不远住着一个上尉，鬼知道他是从哪儿冒出来的，说是我的亲戚，开口闭口管我叫舅舅，还吻我的手哩。他向我表示同情的时候，就咧开嘴巴大哭起来，而且嗓门特别大，能把你的耳朵震疼。他那张脸总是通红通红的，大概是没命地喝烧酒。他的钱大概是在当军官的时候输光了，要不就是被女戏子骗走了，所以他现在才老是表示同情！”

乞乞科夫连忙解释说，他的同情与那个上尉的同情完全不是一回事，因为他不是说空话，而是要用行动加以证明。于是，他不再拖延时间，立刻直截了当地表示，他愿意承担义务，替所有不幸死去的农奴缴纳人头税。看来，这个建议是普柳什金万万料想不到的，他惊奇得目瞪口呆，久久地望着乞乞科夫，终于问道：

“您不曾在军队里任过职吧，老爷？”

“没有，”乞乞科夫相当机警地答道，“我做过文官。”

“文官？”普柳什金重问一句，嚼了嚼嘴唇，仿佛在吃东西似的，“这是为什么呢？您知道吗，这样做您自己是要吃亏的？”

“只要能让您愉快，我甘愿吃亏。”

“哎呀，老爷！您真是我的大善人！”普柳什金高兴地叫起来。他只顾得意，竟没有察觉有一块鼻烟从他鼻孔里钻出来，很像是一滴浓咖啡，看上去很不雅观。罩袍的衣襟也敞开了，露出破烂得有失体面的内衣。“您这回是为老头子排忧解难哪！哎呀，我的上帝！啊，我的圣徒！……”普柳什金实在是无话可说了。然而，过了不到一分钟，突然出现在他脸上的那种喜不自胜的表情同样突然地消失了。他那张木雕般呆滞的脸又恢复了原状，仍旧一副忧虑的样子，似乎压根儿不曾出现过欢乐的表情。他用手帕擦了擦脸，然后把手帕捏成一团，在上嘴唇上来回地擦起来。

“请允许我问一句，您千万别见怪。您打算每年为他们交人头税吗？这笔钱您是给我还是上交国家呢？”

“我打算这么办：我们两人签一个买卖合同，我把他们买过来。就当他们是活着的，您把他们卖给我了。”

“嗯，买卖合同……”普柳什金说着，沉思起来，又开始嚼嘴唇，“要知道，签买卖合同是要花费用的。那些经手的官吏天良丧尽！过去花半个卢布，外加一袋子面粉事情就办妥啦，现如今你得送去一大车粮食，额外还得给他十卢布。真是贪心不足！我真不明白，那些神父为什么不过问这些事，哪怕是劝一劝他们也好啊；不管怎么说，对上帝的话总不能不听吧。”

“哼，我看你就敢不听上帝的话！”乞乞科夫心中暗想。但他马上就对普柳什金说，为了表示对他的尊敬，他愿意自己承担签合同的费用。

普柳什金听到客人连签合同的费用也要自己承担，便立刻断定，此人肯定是个十足的傻瓜，只是假装做过文官，而实际上是个退职的军官，不知玩过多少女戏子哩。他心里虽然这样想，但到底掩饰不住心头的喜悦，于是他不仅祝愿这位贵客万事如意，而且祝愿他的子女也万事如意，虽然不曾开口问过客人有没有子女。普柳什金走到窗前，抬手敲了敲玻璃窗，叫道：“喂，普罗什卡！”过了一分钟，就听见有人上气不接下气地跑进门厅，在那里磨蹭了很久，好像在穿靴子。门终于打开了，普罗什卡走进来。他是一个十二三岁的男孩，穿一双大人的靴子，走起路来几乎要把脚从靴子里抽出来。究竟普罗什卡为什么要穿这么大的靴子呢，这个问题是不难弄明白的：原来普柳什金只给仆人们准备一双靴子，并且总是摆在门厅里。不管家里有多少仆人，每个被唤进老爷内室去的仆人，通常都是光着脚跑过整个院子，进了门厅才穿上那双靴子，然后进入老爷的房间。出了内室，他就把靴子脱下来放在门厅里，再光着脚板退出去。到了秋天，尤其是早晨，地上结了一层薄冰。这时，假如从窗户里朝外望一眼，你会发现仆人们光着脚在院子里跳来跳去，连剧院里最出色的舞蹈演员也不见得比他们跳得好。

“老爷，您瞧瞧他这副蠢样！”普柳什金用手指指着小男孩的脸，对客人说，“傻头傻脑的，像个木头疙瘩，可是你要是在哪里放一点东西，他转眼就会给你偷走！说，你干什么来啦，呆子，叫你干什么来啦？”说到这里他沉默一会儿，普罗什卡也沉默不语。“快去点着茶炉，听见没有，拿上这把钥匙，把它交给玛芙拉，叫她到贮藏室去把面包干给我拿来。就是亚历桑德拉·斯捷潘诺夫娜带来的那个，放在那里的架子上，我要当茶点吃！……等一下，你到哪里去？呆子！嘿，真是个呆子！你脚底下有魔鬼还是怎么的？……你先听我说清楚，面包干外面要是发霉了，就用刀子把它刮下来，当心不要把刮下来的渣扔了，叫她拿去喂鸡。你记住，老弟，你不要进贮藏室，否则我饶不了你，听明白了？我叫你尝尝桦树条子的滋味！你现在胃口好得很，我要让你的胃口更好点！你敢进我的贮藏室试试，反正我会从窗户里看见的。他们这些人不论做什么事都靠不住。”小男孩穿着那双大靴子退出去之后，他转过身来对乞乞科夫说。说完这话，他又望了望乞乞科夫，心里不免疑惑起来，渐渐觉得这种不寻常的慷慨大方是不能相信的。他暗自思忖道："鬼晓得他是什么人，没准他是个爱吹牛的人，就像那些二流子，吹得天花乱坠，为的是跟你瞎聊一通，喝够了你的茶，然后一走了事！"于是，一来是为了防止意外，同时也想摸摸这位贵客的底，普柳什金说，希望能尽快签合同，因为人是靠不住的，今天活着，明天怎样就只有天知道了。

乞乞科夫说，他愿意现在就着手签订合同，只是需要普柳什金提供一份所有农奴的名单。

普柳什金这才放下心来。这时，他似乎在考虑要做什么事。一点不错，他真的掏出了钥匙，来到橱柜跟前，打开柜门，在那些玻璃杯和茶碗之间寻找了好久，最后说：

"看来是找不到啦，我本来珍藏了一瓶特别好的蜜酒，看来有人给偷喝啦！这里的人全是窃贼！莫非就是这一瓶？"乞乞科夫发现他手里拿着一只小细颈瓶，瓶上积了厚厚一层灰尘，像罩在一个毛绒绒的套子里面似的。"这还是我妻子在世的时候做的，"普柳什金又说，"坏蛋管家婆把它放在那里就不管了，连瓶塞也不塞上，这个骗子！爬进去不少小虫子，还掉进去一些其他的脏东西，不过我全捞出来了，现在是很干净的。我给您斟一杯吧。"

然而乞乞科夫连连推辞，谢绝了主人的蜜酒，说他喝过酒了，也吃过饭了。

"您已经喝过吃过了！"普柳什金说，"是啊，当然了，上流社会的人嘛，就是跟一般人不一样。他不饿，总是吃得饱饱的，不像那种二流子，见面就管你要吃的，吃起来没够……就说那个上尉吧，一到我这里来，就说：'舅舅，快给点吃的吧！'其实我并不是他舅舅，就像他不是我爷爷一样。大概他自己家里没有吃的了，所以出来闲逛！对了，您是要一份那些懒骨头的名单吧？这好办，凡是死掉的，我事先已经把他们专门写在一张纸上了，为的是下次再登记人口的时候，立刻把他们从纳税农奴户籍名册上勾掉。”

普柳什金戴上眼镜，动手去翻腾他的那些纸。他解开一捆捆纸片，荡起的灰尘飞进客人的鼻孔里，害得他打了个响亮的喷嚏。终于找到了，原来是一张写满了字的纸片，农奴的名字像蚊虫似的密密麻麻地爬在纸片上。这里有各种各样的姓氏：帕拉莫诺夫、皮缅诺夫、潘捷列依莫诺夫，甚至还有一个绰号叫作“老是走不到”的格里戈里。一共有一百二十多人。乞乞科夫看到有这么多农奴，不禁莞尔一笑。他把名单藏进衣袋里，然后对普柳什金说，签合同的时候需要他到省城去一趟。

“到省城去一趟？这怎么成呢？我怎么能离开家呢？我这里的人不是小偷就是骗子，用不了一天，他们就会把我的东西偷光，偷得我连挂件衣服的钉子都没有啦。”

“难道您在省城里没有熟人吗？”

“谁是我的熟人呢？我的熟人有的死了，活着的也断绝来往了。哎呀，老爷！怎么没有熟人，有熟人！”普柳什金高声叫道，“民政厅厅长就是我的熟人，从前他上我家来过，怎么能不熟悉呢！他是我儿童时代的伙伴，经常一起去爬墙头！怎么能不熟？熟得很呢！是否需要给他写封信呢？”

“当然需要啦。”

“跟他熟得很呢！在学校里就是好朋友。”

这时，他那张木雕般呆滞的脸上，忽然掠过一丝温和的表情，然而表露出来的并非感情，而是感情的苍白的影子，或者说只是一种假象，恰如一个落水的人突然露出水面，使得站在岸上的人群高兴地欢呼起来；然而这些兄弟姐妹高兴得太早了，他们从岸上抛出绳索，等待落水者的脊背或者挣扎的双手再次露出水面，他却没有再浮出来；一切又归于寂静，平静下来的水面这时显得更加可怕和空虚。普柳什金的脸也同样，在那瞬息间出现的一丝温和的表情消失之后，变得更加呆滞，更加令人讨厌了。

“桌上本来放着半张白纸，”他说，“现在不知哪儿去了。我这里的人一个也靠不住！”他一边说一边在桌上桌下翻腾起来，把所有的地方搜索一遍，最后大声喊道：“玛芙拉！玛芙拉！”

一个女人闻声走进来，手里端一只盘子，上面放着读者已经熟悉的面包干。于是他们两人就这样交谈起来：

“你这女贼，把纸放到哪儿去了？”

“上帝作证，老爷，除了您盖在酒杯上的那张小纸片，我根本没见过别的纸。”

“我一看你眼睛就知道，是你偷走了。”

“我偷它做什么？我要它毫无用处，我不识字。”

“你胡说，你把纸送给教堂里那个勤杂工了，他粗通一点文墨，你就是送给他了。”

“教堂里的工友要是需要纸，他自己会买的。他才不稀罕您那张破纸片呢。”

“你等着瞧，这件事你是隐瞒不住的。等到末日审判来临的时候，魔鬼会把你叉在铁叉上，放在火里烤你！到时候你会知道挨火烤是什么滋味！”

“我的手根本没碰过那半张纸，他们为什么要烤我呢？要说我有别的毛病倒也可能，到底是女人嘛，可是偷东西这种事，还从没有人说过我呢！”

“反正魔鬼不会放过你的！他们一边拿火烤你，一边说：‘你这个骗子，现在明白了吧，就因为你欺骗主子！’而且要用烧红的烙铁烙你！”

“那时候我就喊：‘冤枉啊，上帝作证，冤枉啊，我的确没拿……’瞧，这纸就在桌上呀。您总是冤枉好人！”

果然不错，普柳什金看见了那半张纸。他迟疑了一会儿，嚼了嚼嘴唇说：

“嘿，你何必发那么大的火呢？你真是一个刺儿头！你说她一句，她就回你十句！快去拿火来，我要把信封上[1]。等一下，我看你准会去拿蜡烛，蜡烛点完就没有了，白费啦。你去给我拿一根松明子吧！”

玛芙拉退出去了。普柳什金在圈椅里坐下来，拿起鹅毛笔，又把那半张纸在桌上横过来竖过去地转了好久，琢磨着能否把它裁开留下一半，但他最终确信不能再裁了。他把鹅毛笔伸进墨水瓶里蘸了一下，墨水瓶里的墨水发霉了，瓶底沉积了不少苍蝇。蘸过墨水之后他便动手写起来。他的字写得像乐谱里的音符，手不听使唤，老想在纸上自由挥洒，他便使劲把手按在纸上，不让它跳动，并且尽量缩小行距，让一行行字紧密地贴在一起。想到字里行间毕竟要留下许多空白，他心中不免有些遗憾。

谁能想到，一个人竟然能变得如此无聊、吝啬和丑恶！真的会变成这样？这像是真的吗？这一切都是真的，人的一生是难以预料的，什么样的变化都可能发生。今天他青春年少，热情如火，如果把他暮年的肖像拿给他看，恐怕会把他吓跑。是啊，当您退出柔情似水的青年时代，步入严厉冷漠的成年的旅途时，您千万要带上人的全部感情，不要把它们遗失在路上，遗失了以后悔之晚矣！未来的暮年令人望而生畏，它是残酷的，对您的悔恨它无动于衷，不会归还您任何东西！坟墓倒比它仁慈些，墓碑上还写着“这里安葬着某某人”！然而，在失去人性的老人脸上，除了阴冷麻木之外您什么也看不到了。

“据您所知，您的朋友中有没有人要买逃跑的农奴？”普柳什金把信折起来，问道。

“您的农奴也有逃跑的？”乞乞科夫如梦初醒，急忙问道。

“要是没有我还问您做什么。我女婿去寻找过，结果连个人影也没找到。不过，我女婿是个军人，骑马他是行家，办这种涉及法律

---

① 俄国旧时用火漆封信。

的事他不行……”

“总共有多少人？”

“至少有七十来个。”

“有那么多？”

“上帝作证，是真的。我这里每年都有人逃走。这些人特别贪吃，闲着无事可做就养成了贪吃的恶习，可是连我自己都没吃的……谁要是想买这些人，不管给什么价钱我都卖。您可以告诉您的朋友，他只要能找回来十个人，就能发一笔财。您要明白，一个登记在册的农奴值五百卢布哩。”

“不，这种事我们连气息也不能让朋友闻到呀。”乞乞科夫在自己心里说。然后他解释说，这样的朋友是根本找不到的，再说办理这种事情费用很高，因为办理法律手续很麻烦，跟法院打交道不花钱是不行的，最好躲它远一些。不过，如果他普柳什金真的处境很困难，那么他为了表示同情，愿意出价……但这个价格是很低的，实在是说不出口。

“您打算出多少钱？”普柳什金问道，他马上露出了贪婪的神气，两手簌簌地颤抖起来。

“一个农奴我付二十五戈比。”

“您打算怎么买，付现钱吗？”

“是的，现在就付钱。”

“可是，老爷，我实在是穷得很，您发发善心，给四十戈比吧。”

“尊敬的先生！”乞乞科夫说，“四十戈比算得了什么呢，就是五百卢布一个我也愿意买！我会愉快地把他们买下来，因为我看到一个正直善良的老人因为自己心肠太软而受穷。”

“的确是这样的！说得太对啦！”普柳什金说着把头低下，令人感动地摇了摇，“全怪我心肠太软啊。”

“您瞧，我一眼就看出了您的性格。话又说回来，我为什么不能出五百卢布一个的价格呢，因为我也不富裕；好吧，我愿意给每个农奴再加五戈比。这样，每个农奴的价格就是三十戈比。”

“嘿，老爷，您看着办，再添俩戈比吧。”

“好吧，我再添俩戈比。这样的农奴您有多少个？您好像说是七十个？”

“不，都加在一起是七十八个。”

“七十八，七十八，每个农奴三十二戈比，这一共是……”这笔账我们的主人公最多只想了一秒钟，立刻说道，“一共是二十四卢布九十六戈比！”他的算术学得真棒。他当即让普柳什金写好了收据，付钱给他。普柳什金双手接过钱，小心翼翼地捧着朝写字台走去，像捧着一杯液体似的，每时每刻都怕它溅出来。走到写字台前，他又仔细把钱察看一遍，然后又特别小心地把钱放进一个抽屉里。大概，这些钱是注定要埋藏在那里，直到本村的两名神父卡尔普和波里卡尔普埋葬了他本人为止。到了那时候，他的女儿、女婿，可能还有那个硬要和他攀亲戚的上尉，会高兴得难以形容的。普柳什金藏好了钱之后，就呆呆地坐在圈椅里，好像再没有别的话可说了。

“怎么，您想走啦？”他看见乞乞科夫的手动弹了一下，就连忙问道；其实乞乞科夫只是伸手去掏手帕。

经他这么一问，乞乞科夫明白没有必要再在这里久留了。

“是啊，我该告辞了！”乞乞科夫说着拿起帽子。

“不喝茶了？”

“不喝了，茶最好是下次再喝吧。”

“这是何必呢，我已经叫人烧茶了。不瞒您说，我对喝茶不感兴趣，因为喝茶贵得很，再说糖价又死命地涨。普罗什卡，用不着生茶炊啦。你把面包干拿回去交给玛芙拉，听见了吗？叫她放回原处去，要不就算了，你还是把它放在这里吧。我自己把它送回去。再见啦，老爷，求上帝赐福给您，您把这封信交给厅长，是啊，让他好好看看这信，他是我的老相识。当然啦，我和他是一块儿长大的！”

于是，这个怪人，这个爱财如命的干巴老头把客人送到大门口，立刻叫人锁上大门，然后他便到各个贮藏室巡视去了。他要看看各个角落里的护卫人员是否站在自己的岗位上，是否在用木锨敲空桶，以代替示警的铁板。然后他又到厨房去察看一番，装作要亲口尝尝仆人们的饭菜是否可口，乘机把稀粥和菜汤饱餐一顿。随后把仆人们逐个骂一通，骂他们偷东西，好吃懒做，骂完之后才回自己房间去。他独自待在房间里，忽然想起该怎样报答那位贵客的真正是无可比拟的侠义行为。“我把那只怀表赠给他。”普柳什金心里琢磨着，“这是一只漂亮的银壳怀表，可不是那种顿巴黄铜壳的或者青铜壳的，就是零件有些损坏了，他自己可以修嘛。他还很年轻，就得有一只怀表，好让未婚妻喜欢他。要不还是算了吧。”他考虑了一会儿，又改了主意，心想：“最好是等我死了留给他，我在遗嘱里写明此事，好让他常常怀念我。”

不过，我们的主人公倒不在乎他那块旧怀表。此时他情绪极佳，心里非常畅快。这笔买卖成交实在出乎他意料，可说是意外得来的礼物。的确如此，不管怎么说，这次不仅买到了死农奴，而且还有逃亡的农奴，加在一起一共二百多人！当然了，马车还没有驶进普柳什金的村子，他已经预感到会不虚此行，但这次能捞到这么大的好处是他完全没有料到的。一路上他异常高兴，轻轻地吹着口哨，时而握起拳头贴在嘴上，鼓起嘴唇做吹喇叭的样子，最后干脆放开嗓子唱起歌来。不过他唱的这支歌也稀奇古怪，连马车夫谢里方听着听着也轻轻摇起头来，说：“听啊，老爷这歌唱得真开心啊！”马车驶近省城的时候，天已经完全黑了。亮光完全融合在暮色里，眼前的景物变得模模糊糊连成一片。城界上横在道路上的带花纹的栏木在夜幕下变得灰不溜秋，站岗的士兵的胡子似乎长在了脑门上，眼睛长在胡子下面，好像压根儿就没有长鼻子。直到响起隆隆的车轮声，马车颠簸起来，乞乞科夫才察觉到马车驶上了城里的卵石马路。路灯还没有点上，只有几处房屋的窗口里透出灯光。这时，偏僻的小巷里传来吵骂声和说话声，这里和其他所有城市一样，一到夜间就有许多士兵、马车夫和手艺人，那些披着红披肩、光脚穿着皮鞋、打扮成贵妇模样的特殊人物像蝙蝠似的在十字街头游来荡去。乞乞科夫没有留意这些人，甚至对那许多衣着讲究、拿着手杖，大概是郊游归来的小官吏他也未加注意。不过他偶尔听见似乎是女人的喊叫声："你胡说八道，酒鬼！我从来没让他有过非礼的举动！"或者是："别动手动脚的，没教养的东西，到警察局去吧，到那里我让你见识见识！……"总而言之，假如一个充满幻想的二十岁的青年路过这里听到那些话，会臊得如开水浇头，手足无措，因为当时他刚看完戏回家，脑海里还转动着西班牙的街道、夜色、怀抱着吉他的美妙的鬈发女郎；在他的头脑里什么样的憧憬和梦想没有呢？他超凡脱俗飘飘欲仙，想象自己到戏剧大师席勒家里做客，就在这时，他耳畔忽然传来那些倒霉的脏话，有如一声惊雷将他从梦中唤醒。他发觉自己又回到地上，甚至就在谢纳亚广场附近的小酒馆旁边，于是生活又一如既往地在他面前展现出庸俗不堪的场景。

马车剧烈地颠簸了一下，像掉进深坑里似的，终于驶进了旅店的院子里。彼得卢什卡出来迎接乞乞科夫。他一只手按住自己的常礼服的衣襟，因为他不喜欢敞着怀，另一只手搀着他的主人下了马车。旅店的一名伙计也跑出来接客，手里拿一支蜡烛，肩上搭着一块餐巾。主人回来是否使彼得卢什卡感到高兴呢，这可就很难说了。不过他至少跟谢里方交换了一下眼色，这时他那张一向阴沉的脸上似乎露出一丝笑影。

"您出去玩了好久啊。"伙计举起蜡烛照着楼梯说。

"是啊，"乞乞科夫说着，迈步登上楼梯，"你怎么样？"

"感谢上帝，还好，"伙计鞠一躬，答道，"昨天来了一个军官，好像是个中尉，住在十六号客房。"

"是个中尉？"

"我说不准，是从梁赞城来的，他的马全是枣红马。"

"好，好，你以后也要照这样认真做事嘛！"乞乞科夫说罢，便走进自己的客房。经过门厅时，他抽了抽鼻子，对彼得卢什卡说：“你至少也该开开窗户通通风呀！”

“我已经开窗通过风啦。”彼得卢什卡答道，实际上他撒了个谎。其实主人心里也明知道他撒谎，但他什么话也不想再说了，这次旅行之后，他感到极度疲倦。他要了一份最简单的晚餐，只有一份烤乳猪，吃完之后他便立刻脱衣就寝，酣然入梦了。他的睡眠是令人羡慕的，只有那些既没有痔疮，又不怕跳蚤，而且智力又不甚发达的有福之人才能睡得如此甜美。

# 第七章

一个外出旅行的人，一路上饱受寒冻雨雪泥泞之苦，同睡眼惺忪的驿站长打交道，伴着单调的马铃声，修车，吵架，对付马车夫、铁匠以及旅途中形形色色的恶棍。当他终于结束这漫长而又乏味的旅程，看见了熟悉的屋顶和迎面而来的灯火时，他才尝到了旅人的幸福和喜悦。这时他眼前浮现出家中的房间，耳边响起出迎的家人的欢叫，奔跑的孩子们的喧闹；然后是伴随着狂吻的温存的柔声细语，这狂吻驱散了旅途中的种种阴郁的印象。有家室的人是何等幸福啊，光棍汉是痛苦的！

一个作家，他可以回避现实生活中那些索然无味的典型人物，不去描写他们的真实生活和悲惨命运，而去描写那些富有人类美德的人物。这样的作家是幸福的。他从奔腾不息的生活涡流中选取为数不多的例外，从不变更自己的高雅的创作格调。他高高在上，不愿屈尊去接近那些贫穷微末的弟兄，不愿接近生活的底层，而热衷于描写那些超凡脱俗的高贵人物。他的好运气更是令人羡慕：他置身于那些高贵的人物之间，像在自己家里一样，写起他们来得心应手，与此同时，他便蜚声文坛，名声日隆。他用令人陶醉的烟雾迷惑读者的眼睛，巧妙地讨好他们，隐瞒生活中的阴暗面，只向他们展现完美的人。人们为他欢呼，为他喝彩，跟在他的华丽的马车后面奔跑，称他是世界上最伟大的诗人，把他捧上了天，说他高于世界上所有的天才，就像雄鹰翱翔于一切飞鸟之上。热情奔放的年轻人一提起他的名字就激动不已，热泪盈眶……他的力量是无穷尽的，任何人都不能与之相比。他就是上帝！然而还有一种作家，他敢于揭示每时每刻发生在我们眼前的但冷漠的眼睛却看不到的一切，敢于揭示那些阻碍我们的生活前进的令人震惊的可怕的生活琐事，敢于揭示那些麇集于我们的土地上，在有时是痛苦而乏味的人生道路上随处可见的冷酷、平庸并且受过伤害的人物的灵魂，并且以无情的笔触鲜明生动地将他们刻画出来，展现在世人面前。这种作家的命运和遭遇就完全不同啦！既没有人向他鼓掌喝彩，没有人为他洒一滴感激的泪水，也没有人为他兴奋和激动，更没有十六岁的少女为他神魂颠倒，像迷恋英雄一样投入他的怀抱。他不可能孤芳自赏，陶醉于自己演奏出的优美的音乐之中；他最终逃避不了伪善而又麻木的当代批评家的评判。他所珍爱的作品被称为猥琐庸俗的东西，他本人也被视为亵渎人类的作家，落到一个屈辱的地位。那些评论家会把他笔下的主人公的品格与他本人等同起来，会摧垮他的心灵，熄灭他的天才的圣火。当代的评论家不承认，可以反射阳光的玻璃和可以显示微生物蠕动的玻璃同样珍奇。他们不承认，取材于社会底层的画面只要有相当的思想深度，就能光彩夺目，成为艺术珍品。他们不承认，高尚的愉快的笑，并不逊色于高尚的抒情，它和江湖艺人的忸怩逗笑有天渊之别！当代评论家非但不承认这一切，而且指责和辱骂这个得不到承认的作家。于是他无人理睬，得不到同情，像一个没有家室的单身旅人，孤苦零丁地站在驿道上。他的前景是阴暗的，他感到凄苦、孤独。

然而，一种奇异的力量支配着我，注定我还要和我的古怪的主人公们长期携手合作，去纵览包罗万象的广阔的人生，去透视世人所熟悉的笑和世人看不到的、莫名其妙的泪！灵感的强大的喷泉，什么时候才能从充满着神圣的恐惧和才华的头脑里迸发出来，人们什么时候才能激动不安地听到另一种庄严而又响亮的声音……看来还要等待很久很久……

快上路吧，不要再耽搁！不要皱眉也不要愁眉苦脸！让我们立刻回到现实生活中来，听听那无声的喧嚣和马铃声，看看乞乞科夫在做什么。

乞乞科夫刚睡醒，伸了一个懒腰，感到终于睡了一个好觉。他又舒舒服服地躺了大约两分钟，啪的一下忽然打一个响指。原来他想起自己现在已拥有近四百个农奴，脸上随即露出得意的神气。他立刻从床上爬起来，甚至没有照一照镜子看看自己的脸。他打心眼里喜欢自己这张脸。大概他认为自己的下巴长得最为动人，遇上朋友的时候，特别是赶上他正在刮脸的时候，他总要把自己的下巴夸耀一番。“瞧，我的下巴多么动人哟，整个是圆的啦！”他通常是用手抚摸着下巴对朋友说。然而现在他既没有顾上欣赏自己的下巴，也没有顾上看一看自己的脸，而是直接穿上那双绣着各种花纹图案的精制的山羊皮靴子，这种靴子在托尔若克城十分畅销。多亏俄国人天生爽快，不喜欢为细节讨价还价。于是他照苏格兰人的方式，只穿一件短衬衫，忘记了自己平日的老成持重和中年人的体面，竟在房里蹿跳起来。他一连跳了两下，灵活地用脚跟叩打自己的臀部。然后他便毫不迟疑地动手料理正事了：他来到那只红木小匣子跟前，得意地搓了搓手，像一个外出办案的廉洁的县级法官搓搓手准备吃饭似的，立刻从小匣子里取出几张公文纸来。他很想把各种手续尽快办妥，免得再拖延时间。他决定亲自动手起草合同，然后誊写清楚，免得花钱去请书记员。

正式的合同格式他非常熟悉，于是他挥笔用大写字体写好了合同日期：18×× 年，紧接着用小写字体写上某某地主以及正式买卖合同应有的内容。不到两个小时就把合同写好了。随后他又看了看农奴名单，看了看那些农奴的名字。的确，这些人都是货真价实的农奴，他们做工、种地、酗酒、赶车、欺骗老爷。也许他们全是种田的好手，想到这里，他心头忽然涌起一种古怪的情绪，连他自己也不明白这是一种什么样的情绪。他仿佛觉得，这每一份名单都具有各自的特点，因此列入名单的农奴们也似乎具有自己的特点。女地主柯罗鲍奇卡的农奴几乎全有诨名和绰号。普柳什金开列的名单简明扼要，多半是只写名字和父称的头一个字母，再加上两个圆点。索巴凯维奇的农奴名单开列得特别认真细致，把每个农奴的优良品质罗列得详尽无遗，简直令人惊讶。比如这个农奴是个“很好的细木工”，另一个农奴名下写着：“头脑清楚，做事认真，不喝酒。”名单里还详细注明每个农奴的父亲是谁，母亲是谁，父母品行如何。只有一个名叫费道托夫的农奴，名下写着：“不知其父为何人，其生母为女仆卡皮托丽娜，好脾气，不偷东西。”这些详细的注释给人以特殊的新鲜感，仿佛列入名单里的农奴昨天还活着似的。乞乞科夫久久地打量着这些农奴的名字，不禁可怜起他们来了，叹了口气，说：“我的天哪，你们这么多人挤在一起，好可怜哟！你们一生中都做过什么事，我的心肝宝贝？一辈子穷苦不堪吧？”这时，他的目光不由得停留在一个农奴的名字上，这是大家已经熟知的彼得·萨维里耶夫·切莫敬重洗衣盆，是女地主柯罗鲍奇卡提供的名单里的。他忍不住又说：“哎呀，好长的名字，整整占了一行！你是个工匠呢，还是一个普通的农夫？你是怎么死的？是死在酒馆里，还是在大路上睡着了，糊里糊涂地给过路的载重马车轧死的？普罗勃卡·斯捷潘，木匠，品行端正，从不喝酒。啊！就是他，普罗勃卡·斯捷潘，就是那个巨人，进近卫军当兵再好不过啦！你这个力大无比的壮士，大概走遍了全俄各省，腰里插一把板斧，肩背着靴子，每顿饭只吃两戈比的面包和四戈比的干鱼。可是你每次外出归来，钱袋里大概总要装着上百卢布，说不定你那粗麻布裤子里还缝着一张两百卢布的钞票呢，也许你把它塞在靴筒里。你是在哪儿丧命的？你大概是为了多挣些钱去攀登教堂的圆顶，也许你爬到了十字架的横木上，脚下滑了一下，从那里摔下来。也许当时只有站在你身旁的某个米海伊大叔，搔了搔后脑勺说：‘唉，万尼亚，你真不该往那儿爬呀！’可是他说完这句话，便把绳子系在自己身上，代替你朝教堂的圆顶上爬去。马克西姆·杰利亚特尼科夫是个鞋匠。好啊，鞋匠！俗话说，醉得像个鞋匠。我知道你，亲爱的，我了解你。你要是不反对的话，我可以讲一讲你的历史呢：你的手艺是跟一个德国人学的，那个德国人很严厉，虽然包你们这些学徒吃饭，但你们干活稍一马虎，就得挨他的皮带。他拿皮带抽打你们的脊背，不让你们到外面去胡作非为。而你总是规规矩矩，勤勤恳恳，简直不像个鞋匠。那个德国老板跟他老婆或者同事谈起你，总是夸奖你。可是，你学徒期满后就说：‘现在我要自己开业啦，我不愿像德国人那样一点点地挣钱，我要一下子发大财！’就这样，你向老爷交了一大笔代役租，便自己开起鞋铺，接收了一大批定货，就干起鞋匠的营生。你也真会赚钱，不知从哪儿进了一批廉价皮子，已经发霉了。你果真赚了钱，每双靴子都有成倍的赚头，可是顾客穿上你做的靴子，不到两个礼拜就穿破了，都骂你是个黑心的骗子。就这样，你的鞋铺渐渐倒闭了，你开始借酒浇愁，喝醉了酒在街上晃荡，嘴里骂骂咧咧：‘不行啦，活在世上真没意思！俄国人没活路啦，全是德国人在捣乱。’这个人怎么能算是男性农奴呢，名叫伊里萨维塔·沃罗别伊。唉呀，真糟糕，这里夹进一个女的！她是怎么混进来的呢？这个索巴凯维奇，不要脸的东西，在这里他也能打马虎眼！”乞乞科夫说得对，这名农奴的确是个女的，不知是怎样混进来的。但这个手脚做得十分巧妙，乍一看来这人的名字很像是一个男名[①]，甚至结尾的最后一个字母用的是硬音符号。这样一来，就更像一个男人的名字了。然而乞乞科夫不管这些，拿起笔来把它勾掉了。“‘……老是走不到的’格里戈里！你是一个怎样的人？你是不是一个职业的马车夫，置办了三套马和一辆席篷马车，从此离开了你的家乡，永远漂泊在外，拉着商人们到处去赶集？你是在途中丧

① 俄国男名伊里萨维特和女名伊里萨维塔仅差一个字母。

了命，还是你的朋友们为了跟你争一个胖乎乎的红脸蛋的士兵太太谋害了你，要不就是某个林中强盗看中了你那双皮手套和你那三匹健壮的矮脚马，再不就是你躺在炕上想心事，想来想去，忽然无缘无故地爬起来跑到酒馆里去，后来掉进冰窟窿从此销声匿迹了？唉，不安分的俄国人啊，向来是不喜欢寿终正寝的！还有你们，我的可怜的人儿，你们的情况怎么样呢？”他把视线移到普柳什金开列的那张逃亡农奴的名单上，又说，“你们虽然是活农奴，可又有什么用呢？和那些死农奴是一样的，不过你们的腿脚倒是麻利，现在逃到哪里去了？你们逃跑是因为在普柳什金那里受虐待，还是因为你们喜欢自由自在，喜欢在森林里拦路抢劫？也许你们在坐牢，或者投靠了新的地主，正在给他种地？叶列梅·卡里亚金，流浪汉尼基塔及其儿子流浪汉安东，单从绰号就可以看出，他们都是些喜欢逃跑的人。仆人波波夫，识得一些字。我想你大概不会持刀抢劫，而是一个文明的小偷。可是你没有身份证，终于被县警察局局长捉住了。你大胆地站在那里对质。‘你的主人是谁呀？’警察局局长问道，并乘此机会骂了你一句很脏的话。‘我的主人是某某地主。’你勇敢地答道。‘到这里做什么来了？’警察局局长问道。‘主人放我出来挣钱，好交代役租。’你口齿伶俐地答道。‘你的身份证呢？’‘在主人那里，就是市民皮缅诺夫。’‘传皮缅诺夫！你就是皮缅诺夫吗？’‘我是皮缅诺夫。’‘他把自己的身份证交给你了？’‘不，我根本没看见过他的什么身份证。’‘你为什么撒谎？’警察局局长问道，随即补了一句难听的骂人话。‘对啦，’你口齿伶俐地回答，‘我没有交给他，因为那天到家已经很晚了，我把身份证交给安季普·普罗霍罗夫保存，他是个敲钟人。’‘传敲钟人！他把身份证交给你了吗？’‘没有，我没有替他保存身份证。’‘你小子怎么又撒谎？’警察局局长问道，并且狠狠地骂了你一句。‘你的身份证到底哪里去了？’‘我确实有身份证的，’你巧妙地回答说，‘大概在路上不知怎的把它给弄丢了。’‘那件军大衣是怎么回事？’警察局局长说着，又补了一句很脏的骂人话，‘你为什么偷东西？还偷了一个神父的钱匣，里面装着铜钱，对吗？’‘绝无此事，’你矢口否认，‘我还从来没干过小偷勾当呢。’‘那么为什么在你屋里搜出一件军大衣呢？’‘那我不知道，大概是别的什么人拿来放在我屋里的。’‘哎呀，你这个骗子，真狡猾！’警察局局长边说边摇头，两手叉在腰里。‘来人呀，给他戴上脚枷，送他到监狱去！’‘您请便吧，长官！我听候您发落。’你回答说。这时，你从口袋里掏出鼻烟壶，客客气气地请两位给你戴脚枷的残废士兵抽烟，一边问他们退伍多久了，在什么地方打过仗。就这样，你进了监狱，等候法庭审理你的案件。后来法庭做出判决：将你从查列沃克沙伊斯克押解到某城的监狱。到了那里，当地的法庭又批示：将你押送维谢冈斯克。就这样，你从一个监狱转到另一个监狱，每到一处，你总是打量着新的住所说：‘嘿，还是维谢冈斯克的牢房干净，房子宽敞，哪怕做羊拐游戏都行，伙伴也多些。’阿巴库姆·费罗夫！你小子怎么样啊？现在逃到哪儿去了？是不是逃到了伏尔加河上，逍遥自在，当上了纤夫？……”这时乞乞科夫不再说什么，陷入了沉思。他在沉思些什么呢？莫非他在思索逃奴阿巴库姆·费罗夫的下落，还是像任何一个俄国人一样，不论他年纪多大、职位高低，也不论他拥有多少资财，只要一想到逍遥自在的游乐生活便不由自主地心向往之？的确，费罗夫到底逃到哪里去了？他现在成了商人们的雇工，正在一个粮食码头上高高兴兴地尽情玩耍呢。快活的纤夫们都在热热闹闹地玩耍，他们的帽子上插着鲜花，系着彩带，正在同情人或妻子告别；他们的情人或妻子个子都很高，苗条，脖子里挂着项链，身上披挂着彩带。广场上人声鼎沸。他们在跳轮舞，尽情地唱歌。与此同时，装卸工们正在装船，吆喝声，叫骂声连成一片。他们用吊钩钩住九普特重的袋子放在脊背上，然后哗哗地把豌豆和小麦倒进深深的船舱里。有的人在搬运一袋袋的燕麦和粮米。远处的广场上，一堆堆的粮袋像炮弹似的，摞成了一座座尖塔，整个粮库看上去黑压压一片，甚为壮观。这些粮食最后要全部装进深深的船舱。这些船只排列成庞大的船队伴随着春天的流冰驶向远方。那时你们就有了用武之地啦，纤夫们！你们会像尽情玩耍时一样，齐心协力去拉纤，不怕吃苦流汗，唱着那支像俄罗斯国土一样辽阔深沉的歌。

“哎呀！已经 12 点啦！”乞乞科夫终于看了看表，不禁喊道，“我这是怎么啦，耽搁了这么长时间？正经事什么也没有做，我却在这里胡说八道一通，后来又在这儿胡思乱想，真是莫名其妙。我算是糊涂透顶了！”说到这里，他脱下那件苏格兰上衣，换上一件西服上衣，用皮带扣环把自己丰满的肚皮勒紧一些，往身上洒了点花露水，拿起一顶暖和的便帽，腋下夹着一包公文，到民政厅去办理买卖合同。他心里着急，便加快了脚步，这并不是因为他害怕迟到，对他来说，去得迟或早都没关系。厅长是他的朋友，他可以随意延长和缩短本部门的办公时间，恰如荷马笔下的宙斯[①]，需要制止他所喜爱的英雄们的争斗或者需要让他们厮杀到底分出胜负时，便可延长白昼和提前送来夜晚。但是乞乞科夫着急是因为他感觉到一种迫切的愿望，想尽快了结这些事情。这些买卖不办妥帖，他的心是放不下来的。他总觉得心中有一种隐隐的不安，不大舒服。心里难免要产生这样的想法：农奴终究不是真的，因此，这个思想负担总该早些解除才是。他肩上披一件咖啡色呢面熊皮大衣，只顾想着自己的心事，还没有走到大街上，便在胡同口的拐弯处跟一位先生撞了个满怀。那位先生也穿了一件咖啡色呢面的熊皮大衣，头戴一顶暖和的护耳皮帽。那位先生不禁喊叫起来。此人是玛尼洛夫。他们两人立刻紧紧地抱在一起，互相拥抱着在街上站了大约五分钟。双方接吻也极卖力，以致于两人都害了牙疼，门牙差不多疼了一整天。由于高兴，玛尼洛夫脸上只剩下鼻子和嘴唇，眼睛完全消失了。他两手握住乞乞科夫的手不放，足足握了一刻钟光景。乞乞科夫觉得

---

① 宙斯为荷马史诗《伊利亚特》中的主人公，为希腊神话中的诸神之首领。

他的手好烫。为了表达对乞乞科夫的思念之情，玛尼洛夫使用了最优美动听的言辞，说他如何飞到了这里，为了拥抱他巴维尔·伊凡诺维奇，最后他还说了一句通常人们邀请年轻女子跳舞时才说的恭维话。乞乞科夫张着嘴，还没有来得及说几句感谢的话，玛尼洛夫忽然从皮大衣内侧的口袋里掏出一卷系着玫瑰色丝带的公文纸来，他姿势优美地用两个手指捏着这卷公文纸，递给乞乞科夫。

“这是什么？”

“是农奴呀。”

“啊！”乞乞科夫立刻展开纸卷，飞快地看了一遍。书写工整，字体漂亮，使他大为惊讶。“字写得很漂亮。”他说，“用不着誊抄啦。周围还画了花边！这花边是谁画的？画得这么精致！”

“好啦，您就不用问啦。”玛尼洛夫说。

“是您画的？”

“是我妻子画的。”

“哎呀，我的天哪！这真让我过意不去，这太麻烦您啦。”

“为了给巴维尔·伊凡诺维奇效力，这点小事算不了什么。”

乞乞科夫连忙鞠躬致谢。玛尼洛夫得知他前往民政厅办理签订合同的手续，便主动表示愿意陪他一起去。于是两个朋友手挽着手朝民政厅走去。一路上每逢遇上高坡、土岗或者台阶，玛尼洛夫就搀扶着乞乞科夫，几乎要把他的身子轻轻托起，同时朝他愉快地微微一笑，捎带着说，有他保驾是绝不让乞乞科夫那双尊贵的脚吃苦的。乞乞科夫心里很过意不去，不知道该怎样感谢他，他察觉到自己的体重实在是不轻的。就这样，两人客客气气地彼此提携着，终于来到市政机关所在的广场上。这是一幢砖砌的三层大楼，外墙从上至下刷得一色粉白，大概是表示在这里办公的各级官员心灵纯洁吧。广场上还有一些建筑，但跟这幢庞大的楼房相比，就显得微不足道啦。这里有一座岗亭，近旁站着一个持枪的士兵，有两三个停放出租马车的板棚子，还有几堵长长的板墙，上面有一些用木炭和粉笔涂画的下流的言辞和图形。除此以外，在这个空旷的或者我们俄国人习惯地称之为美丽的广场上，再看不到别的东西了。不过，这幢大楼的二层和三层的窗户里，有时会探出司法官吏们公正廉明的脑袋。他们只是稍稍朝窗外探望一下，立刻又把脑袋缩回去，大概是这时候忽然有长官进屋里来了。上楼的时候，两个朋友不是一步步地爬楼梯，而是争先恐后地飞跑上去。乞乞科夫实在不忍心让玛尼洛夫搀着他上楼，便极力冲上前去；而玛尼洛夫生怕累着乞乞科夫，也拼命往前跑着，一定要搀着乞乞科夫；当他们跑到楼上，走进黑暗的走廊里，两人都累得气喘吁吁上气不接下气了。他们朝走廊里和办公室里看了看，发现这里并不清洁。在当时，人们还没有想到要把这些地方收拾得干净利落。本来又脏又乱的处所就保持它的原貌，绝不人为地给它装饰一副讨人喜欢的外表。所以，司法女神就这样随随便便不加修饰地穿着便装接待客人。我们的主人公经过的那些办公室，本来是应该向读者描写一番的，可惜作者本人对官府办公重地一向怀有敬畏之心。即便他有机会穿过那些办公重地，即便那些办公室异常豪华高雅，地板和写字台漆得光彩照人，他也是小心翼翼地低着头，目不斜视地赶快跑过去，因此他对那里的舒适和豪华的景象全然不知。这时，我们的主人公看见这里有许多公文纸，写上了字的和没有写字的，有不少低垂的脑袋，宽大的后脑勺。这里的人有的穿着燕尾服，有人穿着省城流行款式的常礼服，甚至有人穿一件浅灰色的普通西服，显得与众不同，格外醒目。此刻，穿浅灰色西服的人歪着头，几乎把脸贴在纸上，正在飞快地抄写一份公文。这公文可能是某人打官司胜诉赢得田产的记录，也可能是某地主因侵占他人田庄而被查抄的案件的卷宗，该地主平时为人和气，本来可以安度晚年却吃了官司，连累子孙们也受到法庭的监护。在这里，还可以听到简短的话语，说话的人嗓子沙哑："费多谢伊·费多谢耶维奇，劳您的驾，把第三百六十八号卷宗递给我！""您总是心不在焉，把公用墨水瓶的盖子放到哪里去了！"有时响起一个较为傲慢的声音，无疑是一位长官在训斥下级：“给你，重抄一遍！再抄不好就脱了你的靴子，关你六天禁闭，不许你吃东西！”在这里，不知有多少鹅毛笔在写着，发出一片沙沙的响声，仿佛几辆满载干柴的马车行驶在落满枯叶的树林里。

乞乞科夫和玛尼洛夫走到第一张办公桌前，向坐在那里的两位比较年轻的官员打听道：

“劳驾问一句，哪里办理签订合同的手续？”

“您要做什么？”两位官员转过脸来问道。

“我要呈送一份申请。”

“您到底买的是什么东西？”

“我想先问一下，契约科在什么地方，是在这里还是在别处？”

“请您先告诉我，你买的是什么东西，价钱是多少，然后我们才能告诉您契约科在什么地方。否则是不能随便告诉您的。”

乞乞科夫立刻看出，像所有青年官员一样，这两位官员纯粹是好奇，爱管闲事，无非是想突出一下自己，抖一抖他们的威风罢了。

“您听我说呀，亲爱的，”乞乞科夫说，“我非常清楚，凡属于签订买卖合同有关的事务，不管以什么样的价钱成交，都在同一个地方办理。因此我请您给我们指示一下，契约科在什么地方，如果您对这里的情况不大熟悉的话，我们就去问别人啦。”

俩官员听了没有再说什么。其中一人伸出一个指头朝屋角里指了指，只见那里坐着一个老头，正在办公桌上翻动一些公文，一边在公文上做着记号。乞乞科夫和玛尼洛夫穿过一些办公桌朝他走去。老头正在聚精会神地办公事。

“劳驾问一句，”乞乞科夫躬身施礼，问道，“这里是契约科吗？”

老头抬起眼睛，一字一顿地说：

“这里不是契约科。”

“那么契约科在哪儿呢？”

“在契约处里面。”

“那么契约处在哪儿呢？”

“在伊凡·安东诺维奇那里。”

“伊凡·安东诺维奇在哪儿？”

老头抬手指了指屋子的另一角。于是乞乞科夫和玛尼洛夫立刻朝办公室的另一个角落走去。这时，伊凡·安东诺维奇已经看见了他们，侧过脸来斜了他们一眼，但马上就回过脸去，埋头抄写他的公文去了。

“劳驾问一句，”乞乞科夫又躬身施礼，问道，“这里是契约科吗？”

伊凡·安东诺维奇似乎没有听见，毫无反应，仍旧专心致志地抄写他的公文。乞乞科夫忽然发现，此人已到了非常理智的年龄，不像年轻人那样喜欢说话，举止轻浮。看来伊凡·安东诺维奇远不止四十岁。他生着一头浓密的黑发，整张脸以鼻子为中心向前突起。总之，这种相貌通常被人们称作罐子脸。

“请问这里是契约处吗？”乞乞科夫问道。

“是的。”伊凡·安东诺维奇回答一句，转过脸去继续写起来。

“我有这么一件事：我从本县几位地主那里买了一些农奴，只买农奴，不连带土地。买卖合同已经写好，只剩办理手续了。”

“那么卖方来了吗？”

“有的已在这里，有的给了委托书。”

“带申请书了吗？”

“申请书带来了。我希望……我需要抓紧时间办理此事……比如说，今天能否把事情办完？”

“今天！今天不行，”伊凡·安东诺维奇说，“还得办理查询，看看这方面有没有违禁的地方。”

“话又说回来，至于加快办理的事，我想，伊凡·格里戈利耶维奇厅长是可以帮忙的。他是我的好朋友……”

“这件事也不能单靠伊凡·格里戈利耶维奇一个人，还有其他人呢。”伊凡·安东诺维奇沉着脸说。

乞乞科夫听出伊凡·安东诺维奇话中有话，连忙对他说：

“其他人也不会亏待的，我做过官，懂得这些事……”

“您去找伊凡·格里戈利耶维奇吧，”伊凡·安东诺维奇的语气温和了一些，“让他下一个指示，指定专人办理。事情在我们手上是不会耽搁的。”

乞乞科夫从衣袋里掏出一张钞票，放在伊凡·安东诺维奇眼前。伊凡·安东诺维奇根本没看见这张钞票，立刻拿一本书把它盖住了。乞乞科夫本想向他指指这张钞票，但伊凡·安东诺维奇摆了一下头，告诉他不必看了。

“让他领你们去见厅长！”伊凡·安东诺维奇说罢点了点头。于是在场的一位官员立刻走过来为我们的两位朋友引路。引路人显然是一个忠于职责的人，由于勤勉努力为司法女神效劳，两只衣袖的肘弯早已磨破，露出了衬里，为此也曾获得十四品文官的职衔。此时，他就像维吉尔引导但丁游地狱似的，引导我们的两位朋友来到厅长办公室。这里摆着一些宽大的圈椅，桌上摆着守法镜[①]和两本厚书，桌后的圈椅里赫然端坐着厅长本人，俨如一轮太阳。刚来到厅长办公室门口，那位引路的官员便感到十分的敬畏，怎么也不敢迈步进屋，只好转身退了出去。这时展现出他的后背，只见他的制服的背部已磨得像旧席子似的，上面不知在哪儿粘了一根鸡毛。两人走进厅长的办公室，发现厅长并非独自一人。索巴凯维奇坐在厅长旁边，只是整个身子被守法镜遮住了，所以他们不曾看见他。客人们的到来引起一阵欢呼。厅长的圈椅啪的一声被推开了。索巴凯维奇也站起来。这时守法镜遮不住他了，他的整个身子连同长长的衣袖都可以看得清清楚楚。厅长将乞乞科夫紧紧抱住，于是办公室里响起热烈的亲吻声。他们彼此问对方身体可好，原来两人都有腰

① 旧俄官府衙门里的摆设，是一个饰有双头鹰的三棱镜，上面有彼得大帝敕令守法的谕旨，作为官员守法的象征。

疼的毛病，不过他们马上就找到了腰疼的原因，说是因长期坐办公室所致。看来厅长已从索巴凯维奇那里得知乞乞科夫购买农奴的事，所以一见面便向他表示祝贺。这反倒使我们的主人公起初有些尴尬，尤其是他看到索巴凯维奇和玛尼洛夫现在面对面地站在一起，因为他同这两人的交易是秘密地分头谈成的。尽管如此，他还是感谢厅长的关心，然后立刻转过脸去，向索巴凯维奇问道：

“您身体好吗？”

“托上帝的福，没什么毛病。”索巴凯维奇答道。

他的身体的确没什么毛病。即便是一块铁会感冒咳嗽，这位体态怪异的地主也不会生任何毛病的。

“您一向身体结实是人人皆知的嘛，”厅长说，“您那故去的父亲也是很健壮的。”

“是的，他一个人赤手空拳去猎熊。”索巴凯维奇答道。

“依我看来，您也可以赤手空拳将熊打翻在地，假如您愿意的话。”厅长又说。

“不行，我没有那么大的力气，”索巴凯维奇回答说，“先父比我力气大。”说到这里，他叹了一口气，又说，“不，现在的人可比不得过去啦；就拿我本人来说吧，过的什么日子呢？勉强过得去罢了……”

“您的日子有什么不如意呢？”厅长说。

“不好，不好，”索巴凯维奇边说边摇头，“您来说说看，伊凡·格里戈利耶维奇，我都四十多岁的人了，还从来不知道生病是个啥滋味。哪怕是伤风感冒都没有过，连个小疖子也没生过……不好，这是不好的预兆！迟早有一天要倒大霉的。”说到这里，索巴凯维奇神色阴郁起来。

“哎，这个人，”乞乞科夫和厅长同时想道，“不生病他也埋怨！”

“我这里有封信是写给您的。”乞乞科夫说着，从衣袋里掏出普柳什金的信。

“是谁给我的？”厅长问道，他拆开信一看，不禁喊叫起来，“啊！是普柳什金的。他能活到现在也真不容易。这都是命运的安排，当年他是一个多精明的人啊，是当地的首富！可现在……”

“他是条狗，”索巴凯维奇说，“是个骗子，手下的人全给他饿死了……”

“可以，可以，”厅长看完了信说，“我可以做代理人。您打算什么时候办手续，现在就办呢，还是等一等？”

“我想现在办，”乞乞科夫说，“如果可以的话，我甚至想今天就办。求您帮个忙，因为我明天就要走了。我把合同和申请书都带来了。”

“这一切都好办，只是有一点，不管您愿不愿意，我们是不能这么快就让您走的。合同手续今天就办妥，可是您得留下来在我们这里多住几天。我现在就批示，让他们去办。”他说着打开了通往下属官吏们的办公室的门，那间屋子里挤满了小官吏，如果可以把各种公文事务比作蜂房，那么这些官吏就像一群勤劳的蜜蜂爬在蜂房上，“伊凡·安东诺维奇在这里吗？”

“在这里。”有人回答说。

“叫他到我这里来一下！”

读者已经熟悉的罐子脸伊凡·安东诺维奇走进来，毕恭毕敬地鞠了一躬。

“这是他们的买卖合同，伊凡·安东诺维奇，您拿去办理吧……”

“请您不要忘了，伊凡·格里戈利耶维奇，”索巴凯维奇提醒说，“还得有证人呢，每一方至少得有两名证人。您派人去把检察长请来，他是个喜欢清闲的人，现在肯定待在家里没事做。所有的事情都是助理检察长佐洛图哈替他办理，佐洛图哈是世界上头号骗子，贪赃枉法的能手。医务督办也是个闲人，要是没有外出打牌，他就准在家里待着。此外，附近也有不少人，特鲁哈切夫斯基、贝古什金之流，全是些游手好闲，只会给大地增加负担的人。”

“说得对！”厅长说罢，立刻派人去把这些人统统找来。

“我对您还有一个请求，”乞乞科夫说，“我同一位女地主也谈成一笔买卖，请您派人去把她的代理人找来。她委托的代理人是大司祭基里尔神父的儿子，就在您这里供职。”

“请放心，我会派人去找他的！”厅长说，“一切都包在我身上啦。对这些办事人员，您不必客气，用不着您破费，这是我对您的请求。既然是我的朋友，您就用不着花钱啦。”说到这里，他立刻吩咐伊凡·安东诺维奇去办理这件事。罐子脸显然很不情愿办理此事。看来，这些买卖合同对厅长产生了良好的效果，尤其是当他看到这几笔买卖加在一起将近十万卢布时，他就更加高兴了。他心花怒放地望着乞乞科夫的眼睛，足足望了好几分钟，最后才说：

“您可真行啊！真有您的，巴维尔·伊凡诺维奇！这么说，这些农奴您全买下了？”

“全买下了。”乞乞科夫答道。

“好事，您真是为自己做了件好事。”

“我自己也认为，这是我所做的最为得意的一件事。不管怎么说，一个人如果最终不能脚踏实地去做事，为自己打一个牢固的基础，而是陷入青年时代自由主义的空想，那么，他就确立不了自己的人生目标。”说到这里，他顺便咒骂了一通自由主义，并且捎带着发泄了对所有年轻人的不满。不过，他说话毕竟不那么理直气壮，明显地流露出有些心虚，似乎他马上就在心里对自己说：“哎呀，老兄，你明明是在撒谎，而且是弥天大谎！”他甚至不敢抬眼望一望索巴凯维奇和玛尼洛夫，生怕看见他们流露出某种表情。不过他的担心纯属多余，索巴凯维奇脸色没有丝毫变化，而玛尼洛夫则被他的高谈阔论深深地吸引住了，高兴得连连点头，表示敬佩之至，简直到了如醉似痴的地步，仿佛音乐爱好者在倾听他所迷恋的女歌星唱歌唱到高潮时那样。

“对了，您怎么不给伊凡·格里戈利耶维奇说说，您到底买了一些什么样的农奴呢，”索巴凯维奇说，“伊凡·格里戈利耶维奇，您怎么不问问他，他做成了一桩多好的买卖？他买的农奴棒极了！简直是金子。我连马车匠米海耶夫都卖给他啦。”

“不会吧，您真的把米海耶夫卖了？”厅长问道，“我认识马车匠米海耶夫，他是一名出色的工匠，他给我修理过马车。不过，这我不大明白，这怎么可能呢……您亲口对我说过，他死了……”

“谁死了，米海耶夫？”索巴凯维奇面不改色地说，“死掉的那个是他的兄弟，而他本人活得好好的，身体比过去更健壮了。前两天刚做了一辆四轮轻便马车，这么好的马车连莫斯科都做不出来。说实在的，凭他的本领，他可以给皇上本人去效力。”

“是的，米海耶夫的确是一个出类拔萃的好工匠，”厅长说，“我简直弄不明白，您怎么舍得把他卖掉呢。”

“不止一个米海耶夫呢！除他以外，还有普罗勃卡·斯捷潘，是木匠，米卢什金，烧砖匠，马克西姆·杰里亚特尼科夫，鞋匠，全走了，全让我给卖掉啦！”当厅长问他，为什么要把这些家里用得着的工匠卖掉，索巴凯维奇把手一挥，答道：“啊！很简单，怪我一时糊涂。当时我说卖掉算了，就糊里糊涂地把他们卖了！”说到这里他垂下头，仿佛后悔自己不该这么做。接着他又说：“唉，白发满头的人啦，可至今还是缺心眼。”

“可是，我想冒昧问一句，巴维尔·伊凡诺维奇，”厅长说，“您为什么只买农奴不买土地呢？难道您要把他们迁走？”

“是把他们迁走。”

“噢，迁走就另作别论啦。那么请问迁往哪里呢？”

“迁往……迁往赫尔松省。”

“啊，那里土地肥沃！”厅长说，接着他又把那里的牧草称赞了一番，“田地够用吗？”

“够用，给买来的这些农奴耕种足够了。”

“您那里是有河还是有池塘？”

“有河。另外也有池塘。”乞乞科夫说到这里，偶尔瞟了索巴凯维奇一眼。虽然索巴凯维奇照旧纹丝不动，但乞乞科夫仿佛觉得他脸上写着：“哼，你在骗人！什么河流、池塘、土地，没准全是你瞎吹的！”

他们继续交谈着，这时证人们已陆续来到。有读者熟悉的老眨巴眼睛的检察长，有医务督办，有特鲁哈切夫斯基、贝古什金之流，也就是索巴凯维奇所说的，只会给大地增加负担的人。他们中间有许多人，乞乞科夫从未见过面，因为有些人是民政厅的官吏，是临时找来凑个数或者备用的证人。不仅找来了大司祭基里尔神父的儿子，而且把大司祭本人也请来了。所有的证人都在文件上签上自己的名字，并且注明自己的爵位和官衔，字体也各不相同：有人用的是大花字，有人用的是斜体字，有人的字体别出心裁，干脆把字母倒过来写，看上去几乎不像是俄文字母。读者熟悉的那位伊凡·安东诺维奇办事非常利索。他很快就把所有的合同都登记注册，然后归入档案，收了百分之零点五的手续费，以便在《枢密院公报》上刊登启事。乞乞科夫仅花了很少几个钱。厅长还发出指示，只收他一半税款，而另一半税款不知用什么办法加到别的申请人头上。

“行了，”等一切手续办完之后厅长说，“现在只剩下把酒祝贺买卖成功啦。”

“我随时准备着，”乞乞科夫说，“具体时间由您来定。这么多朋友聚在一起实属难得，假如我不请大家喝几瓶香槟酒，那也太不够意思啦。”

“不，您弄错啦。是我们请您喝香槟酒，”厅长说，“这是我们应该做的，是我们的义务。在我们这里，您是客人，理应由我们请您。好啦，诸位先生！就这么定了，我们今天就这么办：请大家，所有出席签字的人，光临警察局局长府第。他是我们这儿真正的魔法师，只要他到鱼市或者酒店里眨巴一下眼睛，就够我们吃的啦！还可以借此机会玩玩惠斯特牌嘛。”

厅长如此盛情邀请，任何人也不能推辞不去。证人们一听到鱼市两字，顿时感到食欲倍增。于是大家立刻起身，拿起帽子，办公就此结束。当他们穿过办公室的时候，罐子脸伊凡·安东诺维奇恭敬地鞠了一躬，低声对乞乞科夫说：

“您买了十万卢布的农奴，只给了二十五卢布小费。”

“您知道吗，都是些什么样的农奴呀，”乞乞科夫也低声答道，“全是些不能干活的没用的东西，连一半价钱也不值。”

罐子脸明白，这位客人心肠硬，不会再给什么钱了。

“您买普柳什金的农奴是什么价？”索巴凯维奇在他另一只耳朵旁边低声问道。

“您怎么把沃罗别伊塞给我了？”乞乞科夫反问一句。

“什么沃罗别伊？”索巴凯维奇说。

“一个女奴，伊里萨维塔·沃罗别伊。还在她的名字后面加了个硬音符号。”

“没有，我开列的名单里根本没有什么沃罗别伊。”索巴凯维奇说罢便躲开了。

这群客人终于来到警察局局长府第。大家发现，警察局局长果然名不虚传。他听清楚客人们的来意之后，立刻叫来一名警察局分局长。这位分局长是个很机灵的小伙子，穿着锃亮的高筒皮靴。警察局局长只在他耳边低声吩咐两句话，然后又问了一句“明白吗”分局长就去照办了。当客人们兴致勃勃地玩牌的时候，隔壁屋子里已经摆出丰盛的宴席，有白鳣鱼、鲟鱼、鲑鱼、压成块的黑鱼子、新腌的鱼子、鲱鱼、鲶鱼、奶酪、熏舌头和风干咸鱼脊肉。这些东西都是从鱼市上拿来的。接着端上来主人家的厨房里烹制的美味佳肴：一种鱼头馅的大馅饼，里面包的是九普特重的大鲟鱼的鱼头上的脆骨和腮帮子肉；另一种是乳蘑馅饼，还有油煎饼、油炸丸子、水果甜羹。在这省城里，警察局局长可以算得上是一位忠厚长者和慈善家。他对待市民就像对待自己的亲人。他进了店铺和商行就像进了自家的贮藏室一样。总而言之，他这个警察局局长做得稳稳当当，极为出色，并且他对自己的职权理解得完美无缺。甚至难以分清楚，是他生来就是当警察局局长的材料呢，还是这个职位是专门为他设立的。由于他做事聪明过人，所以跟他所有的前任局长相比，他不仅收入高出一倍，而且还赢得了全城的爱戴。富商们非常喜欢他，恰恰是因为他不摆架子。他的确是平易近人，给他们的孩子做教父，同他们结干亲，虽然有时候敲诈他们的钱财，但是他的手腕十分高明。比如说，亲热地拍拍你的肩膀，朝你莞尔一笑；请你吃茶；答应亲自登门去跟你下棋；关切地问你生意做得怎么样，有什么困难没有。听说谁家的孩子病了，他会马上给出个主意，告诉他该吃什么药。总之，你会觉得他是一个难得的好人。他乘坐马车外出巡视，维护城里的秩序，也客客气气地跟人聊几句："过得好吗，米海伊奇！咱们抽空玩一把吧，见个输赢。"对方脱帽致礼，说："好吧，阿列克赛·伊凡诺维奇，是想跟您玩一把。""喂，伊里亚·帕拉莫内奇，请到我家来看看我那匹快马，可以跟你那匹马比试比试。老兄，把你那匹马套在赛车上，咱们来比一比。"那个酷爱快马的商人听了这话，巴不得立刻去跟他赛马，捋着大胡子笑道："那咱们就比赛一下吧，阿列克赛·伊凡诺维奇！"就连店铺里的伙计们看到这个情景，也都摘下帽子，愉快地相视而笑，似乎想说"局长大人真是个好人"。总之，他懂得该怎样同老百姓打交道，已经掌握了一些窍门。商人对他的评价是，阿列克赛·伊凡诺维奇"虽然索取点好处，但他绝不会出卖你"。

警察局局长发现宴席已经摆好，就向客人们提议，先把手里的牌放下，等吃过饭再接着玩。客人们早已闻到另一个房间里飘来的诱人的香味，于是立刻站起来朝摆着宴席的那间房子走去。索巴凯维奇早已向那里窥探了几回，远远地瞄准了靠边放在一只大盘子里的鲟鱼。客人们先干了一杯伏特加酒——这种酒是深橄榄绿色的，和俄罗斯人用来刻图章的西伯利亚玉石的颜色颇为相似——然后便拿着餐叉，从四面八方朝宴席围过来，开始显露出各自的兴趣和爱好来：有人扑向鱼子，有人扑向鲑鱼，有人扑向奶酪。索巴凯维奇对这些小零碎不感兴趣，一开始就站在那条鲟鱼旁边。当大家都在喝酒、谈话和吃菜的时候，他用了一刻来钟就把这条鱼吃了个精光。警察局局长忽然想起这条鱼，对大家说："诸位，请你们来品尝一下大自然的这一杰作！"结果当他举起餐叉和其他客人一起去品尝这条鱼的时候，他发现大自然的这一杰作只剩下一条尾巴了。然而索巴凯维奇却故作镇静，仿佛那条鱼不是他吃的，拿着叉子走到离他最远的一个碟子跟前，去吃那条风干的小鱼去了。吃掉了那条大鲟鱼之后，索巴凯维奇已不再想吃什么，也不再喝酒，眯缝着眼睛坐在一把圈椅里，不时地眨巴着眼皮。看样子警察局局长喝酒是从不吝惜的，他无数次举杯祝酒。第一杯酒大概读者猜得出来，是祝赫尔松省的新地主身体健康，第二杯酒祝他的农奴平安迁移并且过上好日子，第三杯酒祝他未来的美貌的妻子身体健康。喝过这三杯酒之后，我们的主人公不禁心花怒放，脸上露出愉快的微笑。大家纷纷朝他走过来，将他团团围住，都恳切地劝他多住些日子，哪怕再住两个礼拜也好。

"不行，巴维尔·伊凡诺维奇！不管您是怎么想的，反正您刚进门就走太不近人情啦！不行，您得在我们这里住一段时间！您留下来，我们给您娶亲。伊凡·格里戈利耶维奇，咱们给他找个太太好不好？"

"一定要给他找个太太！"厅长赞同说，"不管您怎样拼命推辞，我们也要给您娶亲！不行，老兄，既然来了，就不要着急啦。我们跟您说的都是真心话。"

"别误会，我为什么要推辞呢，"乞乞科夫笑了笑说，"成亲可不是一件轻而易举的事，得有未婚妻才行啊。"

"未婚妻会有的。这有什么可发愁的，一切都会有的。您想要什么，就有什么！……"

“如果这样……”

“好啊，他留下啦！”大家齐声欢呼，“万岁，乌拉，巴维尔·伊凡诺维奇！乌拉！”所有的人都端着酒走过来要和他碰杯。

乞乞科夫跟大家一一碰杯。“不行，不行，再来一杯！”那些喜欢热闹的人缠住他不放，于是就又碰了一杯。接着有人又缠住他碰杯，他只好从命碰了第三杯。过了不大一会儿，大家忽然高兴起来，快活得有些反常。厅长是个最讨人喜欢的人，他高兴得手舞足蹈，几次拥抱着乞乞科夫，诚心诚意地说：“你是我的心肝宝贝！是我的好妈妈！”他甚至打了个响指，围绕着乞乞科夫跳起舞来，嘴里唱着那支著名的民歌《卡马林斯克的庄稼汉》。喝过香槟酒之后，开始喝匈牙利葡萄酒。于是大伙儿精神倍增，心情更加畅快了。大家完全忘记了打牌，争论着，喊叫着，谈论各种各样的问题。他们谈论政治，居然还谈到军事，发表了一些自由思想。若在往常他们的子女发表类似的看法，准会挨他们一顿皮鞭。许多难以解释的复杂问题在这里得到了解决。乞乞科夫从来没有尝受过如此的快乐。这时，他已经把自己当成真正的赫尔松省的地主，谈论着各种改良措施，谈到土地的三片轮耕，谈到情人之间的心灵默契和美满幸福。后来他给索巴凯维奇朗诵起诗来，朗读的是少年维特写给夏绿蒂的情诗。索巴凯维奇坐在圈椅里，听了他的朗诵毫无反应，只是呆呆地眨巴着眼睛，因为他吃过那条大鲟鱼之后感到特别困倦。乞乞科夫察觉到自己已经有些失态，几乎要发起酒疯来了。于是他请求给他派一辆马车，最后搭乘检察长的马车走了。检察长的马车夫原来是赶车的老手，一路上只用一只手驾车，另一只手伸到后面来搀扶着老爷。就这样，乞乞科夫乘坐检察长的马车回到旅店，此后他又说了许多浑话，乱七八糟地唠叨了好久。说到一个金发女郎，面如桃花，右边腮上有一个酒窝，说这女子是他的未婚妻，接着又说他在赫尔松省的田庄和家产。他甚至以地主的身份向谢里方发号施令，吩咐他把刚迁移过来的农奴召集起来，按照名单一个个核对一遍。谢里方也不答话，默默地听了很久，后来走出去对彼得卢什卡说：“去给老爷脱衣服吧！”彼得卢什卡进屋去了，当他给老爷脱靴子的时候，差点把老爷连靴子一起拽到地板上。靴子终于脱下来了。老爷把该脱的衣服都脱下来，在床上翻腾了一会儿，把床压得吱吱响，然后完全像赫尔松地主那样酣然入梦了。这当口儿，彼得卢什卡把老爷的裤子和那件紫红色带花点的燕尾服拿到走廊里，挂在木头衣架上，用马鞭和刷子拍打一阵，弄得整个楼道里尘土飞扬。他正要把衣服从衣架上取下来，无意中朝楼下瞟了一眼，看见谢里方从马厩里出来。他们的目光相遇了，彼此明白了对方的意思：老爷已经安歇，可以乘此机会出去逛逛。彼得卢什卡立刻把老爷的衣服送回屋里，下了楼，两人就一起出去了。他们谁都没有向对方说明去往何处，一路上开着玩笑，谈起一件毫不相干的事。其实他们的去处并不远，就在大街对面。他们走到与旅店正对面的一座房子跟前，走进一个低矮的被烟熏黑的玻璃门。这里是一间半地下室，摆着几张木头桌子。桌子四周坐满各种各样的人，有的留着大胡子，有的脸刮得精光，有的穿着没挂面的皮袄，有的只穿着一件衬衣，还有的穿着粗呢子大衣。彼得卢什卡和谢里方到这里来做什么，大概只有上帝才知道。但他们在那里待了一个钟头。从那里出来的时候，两人都沉默不语。彼此手挽着手，相互关照着，免得伙伴撞在墙角上。回到旅店里，他们互相搀扶着登上楼梯，花了整整一刻钟才爬上二楼。回到屋里，彼得卢什卡在那张低矮的小床跟前站了一分钟光景，考虑该怎样躺下才体面些，结果却横着躺在床上，两腿支在地板上。谢里方也在这张小床上躺下来，把头枕在彼得卢什卡的肚子上，忘记了自己到底该睡在什么地方。他根本不该睡在这里，即使不睡在马厩里，至少也应该睡到仆人的房子里去。两人立刻睡着了，发出极其沉闷的鼾声。老爷在另一个房间里与他们呼应着，从鼻子里吹奏着又尖又细的哨声。随后一切很快就安静下来，整个旅店都沉入梦乡。只有一个小窗里还亮着灯光，那里住着一个从梁赞城来的中尉。此人大概对靴子有特别爱好，已经定做了四双靴子，这时正在反复试穿第五双。有几次他走到床前，想脱掉靴子躺下睡觉，但总是舍不得脱下这双靴子，因为靴子做得的确漂亮。他又举着一只脚欣赏了好久，反复打量着做工精细、式样入时的靴后跟。

# 第八章

乞乞科夫的农奴买卖，很快就成了人们谈论的话题。省城里出现了各种见解和议论，对于购买农奴迁往外地是否有利说法不一。从一些争论看来，许多人的见解都很有道理。有人说："当然啦，这样做是对的，这是毫无异议的：南方各省土地的确是好，很肥沃。然而没有水，乞乞科夫的农奴会变成什么样子呢？要知道，那里根本没有河。""没有水也不要紧，这倒没关系，斯捷潘·德米特里耶维奇，可是，这迁移人口可是一件没有把握的事情。众所周知，庄稼汉是最靠不住的，换一个新地方，照样还得去种庄稼，而且他们一无所有，既没有房屋，也没有院子，不逃跑才怪呢。明摆着的事儿嘛，脚底下抹油，溜之大吉。你连影儿也甭想找到。""不对，阿列克赛·伊凡诺维奇，请容许我说一句，您认为乞乞科夫的农奴会逃掉，我不同意您的说法。俄国人的适应能力是很强的，可以适应任何气候。你就是把他迁移到堪察加半岛去，只要给他一双暖和的手套，他立刻就拍一下手，拿起斧头去砍伐木头，给自己造出一座崭新的木屋来。""伊凡·格里戈利耶维奇，您忽视了一个重要情况：您根本不知道乞乞科夫买的是些什么样的货色。您别忘了，好的农奴地主是不肯轻易卖掉的。我敢打赌，乞乞科夫的农奴如果不是小偷或者不可救药的酒鬼，就是游手好闲、爱惹是生非的废物，否则我情愿把脑袋给您。""是的，是的，这点我赞成，这是实在话。谁也不会把好农奴卖给别人，乞乞科夫买来的准是些酒鬼。不过您要注意，这里面是有寓意的，寓意就在于：他们现在是些坏货，可是迁移到新的地方，会立刻变成优秀臣民。这种先例是很多的，不仅当今世界上有，历史上也有啊。”“从来没有过的事，”官办工厂总监说，“请相信，这是根本不可能的。因为乞乞科夫的农奴将面临两大强敌。一是距离小俄罗斯[①]的一些省份太近，众所周知，那里酒可以随意买卖。我向您保证，到了那里，不出两个礼拜，他们就会沾染上酒瘾，喝得烂醉如泥。第二个强敌是喜欢过流浪生活，这些农奴在迁移过程中必然会养成流浪习惯。因此乞乞科夫必须每时每刻都亲自看管着他们，亲眼看住他们。对他们严加管束，稍不规矩就重重地惩罚他们，并且不能依靠别人替他管理，必须他本人亲自出马。该打的时候，他就要亲自动手照他们脸上和脖子上狠揍几拳。”“乞乞科夫何必亲自动手惩罚他们呢？他可以找一名管家代他管理嘛。”“是的，找个管家并不难，可是您要知道，所有的管家都是骗子！”“管家之所以能骗人，是因为主人对他们太放心啦，放手不管他们。”“这话说得对，”许多人附和说，“主人要多少懂得一点经营管理，要能看出一个人的好坏，他的管家就永远是一个好管家。”但是，官办工厂总监说，低于五千卢布是找不到像样的管家的。民政厅厅长却说，出三千卢布就能找到一个好管家。但官办工厂总监说：“您到哪儿去找呢，难道在自己鼻孔眼里找？”厅长却说：“不，不是在鼻孔眼里，而是在本地的一个县里。具体地说，就是彼得·彼得罗维奇·萨莫伊洛夫，此人做乞乞科夫的管家，管理他那些农奴最合适！”许多人设身处地，考虑到乞乞科夫要迁移如此大量的农奴，肯定一路上困难很多。想到这里他们无不忧心忡忡。有人担心，乞乞科夫买来的这些农奴素质很差，喜欢闹事，押运途中说不定会发生暴动。对此，警察局局长指出，担心暴动纯属多余，

---

① 俄国革命前称乌克兰为小俄罗斯。

县警察局局长的职责就是防止农奴暴动；其实根本用不着县警察局局长亲自出马，只需戴上一顶他的帽子，说明你认识县警察局局长。单凭这顶帽子就能保你一路上平安无事，把这批农奴顺利送到他们的居住地。许多人提出建议，要从根本上消除乞乞科夫的这些农奴的狂妄情绪。对于这个问题人们的见解很不一致：一部分人建议采用严厉措施，像军队里那样残酷惩罚，无情打击。不过这种做法显得过于严厉，甚至可说是多余；另一部分人的见解则完全相反，认为对农奴要温和。邮政局长指出，乞乞科夫面临的职责是神圣的。照他的说法，乞乞科夫可以在自己的农奴中间扮演一个慈父的角色，对他们进行慈善教育。借此机会，他把兰开斯特的互相教育法[①]赞扬了一番。

总之，全城上下都在议论这件事情，许多人深表同情，甚至亲自登门拜访乞乞科夫，把上面提到的某些建议告诉他，甚至有人愿意派出押运人员，帮助他把这批农奴安全送到居住地。乞乞科夫感谢他们的热情的忠告，说他必要时肯定予以采纳。至于派遣押运人员的问题，他坚决果断地谢绝了。他说，他购买的这些农奴性情特别温和，而且他们自己都愿意迁移到别处去。这些人根本不可能发生暴动，所以派遣押运人员实属多此一举。

然而，这种种的传闻和议论却产生了极好的效果，这是乞乞科夫求之不得的。确切地说，出现了一种流言说他乞乞科夫是个地地道道的百万富翁。我们在第一章里已经看到，省城里的居民本来就非常喜欢乞乞科夫，现在听到这些传闻，就更加喜欢他了。不过话又说回来，凭良心说，他们都是些心地善良的人，彼此之间和和气气，友好相处，谈起话来像老朋友那样特别随便，语气特别温和："伊里亚·伊里奇，我亲爱的朋友！""喂，老兄，安季帕托尔·萨

---

① 指英国教育家兰开斯特（1778—1838）所提倡的以学生之间相互教育为主的教育方法。这种教育法在19世纪的俄国产生过很大影响。

哈里耶维奇！”“伊凡·格里戈利耶维奇，我的好妈妈，你的谎话说过头啦。”邮政局长名叫伊凡·安德列耶维奇，但人们跟他说话时总要加上一句德语：“施普列亨·济·德伊奇[1]，伊凡·安德列耶维奇？”总之，大家都像在自己家里一样，亲密无间。在他们中间，许多人富有学识。比如民政厅厅长能背诵茹科夫斯基的长诗《柳德米拉》，这首诗当时发表不久，曾轰动一时。许多地方他朗诵得极为出色，特别是当他朗诵到“松林入梦乡，山谷在沉睡”和那个感叹的词句“你听”的时候，你的眼前会出现幻景，仿佛你真的看见山谷在沉睡似的。为了表达形象，每逢朗诵到这里，他便把眼睛微微眯缝起来。邮政局长比较热衷于哲学，读得十分卖力，甚至钻研到深夜；他喜爱杨格[2]的《夜思》和埃卡特豪森[3]的《自然界解秘》，并且做了大量的读书笔记。他到底从这些著作中摘录了些什么，外人是无从知晓的。不过，他喜欢说俏皮话，说话好转文，用他自己的话来说，他喜欢谈吐风趣，所以尽量修饰自己的语言。然而他用来修饰自己语言的词语多半是各种语气词，比如“我的先生”“是这样的”“您可知道”“您明白吗”“您可想而知”“相对而言”“在某种程度上说”等，诸如此类的词语他使用起来非常灵便，滔滔不绝。此外，他说话的时候，有时也恰到好处地挤挤眼，或者微微眯起一只眼睛，这一切使得他那许多讽刺的暗示带有一种挖苦的意味。其他人也多多少少有一些教养：有人喜欢卡拉姆津[4]的作品，有人爱看《莫斯科公报》，有人则从来不读书不看报。有的人是人们通常所说的那种草包，要让这种人去做点什么事，不狠狠地踹他一脚，他是不肯动弹的。还有的人干脆是懒汉，也就是俗话所说的一辈子无所事事的人，你就是拿脚踹他也是枉然，他是无论如何也不肯起来去

---

① 德语：您会说德语吗？

② 杨格（1683—1765），英国诗人。

③ 埃卡特豪森（1752—1803），德国作家。

④ 卡拉姆津（1766—1826），俄国著名感伤主义作家。

做事的。至于他们的外貌，众所周知，他们个个都很有气派。在他们中间，一个痨病鬼也没有。他们全属于这样一种人，当他们单独跟妻子在一起说些温柔的情话时，妻子通常称呼他们的别号，诸如坛子、胖墩儿、大肚儿、黑孩儿、吉吉、茹茹，等等。不过，一般说来，他们都是些心肠慈善、殷勤好客的人，一个人如果在他们那里做过一次客，或者同桌打过一夜牌，就马上成为他们的至交，更何况乞乞科夫具有许多令人倾倒的品格和手段，并且深知讨人喜欢的奥秘。他们都深深地爱上了他，以致他根本找不到告辞的理由，无法离开这个城市。他听到的全是恳切的挽留："巴维尔·伊凡诺维奇，嘿，再住一个礼拜，您就在我们这里再住一个礼拜吧！"总之，正如俗话所说的，他简直成了大家的掌上明珠啦。不过，乞乞科夫给女士们留下的印象就更加奇妙，无与伦比啦。这的确是令人惊叹啊！这到底是为什么呢，要弄清楚这一点，就不得不花费笔墨去详细介绍那些女士本身，以及她们的交际圈子，不得不用鲜明生动的色调去描写她们的内心世界。但这就太让作者为难啦。一来是因为他对达官贵人的夫人们怀有无限崇敬，他心里颇费踌躇；另一方面嘛……另一方面就是难以下笔啦。N 城的女士们……不行，我怎么也写不出来，因为我真正感到胆怯了。在 N 城的女士们身上有一个最为显著的特点……简直奇怪，我的笔怎么也抬不起来，仿佛里面灌了铅似的。既然如此，我们就不再去描写她们的性格，让那些拥有的油彩更丰富、色彩更鲜艳的人去描绘吧，我们仅就她们的外貌和表面特征略做介绍。就外貌而言，N 城的女士们可说是体面大方的，在这方面，我们可以放心大胆地说，她们堪称楷模。至于举止风度、礼节礼貌以及礼仪方面许多细微的讲究，特别是在讲究时髦方面不放过任何细枝末节，在这些方面她们甚至超过了彼得堡和莫斯科的女士们。她们的衣着特别讲究，坐着四轮轻便马车四处拜访，并且按照最新的时尚，在马车的后踏板上站着一个男仆。这仆人的穿着打扮也颇为入时，制服上缀着金色丝绦。对她们来说，名片是不可忽视的，即便是一张梅花或方块纸牌，只要上面写着类似名片上的那些名目，那么它就是很神圣的东西。有两位女士，本来是好友，甚至还是亲戚，就是因为一张名片而闹翻了脸，原因是其中一位女士忽视了对方的名片，不知怎么搞的忘记了回访。后来她们的丈夫和亲戚曾竭力劝说，希望她们重归于好，结果毫无效果。人们这才发现，世界上的事没有办不到的，唯独一件事办不到，那就是说服两个因其中一个怠于回访而翻了脸的女士重新和好。就这样，按本城交际场上的说法，这两位女士便彼此视若路人了。在N城的女士们中间，因争出风头而大吵大闹的事也时有发生，有时弄得她们的丈夫实在看不下去，也想挺身而出以便捍卫自己骑士的尊严。当然啦，丈夫们之间不曾发生决斗，因为他们都是些文官。不过文官自有文官的本事。于是他们便使出浑身解数诋毁对方，众所周知，恶意中伤有时比决斗更容易置人于死地。就道德风尚而言，N城的女士们是非常严谨的，她们不能容忍情操不高尚，不能容忍一切伤风败俗的行为和任何形式的诱惑。如果有谁表现出某种意志薄弱，她们也毫不留情地加以谴责。如果她们自己有了那种事，也就是所谓的风流韵事，那也是在背地里偷偷摸摸地进行，表面上丝毫不露声色。这样一来，大家的体面不会受到任何损伤，就连丈夫本人也早有思想准备，即便他撞见这等事，或者听见有人议论，他也会用一个谚语巧妙地加以开脱："两个干亲家坐在一起叙叙家常，有什么可大惊小怪的？"这里我们还要指出，N城的女士们跟京城里的许多女士一样，谈话措辞极其谨慎讲究。从她们口中，你是绝对听不到"擤鼻子""出汗"或者"吐痰"之类的字眼的，必要的时候她们只是说"我轻松一下鼻子"，或者"我用手绢擦了擦"。不论在什么情况下，她们绝不会说："这只杯子或者这只碟子有一股臭味。"连含有这方面的暗示的话也不能说，而只能说"这只杯子不大好使"，或者其他类似的话。为了使她们的谈吐更加高雅，俄语词汇几乎有一半完全被她们抛弃了，因此她们常常要借助于法语。不过讲法语就另当别论啦。她们讲起法语来用词相当随便，比上面提到的词语粗俗得多的字眼她们也毫不避讳。好啦，关于N城女士们的情况，我们只能粗略地讲这么多。但是，如果再深入了解一下，当然还会发现许多其他的东西。不过，深入窥测女士们的内心世界是很危险的。既然如此，我们就仅限于一些表面现象，接着往下讲吧。不知怎么回事，N城的女士们至今很少谈论乞乞科夫，不过，对他在交际场上那种令人愉快的谈吐和举止风度，她们早已给予充分的公正的评价。但是，自从出现了他拥有百万资财的传闻以后，她们发现他身上还有许多其他的优良品质。话又说回来，我们的女士们绝非利己或者贪财之辈。再说出现这种情况也不能怪罪百万富翁本人，而应该怪罪“百万富翁”这个词。因为单就这个词的发音而言，除了可以让人听出钱袋子的本意，还可以让人感觉到一种诱惑。这种诱惑不仅对坏蛋起作用，对不好不坏的人起作用，对好人乃至所有的人都起作用。百万富翁自有他的便利条件，他可以看见一种完全无私的下贱。这是一种纯粹的不以谋取任何私利为目的的下贱：许多人心里明白，从他那里捞不到半点好处，而且也无权得到好处，却一定要钻到他的面前，殷勤地朝他笑一笑，摘下帽子鞠一躬，或者听说有人邀请百万富翁共进午餐，就死乞白赖地设法去参加。当然，不能说女士们对这种下贱行为怀有同情和好感，但是在许多客厅里出现了这样一些议论：乞乞科夫固然不是第一流的美男子，可他的相貌倒像是一个真正的男子汉。假如再胖一点，再丰满点，反倒不好啦。说到这里，有人顺便说了一句对瘦男子不恭敬的话，说他们一无可取之处，瘦得像根牙签，没一点人样。女士们的衣着打扮也新添了许多花样。省城的商场里，突然变得热闹非凡，几乎是拥挤不堪，好像要开游园会似的，一下子驶来了无数的马车。商人们从集市上贩来的几匹布料，因为价格太贵一直没有卖掉，现在却突然成了抢手货，很快就抢购一空。这情景使得商人们自己也感到吃惊。做午祷的时候，有一位女士穿了一件奇异的连衣裙，那裙箍之大，几乎占据了半个教堂。因此，当时在场的一位警察分局局长只好命令人们让开地方，退到教堂门口的台阶上去，以免碰脏了这位贵妇的新衣裳。就连乞乞科夫本人，也多少察觉到人们对他的异常的关注。有一次，他回到旅店里，看到自己房间里的桌子上摆着一封信。这封信是谁写的，又是什么人送来的，他无从打听。据旅店的伙计说，有人送来这封信，并没有说明是谁让他送来的。信的开头坚决果断，并且可以看出是女性的口吻："是的，我不得不给你写信了！"信中接着谈到，心与心之间有一种神秘的共鸣，这句话后面是一连串圆点，几乎占去了半行，接下去又抒发了几点奇妙的见解，确切而且精彩。因此我们不妨摘录几句："我们的人生是什么？是流寓愁苦的峡谷。人世是什么？是麻木不仁的人群。"接着信中又写道，她现在正以泪洗面，泪水沾湿了已故母亲的遗书；她的温柔的母亲已去世二十五年。信中邀请乞乞科夫离开城市，同她一起去过隐居生活，因为城里人居住在深宅大院里，呼吸不到新鲜空气。信的末尾流露出深深的绝望，结尾是这样四句诗：

当你听到斑鸠的呼叫，
你就会找到我寒冷的遗骨，
斑鸠会悲切地向你倾诉，
她是含泪离开了人世。

最后一句不合乎格律，不过这也没什么妨碍，因为这封信符合写信人当时的情绪。最后也没有落款，没有署姓名，居然连日期也没有写。只在附言里补充说，他的心一定能猜出她是谁，并且说，明天省长府上举办舞会，她本人将在舞会上露面。

乞乞科夫对这封信很感兴趣。匿名信里面有许多诱人之处，撩拨着他的好奇心。他又把信读了两遍，最后自言自语地说："要是能查出这个写信的女子是谁，那该多么有趣啊！"总之，看来这件事不是开玩笑。他一直在想着这件事，揣摩推测了一个多钟头，最后做了一个无可奈何的手势，低下头说："这封信的措辞可真够华丽的！"后来，这封信自然是给小心翼翼地收起来，放进那只红木匣子里，跟一张海报和一份婚礼请帖做邻居去了。那份婚礼请帖已经在这个小匣子里保存了七年，从来没有挪动过地方。过了一会儿，果然有人给他送来一张请帖，邀请他去省长府第参加舞会。在省城里，这种事也不足为奇，因为省长离不开舞会，哪里有省长，哪里也就有舞会，否则贵族们就不会尊敬和爱戴省长啦。

这时，乞乞科夫把一切与舞会无关的事情搁置一边，立刻全力以赴做参加舞会的准备去了。他之所以这么着急，是因为的确有许多撩人心弦的挑逗和刺激等待着他。大概，自开天辟地以来，还没有人为了梳妆打扮花费这么多时间。仅仅照镜子察看自己的脸就用了整整一个小时。他在脸上演练着许多不同的表情：一会儿装作傲慢而且老成持重，一会儿装作毕恭毕敬，面带微笑，一会儿又装作毕恭毕敬，但绷着脸不露笑容。接着他对着镜子连连鞠躬，同时嘴里嘀里嘟噜像是在讲法语，尽管乞乞科夫对法语一窍不通。此后他又做了一系列表示惊喜交集的表情。扬一下眉毛，歪一歪嘴唇，甚至吐了一下舌头。总之，当一个人待在屋子里，又觉得自己长得挺漂亮，并且确信没有人在门缝里偷看的时候，他什么样的动作做不出来呢。最后他轻轻拍打一下自己的下巴，说："嘿，这张小脸挺漂亮嘛！"于是动手打扮起来。穿衣服的时候，他自始至终都很高兴，心里非常畅快：系上背带，打好领带，接着刷的一下两脚并拢极敏捷地做了一个鞠躬行礼的姿势，虽然他不会跳舞，却做了一个腾空跃起的芭蕾舞动作。这一跳倒没有产生什么不好的后果，只是五斗柜颤动了几下，一把刷子从桌上滚了下来。

乞乞科夫出现在舞会上的时候，全场立刻轰动起来。这时，所有在场的人都急忙走过来迎接他，有的人手里拿着纸牌，有的人正在谈话，恰好谈到关键的一句话："这件事由县法院给予答复……"

但县法院究竟是如何答复的，他却抛下不管，连忙奔向我们的主人公，向他表示欢迎。“巴维尔·伊凡诺维奇！”“哎呀，我的上帝呀，原来是巴维尔·伊凡诺维奇！”“亲爱的巴维尔·伊凡诺维奇！”“最尊敬的巴维尔·伊凡诺维奇！”“我的宝贝，巴维尔·伊凡诺维奇！”“您可来啦，巴维尔·伊凡诺维奇！”“就是他，是我们的巴维尔·伊凡诺维奇！”“请允许我拥抱您，巴维尔·伊凡诺维奇！你们放开他，让他过来，我要好好吻一吻我亲爱的巴维尔·伊凡诺维奇！”乞乞科夫觉得，他几乎同时被好多人拥抱起来。还没有完全从民政厅厅长的拥抱里脱身出来，他就落入了警察局局长的怀抱。警察局局长把他交给了医务监察，医务监察又把他交给了包税人，包税人把他递给建筑师……省长此时正和女士们站在一起，一只手里拿一张糖果彩票，另一只手抱着一只小狮子狗。他一看见乞乞科夫，便立刻把彩票和小狮子狗扔在地板上，摔得小狗尖叫了几声。总之，乞乞科夫的到来给舞会增添了异乎寻常的欢乐气氛。没有一张脸上不流露出愉快的神采，或者至少是感染了普遍的欢乐气氛：这种表情通常出现在一些小官吏的脸上。当上司前来视察他们所管辖的地方时，他们开始有些惊慌失措，后来发现上司对他们的政绩比较满意，并且终于主动地开了几句玩笑，也就是说，带着愉快的笑容讲了几句话，这时站在上司周围的心腹们便喜出望外地笑起来。不过一些官吏没有听清楚上司说的什么话，但他们也由衷地笑了，最后，连远远地站在门口的一名警察，出生以来不曾笑过，只知道向老百姓挥舞拳头，就连他也违背不了永恒不变的反射规律，脸上不由自主地露出某种微笑，不过这种笑容更像一个人闻了浓烈的鼻烟想要打喷嚏时的表情。我们的主人公频频地向大家致意，不漏过任何一个人，他感觉自己的动作异常灵活：接连不断地左右鞠躬，虽然他习惯于微微歪着脑袋，但却不失其潇洒自如，因此所有在场的人都为之倾倒。女士们立刻把他围了起来，在他周围形成一个异常华丽、五彩缤纷的圆圈。女士们随身带来的各种香味把他笼罩在芳香的云雾里：这个女士身上洒的是玫瑰香型的香水，那个女士身上散发着春天的清新和紫罗兰的香味，第三个女士身上飘来木樨花的清香。乞乞科夫仰起鼻子，闻着醉人的香味。从装束看来，她们的审美力真是无穷无尽：有穆斯林纱，有绸缎，有透空纱，颜色时髦、淡雅，乍看相似却有细微差别，简直不知道该叫什么颜色，可见她们审美的精细达到何等程度！各种彩带和花束在衣服上飞舞，如画一般的纷乱。为了设计这种看似纷乱的美妙效果，头脑清醒的服装师不知花费了多少脑筋。轻盈的头巾支在耳朵上，仿佛在说："喂，我要飞走啦！可惜我不能把美人一起带走！"女士们都束着腰，显出标致健美的身段，看上去令人赏心悦目。这里顺便提一句，N城的女士们体态一般都有些丰满，但由于她们巧妙的束腰，加之令人愉快的举止风度，所以无论如何也察觉不出她们的肥胖。她们身上的一切都经过深思熟虑和周密的安排。脖颈和双肩露出多少是有严格规定的，不能多也不能少。每人都根据自己的感觉袒露她的身子，袒露到她确信足以摧毁男人意志的程度；其余部分遮掩起来，而且遮蔽得极为雅致：要么用轻盈的彩带在脖子里系一个花结，要么在脖子里围一条比"飞吻"酥糕还轻的薄纱巾，再就是从肩膀后面，从衣服里面露出一圈细麻纱做的被称作"温文尔雅"的齿形花边。这种花边从前面和后面遮住那些不足以使男人送命的部分，结果却使人生出幻想，怀疑那里恰恰是令人销魂的地方。女士们戴手套也很有讲究，长手套并不紧接着袖口，而是露出肘弯以上那一段颇富有刺激性的胳臂。不少女士的这一段胳臂丰腴动人，令人艳羡。有些女士的羔羊皮手套因为总想往上拉紧一些而撕破了。总而言之，这里的一切都仿佛告诉你：不，这里不是省城，这里是京城，是巴黎！不过，这里有时也会忽然冒出一顶举世罕见的包发帽来，甚至会冒出一根类似孔雀毛的羽翎。这完全是别出心裁，与各种流行时装作对啦。但这也是必不可少的，省城的特征就在于此，总要在什么地方露出本来面目的。乞乞科夫站在女士们面前，心想："到底是哪位女士写的信呢？”想到这里，他把鼻子向前伸了伸，可是恰在这时，一排胳膊肘、各种袖口和袖管、飘带梢、芳香扑鼻的罗衫和衣裙从他鼻尖上掠过。跳加洛普舞的人们疯狂地从他面前飞跑过去：邮政局长夫人、县警察局局长、戴蓝翎的女士、戴白翎的女士、格鲁吉亚王公契普海希利泽、一位从彼得堡来的官员、一位从莫斯科来的官员、法国人库库、别尔胡诺夫斯基、别列宾道夫斯基，全都发疯似的跳起舞来……

“哎呀！这么多人，真是全省都出动啦！”乞乞科夫向后退了几步说。女士们各自回到原来的位子之后，他又朝她们察看起来，想从脸上的表情和眼色辨认出那个给他写信的女士。然而她们的表情和眼神没有任何异常的表示，乞乞科夫察看了半天也没有发觉什么线索。他发现，到处都有依稀可辨的暗示，流露出难以捉摸的微妙的神色。哦！多么微妙啊！……“不，”乞乞科夫在自己心里说，“女人就是这样的，叫人难以捉摸……”想到这里，他无可奈何地挥了一下手。“简直拿她们没办法！不信你去试试看，去描绘一下她们脸上闪过的各种表情、神色和暗示，肯定你什么也说不出来。单单她们那双眼睛就是一个无边无际的神秘的王国。假如有人走进去，就会像石沉大海一样，消失得无影无踪。你就是拿钩子也甭想把他们钩回来，任凭你拿什么东西都无法把他拖回来。比如说，你可以试一试，去描绘一下她们的目光吧，有湿润的、柔和的、甜蜜的。大概只有上帝知道，女人的目光还有多少种！有严厉的，有温和的，甚至还有懒洋洋的，或者像有些人所说的，是深情的，或者冷峻的。但冷峻的比深情的更可怕，它一旦抓住你的心，就会像提琴弓子一样在你的灵魂深处拉来拉去，让你整天不得安宁。不，简直找不出合适的字眼来概括她们，只好说她们是人类社会中爱卖弄风骚的一半啦！”

非常抱歉！我们的主人公嘴里似乎飞出一个粗野的脏字来，叫我有什么办法呢？在俄罗斯，作家的地位就是如此！不过话又说回来，街头的脏话即便写进书里，也不应该怪作家，而应该怪读者，首先是上流社会的读者。因为首先是从他们嘴里听不到一句正规的俄语，他们用法语、德语和英语来应酬，满口外国话，让你受不了；说外国话还要极力模仿外国腔调和派头，比如说，讲法语就一定要带鼻音，颤动舌根，讲英语就得像鸟叫一样，甚至还做出鸟的样子，甚至还嘲笑那些不会模仿鸟的表情的人。然而他们就是不愿意讲俄语，只是为了显示一下爱国热情，才在别墅里给自己建造一栋俄国式的小木屋。上流社会的读者就是这样一些人，除此之外，还有那些拼命效法他们，并且自认为属于上流社会的读者。这里顺便提一句，他们的眼光是极为挑剔的！他们坚决要求，任何文章都要用最严谨、最纯正、最高雅的语言来写。总之一句话，他们希望俄语加工得圆熟完美，自动从云端里掉下来，直接落在他们的舌尖上，他们只消张张嘴把它吐出去就行。当然了，人类社会女性的一半是难以猜测的，但说句老实话，可敬的读者有时就更让人难以捉摸啦。

这时，乞乞科夫陷入深深的迷惘之中，始终没有猜出谁是给他写信的人。于是他又把目光集中起来，仔细地在女士们脸上搜索一遍。他发现，女士们的眼睛里也流露出某种神情，这种神情在他这个可怜的凡夫俗子心中燃起希望，同时又让他尝受着甜蜜的痛苦。最后，他无可奈何地说："不行，怎么也猜不出来！"不过，这并不妨碍他的好情绪。此刻他心里是非常畅快的。他从容自然地跟几位女士交谈了几句，措辞讲究而且风趣，或者迈着小碎步在女士中间周旋着。他一会儿跟这位女士说几句应酬话，一会儿又跟另一位女士闲聊几句，只见他脚步轻松自如，那些上了年纪的花花公子，所谓风流潇洒的老色鬼在女士堆里巧妙周旋的时候，通常都是迈着他这样的步伐。就这样，乞乞科夫迈着敏捷轻巧的小碎步，在女士中间左右周旋了一会儿，然后咔嚓一声停下脚步。停步之前他还甩了一下脚，在地上轻轻划了一下，仿佛点了一个逗号似的。女士们对他非常满意，不仅发现他身上有许多动人的特点，而且逐渐察觉他脸上有一种庄严的高傲的表情，甚至透露出军人的威武，有一股凛然不可侵犯的气势。众所周知，这一点是女人们所崇拜的。有几位女士发现他总是站在靠近门口的地方，便争着去抢占靠近门口的一把椅子，为此她们几乎要争吵起来。因为其中一位女士幸运地占据了这个座位，其他的女士心中不服气，结果差点闹出一场极不愉快的纠纷。许多女士本想自己坐到那把椅子上，居然落了空，便暗暗抱怨那个捷足先登的女士脸皮太厚，蛮横无理。

乞乞科夫只顾跟女士们谈话，竟忘记了最起码的礼节。他应当首先去向女主人请安。确切地说，这也不能怪他，因为一帮女士缠住他东拉西扯，并且用词隐晦，寓意深长，弄得他应接不暇，猜测不透，额头上甚至冒出了汗珠。直到他耳边响起省长夫人的声音，他才恍然大悟，记起了应尽的礼节。然而省长夫人已在他面前站了好几分钟了。省长夫人愉快地摇了摇头，带着几分亲切而又狡猾的口吻说：“哟，巴维尔·伊凡诺维奇，原来是您大驾光临啦！……”我无法准确无误地再现省长夫人的话，不过她的确说了几句委婉动人的恭维话，就其实质而言，很像我们的上流社会的作家在自己的小说里所描写的女士和先生们之间的谈话。当然啦，上流社会的作家都是描写社交活动的高手，常常要借此卖弄一下自己在高雅风度方面的知识。总之，省长夫人那几句话的意思是：“难道有人已经完全占据了您的心，难道您心里已经没有一点点地方，一个小小的角落，可以容纳被您无情地遗忘的人。”听了这番话，我们的主人公立刻向省长夫人转过身去，正要开口回答。大概他的回答，绝不会比时髦小说里兹万斯基、林斯基、格列明斯基之流以及任何一个机智的军官逊色，可是当他偶然抬起眼睛，便立刻愣住了，仿佛一下子被打懵了似的。

原来，省长夫人并非孤身一人，她挽着一位十六岁的美妙的少女。这姑娘长得水灵灵的，一头金发，五官端庄秀丽，尖尖的下巴，一张令人着迷的椭圆形的脸蛋。这种脸型，画家通常用作模特来画圣母像。在俄罗斯国土上，这样的脸型是极为罕见的，因为在俄国，所有的一切比如山川、森林、草原等都以宽大而引以为豪，那么脸孔、嘴唇、手脚自然也不例外啦。这姑娘原来就是他在驿道上遇见的那位金发女郎。那天他慌里慌张从诺兹德廖夫家里逃出来，不知是因为马车夫糊涂还是马匹不顶用，两辆马车意外地相撞，马匹和挽具搅在一起，在场的米佳伊大叔和米尼雅伊大叔帮忙排解了好半天。乞乞科夫猛然间看见这位少女，一时不知所措，竟说不出一句清楚的话来。鬼晓得他嘟嘟哝哝地说了句什么，反正时髦小说里的那些主人公是绝对说不出这种话的。

“您还不认识我女儿吧？”省长夫人说，“贵族女子学校的学生，刚刚毕业。”

乞乞科夫回答说，荣幸得很，曾经有过一次偶然的机会，他与小姐有过一面之识。接着他还想再说点什么，可是结果一句话也说不出来。后来省长夫人又说了几句话，就挽着女儿走向大厅的另一头，应酬别的客人去了。然而乞乞科夫仍旧站在原处发呆，那副样子就像一个人高兴地来到大街上，本想散散步，四处看看，正在大饱眼福之际忽然想起他忘记了什么东西，便呆呆地停在那里。这时此人的样子是再傻不过啦：他脸上原先那种无忧无虑的神气顷刻间荡然无存；他在极力回想到底忘记了什么东西。难道是手绢？可手绢就在口袋里；要么是钱？可是钱也放在口袋里；看来该带的都带在身上了。然而一个无形的精灵悄悄在他耳边提醒说，他肯定忘记了什么东西。于是他惘然若失地望着眼前过往的人群和飞驶的马车，望着从街上走过的一队士兵的高筒军帽和枪支，继而望着一家商号的招牌，但他什么也看不清楚。此时此刻，乞乞科夫忽然觉得他四周发生的一切都变得陌生了。恰在这时，女士们又轻启香唇，向他提出许多含蓄的问题，夹带着一些委婉的暗示：“我们这些可怜的俗人，可不可以冒昧地问您一句，您在幻想些什么啊？”“您的思绪在哪里飞翔，您向往的乐园在哪里？”“是哪个女子使您陷入这么甜蜜的沉思？我们可不可以知道她的芳名？”然而他对女士们提出的问题置若罔闻，丝毫不予理睬。那些漂亮的词句仿佛沉入水中，好像她们压根儿没说似的。他甚至完全不顾礼貌，撇下那些女士，独自朝大厅的另一头走去，希望能找到省长夫人和她女儿的去向。不过女士们显然不想这么轻易地放掉他，每人都暗暗拿定主意，决定采用一切可以迷惑男人的危险手段，把自己的魅力充分发挥出来。这里顺便提一句，有几位女士，请注意，我说的是其中的几位，而不是全体。有几位女士有这么一个小小的特点：如果她们觉得自己身上某一点长得特别好，比如前额呀，嘴巴呀，手呀，那么她们就以为，自己身上长得特别好的这部分会首先引起别人注意，所有的人都会异口同声地赞美：“快看呀，快看呀，她的鼻子长得多么漂亮呀！”或者“她那前额长得真端正，真动人！”有的女士肩膀长得漂亮，她就预先认为，所有的青年男子都会被她迷住，坚信当她从他们身旁走过时，他们便会反复赞叹：“哎呀，这女士的肩膀真美！”她认为，他们绝不会留心她的脸、头发、鼻子和前额，即便是顺便看一眼，也只是当作无关紧要的东西。有些女士就是这样认为的。每个女士都在心中发誓，要在跳舞时尽量显出自己的魅力，把自己身上长得最美的部分充分加以展示。邮政局长的夫人跳华尔兹舞的时候，懒洋洋地令人陶醉地微微侧着头，的确给人一种如临仙境的感觉。有一位特别可爱的女士，出席舞会根本不是为了跳舞，因为她的右脚上长了一个豌豆大的小疖子，用她自己的话说，跳舞不大方便，因此她不得不穿了一双绒底软靴。即便如此，她还是忍耐不住，就穿着那双绒底软靴跳了几圈舞，恰恰是为了不让邮政局长夫人过于出风头。

可是，尽管女士们费尽心机，却没有产生预期的效果。乞乞科夫甚至没有看一眼女士们的舞姿，只顾踮起脚尖从人们头顶上张望着，一心要找到那个迷人的金发女郎的下落。后来他又微微蹲下身子，从人们的肩膀和脊背之间察看。终于找到她了，只见她跟母亲坐在一起。在她母亲的头顶上方，有一个戴着东方式的包发帽，并且插着羽毛的脑袋在高傲地晃动。看样子他好像是要朝她们母女猛冲过去，仿佛要攻占一座堡垒。不知是因为他春情萌动，还是有人在背后推他，总之，他不顾一切障碍，拼命向前挤过去。包税商被他撞了个趔趄，差点摔倒，好容易才靠一只脚站稳身子，否则准会连带撞倒一排人。邮政局长也向后退了一步，吃惊地望了他一眼，脸上带着相当含蓄的嘲笑。但乞乞科夫没有顾上看他们一眼，他的眼睛盯着远处的金发女郎，只见她戴着长手套，毫无疑问，她热切地希望尽情地跳几圈舞。这时旁边有四对舞伴在轻松自如地跳马祖卡舞，靴跟敲打着地板。一名上尉军官跳得极为卖力，手舞足蹈，如醉似痴，不断地显示出奇特的舞姿，即便在梦里也没有人能跳得这么好。乞乞科夫从跳马祖卡舞的人们身边溜过去，几乎踩着他们的脚后跟，径直来到省长夫人和她女儿坐的地方。可是到了她们面前他又胆怯起来，不再会走那种风流潇洒的小碎步，甚至有些手忙脚乱，所有的动作都显得拘束起来。在我们的主人公心里，是否真的复苏了恋爱的情感，这是很难说清楚的。我甚至怀疑，像他这类绅士，也就是不太胖可也不太瘦的先生，还有没有恋爱的能力和欲望。然而，种种迹象表明，他身上出现了一种奇怪的感觉，并且连他自己也解释不清楚这种感觉是怎么回事。正如他后来自己所说的，他忽然感觉到，有那么几分钟，整个舞会连同人们的谈话声和喧哗声，一下退到了远方的某个地方，各种管弦乐器仿佛在山背后演奏，整个舞会笼罩着一种浓雾，就像画家在画布上随便涂抹的一层底色。在这幅随意涂了一层底色的模模糊糊的画布上，只有那位楚楚动人的金发女郎显出清晰完整的轮廓：她那秀丽的椭圆形脸蛋，她那苗条的身姿，刚刚从贵族女校毕业的女学生特有的身段，还有她那件近乎质朴的白色连衣裙，轻盈如飞地裹着她那年轻娇柔的肢体，清晰地显示出各处的曲线。看上去她很像是一件象牙雕刻的奇妙无比的艺术品。在模糊暗淡的人群里，只有她洁白明亮，光彩照人。

由此可见，这也是世上常有的事。看来，像乞乞科夫这种人，在一生中也会有那么几分钟变成了诗人。不过“诗人”这个词也许用得有些过分，那么至少他感觉自己忽然变成了年轻人，几乎要成为一个英武的骠骑兵了。恰好那位金发女郎身旁有一把空椅子，他连忙走过去把它占据了。谈话一开始不大顺利，但后来找到了话题，他甚至开始神气起来，然而……非常遗憾，这里不得不顺便提一句，跟女士们谈话，不知为什么，那些老成持重、身居要职的人反倒有点笨拙；在这方面，那些中尉先生算是行家里手，超过上尉就怎么也不行啦。到底中尉先生们有什么谈话的要诀，那就不得而知了。不过，有时候他们的谈话好像并不怎么幽默，可是姑娘们听了却笑得前仰后合。然而一个五品文官却没有这个本事。天晓得他会对女士讲些什么呢，要么讲俄罗斯是一个幅员辽阔的国家，要么讲一句恭维话，听起来当然也很风趣，但却带有一股浓重的书卷气。他即便是说一句笑话，那也必定是自己先笑起来，而且笑得比听他说话的那女士认真得多。作者啰唆这几句，无非是为了让读者明白，为什么金发女郎在听我们的主人公谈话时不由自主地打起哈欠来了。不过我们的主人公却丝毫没有察觉，他还在滔滔不绝地讲下去，讲了许多有趣的事。这些故事他已经在其他类似的场所讲过多遍了。比如说，在辛比尔斯克省，在索伏隆·伊凡诺维奇·贝斯佩奇内伊家里讲过，当时在场的有他的女儿阿杰拉伊达·索伏隆诺夫娜和她的三位小姑：玛丽娅·加甫里洛夫娜、亚历山德拉·加甫里洛夫娜和阿杰里盖达·加甫里洛夫娜；在梁赞省的费多尔·费多罗维奇·别列克罗耶夫家里讲过；在奔萨省的费罗尔·瓦西里耶维奇·波贝多诺斯内伊和他的兄弟彼得·瓦西里耶维奇家里讲过，当时他的小姨子卡捷琳娜·米哈伊洛夫娜以及她的两位叔伯姐妹罗莎·费多罗夫娜和艾米里娅·费多罗夫娜在座；在维亚特卡省的彼得·瓦尔索诺菲耶维奇家里讲过，当时在座的有他儿媳妇的妹妹佩拉盖娅·叶果罗夫娜和侄女索菲娅·罗斯季斯拉夫娜，以及两个同父异母的姐妹索菲娅·亚历山德罗夫娜和玛克拉图拉·亚历山德罗夫娜。

乞乞科夫这种不顾礼貌的做法，引起了所有女士的不平。一位女士故意从他身边走过，以便向他流露自己的不满，并且装作无意地用宽大的裙箍碰了一下金发女郎，还顺便甩了一下飘拂在肩头的纱巾，那纱巾的一角正好拂在金发女郎的脸上。与此同时，在他的背后，从一位女士嘴里伴随着紫罗兰香水味飞出一句相当尖刻的风凉话。然而他也许真的没听见，也许是装作没听见，反正他未予理睬。他的这种态度的确很不好，因为女士们的意见是不能不尊重的。他后悔忽视了这一点，不过那已是后来的事。悔之晚矣。

许多人的脸上都流露出了不满，不管从哪方面来说，这种不满都是公正合理的。不管乞乞科夫在交际界的名气有多大，尽管他是一个百万富翁，尽管他脸上有一种庄严高傲的表情，甚至透露出军人的威武和凛然不可侵犯的气势，但在有些事情上，女士们是不会原谅任何人的。不管他是谁，到时候都得栽在她们手里！在有些场合，尽管女人性格上比男人软弱、温顺，但她们却能够忽然变得坚强起来，不仅胜于男人，而且胜于世界上所有的一切。乞乞科夫的失礼几乎可以说是无意的，却引起女士们的普遍的反感，甚至使得那些因抢占椅子几乎闹翻了脸的女士重新团结起来。于是她们特别留心乞乞科夫的言行举止，乞乞科夫随便说一句话，干巴巴的，平淡无味，她们也认为这话里包含着辛辣的讽刺。更加倒霉的是，有个年轻人写了一首讽刺诗，嘲笑那些热衷于跳舞的同伴，众所周知，这在省城的舞会上几乎是必不可少的。这首诗也立刻算在了乞乞科夫的账上。反感越来越大。女士们开始在各个角落里议论他，诋毁和攻击他。那个可怜的金发女郎被贬得一钱不值，并且被认为是罪魁祸首。

就在这时，却有一件令人恼火的事情等候着我们的主人公，眼看就要出其不意地降临到他的头上：当金发女郎不时地打哈欠，而乞乞科夫给她讲述着不同时代的历史故事，甚至涉及古希腊哲学家狄奥根的时候，诺兹德廖夫从最里面的一个房间里走了出来。他是刚从小吃部里脱身出来，还是从正在疯狂地赌博的那间绿色小客厅里出来的，是他自愿退出的还是被轰出来的，这都无关紧要。总之他出来了，一副兴高采烈的样子，情绪极佳。他拼命扭着检察长的胳膊，大概已经从里面往外拖了很长时间，只见可怜的检察长皱着眉头四下里张望，仿佛正在思索脱身之计。他显然不愿意这样被人友好地扭着胳膊旅行，因为这种旅行实在是让人难堪。诺兹德廖夫一口气喝了两大杯茶，那茶里自然是搀了罗姆酒的，于是便满口撒谎，胡说八道起来。乞乞科夫大老远就发现了他，立刻决定做出牺牲，也就是放弃那个令人羡慕的座位，尽快溜走。他已经预感到，这回和诺兹德廖夫不期而遇对他不会有什么好处。但不幸的是，就在这个节骨眼上，省长大人突然出现在他眼前，并且说终于找到了他巴维尔·伊凡诺维奇，真是分外高兴。省长立刻拉住他，请他做一次裁判，因为省长为了女人的爱情是否持久的问题跟两位女士争论得不可开交。然而这时诺兹德廖夫已经看见了乞乞科夫，径直朝他迎上来。

“啊，原来是赫尔松省的地主，赫尔松省的地主！”诺兹德廖夫大喊大叫着走过来，一面放声大笑，笑得连腮帮子也颤抖起来，这时他那鲜嫩绯红的脸红得像春天的玫瑰花。“怎么样？你买到不少死人吧？省长大人，您大概还不知道，”他立刻转过脸来大声对省长说，“他在做死农奴的买卖呢！这千真万确！你听着，乞乞科夫！你这个家伙，我看在朋友的分上给你说句实话，我们这些人都是你的朋友，省长大人也在这里，我老实告诉你，我真想把你吊死，说真的，我真想把你吊死！”

乞乞科夫张皇失措，不知该往哪儿躲藏才好。

“您相信吗，省长大人？”诺兹德廖夫继续说，“他居然对我说：‘把死农奴卖给我吧！’我一听这话简直笑破了肚皮。我一来到这里就听说他买了三百万卢布的农奴，说是要迁走。他迁个鬼呀！他从我这里买的是死农奴呀！你听着，乞乞科夫，你这个畜生，你真是个畜生，省长大人也在这里嘛，我说得对不对，检察长？”

然而，不论是检察长，还是乞乞科夫，还是省长本人，全都张皇失措，简直不知道该怎样回答他。诺兹德廖夫对此也不在乎，继续像醉鬼似的说下去：

“你呀，老兄，你，你……你为什么要购买死农奴？你不告诉我，我就不放你走。你听着，乞乞科夫，说实在的，你真是不知羞耻，你自己也知道，再没有比我更好的朋友了。省长大人也在这里，我这话说得对吗，检察长？您大概不相信吧，省长大人，我们两人好得跟一个人似的。您要是问问我，就是说，我就站在这儿，您要是问我：‘诺兹德廖夫！你凭良心说，你认为谁最亲，是你的生身父亲还是乞乞科夫？’那么我会立刻回答：是乞乞科夫，上帝可以作证……过来，宝贝，让我亲你一下。省长大人，请您允许我亲他一下吧。真的，乞乞科夫，你不要推却啦，让我亲亲你这白生生的腮帮子吧！”

诺兹德廖夫还没有来得及亲吻乞乞科夫，便被他用力推开了，差点摔个仰面朝天。这时人们纷纷躲开了，不再听他演说。但是，关于买卖死农奴的话，他是放开嗓子嚷出来的，并且说这番话的时候，他还响亮地放声大笑，因此吸引了大家的注意力，就连坐在大厅最远的角落里的人也听得一清二楚。这一新闻的确是让人感到奇怪。所有的人都惊呆了，傻瓜似的愣在那里，脸上带着愚蠢的疑问表情。乞乞科夫发现，许多女士都在幸灾乐祸地彼此递着眼色，脸上挂着恶意的讥笑。有几位女士脸上露出一种古怪的寓意双关的神色，这更加使他心绪不宁了。诺兹德廖夫是个臭名昭著的谎言大师，这是众所周知的事实。从他嘴里听到一些荒诞无稽的浑话原本不足为奇，然而，可惜凡人不能超凡脱俗。这实在是让人难以理解，凡人生来多事儿：不管他听到什么样的新闻，只要是新闻，他就一定要去传播它，把它传播给另一个凡人，虽然只是为了说上一句："您瞧，人们在传播什么样的谎言啊！"而另一个凡人必定会愉快地侧耳恭听，尽管他听完之后会说上一句："这完全是无聊的谎言，不值得大惊小怪！"随后他会立刻去找第三个凡人，以便传播新闻，然后再同他一起义愤填膺地大发感慨："多么无聊的谎言啊！"于是，这一新闻肯定会传遍全城。所有的凡人，不管他们有多少人，肯定都会议论纷纷，最后议论够了又肯定会说："这件事不值得大惊小怪，根本不值得议论。"

显而易见，这场微不足道的小小的风波，却使我们的主人公大为扫兴。傻瓜的话尽管愚蠢之极，但有时却足以蒙蔽一个聪明人。乞乞科夫觉得心里挺别扭，很不痛快，恰如穿了一双擦得锃亮的崭新的皮靴，忽然一脚踏进一片又脏又臭的烂泥里。总之，倒霉，倒霉透了！他试图分散自己的注意力，调整一下情绪，不再去想这件事，便在牌桌前坐下来。可是倒霉得很，打牌也不顺手：他竟两次出错牌，打出了对家的花色。有一次忘记了第三家的牌不该毙掉，他竟抡起胳膊糊里糊涂地把自家的牌毙掉了。民政厅厅长简直感到莫名其妙。巴维尔·伊凡诺维奇一向很会打牌，甚至可以说精通其中的奥妙，怎么会犯这样的错误，白白断送了他的一张黑桃王牌呢。用他自己的话说，他把这张牌看作上帝，全部希望都押在这张牌上。当然，邮政局长和民政厅厅长以及警察局局长照例跟我们的主人公开了几句玩笑，说他一定是坠入了情网，说他们知道巴维尔·伊凡诺维奇的心病，准是给什么人的箭射中了。但这一切都丝毫没有改善他的情绪，尽管他也曾试图笑一笑，附和着开几句玩笑。吃晚饭的时候，他仍旧心事重重，怎么也高兴不起来，其实同桌的都是些可亲可爱的人物，并且诺兹德廖夫早已被轰了出去。最后连女士们自己也发现，诺兹德廖夫的行为实在过于荒唐。当女士们跳科季里昂舞的时候，他竟坐在地板上，伸手去扯女士们的衣裙的下摆。用女士们的话说，这的确是不像话。晚餐桌上，宾主们吃得特别快活，面对烛影晃动的烛台、一束束鲜花、糖果和一排酒瓶，人人脸上都浮现出轻松自如的得意表情。军官们、女士们、穿燕尾服的先生们，全都变得十分殷勤，甚至殷勤到叫人肉麻的程度。男人们纷纷站起来，跑过去抢夺侍者手里的托盘，以便巧妙灵活地亲手敬献给女士们。一位上校拔出马刀，用刀尖挑着一盘调味汁献给一位女士。岁数较大的男人们在高声争论，一边吃鱼或者芥末牛肉，乞乞科夫就坐在他们中间。听着他们的高谈阔论，乞乞科夫却没有开口，尽管他一向热衷于加入这类争论。他累了，像一个长途跋涉归来的旅人，疲惫不堪，已经无力去集中思想，无力去探讨任何问题了。没有等到晚餐散席他便起身告辞，一反往日的习惯，早早地回到旅店去了。

此时，乞乞科夫已回到读者所熟悉的那间客房里，这里有一道用五屉柜堵住的门，墙角里时常有一些蟑螂在探头探脑。他的思想和精神状态仍旧没有平静下来，就像他坐着的那把东倒西歪的圈椅一样。他精神沮丧，心里乱糟糟的，时而又觉着心里空虚得难受，像少了点什么似的。“是谁发明的这些个舞会，让魔鬼把他们统统捉去才好！”他气冲冲地骂道，“哼，有什么可高兴的，纯粹是头脑发热！省里粮食歉收，物价昂贵，他们却热衷于开舞会！这些女士，一个个打扮得人模鬼样的！一件衣裳花上千卢布不算稀奇！可是花的都是农奴上交的代役租，说不定更坏，是咱们这帮官吏哥们儿捞的黑心钱。谁都知道，他们为什么受贿，为什么昧着良心做事，还不是为了给老婆买一条披巾，或者买几件漂亮的裙子，什么圆篷裙啦，鬼晓得这些裙子该叫什么名字。那么添置衣裳做什么呢？就是为了不让某个下贱的西多罗夫娜眼红别人，不让她说邮政局长夫人的裙子比她的漂亮，为此一下子花掉上千卢布。他们到处瞎嚷嚷：‘舞会，舞会，无比快活！’我看舞会这东西简直糟透了，不符合俄国国情，也不符合俄国人的天性，实在是不像话。一个成年男子，忽然像小孩子似的跳出来，穿一身黑衣裳，衣服紧紧地箍在身上，像拔光了毛的小鬼似的，两腿像和面似的乱搅和。有的人还搂着个舞伴，两腿像山羊似的左一下右一下地乱蹦，同时还跟另外一个人谈论着正经事……这全是猴子的把戏，盲目模仿！法国人到了四十岁还像十五岁的少年，所以我们也就模仿人家！不行，的确……每次参加舞会之后，就仿佛干了什么坏事似的，连想都不愿意去想它。头脑里空空如也，没有留下任何印象，就像跟一个上流绅士谈天。他夸夸其谈，面面俱到，胡乱从书本里摘引几段，讲得花里胡哨的，也算得有声有色。可是你听了半天，头脑里照旧是空的，并且后来你会发现，就是跟一个普通商人谈话，也比跟这些华而不实的绅士谈话强得多。商人虽然只懂得经商，但他们的知识很扎实，并且富有实践经验。可是你从舞会里能学到什么东西呢？假如有某一位作家忽然心血来潮，想如实地把舞会的整个场面都描绘出来，那又能改变什么呢？即使写进书里，那么舞会本身也照样是荒谬糊涂的。它到底算是一种什么行为呢？是道德的，还是不道德的？鬼才晓得它算是一种什么行为！你只好啐一口唾沫，然后合上书本了事。”总之，乞乞科夫是极不赞成开舞会的，但这里似乎还夹带着另一个原因，也就是他心中憋气。他恼恨的主要不是舞会，而是他在舞会上遇到那件倒霉的事。他在大庭广众面前丢了丑，扮演了一个古怪的行迹可疑的角色。当然，他毕竟是个富有理智的人，冷静下来想一想，他发现，这一切不过是小事一桩，几句蠢话起不了什么大作用。尤其是现在，主要的事情已经办妥，就更用不着担心什么啦。然而人是很古怪的：他对某些人本来并不尊重，对他们评价极差，骂他们无事瞎忙和讲究穿戴。但这些人一旦得罪他，就会使他加倍伤心。等到他明白了事情的真相，知道他自己也该负一点罪责时，他心里就更加窝火了。不过他并没有怪罪自己，当然，他这样做也是对的。我们大家都有一个小小的弱点，那就是对自己总是比较宽容，于是我们就尽量在身边找一个人来出气，把自己的怨恨统统发泄在他身上，比如仆人啦，突然出现在你眼前的下级官吏啦，自己老婆啦。实在找不到人，你还可以拿椅子出气，让它去见鬼，把它扔得远远的，扔到门口去，摔掉它的扶手和靠背，让它见识见识老爷的盛怒是什么样子。总之，乞乞科夫很快就找到了出气筒，把引起自己懊恼的种种罪责统统加在他的头上。这个人就是诺兹德廖夫。不消说，他咬牙切齿、毫不留情地把诺兹德廖夫臭骂一顿，恰如一个见多识广的上尉或者一位将军痛骂某个骗子村长或马车夫。不过将军骂人是有独到之处的，他除了使用那许多经典的骂人话之外，还添加不少他自己发明的不大为常人所知的字眼。总之，他先咒骂了诺兹德廖夫的整个宗谱，然后把他家族里的许多成员包括列祖列宗都臭骂了一遍。

乞乞科夫坐在他那把坚硬的圈椅里，思绪纷乱，心神不定，却丝毫没有睡意，便一个劲儿地咒骂诺兹德廖夫和他的列祖列宗。他面前的那支蜡烛烛光昏暗，烛芯上早结了乌黑的烛花，眼看着就要熄灭了。窗外一片漆黑，随着黎明逐渐来临，浓重的夜幕即将变成淡蓝色。远方不时传来公鸡的啼叫。在这座酣睡的城市里，也许会有一个穿粗呢大衣的人在摸黑走路，也许这个身份不明的苦命人无路可走，只好沿着这一条由无拘无束的俄国人走惯的坎坷的道路踽踽独行。然而，就在这时，在城市的另一头，发生了一个不大不小的事件，这个事件必将给我们的境遇不佳的主人公带来麻烦。确切地说，也就是在省城偏远的街巷里，吱吱嘎嘎地驶来一辆稀奇古怪的马车。要具体叫出这辆马车的名称，看来得费一番脑筋，因为它既不像那种跑远程的四轮马车，又不像是市内乘坐的轻便马车，也不像是带弹簧底盘的小型马车，倒像是在马车轮子上架了一个圆鼓鼓的大西瓜。这西瓜的面颊上，也就是两边的车门上，还存留着黄漆的痕迹，但车门关不严，因为把手和门锁都已损坏，勉强用绳子拴着。西瓜内部塞满了各式各样的印花布缝的垫子，有荷包形状的，有圆柱形状的，还有普通枕头模样的，此外还放着一袋袋的面包，有圆面包、长面包、带馅的面包、夹心甜面包和辫子面包。在这一堆面包上，还摆着鸡肉大馅饼和腌黄瓜加肉馅的大馅饼。车后的脚踏板上站着一名仆人模样的人，身穿杂色的家织布上衣，留着乱蓬蓬的花白的胡子，一望便知，是个听差的角色。这辆西瓜形状的马车在城市另一头哗哗啦啦地行驶着，车轮声和车身上到处发出的响声吵醒了一名岗警。岗警举起长柄斧钺带着睡意大喊了一声："什么人？"他发现什么人也没有，只是远处传来马车驶过的声音，便伸手在自己脖子里捉了一只小虫子，走到街灯下面，当即用指甲把它掐死了。此后，他又放下手中的武器，按照他自己的骑士的习惯呼呼大睡了。马匹没有钉脚掌，前蹄不时地打失，况且对城里这种幽静的卵石马路显然不大熟悉。笨重的马车穿街过巷，一连转了几个弯之后，经过涅托蒂奇卡街的尼古拉教堂，最后拐进一条黑暗的小巷，停在大司祭太太家的大门口。马车里钻出一个村姑，裹着头巾，身穿坎肩，她挥起双拳像男人一般地使劲敲打着大门。顺便提一句，那个穿杂色家织布上衣的听差睡得像死人似的，后来被人揪着两腿从车上拖下来。狗叫起来了。大门终于敞开。笨重的马车费了好大的劲儿才驶进大门，停在一个堆放着劈柴并且摆着鸡笼和各种家禽笼子的狭窄的庭院里。一位太太走下马车，她就是十品文官的遗孀、女地主柯罗鲍奇卡。在我们的主人公告辞之后，老太婆很快就担心起来，生怕他这方面可能会有什么欺诈。于是她急得一连三夜没有睡觉，最后拿定主意到省城去一趟（马匹没钉掌也顾不得了），一定要弄清楚当前死农奴的市价是多少，并且求上帝保佑，可别让她吃亏上当。她担心自己的死农奴价格卖得太低了。这位女地主的到来究竟会引起什么后果，读者从本城两位女士的一次谈话中可以得知。不过这次谈话……最好还是让两位女士在下一章里再谈吧。

# 第九章

通常N城的居民在早晨是不会客的。但偏偏就在这天一大早，从一幢带有阁楼和天蓝色柱廊的橘黄色的木头房子的大门里，轻盈欲飞地走出来一位服饰讲究的女士。这位女士穿一件漂亮而且时髦的斗篷式外套，随身带着一个男仆。那仆人穿着带叠领的大衣，头戴一顶镶金边的、做工精美的圆礼帽。女士行色匆忙，立刻奔向停在门口的马车，登上脚踏板一跃而起，跳上马车。仆人马上关紧车门，收起脚踏板，然后抓住皮带站在车后的踏板上，向车夫喊了一声："走啦！"女士刚刚听到一桩新鲜事，激动得不能自已，急不可待地要去告诉别人。她一刻不停地从车窗里向外张望，可是当她发现刚刚走了一半的路程时，她心中就有一种说不出的懊恼。她觉得，马车经过的每一幢房子都比平时长得多，窗户狭小的养老院石砌的墙壁刷得粉白，简直显得没有尽头，她终于忍不住叫起来："这些讨厌的建筑，无穷无尽！"她已经两次命令马车夫："快点，快点，安德留什卡！今天车子走得太慢啦，真要命！"总算是到达目的地了。马车在一幢深灰色的木头平房前面停下来。这幢房子的窗户上方雕刻着白色的花纹图案，窗户外面安装着高高的护窗栅栏。房前有一个狭小的庭院，栅栏后面有几棵小树，由于常年蒙着一层城市的尘土，小树变成了银白色。透过窗户可以看见窗台上摆着花盆，鸟笼里有一只鹦鹉，用嘴钩住圆环，身子不停地晃来晃去。有两只小狗在太阳地里睡觉。在这幢房子里也住着一位女士，是刚才到来的这位女士的知心朋友。作者该怎样称呼这两位女士呢，这的确是一件让人伤脑筋的事，弄得不好又会像以前那样，为自己招惹不必要的麻烦。随便给她们想一个名字是靠不住的。不管你想出什么样的名字，在我们这偌大的国家里都会碰到同名同姓的人。而这个同名同姓的人必定会气得要死，说作者影射他，说作者曾经暗中去察访过他的为人，包括他穿一件什么样的皮袄，经常去拜访一位什么样的女士，喜欢吃什么东西等。称呼官衔就更危险啦，求上帝保佑。眼下我们的各级官员和各个等级的人都十分敏感，火气特别大。在他们看来，凡是写进书里的东西，都必定是人身攻击。看来，当前的风气就是如此。只要你说一句：在一个城市里有那么一个蠢人，这就足够构成人身攻击啦。于是一位仪表堂堂的绅士忽然跳出来，大喊大叫道："我也是一个人呀，这么说来，我也很愚蠢啰。"总而言之，他会立刻以为是影射他自己。因此，为了避免发生这些误会，我们只好把客人前来拜访的这位女士称作全面讨人喜欢的太太，在N城人们几乎全都这样称呼她。她得到这个雅号也是合情合理的，因为她为了使自己显得极亲切极可爱，的确是不惜一切。当然啦，透过她那亲切可爱的外表，总要流露出女性的某种机敏和灵气！不过有时候，在她那令人愉快的言谈话语里，总带着某种刺人的锋芒！万一有哪位女士不知以什么手段出了一次风头，惹得她马上妒火中烧，那就只好求上帝保佑啦。不过，这一切都被省城特有的极微妙的高雅风度掩盖着。她的一举手一投足都极优美，她还喜欢诗歌，有时甚至富有幻想地歪着脑袋，所以大家一致认为，她的确是一位全面讨人喜欢的女士。另一位女士，就是刚刚到来的那位，性格上没有那么多特点，所以我们就称呼她比较讨人喜欢的太太吧。客人的到来吵醒了在太阳地里睡觉的小狗：毛发长得绊住脚的狮子狗阿捷尔和高个子细腿公狗波普利。这两只小狗卷起尾巴，狂叫着朝客人扑去。这时客人已走进门厅，刚要脱下斗篷，露出她的颜色和款式都很时髦的裙子和长长的狐狸皮围脖。她身上的茉莉花香味立刻在屋里散发开来。全面讨人喜欢的太太得知比较讨人喜欢的太太来看她，便立刻跑到门厅里来迎接客人。于是两位女士握手，接吻，惊喜地尖叫着，高兴得像两个刚从学校毕业不久就偶然相逢的女孩子。当时她们的母亲还没有顾上告诉她们，这个女孩的父亲比另一个女孩的父亲穷，并且官也小。她们的接吻十分响亮，吓得两条刚刚安静下来的小狗又狂叫起来，因此被主人用手帕抽打了一下。这时两位女士来到客厅里。这客厅自然是淡蓝色的，摆着一只长沙发，一张椭圆形桌子，还有几扇爬满常青藤的屏风。狮子狗阿捷尔和高个子细腿公狗波普利哼哼唧唧地跟在她们后面跑进来。"来吧，来吧，我们坐在这个角落里！"主人请客人在长沙发的犄角里坐下来，又说："这就好了，这就好了！这只靠垫给您！"她说着把靠垫塞在客人背后。靠垫上有一个用毛线刺绣的勇士，鼻子是阶梯形的，嘴巴方方正正，就像十字布上通常绣的勇士一样。

"一看见是您来了，我简直太高兴啦……我听见有马车驶过来，心里想，这会是谁呢？来得这么早。帕拉莎对我说'是副省长的夫人'，我就说：'瞧，这个蠢货来了准让人讨厌'，我正要让人去打发她，说我不在家……"

客人本想马上谈正事，向女主人报告新闻。可是偏偏在这时候，全面讨人喜欢的太太忽然惊叫起来，把话题岔开了。

"好漂亮的印花布啊！"全面讨人喜欢的太太打量着客人的裙子，惊叫道。

"是啊，是非常漂亮的。可是普拉斯科菲娅·费多罗夫娜却认为，要是方格再小点，小花点不是咖啡色的，而是淡蓝色的，那就更加漂亮了。有人给她妹妹寄来一块布料，那才叫人着迷呢，简直漂亮得无法形容。您自个儿想想吧，那条纹细得不能再细啦，细得只有凭想象才能看得到，天蓝色的底子，每隔一道条纹就有一排细小的圈圈和点点，圈圈点点，圈圈点点……总之，漂亮无比！可以说，世界上绝对没有过这么漂亮的布料。”

“亲爱的，这太花哨了。”

“哎呀，绝对不花哨。”

“不，太花哨啦！”

顺便提一句，全面讨人喜欢的太太多少有些唯物论者的倾向，凡事喜欢否定和怀疑，对生活中的许多事情持批判态度。

这时比较讨人喜欢的太太解释说，那布料一点也不显得花哨，接着又忽然叫起来。

“对啦，让您说对啦，现在做衣服都不打皱边了。”

“怎么不打皱边？”

“现在时兴花边啦。”

“哎呀，花边有什么好看的。”

“现在时兴这个，到处是花边：披肩上用的是花边，袖口上镶的是花边，大肩章上镶的是花边，裙子下摆上是花边。到处都是花边。”

“索菲娅·伊凡诺夫娜，要是全都用花边，那就难看啦。”

“很好看，安娜·格里戈里耶夫娜，好看极了。缝成双叠缝，上面是两条宽宽的肩带……对啦，这里还有让您吃惊的呢，您准会说……好啦，就让您吃惊吧，您想象一下，束胸时兴长的啦，正面尖尖的，前身的衬片完全鼓起来，整个裙子就在您四周鼓起来，就像古时候的鲸骨裙一样，后面再塞上一点棉花，您就成了一个十足的雍容华贵的美人啦。”

“老实说，这简直不成体统！”全面讨人喜欢的太太高傲地摇了摇头说。

“我承认，这的确是不成体统！”比较讨人喜欢的太太答道。

“不管您是否愿意，我是绝不去追赶这个时髦的。”

“我也这么想……说实话，您简直想象不到，人们赶时髦会闹到什么程度……有时闹得太不像话了。我从妹妹那里要了一个剪裁的样子，是故意闹着玩的。我的梅兰尼娅已经动手缝啦。”

“原来您有一个剪裁样子呀？”全面讨人喜欢的太太惊叫起来，显出她心里分明是很羡慕的。

“当然有呀，是妹妹送给我的。”

“亲爱的，看在上帝的分上，给我用一下吧。”

“哎呀，我已经答应过普拉斯科菲娅·费多罗夫娜了。等她用过就给您。”

“等普拉斯科菲娅·费多罗夫娜用过了，谁还愿意去用它呢？我看您这人也太古怪了，把外人看得比自己人还重要。”

“可她也是我的表姑呀。”

“她哪里是您的表姑，不过是您丈夫的亲戚……不，索菲娅·伊凡诺夫娜，我不想听您说这些，我看您是成心跟我过不去……看来我让您讨厌啦，您大概想同我断交啦。”

可怜的索菲娅·伊凡诺夫娜心中暗暗叫苦，简直不知如何是好。她后悔不该搬起石头砸自己的脚。这就是爱夸口的好下场！她真想拿针来扎自己愚蠢的舌头。

“知道吗，我们那位花花公子怎么样了？”全面讨人喜欢的太太顺便问道。

“哎呀，我的上帝！我这是怎么啦，往您这儿一坐，就把正事给忘啦！好在您提醒我了！安娜·格里戈里耶夫娜，您知道我给您带来一个什么新闻吗？”说到这里，客人呼吸急促，几乎喘不过气来，心里的话像一群鹞鹰似的争着要往外飞。此时此刻，要是打断她的话，即便是她极要好的女友，也难免被认为是残酷无情。

“不管您怎样夸他，吹嘘他，”主人比平时更加口齿伶俐，“我老实告诉您，当着他的面我也这么说，他是个卑鄙的家伙，卑鄙，下流，无耻。”

“您快听我说呀，我有话要对您说……”

“有人散布谣言，说他长得漂亮，可是他一点也不漂亮，一点也不漂亮。他的鼻子……最让人讨厌啦。”

“请您等一等，请容许我告诉您……亲爱的，安娜·格里戈里耶夫娜，请容我把话说完！这是一个故事，明白吗？故事，就是所谓的绝妙的故事。”客人的表情近乎绝望，完全用哀求的口气说。这里不妨顺便提一句，两位女士谈话时用了许多外国词句，有时甚至整段话都用法语来说。然而，作者对法语给俄罗斯带来的极大好处是充满敬意的，并且对我们的上流社会整天使用法语（当然是出于爱国之心）这种美好的风气满怀崇敬之情，尽管如此，他仍旧犹豫不决，不敢贸然把任何一个外文句子写进自己这部俄罗斯史诗。好吧，我们还是用俄语写下去吧。

“什么样的故事呢？”

“哎呀，我亲爱的，安娜·格里戈里耶夫娜，您要是能想象到我当时的心情就好啦！您想想看，大司祭太太，就是基里尔神父的妻子，今天来找我了。您想得到吗，我们那位彬彬有礼的绅士，我们那位外来的客人，他是个什么样的人？”

“怎么，他调戏大司祭太太了？”

“哎呀，安娜·格里戈里耶夫娜，要是调戏就不说他啦，调戏倒算不了什么。您注意听着大司祭太太是怎么说的。她说，女地主柯罗鲍奇卡进城来找她，一副惊慌失措的样子，脸色惨白，像死人似的。您听一听就知道了，简直是一部小说哩：在一个漆黑的夜晚，家里人早已入梦。就在半夜时分，忽然响起了敲门声，可怕极了，那么吓人的敲门声您是想象不到的。只听见有人喊着：‘快开门，快开门，不然就把大门捣毁啦！’您觉得这事怎么样？您认为后来那位花花公子会怎么样？”

“那么柯罗鲍奇卡是个什么样的人，莫非她年轻漂亮？”

“哪里的话，是个老太婆！”

“哎呀，这真是新鲜事！居然搞起老太婆来啦。哼，我们这些女士可真有眼力，一下子都被他迷上啦。”

“不是这样的，安娜·格里戈里耶夫娜，您想到两岔里去啦。您想想看，他是全副武装闯进来的，就像李纳尔多·里纳尔狄尼[1]，并且对她吆喝道：‘快把死掉的那些农奴统统卖给我！’柯罗鲍奇卡回答得合情合理，她说：‘我不能卖给您啦，因为他们是死人呀。’可是他却说：‘不，他们不是死人。他们是死人还是活人，这只有我一个人知道。他们不是死人，不是死人，不是死人！’他扯着嗓子喊起来。总之，他大吵大闹起来，可怕极了。结果全村的人都跑来了。孩子在哭，大人在喊，谁也不明白大家在喊什么，简直是奥廖尔[2]，奥廖尔，奥廖尔！……安娜·格里戈里耶夫娜，您简直想象不到我听她说这番话的时候吓成什么样子。玛什卡对我说：‘亲爱的夫人，您快照照镜子，您脸色苍白。’我说：‘我哪里有工夫照镜子呢？我得去把这事告诉安娜·格里戈里耶夫娜。’我立刻叫人套车，马车夫安德留什卡问我去哪儿，我一句话也说不出来，两眼直勾勾地望着他，像傻子似的。我想，他以为我准是发疯了。哎呀，安娜·格里戈里耶夫娜，我当时吓得那个惨相，您是完全想象不到的！”

“不过这也奇怪得很，”全面讨人喜欢的太太说，“这些死农奴到底能有什么用途呢？老实说，我一点也不明白。我这是第二次听人提到死农奴的事，可我丈夫却说是诺兹德廖夫胡说八道哩。这里面肯定有什么名堂。”

“可是您设身处地替我想一想，安娜·格里戈里耶夫娜，当我听到这事的时候，我是怎样的心情啊。柯罗鲍奇卡说：‘现在我不知道该怎么办。他强逼我在一张假契据上签了字，扔给我一张十五卢布的钞票。我是一个无依无靠的寡妇，从来没遇到过这种事，我什么也不懂……’事情的经过就是这样。我当时吓坏了，这是您绝对想不到的。”

---

① 江洋大盗，是德国作家符尔皮乌斯（1762—1829）小说中的主人公。

② 法语：意为恐怖。

“不管您是怎么想的，这里不单单是死农奴的问题，肯定还隐藏着别的什么事情。”

“老实说，我也这么看，”比较讨人喜欢的太太吃惊地说，她急切地想弄清楚这里面究竟隐藏着什么事。她甚至加重语气一字一顿地问道：“您认为这里面会隐藏着什么事呢？”

“那么，您是怎么想的？”

“我是怎么想的？……老实说，我心慌意乱，什么也没有想。”

“但我还是想知道，您对这件事有什么看法？”

然而比较讨人喜欢的太太什么看法也说不出来。她只会心慌意乱。要她说出自己对这件事的设想和推测，那就太为难她啦。因此，与其他女人相比，她更需要女友的体贴关心，并帮她出主意。

“好吧，您要知道，这些死农奴是怎么回事呢。”全面讨人喜欢的太太说，客人听她这么一说，便立刻稍稍抬起身子，伸长了耳朵，全神贯注地听起来。虽然她的身子有些笨重，但她忽然变得轻盈如飞，恰似一片羽毛，只要轻轻一吹就会飞起来了。

此刻，这位客人的心情很像一个酷爱养犬打猎的俄国老爷，他骑着马来到林边空地上，发现一只被随从们惊动的兔子从树林里蹿出来，在这一瞬间，他连同坐骑和举起的皮鞭都凝然不动，像一堆即将点燃的火药一触即发。他两眼注视着模模糊糊的前方，只等待兔子跑过来，他便会立刻催马扑上去，穷追不舍，不管风雪怎样猛烈吹打他，任凭银白的雪花飞到他的嘴里、胡子上、眼睛里、眉毛上和他那顶海龙皮帽子上。

“死农奴……”全面讨人喜欢的太太说。

“到底是怎么回事？”客人激动万分地催促说。

“那些死农奴嘛！……”

“哎呀，您快说呀，看在上帝的分上。”

“这纯粹是凭空捏造的，是为了掩人耳目，他的真正目的是想拐走省长的女儿。”

这个结论的确是任何人都绝对没有预料到的。比较讨人喜欢的太太听了这话，立刻就惊呆了，脸色白得像死人一般。这回才真正是吓得晕头转向了。

“哎呀，我的上帝！”她两手一拍，尖声叫道，“这一点我可万万没有想到。”

“不瞒您说，您刚一开口，我就明白这里面是怎么回事了。”全面讨人喜欢的太太答道。

“可是这么一来，安娜·格里戈里耶夫娜，人们会怎样看待贵族女子学校的教育呢！她是个天真无邪的女孩子呀！”

“什么天真无邪！我听见过她说的话，老实说，她说的那些话我都没勇气重复一遍。”

“您知道，安娜·格里戈里耶夫娜，她道德败坏到这个地步，真叫人看着伤心。”

“可是男人们都被她迷得丢了魂似的。依我看来，老实说，她一无可取之处……简直做作得让人恶心。”

“哎呀，我亲爱的，安娜·格里戈里耶夫娜，她像个木头人，脸上一点表情也没有。”

“哎呀，她太做作啦，太做作啦！天哪，简直做作得要命！她是跟谁学的呢？我还没见过哪个女人像她那么做作的呢。”

“亲爱的！她像个木头人，脸色惨白，简直像死人一般。”

“哎呀，您别这么说，索菲娅·伊凡诺夫娜，她还搽着胭脂呢，真不要脸。”

“哎呀，您说到哪里去了，安娜·格里戈里耶夫娜，她白得像石灰，石灰，纯粹是石灰。”

“亲爱的，我就坐在她旁边，我亲眼看见她脸上的胭脂有手指头那么厚，像墙皮似的一块块地往下掉。都是她母亲教的，母亲原本就爱卖俏，女儿肯定是要胜过母亲啦。”

“请原谅，您可以发誓赌咒，这随您的便。我可以打赌，要是她脸上有一点胭脂，哪怕是一丁点，哪怕是有一点胭脂的影子，我情愿立刻输掉我的丈夫、孩子和我的全部家产！”

“哎呀，索菲娅·伊凡诺夫娜，您这是说些什么呀！”全面讨人喜欢的太太两手一拍，吃惊地说。

“哎呀，安娜·格里戈里耶夫娜，您这是怎么啦！您这副样子真让我吃惊呀！”比较讨人喜欢的太太说着，也把两手一拍。

读者大概不会感到奇怪吧，两位女士几乎在同一时间见到省长的女儿，但两人对她的看法却很不一致。的确，世界上有许多东西是很奇特的，在一位女士看来，它们是雪白的，而在另一位女士看来，它们就变成红色的了，红得像越橘一样。

“对啦，我这里还有一个证据，可以证明她脸色苍白，”比较讨人喜欢的太太又说，“我清楚地记得，当时我坐在玛尼洛夫旁边，我对他说：‘您瞧，她的脸色真是苍白！’说实话，我们的男人真是糊涂透顶，居然会赞美她。而我们那位花花公子……哎呀，我觉得他这个人讨厌极啦！安娜·格里戈里耶夫娜，您想象不到我是多么讨厌他。”

“是啊，可是有那么几位女士，对他还挺有好感呢。”

“您是说我吗，安娜·格里戈里耶夫娜？您千万不能这么说，千万，千万！”

“我可不是说您，好像除您之外，就再没有别人了似的。”

“千万，千万不能这么说，安娜·格里戈里耶夫娜！请允许我说一句，我是很了解我自己的。别的女士就难说啦，别看她们装出一副难以接近的样子。”

“请原谅，索菲娅·伊凡诺夫娜！也请您允许我说一句，这类丢人现眼的事我可从来没干过。别人干过没有我不敢说，反正我是没干过。请允许我向您说明这一点。”

“您何必生气呢？当时在场的还有其他一些女士嘛，甚至还有人抢先占据了靠近门口的那把椅子，为了好跟他挨近一些。”

这下好啦，比较讨人喜欢的太太说出这话之后，紧接着肯定是要爆发一场激烈的争吵了。然而出人意料的是，两位女士却忽然沉默下来，结果什么事也没有发生。全面讨人喜欢的太太没有忘记，时髦衣服的剪裁样子还在这位女友手里。而比较讨人喜欢的太太心里明白，她的亲密女友的新发现非同小可，但在这方面她还没有摸到任何底细。于是，两人很快就和好如初了。再说了，从这两位女士的本性看来，不能说她们渴望给人难堪。一般说来，她们的脾气并不凶狠，只是有时在谈话中不由自主地产生一个小小的愿望，彼此都想找机会讽刺一下对方。比如说，其中一位女士乘机说一句俏皮话，刺对方一下，从中得到小小的享受：这下够你受的了！好吧，自作自受吧！不论是男人还是女人，内心里都会有各种不同的欲望。

“可是，有一点我怎么也弄不明白，”比较讨人喜欢的太太说，“乞乞科夫是个外来人，怎么敢下决心干这种不顾一切的事呢。他不可能没有同伙。”

“您以为他没有同伙？”

“您认为谁会帮助他呢？”

“诺兹德廖夫就干得出来。”

“诺兹德廖夫？”

“怎么不会呢？这种事他干得出来。您知道吧，他曾打算卖掉亲生父亲，确切地说，是赌钱时输给别人啦。”

“哎呀，我的上帝，您给我说的全是有趣的新闻！我万万料想不到诺兹德廖夫会参与这件事！”

“可我早就看出来了。”

“您说得也是，世界这么大，什么样的事没有呢！您可记得，当乞乞科夫初到我们省城的时候，谁能想到他会在我们的上流社会干出这种下流勾当呢？哎呀，安娜·格里戈里耶夫娜，您不知道，当时我真是吓糊涂啦！要不是您关照我，要是没有您的友情……说真的，我就快给吓死啦……怎么不是呢？玛什卡发现我脸色像死人似的，就对我说：‘亲爱的夫人，您的脸色惨白，一点血色都没有。’我说：‘玛什卡，我现在哪里顾得上这个呢？’想不到原来是这么回事！诺兹德廖夫居然是同谋，真想不到。”

比较讨人喜欢的太太急于摸到诱拐的具体细节，比如说在几点钟动手等。可见她的胃口也太大了。全面讨人喜欢的太太直截了当地说，她也不知道。她不善于撒谎骗人。推测和撒谎是两回事，然而即便是推测，你内心里也得先有一定的依据。她要是觉得自己内心里有了依据，那她一定会拼命坚持自己的意见。如果某个以能言善辩和征服异论著称的大律师不服气，想和她展开辩论的话，那么他会被这位女士的雄辩所折服的。

两位女士最后把初步推测当作事实并且对它坚信不疑，这也是不足为怪的。我们这些人，一向自称为聪明人，实际上也几乎都是这么做的。我们的学术论文就是一个例证。学者开始研究一个论题的时候，往往像一个献媚取宠的小人，处处小心谨慎，怯生生地，不偏不倚地提出一些最谦虚的问题：这个国家的名字是否由此而来？与那个偏僻的角落是否有直接关系？或者，这个文献是否属于另一个较晚的时期？或者，能否把这个民族看作是那个民族？并且马上援引某些古代作家对这些问题的看法，只要发现其中有某种暗示，或者他自以为是某种暗示，他便神气活现起来。他开始无拘无束地同古代作家对话，向他们提出疑问，甚至自己替他们回答，完全忘记了他当初提出的只是一个小心谨慎的假设。他现在认为，这个问题他看得很清楚。于是他便得出以下结论：“事实真相的确如此，这个民族就是我们所要论证的那个民族，就应该从这个观点来看待问题！”然后他便站在讲台上宣读他的结论，让所有的人都听得见。于是这个新发现的真理就在世界上传播开来，赢得不少追随者和崇拜者。

正当两位女士巧妙而又机智地分析了这一错综复杂的情况并且最终得出结论的时候，检察长走进客厅里来了。他还像往常那样表情呆滞，两道浓眉一动不动，不时地眨巴着左眼。两位女士争着向他报告新闻，把乞乞科夫打着购买死农奴的幌子，预谋拐走省长女儿等事件从头至尾讲了一遍。检察长完全被弄糊涂了，呆呆地站在那里，好久没有挪动地方，眨巴着左眼，用手绢揩掉沾在胡须上的鼻烟，最终也没有听明白到底是怎么回事。两位女士放下他不管，立刻动身进城，分头进行宣传鼓动去了。她们只用了半个多小时就大功告成。全城上下都轰动起来，人们激动不安，但谁也弄不清楚到底是怎么一回事。女士们是极善于散布烟雾的。一时间，所有的人，尤其是官员，都被弄得晕头转向，不知所措。他们最初听到这个消息时，就好像一个酣睡的小学生被起床较早的同学往鼻孔里放了一个骠骑兵，也就是包着鼻烟的纸卷。小学生迷迷糊糊地把鼻烟末全部吸入鼻孔，惊醒之后猛地跳起来，瞪大眼睛，像傻瓜似的东张西望，不知自己身陷何处，出了什么事。后来看清楚被斜照的阳光照亮的墙壁，听见同学们躲在墙角里窃笑，这时他才发现早晨已经来临。窗外的树林已经苏醒，无数只小鸟在树林里啼叫；一条明亮的小河从柔弱的芦苇丛中间流过，波光粼粼，碧波荡漾，赤身裸体的孩子们在河里嬉戏，大声呼唤岸上的孩子们快些下水。直到这时他才感觉到自己鼻孔里塞着一个纸卷。省城居民和官员们听到两位女士传播的新闻之后，在最初的一分钟，他们的感受就跟那个被捉弄的小学生极为相似。人人都像野山羊似的，瞪大了眼睛，困惑莫解。在他们看来，死农奴、省长的女儿和乞乞科夫完全搅在一起，显得稀奇古怪，不可思议。后来他们稍稍清醒一些，似乎渐渐发觉死农奴与省长的女儿以及乞乞科夫毕竟有所不同，可以把他们单独分开，便要求做出明确的解释。可是当他们发现，这件事无论如何也解释不清时，他们就恼火了。这里面有什么寓意呢？这些死农奴到底是怎么回事？购买死农奴是没有道理的。怎么会买死农奴呢？世上哪有这样的傻瓜呢？他何必要花这些冤枉钱，他哪儿来这么多闲钱呢？再说他买这些死农奴有什么用？省长的女儿为什么要参与这件事呢？乞乞科夫想拐走她，为什么一定要购买死农奴呢？既然要购买死农奴，又为什么要拐走省长的女儿？难道他要把这些死农奴送给她做礼物？城里的这些流言真是荒诞无稽，这到底是怎么回事？还没等你转过身来，立刻就编出一段奇闻怪事，简直是无聊透顶，这算是什么风气……不过话又说回来，流言之所以能流传开来，想必是事出有因吧？那么购买死农奴这件事有什么原因呢？恐怕丝毫原因也没有。看来这纯粹是无事生非，捕风捉影，胡说八道，耸人听闻！纯粹是见他妈的鬼！……总之，流言传来传去，全城议论纷纷，不是谈论死农奴和省长的女儿，就是谈论乞乞科夫和死农奴，或者谈论省长的女儿和乞乞科夫。所有的人都振作起来，谁也不甘寂寞。在此之前一直在昏睡的省城，忽然间像旋风似的抖擞起来。所有的懒鬼都出头露面了。他们本来是一天到晚穿着睡袍躺在家里，一连好几年不出家门，不是怪罪鞋匠把他的靴子缝小了，就是怪罪裁缝，再就是怪罪老是喝醉酒的马车夫。现在他们都自动跑出家门来凑热闹了。那些早已同亲友断绝了来往，像俗话说的，只跟卧先生和榻先生打交道的人（这两个著名的姓氏是从我们俄国人广泛使用的两个动词“睡卧”和“躺倒”演化而来，意思很像短语“去拜访呼噜先生和梦先生”，也就是各种姿势的酣睡，鼾声震耳，夹杂着鼻子的尖叫和其他声响），还有那些一向足不出户的人，即便请他们吃一顿五百卢布的鱼汤宴席，外加三四尺长的大鲟鱼，还有各种入口即化的馅饼，他们也绝不离开家门，现在这些人统统跑出来了。总之，人们忽然发现这省城里人口并不少，不但是一座大城，而且居民也相当稠密。出现了一个名叫西索伊·帕伏努季耶维奇的人和一个名叫麦克唐纳·卡尔洛维奇的人。这两个人的名字都是从来没听说过的。在一些人家的客厅里，出现了一个奇怪的高个子。此人胳膊上负过枪伤，这么高的个子是一向没有人看见过的。街上出现不少带篷的马车，还有一些从来没见过的敞篷马车，嘎嘎叫的箱车，轰隆隆响的四轮马车，乱哄哄的闹成了一锅粥。如果在别的时间，或者在其他情况下，类似的传闻也许无人注意。偏偏N城闭塞得很，已经有好久没有听到任何新闻了，甚至三个月以来，连大都市里称为可资谈助的流言也不曾出现过。众所周知，对于一座城市来说，这些流言不啻是及时运来的食粮。在N城，在议论纷纷的居民中间，忽然出现两种截然不同的意见，同时形成了两个完全对立的党派：男士党和女士党。男士党糊涂之至，尽在死农奴上面做文章。女士党则专门研究诱拐省长女儿的问题。应该说句公道话，女士党做事是极为认真的，考虑问题条理分明，周密细致。这显然是因为她们生来就是要做好主妇，具有处理各种事务的才能。她们很快就找到了线索，对整个事件有了较为清晰的了解，事情的前因后果也都解释得清楚明白。总之一句话，她们勾勒了一幅完整的图画。原来乞乞科夫早已坠入情网，他和省长的女儿常常在月光下幽会，就在省长府内的花园里。省长本人也愿意成全这门亲事，因为乞乞科夫很有钱，像个犹太富商。可是乞乞科夫的妻子得知此事，便给省长大人写了一封非常感人的信，说她遭丈夫遗弃，由于失去爱情而痛苦万分。至于N城的女士们如何得知乞乞科夫已有妻室，那就不得而知了。乞乞科夫看出女方父母绝不会同意这门婚事，才下决心把她拐走。在其他一些女士家里，关于诱拐原因，说法不尽相同。按她们的说法，乞乞科夫没有结过婚，但却是个精明强干的人，足智多谋，办事老练。他要得到女儿，便先从母亲下手，暗中跟她偷情，然后才公开向她女儿求婚。但这时母亲害怕了，担心这样做会违背教规，亵渎神灵。再说她心里也受到良心的责备，于是她坚决回绝了这门婚事。这就是乞乞科夫下决心要拐走省长女儿的真正原因。关于这件事，人们又做了许多补充说明和更正，流言越传越广，说法也越来越多，最终传遍了所有的僻街陋巷。在我们俄罗斯，生活在社会底层的人们，尤其热衷于谈论从上流社会传出的小道消息，所以就连那些小户人家也开始议论起这件事来了。虽然他们根本没见过乞乞科夫是什么模样，却还是添枝加叶，越传越玄乎。故事的情节时刻发生着变化，变得越来越有趣味，一天比一天完整。最后，这件事终于原原本本地传到了省长夫人的耳朵里。省长夫人听到这桩丑闻之后，自然是受了莫大的侮辱，自然是无比愤怒。不论从哪方面来说，她的愤怒都是合情合理的，因为她是一家之母，又是省城第一夫人，再说像她这种身份的人，对这等丑事是连想也不曾想过的。于是那位可怜的金发女郎被母亲单独叫到一边，当面训斥一顿。对于一个十六岁的少女来说，这种极不愉快的谈话也实属难得。母亲又是审问，又是责骂，加之威胁、指责、规劝，劈头盖脸而来，结果把姑娘逼得泪流满面，放声大哭，到底也不明白母亲在说些什么。于是门卫接到一道严格的命令，不论在任何时候任何情况下，都不准乞乞科夫进门。

女士们在省长夫人这方面大显身手之后，接着便去瓦解男士党，试图拉拢他们站到自己一边来。她们断言，死农奴的事纯属凭空捏造的谎言，目的是为了把人们的怀疑引向别处，以便他顺利实现诱拐的阴谋。竟有许多男人被女士们说服，投靠了女士党，甚至不顾同党的指责和非难。同党们骂他们是妇人之见，是女人的附庸。众所周知，这是对男性的极大侮辱。

然而，尽管男士们戒备森严，并且奋力抵抗，但他们的党内却不如女士党那样意见一致，秩序井然。他们的观点显得有点生硬、粗糙，不够严谨，不切合实际。彼此之间不大协调，不能自圆其说。他们头脑糊涂，自相矛盾，思路乱七八糟。总之一句话，处处显露出男人的拙劣本性。也就是说，他们生性粗鲁、笨拙，既不会处理家事，又不善于耐心说服人，缺乏信仰，懒惰，对一切抱怀疑态度，总是胆小怕事。他们认为，这一切都是无稽之谈，拐骗省长的女儿是骠骑兵的专长，一般文官干不出这种事。乞乞科夫绝不会去干诱拐的事，是娘儿们顺口撒谎。他们说，女人头发长见识短，人家说什么她就信什么。在这里关键问题是死农奴，需要密切加以注意。不过，他们谁也说不清楚死农奴到底是怎么一回事。但他们认为，这里面肯定隐藏着什么龌龊的事，说不定是凶多吉少。为什么男人们会产生这种看法呢，我们马上就会弄明白的：新任命了一位总督大人到省里来了，不消说，这件事非同小可，官员们个个提心吊胆，惶惶不安。因为他们面临各种考察、训斥、处分，新官上任免不了要抖一抖威风，给部下一些颜色瞧瞧。“哎呀，这该怎么办呢？”官员们心想，“要是总督大人得知城里有这些荒唐的流言，为这一件事他就会暴跳如雷，气个半死啦。”医务督察忽然吓得面无人色，天晓得他心里想到了什么。大概他怀疑死农奴这件事是影射那些因患流行性热病而死掉的病人，当时他不曾采取适当的防治措施，致使大批病人死在医院里和其他地方。他怀疑乞乞科夫是总督衙门里暗中派来这里私访的官吏。他把自己的想法告诉了民政厅厅长。民政厅厅长认为这绝不可能，但过了一会儿，他自己也忽然害怕起来，脸色变得煞白。他心中暗想，万一乞乞科夫购买的那些农奴的确是死农奴呢？是经他批准办理的买卖手续，而且他亲自充当了普柳什金的代理人。这件事要是给总督大人知道了，那还了得？不过这件事他没有声张，仅限于在一两个人中间说说。这一两个人听了，也立刻吓得面色煞白。恐惧心理迅速蔓延，比鼠疫传染得还快。官员们人人自危，转眼之间在自己身上找到一大堆罪过，甚至把不曾犯过的罪过也揽到自己头上。“死农奴”这个词含义模糊不清[①]，甚至有人怀疑它暗指匆匆埋掉的那几具尸体，因为不久前刚刚发生了两起人命案子。第一起案子是索尔维切戈茨克城的商人们闹出来的。他们到省城来参加交易会，做过生意之后，就跟几个来自乌斯季西索尔斯克的商人朋友一起吃酒。那宴席是俄国式的豪饮加德国式的别出心裁：有清凉饮料、潘趣酒、香液等。酒宴照例以殴斗而告结束。结果索尔维切戈茨克的商人打死了乌斯季西索尔斯克的商人。不过

① 俄语中“农奴”和“灵魂”的字形与发音完全相同，所以人们在这里把“死农奴”误解为“死亡人口”或“死魂灵”。

他们自己也受了伤，腰间、肋下和肚皮上伤痕累累，证明几个被打死的人也非善良之辈，挥舞的拳头是有些分量的。胜利者中间，照斗士们的说法，有一个人的鼻子被打掉了，也就是说，整个鼻梁骨被打碎了，只剩下半指高的鼻头挂在脸上。事后商人们主动投案自首，承认他们玩过火了。后来就有传闻说，他们在认罪时给当官的塞了钱，每人出了四张一百卢布的钞票。不过这个案子最终不了了之，让人觉得奇怪。调查和侦讯结果表明，乌斯季西索尔斯克的那几个年轻商人死于煤气中毒，因此就把他们当作煤气中毒死者埋掉了。另一起案子也发生在不久以前，案情如下：虱傲村的国有农奴联合鲍罗夫卡村（又称好斗村）的国有农奴，结果了一名当地的警官德罗比亚什金的性命。那警官（实际上是个陪审员）老去他们村子里闲逛，有时人们像躲避瘟疫似的躲避他。原因是这家伙居然是个风流多情的种子，见了村里的姑娘媳妇们就走不动路。这个案子最终也没有审理明白，只是据农民们供称，这个警官放荡得像个馋猫似的，得经常提防着他。有一次他钻进一家农舍里，赤条条地被人赶了出来。那警官荒淫无耻自然应该受到惩罚，但虱傲村和好斗村的村民如果真的参与了谋杀案，那么擅自杀人的罪责也是无法开脱的。可是案情很不清楚。那警官的尸体是在大路上发现的，身上的制服或者常礼服已被撕得稀碎，面目已无法辨认。案子经过各级地方法院审理，最后呈送省法院，法官初审意见如下：鉴于农民中参与谋杀者已无从查找，而涉嫌者人数众多，德罗比亚什金已死，即便他胜诉也没有多少实际意义，考虑到那些农民还活着，所以从宽发落对他们至关重要。因此省法院做出如下判决：陪审员德罗比亚什金欺压虱傲村和好斗村村民，咎由自取，其死亡系乘坐雪橇归家途中，中风所致。这起案子似乎处理得很圆满，可是官员们却不知何故忽然觉得，目前流传的关于死农奴的传说，大概与这个案子有关。事情说来也真凑巧，正当官员们处境尴尬、坐卧不安的时候，省长同时收到两封公文。一封公文通知说，据有关方面的供词和密报，有一伪币制造者以种种化名潜藏于他们省内，请立即严加缉查。另一封公文是邻省省长写来的，请求协助缉拿一名在逃的强盗。公文中说，贵省如果发现行迹可疑，并且既无证件又无护照者，务请立即加以拘留。这两封公文使官员们大为震惊。他们原先的结论和猜测全给搅乱了。当然，谁也不会认为乞乞科夫在这方面有什么嫌疑，但是他们各自认真回想一下，便会发现，迄今他们还不知道乞乞科夫到底是什么人。他自己虽然曾谈到他的身世，但每次都说得含含糊糊。他的确说过，为了主持正义，他在官场上遭受过打击，可是这些情况总让人感到不大明确。于是他们又去回忆他说过的话，想到他还说过，有许多仇人企图谋害他的性命。想到这里，他们便进一步思索：这么说来，他随时面临生命危险，也就是说，他现在正在受到通缉，可见他干了什么犯法的事……可是他到底是个什么人呢？当然，不能认为他就是那个制造假钞票的罪犯，更不可能是被通缉的强盗，因为他生就一副和善的相貌。可是，既然如此，他到底会是什么人呢？这时，官员们给自己提出了问题。这个问题他们本应该一开始就提出来的，也就是说，他们在我们这部史诗的第一章里就应该产生这样的疑问。于是他们决定再去做一些调查，去问问那些向他出售死农奴的地主。至少要弄清楚这是一种什么样的买卖，这些死农奴到底指的是什么东西，他是否对谁说过或者无意中流露过自己的真实意图，他是否给谁透露过他的真正身份。首先找到的是柯罗鲍奇卡，但从她那里得到的情况不多：乞乞科夫曾购买她的死农奴，付了十五卢布，还打算买她的鸡毛，并且向她许愿，以后还要向她采购许多东西，说他还要替公家采购猪油。由此可以看出他是个骗子，因为她曾遇到过这么一个人，又要收购鸡毛，又要替公家采购猪油，结果把大家骗了一通，还骗走了大司祭太太一百多卢布。女地主接着往下说，但说来说去总是那几句话。这时官员们才发现，柯罗鲍奇卡是个傻里傻气的老太婆。玛尼洛夫说，他愿意永远为巴维尔·伊凡诺维奇担保，就像为自己担保一样。他说，假如能让他具有巴维尔·伊凡诺维奇的百分之一的品德，他便情愿牺牲自己的全部家产。接着他把乞乞科夫吹捧了一番，用词十分肉麻，并且眉开眼笑地附带谈了谈对友情的一些看法。当然，这些看法恰如其分地表达了他对朋友的一片痴情，却不能向官员们说明什么问题。索巴凯维奇说，他认为乞乞科夫为人很不错，他卖给乞乞科夫的农奴都是经过挑选的，是百分之百的活人。但他不能担保这些农奴以后不出事，如果他们在迁移途中经不起折腾而发生死亡，那就怪不得他了，那是上帝的安排。再说人世间经常流行热病，还有不少其他的致命的疾病，有时整个村子的人全部病死，这种情况也是常有的事。官员们还从侧面做了一些调查，也就是通过仆人之间的熟人关系，去找乞乞科夫的下人。这种做法虽然不大光彩，但有时又不得不这么做。他们想通过下人打听主人过去的生活和为人处世方面的一些细节，但了解到的情况也很有限。彼得卢什卡对老爷的情况一无所知，官员们从他那里只闻到一股卧室的臭味。而谢里方只是说，老爷过去做过官，曾在海关上供职，别的就什么也不知道了。这一阶层的人往往有一个怪毛病，你直接问他某一件事，他什么也回想不起来，或者说得颠三倒四，牛头不对马嘴，或者干脆说不知道。可是你要是让他谈别的事，他会马上给你编出一大堆，也不知是真是假，还能讲出不少你根本不想知道的细节。官员们做了种种调查之后，最终发现：乞乞科夫的真正身份他们是无法了解到的，但乞乞科夫其人肯定是有某种背景的。最后他们决定，深入透彻地研究一下这个人的问题，至少要确定对策，也就是他们该怎么办，采取什么样的措施。同时要确定他到底是什么人。如果是那种不良分子，就应当立即对他加以拘留和逮捕。如果是总督府派出来私访的官吏，那么说不定会把他们当作不良分子逮捕法办呢。为了解决这个问题，他们决定在警察局局长也就是读者所熟悉的全城百姓的慈父和慈善家府第聚会。

# 第十章

官员们来到读者所熟悉的全城百姓的慈父和慈善家警察局局长家里，方才有机会彼此指出，最近这几天的操劳和惊慌，使他们每人都消瘦了许多。的确，任命新总督之后，接着又收到那两封极重要的公文，加上那些令人莫名其妙的传闻，这一切都在他们脸上留下明显的痕迹，甚至许多人身穿的燕尾服也显得肥大起来。所有的人都变了形：民政厅厅长变苗条了，医务监督变苗条了，检察长变苗条了。还有一个名叫谢苗·伊凡诺维奇的人（人们从来不称呼他的姓），喜欢向女士炫耀他食指上的宝石戒指，就连他也明显地瘦了。当然，这里也和别处一样，也有一些胆大沉着、遇事不慌的人，但他们为数极少，在官员中间仅有邮政局长一个人。只有他没有发生什么变化，照旧是那副镇静自若的样子，在这一类场合也不改自己的老习惯，不急不慢地说："我们了解你们这些总督大人，你们时不时地得调动一下，可是我这个邮政局长，亲爱的先生，已经做了整整三十年啦。"听了这话，其他官员们往往会说："你当然好啦，施普列亨·济·德伊奇，伊凡·安德列耶维奇，你管的是邮政，不过是收发信件之类的物什，你大不了是让邮局提前一个小时关门，让人家扑个空，或者从一个迟到的商人那里收取一点寄信的手续费什么的，或者把不该寄走的邮包寄走了。干这种差事的人，当然都是两袖清风的啦。可是，你要是处在我们的位子上，每天都有魔鬼在你手边转来转去，你内心里并不想摸它，可是它自己硬往你手里钻。当然啦，你还算不上特别倒霉。你只有一个儿子，可我就不同啦。老兄，上帝特别看重我的普拉斯科菲娅·费多罗夫娜，叫她每年给我生一个孩子，这次生个女儿，下次生个儿子。老兄，要处在我的位置，你就不再说风凉话啦。”这些话都是官员们说的，至于他们能否真正经得起魔鬼的诱惑，那就不是作者能判断的啦。官员们这次聚在一起开会，显然缺少一种必要的东西，也就是老百姓通常所谓的清醒的头脑。总之，不知为什么，我们俄国人是生来不善于开代表会议的。不管举行什么样的会议，从乡村的村民大会到各种各样的学术会议和其他部门的会议，如果会上没有一个首脑人物操纵全盘，那么会议就会开得乱七八糟。甚至很难说清楚这是为什么。大概我们的国民生来如此，只有为了大吃大喝或者照德国方式举办俱乐部以及其他娱乐活动，只有以此为目的举行的会议才开得成功。我们的用心都是很好的，随时准备去做各种事情。比如说，我们忽然心血来潮，像一阵风似的，就举办慈善协会、奖励协会以及其他名目繁杂的协会。目的非常好，可是由于上述种种原因，结果什么事也办不成。之所以这样，也许是因为事情刚刚开头我们就立刻满足起来，认为事情已经做成，无须花什么气力啦。就拿举办慈善协会这件事来说吧，为了救济穷人，募集了一大笔钱。接着，为了庆贺一下这值得称赞的举动，我们立刻要举办盛大宴会，招待本城所有的达官显贵。不消说，这一次宴会就花掉所有捐款的一半。剩下的一半捐款立刻用来给慈善委员会租房。租的房子自然是相当豪华，必须带有暖气设备，还要有一些看门的。最后就剩下五个半卢布救济穷人了。然而就在如何分配这五个半卢布的问题上，协会里的委员之间也还不能取得一致意见，因为每人都想乘机关照一下自己的亲友。不过话又说回来，官员们现在召集的会议就完全是另一回事啦，因为这个会是非开不可的。这里的议题与任何穷人或者其他外人都毫不相干。它只涉及每个官员本人，而且涉及的是一场灾难。

这灾难又同样威胁着每一个官员。这么说来，在这个会议上，他们应该是不得不齐心协力，意见比较一致啦。然而尽管如此，这会议的结局仍旧是令人莫名其妙。跟所有的会议一样，意见分歧，争论不休自不必说，而且许多人的言论流露出一种优柔寡断。这种倾向简直让人不可理解。比如有一个官员说，乞乞科夫就是那个制造假钞票的人，然后他自己又更正说："也许他不是。"另一位官员肯定地说，乞乞科夫是总督衙门派出来私访的官吏，可是马上又更正说："不过话又说回来了，他脸上又没有刻字，鬼才晓得他的真实身份呢。"至于他是不是化装潜逃的强盗，这猜测立刻遭到官员们的一致反对。他们认为，乞乞科夫不但相貌长得温和善良，而且谈吐文雅，没有给人留下半点粗鲁残暴、行为不轨的印象。邮政局长已经沉默了好几分钟，陷入了沉思之中。不知是因为突发灵感，还是因为别的什么原因，他忽然出人意料地尖叫起来：

"先生们，你们知道他是谁吗？"

他喊出这话时，声音是极富有震撼力的，于是大家便异口同声地喊道：

"他是谁？"

"诸位先生，他呀，不是别人，他就是戈贝金上尉呀！"

大家马上又异口同声地问道："这个戈贝金上尉是什么人呢？"这时邮政局长说："你们真的不知道戈贝金上尉是什么人吗？"

官员们回答说，他们真的不知道戈贝金上尉是什么人。

"戈贝金上尉呀。"邮政局长停顿了一下，打开自己的鼻烟匣。他每次只把鼻烟匣打开一半，因为他害怕近旁有人会把手指头伸进来。对于别人的手指头是否清洁，他是抱怀疑态度的。他甚至在打开鼻烟匣的时候，总要说："老兄，我们很清楚，您那手指头不知都摸过什么地方啦，可是这鼻烟是要保持清洁的。""这戈贝金上尉呀，"邮政局长闻过鼻烟之后，又说，"不过，这戈贝金上尉的事说来话长啦，要是有哪个作家把它写出来，可以写成一部动人的史诗呢。"

在座的官员们都表示愿意听听这个故事，或者用邮政局长的话来说，愿意听听作家可以写成一部动人的史诗的故事。于是他便这样讲下去。

## 戈贝金上尉的故事

“1812 年的一次战役之后，我的先生，”邮政局长这样讲述道，尽管在座的不止一位先生，而是六位先生，“1812 年的一次战役之后，戈贝金上尉跟其他伤员一起被送回后方。不知是在克拉斯诺耶城附近，还是在莱比锡城附近，这你们可想而知，具体地点无关紧要，总之他在战场上失去了一只胳膊和一条腿。你们知道，那时候，对于安排伤员还没有制定任何妥善的措施。现在的残废军人基金，你们可想而知，在某种意义上说，是在那之后过了很久才建立的。戈贝金上尉发现，不找点活干是不行的，可是你们知道，他只剩下一只左胳膊了。于是他回了趟家，看望了他的父亲。父亲说：‘我可没法养活你，我呀，’你们可想而知，‘我养活自己就够难的啦。’就这样，我的先生，我的戈贝金上尉就决定进京去求见皇上，看看皇上能否开恩，可怜可怜他这个伤兵。因为他毕竟是做了牺牲的，在某种意义上说，是为国家流了血。总之，如此这般……于是，你们知道，他就出发了。一路上搭过各种马车，有运货的马车，有官府的驿车，总之千辛万苦，终于来到了彼得堡。这时，你们可想而知，像他这么个残废人也就是戈贝金上尉，忽然之间，来到京都，来到这可说是举世无双的大都会！他眼前忽然出现一个新世界。可以说，是人间仙境，童话中的山鲁佐德[1]。你们可想而知，他眼前忽然出现这么一条涅瓦大街，一会儿又出现一条什么豌豆街。这些你们是知道的，真他妈的让人眼花缭乱！一会儿又出现一条什么铸铁

① 《一千零一夜》中的女主人公的名字。此处指奇妙的世界。

街，一会儿又出现一个尖尖的屋顶，高耸入云。那一座座的桥就更叫你惊奇啦，你们可以想象，根本看不见桥墩之类的柱子、架子，仿佛飞架在半空中似的。总之一句话，我的先生，这彼得堡真是繁华无比，名不虚传！他在城里转了转，想租一个住处，可是这里的旅馆都贵得要命：那些窗幔、窗帘，就甭提有多豪华啦，地毯全是波斯进口的。就是说，不管你走到哪里，脚下踩的全是钱。大街上到处弥漫着金钱的气息，你到外面随便走一走，鼻子里就能闻到成千上万卢布的气味。可是，我的戈贝金上尉呢，你们明白，他的钱包里总共只有几十张蓝票子。因此，他就只好在一个不起眼的小客店里找一个栖身之处，住一昼夜付一个卢布，午餐是一份白菜汤和一份煎牛排。戈贝金上尉看出，这样长久下去花销太大，他住不起这客店。于是他就到处打听，应该到哪里去申诉。有人对他说，有那么一个最高委员会，你们知道，就是说，有那么一个衙门管这种事，长官是某某大将军。你们要知道，当时皇上不在京城里，可想而知，我们的军队还驻扎在巴黎，还没有回国，全部人马都在国外。我的戈贝金上尉早早地起了床，自己用左手刮了脸，因为上理发店又得花钱，穿上他的旧军装，套上木腿，你们可想而知，就一瘸一拐地去找那一位大官了。他先打听这位长官的府第在何处，有人给他指了指皇宫所在的那条滨河街上的一幢房子。你们知道，外表看来，这幢房子跟农夫住的小木屋没什么两样。但是，这里的玻璃窗就不同啦，你们可想而知，窗玻璃就有一丈半高，因此，各种花瓶和房间里的一切，从外面看得清清楚楚，从某种意义上说，就好像在街上一伸手就能拿到似的。墙上挂着各种名贵的大理石雕刻，屋里摆着各种金属雕饰。就单说那只门把手吧，你在走过去开门之前，先得跑到杂货店去，花一个铜板买块肥皂，把你的双手认真仔细地洗上两个来小时，然后你才敢去抓那只门把手。总之一句话，到处都闪耀着奇光异彩，从某种意义说，简直是妙不可言。连看门的都威风凛凛的，样子看上去像个大元帅：手持一把镀金的长柄铜锤，一副伯爵的面孔，像一只养得很好的胖乎乎的哈巴狗。他的衣领是上等细麻布做的，非常潇洒！……戈贝金上尉拖着那条木腿一瘸一拐好不容易来到接待室，把身子靠在一个角落里，生怕胳膊肘碰着了那些美国货或者印度货，你们可想而知，也就是害怕碰坏了某一个鎏金细瓷花瓶。不言而喻，戈贝金上尉站在那个角落里等待了很久，因为他来得的确早了点。你们可想而知，在某种意义上说，这时大将军刚起床，大概侍仆刚刚给他端上那只大银盆和各种化妆用品。戈贝金上尉等了四个小时左右，终于等来了一名随从副官，或者是那里的值班官吏。这位官吏走进来，高声说：'将军大人即刻驾到。'这时接待室里已有许多上访者在那里等候着，黑压压的一片。那些人可不像我们这些芝麻绿豆官，他们全是些四五品的官员，或者是上校，有的人肩上扛着带穗的肩章，肩章上缀着粗大的通心粉似的绦带，亮闪闪的，总之，是将军品级的大人物。忽然间，接待室里起了一阵轻微的骚动，这你们是知道的，好像微风吹拂似的。有几处发出'嘘，嘘'的声音，要求大家保持安静。最后大家终于静下来，屋里静得令人害怕。大将军走进来。嘿，你们可想而知，这是一位国家的显要人物啊！这时，他脸上带着这样一种表情，你们知道，就是说，他的表情跟他的身份和职位是相称的。不言而喻，此时此刻，接待室里的人全都挺直了身子，哆哆嗦嗦地站在那里等候着，从某种意义上说，每个人都在等待着命运的安排。那位大臣，或者说是大人物，逐个地向来访者询问着：'您要申诉什么事？您为什么事情而来？您要做什么？您找我有什么事情？'终于，那位大臣来到戈贝金上尉跟前。于是戈贝金壮起胆子对大人说：'事情是这样的，大人，我为国家流过血，从某种意义上说，在战场上失去了一只胳膊和一条腿，我不能做事了，贸然前来请求皇上恩准，给予我一点关照。'将军大人看见他拖着一条木腿，右胳膊只剩下一只空袖管，就对他说：'好，您过几天再来一趟吧。'戈贝金上尉告辞出来，几乎有点欣喜若狂了，这一来是因为他受尽千辛万苦终于受到将军大人的接见，二是因为他的抚恤金问题，在某种程度上说，眼看就要得到解决了。就这样，你们知道，他高高兴兴地在人行道上一瘸一拐地往前走，顺路拐进帕尔金酒店喝了一杯伏特加，然后在伦敦饭店进午餐，吃了一份肉丸子外加花菜芽，又要了一个带有各种配菜的阉鸡，并且要了一瓶葡萄酒，晚上到剧院去看戏，总而言之，你们明白吧，他快活了一阵子。他得意扬扬地走在人行道上，就在这时，只见一位像白天鹅似的身材苗条的英国女郎迎面走来，她那动人的风姿，你们可想而知。于是戈贝金上尉顿时感到浑身热血沸腾起来，你们知道，他便拖着一条木腿，尾随那位漂亮的女郎一瘸一拐地走过去，紧追不舍。可是他转念一想：'算了吧，等领到抚恤金之后再说吧，我身上的钱也快花光啦。'就这样，大约过了三四天，戈贝金上尉又来求见大将军，等了很长时间，终于见到了将军大人。他说：'事情是这样的，我需要治病和养伤，是来听候大人您的吩咐的……'如此这般地说了一遍，你们知道，他是以一名军官的身份说这番话的。你们可想而知，将军大人这时已认出他了，对他说：'啊，是您呀，好吧，这回我只能对您说，您得等到皇上回京，其他的我就无可奉告了。皇上回京以后，无疑要颁布有关伤兵的安置办法。可是眼下没有皇上的旨意，老实说，我是不能擅自做主的。'将军大人说罢鞠了一躬，你们明白，就是说再见啦。戈贝金上尉退出来，你们可想而知，心情沮丧极了。他本来抱着满心的希望，以为明天就能领到一笔钱：'拿着吧，亲爱的，去喝杯酒，快活快活吧。'想不到希望成了泡影，吩咐他等候皇上回京，具体时间并没有指明。就这样，他垂头丧气，拖着一条木腿走下台阶，那副灰溜溜的样子就像一只被厨子浇了一身水的哈巴狗，耷拉着耳朵，夹起尾巴走路。他转念一想：'哎呀，不成，还得再来一趟，我要说清楚，我只剩下最后一块面包啦。大人如果不救济我，从某种意义上说，我很快就会饿死的。'总之，他又来到皇宫所在的那条滨河街，看门的对他说：'不行，今天不接待，您明天来吧。'第二天他去了，得到的又是这几句话，那个看门的简直连看都不想看他一眼。可是这时候，你们要知道，他口袋里的蓝票子，就剩下最后一张了。往常他吃一份白菜汤，吃一块牛排，现在只好在小铺里买一份鲱鱼，或者买一段腌黄瓜，再花两个铜板买几片面包，总之，这个苦命人在挨饿啦。而他的饭量是很大的，简直像饿狼一般。他经常路过一家上等餐馆，你们可想而知，那里的厨子是个外国人，一个乐呵呵的法国人，穿一件荷兰衬衣，围裙雪白雪白的，正在做香辣调味汁和蘑菇肉饼，总之，在做一种特别讲究的美食。戈贝金上尉从旁边看着，眼馋得简直要把自己吃掉。有一次他路过米柳金食品店门口，看见那里的橱窗里摆着鲑鱼，五卢布一粒的樱桃，还有一个像马车那么大的西瓜，看上去很有气魄，大概在等待肯花一百卢布买它的傻瓜买主。总之一句话，到处都充满着诱惑，每走一步都让你眼馋得直流口水。可是这时候，他听到的全是‘明天再来’。你们可想而知，他现在的处境是何等难堪：一方面，这里摆着令人垂涎的鲑鱼和西瓜；另一方面，他得到的答复总是那么一句话：‘明天再来。’后来，这个苦命人终于忍不下去了。他拿定了主意，你们明白吧，无论如何也要闯进去。就这样，他在门口等了一会儿，看准了有一位来访者要进去，于是他就跟在一位将军后面，你们明白吧，拖着一条木腿溜进了接待室。大将军像往常一样，出来接待来访者，挨个儿问道：‘您为什么事而来？您找我有什么事？’他看见了戈贝金，惊奇地说：‘我不是已经给您说过了吗，您应该等候皇上的旨意。’‘大人，您行行好吧，我已经完全没东西吃啦……’‘那有什么办法呢？我无法给您提供任何帮助。您暂时还是自谋生路，自己想想办法吧。’‘可是，大人，您自己也看得出来，我是个残疾人，能想出什么办法呢？’大人对他说：‘不过，您得承认，在某种意义上说，我总不能自己掏钱养活您吧。我接待的伤兵很多，他们都有同等权利……耐心等待吧。等皇上回京，我可以担保，到时候皇上颁布有关的安置办法是绝不会把您放在一边的。’‘可是，大人，我实在是等不了啦。’戈贝金上尉说。这时他的态度已有些失礼。你们要知道，大将军也有些不耐烦了。的确如此，周围那么多将军都在等候接见，也就是说，有许多国家大事等候处理，耽搁一分钟都可能误了大事，可是偏偏在这时候，忽然冒出这么个鬼东西，死缠住大将军不放。‘对不起，我没有工夫……还有比您重要的事情等着我呢……’大将军这样提醒他，口气十分委婉，这就是说，提醒他赶快退下。可是戈贝金上尉也真是不知趣，你们知道，是饥饿迫使他这么做的。他说：‘不管您怎么说，大人，今天得不到您的批示，我绝不离开这个地方。’哎呀，你们可想而知，用这种口气跟大将军说话，纯粹是自讨苦吃。只要他说上一句话，你小子就完蛋啦，就是魔鬼也救不了你的命了……就是在我们这里，要是哪个下级官员敢以这种口气对我们这些人讲话，那也算得上粗暴无礼啦。可是相比之下，他们之间的差别也太大了，一个是大将军，一个是什么戈贝金上尉！一个是达官显贵，一个是芝麻绿豆。这时，将军大人没有吭声，只是抬眼望了他一下，单单望这么一眼，就像冲你放了一排火炮，足够你吓得魂飞魄散啦。可是戈贝金上尉呢，你们可想而知，站在那里一动不动，像脚下生了根似的。‘您是怎么回事？’大将军问他，就是说，大人下了逐客令了。不过说句公道话，大将军待人还是相当仁慈的，要是换成别的达官显贵，准会暴跳如雷，吓得你三天三夜晕头转向，连大街在天上还是在地下都分辨不清。将军大人只是说：‘好吧，既然您觉得住在这里费用太高，您无法在京城里安心等待最终的结果，那就用官费把您送回去吧。请把信使叫来！把他送回原籍去！’而信使已经在门外等候啦，你们明白，这信使是个两米高的汉子，他那双大手可吓人啦，生来是为了教训马车夫的，你们可想而知，总之，一副气势汹汹的样子……于是他把戈贝金这个上帝的忠仆一把抓起来，塞进马车里带走了。戈贝金坐在马车里，心想：‘这下倒好，至少用不着花路费，为此还真该感谢他呢。’就这样，他坐信使的马车走了。他一路琢磨着，从某种意义上说，他在思索自己的出路，自言自语地说：‘既然将军大人叫我自己去想办法，自谋生路，那好吧，我会找到出路的！’不过，到底是怎样把他送回原籍的，究竟把他送到哪里去了，这就不得而知了。总之，你们明白吧，戈贝金上尉从此销声匿迹，人们完全把他忘却了，就像诗人们所说的，沉入忘津了。不过，诸位先生，请注意，这里还有一个线索，可以说是这部小说的结局。刚才说过，戈贝金上尉销声匿迹，不知躲藏到哪里去了。然而你们可想而知，不到两个月，在梁赞省的森林里就出现一伙强盗，他们的首领不是别人，我的先生，正是……”

“不过，请你原谅，伊凡·安德列耶维奇，”警察局局长忽然打断他的话，“是你自己说的，戈贝金上尉失去一只胳膊和一条腿，可是乞乞科夫……”

邮政局长听了这话，止不住失声尖叫起来，挥起胳膊重重地拍打自己的脑门，只好当众骂自己是笨牛。他怎么也弄不明白，为什么他在这个故事的开头没有想到这一情况。他不得不承认，“俄罗斯人事后比谁都聪明”这个谚语说得完全有道理。可是过了不到一分钟，他马上又自作聪明，试着为自己开脱。他说，话又说回来，在英国，机械技术已经非常发达，据报纸上说，有一个人发明了一种木腿，只要按一下内部发条的按钮，这木腿就把人带走了。至于带到什么地方去，那就只有上帝知道啦，所以后来这人就失踪了。

不过，对于乞乞科夫就是戈贝金上尉这一说法，大家都抱怀疑态度，并且认为邮政局长离题太远了。可是，尽管如此，他们自己也都不愿跌面子，听了邮政局长巧妙而又风趣的推测之后，他们深受启发，便各显神通，大胆猜想起来。许多人谈了自己的机智的推测，其中有一种说法颇为奇特，说出来简直让人吃惊：竟有人猜想乞乞科夫会不会是拿破仑化了装藏在本城。他认为，英国人早就嫉妒俄国疆土辽阔，据说还出版过几幅漫画，画的是一个俄国人正在跟一个英国人谈话。英国人站在那里，牵着一条狗，那狗就是拿破仑，英国人说："你要当心，你要是不听话，我就放狗咬你！"很可能他们现在已经把拿破仑从圣赫列拿岛上放出来，现在他已潜入俄罗斯，表面看上去是乞乞科夫，而实际上是拿破仑。

不消说，官员们是不会相信这种猜测的。可是话又说回来了，他们却认真思考了这件事，每人都沉思默想了一会儿，认为乞乞科夫的脸从侧面看起来是很像拿破仑的肖像的。在 1812 年的俄法战争期间，警察局局长曾在军中服役，亲眼看见过拿破仑。他不得不承认，拿破仑的个子绝不会比乞乞科夫高，体形也像乞乞科夫那样，既不能说太胖，也不能说很瘦。也许有些读者认为，这些推测纯属无稽之谈，作者也愿意满足读者的愿望，把这一切都说成是无稽之谈。然而不幸的是，实际情况却正如我所说的那样，况且更加令人吃惊的是，这座省城并不是位于十分偏僻遥远的地方，恰恰相反，它距离莫斯科和彼得堡并不远。不过还要记住，这一切就发生在我们堪称光荣地驱逐法国人之后不久。在战后这段时间里，我们的地主、官吏、商贾、摊贩，以及任何一个识字的人甚至不识字的人，至少有整整八年的时间，全都迷上了政治。《莫斯科公报》和《祖国之子》被人们争相传阅，传到最后一个读者手里已经成了碎纸片，既不能阅读，也不能派别的用场了。人们见面时，不是问："老兄，燕麦卖多少钱一斗？昨天那场雪下得好不好呀？"而是问："报纸上有什么新闻？流放在荒岛上的拿破仑是不是又被释放了？"商贾们最担心这件事，因为他们完全听信了一位先知的预言。这个先知已经在监狱里关了三年，当初谁也不知道他是从哪儿来的，穿着树皮鞋，身穿一件没挂面的皮筒子，散发着一股刺鼻的臭鱼味。此人宣称，拿破仑是反对基督的妖孽，现在虽然被锁在石头上，困在重洋之外的一个荒岛上，失去了自由，但日后他肯定会挣脱锁链，征服全世界。这位先知因散布这些预言被依法监禁起来，但他却完成了自己的使命，把商人们搅得惶惶不安。过了很久，即便是在买卖最兴隆的时候，商人们也还跑到小酒馆里去喝茶，聚在一起谈论反对基督的拿破仑。在官吏和高尚的贵族圈子里，也有不少人受了神秘主义的影响，不由自主地想着这件事（众所周知，神秘主义在当时是很流行的）。他们认为，拿破仑的姓氏的每一个字母都具有某种特别的意义。许多人甚至从这个姓氏演绎出《默示录》中的数字[①]。由此看来，官员们不由自主地猜想乞乞科夫就是拿破仑，实在是不足为奇的。不过他们很快醒悟过来，感觉到他们的想象过于丰富多彩，事情根本不是那么回事。他们翻来覆去地思考，议论，终于决定，最好是去找诺兹德廖夫仔细打听一下。他们知道，诺兹德廖夫是最先说出死农奴这件事的，跟乞乞科夫的交往可以说比较密切，他无疑对乞乞科夫的来历有所了解。因此不妨去试一试，看看诺兹德廖夫会说些什么。

这些官老爷以及其他有身份的人，全都是些怪人。他们清楚地知道诺兹德廖夫爱撒谎，他说的任何一句话、一件小事都是无法相信的，但他们偏偏要到他那里去请求帮助。人就是这样的稀奇古怪，让你捉摸不透。他不相信上帝，却相信鼻梁发痒是死亡的预兆。他对诗人的创作不屑一顾，尽管它明朗得有如日光，充满着和谐、崇高的智慧并且简洁朴实，却偏偏喜欢一个无耻之徒的哗众取宠的瞎编乱造的东西，并且爱不释手，大声赞叹说："瞧，这才真正揭示了心灵的奥秘！"他一辈子瞧不起医生，到头来却去找一个只会用咒语和唾沫治病的巫婆，或者他自己不知用什么东西配成了汤药煮了喝。也许他自己认为，这东西恰好可以医治他的病。当然了，在某种程度上说，这帮官老爷出此下策是可以原谅的，因为他们的处境实在困难。据说淹在水里的人往往会去抓一根小小的木片，这时他已经来不及考虑，这根小木片只能浮起苍蝇，而他的体重即使没有

① 《默示录》中的一组神秘的数字"六六六"，表示反对基督的人。1812年拿破仑进攻俄国时，一些教徒推测拿破仑即《默示录》中预言的反基督者。

五普特，那么至少也有四普特。然而这时他已顾不得想这些，只知道立刻抓住那根小小的木片。我们的官老爷们也是这样，最终抓住了诺兹德廖夫。警察局局长当即写了一个便条，邀请诺兹德廖夫晚上来他家里聚会。于是一个穿着高筒皮靴，面庞红润的漂亮的警察分局局长接过便条，手按着佩剑，匆匆忙忙地奔向诺兹德廖夫的住所去了。这时，诺兹德廖夫正在忙一件大事，闭门谢客，已经整整四天没有出屋，也不许别人打扰他，连吃饭也从小窗口递进去。总之，诺兹德廖夫累瘦了，脸色发青。这件事的确需要集中精力，格外细心，因为他要从几百张纸牌里精心挑选出两副牌，而且这两副牌必须有最精密的记号，要像最忠实的朋友那样可靠。从整个进度来看，这件事至少还要两个礼拜才能做完。在这段时间里，仆人波尔菲里的任务是用一把特制的刷子给那只米兰种的小狗刷洗肚脐，要用肥皂水一天给它洗三次澡。诺兹德廖夫幽静的生活受到搅扰，心里十分气恼。他首先把警察分局局长臭骂一通，叫他滚开了。但他读了警察局局长的便条，立刻就软下来，因为他看出晚上的聚会大概有一个新手参加，赌钱时他可以乘机捞一把。于是他赶紧锁上房门，随便穿了件衣服，就到警察局局长家里来了。诺兹德廖夫提出了同官员们截然相反的看法。从他所提供的材料、证据和推测看来，官员们的种种大胆猜测都是站不住脚的。他的确是一个大胆果断的人，对他来说，根本不存在任何疑虑。官员们的猜测越是显得犹豫不决，小心谨慎，诺兹德廖夫就越显出坚定自信。他回答了官员们提出的所有问题，而且对答如流，毫不犹豫。他声称乞乞科夫买了数千卢布的死农奴，他本人也曾卖给他一些。他认为放着死农奴不卖是没道理的。有人问，乞乞科夫到底是不是一个密探，是不是喜欢探听什么事。诺兹德廖夫回答说是密探，并且说，他跟乞乞科夫曾经是同学，早在学生时代，乞乞科夫就喜欢打小报告，外号告密员，为此还挨过同学们的痛打。当时他诺兹德廖夫也动手了，结果把乞乞科夫打伤了，后来不得不在他太阳穴上放了二百四十条水蛭来吸血消肿。他本来只想说四十条水蛭，可是不知怎么搞的二百自动从他嘴里滑出来。有人问，乞乞科夫究竟是不是制造过假钞票。诺兹德廖夫回答说制造过，说到这里他还顺便讲了一件有趣的故事，借以证明乞乞科夫是个机灵鬼。说是有一天，官府得知他家里藏有二百万假钞票，就派人封了他的住所，还派兵把房子包围起来，每个门口都站着两名士兵。可是乞乞科夫竟在一夜之间把所有的假钞票换掉了，第二天打开封条一看，假钞票全变成真的啦。有人问，乞乞科夫是否真的打算拐走省长的女儿，他诺兹德廖夫是否真的帮了他的忙，参与了这件事。诺兹德廖夫回答说，真的帮了忙，如果他不帮忙，乞乞科夫什么事也做不成的。说到这里，他忽然醒悟过来，发觉自己撒谎过了头，弄不好会给自己惹出麻烦来，可是他怎么也管不住自己的舌头。话又说回来，那些有趣的细节自然而然地涌现在他的脑海里，要他闭口不谈实在是一件难事。诺兹德廖夫甚至说出了教区教堂所在的那个村庄的名字，即特鲁赫马切夫卡村。他们决定到那里去举行婚礼。婚礼由西多尔神父主持，答应给神父七十五卢布。起初那神父不肯帮忙，于是诺兹德廖夫就吓唬他，说是要去告发他，说他私下里给面粉商人米哈伊尔和他的姘妇举行过婚礼。此外，诺兹德廖夫还答应把自己的马车让出来，并且在各驿站为他们准备了替换的马匹，那神父这才答应主持他们的婚礼。诺兹德廖夫把这件事讲得非常详细，甚至列举了每个马车夫的名字。有人提到拿破仑，但是刚一开口就打住了。官员们自己也觉得提这个问题没什么意思，因为诺兹德廖夫纯粹是胡诌瞎扯，不仅吐不出一句真话，而且满嘴里跑舌头，乌七八糟地乱说一气。官员们终于叹一口气，躲到一边去了。只有警察局局长还抱着一线希望，又耐心地听了许久，以为诺兹德廖夫最终总会说出点结果来。然而警察局局长最后也不得不挥了挥手，说："鬼晓得是怎么一回事！"于是官员们只得承认，要在公牛身上挤牛奶，纯粹是白费力气。这样一来，这帮官老爷们的日子比原先更难过了，因为事情已经很清楚，关于乞乞科夫的身份和来历，他们是绝对打听不到了。由此不难看出，人是多么奇特的东西：当事情只涉及别人，而不涉及自己的时候，他是何等的英明、机智，各方面都考虑得周到细致，处理得极为恰当；当你在生活中陷入困境时，他会给你多少周密而又切实可行的忠告啊！人们会对他赞叹不已："多么聪明的头脑！多么坚韧不拔的性格！"然而，这个聪明的头脑一旦遇到灾祸，他自己一旦陷入困难的境地，他那坚韧不拔的性格便立刻消失得无影无踪。男子汉大丈夫心慌意乱，束手无策，变成了一个胆小鬼，可怜虫，变成了一个只会啼哭的怯懦的孩子，或者干脆变成了诺兹德廖夫所说的傻鸟。

不知什么原因，所有这些议论、评价和传闻，竟使可怜的检察长精神上遭受了特大的打击。这打击实在是让他难以承受，以致回到家里，他仍旧苦思冥想，如此想来想去，竟无缘无故地忽然死掉了。不知是患了中风，还是得了别的什么病。总之，他本来坐在椅子上，突然啪的一声栽倒在地，仰面躺下了。家人闻声赶来，两手一拍，尖叫了一声："哎呀，我的上帝！"立刻派人去请医生来给他放血[①]，可是为时已晚，检察长已经是一具没有灵魂的尸体了。直到人们痛悼他时，说了他一些好话，才悲伤地发现，死者生前原来是有灵魂的，只是由于他一向为人谦虚，不曾把灵魂显露出来，才显得那样死板和冷酷。然而死神的面目的确是狰狞可怕的，不论它出现在小人物身上，还是出现在大人物身上都同样可怕。刚才他还在走路，活动，打牌，签发各种文件，跟其他官员在一起，扬着两道浓眉，不时地眨巴着左眼，现在他却躺在停尸台上，左眼不再眨巴了。但有一边眉毛还稍稍扬起，带着一种疑问的表情。死者到底想问什么呢？问他是为什么死的，或者问他为什么而生，这大概只有上帝知道。

然而，此事也太离奇了！这太不近情理了！官员们不可能会如

① 俄国旧时医治中风需给病人放血。

此愚蠢，编出如此荒诞不经的事情来吓唬自己，再说这种事情连小孩子都能看得清清楚楚嘛！读者一定会这么说，一定会责怪作者写得过于离奇，或者把那些可怜的官员称作傻瓜，因为人们使用“傻瓜”这个字眼是毫不吝啬的，对于亲近的人使用起来尤为慷慨大方，一天之内叫上二十遍傻瓜也不嫌厌烦。一个人倘若做十件事，只要其中有一件事做得愚蠢，那就足够被人称作傻瓜了，其他九件事做得好也无济于事。读者作为旁观者，从自己的角度居高临下地冷静观察这一切，评头论足发发议论自然是容易的。因为下面的事情他看得很清楚，而下面的人却只能看见附近的事物。也许在读者看来，在全人类的编年史里，有好多个世纪似乎是多余的，应该一笔勾销。世界上的确发生过许多失误，现在大概连小孩子也不会犯那种错误了。人类为了追求永恒的真理，曾经走过多少弯路，穿过多少崎岖不平、艰难险阻的羊肠小道啊。其实当时他们眼前就有一条平直的大道，那条道像金碧辉煌的皇宫前面的官道一样，比所有其他道路都宽广、美丽。白天阳光普照，夜晚华灯通宵照耀，然而人们却在黑暗中迷失了方向，错过了这条道路。不知有多少次，他们已经得到上帝的启示，却又误入迷途，甚至在光天化日之下重新陷入难以通行的荒野。大家吵吵嚷嚷，不时地施放迷雾来迷惑对方，谁也不知道该往哪里走，只好跟在磷火后面摸索前进，一直走到深渊边缘，这才惊慌失措地彼此问道：“该往哪里走，大路在哪里？”现在，当代人把这一切都看得很明白，他们会对前人的失误感到惊奇，会嘲笑古人的糊涂，殊不知这部编年史是用天火写成，其中的每一个字母都在呼喊，那里面有无数的手指指向当代人，向他们发出警告。然而，当代人仍旧要嘲笑古人，并且自信而又骄傲地开始了新的失误，同样给自己的后人留下一个又一个笑料。

乞乞科夫一直被蒙在鼓里，对省城里发生的这些事一概不知。仿佛故意似的，这几天他受了点风寒，患了轻微的感冒，齿龈脓肿，喉咙发炎。由于气候的原因，这种病在我们的许多省城是十分流行的。乞乞科夫一向惜命，生怕自己一命呜呼从此断了后代根苗，就决计不再出门，在屋里待上三四天，一边求上帝保佑自己。这些天他耐心地为自己医治，拿浸泡着无花果的牛奶漱口，漱过口之后把无花果吃掉，又用一个小袋子装上甘菊和樟脑，敷在腮帮子上。为了消闲，他便为自己找些事做，把买来的农奴的名单看了看，又重新编写几份详细的名单。他还从行李箱子里找了一本小说，好像是叫作《拉瓦列尔侯爵夫人》，一口气把它读完，然后又把那只精致的小匣子里的所有物品翻看一遍，其中有些便条和纸片他又细心地读了一遍。他觉得这些东西枯燥乏味，简直无聊得要命。奇怪的是，本城的官员们这几天一直没有露面，谁也没有来探望他。他怎么也弄不明白这到底是什么缘故，因为几天前旅店前面时常停着马车，不是邮政局长来看他，就是检察长来看他，再不就是民政厅厅长来看他。他百思不得其解，只好在屋里踱踱步啦，耸耸肩膀啦。后来他终于感到身体好转，可以到外面去呼吸新鲜空气了。这时他那股快活劲儿是可想而知的。他不再拖延时间，立刻就着手梳洗打扮。他打开化妆盒，往玻璃杯里倒了些热水，取出小刷子和肥皂，准备刮脸。话说回来，他的胡子也早该刮了，因为他摸了摸下巴，往镜子里一瞧，便立刻叫起来："哎呀，简直成了森林啦！"公正地说，森林倒是没有的，但面颊和下巴上长满了相当稠密的庄稼。刮过脸之后，他便匆忙更衣，动作十分敏捷，极为麻利地穿上裤子。最后，他终于穿戴整齐，往身上洒了花露水，穿上暖和的外套。为了防止再受风寒，还用围巾把腮帮子包裹起来，然后才走到街上。像每个久病初愈的人一样，走出家门，他心里快活极了。他所遇见的一切，都仿佛在向他微笑，不管是街上的房屋，还是那些过往的乡下人，都显得喜气洋洋。其实那些乡下人是很严肃的，其中一个人刚刚打了他的兄弟一个耳光。乞乞科夫打算首先去拜访省长。他一边走路，一边想着那个美妙的金发女郎，脑海里浮现出各种各样的念头。不一会儿就开始想入非非了，为此他还把自己嘲笑了一番。就这样，他春风得意地来到省长府第的大门口。进了门廊，他正要脱下外套，看门人忽然走过来，说了一句他所意料不到的话，着实让他吓了一跳：

“上头吩咐不接待！”

“什么，你说什么？你大概没有认出我吧？你再好好看看我的脸！”乞乞科夫对看门人说。

“我认得您，我看见您不是一两回了，”看门人答道，“上头有吩咐，就是不让您一个人进门，其他人我是可以放进去的。”

“怪事！这是为什么？到底为什么？”

“这是命令，有命令就得照办，”看门人说，接着他又补了一句，“是的。”说到这里，他就摆出一副放肆的架势，拦住乞乞科夫，往日忙着帮他脱大衣时那种殷勤的微笑已荡然无存。他瞅着乞乞科夫，大概心里在想：“哼！既然主子不许你登门，可见你小子就不是什么好东西！”

“真是怪事！”乞乞科夫暗想，于是立刻去拜访民政厅厅长。可是民政厅厅长一看见他，马上显得仓皇失措，一句话也说不出来。后来东拉西扯地敷衍了几句，全是废话，弄得两人都很狼狈。乞乞科夫告辞出来，一路上琢磨着民政厅厅长的用意何在，他说的那些话究竟是什么意思，最终也没有琢磨明白。接着他顺便拜访了其他几位官员，比如警察局局长、副省长、邮政局长。可是这些官员有的让他吃了闭门羹，有的虽然接待了他，态度却很不自然。谈话拘束得很，不知他到底要说些什么，结果弄得彼此都很难为情，只好说些令人莫名其妙的废话。因此，乞乞科夫怀疑他们的脑子是否出了毛病。他又试着拜访了别的官员，想探听一下这一切究竟是什么原因，结果什么也没有探听出来。他迷迷糊糊地在城里奔走着，漫无目的地游逛着，无法判断是他自己发疯了，还是那些官员丧失了理智，不知这一切究竟是梦，还是现实中的荒唐事。他很晚才回到旅店，真是乘兴而去，败兴而归。这时暮色已经降临。闲待着无事可做，他便叫人端茶上来，以便排忧解闷。于是他陷入了沉思，苦苦思索着自己的古怪处境，正要给自己倒茶，房门忽然打开了。他万万没有想到，诺兹德廖夫出现在他的眼前。

“俗话说：为了看望好朋友，多绕七里路也不嫌远！”诺兹德廖夫摘下帽子说，“我路过这里，看见你窗户里亮着灯。我想你大概还没有睡，就进来瞧瞧。啊！你桌上摆着茶，这太好啦，我很愿意陪你喝杯茶，因为今天中饭吃多了。乱七八糟地塞了一肚子，现在觉得胃里很不舒服。你快叫人给我装一袋烟！你的烟斗在哪里？”

“我是从来不抽烟的。”乞乞科夫冷淡地说。

“少说废话，你以为我不知道你是个烟鬼呀。来人！你的仆人叫什么名字？喂，瓦赫拉梅，快来呀！”

“他不是瓦赫拉梅，而是彼得卢什卡。”

“怎么回事？你原来的仆人就是瓦赫拉梅嘛。”

“我从来没有过名叫瓦赫拉梅的仆人。”

“是的，说得对，瓦拉赫梅是杰列宾的仆人。你要知道，杰列宾这小子真走运。他姑妈跟儿子不和，因为儿子不争气，娶了个女奴做老婆。这下好啦，现在姑妈把所有财产都给了杰列宾。我心里琢磨，要是人人都有这么个姑妈该多好哇！你怎么搞的，老兄，怎么老躲着大伙儿，闭门不出啦？当然了，我知道你有时候忙着研究学术问题，你喜欢读书（为什么诺兹德廖夫断定我们的主人公在研究学术问题，并且喜欢读书，老实说，我们无从知晓，而乞乞科夫本人就更不清楚了）。哎呀，乞乞科夫老兄，你要是在场就好啦……的确，你要是看见了，你那善于冷嘲热讽的脑袋里就有了丰富的材料啦（他为何认为乞乞科夫善于冷嘲热讽，这一点也不得而知）。你可想而知，老兄，我们在商人利哈乔夫家里玩牌，那才好笑呢！别列平杰夫当时跟我是搭档，他说：‘要是现在乞乞科夫在这里，这下子他可就好啦！……’（然而乞乞科夫从来不认识什么别列平杰夫）。你得承认，老兄，那回你对我实在是太不够意思啦，还记得吗？就是我们两人下棋，那盘棋本来是我赢了……的确，老兄，你那回明明是欺负我。可是我呢，鬼晓得我是怎么回事，反正我这个人是从来不会生气的。前几天跟厅长……哎呀，对啦，我正想告诉你哪，现在全城的人都跟你作对，认为你在制造假钞票。他们还来盘问我，我当然要保护你啦，替你说了很多好话，说我们俩曾经是同学，我还认识你父亲。总之，没什么可说的，让他们尝了尝我的厉害。”

“说我制造假钞票？”乞乞科夫尖叫起来，从椅子上欠起身子。

“可是你何必吓唬他们呢？”诺兹德廖夫接着说，“鬼晓得是怎么回事，他们全吓疯了，一会儿说你是强盗，一会儿说你是密探……检察长受不住惊吓，居然吓死啦，明天举行他的葬礼，你参加不参加？说句实话，他们是害怕新任的总督，生怕为了你惹出什么麻烦来。我对新总督的看法是这样的：如果他翘尾巴，摆架子，那么他就对付不了这帮贵族。贵族们喜欢殷勤好客的人，你说对吗？当然，他可以躲在自己的办公室里，禁止开舞会，可是结果会怎么样呢？结果他什么也得不到。不过，乞乞科夫，你可真行啊，居然干起冒险勾当来了。”

“什么冒险勾当？”乞乞科夫不安地问道。

“拐骗省长的女儿嘛。老实说，这件事我早料到了，我敢保证，我早看出来了。在舞会上，我头一回看见你们两人在一起。当时我心里就想，乞乞科夫这家伙肯定不怀好意……不过话又说回来，你实在是选错人啦，我看她长得一点也不美。有一个姑娘，是毕库索夫的亲戚，他姐姐的女儿，那才叫美妞呢！可以说美妙无比！”

“这是哪里的话，你在胡说什么呀？我怎么会拐骗省长的女儿呢，你扯到哪儿去了？”乞乞科夫瞪大了眼睛说。

“算了吧，老兄，你这人真会心里做事，假正经！老实说，我正是为这件事来找你的，我情愿帮你的忙。咱们这么办吧：我帮助你去教堂举行婚礼，马车和备用的马匹都由我来提供，只是有一个条件：你先借给我三千卢布。我急着用钱，老兄，急得要死！”

趁着诺兹德廖夫胡说八道的工夫，乞乞科夫揉了几回眼睛，想弄清楚他听到的这一切是不是在做梦。说他制造假钞票，拐骗省长的女儿，说检察长之死好像是由他引起的，加之新总督的到任，这一切实在使他大为震惊。“既然情况如此严重，”他心中暗想，“看来这里不宜久留，得尽快离开这里才是。”

乞乞科夫三言两语打发走诺兹德廖夫，立刻叫来马车夫谢里方，吩咐他把马车准备停当，明天天一亮就出发。早晨6点钟必须出城，叫他把一切都检查一遍，给马车上好油，等等。谢里方回答说：“一定照办，巴维尔·伊凡诺维奇！”但他却站在门口没有动弹。主人马上又吩咐彼得卢什卡把皮箱从床底下拽出来，只见箱子上落了厚厚一层尘土。于是他便跟仆人一起动手收拾行装，顾不得仔细分类，把袜子、衬衫、洗过的和没洗的内衣内裤、鞋楦子、日历等，统统装进皮箱里。他决计当晚就把所有东西都准备好，免得第二天再耽误时间。谢里方又在门口站了一两分钟，最终慢吞吞地走出房间去了。可以想象，他走得要多慢有多慢，一小步一小步地沿着楼梯走下去，湿漉漉的靴子在踏坏了的阶梯上留下一个个脚印，一边走还一边用手久久地搔着后脑勺。他搔后脑勺意味着什么？一般人搔后脑勺表示什么意思？是不是表示他心里很恼火？也许他本来打算明天参加一个聚会，跟一个穿着难看的光板皮袄、腰系破皮带的伙伴到一家讲究的酒馆去干一杯，主人偏偏急着要离开这里，搅乱了他的计划？也许他在这新地方结交了一位心上人？也许每天傍晚，夜幕降临以后，穿红衬衫的小伙子在给仆人们弹三角琴，劳累了一天的平民百姓在低声聊天，他就跟心上人站在大门口，殷勤地握着她那白皙的手。也许现在不得不分别了，他心里不好受？也许是舍不得他那个暖和的铺位，每天晚上他盖着皮袄睡在下人的厨房里，紧靠着火炉，睡得很舒服。还有，想到那令人留恋的白菜汤和城里的松软的馅饼，也许他不愿再去受雨雪泥泞、奔波劳累的旅途之苦？这些只有上帝知道，凡人是无法猜透的。俄国人搔后脑勺是有许多不同的含义的。

# 第十一章

然而，一切都出乎乞乞科夫的意料。首先，他没有按照预定的时间醒来，这使他心里感到很别扭。起床之后，他马上叫人到下面去看看马车套好了没有，一切是否准备停当。但仆人禀告说，车夫还没有套车，并且什么准备也没有做。这又使他感到很不愉快。乞乞科夫恼火极了，真想抓住我们的朋友谢里方狠狠地揍一顿。于是他便急不可待地等着谢里方走进来，看他对自己的过失做何解释。过了不大一会儿，谢里方果真来了。他的辩解简直让乞乞科夫哭笑不得。不过在这种场合，当主人急于赶路时，仆人通常是拿这些理由为自己开脱的。

“可是，巴维尔·伊凡诺维奇，还得钉马掌呢。”

“哎呀，你这个蠢猪！笨蛋！你怎么不早说呢？难道你没有时间吗？”

“是的，时间倒是有的……可是这车轮子也该修理了，巴维尔·伊凡诺维奇，轮箍该换啦。因为现在这路不好走，高低不平，到处都是坑……您要是允许我禀告的话，还有，这马车的前部摇晃得厉害，恐怕走不了两站路啦。”

“你这个坏蛋！”乞乞科夫尖声骂道，同时把两手一拍，朝马车夫扑去。谢里方害怕挨揍，连忙后退了几步，躲开了老爷。“你小子成心要害我呀？啊？你是想杀死我？你这个强盗，是想在大路上杀死我。你这个该死的蠢猪，海怪！啊？啊？整整在这里住了三个礼拜，啊？你小子一声不吭，废物！现在要走了，你小子来找事儿了！现在要上车了，要动身了，你偏偏在这时候才说出来，我看你是成心捣乱，啊？啊？这事你事先知道不知道？你事先知道吗，啊？啊？快说呀！知道吗？啊？”

“事先知道。”谢里方垂下头，答道。

“既然知道，为什么不早说？啊？”

谢里方一声不吭，无言对答。不过从他那垂头丧气的样子看来，他仿佛在对自己说：“瞧，真是怪事，既然事先知道，为什么不早说呢！”

“你现在就把铁匠找来，叫他在两小时之内把马车修好。听见没有？不得超过两小时，否则我饶不了你，我要让你尝尝我的厉害！”我们的主人公的确是气坏了。

谢里方转身正要去执行主人的命令，但又停下来说：

“还有一件事，老爷，那匹花斑马的确是不顶用，干脆把它卖掉得了，因为它净捣乱，巴维尔·伊凡诺维奇。这种马实在是太坏了，只会碍事。”

“好吧！你让我现在就到市场上去，把它卖掉！”

“真的，巴维尔·伊凡诺维奇，这家伙只是外表好看，实际上是个大滑头。这种马在哪儿……”

“蠢货！我什么时候想卖，自然会卖的。你还在这里啰唆什么！你小子等着瞧，如果你不立刻把铁匠找来，两小时之内不把马车修好，我非狠狠地揍你一顿不可……不把你揍扁才怪哩！快去吧！滚吧！”

谢里方连忙退出去了。

乞乞科夫情绪极坏，生气地把马刀扔在地板上。在旅途中他一直把这马刀带在身边，以便随时威吓每个应该威吓的人。那些铁匠实在是不识抬举，乞乞科夫好说歹说，花了一刻多钟才最终同他们谈妥了价钱。因为铁匠们照例是些臭名昭著的坏蛋，一看是急活，便要敲竹杠，整整多要了五倍的价钱。乞乞科夫骂他们是骗子、强盗、拦路抢劫的贼，甚至用末日审判来吓他们，咒他们不得好死。可是不管他怎样大动肝火，铁匠们却丝毫不予理睬。他们一直坚持到最后，不但在价钱上分文不让，而且干活特慢，本来两小时可以干完的活，他们干了整整五个半小时。这段时间乞乞科夫只好耐心等待，消磨着每个旅客都熟悉的那种愉快的时光。这时已经装好了箱子，房间里只剩下几条绳子、废纸和其他垃圾。这时他无法上路，又不能安静地坐着，只好站在窗前观望大街上的行人。那些行人倒是不慌不忙，边走边谈，有时抬起头来望你一眼，脸上露出愚蠢的好奇神色，接着又赶路去了，害得这个无法动身的旅客心里更加着急。这时，所有的一切，不管他看见什么，不管是窗户对面的店铺，还是住在对面楼里的老太婆——她不时地在挂着短窗帘的窗户跟前走动，总之，一切都使他心烦，可是他却不愿离开窗户。他站在那里，忽而沉思，忽而呆呆地望着眼前活动的和不动的一切。这时一只苍蝇飞来，嗡嗡地叫着，拼命撞击着窗玻璃，他一气之下将它捏死了。不过，任何事情都会有结局的，盼望的时刻来临了：一切都准备好了，马车的前部已经修好，车轮子上重新包了胶皮轮箍，马匹已饮过水牵回来。那几个土匪铁匠点过钱就走了，临走时说了声一路平安。马车终于套好了，刚买来的两个热面包放进马车里，谢里方也往车夫台旁边的一个袋子里塞了点什么。我们的主人公终于上了马车，旅店的伙计站在一旁朝他挥着帽子，仍旧穿着那件仿锦缎面的常礼服。本旅店的其他仆役和一些外来的听差马车夫之类也出来围观，想看看别人的老爷出发时是什么样子。总之，人们照例围观、骚动了一阵之后，这辆通常是光棍汉乘坐的四轮轻便马车终于驶出了旅店的大门。这马车在省城停留了不少日子，也许读者早已讨厌它了。“好啦，感谢上帝保佑！”乞乞科夫想到这里，连忙在自己身上画了一个十字。谢里方扬鞭催马，彼得卢什卡先在脚踏板上站了一会儿，这时也坐到车夫台上来。我们的主人公在格鲁吉亚毛毯上坐舒服了，又把一只皮垫子塞在自己背后，紧靠着那两个热面包。这时马车又颠簸和摇晃起来，这是石子马路在作怪了，众所周知，这种马路的弹力是很大的。乞乞科夫望着路旁的房舍、墙壁、栅栏和街道，心里有一种说不出的感觉。眼前的一切似乎也在颠簸跳跃，缓缓地向后移动着。天晓得命运将如何安排，谁知道他这辈子还能否再见到这里的一切。当马车向一个街口转弯的时候，遇上了没完没了的送葬的队伍，不得不停了下来。乞乞科夫把头伸出车外，叫彼得卢什卡问问是给谁送葬。彼得卢什卡打听到了，人们是给检察长送葬。乞乞科夫听了浑身上下登时充满了不愉快的感觉。他连忙躲在车厢的角落里，用皮帘遮住自己，又随即放下了窗帘。马车被迫停下之后，谢里方和彼得卢什卡立刻恭恭敬敬地摘下帽子，留心注视着送殡的队伍，看他们都是些什么人，穿着打扮如何，是乘车还是步行，还留心数着人数，计算着步行的和坐车的各有多少人。可是老爷吩咐他们，当心不要给人认出来，不要跟熟悉的仆役打招呼。他说完之后，自己也悄悄地扒开皮帘朝窗外观看起来。全体官员都跟在灵柩后面，全都摘下了帽子。乞乞科夫开始有些害怕，担心有人会认出他的马车。然而官员们哪里还顾得上这些。往常送殡的人都边走边谈论着生活琐事，这回他们却什么也没有谈论。这时他们的思想都在集中考虑各自的心事：新任总督会是一个怎样的人，会怎样着手办理公务，怎样对待他们。在步行的官员后面，紧接着驶来一串轿式马车，马车里坐的是戴着丧帽的女士们。从她们的嘴唇和手势看来，她们都在起劲地交谈着。大概也在谈论新总督到任的事，正在猜测他会举办什么样的舞会，或者在讨论她们的花样繁多的花边和刺绣。轿式马车过完之后，后面跟着几辆空马车，再后面就没有什么了。我们的主人公可以继续前行了。他拉开皮窗帘，叹了口气，惋惜地说：“瞧这位检察长！本来活得好好的，忽然就死掉了！这下子报纸倒有得写啦，说他的逝世是他的下属官员们乃至全人类的不幸，称他是可敬的公民，稀有的慈父，丈夫的楷模，还要写许多歌功颂德的话，恐怕还要附带提一句，本城孤儿寡妇挥泪为其送葬。可是，仔细想一想，实际上除了你那两道浓眉之外，你这人毫无可取之处。”说到这里，他吩咐谢里方催马快走，接着他又想道："不过，遇着出殡倒也是好事，人们常说，遇见死人，要交好运。”

这时马车已驶到一些偏僻冷静的街巷里，路旁很快就出现一排排长长的木栅栏，这说明马车已驶到城市尽头。石子马路已经走完，过了拦路杆，就来到城外。这里什么也没有，于是马车又在驿道上飞跑起来。驿道两旁又出现了那些早已司空见惯的路标、驿站长、水井、货车、灰色的村庄。村庄里有茶炊，有村妇。一个留着大胡子的机灵的店主从大车店里跑出来，手里拿着一把燕麦。道旁还可以遇见长途跋涉的行人，穿着破旧的树皮鞋，步履蹒跚，已经步行了八百俄里。还有一些刚建立不久的小城镇，临街是一些木造的店铺、盛面粉的木桶、树皮鞋、面包和其他零碎杂物。道旁还有一些色彩斑驳的拦路杆、正在修补的小桥。驿道两旁是一望无际的原野。还有地主们的轿式马车，一个士兵骑着马走过来，马身上驮着一只装满了霰弹的绿箱子，箱子上写有“某炮兵连”的字样。原野上闪过绿色的、黄色的和刚刚翻耕过的狭长的地块，远处飘来悠扬的歌声，在雾霭中若隐若现的松树，渐渐消失的钟声，苍蝇般密集的一群群的乌鸦，一望无际的天陲……俄罗斯啊！俄罗斯！我看得见你，我从美丽奇妙的远方望着你！[①] 我看得见，你是那样的贫穷，到处都乱糟糟的，一片凄凉景象；你那里没有以奇妙的艺术作品装点的奇妙的自然景观，没有令人叹为观止的奇异的风光；城市里既没有屹立于悬崖峭壁之上的巍峨的宫殿，没有美丽如画的树林和在环屋盘绕的常青藤之间喧闹不息的飞溅的瀑布；没有可以令人翘首仰望的高耸入云的层层叠叠的岩石；也没有爬满葡萄藤和常青藤，并且点

---

① 果戈理在1836年以后曾长期旅居国外，《死魂灵》第一卷即在国外写成。

缀着无数野玫瑰的重重拱门，更没有在重重拱门里看得见的在银白的晴空下闪闪发光的远处的群山。你那里的土地开阔、荒凉、平坦；你的城市里没有高楼大厦，坐落在平原上，星星点点，显得平淡无奇；没有什么东西能够吸引人的目光、让人着迷。然而，是一种什么样的力量不可理喻地暗中吸引着我，使我心中充满对你的无限向往？为什么飘荡在你那辽阔国土上的忧郁的歌声总在我耳边回响？这歌声到底意味着什么？是什么东西在召唤，在哭泣，在时时牵动着我的心？是什么声音在轻轻地吻我，深入我的灵魂，在我的心头久久地回荡？俄罗斯啊！你到底想要我做些什么？你我之间到底有一种什么样的神秘的联系？你为什么这样凝视我，为什么你那里的一切都望着我，眼睛充满了期望？……当我呆呆地站在那里，心中还充满着困惑的时候，我头上已布满可怕的乌云，面对着你那辽阔的国土，我的思想麻木了。你那无边的广漠预示着什么？既然你本身是那样的无边无际，难道在你那里就不能够产生无穷的思想？既然你那里地大物博，可以尽情地纵横驰骋，难道你那里就产生不出勇士？这时，辽阔的大地威严地拥抱着我，深深地震动了我的心灵；一种超自然的力量照亮了我的眼睛：啊！俄罗斯！你是一片多么灿烂、多么奇妙的辽阔的国土啊！……

“快勒住马，勒住马，笨蛋！”乞乞科夫朝谢里方嚷道。

“小心我一刀捅死你！”迎面飞驰而来的马车上的大胡子信使高声骂道，他的大胡子足有两尺长，“你没看见吗，该死的鬼东西，这是官府的马车！”紧接着三驾马车隆隆驶过去，扬起一片尘土，像幻影似的转眼间就消失了。

“旅途”这个词真古怪，它包含着多么丰富而又神奇的诱惑啊！旅途本身就是奇妙的：在一个晴朗的秋日，落叶萧萧，空气充满着凉意……你不由自主地把大衣裹紧一些，把帽子压低一些，蜷缩着身子躲在车厢里舒适的角落里。最后，你打了一个寒颤，立刻觉得浑身暖烘烘的，你便愉快地舒展了四肢。马儿飞驰着……甜蜜的睡意悄悄爬上你的心头，眼皮开始打架了。你昏昏欲睡，蒙眬中你听见有人在唱《雪茫茫》。马在打响鼻，车轮在喧哗，你在打鼾了，终于把身子靠在邻座身上。一觉醒来，马车已驶过五站路程。只见明月当空，马车正经过一座陌生的城市。路旁掠过几座古老的教堂，教堂上依稀可见木制的圆顶和黑糊糊的塔尖。一幢幢木屋黑魆魆的，砖砌的房屋都刷着粉白的墙壁。到处闪烁着明亮的月光，墙壁上，马路上，街道上，仿佛飘舞着一块块洁白的纱巾。漆黑的阴影斜斜地插过来，不时地把它们切成碎片。月光照亮的木头屋顶，像金属似的闪闪发光。街道上连一个人影也没有，一切都进入了梦乡。也许某个地方的窗户里会透出一缕孤独的灯光，不知是居民在缝靴子，还是面包匠在烤面包。不过和他们有什么关系呢？你还是欣赏美丽的夜色吧！这是上帝的力量！在皎洁的月光下，夜色变得多么迷人啊！这空气，这天空，明净而又高远。在这深不可测的夜空里，一切都显得无限辽阔，和谐而又明朗！……然而，清凉的夜的气息迎面吹来，吹得你心清气爽，你又打瞌睡了，蒙蒙眬眬，渐渐地打起鼾来。可怜的旅伴被你挤在车厢的角落里，他受不了你的挤压，生气地翻动着身子。你醒了。你眼前又出现了田野和草原，到处是无际的旷野，一切都展现在你面前。带有数字的路标直冲你飞来。早晨来临了。寒冷的天空渐渐发白，远方的天际露出一抹淡淡的金色的霞光。风儿变得更加清爽、凛冽，你不得不把暖和的大衣再裹紧一些！轻微的寒意甜蜜宜人！奇妙的瞌睡又拥抱着你，你便昏昏睡去！马车颠跳一下，你又醒了。这时太阳已高高地升起来。“慢点！慢点！”有人喊道。马车正在驶下一个陡坡。陡道下面有一条宽阔的水坝，旁边是一个清澈见底的大水塘，像一面庞大的铜镜似的，在阳光下闪闪发光。山坡上有一个村庄，一座座农舍错落有致，旁边有一座乡村教堂，一座十字架孤独地耸立在空中，像一颗星星在闪烁。农夫们在闲谈。你忽然感到饥饿难忍……天啊，遥远的路，走不完的路，你有时变得多么奇妙啊！有多少次，我在陷于绝境、濒临死亡之际求助于你，你每次都慷慨地接纳了我，拯救了我！在旅途中，你使我产生多少奇妙的构思，富有诗意的幻想，你给我留下多少奇妙的印象啊！……不过，此时此刻，我们的朋友乞乞科夫心里转动的也不全是毫无诗意的幻想。现在就让我们来看一看，他心里到底在想些什么。起初他什么也没有想，只是不时地回头张望，想弄清楚他是否已真的出了城。当他发现，城市早已从地平线上消失，铁匠铺、磨坊以及城市外围的种种设施都看不见了，连石砌教堂的洁白的尖顶也已经转入地平线下面，这时他才把注意力完全集中到路途上来，不时地左顾右盼，仿佛N城早已从他的记忆里消失了，仿佛他路过N城也是童年时代的遥远的往事似的。终于，路途上的一切他都看腻了，他便微微闭上眼睛，把头靠在枕垫上。老实说，作者为此感到高兴，因为他终于找到了机会，好好介绍一下本书的主人公。在此之前，正如读者所看到的，不断地有各种人物和琐事来打扰他，诺兹德廖夫啦，舞会啦，女士们啦，城里的流言啦，以及那些鸡毛蒜皮的小事啦，等等。不过话又说回来，那些琐碎事只有写进书里之后，才显得无足轻重，不值一提。当它们在上流社会广为流传，议论纷纷的时候，人们是把它们当作头等重要的大事来看待的。不过，现在我们暂且把这些闲话放在一边，直接谈一谈正题吧。

读者们对我们所选择的主人公是否中意，这一点我很没有把握。女士们不喜欢他是笃定无疑啦，因为女士们总是要求主人公十全十美，如果在心灵上或者在相貌上有那么一个极小的缺点，那他就完了。不管作者对他的内心世界展示得如何深刻，不管把他的形象描绘得如何清晰，他在女士们的心目中也还是毫无价值。乞乞科夫人到中年，身体开始发福，这就对他大为不利啦，因为作为一个主人公，胖子是最为让人讨厌的，女士们无论如何不会原谅他，许多女士会立刻转过身去说：“呸，丑八怪！”唉！这些情况作者心里是很清楚的，尽管这样，他仍旧找不到一个十全十美的人来做主人公，不过……也许在这部小说里，读者将会听到某种迄今为止尚未弹奏过的音乐，会看见俄罗斯精神的无限的财富。也许在这部小说里，会出现一个天生品德高尚的男子汉，或者出现一个美妙的俄罗斯少女。这位少女具有女性的一切美德，慷慨大方，富有自我牺牲的精神，这样的女子在世界上绝无仅有。在这样的男女主人公面前，其他种族的所有高尚人物都黯然失色，恰如书面语体与活的语言相比一样！俄罗斯精神将得到弘扬……读者将会看到，在其他民族性格中极不稳定的东西，在斯拉夫民族的性格中却留下了深刻的印记……话又说回来了，尚未写成的东西何必提前去说呢？作者早已是个成年人了，养成了严厉地内省和清静地独立思考的习惯，再像青年人那样忘乎所以的确有失体面。什么事都得有一个先后次序，都得有合适的时间和场合！不过，高尚人物最终也未能选作本书的主人公。这里倒不妨说说为什么没有选他。这是因为终于到了该让可怜的高尚人物休息一下的时候了，因为“高尚人物”这个字眼已成了人们的口头禅，因为人们把高尚人物变成了马，没有一个作家不骑他，用鞭子或者随便什么东西抽打他，驱赶他；因为人们已把高尚人物折磨得够呛，现在在他身上连美德的影子也没有了，只剩下皮包骨了。人们假惺惺地呼唤高尚人物，实际上并不尊重他。够了，终于该让卑鄙人物出来拉车啦。好了，我们就把这个卑鄙无耻的家伙套在车上吧。

我们的主人公的出身无人知晓，只知道他并非名门之后。他的父母是贵族，但究竟是世袭的还是本人取得的封号，这就不得而知了。他的相貌不像父母，至少他的一位亲属是这么说的。他出生的时候，恰好这位身材矮小、外号叫作“水鸭子”的女亲戚在跟前。她抱起孩子一看，就叫了起来：“哎呀，一点也不像我预料的那个样子！我以为他会像外婆，要是像外婆就好啦。不料他偏偏生得谁也不像，正如俗语说的：既不像爹，也不像娘，倒像过路的少年郎。”人生给他留下的最初的印象是阴暗的，仿佛透过一个遮着冰雪的昏暗的小窗看到的景象。小时候，他既没有朋友，也没有伙伴！一间小屋，窗户无论冬夏从不打开。父亲体弱多病，穿一件长长的带羊皮里子的常礼服，赤脚穿一双编织的拖鞋，不停地在屋里踱来踱去，愁眉苦脸，长吁短叹，或者往墙角里的沙盂里吐痰。孩子就得永远坐在板凳上，拿着鹅毛笔，手指和嘴唇上都沾满了墨水，面对一本习字规范，上面写着："不撒谎，敬尊长，存善心。"屋里一天到晚响着沙沙的拖鞋声，功课又单调得很。他感到乏味极了，便在字母上添加一个小钩子或者小尾巴。这时他耳边就响起一个熟悉的但却威严的声音："又胡闹啦！"接着背后便伸过手来，长长的手指使劲拧着他的耳朵，拧得他疼痛难忍。这种不愉快的感觉他老早就熟悉啦。在他的记忆里，童年时代留给他的最初印象就是这样的悲惨。不过，生活中的一切都在发生飞快的变化。早春的一天，阳光刚刚温暖了大地，春水渐渐开始泛滥，父亲就带上儿子，坐着马车出远门去了。这马车是很简陋的。拉车的小花马又瘦又难看，是通常被马贩子称作"喜鹊"的那种带褐黄斑点的马。马车夫个子矮小，驼背，是乞乞科夫的父亲所拥有的唯一的一户农奴的家长，同时兼任着老爷家里的各种奴仆的职务。马车走得很慢。他们在路上差不多磨蹭了两天，途中住了一夜，然后摆渡过河，吃了一点冷馅饼和烤羊肉，直到第三天早晨才抵达城市。当城市里繁华的街道忽然出现在这个小男孩的眼前时，他简直惊奇得说不出话来，张大了嘴巴呆呆地望了好几分钟。后来马车在一个胡同口转弯的时候，掉进一个水坑里。这条小胡同由此向下倾斜，胡同里到处都是烂泥巴。驼背马车夫拼命打马，主人也放开嗓子吆喝着，小花马在水坑里全力挣扎，费了九牛二虎之力才把马车从泥坑里拽出来。最后马车拐进一个不大的庭院。院子坐落在山坡上，院内有一幢破旧的小屋，屋前有两棵开着花的苹果树，屋后是一个小花园。花园里只有一些矮小的花楸树和接骨木，还有一座木头亭子隐藏在树木深处，亭子上搭着旧板条，侧面有一个毛玻璃的小窗。他们的一位亲戚就住在这个小院里。这是一个年迈体弱的老太婆，每天早晨还能去赶集，回来之后便在茶炊旁把袜子烤干。老太婆拍了拍孩子的脸蛋，瞧了瞧他那胖乎乎的令人喜爱的模样。就这样，孩子便留在老太婆身边，每天去市立学校上学。父亲只住了一夜，第二天就回去了。父亲临走的时候并没有流泪，给了他五十戈比的零花钱，更重要的是巧妙地开导了他一番："你要注意，巴甫卢沙，好好念书，不要胡闹，不要贪玩。最要紧的是让老师们和上司们对你满意。只要你能博得上司的赏识，即便你在学问上差一些，即便你完全是个庸才，你照样会受到重用，会超过所有的人。不要在同学中间交朋友，他们不会教你学好的。如果你非要跟同学交往，那么你就去结交那些富家子弟。将来一旦有什么事情，他们会对你有用的。切记不要乱花钱请客，不要花钱招待任何人。最好是让别人花钱招待你。最要紧的是珍惜每一个戈比，把钱攒起来，因为在这个世界上，钱这东西是最靠得住的。不论是同学还是朋友，都会坑害你。你倒霉的时候，他们会第一个出卖你。可是钱却不会出卖你，不管你遇到什么样的灾难，只要有了钱，世界上没有你办不成的事，没有你攻不克的难关。"父亲教导过儿子之后，父子俩就此分了手。父亲又坐上那辆简陋的马车回家去了。从此以后，巴维尔再没有见过自己的父亲，但是父亲那番话却在他的心里留下了难以磨灭的印象。

从第二天开始，巴甫卢沙就进学校念书了。在学习上他没有什么突出的才能，他的特点是勤奋用功，并且特别爱整洁。不过，在别的方面，也就是在实践活动方面，他却显得聪明过人。他忽然明白了做人的道理，变得精明而又圆滑。在与同学们交往时，果真表现得极为出色，同学们都花钱请他做客，或者送给他一些好吃的。而他却从来不破费，有时还把同学们赠送的礼物收藏起来，然后再找机会卖给这些同学。他从小就养成了节俭的习惯，善于在各方面约束自己。父亲给的零花钱他不仅分文未动，而且不出一年他就自己挣钱了，显示出他独特的经营才能。比如说，他用蜡捏成灰雀，再涂上油彩，卖的价钱很可观。后来有一段时间，他又干别的投机买卖。具体做法是：他在市场上买了一些好吃的东西，回到学校，他就坐在一些富家子弟身旁。只要发现哪个同学精神不振，露出饥饿的样子，他便装作在无意中从椅子背后给他看见姜饼或者面包的一角，等到吊起对方的胃口以后，再根据饥饿的程度讨要价钱。他花了两个月的课余时间在家里训练一只老鼠。他把老鼠关在一个木制的小笼子里，教它做各种动作。它最终学会了直立行走、卧倒和起立，并且能够按照人的指令演习这些动作。后来这只老鼠也卖了大价钱。就这样，积攒了五卢布之后，他便把钱袋缝起来，换一只钱袋继续攒钱。在对待老师的态度方面，他表现得更是聪明过人啦。在教室里，谁也没有他坐得端正。这里需要指出，教师是一位喜好安静的人，喜欢那些规规矩矩的学生，却容不得那些聪明好动的孩子。他总觉得，那些聪明孩子一定会嘲笑他。如果他认为某个学生有些调皮，那么这个学生的日子就难过啦。只要他稍稍动一下，或者无意中扬一下眉毛，教师就会忽然暴跳如雷，就会把他赶出教室，狠狠地处罚他。"老弟，我要杀一杀你的傲气，让你变得老老实实！"教师说，"我早把你给看穿了，我比你自己更了解你。你在这里老老实实地跪着吧！我让你知道什么叫挨饿！"于是这个孩子可怜巴巴地跪在那里，一昼夜没吃东西，自己还不知道为什么遭此惩罚呢。"才能和天赋是什么？全是无稽之谈，"教师常常这样说，"我只看重品行，一个学生可以什么也不懂，只要他个人表现优秀，我照样给他各科打满分。我要是发现某个学生品行不正，讥笑人，我就给他零分，不管他的学问有多么高深！"这些便是那个教师常挂在嘴边的话，此外他特别不喜欢克雷洛夫，因为克雷洛夫曾在寓言里说过："我看喝酒没关系，但最好不要误事。"每次讲到他过去任教的那个学校课堂上如何肃静，他都眉开眼笑，流露出极大的快乐和满足。据他说，教室里静得能听见苍蝇飞过的声音，一年到头没有一个学生在教室里咳嗽过，或擤过一回鼻子，不到下课时间，教室里有没有人你是无法知道的。乞乞科夫灵机一动，便对老师的言谈话语及精神实质心领神会，明白了品行指的是什么东西。所以在课堂上，他自始至终坐得端端正正，连眼睛和眉毛也不动一下，任凭背后的同学如何拧他。只等下课铃一响，他便跑上前去，抢先拿起教师的护耳棉帽（这位教师经常戴一顶护耳棉帽），恭恭敬敬地递给教师。递过帽子之后，他又抢先走出教室，设法在路上与教师相遇至少三次，每次都毕恭毕敬地脱帽致意。功夫不负有心人，乞乞科夫取得了圆满成功。求学期间他一直名列前茅，毕业时各门功课成绩优异，拿到了毕业文凭，还获得了烫金字的品学兼优证书。走出校门的时候，他已经是一个相当漂亮的小伙子，下巴颏也得经常刮了。就在这时，他父亲病故了，遗产只有四件破旧不堪的绒线衣，两件带羊皮里子的破旧的常礼服，还有为数不多的一笔钱。父亲劝别人攒钱说得极有道理，自己却没有攒什么钱。乞乞科夫立刻卖掉了破旧的宅院和微不足道的田产，卖得一千卢布。然后把那个驼背马车夫一家迁到城里，打算在城里定居，并在城里供职。也就在这个时候，那位喜欢肃静、注重学生品行的教师被解雇了，不知是因为愚蠢还是别的什么原因。于是可怜的教师由于心里苦闷，就喝起酒来，最后终于喝光了全部财产。他贫病交加，孤苦无依，连一片面包也吃不上，住在一间冰冷而又偏僻的小屋里，无人过问。后来，他过去的学生，也就是那些因聪明调皮而被他认为顽劣骄傲的学生，得知他的不幸遭遇之后，都立刻解囊相助，有些人还为此卖掉了家里许多有用的东西。唯有巴甫卢沙·乞乞科夫推说自己一无所有，只捐了一枚五戈比的银币。同学们当即把钱退还给他，生气地骂道："哼，你这吝啬鬼！"可怜的教师听说学生们为自己捐钱，感动得掩面大哭，像一个孤苦伶仃的小孩子似的，暗淡无光的眼睛里泪如泉涌。"我快要死了，上帝还要我大哭一场。"他用微弱的声音说。听了乞乞科夫如何对待他的时候，他吃力地叹了一口气，马上又补了一句："唉，巴甫卢沙！你们瞧，人变得多快呀！本来是个品行端正的孩子，一向规规矩矩，特别温和！我被他骗了，我被他骗苦了……"

不过，不能说我们的主人公生性冷淡，心肠硬，也不能说他感情完全麻木了，以致于不知道怜悯和同情。其实他并非缺少怜悯和同情，他本来也想解囊相助，但有一个前提，那就是数目不大，不动用那些决计不再动用的钱。总之，父亲关于省钱和攒钱的教导对他大有益处。话又说回来了，他并不是那种爱财如命，为了攒钱而攒钱的人，吝啬还没有占据他的心灵。不对，支配他的行动的动力并不是吝啬。他一心向往的是在各方面都称心如意的富裕的生活。要拥有多种马车，豪华住宅，天天吃美味佳肴，这才是他头脑里经常转动的念头。为了日后最终能过上这样的生活，他才珍惜每一个戈比，自己省吃俭用，对别人一毛不拔。每当他看到有钱人坐着豪华的轻便马车，由挽具富丽的快马驾着从眼前驶过时，他便呆呆地站在那里，愣了好久才如梦初醒似的说："他从前不过是个小办事员啊，当年他的头发也是普通人的发型！"每当他看到有钱人那种富贵安乐的气派，他都艳羡不已，连他自己也不知道这是怎么回事。毕业离校以后，他甚至没顾上喘口气，因为他有一种急迫感，急于找到一份差事。然而找事做谈何容易！尽管他品学兼优，持有毕业文凭，却费了好大的劲儿才在税务局找到一个位置。就是在偏远的穷地方也得有门路才行啊！他得到的这个位置，也实在是不值一提，薪水每年只有三四十卢布。但他决心竭尽全力勤勉供职，克服一切困难，同时也最大限度地克制自己。他果然是这么做的，表现出闻所未闻的献身精神，事事处处容忍退让，严格约束自己。他起早贪黑，不停地写着，把自己埋在公文堆里，不管是体力还是精神上都不曾流露丝毫倦意。他经常下班不回家，睡在办公室的桌子上，有时跟看门人一起吃饭。尽管如此，他仍旧能保持仪表整洁，衣着体面，脸上带着令人愉快的笑容，甚至举止风度也流露出几分高雅。这里顺便提一句，税务局的官员们个个都长得特别丑陋。有些人的脸长得像一个烤坏的面包：一边的面颊鼓起来，下巴颏向另一边歪，上嘴唇鼓起一个泡，而且还是开裂着，总之一句话，其貌不扬。不知为什么，他们说话的口气很凶，声音粗野，好像要动手打人似的。他们都是酒神的热心崇拜者，由此可见，斯拉夫人的性格里还有不少多神教的残余。有时他们是先喝够了酒才来上班的，因此办公室里的气味很不好闻，就更谈不上有什么芳香的空气了。与这些官员相比，乞乞科夫自然是鹤立鸡群，引人注目啦。他各方面都与众不同。他模样长得好看，说话和蔼可亲，并且一向滴酒不沾。然而尽管如此，他的仕途仍旧十分艰难，因为他遇到一个极难对付的上司。他的科长是个顽固不化的老头，生就一副铁石心肠，谁也甭想感动他。他一天到晚绷着脸，一副高不可攀的样子，有生以来脸上从未露出过笑容。对任何人都爱答不理的，从来没有向谁问一声好，不论是在办公室还是在别的什么地方，他始终都是这个样子。谁也没有在街上或者在他家里看见过他与平常有所不同，谁也没有看见过他对什么事表示过兴趣。他从来没有醉过酒，也没有醉得哈哈大笑，更谈不上像喝醉了酒的强盗那样疯狂地寻欢作乐了，这在他身上连一点影子也找不到。可以说，他是一个没有任何感情的人，既没有凶恶的感情，也没有善良的感情，正因为如此他才显得令人可怕。他那张大理石一般冷漠的脸，长得也还端正，可说是五官匀称，线条分明，只是布满了麻斑，坑洼不平。这样一类脸型，照老百姓的说法，夜里常有魔鬼在他们脸上磨豌豆。看来，要跟这种人套近乎，取得他的好感，简直比登天还要难。可是乞乞科夫竟然去尝试了。起初，他在一些不起眼的小事上讨好这位科长，比如留心观察科长用的鹅毛笔是怎样的削法，他就照样削了几支，等到科长急用之时立刻递到他手里；经常替科长擦桌子，吹掉或者擦去桌上的沙土和烟末；特意准备一块新抹布，以便给科长擦墨水瓶；瞅准了科长的帽子挂在什么地方，顺便提一句，那是一顶世界上最难看的帽子，每天下班时他提前一分钟把帽子取过来，放在科长身边；如果发现科长的后背在墙上蹭了一些白灰，就连忙替他揩干净。然而，所有这一切都是白费力气，丝毫没有引起科长的注意，仿佛这些事情他压根儿没有做似的。后来他终于探听到科长的家庭情况，得知科长有一个待嫁的女儿，那张脸长得跟父亲一样，也好像夜里常有魔鬼在她脸上磨豌豆似的。于是乞乞科夫马上计上心来，决定从这方面进行突破。打听到科长的女儿礼拜天去哪个教堂，他便打扮得漂漂亮亮，穿上浆得笔挺的坎肩，到那个教堂去做祈祷，并且每次都站在那姑娘对面。这一招果然灵验：严厉的科长软下来，邀请乞乞科夫到家里来喝茶！同僚们还没有弄清楚究竟是怎么回事，乞乞科夫已经搬到科长家去住了，并且成了科长家里用得着的人，一个必不可少的好帮手，帮他家里买面粉啦，白糖啦，对待科长的女儿像对待未婚妻一样，管科长叫爸爸，吻他的手。税务局里的同僚们都以为，在2月底的大斋期之前肯定要举行婚礼。这时，严厉的科长就到上司那里替他活动，过了一段时间，乞乞科夫便得到一个空缺，自己也当上了科长，看来，这才是他亲近老科长的主要目的。目的达到之后，他当天就偷偷地把自己的箱子运回家，第二天就搬到别的住宅里去住了。他不再管科长叫爸爸，也不再吻他的手，举行婚礼的事也就从此不再提了，仿佛根本就没有过这回事似的。不过，他每次遇见老科长，总是亲切地握住他的手，请他到家里去喝茶，一向不动声色、冷酷无情的老科长，这时也忍不住连连摇头，自言自语地低声说："我受骗了，受骗了，鬼东西！"

这道最艰难的门槛，终于被他跨过去了。从此以后，他便春风得意、事事顺遂了。他很快就成为引人注目的人物。原来他具备这个世界所需要的一切素质：能说会道，处世圆滑，办事大胆果断。凭着这身本领，时过不久他就活动到一个肥缺，并且利用这个职位认真地捞了一把。要知道，当时正赶上严厉查禁贪污受贿，官员们都很谨慎。不过，乞乞科夫没有被官府的这一举措吓倒，反而立刻利用它为自己谋取好处，展示了俄罗斯人遇到压力时所表现出的随机应变的能力。他的具体做法是这样的：一个人来找他办事，把手伸进衣袋里，刚要摸出谁都知道的在我们俄国称为霍万斯基公爵的介绍信[①]时，乞乞科夫立刻满脸堆笑地按住对方的手说："不要这样，不要这样，您以为我……不必，不必。这是我们的义务，是我们的职责，这是我们应该做的，用不着给任何报酬！这件事您放心好啦，明天一切都会办好的。请留下您的住址吧，您不必劳驾亲自跑一趟，一切都会替您送到家里去的。"申请人听了这一番话，完全被他迷住了，简直喜出望外，在回家的路上边走边想："终于碰上好人啦，可惜这种人太少了。他这种人太难得了，简直是珍贵的宝石啊！"可是申请人一连等了两天，却不见有批文送到家里来，第三天照样没有送来。于是他到税务局去打听。原来事情还没有开始办呢。他只好去找珍贵的宝石。"哎呀，实在对不起！"乞乞科夫握住他的双手，毕恭毕敬地说，"我们这里忙得不可开交，不过明天一定给您办好，请放心吧。这件事真是让我惭愧！"他说这番话的时候，还伴随着一些优美动人的手势。如果这时他的衣襟敞开了，他便连忙用手掩上衣襟。可是申请人又一连等了三天，照旧不见批文给送到家里来。这时他不得不用心想一想啦：得了，恐怕这里面有什么原因吧？暗中一打听，有人说，得给书记员一点好处费。"为什么不给呢？我是要给他们好处费的，二十五戈比，五十戈比，都不成问题的。""给二十五戈比可不成，得给二十五卢布。""什么，给书记员每人二十五卢布？"申请人吓得尖叫起来。"这有什么可大惊小怪的呢？"那人回答他说，"事情本来就是这样的，书记员每人得二十五戈比，余下的进上司的腰包。"脑筋迟钝的申请人拍打着自己的脑门，大骂新的办事规则，大骂严禁受贿的法令和官员们的虚伪作风。过去你至少知道该怎么做，过去给管事的塞十个卢布，事情就办妥了，可是现在得花二十五卢布，还得让你等一个礼拜，才能明白其中是怎么一回事。说什么官员们廉洁奉公，无私高尚，真他妈的见鬼啦！申请人骂街自然是可以理解的，可是这么一来，现在的确没

① 指钞票，贿赂。

有受贿的官吏了：所有管事的官员们都是最廉洁高尚的人，只有那些秘书和书记员们才是骗子。时过不久，乞乞科夫又得到一个更好的位置，活动范围更加广阔了。为了建设一项国家重点工程成立了一个建设委员会。乞乞科夫就在这个委员会里活动到一个位子，成为一名举足轻重的委员。于是委员会立即投入工作。委员们一天到晚围着这个工程项目转，整整忙活了六年，可是不知是因为气候的原因还是因为建筑材料不合格，反正这座国家的建筑物打好了地基之后，整个工程就再也进展不下去了。然而与此同时，在本市的其他一些地方，每个委员都给自己盖了一栋漂亮的住宅，大概那些地方的土质比较好吧。委员们开始建设平安幸福的生活，成家立业。直到这时，乞乞科夫才开始对自己放松一些，不再用那些清规戒律来约束自己，自我牺牲的精神也有所收敛。直到这时，他坚持了多年的斋戒般的生活才发生一些变化。原来他对各种享乐并非完全没有兴趣，只是在精力旺盛的青年时代他善于克制自己，就这一点来说，其他任何人都是无法与他相比的。这时他也让自己奢侈了一下，雇了一个相当好的厨师，买了几件荷兰进口的做工精美的衬衫。他买了几匹全省还没有人穿过的贵重的呢料，从这时起他就比较喜欢咖啡色和紫红色带花点的呢料。他已经有了一辆漂亮的双套马车。有时他亲自驾车，拉着一根缰绳，让拉边套的马原地转圈子。这时他已养成了用海绵蘸花露水擦身的习惯，他经常买价钱昂贵的香皂，以便保持皮肤光滑，他……

可是就在这时，忽然派来一名新长官，取代了原先那个草包。新来的长官是个军人，威严可怕，贪污受贿和营私舞弊者都视他为仇敌。第二天他就把委员会的官员统统叫来，叫他们汇报情况。这下子可把他们吓坏了。新任长官发现资金开支有漏洞，一笔笔资金不知去向，同时发现了那些漂亮的私人住宅。于是对官员们进行了审查。结果这帮官员被革职，私人住宅被官府没收，拨给各种慈善机关和世袭士兵学校使用。一切都毁于一旦。乞乞科夫的遭遇比其他官员更惨。他那张脸虽然长得讨人喜欢，可是新任长官头一眼就没看上他，到底是什么原因那就不得而知了。再说这种事有时甚至是无缘无故的，总之新任长官特别讨厌他，憎恨他。这位冷酷无情的长官脾气很凶，所有的下属官员都怕他。但他毕竟是个军人，大概对文官们要的那一套微妙的手腕还不大了解，所以时过不久，另外一批官员凭着他们相貌老实和逢迎拍马的本领，骗取了他的信任。于是这位将军很快就落入一些更大的骗子手中，而他自己对此全无察觉，甚至还很得意，认为自己终于选拔了一批廉洁奉公的官吏，还当真夸耀起自己的知人之明来了。官员们立刻看透了他的性格和脾气，所以他手下的官员全都成了查处营私舞弊行为的猛将。他们全面出击，不放过任何一桩案子，发现线索就穷追不舍，就像渔夫手持鱼叉去追捕一条肥美的大鱼。结果表明，他们查处得十分成功：时过不久，每个官员就捞了几千卢布的油水。这时，先前被革职的那帮官员，多数都已经改邪归正，又被重新录用了。可是乞乞科夫却怎么也钻不进来。尽管他想尽办法，花钱买通了将军的秘书长替他说情，尽管将军完全被秘书长牵着鼻子走，但这件事情他却始终没有办成。这位将军为人自有他的个性，他虽然经常让人牵着鼻子走（当然是在他不知不觉的情况下），但是他头脑里一旦形成某种看法，这种看法就像铁钉一样牢牢钉在他的脑子里，要想让他改变看法是根本不可能的。聪明过人的秘书长所能做到的，只是把那张带有污点的履历表给撤销了。做到这一点也就很不容易啦，那是秘书长极为生动地向将军禀告了乞乞科夫的家属的悲惨遭遇，刺激了将军的同情心之后才办到的。其实乞乞科夫根本就没有成家。

“唉，算啦！”乞乞科夫说，“这种事情，做得成就做，做不成就算啦。伤心落泪也无济于事，不如踏踏实实地去做事。”于是他拿定主意重新开始向上爬，又像过去那样忍辱负重，在各方面克制和约束自己，尽管他在过了一阵子阔绰生活之后，现在重新做起很不习惯。他决定换换地方，搬到另一个城市去，在那里谋求发展，出人头地。可是不知为什么，一切都很不顺手。时间不长，他已经改换了两三个职位，因为那些差事下流而且低贱。要知道，乞乞科夫一度出入上流社会，是个最讲究体面的人。当然啦，起初他不得不在下流社会里混一阵子，但他内心里却终始保持着纯洁，所以他喜欢在办公室里摆上漂亮的写字台，喜欢把一切都搞得优美雅致。他从不允许自己说一句不雅的话，或者使用一个不雅的字眼，要是发现别人谈话时疏忽了他的官衔和身份，他心里总是老大不高兴，以为受了很大侮辱。如果我在这里再谈点他的生活琐事，我想读者一定会感兴趣的。比如说，他每隔两天要换一次内衣，夏天炎热的时候内衣几乎要天天换，因为任何一点难闻的气味都会让他受不了。就是这个原因，每当彼得卢什卡给他脱衣服和脱靴子的时候，他总要用石竹花塞住鼻子。在许多情况下，他的神经像少女一样脆弱。所以，当他重新混迹于下流社会，置身于那些满身酒气、行为粗鲁的人们中间时，他心里真是苦不堪言。尽管他精神坚强，勉力自持，但在这样的逆境之中，他还是瘦了，甚至脸色变得灰白。在此之前，他本来已开始发胖，变得丰满而且体面，就像读者同他初次见面时见到的那副模样。那时他常常照着镜子想入非非，脑海里浮现出美丽的太太、孩子住的房间，每当这时他脸上总是带着微笑。可他现在怎么样呢，有一次，他偶尔照了一下镜子，不禁惊叫起来："我至圣的圣母哟，我怎么变成这副鬼模样啦！"此后有很长一段时间，他不愿再照镜子。不过，我们的主人公在默默地忍受着，坚强而又耐心地忍受着一切磨难。经过一段时间的钻营之后，他终于在海关谋到一个职位。应该说，这个位子是他梦寐以求的，他早就在暗中打这个主意啦。他看见那些海关官员大发洋财，经常弄到一些外国货，什么瓷器啦，麻纱料子啦，送给七大姑八大姨、姐姐妹妹的，他心里直发痒。他早就不止一次叹息说："那里才是让人艳羡的地方，离边境近，接触的人也都有教养，什么样的精美的荷兰衬衫弄不到呢？"这里补充说一句，这时他还想到一种特别的法国香皂，可以用来保持皮肤白皙无比，使面颊永远鲜嫩。至于这种香皂是什么牌子，那就只有上帝知道了。但是据他猜测，在边境上是肯定搞得到的。总之，他早就想在海关谋一份差事，但是建设委员会的各种现成的好处留住了他。话说回来，他的考虑也是合情合理的，不管怎样，海关毕竟只是他神往的地方，能否去成尚无把握，而建设委员会则是到手的山雀。现在他下定决心，无论如何要钻进海关，果然如愿以偿了。进入海关以后，他立刻着手办公，对公事表现出火一般的热情。看来他命中注定是做海关官员的材料，像他这样精明强干、明察秋毫并且富有远见的人，不但谁也没有见过，而且也没有听说过。大约过了三四个礼拜，他就熟练掌握了海关业务，事无巨细样样精通。他甚至不用过秤，也不用尺子量，单从表面看一看，就能看出一捆呢料或者布料有多少尺。他只要把一个包裹拿在手里掂一下，就能立刻说出它的重量来。至于缉查走私物品，他就更是一把好手啦。用他的同僚们的话说，他的嗅觉简直像狗一样灵敏：他不放过任何一颗纽扣，检查时他冷静得要死，客气得让人难以置信，那股耐心劲儿让你不得不感到惊奇。有时被检查的人实在忍耐不住，发起火来，恨不得在他那张可爱的脸上狠揍几拳，但他仍旧镇静自如，礼貌周到，只是说："可不可以再打扰您一下，请您再站起来一下。"或者说："太太，能不能劳您的驾，请您到那边屋里去一下，那里有我们海关一位官员的夫人在等您，她想同您说几句话。"或者说："请允许我用小刀把您的大衣里子挑开一条缝。"说着他便从大衣里子里抽出一条条披肩和头巾，这时他的态度极为冷静，就像从自己衣柜里取东西一样。连他的上司们都说，他精明得像魔鬼，而不同于一般人。他连马车轮子、辕杆、马耳朵都不放过，就连任何作家都想不到的地方，只有海关官员才可以触摸的那些地方，他都一丝不苟地摸过了。这样一来，害得那些可怜的旅客在过境之后好久还不能定下神来，一边擦着通身的大汗，一边在自己身上画十字，不住地唉声叹气。旅客的处境很像一个被教师体罚过的小学生，他被教师唤入密室，原以为教师会谆谆教导他一番，但想不到却挨了一顿皮鞭。在很短一段时间里，走私分子完全被他制住了，日子很不好过。因此，居住在波兰的犹太人都感到大难临头，把他视为灾星。他铁面无私，清正廉洁，任何人也收买不了他。这一点几乎让人不可理解。海关没收的一些物品，有时为了避免麻烦，就不再登记造册上交国家，就连这些东西他也没有动过，没有从中捞取任何油水。他这样勤勉可靠，廉洁奉公，自然成了公众叹服的对象，最后自然让上司发现了。于是他就得到了提拔，受到重用，随后他就向上司递交了一个缉私方案，要把走私分子一网打尽，并且请求授予他全权，让他亲自出马实施这个方案。上司立刻答应了他的请求，调拨一支侦缉队归他指挥，全权委派他去进行种种搜查，可以不受任何限制。这正是他梦寐以求的。那时有一个强大的走私团伙在活动，组织系统非常严密，走私金额达到好几百万卢布。乞乞科夫对这个走私团伙早有耳闻，并且对方派人来收买他的时候，曾遭到他的拒绝。当时他冷冷地说了一句："时候不到。"现在他终于大权在握，便立刻通知那个团伙："时候已到。"他的计划安排得可谓周密可靠。在一年之内他就可以挣到以往勤勉供职二十年也挣不到的钱。过去乞乞科夫回避他们，是因为当时他只是一个普通卒子，大概分红时他不会得到很多，可现在呢……现在就完全不同啦。他现在可以随心所欲地提出自己的条件。为了使事情万无一失，他就拉拢自己的一位同僚一起干。那个官员虽然已满头白发，却也经不起金钱的诱惑。双方谈妥条件之后，走私团伙就开始行动了。行动一开始就干得特别漂亮。不消说，读者肯定听说过广为流传的利用西班牙绵羊偷运花边的故事吧。那些绵羊是披着一张用来伪装的羊皮入境的，羊皮下面夹带着价值上百万卢布的布拉邦特花边[①]。这个事件恰好发生在乞乞科夫在海关任职期间。假如他不亲自参与其

① 比利时布拉邦特省出产的名贵花边。

事，世界上任何犹太人都不可能将此类事情付诸实施。那群绵羊在国界上往返三四趟之后，两位官员就各自捞到四十万卢布。据说乞乞科夫捞得更多，至少有五十万，因为他的胆子更大些。假如不是鬼使神差，让两位官员闹起内讧来，天晓得他们的财富会增长到多大数目呢。两人实在是给鬼迷了心窍。不客气地说，他们全犯了疯病，无缘无故地就吵翻了脸。有一天，两人正谈得高兴，大概乞乞科夫多喝了一点酒，就管另一位官员叫神父的儿子，另一位官员虽然的确是神父的儿子，却不知为什么大为恼火，当即就回敬了他一句，语气异常严厉，带有尖酸刻薄的味道。他是这么说的："不，你胡说八道，我是五品文官，不是神父的儿子。我看你才是神父的儿子呢！"说罢，他还嫌不解气，为了刺痛对方，他又补了一句："哼，就是这么回事！"虽然他把乞乞科夫那句话完全顶了回去，并且又补了一句很尖刻的挖苦话，但他仍觉得不解气，就在暗中告密，揭发了乞乞科夫。不过也有人说，他们两人本来就有矛盾，是为了一个鲜嫩而又健壮的女子争风吃醋，据海关官员们说，那女子鲜嫩得像个水萝卜。还有人说，另一个官员甚至收买了一些人，想趁着月黑风高把我们的主人公挤在小胡同里臭揍一顿。但也有人说，他们两人都给人耍了，那个女子被一个姓沙姆沙列夫的上尉拐走了。实情究竟如何呢，恐怕只有上帝知道。读者如果感兴趣，最好自己去发挥吧。关键问题是，私通走私团伙的事被揭发了。五品文官终于把同伙搞垮了，尽管他自己也难逃干系。两位官员都到法庭受审，全部家产也被查抄充公。这一切都发生在一瞬间，犹如晴天霹雳。等他们清醒过来，才可怕地发现自己做了蠢事。那个五品文官从此一败涂地，照着俄国人的习惯，借着心中的苦闷喝起酒来，可是六品文官却没有向命运低头。乞乞科夫巧妙地隐藏了一些钱，前来办案的侦查官虽然嗅觉很灵，但到底被他瞒了过去。他毕竟是个见多识广的人，老于世故，诡计多端。这时他便使出自己的全部手段，又是说好话，又是赔笑脸，装出一副凄凄惨惨的可怜相，又是曲意奉承（这一招是从来不会坏事的），又是塞钱，总之，经他这么一番周旋，案情就减轻多了。他的结果也好一些，至少没有像那个同伙那样身败名裂，至少逃脱了刑事处分，仅仅是被革了职。财产自然是被剥夺了，各种各样的外国货也没有给他留下来。这些东西让另外一些爱好者享用去了。他设法隐藏的那一万卢布保住了，那是他预备万一倒霉的时候应急用的。除了这笔钱，还有两打荷兰衬衫，一辆通常是光棍汉乘坐的小型的轻便马车，两名家奴，即马车夫谢里方和侍仆彼得卢什卡。另外，那帮海关官员也发了一点慈悲，给他留了五六块可以保持面颊光洁的香皂。他剩下的东西就这么多。总之，我们的主人公又落难啦！这下他遭受了多么沉重的打击啊！这就是他所说的因主持正义在官场上遭受的打击。现在也许有人会认为，经受了这几番风雨、命运多舛、尝受了人生辛酸之后，我们的主人公会带着剩下的来之不易的一万卢布远遁他乡，找一个僻静的小县城安家落户，从此穿起印花布便袍，终日坐在小窗前无所事事，礼拜天替那些在他家门口打架的农民评评理，或者到鸡笼附近去转一转，亲手摸摸准备用来做鸡汤的母鸡肥不肥，就这样默默无闻地度过余生，在某种意义上说对他不无好处。然而这种情况却没有发生。公正地说，乞乞科夫的性格是坚强的，他有一种不屈不挠的力量。一个人经历这许多挫折，即使不被摧垮，也会冷静下来，一辈子安分守己啦。可是他那股子令人不可思议的热情却没有熄灭。他很痛苦，心里窝火，他抱怨整个世界，憎恨命运对他不公平，咒骂人心险恶，但他并没有灰心丧气，随时准备再做新的尝试。总之，他表现出非同寻常的耐性，与他相比，德国人那种死板的耐性就不值一谈了，因为德国人的耐性无非表现于血液循环缓慢，萎靡懒散。乞乞科夫则与之相反，他的血在急速奔流，他身上有很多不安分的东西，需要有高度的理智和顽强的意志，才能对自己加以控制。他反复思考过，他的思考也含有某些合理的成分：“为什么要惩罚我？为什么灾难偏偏落在我头上？现在有职有权的人，谁愿意错过良机呢？所有的人都在捞好处嘛。我没有坑害过任何人，没有抢劫过寡妇，没有让谁沦为乞丐。我不过是捞了点油水，处在我的位置，人人都会捞好处的。即便是我不捞，那么别人也会去捞的。为什么别人都平安无事，安享清福，为什么我偏偏落到这个下场呢？我现在算什么呢？我还有什么用？我还有什么脸面去面对那些可敬的一家之主呢？明知自己是白活在这世上，我怎能不受良心责备？以后我的子女会怎样看我呢？他们会说，瞧我们的父亲，真无能，没有给我们留下一点家产！”

众所周知，乞乞科夫总是念念不忘他的子孙后代。这倒是一件不可忽略的事啊！要不是总想着将来子女会说什么，要不是这个问题老是莫名其妙地自动冒出来，有些人也许就不至于那么贪心啦。这位未来的一家之主就是如此，他像一只馋猫似的，小心翼翼地斜眼侧视着，留心主人是否在偷看，一边急急忙忙地抓取近旁的一切东西：肥皂啦，蜡烛啦，腌肉啦，金丝雀啦，总之，碰到什么就抓什么，一样也不放过。我们的主人公虽然抱怨了一阵子，甚至痛哭流涕，但他的头脑的机灵劲儿却丝毫没有减弱。他头脑里已经产生一些想法，只等着制定一个具体计划了。他又低头缩肩，重新过艰苦的生活了。他又开始在各方面克勤克俭，失去了原有的高雅和体面，他又坠入污秽低贱的生活里去了。他在等待转机，在转机到来之前，他只好屈尊当了一名代理人。在我们俄国，代理人的地位还是很低下的，到处受人欺负，在夹缝里求生存，连那些微末的小办事员甚至委托人本人都不拿他当一回事。他不得不在人家门厅里低三下四地等待着，忍受各种屈辱，等等。然而命运逼迫他走到这一步，他也就只好横下一条心，对什么都满不在乎了。这里顺便提一下，有一回，有人委托他办这样一件事：让他设法去打通关系，把几百名农奴典押给救济委员会。这些农奴所属的田庄已经彻底败落，原因是牲畜大批病死，管家营私舞弊，庄稼歉收，疾病流行，聪明能干的农奴大量病死，再加上地主本人头脑糊涂，一味追求享乐，在莫斯科装修了一座最为时髦的住宅，花光了他的全部家产，结果连吃饭的钱也没有了。正因为如此，他才决定走这一步，把仅剩的几百名农奴典押出去。在那时候，向国家典押农奴还是一件前所未有的事，所以做这种事心里总不免有点恐惧。作为代理人，乞乞科夫首先是去疏通门路，取得所有办事人员的好感。众所周知，没有门路，你连一张简单的申请书也递不上去，你想打听一下有关的事项也不行。总之，你无论如何也得表示那么一点意思，哪怕是送上一瓶马德拉葡萄酒也会好些。就这样，乞乞科夫疏通了门路之后，就向办事人员说明情况，交了实底：这些农奴有一半已经死掉了，这样一来，以后会不会出什么纰漏……

“那么他们的名字还列在户籍名册上吗？”秘书问道。

“还都登记在册。”乞乞科夫答道。

“那您还有什么不放心的呢？”秘书说，“这一个死，那一个生，死人活人都有用。”

看来，这位秘书还会做诗呢，就在这时，我们的主人公灵机一动，忽然想出一个难得的妙计来。“哎呀，我这人太老实啦，”他对自己说，“我到处去找出路，可这出路不就摆在我眼前吗？我要是能把那些死掉的农奴都买下来就好啦，反正他们在下一次人口调查之前还都登记在册。比如说，买它一千个死农奴，典押给救济委员会，每个农奴我得二百卢布，这一笔买卖我就可以赚二十万卢布！现在时机也最为合适，前不久刚刚流行过一场传染病，托上帝的福，农奴病死的可真不少。地主们忙着打牌，吃喝玩乐，尽情挥霍，最后又都跑到彼得堡去找事做，结果田园荒芜，只好随便找些人来胡乱管理。对他们来说，上交人头税一年比一年困难，这样一来，我去购买他们的死农奴，等于替他们减免一部分人头税，他们又何乐而不为呢。说不定碰到哪个聪明的地主，他还会倒贴给我钱呢。话说回来，这件事并不简单，需要东奔西跑，担惊受怕，唯恐再碰到什么麻烦，惹出什么乱子来。不过人总是可以想出办法来的。主要是这件事在人们看来不可思议，没有人肯相信它，这就为我提供一个有利条件。当然，不买土地购买农奴是不现实的，也谈不上把他们典押出去。可是我可以把他们迁移出去嘛。在塔夫里达省和赫尔松省，现在土地有的是，谁占着它就属于谁。我把农奴全迁到那里去！把他们迁到赫尔松省去，让他们在那里定居！迁移手续可以按照法律程序在法院办理。如果有关当局想要检查一下农奴，那好吧，我甘愿奉陪。为什么不可以检查呢？我可以出示有县警察局局长亲笔签字的证明。我的田庄可以叫作乞乞科夫村，或者干脆用我的教名来命名，就叫巴维尔村吧。”这样一来，我们的主人公便在自己头脑里勾勒出一个奇特的故事情节来。为此，读者诸君不知会不会感谢他，反正作者是对他感激不尽的。因为不管怎么说，假如乞乞科夫头脑里不生出这个绝妙的主意，这部小说是不可能问世的。

乞乞科夫依照俄国人的习惯为自己祝福之后，便立刻着手实施他的计划。他谎称要选择一个居住地，并且编出其他种种谎言，先到外面去走了走，去察看了我国的一些省份，重点察看了那些灾情严重、常年歉收，农奴死亡率较高的地方。总之一句话，他对那些农奴价格便宜，并且购买方便的地方最感兴趣。他从不盲目地去找任何一位地主，凡是他接触的人都经过认真挑选，要么是他本人比较喜欢的人，要么是那种性情豪爽、无需多费口舌就能谈成买卖的人。他往往是先设法同他们混熟，取得他们的好感，尽可能靠交情办事，而不是单凭花钱去买那些死农奴。由此可见，如果读者不大喜欢本书中陆续出现的这些人物，那么他们也不必去恼恨作者，因为这是乞乞科夫一手安排的。在这里一切都由他来做主，他要去往哪里，我们是不能阻拦的。如果真的有人责怪我们，说我们的人物和性格苍白无力，行为猥琐，那么我们也只好解释说，任何时候，想要一开始就看见事物的全貌，洞察它的广阔的过程是根本不可能的。你进入任何一座城市，哪怕是进入京城，你开始看到的景色总是轻淡的，郊区的一切总是显得灰暗而单调：首先是一些被烟熏黑的工厂，一个挨着一个，连绵不断，然后你才看见那些六层的楼房、商店、各种招牌、宏伟的街道，以及钟楼、圆柱、雕像、尖塔，这时你才渐渐看到都市的繁华和喧闹，看到人类凭双手和智慧所创造的奇妙的一切。乞乞科夫所做的头几笔买卖，读者从头至尾都看到了。可是事情下一步将如何发展，主人公还会有哪些成功和失败，他将如何克服更大的困难，突破更大的障碍，高大的形象怎样出现在我们面前，那些神秘的杠杆将如何推动这部小说的情节发展，小说的视野将如何变得更加开阔，它怎样具有细腻委婉的抒情色彩，这一切，读者将会在本书中陆续读到。看来，那辆正在旅行的马车还要走很长的路，坐在马车里的那位中年绅士，连同他这辆通常是光棍汉乘坐的四轮轻便马车，马车夫谢里方和侍仆彼得卢什卡，以及包括绰号叫陪审员的边套马和爱要滑头的花斑马在内的三套马，都是我们早已介绍过的了。至此，我们的主人公的全部历史已呈现出来，读者对他的为人处世可说是了如指掌啦。然而，也许人们会要求作者给他下一个明确的结论：就道德品质来说，他究竟是一个怎样的人？显而易见，他不是一个完美而且高尚的英雄人物。那么他是一个什么人？这么说他是一个卑劣的人？为什么这么说呢，何必要对人这么苛刻呢？现在我们这里不存在卑劣的人，人们全都心地善良，讨人喜欢。那种厚颜无耻，甘愿遭受万人唾骂的人已不很多啦，最多也就是两三个人吧。就是这两三个人现在也在谈论道德善行了。因此，对我们的主人公，最公正的称呼是：唯利是图的老板，追求发财致富的人。贪财的欲望，往往是一切不良行为的根源。正是由于利欲熏心，人们才去干那种被世人称为不大干净的事。当然，他那种性格的确有点招人反感，读者在生活中也许会遇到这种人，也许会同他交上朋友，一起度过愉快的时光。可是一旦发现这位朋友是某一部长诗或者戏剧的主人公，就马上对他冷眼相看了。不过也有些人很聪明，他们不仅不嫌弃任何性格，而且用探索的目光审视他，研究他，找出这种性格形成的根本原因来。人的一切都在迅速地变化。转瞬之间，人心里就会生出一条可怕的虫，专横地吸干人身上的全部的精华。即便是那些立志要建立伟大功勋的人，有时也不仅仅会爆发蓬勃的激情，而且也会产生卑微的欲望，去追求那种渺小的蝇头小利，而忘却了自己的伟大而又神圣的职责，甚至把一些无聊的琐事看得伟大而又神圣了。人的欲望是无穷尽的，犹如海中之沙。这些欲望各不相同，不论是卑鄙的还是美好的，起初都可以控制，后来就渐渐成为人的可怕的主宰了。有的人只容许自己有最美好的欲望，从而克制了其他一切欲望，这种人是非常幸福的。他那种怡然自得的感觉与日俱增，使他逐渐进入自己的心灵所向往的最美好的境界。但是有些欲望是不容许人们选择的。这些欲望是人们生来就有的，人们也无力克服它们。它们是由上帝的意志来决定的。这些欲望包含着一种永恒的召唤，在人的一生中，这种召唤是永不停息的。人世间的一切竞争注定由它们来实现：不管它们的表现形式如何，不论是化为一个阴影，还是化作一个令人欢呼的光辉形象，它们的目的都是一样的，都是为了人所不知的利益。也许，在乞乞科夫身上，就有一种欲望处处牵制着他，而他却控制不住这种欲望。也许，他那种冷酷无情的生活最终使他走向毁灭，使他屈服于上帝的智慧。这个形象为什么出现在这部即将问世的小说里呢，这暂时还是一个秘密吧。

如果人们不喜欢我们的主人公，那倒也没什么关系，作者不会为此感到苦恼。然而作者感到不安的是，他深信，假如他不去深入地窥探主人公的心灵，不去触动他灵魂深处那些见不得人的东西，不去揭示他那些讳莫如深的最隐秘的思想，而只是把主人公描写成他在N城居民以及玛尼洛夫等人心目中的那种形象，那么读者一定会对我们的主人公，也就是对乞乞科夫本人大为满意的，所有的人都会把他当作一个有趣的人物。不论是他的面貌还是整个形象，都不必精雕细琢，不必去追求栩栩如生。因此，读完这部作品之后，人们仍旧无动于衷，又回到全俄国都喜欢的牌桌前去了。的确，我的善良的读者，你们是不忍心看见人们暴露出来的可怜相的。你们总是说，看这些东西做什么？有什么用？生活中有许多卑鄙愚蠢的事，难道我们还不知道吗？我们平常看到的痛苦和不幸本来就够多了，您最好还是给我们来点美丽动人的东西吧。您最好是让我们忘掉一切吧！“是啊，田庄的经营管理乱七八糟，老兄你干吗要给我说这些呢？”一位地主对管家说，“你就是不说我也知道，老兄，难道你不说这些就无话可说了吗？你还是让我忘掉这些吧。不想这些烦事我是很幸福的。”这样一来，他的钱就不再花在妥善治理田庄上，而是用于各种娱乐，以便于他排忧解闷，忘掉一切。凭他的智慧，也许可以忽然发现一个巨大的财源，但他在昏睡。于是田庄拍卖了，这位地主老爷只好忘掉一切，去沿街乞讨，自甘堕落，去做种种下贱的事。若在先前他看见自己这副模样，准会大吃一惊。

那些所谓的爱国者，也会跳出来指责作者。他们的日子过得悠闲自在，躲在家里做一些与爱国无关的事，拼命地攒钱，经常干一些损人利己的勾当。可是，只要他们觉得某一件事损害了祖国的体面，比如出版了一本书，书中有时说了几句带刺的真话，他们就立刻跳出来，像蜘蛛发现了落网的苍蝇似的，从四面八方围过来，齐声向作者发出责问：“这种事张扬出去好吗？有必要公之于世吗？不管你怎样描写，这些东西毕竟都是我们内部的事情。你这样写合适吗？那么外国人看了会说什么呢？听到人家讲你的坏话，你心里愉快吗？难道非让人家觉得我们不为此痛心？难道要让人家认为我们不爱国？”老实说，对这些英明的责问，尤其是对外国人会怎么看的问题，我是无言对答的。也许我只好讲一个故事：在俄罗斯的某个偏僻的角落里，住着两个居民。其中一个是一家之主，名叫基法·莫吉耶维奇，是个性情和气、无所作为的人。他一天到晚只图清闲，从不过问家务。他多半靠苦思冥想来打发时光，用他自己的话说，叫作研究哲学问题。他常常一边在屋里踱步，一边自言自语：“就拿野兽来说吧，野兽生下来赤条条的。可是为什么它是赤条条的呢？为什么它不像飞鸟那样？为什么不从蛋里孵出来呢？这自然界真是让人莫名其妙。钻研得越深，你就会越糊涂！”基法·莫吉耶维奇就这样思索着。然而关键问题还不在这里。另一个居民莫吉·基法维奇，是他的亲儿子，却是一个在俄罗斯被称作巨人的角色。当父亲潜心研究野兽的出生问题时，这个二十岁的宽肩膀的小伙子便急不可待地要一试身手了。不论做什么事，他都笨手笨脚的，结果呢，不是扭伤谁的胳膊，就是碰肿了谁的鼻子。在家里和在邻里之间，从使女到看家狗都远远地躲着他。连他卧室里那张床，也时常被他捣成碎片。莫吉·基法维奇就是这样的狂暴，不过他的心眼倒很善良。但关键问题还不在这里。关键问题是自家的仆人和邻居家的仆人都找到父亲诉苦来了：“您行行好吧，老爷，您的莫吉·基法维奇少爷是怎么搞的呀？他搅得大伙儿日子没法过，谁也不敢惹他！”父亲听了这话，通常是回答说：“这孩子的确顽劣，可是拿他怎么办，打他是不成的，太晚啦，否则人们会责怪我对孩子太残忍。他这人爱面子，要是当着外人的面骂他一顿呢，他就会老实一些，可是这样一来，就弄得人人皆知啦，这就更糟糕了！全城上下都不拿他当人啦，人人都会管他叫疯狗。的确，人家会怎么想呢，难道我不心疼儿子？难道我不是父亲？我忙于研究哲学，有时没有工夫管教孩子，这么说我就不是父亲啦？不对，我是父亲，是父亲！让他们见鬼去吧，谁敢说我不是父亲！我儿子莫吉·基法维奇是我的心头肉，他永远在我心坎里啊！”基法·莫吉耶维奇说到这里，忍不住捶胸顿足，完全被激怒了，“即便他真的成了一条疯狗，这件事也不能由我的嘴里说出去，也不该让我去出卖他。”就这样，他流露了父亲的感情之后，就放任儿子去继续胡闹，自己又钻研心爱的哲学去了。他忽然给自己提出这样一个问题：“假如大象生蛋，那么蛋壳一定是坚硬无比，恐怕拿炮弹是射不穿的，那就得发明一种新式火炮啦。”两位居民就这样在我国某个宁静的角落里打发着时光，只是在我们这部小说接近尾声时才偶然露了一下面，仿佛从小窗口里朝外望了一眼。他们露面的目的是给那些热烈的爱国者一个谦恭的答复。那些爱国者暂时都在安心研究哲学问题，或者靠着他们心爱的祖国的公款来发财致富。他们关心的不是如何不做坏事，而是做了坏事如何隐瞒，免得把他们所干的坏事张扬出去。然而，他们为什么要责怪作者呢？问题的实质并不在于他们的爱国主义和爱国情感，这些不过是幌子而已，真正的用意还藏在后面呢。为什么有话不直说呢？除了作者，谁还有义务去说出神圣的真话呢？你们害怕那种探索的目光，你们自己也不敢用深入的眼光去观察事物，你们喜欢走马观花地四处看看。你们甚至真的会去嘲笑乞乞科夫，也许会夸奖作者，甚至会说："不过他的观察力实在是很精细的，可见他是个达观快活的人！"说到这里，你们会加倍感到自豪，你们脸上会露出得意的微笑，接着又补充说："应该承认，在外省的某些地方，的确有一些非常可笑的怪人，而且是一些无耻的骗子！"然而你们中间可曾有人怀着基督教徒的谦恭，在安静下来独自反躬自省的时候，在自己灵魂深处提出一个严厉的问题："我自己是不是在某些方面很像乞乞科夫呢？"是的，不会有人扪心自问的！这时候，假如有一个熟人从他身旁走过，假如这位熟人恰好是个中等品级的官员，那么他会立刻捅一下自己的邻人，差点扑哧一声笑出来，对他说："快瞧，快瞧，这人就是乞乞科夫，他就是乞乞科夫！"紧接着他会像孩子似的追上前去，完全忘记了自己的身份、年龄和应有的体面，跟在那官员后面用嘲讽的口气喊着："乞乞科夫！乞乞科夫！乞乞科夫！"

然而，我们说话的嗓门太高了，肯定惊动了我们的主人公。我们讲述他的身世的时候，他在睡觉，后来就醒了，很可能听见有人高声重复他的名字了。他是一个气量狭小的人，听到有人在背后议论他，他会非常不高兴的。对读者来说，得罪了乞乞科夫也没什么关系。可是作者就不同了，无论如何，作者是不能跟自己的主人公翻脸的。因为他们还要携起手来走一段很长的路程，本书还有两大部分没有写，这可不是一件小事情。

“喂，喂！你怎么搞的？”乞乞科夫向谢里方喊道，“说你哪！”

“什么？”谢里方慢吞吞地说。

“你是怎么回事？笨蛋！你怎么赶的车呀？催马快点走！”

的确，谢里方早就在打瞌睡啦。他只是偶尔在蒙眬中抖一抖缰绳，催一催马。那些马也在打瞌睡。彼得卢什卡的帽子早就不见了，不知在什么地方被风吹掉了。他的身子向后歪倒着，头枕着乞乞科夫的膝盖，这时乞乞科夫也毫不客气地敲了敲他的后脑勺。谢里方睡醒之后，振作起来，接连在花斑马身上抽了几鞭。于是花斑马便机灵起来，立刻加快了步速。接着谢里方又朝所有的马匹晃了一鞭，尖着嗓子像唱歌似的喊了一声：“不要害怕哟！”三套马活跃起来，驾着轻如羽毛的四轮轻便马车飞奔而去。这时谢里方不停地挥舞着鞭子，吆喝着马匹，他的身子在车夫座上有规律地颠来颠去。因为这一带地势岗峦起伏，驿道穿过一个个土丘，飞驶的马车沿着坡道忽上忽下。乞乞科夫得意地微笑着，身子不时地在皮坐垫上颠簸着。马车飞跑的时候，他打心眼里感到高兴。哪一个俄国人不喜欢轻车快马呢？俄国人打心眼里向往、陶醉、癫狂，有时喜欢骂一句：“去他妈的，让一切都见鬼去吧！”因此，他们怎能不喜欢轻车快马呢？谁不喜欢驾车飞驶，去尝受那种令人振奋的奇妙感觉呢？仿佛有一种神秘的力量把你轻轻地托起，于是你飞了，周围的一切都飞起来：里程碑向后飞去，驾着篷车的商人们迎面飞来，驿道两旁的黑松林在飞。树林里还不时传来斧头伐木的声响和乌鸦的啼叫声，驿道也飞起来了。它飞快地向前延展着，不知要飞向何方。周围的一切都在飞快地闪动着，你还没有看清楚它们的模样，它们就消失了，只在你心头留下淡淡的恐惧。你仰望夜空，唯有那朵朵薄云和时隐时现的一轮明月，却好像凝然不动。啊，奇妙的三套马车！飞鸟般的三套马车！是什么人突发奇想发明了你？看来，只有机智勇敢的民族才可能发明你，只有在这庄严、辽阔、横跨半个世界的平坦的大地上，你才可能纵横驰骋，到处飞驶。数一数那些里程碑吧，准保你会眼花缭乱。看来，你的构造并不复杂，你浑身上下没有一颗铁螺钉，只是雅罗斯拉夫尔城的一个机灵的农夫凭着一把斧头和一把凿子，没有花多少工夫就把你装配起来。车夫留着大胡子，戴着一副无指手套，没有穿德国长筒皮靴，也不知坐的是什么垫子，可是只要他稍稍欠起身子，挥起马鞭唱起歌，马儿就立刻像旋风似的飞奔起来。飞转的车轮变成一个圆盘，在大道上飞舞着，只有道路偶尔颤抖一下，停在道旁的行人偶尔发出一声尖叫！而三套马车却不停地向前飞驶着，飞驶着……这时从远处看，只见尘土飞扬，一辆马车迎面飞来。

俄罗斯啊，你不也像是一辆神奇的三套马车在全速飞驶吗？在你驶过的大道上，尘烟滚滚，桥梁隆隆，一切都被你甩在后边。停在道旁的旁观者被上帝创造的奇迹惊呆了：莫非这是自天而降的闪电？这令人望而生畏的飞速奔驰意味着什么？这举世罕见的马儿身上隐藏着一种什么样的神秘力量？啊，马儿哟，马儿，神奇的马儿！莫非你们的鬃毛能生出旋风？莫非你们全身都长着灵敏的耳朵？你们凭着上帝赋予的灵感，一听见天上飞来的熟悉的歌声，便立刻挺起青铜般的胸脯，伸长了身子，放开四蹄，腾空飞奔起来……俄罗斯啊，你到底要飞向何处去？回答我吧。你没有回答。只听见美妙悦耳的马车铃声，空气在呼啸，三套马车在乘风飞去。大地上的一切都从它身旁飞过，其他国家和民族都闪到一旁，一边用疑惑的眼光望着它，一边给它让出一条路来。

# 第二卷

# 第一章

为何偏要从荒僻偏远的角落里挖掘人物，没完没了地展示我们的贫穷和令人忧伤的缺陷呢？有什么办法呢，作者的本性就是如此，这一来是因为作者本身就有缺陷，二来是因为他才华有限，只配去描写我们贫苦的生活，只配从穷乡僻壤和边远角落里挖掘人物！因此，我们现在又来到一个荒僻偏远的角落。

然而，这里却是一处非同寻常的穷乡僻壤，是一个非同寻常的偏远的角落！

这里峰峦迭起，有如一道无穷无尽的高大的城墙，耸立在辽阔的平原上，曲折绵延直至千里之外。起伏的山峦有的地方是淡黄色的断壁，被雨水冲刷出一条条沟壑；有的地方是圆圆的绿色山包，山包上覆盖着从砍伐过的树墩上长出的细嫩的灌木丛，像一张张羊羔皮似的；有的地方则是尚未砍伐过的黑压压的森林。一条小河从山脚下流过，沿着高高的河岸蜿蜒曲折，河水有时漫过河岸，流进草地，在那里迂回弯曲，在阳光下闪烁不定，钻进桦树、白杨和赤杨丛生的密林里，然后又从那里高高兴兴地跑出来。接下去，在小河的每个转弯处都伴随着一座小桥、水磨或者水坝，它们仿佛在追赶着小河，与它难舍难分似的。

就在这片峰峦起伏的山地里，有一处陡峭的绝崖断壁。这里的山势比别处险峻，岩壁上从上至下长满茂密的绿树。各种树木混杂在一起，有槭树、梨树、低矮的爆竹柳丛，有金鸡树、白桦树、云杉树，还有被蛇麻缠绕着的花楸树。这里[①]……隐约露出一座地主宅院的红色屋顶。在地主宅院后面隐藏着农夫们居住的木屋，只能看见那些农舍的屋脊和木雕的马头。老爷居住的正房也隐蔽在碧绿的枝梢后面，只看得见上部的阁楼和雕饰。在这一片拥挤的树木和房屋上方，有一座古老的教堂，高耸着五个金碧辉煌的圆顶。圆顶上都竖立着雕镂的金十字架，并且是用雕镂的金链固定在圆顶上的，远远望去，好像闪闪发光的金十字架悬浮在空中似的。从岩壁下面流过的小河倒映着这些树木、屋顶和教堂。河边有一些老得不像样的垂柳，有的立在岸边，有的站在水中，低垂的枝叶凝望着水面，欣赏着水中的倒影，仿佛永远看不够似的。

这里的景色是很好看的。然而，倘若登高远眺，从老爷家的阁楼上观赏辽阔的平野和远方的天陲，那景致就更加动人啦。站在这高处的阳台上，任何一个客人和来访者都不可能漠然处之。他会惊奇得倒吸一口凉气，不由自主地说："我的天哪，这里是多么辽阔啊！"无边的旷野尽收眼底。宽阔的草地上点缀着一片片小树林和一座座水磨，草地后面是一座碧绿的森林，恰如辽阔的大海或者无边的雾霭。森林后面，透过苍茫的云烟，隐约看得见一片片的黄沙，黄沙连接着远方的天陲，只见连绵起伏的白垩山岭横在天际。即便是在阴雨天，白垩山也闪烁着白光，似乎被一个永恒的太阳照耀着。白垩山下依稀显现一些瓦灰色的斑点，似乎冒着轻烟。那是一些远方的村落，只是人们凭肉眼无法看清楚罢了。不过，单从那些闪闪发光的教堂的金色圆顶看来，那些村落是很大的，而且居民也相当稠密。此刻，这里的一切都沉浸在无边的沉寂之中，虽有无数的小鸟在空中唱歌，余音袅袅，回荡在耳际，却丝毫不妨碍这里的静谧。总之，站在高处的阳台上极目远眺，任何宾客和来访者都不可能无动于衷。他站在

① 作者手稿中此处抹掉两个词。——原编者注

那里眺望了两个小时以后，仍旧会像刚刚登上阳台时那样，不由自主地惊叹：“这是上帝的力量，这里是多么辽阔啊！”

这山庄恰如一座难以攻克的要塞，正面没有通道。马车只好绕道而行，穿过旷野和庄稼地，最后穿过一片长着稀疏的阔叶林的美丽如画的草地，方才驶入庄内，来到那些农舍和老爷的宅院附近。山庄里到底住的是什么人？谁是这山庄的主人？这幽静的角落到底属于哪一个幸运儿呢？

这山庄的主人是特列玛拉罕斯克县的一位地主，名叫安德烈·伊凡诺维奇·田杰特尼科夫，三十三岁，做过十品文官，尚未成家。这个幽静的角落就属于这位年轻的乡绅。

这位地主究竟是怎样的一个人物，他的性格如何，有什么特点呢？

不消说，这些情况只能向他的邻居们去打听啦。他的一位邻居是个退役的校官，曾在封锁舰上任职。他对安德烈·伊凡诺维奇·田杰特尼科夫的评价很简单：“一个十足的畜生！”另一位邻居是个将军，住在距离山庄十俄里远的某个地方。这位将军说：“这小伙子并不笨，只是过于清高、自负。我本来是可以帮他的忙的，因为我在彼得堡有些门路，就是在……”将军的话有些含蓄，话没说完就停下了。县警察局局长说：“他这人没什么出息。我明天正要去找他，他还欠着税款没交哩！”遇到他山庄上的一个农夫，问他们的老爷的为人，那农夫却避不作答。总之，说他好话的人不多，社会舆论对他很不利。

话又说回来，就其本质而言，安德烈·伊凡诺维奇虽算不上一个好人，但也不是很坏的人，而是一个无所事事、游手好闲的人。人世间有许多人都无所事事、游手好闲，那么为什么他田杰特尼科夫就不可以无所事事、游手好闲呢？我们最好还是简单些，只消看一看他一天的生活日志，读者就可以判定他是什么样的性格啦。

早晨，他照例醒得特别晚。醒来之后便欠起身子，接着又在床上坐了很久，从容不迫地揉着眼睛。倒霉的是他的眼睛很小，因而揉眼睛花费的时间就特别长。他揉眼睛这段时间，侍仆米哈伊罗就端着面盆拿着毛巾站在门口。这位可怜的侍仆在门口站了一两个小时之后，就到厨房去了一趟，然后又回来看了看，老爷仍旧在揉眼睛，仍旧没有下床。最后他终于下床了，洗了脸，穿上睡袍，然后到客厅里去喝茶、咖啡、可可、鲜牛奶等饮料。各种饮料他要喝一遍，每样饮料只呷一两口，吃面包的时候满不在乎地乱扔面包皮，抽烟斗时把烟灰磕得满地都是。早茶他整整吃了两个钟头，这还嫌不够，他又端了一杯凉茶，走到向院子打开的窗户跟前。窗外每天在这个时候都照例要发生一场争吵。

首先是餐厅侍仆胡子拉碴的格里戈里发起火来，指着管家婆别尔菲利耶夫娜高声骂道：

“你这个小地主家的佣人、贱货！臭娘儿们，快闭上你那张嘴吧！”

“我就是不听你的，你这个老酒鬼，贪得无厌的家伙！”管家婆别尔菲利耶夫娜也大声喊道。

“你跟谁都合不来。你去跟总管吵一架试试，你这个管仓库的臭娘儿们！”格里戈里大声喊道。

“总管怎么啦，总管跟你一样，也是贼！”管家婆的声音更高了，整个山庄都听得见，“你们两人都是酒鬼，老爷的家业全败在你们两人手里了。嗜酒如命的家伙！你以为老爷不知道你们干的坏事？老爷就在这里，你们说的话他全听见了。”

“老爷在哪里？”

“你瞧，他就坐在窗前，什么都看得见。”

老爷果然坐在窗前，他的确什么都看见了。

这场争吵尚未结束，一个家奴的孩子又拼命哭叫起来，因为吃了母亲一个耳光。就在这时，一条猎狗蹲在地上狂叫起来。原来厨子从厨房里探出头来，不小心泼了它一身开水。总之，院子里吵吵嚷嚷，令人不堪忍受。这一切，老爷全看见了，也听见了。但他却置若罔闻，直到院子里吵闹得使他实在无法忍受，妨碍了他的无所事事的时候，他才叫人去吩咐一句，让人们把吵闹声放低一些。

离吃午饭只有两个小时了，安德烈·伊凡诺维奇才走进书房。他要认真做一件重要的事了。这的确是一件重要的事：他在构思一部著作。这部著作他已经构思了很久。它应该包括俄罗斯的方方面面，从民情、政治、宗教、哲学等方面加以论述，解决时代向俄罗斯提出的种种难题，明确地规划俄罗斯的伟大的未来，总之，涉及的范围很广。不过，这一切暂时还停留在构思阶段。鹅毛笔被咬坏了，在纸上画了几个草图，然后就把纸笔草图统统扔到一边，另外拿起一本书来，一直读到吃午饭。吃饭时他照旧手不释卷，一边喝汤，加调味汁，吃热菜，吃甜点，一边细细读书，因此有些菜放凉了，有些菜他一点也没动过。饭后他一边喝咖啡，一边抽烟斗，然后自己一个人下象棋。后来一直到晚饭前他又做了些什么，那就不得而知啦，大概什么事也没有做吧。

这位三十三岁的年轻乡绅就是这样消磨时光的。在这个世界上，他孤身一人，深居简出，整天穿着睡袍，不系领带。他懒于外出散步，也不喜欢走动，甚至不愿上楼去观赏一下远方的美丽景色。他甚至不愿站起身来打开窗户，给房间通通风，换换空气。这山庄的奇妙风景，是任何来访者都赞叹不已的，但对于这位庄主来说，仿佛是根本不存在的。

读者从安德烈·伊凡诺维奇·田杰特尼科夫这一天的生活可以看出，他属于在俄罗斯为数相当多的那一类人。这类人的名目也是很多的，诸如懒虫、睡鬼、旱獭等。

这种人是生来如此，还是后天养成的？这个问题该怎么回答呢？我想不必回答啦，最好还是讲讲安德烈·伊凡诺维奇童年时代的经历和所受的教育吧。

在童年时代，他是一个聪明伶俐、天资很高的孩子。他有时很活泼，有时却沉默寡言，喜欢思索。不知是幸运还是倒霉，他进了一所相当好的学校。校长亚历山大·彼得罗维奇在某种意义上说是一位很不平凡的人物，尽管他性格有些古怪。亚历山大·彼得罗维奇有一种天生的微妙感觉，可以洞察俄国人的本性，知道该用什么语言同他们谈话。孩子们挨了他的批评，没有一个人垂头丧气，恰恰相反，即便是受了最严厉的责罚，他们也会感到精神爽快，愿意改正缺点弥补过失。表面看来，他培养的许多学生都很顽皮，不拘小节，过于活泼，甚至有人把他们当成不守纪律、不服管教的淘气包。不过，这只是一种错觉，因为这帮孩子虽然淘气，但对校长的话是不敢不听的。不管他们怎样顽皮，做了错事，他们都主动去向校长承认错误。校长对孩子们的心理活动明察秋毫。他在各方面的做法都与众不同。他常说，首要的是激发人的上进心。他把上进心称作推动人前进的动力，并且认为，没有这种动力，一个人是不可能去从事什么活动的。对孩子们的顽皮行为他完全放任不管，因为他把这种行为看作是孩子们的精神素质发展的开端。他需要通过孩子们顽皮的表现，观察他们内心到底在想些什么。正如一个聪明的医生，看到病人突发某种症状或出现斑疹，他并不着急，也不去消除这些症状，而是细心观察，以便弄清楚这人到底患的是什么疾病。

在这所学校里，教师并不多，因为大部分学科是由校长亲自讲授的。老实说，青年教授喜欢卖弄的那些深奥难懂的术语，不着边际的空话和各种观点，他是从来不讲的。他善于言简意赅地讲授学科的精髓，让孩子们明白，他们为什么要学习这门课。他断言，对一个人来说，最有用的是人生这门课。弄懂了这门学问，他在人生道路上就会明白，他这一生应该去做什么。

为了传授这门学问，他专门成立了一个高级班，只有一些优秀的学生才能听这门课。对那些资质差的学生，他并不勉强教育。等这些孩子读完一年级，他就让他们毕业去社会上做事了。他主张，对这些孩子可以放松一些，不必过多地折磨他们，只要让他们学会忍耐、忠于职守、不自以为是、安分守己就行了。“但是，对那些聪明的孩子，天分高的孩子，我就得多费些事啦。”他常常这样说。在这个高级班里，亚历山大·彼得罗维奇与平时相比完全判若两人。他一开始就宣布，他以前只要求学生具有一般的智慧，他现在要求学生具有最高的智慧。这种最高智慧，不是指如何巧妙地取笑和嘲弄蠢人，而是指善于忍受各种侮辱，善于原谅蠢人，在遭受侮辱的情况下保持冷静。在这个班里，他也向学生们提出了其他教师对孩子们的要求。总之，他把自己的要求称作最高智慧。不管遭受什么样的苦难，处于什么样的逆境，一个人都应该永远保持高度的镇静。这就是他所说的智慧。在这个班里，亚历山大·彼得罗维奇显示出他对人生这门学问果然是非常精通。所有的课程他并不全讲，他只讲授那些能够把人造就成国家公民的课程。在课堂上，他多半是讲青年人在人生各个领域所面临的问题，应该如何为国家供职，如何处理自己的私事。他敢于向学生讲真话，他把人生道路上的苦恼和障碍，可能面临的考验和诱惑原原本本地展示给学生们，不加任何掩饰。他的知识面很广，仿佛他自己做过官，经历过仕途的种种挫折似的。总之，他给学生们勾画的未来绝不是一幅彩虹。可是说来奇怪，不知是因为学生们的上进心得到了激发，还是因为这位非凡的教育家眼睛里有一种鼓励青年人奋勇直前的召唤，这种召唤能够对俄国人产生神奇的效果，不知是因为哪一种原因，这个班的学生们一开始就不怕困难，渴望着克服困难和障碍，以显示自己的勇敢和毅力。在日常生活中，他们都能保持清醒的头脑。亚历山大·彼得罗维奇对他们进行过种种考验，有时对他们横加侮辱，有时通过同学侮辱他们。经过这些考验之后，学生们变得更谨慎了。从这个班毕业的学生并不多，但个个都是好样的，也就是经得起考验的人。担任公职以后，即便在一些最不稳定的位子上，他们也都能站稳脚跟，经受住考验，不像其他许多人，虽然头脑极聪明，但遇到一点小小的挫折就受不了，不是抛弃公职放弃一切，就是不知不觉地落入贪污犯和骗子们手中。然而，亚历山大·彼得罗维奇培养出的学生们不但毫不动摇，而且深明世故，善于洞察人心，甚至能够对贪官污吏和其他坏人施加高尚的道德影响。

然而，不幸的是安德烈·伊凡诺维奇却未能接受这种教育。他刚刚获得批准作为优等生进入高级班，不幸就突然发生了：那位非凡的教育家过早地去世了。老校长是他最崇拜的人。他随便说一句鼓励的话，就能使安德烈·伊凡诺维奇欣喜若狂。学校里的一切都变了，一个叫费多尔·伊凡诺维奇的人接替了校长的职位。新校长虽然为人善良，勤勉供职，但是看待事物的观点就全然不同啦。一年级的孩子们自由洒脱，他却认为是不服管教。于是他就开始大抓纪律，追求表面的良好秩序，要求孩子们保持寂静。不管在任何情况下，学生们走路必须排成两列，他甚至亲自拿尺子量一量前后排之间的距离。吃饭的时候，为了保持整齐好看，他按照学生个头高矮排列座位，根本不考虑学生的才智如何，因此有时候差生吃得比优等生还好。这些做法都引起了学生们的不满。更为突出的是，新校长仿佛故意要跟前任校长对着干似的，他宣布，对他来说，聪明才智和好的学习成绩都毫无意义。他只看重品行，如果一个学生学习成绩差，但表现很好，那么他宁愿要这样的学生，而不要一个聪明的学生。可是，尽管费多尔·伊凡诺维奇付出很大努力，却没有收到预期的效果。学生们开始在暗中胡闹，众所周知，暗中学坏比公开的调皮更糟糕。白天大家都规规矩矩，可是一到夜间就偷偷地喝起酒来。

在授课方式上，新校长也做了彻底的变更。他怀着良好的愿望实施了各种新办法，结果闹得乱七八糟。于是请来了一批新教员，这些教员都带有新思想、新观点，讲起课来深奥难懂，喜欢卖弄新术语和新名词。他们授课富有严密的逻辑性，同时注重科学上的新发现，可是令人遗憾的是，学科本身缺乏生命力。在刚刚开始懂事的学生们看来，所学的东西全是僵死的教条。总之，一切都颠倒过来了。最令人头疼的是，学生们不再尊重老师和校方当局，开始嘲笑老师，叫校长的小名，并且给他起了一系列外号。有些事情闹得实在不像话，结果不得不开除了一些学生。

安德烈·伊凡诺维奇是个文静的学生，他没有参加同学们的夜宴。虽然校方管束极严，但这些同学依然在外面找情人，八男一女，寻欢作乐。他们还亵渎圣灵，嘲笑宗教，这仅仅是因为校长要求他们常去教堂，而教堂里的神父又很愚蠢。安德烈·伊凡诺维奇虽然没有参加这些活动，但却消沉起来。他的上进心被充分激发出来，但又无法上进，无处施展自己的抱负。这样一来，还不如不激发上进心呢！在课堂上，一面听课，一面怀念老校长。现在的教授们讲课热情很高，激动不已，而老校长讲课从不激动，却讲得清楚明白。他学的课程也不算少，有化学、法律哲学、政治学导论、人类通史等。人类通史涵盖很广，内容繁多，教授讲了三年刚讲完绪论部分和德国某些城市的发展史。可是这些课程在他头脑中留下的印象却模糊不清，零散破碎。由于天资聪明，他感觉到这种教学方法不大对头，可是到底该怎么教呢，他却茫然不知。他只是常常怀念亚历山大·彼得罗维奇，心里有一种莫名的惆怅，心情沉重，老觉得抑郁不安。

然而，年轻人毕竟还有未来。随着毕业临近，他的心激动地跳起来。他安慰自己说："现在人生尚未开始，现在只是人生的准备阶段，等到为国家效力的时候，真正的生活才算开始，那时候才真正建功立业呢。"毕业之后，他无心欣赏使所有的宾客叹为观止的山庄美景，也没有去祭扫父母的坟墓，而是按照俄国的风习，像一切雄心勃勃的青年那样，急如星火地去了彼得堡。众所周知，彼得堡是我国热血青年向往的地方。他们从俄罗斯的各个角落来到京城，希望得到一官半职，显露自己的才华，加官晋爵，或者纯粹是为了到京城来见见世面，熟悉一下冷冰冰的虚伪的人情世态。然而，胸怀大志的安德烈·伊凡诺维奇来到京城以后，却被他的叔父四品文官奥努甫里·伊凡诺维奇迎头浇了冷水。叔父直截了当地说，最重要的是要写一笔好字，其他都是次要的，字写不好就不能当大臣，不能担任国家要职。可是侄子的字写得实在是不像样子，正如俗话说的，像喜鹊的爪子画出来的。

于是，安德烈·伊凡诺维奇先补习了两个月书法，然后凭着叔父的人情关系，费了好大劲儿才在一个司里找到差事，当了一名缮写员。从此他便开始供职了。走进宽阔明亮的办公厅，他发现这里有许多书记官，大家都坐在各自的亮光闪闪的办公桌前，正在歪着头书写着什么，鹅毛笔在纸上发出沙沙的声响。当他在一张办公桌前坐下来，上司要他立刻抄写一份公文时，他顿时感到浑身不自在，有一种极为古怪的感觉。此时此刻，他感觉自己似乎又回到小学去了，正在重新学习识字课本，又好像因为犯了什么过失，一下子从高年级降到低年级。在他看来，坐在他四周的那些绅士也很像小学生。他们中间有些人在看小说，为了不让上司瞧见，他们把小说夹在正在处理的公文里。看上去好像在认真办公，可是每当上司走进来，他们都吓得哆嗦一下。这时他忽然感到，他过去的学校生活像天堂一样美好，可惜却一去不复返了。在他的心目中，在学校里做功课忽然显得很高尚，而坐在这里抄录公文简直微不足道。现在他总觉得先前的学生时代，也就是供职的准备阶段，也远胜于实际的供职。忽然间，亚历山大·彼得罗维奇的生动形象又浮现在他眼前。这是一位神奇的教育家，任何人都无法与他相比，任何教师都不能代替他。想到这些，安德烈·伊凡诺维奇忽然伤心起来，不禁潸然泪下。这时他感到天旋地转，办公室和桌子都在旋转、移动，书记官们乱作一团。他眼前一阵发黑，差点跌倒在地板上。“不行，”他清醒之后，心中暗想，“我刚刚开始供职，不管这些公事如何枯燥乏味，我也要坚持下去才是！”于是他便振作精神，横下一条心，决计像别的官员那样为国家效力。

人生在世，哪里找不到快乐呢？彼得堡虽然是一座寒冷的城市，表面看上去阴森可怖，但在这里也还是不难找到乐趣的。外面寒气逼人，暴风雪低声吼叫着，零下三十度的严寒恣意施威，飞雪在人们胡须上和牲口的嘴脸上涂了一层银白色，行人都把脑袋缩进大衣领子里。然而，就在这风雪交加的夜晚，你站在街上随便往高处一望，便会看见，即便在四层楼上，也会有一个小窗射出暖和宜人的灯光。在一间舒适的小屋里，点燃着朴素的小蜡烛，茶炊发出咝咝的响声，朋友们正在倾心交谈，或者朗诵某个富有灵感的俄罗斯诗人的光辉诗篇（感谢上帝慷慨，赐予俄罗斯许多这类诗人）。年轻人激情满怀，一颗颗年轻的心在热烈地跳动。这样的情景实在是绝无仅有，在其他任何地方，即便是在南方明丽的天空下都不会有的。

对于所担任的公职，安德烈·伊凡诺维奇很快就习惯了。不过他现在已不像先前那样把公职看得高于一切，而是把它放在某种次要的位置上了。对于他来说，办公不过是为了消磨时间，他真正爱惜的却是下班后的余暇。那位身居四品文官的叔父对侄子的看法刚刚有了一点好转，认为他将来会有点出息，可是侄子却忽然惹出了麻烦。这里需要指出，在安德烈·伊凡诺维奇结交的那帮朋友中，有两个人非同一般，是所谓的忧国忧民之士。这两人性情古怪，爱惹是生非，不能容忍一切不合理的现象。不管什么事情，只要在他们看来是不公正的，他们就要为之鸣不平。他们的用心是好的，但是行动起来往往约束不了自己，有时任意胡来。他们对人狭隘偏执，丝毫不肯容忍。这两位朋友激烈的言辞和疾恶如仇的高尚形象对安德烈·伊凡诺维奇影响很大。他变得极端敏感，易受刺激。对一些生活琐事他以前从不介意，现在却认真起来，斤斤计较。他的科长费多尔·费多罗维奇·列尼钦是个仪表堂堂、非常讨人喜欢的人，可是安德烈·伊凡诺维奇却忽然讨厌他了。他开始在科长身上挑毛病，发现他身上缺点多得不计其数，并且开始憎恨他。他认为，科长在跟上司说话的时候，脸上的表情甜得发腻，但是，当他转过脸来跟下属说话时，表情立刻变得冷若冰霜。“要不是他脸上的表情变化这么快，我就原谅他啦，”安德烈·伊凡诺维奇说，“可是他居然当着我的面，就在这一瞬间，一面是甜得发腻，一面是冷若冰霜，实在是让人受不了！”从此以后，他便留心科长的一举一动。他认为，科长过于喜欢摆架子，像一般小官吏一样，有一种卑鄙的庸俗作风。比如他总是留心谁在节日期间没有登门向他表示祝贺，甚至按照看门人记录的客人名单，对未曾登门拜访他的人加以打击报复。此外，他还在科长身上发现许多其他的毛病，对那些一般说来无论好人坏人都免不了的毛病，他也丝毫不肯宽容。总之，他对科长充满厌恶，几乎达到神经过敏的程度。同时他仿佛着了魔似的，一心想给科长制造点不愉快。当他在暗中寻找这种机会的时候，心里有一种特别的快感。机会很快就找到了。有一次，他跟科长争吵起来，并且使用了带侮辱性的言辞。结果上司向他宣布，要么他去向科长赔礼道歉，要么他辞职。他请求辞职。他的叔父，就是那位四品文官闻讯后大为吃惊，连忙赶来挽留他。

“看在基督的分上，算了吧，安德烈·伊凡诺维奇，你这是何必呢？仅仅因为看上司不顺眼，就辞官不做啦，再说这个位子对你日后的发展是很有利的……这有什么关系呢？要是大家都计较这些小事，恐怕这衙门里就不会有人供职了。好好想一想，不要再执迷不悟啦。现在时间还来得及！丢掉骄傲和自尊心，快去向他赔礼道歉吧！”

“问题不在于赔礼道歉，叔父，”侄子答道，“对我来说，去向他赔礼道歉并不难，再说这事的确是我的过错。他是我的长官，我无论如何也不该顶撞他。问题在于，辞去公职，我照样可以为国家效力。您别忘了，我家里还有三百个农奴，田庄管理不善，弄得乱七八糟，我那个管家是个糊涂虫。我辞去公职，换一个人代替我去抄写文件，不会给国家造成很大损失。可是，要是三百个农奴交不出租子，给国家造成的损失可就大啦。我是个地主，地主这个称号也不是空的，不能只挂个名而不去做事啊。如果我去用心管理庄园，爱护我的农奴，改善他们的生活条件，给国家造就三百个勤勉可靠、不酗酒、会干活的臣民，那么，我做的事情难道就不如某个列尼钦科长做的事重要吗？”

听了这番话，四品文官吃惊地张大了嘴巴，半天说不出话来。他万万没有料到侄子会滔滔不绝地讲出这些道理。他想了想，然后换了一种口气说：

“可是，不管怎么说……可是不管怎么说，你总不能把自己一辈子埋没在乡下吧？一天到晚跟那些庄稼汉待在一起有什么意思呢？而在这京城里，你随便在大街上走一走，就能遇上将军、公爵一类的大官。这里到处是繁华的街道，美丽的建筑，你闲来无事，可以到涅瓦河上去逛一逛，可是乡下有什么呢，除了庄稼汉，就是村妇啦。何必要把自己的一生埋没在乡下呢？”

四品文官虽然这样开导侄子，但他自己却除了上班必经的那条街道之外，没有逛过任何建筑精美的繁华街道，没有注意过迎面走来的行人是不是将军或者公爵。大都市里那种放荡不羁的人们追求的种种享乐，他从来不曾亲眼见过，他甚至从来没有进过剧院。他说这番话，无非是为了激发年轻人的上进心，劝他不要凭一时的意气误了自己的前程。然而，叔父的劝说没有成功，侄子坚持要辞职还乡。署衙和京城的生活已使他感到厌倦。他渐渐觉得乡村是他施展抱负的唯一的天地。在那里他可以自由自在地生活，无拘无束地思考。叔侄之间进行这番谈话之后，大约过了两个礼拜，安德烈·伊凡诺维奇已经来到距离他的山庄不远的地方。当他感觉到，他马上就要回到父亲的庄园，回到自己童年时代玩耍游戏的地方，他的心就激烈地跳起来，一件件往事浮上他的心头。许多地方他早已忘却。现在，望着眼前这些美丽的景色，他像一个陌生的观光客似的，惊异不止。这时，道路穿过一条林中峡谷，在密密层层的树林深处，只见山上山下都长满了三人才能合抱的三百年的老橡树，还有冷杉、榆树，比白杨树还高的黑杨树。他不禁问道：“这是谁家的树林？”有人回答他说：“是田杰特尼科夫家的。”不一会儿，马车驶出树林，穿过一片片牧场，经过一座座山杨树林、柳树林和柳树丛，远方已看得见连绵起伏的山峦。

这时道路曲折回转，多次经过那条弯弯的小河上的一座座桥。马车忽而驶到小河的左岸，忽而驶到小河的右岸。于是他又问道：“这是谁家的牧场和河滩？”有人回答他说：“是田杰特尼科夫家的。”后来，马车向山上驶去，途经一片平坦的山地。这里一边是尚未收割的庄稼，有小麦、黑麦、大麦，另一边是他刚刚经过的那些地方，只是它们已留在山下，远远望去，忽然显得美丽如画了。这时马车继续前行，道旁的大树绿荫蔽日，草地恰似绿色的地毯。那些木造的农舍和石砌的地主庄园的红色屋顶已依稀可辨。此时此刻，他那颗激动不已的心已经明白马车驶到了什么地方，他百感交集，终于忍不住大声喊道：“哎呀，我真是糊涂透顶啦！我命中注定要在这人间天堂里做主人，当王子，可是我却糟蹋自己，到官署里去当奴隶，去干那下贱的录事的差事！我读书、受教育，积累了大量的知识，足够治理我的田庄，改变整个地区的面貌。我本应该履行地主的种种职责，集司法、管理和治安于一身，而我却把这个位子交给了一窍不通的管家！我放着地主不做为自己选择了什么呢？当了一名小录事，这种差事就连不学无术的世袭兵也能干得极为出色！”这时安德烈·伊凡诺维奇·田杰特尼科夫又骂自己糊涂透顶。

然而，等待他的却是另一种场面。山庄的居民得知老爷归来，都聚集到他家门口的台阶前面。门前的广场上，站满了前来看他的村民，有的系着花披肩，有的系着头巾，有人穿着粗呢外套。男人们留着各式各样的大胡子，有络腮胡子，有山羊胡子。胡子的颜色也各不相同，有棕红色的、栗色的、银白色的。农奴们高声喊道：“恩人啊，我们总算把你给盼来啦！”妇女们流着眼泪对他说：“老爷，亲爱的，你是我们的亲人哪！”站在远处的人也拼命往前挤，甚至彼此打起架来。一个干瘦的老太婆，样子像一只风干梨似的，从人们的脚下钻过来，挤到老爷面前，两手一拍，尖声叫道：“我们的小少爷，你怎么瘦成这个样子啦！准是该死的德国女人老缠着你，把你给累坏了！”“快走开，老婆子！”男人们立刻向她喊道，“你这是钻到哪里去了，麻脸婆！”接着，又有人突然冒出一句俄国乡下人惯用的骂人话，老爷听了不禁哈哈大笑起来。不过，他心里的确是深受感动。“他们多么爱戴我啊！可这是因为什么？”他心中暗想，“难道是因为我从来没见过他们，从来没有问过他们的事？从今以后，我发誓要和你们同甘共苦！我要竭尽全力帮助你们，让你们都过上好日子。你们本来是应该过上好日子的，这是你们的善良的本性决定的。我绝不辜负你们对我的爱戴，我要名副其实地做你们的养育人！”

安德烈·伊凡诺维奇说到做到，当真着手经营田庄了。他发现，管家的确不称职，不仅头脑糊涂，而且具有一般混账管家所具有的种种恶劣品质。具体地说，他小事清楚大事糊涂，农妇们交来的母鸡和鸡蛋，纱线和麻布他都记得清楚极了，可是对收割庄稼和播种却一窍不通。此外他还疑神疑鬼，老怀疑农夫们要杀害他。安德烈·伊凡诺维奇辞退了这个混账管家，另选了一个精明强干的人代替他。主人把家务琐事搁在一边，集中精力抓大事，减轻劳役，缩短农奴们为主人干活的天数，让他们有更多的时间为自己干活。他认为，这样一来情况会大大改观。此外，经营管理方面的事情，他都去亲自过问，经常出现在田间地头，打谷场上，谷物干燥房里，磨坊里。驳船和平底船装船和起航时，他都要亲自到码头上去察看一番。

“你瞧，老爷的腿脚可真勤快哩！”庄稼汉们这样议论他，说这话的时候甚至挠了挠后脑勺。由于过去那个糊涂管家长期放任不管，农奴们都变得懒懒散散，现在这位年轻的主人事必躬亲，他们感到很新鲜。不过这种情况并没有持续很久，俄国庄稼汉都是机灵鬼。他们很快就发现，老爷固然是很精明，热情也很高，愿意多过问一些事情，但是怎么过问，从哪里入手，他还没有弄明白。他说话喜欢转文，客客气气，农民们把他的话当成耳旁风，结果老爷和庄稼汉们之间协调不起来，虽然不能说彼此互不理解，但却不能互相配合，步调一致。安德烈·伊凡诺维奇渐渐发现，他田里的庄稼总不如农奴田里的长得好。下种早，出芽晚，可是给他干活的农奴们好像也很卖力。他曾亲眼看着他们干活，因为他们干活认真，他还赏给他们每人一杯伏特加酒。农奴们田里的黑麦早抽穗了，燕麦已经成熟，黍子开始分蘖了，可是他田里的庄稼刚刚开始拔节，穗子还没有结子。总而言之，老爷已经发现，农奴们在欺骗他，尽管他待他们不薄，给他们提供了种种优惠。他曾试图责备他们，但农奴们马上回答说："这怎么可能呢，老爷，您待我们这么好，我们怎么能不为老爷的利益着想呢？再说您亲眼看见了，不管是耕地还是播种，我们都很卖力呀，您还赏给我们每人一杯伏特加酒呢。"这样一来，他还有什么话可说呢？"可是我的庄稼为什么长得这么糟糕？"老爷又问了一句。"天知道呢！大概地里有虫子吧，把麦根咬坏了。你再看看这天气，整个夏天没下过一滴雨呀。"可是老爷感到奇怪的是，农奴们田里却不生虫子，而且老天下雨也专门往他们田里下，而老爷田里却一滴雨水也得不到。更让他头疼的是那帮娘儿们。她们动不动就找个理由不干活，抱怨劳役太重。真是怪事！他已经取消了各种贡品，不再让她们缴纳麻布、浆果、蘑菇和榛子。其他的劳务，他也减免了一半，以为这样农妇们可以腾出手来做家务，让丈夫穿得好一些，多种些蔬菜。结果事与愿违！这些女人反倒变懒了。吵嘴，打架，搬弄是非，搞得丈夫不得安生。庄稼汉纷纷跑到他这里来告状，恳求说："老爷，请您管教一下我那个疯婆子吧！她简直成了魔鬼啦！闹得我没法活啦！"他多次下决心要对她们严惩不贷，可是怎么严惩她们呢？一个农妇来见他，一看见他就大哭大叫，装出一副病歪歪的可怜相，身上披着不知从哪里捡来的破布片，脏兮兮的，让人看了恶心。"走吧，走吧，别再让我看见你，愿做什么你就做什么吧！"可怜的老爷无可奈何地说，可是紧接着他又看到，这个病歪歪的女人刚刚走出大门，就为了一只萝卜跟一个女邻居打起架来，挥舞拳头在那个女邻居腰里猛打，连身强力壮的庄稼汉也未必有这么大的力气。他一度想开办一所农奴学校，让他们的孩子受些教育，结果不但学校没有办成，反而惹出一大堆麻烦事，闹得他心灰意懒，后悔不该想出这么个鬼主意。经历了这些事情之后，他明显地消沉了，不再热衷于田庄的管理，也不想过问农奴之间的纠纷，总之他的活动热情冷却下来了。农奴们干活时，他虽然亲临现场，但他的心却飞到远处去了，眼睛望着别处。农奴们在割草，六十把镰刀飞快地挥动着，高高的牧草一排排地倒下，发出均匀的沙沙声。他不看农奴们怎样割草，眼睛却盯着远方的小河的转弯处。当然啦，那里一个人也没有，他发现有一只鸥鸟在河岸上走来走去，它的嘴是红色的，腿也是红色的。这只鸥鸟刚刚捕捉了一条鱼，把鱼横衔在嘴里，好像在思考是否把鱼吞下去，同时它又朝远处河边凝望着。那里也有一只鸥鸟，还没有捕到鱼，却抬起头来凝望着已经捕到鱼的这只鸥鸟。收割庄稼的时候，他仍旧心不在焉，不管农奴们把庄稼垛码成什么样子，也不管他们干活是否卖力，他都不去过问。他把眼睛眯缝起来，面向长空，尽情地吸取田野的芳香，聆听空中飞鸟的奇妙歌声。这时天上的鸟儿和地上的鸟儿都在唱歌，歌声从四面八方飞来，和谐悦耳，令人陶醉。鹌鹑断断续续地啼叫着，秧鸡在草地里尖声叫着，丹顶雀唧唧喳喳地在空中飞来飞去，云雀一边在空中忽上忽下地飞舞，一边尖声唱着歌，一行仙鹤从天际飞来，在辽阔的长空里鸣叫着，听来宛如嘹亮的银质号角。如果近处有人在干活，他就躲到远处去；如果远处有人在干活，他的眼睛就盯着近处。总之，他像一个心不在焉的小学生，表面上在看书，眼睛却斜视着向他打手势的同学。最后，他不再亲临现场去监工，不再过问各种民事纠纷，也不再去惩罚那些犯了过失的农奴，干脆闭门不出，连管家前来汇报情况他也不予接见了。

本来有两位邻居常来拜访他。一个是退伍的骠骑兵中尉，烟鬼，满身烟味；另一个是退伍的校官，曾在封锁舰上任职，此人很健谈，喜欢就各种话题发表意见。可是，这两位邻居也开始让他讨厌了。他感觉他们的谈话没什么意思，过于浮浅。他们那种生动活泼的举止风度，喜欢拍打膝盖，以及其他无拘无束的举动，也使他感到腻味。他认为这两人对他过于直率。于是他决定同他们绝交，并且用了粗暴无礼的方法。有一天，那位曾在封锁舰上任职特别讨人喜欢的空谈家瓦尔瓦尔·尼古拉伊奇·维施涅波克罗莫夫上校前来拜访他，想同他畅谈政治、哲学、文学、道德乃至英国的财政状况。他却叫人去回话说，主人不在家，而他自己又装作极不小心地在窗口露了脸。客人从外面看见了他，两人的目光撞在一起。其中一人自然很恼火，咬牙切齿地骂了一句："畜生！"另一个人也回敬了一句，似乎骂对方是蠢猪。两人就这样断绝了来往。此后，再没有客人登门了。他也从此过上了幽静的生活，穿起睡袍，闭门不出，一天到晚无所事事，头脑里在构思那一部有关俄国现状和未来的巨著。他是如何构思这部著作的，读者在前面已经看到了。日子一天天过去了，他过得单调无味。不过也不能说他一直在昏睡，一刻也没有清醒过。有时邮差给他送来报纸、新书和各种杂志，他偶尔从报纸上看到老同学的名字，看到他们有的已身居要职，有的为科学的进步和人类的教育做出了应有的贡献，这时他心里就隐隐生出一股忧伤。他为自己的碌碌无为感到惭愧、懊丧，不由自主地抱怨起自己来了。此时他觉得自己的生活毫无意义，令人讨厌。昔日的学生生活和亚历山大·彼得罗维奇的光辉形象又异常清晰地浮现在他眼前……他不禁潸然泪下，放声大哭，几乎一整天都大哭不止。

他放声大哭说明了什么呢？是不是他那病态的灵魂发现了自己患病的可悲的病因？这个病因就在于，他内在的高尚的坚韧不拔的性格刚刚开始出现，却中途受阻，没有得到发展和巩固。也就是说，他幼年不曾受过挫折，缺乏艰难困苦的磨炼，显然没有达到那种百折不挠的境界，不善于在逆境中提高和壮大自己。他心中充满伟大的情感，却像一块烧红的金属似的，经不起最后的锤炼。因此他现在意志薄弱，缺乏坚韧不拔的精神素质。对他来说，那位非凡的教育家逝世太早了。现在，在这个世界上，没有任何人能扶持他，给予他力量，使他那动摇不定的性格和缺乏韧性的薄弱的意志坚强起来。没有任何人能够用振奋人心的声音向他的心灵喊一声：前进吧！现在的俄国人，不论他住在什么地方，处在什么地位，出身什么阶层，也不论他是什么身份，从事什么职业，都渴望听到这激动人心的呼唤。

谁能够用发自我们俄罗斯灵魂深处的祖国语言向我们发出这种激动人心的呼唤：前进吧！这样的人在哪里？谁了解我们的秉性的力量、特点和深度，能够振臂一呼，指挥俄国人去追求高尚的生活？知恩图报的俄国人将会以怎样的言语、怎样的爱去报答他啊？然而，岁月如梭，时光如水，五十万懒虫、睡鬼在沉沦，在昏睡。在俄罗斯，很难产生能够向我们发出那激动人心的召唤的伟人。

然而，就在这时，发生了一件事，几乎使田杰特尼科夫惊醒过来，几乎使他的性格发生大的转变。这件事有点像爱情故事，可是不知怎么的很快就化为乌有了。在田杰特尼科夫的邻村，离他的山庄十俄里远的地方，住着一位将军。我们已经看到，这位将军对田杰特尼科夫评价不高。将军总忘不了自己的将军风度，慷慨好客，喜欢邻村的地主们来府第拜访和恭维他，而他自己自然是从不回访的。他说话嗓门很粗，声音嘶哑，喜欢看书。将军有一个独生女儿，名叫乌琳卡。这位小姐性情极为古怪，与其说她是一位千金小姐，倒不如说她是神话中的幻影。人们有时会在梦中看见这类幻影。一个人一旦梦见这样的幻影，他就会永世不忘，并且老是在梦中见到它；对他来说，现实中的一切都永远消逝了，他自己也就完全变成了一个废人。乌琳卡所受的教育也颇为奇特。她童年丧母，是一个一句俄语也不懂的英国家庭女教师把她带大的。父亲虽无暇照看女儿，却发疯似的钟爱她，自然是一味地娇惯她。她的容貌是极难描绘的，她像生活本身一样活泼可爱。她比一般美人长得还美，比一般才女还聪明，她的身材比轻盈欲飞的古典美女还苗条。谁也说不清楚，她到底是像哪个国家的女子，因为像她这样的脸型和侧影，只有在古希腊罗马的浮雕宝石上才能见到。像每个娇生惯养的孩子一样，她脾气古怪，非常任性。如果有人发现，她忽然大发脾气，美丽的额头上蹙起严厉的皱纹，激烈地和父亲争吵起来，那么他一定会认为她是个极任性的娇小姐。然而，只有在听到什么不公平的事或者某人受虐待的时候，她才发脾气的。只要她发现她所恼恨的那个人遇到了不幸，她心中的怒气就会即刻消释，并且她会立刻把自己的钱包扔给他，并不考虑这样做是聪明还是愚蠢。如果这人受了伤，她会撕下自己的衣襟来为他包扎。她的性情有些急躁，似乎总是急于去做什么事。说起话来，好像她的一切诸如表情、手势和说话的神态都在随着思想飞跑、跳跃，连裙褶也飘向一边，仿佛她本人也在随着自己的话语四处飘飞似的。她心里没有什么不可告人的秘密，不论在谁面前她都敢于说出自己的想法。她要说话是任何人也阻止不住的，任何力量都不可能使她沉默下来。她走起路来落落大方，步态优雅，具有一种她所独有的魅力，所有的人都会不由自主地给她让路。不怀好意的人见到她，会感到心虚、慌乱，窘得哑口无言；而善良的人，哪怕是最腼腆的人，却可以同她谈笑自如，并且会感到异常轻松愉快，甚至会产生一种奇怪的错觉，从谈话一开始他就觉得在什么地方见过她，那好像是在遥远的孩提时代，在一个令人愉快的傍晚，在自己家里，一群孩子在兴高采烈地做游戏。自那之后，有很长一段时间他觉得大人的生活枯燥乏味。

安德烈·伊凡诺维奇·田杰特尼科夫怎么也说不清楚，这一切到底是怎么发生的。他和乌琳卡小姐一见如故，仿佛他们俩生来就是好朋友。他感到莫名其妙，一种新奇的感情涌上他的心头，他那寂寞的生活顷刻间被照亮了。他暂时收起睡袍，也不在床上消磨时光了，米哈伊罗也用不着端着脸盆在他卧室门口久久等待了。房间的窗户也终于打开了。这美丽如画的山庄的主人也常常到自己的花园里去，在幽暗的林间曲径上散步，常常登高远眺，久久地欣赏着令人陶醉的山野风光。

起初，将军对田杰特尼科夫相当热情，招待得殷勤周到。可是他们的谈话却总是很不投机。每次谈话，最终都免不了要争吵起来，结果弄得两人都很不愉快。将军一向刚愎自用，不喜欢别人反驳他，同时却又热衷于谈论他自己完全不懂的问题。然而田杰特尼科夫也是一个气量狭小、极爱面子的人。话又说回来了，看在女儿的面子上，有许多事情他也不便和父亲计较。就这样，他们相处得还算和睦。可是就在这当口儿，将军府第来了两位女亲戚，伯爵夫人鲍尔迪列娃和公爵小姐尤齐亚金娜，一个是寡妇，另一个是老处女。两人都做过前任沙皇的宫廷女官，都喜欢清谈，搬弄是非。虽说两人都不是那种十分可爱、令人着迷的女人，但在京城里交际很广，熟识一些达官显贵。所以，将军把她们待为上宾，言谈举止都难免带点逢迎巴结的味道。田杰特尼科夫觉得，从这两位女宾到来那天起，将军就无缘无故地对他冷淡下来，几乎不再把他放在眼里，对待他像对待一个唯唯诺诺的小人物，或者把他看成一个只配抄抄写写的小官吏，甚至用轻蔑的口气称呼他“老弟”“最亲爱的”，有一次甚至对他称呼“你”。安德烈·伊凡诺维奇终于忍不住了，一腔热血直往上撞。他虽然气得满脸通红，心中怒涛澎湃，但他还是咬紧牙关克制了自己，毕恭毕敬地用极为温和的口吻说：

“我得感谢您，将军大人，感谢您对我的厚爱。既然您用‘你’这个字眼来称呼我，并且把它看成最友好的表示，那么我也只好用‘你’来回敬您了。不过，请允许我向您指出，我不会忘记我们两人在年龄上的差异。我想，在我们两人之间使用如此亲昵的称呼，恐怕不大合适吧。”

将军大为难堪，一时不知该说什么才好。他集中思想，挑选合适的字眼，最后才前言不搭后语地说，他用“你”这个字眼，并不表示长辈有时可以对晚辈使用的那种口气。对自己的将军品级他只字未提。

不消说，两人从此断绝了来往，爱情也就此告吹了。安德烈·伊凡诺维奇眼前刚刚出现一线光明，但马上熄灭了，随之而来的黄昏变得更加暗淡。于是这个浑浑噩噩的懒骨头又重新穿上了睡袍。一切又恢复了原样，他又终日昏睡、无所事事了。家里脏得不堪入目，东西放得杂乱无章：地板刷子终日躺在屋子中央，陪伴着一堆垃圾；裤子竟扔到客厅里去了；长沙发前面的漂亮的圆桌上，放着一副油渍麻花的裤带，看上去倒像是款待客人的美食。总之，他日子过得空虚无聊，终日无精打采，不但仆役们不再尊敬他，连家养的母鸡也肆无忌惮地要来啄他了。有时他懒洋洋地拿起笔在纸上画犄角、小房子、农舍、货车、三套马车，或者用各种笔法和字体写"尊敬的先生"，外加一个引人注目的惊叹号。这样一坐就是几个小时。有时他忘记了一切，鹅毛笔便自动画起来，在他不知不觉之中画出一个娇小的脑袋。这是一个女子的肖像，只见她面庞秀丽，额头上翘起一绺鬈发，裸露着年轻细嫩的胳膊，轻盈如飞的身姿。这时主人惊奇地发现，这是一幅任何画家都画不出来的女子的肖像。于是他变得更加忧郁了。他不相信这人世间还会有幸福，因此整天闷闷不乐，孤寂冷漠。

安德烈·伊凡诺维奇·田杰特尼科夫就是这样生活的。有一天，他像往常一样，手里拿着烟斗和茶杯走到窗前，忽然发现院子里骚动起来。厨房里的学徒和擦地板的女仆连忙跑去开大门。紧接着，大门口出现了三匹马，和凯旋门上雕塑的马完全一样：一匹马向右昂着头，一匹马向左昂着头，一匹马夹在中间，向上昂着头。在马匹后面的车夫台上，端坐着马车夫和一名听差。听差穿一件肥大的常礼服，腰里系着一条手绢。马车里坐着一位绅士，头戴遮檐便帽，身穿斗篷式大衣，围一条彩虹色调的花围巾。当马车在台阶前停下的时候，人们才看出，这是一辆带弹簧底盘的轻便马车。那位仪表非凡的绅士，几乎像军人似的机动灵活地跳下马车，疾步登上台阶。

安德烈·伊凡诺维奇这下子着实吃惊不小，他把那绅士当成官府派来的要员了。这里需要交代一下，他在青年时代曾经卷入一桩很不体面的案子里。当时骠骑兵团的几个哲学家，一个大学肄业生，还有一个输光的赌徒，在一个能言善辩的老骗子煽动下，筹划成立了一个博爱协会。老骗子自任会长，此人是共济会会员，也是个赌徒和酒鬼。成立这个协会的目的，就是要使从泰晤士河边到堪察加的全人类永远得到幸福。协会需要很多基金，于是一些慷慨的会员就纷纷捐献。结果募集到一笔巨款。这笔款子最后哪里去了？只有那个骗子会长知道。安德烈·伊凡诺维奇经两位朋友介绍，加入了这个协会。这两个朋友属于那种忧国忧民之士，也都是心地善良的人，但是，由于他们经常不断地为科学、教育和人类进步干杯，后来都成了不可救药的酒鬼。田杰特尼科夫很快就发现这里面有问题，就不再跟这些人来往了。可是协会早就干了一些与贵族身份很不相称的勾当，结果惹出乱子来，竟闹到警察局去了……因此，田杰特尼科夫虽然退出协会，并且同那个全人类的恩人断了一切来往，但他还是有些不放心。这也是不难理解的，因为他良心上受到责备。现在，他望着正在打开的房门，难免感到恐惧不安。

不过，他的恐惧立刻就消失了，因为客人极为灵巧地向他深深鞠一躬，一面微微地侧着脸，做出一副毕恭毕敬的姿态。客人言简意赅地说明了来意。他说，他在俄国各地已游历了很久，这一来是为了办些公事，二来是为了满足自己的求知欲望；又说我国有许许多多美好的事物，更不用说风景秀丽、物产丰富、土地肥沃啦。他说这山庄地势优美，风景如画，实在是让他流连忘返。然而，尽管如此，要不是因为马车坏了，需要请铁匠和车匠帮忙修理，他是无论如何也不敢冒昧前来打扰庄主的。不过客人又把话说回来，说即便他的马车不出毛病，他也还是要来拜访庄主，当面向他表示敬意。

客人说完这番话，潇洒自如地鞠了一躬，同时磕了一下脚后跟，虽然体态丰满，却还是像皮球似的富有弹性，轻轻地向后退了一步。

安德烈·伊凡诺维奇心想，这位客人一定是个求知欲很强的教授，他在俄国各地旅行大概是为了收集植物标本或者化石。于是他向客人表示，他愿意尽力帮忙，请客人用这山庄里的车匠和铁匠修车，并且请客人不必客气，像在自己家里一样。他请彬彬有礼的客人坐在一把宽大的高背圈椅上，准备听他谈论有关自然科学的种种问题。

然而，客人所谈的多半是涉及自己精神世界的一些事件。他谈到命运变化无常，把自己的一生比作雾海孤舟，不断遭受风浪的袭击。他提到自己仕途失意，多次变换职位，并且因为主持正义屡遭迫害；由于他树敌很多，甚至不止一次险遭暗算。他还讲了许多事情，从这些事情可以看出，他是一个阅历很广、富有实践经验的人。讲完以后，他用一块洁白的麻纱手绢捂在鼻子上，用力地擤了一下，那响亮的声音想必是山庄的主人从来不曾听见过的。在乐队里有时会遇到这种讨厌的喇叭，忽然吹奏起来，那震耳欲聋的响声，就好像在你的耳朵里演奏的一样。在这座死气沉沉的庄园里，在安德烈·伊凡诺维奇的房间里，刚刚发出的就是这样的一声巨响。就在这巨响之后，紧接着飘来一股花露水香味，因为客人轻轻地抖了抖那块洁白的麻纱手绢。

读者大概已经猜到，这客人并非别人，而正是我们久违了的可敬的主人公巴维尔·伊凡诺维奇·乞乞科夫。他有点见老了，可见这段时间他过得并不如意，难免不遇到些风浪吧。他身上穿的那件燕尾服，也好像有些旧了，再看看他的马车、车夫、侍仆、马匹和挽具吧，也仿佛有些磨损，变老变旧了。看来他的经济状况也并不令人羡慕。不过他脸上的表情和优雅的风度却丝毫没有变化。甚至他的举止言谈显得更加令人愉快了。坐在圈椅上，他比先前更加灵巧地架起二郎腿。他说话的语气比过去更加温和，措辞更加谨慎适度，态度也仿佛更加节制、稳重，在各方面都更讲究分寸了。他的衣领和胸衣比雪还白净。虽然在旅途中，但他的燕尾服却不沾一粒尘土，随时都可以去出席生日宴会！他的面颊和下巴也都刮得极光滑，对他那令人愉快的圆鼓鼓的面颊和下巴，只有瞎子才可能会漠然视之。

随着客人的到来，家里立刻改变了面貌。原先有一半房子长期闲置不用，窗户用木板钉死了，现在都打开了门窗，忽然变得明亮起来。马车上的行李陆续搬进来，摆在几个明亮的房间里。一切很快都安排好了：做卧室用的房间里，摆进来一套夜晚盥洗所必需的各种器物，做书房用的一间屋子……这里需要先交代一下，这间屋子里有三张桌子。沙发前面摆着一张写字台，两个窗户之间，靠墙摆着一张打牌用的桌子，还有一张是三角桌，摆在一个墙角里。墙角的一边是通卧室的门，另一边有一道门通往不住人的大厅，大厅里堆放着破烂家具。刚从皮箱里掏出来的衣服，就摆在墙角里的这张小桌上，这就是：一条配燕尾服的裤子，一条配常礼服的裤子，一条浅灰色的裤子，两件天鹅绒坎肩，两件缎子坎肩，一件常礼服和两件燕尾服（白斜纹布坎肩和夏季穿的裤子放进了五斗柜，跟内衣放在一起）。这些衣服摞得像一座金字塔似的，上面盖着一块丝手绢。在房门和窗户之间的另一个墙角里，摆着一排靴子：一双半旧的靴子，一双崭新的靴子，一双擦得锃亮的矮腰靴子。这些靴子上也盖着一块丝手绢，遮羞似的，表面看上去似乎靴子并不存在。两个窗户之间靠墙放着的那张牌桌上，放着那只精致的小木匣子。沙发前面的写字台上，放着一只公文包，一瓶花露水，一块火漆，几把牙刷，一本新日历和两本小说，但两本都只有第二卷。干净的内衣都放在卧室里的五斗柜里，需要给洗衣妇去洗的内衣卷成一包，塞在床底下。腾空的箱子也塞在床底下。马刀挂在卧室里离床不远的钉子上。卧室和书房都收拾得非常整洁，连一个纸片也没有，更不用说羽毛或垃圾了。连空气也似乎变得高雅起来，其中散布着一个精力充沛的健壮男子身上的令人愉快的气味，因为这位男子常换内衣，喜欢洗澡，礼拜天还有用湿海绵擦身子的习惯。仆人彼得卢什卡在门厅里住的时间很短，不久就搬到厨房里去住了，所以他身上的气味也没有在门厅里停留很久。

安德烈·伊凡诺维奇最初有些顾虑，担心客人会妨碍他独立自主的生活方式，害怕客人约束他，迫使他改变生活秩序，扰乱他为自己安排的极为恰当的作息制度。然而，他的顾虑是没有道理的。我们的巴维尔·伊凡诺维奇·乞乞科夫是个非常机动灵活的人，对一切情况都表现出非凡的适应能力。他赞扬主人具有哲学家的悠闲风度，并且说这样生活可以长命百岁。对离群索居他也表示欣赏，说这样生活可以使人培养出伟大的思想。他看了看主人的藏书，也立刻夸奖了一番，说这些书可以使人充实，免得虚度光阴。总之，他说话不多，但每句话都说得恰到好处。他的行为举止，就更加礼貌得体了。主人想见到他的时候，他及时来了，主人想独自待一会儿，他便适时地告退。主人不想讲话的时候，他绝不去打扰。主人要下象棋，他就高兴地陪着下棋，主人要沉默的时候，他也高兴地陪着沉默。当主人抽烟斗喷云吐雾的时候，他虽然不抽烟斗，却也想出一些巧妙的办法来讨主人欢心。比如说，他从衣袋里掏出一只乌银鼻烟盒，用左手捏住它的两端，用右手拨动它飞快地旋转起来，像地球仪在轴心上转动，或者用手指轻轻敲打鼻烟盒，一边轻轻地吹着口哨。总之，他绝不打扰主人。“我有生以来头一回遇见一个好相处的人，”田杰特尼科夫心中暗想，“这种本领在我们这里实在罕见。我们中间有不少聪明人，有文化的人，善良的人，可是像这样总是令人愉快、总是心平气和、可以相处一辈子不吵架的人，不知道我们这里能否找得到！他是我所遇见的第一个，也是唯一的好相处的人！”田杰特尼科夫对自己的客人做出这样的评价。

乞乞科夫自己也很高兴，因为遇到这样一位温和善良的地主，他可以在这里寄住一段时间啦。四处流浪的生活，他实在是过够了。在这美丽的山庄里休息一下，哪怕是只住一个月，欣赏这早春的山野风光，甚至对治疗痔疮也大有好处。再找不到比这里更好的疗养地了。春天把它装点得异常美丽。多么鲜艳的绿树和草地！多么清新的空气！花园里有多少鸟儿在争鸣啊！在这人间天堂里到处充满着欢乐气氛。山庄在欢呼，在歌唱，仿佛在庆祝自己的生日似的。

乞乞科夫经常外出散步，他有时漫步在平坦的山顶上，从那里眺望山下的河谷。春汛过后，河谷里还存留着一片片积水，远远望去有如一个个湖泊。他有时走进林中峡谷里，这里的树木刚刚长出嫩绿的叶子，树梢上筑着硕大的鸟巢。成群的乌鸦、寒鸦和白嘴鸦在空中飞来飞去，遮天蔽日，扑打声和聒噪声连成一片，震耳欲聋。有时他到山下的河滩上和拦水坝上去走一走，看看水磨轮子怎样在吼叫的河水驱动下飞转。有时他一直走到码头上去，在那里，开春以来的第一批货船正载着豌豆、燕麦、大麦和小麦驶向远方。正值春耕和播种的大忙季节，他有时到田里去转一转，观看绿色原野上刚刚翻耕的黑土地，观看老练的播种人一把把地均匀地撒种，种子都准确地撒在田垄里，没有一粒掉在外面。他跟管家、庄稼汉和磨坊工人都交谈过，问他们情况怎么样，预计今年的收成如何，耕地采用什么方式，粮食多少钱一斤，春秋两季挑选什么粮食磨面粉，农夫们都叫什么名字，谁和谁是亲戚，谁在什么地方买了一头母牛，谁用什么饲料养猪。总之，他什么都问。他也了解过这里的农奴死亡的情况。农奴死得不多。他毕竟是个聪明人，马上就发现安德烈·伊凡诺维奇的田庄经营情况很不妙。到处是漏洞，农奴不好好干活，盗窃成风，酗酒的也不少。他心中暗想：“田杰特尼科夫真是个废物！好端端的一个田庄，竟被他弄成这个样子！要是经营得好，凭这田庄每年至少可收入五万卢布！”想到这里，他实在压抑不住心中的义愤，又骂了一句：“地地道道的废物！”外出散步的时候，他不止一次地设想过，设想自己有一座这样的庄园，自己成了一位逍遥自在的地主，这当然不是现在，而是以后，等他把关键问题解决了，手头攒足了钱的时候。每逢想到这些，他眼前就浮现出一个年轻漂亮的主妇，长得白生生的，特别水灵。她很可能是出身于商人阶层，不过这也没什么关系，只要有文化有教养就行，就像贵族小姐那样，懂音乐。当然，音乐并不重要，但为什么不重要呢，既然大家都这么看，我何必去标新立异呢？他还想到了下一代，他要靠下一代去繁衍子孙，把他的姓氏一代代传下去。想到这里，他眼前就浮现出一个淘气的男孩和一个漂亮的女儿，甚至是两个男孩，两三个女儿。由此让大家知道，他乞乞科夫曾在人间生活过，存在过，而不是像影子或幽灵似的匆匆地从地上掠过。这样一来，他在祖国面前也就问心无愧啦。他甚至还想到过，最好能把自己的官阶再稍稍提高一点，比如说，五品文官就很不错，显得体面些，而且受人尊重……总之，他想得很多，一些奇怪的念头常常带着他到处遨游，使他脱离了枯燥无味的现实。他时而焦躁不安，时而激动不已。即便他明明知道有些东西仅仅是幻想，永远不可能成为现实，他心里却也感到甜蜜蜜的。

乞乞科夫的马车夫和仆人也迷上了这座山庄。他们也像主人一样，在这里过得很舒服。彼得卢什卡很快就跟餐厅侍仆格里戈里交上了朋友，不过起初两人都摆出一副盛气凌人的架势，谁也瞧不起谁。彼得卢什卡拼命在格里戈里面前炫耀自己，吹嘘他到过科斯特罗马、雅罗斯拉夫尔、下新城，甚至还去过莫斯科。格里戈里立刻说他去过京城彼得堡，这下子可把彼得卢什卡给镇住了，因为他不曾去过彼得堡。彼得卢什卡还想争辩，又说他去过一些很远很远的地方，但格里戈里马上说出一个更远的地方，说这地方在地图上根本查不到，至少有三万多俄里远。这回彼得卢什卡张口结舌，无话可说了，白白地让在场的仆役们嘲笑了一阵子。不过，从此以后，两人就成了亲密无间的朋友。恰好村头有一家叫作“鲨鱼”的小酒馆，是秃头老伯皮缅开设的，倒也有些名气。于是这两人就一天到晚待在那里，并且同酒馆的老板混得很熟。照老百姓的说法，他们成了酒店的常客。

马车夫谢里方的兴趣在别处。每天晚上，山庄里歌声袅绕，村民们跳起春天的轮舞，望着一个个健康苗条的村姑（这样的姑娘在别处是很难见到的），他不禁心荡神摇，呆立不动。看得入迷时，他一连几个小时不挪动位置。很难说姑娘们哪个更漂亮，因为她们全都是雪白的胸脯，雪白的脖颈，全都是圆圆的脸蛋，含情脉脉的眼睛，步态如孔雀，拖着一条长长的辫子。他跟姑娘们手挽手缓缓地跳起轮舞，或者夹在小伙子的行列里，像环墙似的向姑娘们围过来。火红的霞光熄灭了，周围的一切悄悄隐没在暮色之中，忧郁的歌声一直飘到河对岸，又从那里传来清晰的回声。这时连他自己也不知道是怎么回事，反正是像丢了魂似的。此后过了很久，不管是在梦中还是醒着，也不管是在早晨还是在夜幕降临以后，他总觉得自己握着一双白嫩的小手和姑娘们一起缓缓地跳着轮舞。所以，他时常厌恶地挥一下手说："这帮讨厌的村姑！"

乞乞科夫的马也很喜欢这个新地方。不论是辕马，还是外号叫陪审员的橙红色的边套马，还是被谢里方称作"滑头"的花斑马，都认为住在田杰特尼科夫的山庄里很快活。吃的是上等燕麦，马厩也很舒适。每一匹马都有一个单独的马栏，虽然把它们分开了，但透过栅栏彼此都看得见对方。因此，如果它们中间有一匹马，哪怕是最靠边的一匹马，心血来潮忽然嘶叫起来，那么别的马也都可以立刻响应。

总之，大家都过得轻松愉快，就像在自己家里一样。读者也许会感到奇怪，为什么乞乞科夫一直只字不提购买农奴的事呢？这也是不足为怪的！在这个问题上，他比过去谨慎多了。现在，即便是遇上一个地道的傻瓜，他也不会马上开口了。不管怎么说，田杰特尼科夫毕竟是读过一些书的，喜欢思考问题，不论什么事他都要弄清原因，总要问一句为什么……"不行，这鬼东西不好对付！是不是该从别处下手呢？"乞乞科夫心中暗想。他经常跟仆人们聊天，顺便了解到老爷以前常去邻村一位将军府第做客，将军有一个女儿，老爷对那小姐很好，那小姐对老爷也有意……后来不知为什么事忽然闹翻了。乞乞科夫自己也发现，安德烈·伊凡诺维奇喜欢用铅笔和鹅毛笔在纸上勾画女子的头像，画来画去总是画一个人。有一天吃过午饭，乞乞科夫像往常一样用手指拨弄着乌银鼻烟盒，这样对他说：

“安德烈·伊凡诺维奇，您家里什么都有，只是缺一样东西。”

“什么东西？”对方吐着烟圈问道。

“缺少一位人生的伴侣。”乞乞科夫说。

安德烈·伊凡诺维奇没有再说什么，谈话就此结束了。

乞乞科夫并没有感到难为情。他另选了一个机会。一天晚饭前，他先海阔天空地聊了一阵子，然后忽然说：

“真的，安德烈·伊凡诺维奇。结婚对您不会有什么妨碍的。”

田杰特尼科夫仍旧什么话也没有说，好像这个话题本身就使他感到不快。

乞乞科夫仍旧没有感到难为情。于是他再次找到了机会。这次是在晚饭后，他这样说：

“从您目前的情况看来，我认为，您无论如何也该结婚了。不然的话，长久这么下去，您会得忧郁症的。”

这次不知是因为乞乞科夫的话富有说服力，还是因为安德烈·伊凡诺维奇今天情绪愉快，愿意吐露自己的隐私，总之他长叹了一声，抬起头来吐了一口烟，然后说：“不论做什么事，都得天生走运才行啊，巴维尔·伊凡诺维奇。”接着，他把如何同将军结交又如何决裂的全过程如实讲了一遍。

乞乞科夫听得很认真，一个字也不轻易放过。最后他发现，就因为一个“你”字竟闹出这么大的误会，他心里的确是大为吃惊。他盯着安德烈·伊凡诺维奇的眼睛足足察看了几分钟，最终得出结论：“此人是一个地地道道的傻瓜！”

“安德烈·伊凡诺维奇，哪有这样的道理呢？”他握着主人的双手说，“这算什么侮辱呢？称呼‘你’有什么侮辱人的含义呢？”

“这个称呼本身并没有什么侮辱的意思，”田杰特尼科夫说，“可是问题不在称呼，而在于说话人的语气。他的语气是侮辱性的。这个‘你’字就意味着：‘别忘了你是个一钱不值的小人物，我之所以接待你，是因为没有人可接待了。现在尤齐亚金娜公爵小姐来了，你就该有自知之明，就该靠边站。’这才是他的真正用意呢！”

说到这里，一向冷静温和的安德烈·伊凡诺维奇两眼闪着凶光，声音里流露出受辱后的怨恨情绪。

“即便是他有这个意思，那又有什么了不起呢？”乞乞科夫说。

“什么？”田杰特尼科夫紧紧盯着乞乞科夫的眼睛，问道，“您的意思是说，在他这种行为之后，我应该继续去拜访他？”

“这算什么行为呢？这甚至不值一谈！”乞乞科夫说。

“这个乞乞科夫真是个怪人！”田杰特尼科夫心中暗想。

“这个田杰特尼科夫真是个怪人！”乞乞科夫也在心里说。

“这不算什么行为，安德烈·伊凡诺维奇。这不过是将军的习惯罢了，将军们不管对谁说话都称呼‘你’。再说了，他是一位为国家建立过功勋的可敬的人物，为什么不可以这样称呼别人呢？”

“这就另当别论了，”田杰特尼科夫说，“假如他年迈体弱，处境可怜，假如他不是一位趾高气扬的将军，那么我会允许他用‘你’称呼我，我甚至会对他十分尊重。”

“地地道道的傻瓜，”乞乞科夫心中暗想，“他可以容忍一个乞丐，却不肯容忍一个将军！”乞乞科夫想到这里，接着又反驳他说：“好，就算他侮辱了您，您也已经报复过他了，你们彼此的债已经两清了。可是，因为这点小事就老死不相往来，恕我直言，这未免有些不像话了吧？怎么能就此放弃刚刚开始的大事呢？既然已经选定了目标，就应该不顾一切地奔向这个目标。何必去留心人家是否瞧得起您呢！人总是要小瞧别人的。现在，您就是走遍世界，也找不到一个不小瞧别人的人。”

这一番话，说得田杰特尼科夫完全摸不着头脑。他惊讶地望着巴维尔·伊凡诺维奇的眼睛，心想："这个乞乞科夫，真是一个特别古怪的人！"

"这个田杰特尼科夫，真是一个怪人！"这时乞乞科夫也在心里说。

"这件事我可以帮忙调解一下，请允许我去一趟吧，"乞乞科夫说，"我去向将军大人解释，就说这件事从您这方面来看纯属误会，就说因为年轻不懂人情世故。"

"我可不愿意去巴结他！"田杰特尼科夫坚定地说。

"求上帝保佑，我们不去巴结他！"乞乞科夫说着，在自己身上画了个十字，"作为一个明智的调解人，我可以好言相劝，至于巴结嘛……对不起，安德烈·伊凡诺维奇，我完全是一片好心，出于对朋友的忠诚，想不到您居然把我的话理解为这种意思，这实在是让人伤心呀！"

"请原谅，巴维尔·伊凡诺维奇，这是我的过错！"田杰特尼科夫深受感动，感激地握着乞乞科夫的手说，"对我来说，您的善意和关怀是很可贵的，我可以发誓！不过，这话我们就说到这里为止，这件事今后我们再也不提了。"

"这么说来，我就只好无缘无故地到将军府第走一趟啦。"乞乞科夫说。

"去做什么？"田杰特尼科夫迷惑不解地望着乞乞科夫，问道。

"去表示一下敬意嘛。"乞乞科夫说。

"乞乞科夫这人真怪！"田杰特尼科夫心想。

"田杰特尼科夫这人真怪！"乞乞科夫心里想道。

"因为我的马车还没有完全修好，"乞乞科夫说，"因此请允许我借用一下您的马车。我想在明天10点钟左右去拜访他。"

"得了，这有什么可请求的！您只管吩咐吧，马车您可以随便挑，一切都由您来安排。"

他们互相道了晚安，回屋睡觉去了，难免又揣摩了一番对方的古怪脾气。

然而，事情也真是太奇妙啦！第二天上午，马车驶到门口，只见乞乞科夫身着崭新的燕尾服，系着洁白领带，露出洁白的坎肩，几乎像军人似的轻捷如飞地跳上马车，急急地去拜访将军大人了。此时此刻，田杰特尼科夫却焦躁不安起来，他已经很久没有过这种感觉了。长久以来，他的思想仿佛生了锈，思想处在昏睡状态，现在却一下子活跃起来，各种感情也忽然苏醒，兴奋的神经终于使迄今为止仍在昏昏欲睡的懒汉感到着急了。他忽而坐到沙发上，忽而踱到窗前，忽而拿起一本书，忽而又想思索什么，结果只是空想，因为头脑空空，怎么也集中不了思想。他忽而又改了主意，干脆什么也不想，可是又做不到，一些零七碎八的念头，模模糊糊的印象和断断续续的想法从四面八方涌进他的脑海。“真是怪事！”他自言自语地说，于是他走到窗前，望了望那条穿过橡树林的大道，只见林边还飘荡着驶去的马车扬起的尘土。然而，让我们暂且撇开田杰特尼科夫，再看看乞乞科夫的情况如何吧。

# 第二章

乞乞科夫乘坐主人的马车一路疾驶，只用半个多小时就走完了十俄里的路程。起初马车穿过一片橡树林，接着穿过一片刚刚开始发绿的庄稼地，庄稼地两侧是新翻耕的土地，然后沿着山脚下的坡道行驶，此时远方的景色连续不断地展现在眼前。最后马车驶过一条宽阔的绿荫如盖的椴树林荫道，便来到将军的田庄。走过椴树林荫道之后，紧接着是一条白杨树林荫道。白杨树下部都有一个方方的篱笆保护着树干。马车一直驶到一座铁栅栏大门跟前，透过栅栏可以看见将军府雕刻精美的山花墙，山花墙下面是八根带有科林斯式柱冠的圆柱。到处散发着油漆味，因为这里的一切都要经常刷新，任何东西都不得露出半点陈旧。庭院里洁净得有如铺着镶木地板。马车在大门前停下。乞乞科夫十分恭敬地跳下马车，健步登上台阶，叫人禀报他的来访，随后被直接引进将军的书房。

看到将军仪态威武，乞乞科夫不禁暗暗吃惊。只见他穿一件绛紫色缎面便袍，目光炯炯有神，一副刚毅的面孔，两鬓和唇须已开始发白，头发剪得很短，脖颈粗大，可以看见分明的皱褶，是所谓的三重胖脖颈。他说起话来声音低沉，有些嘶哑，一举一动都显出将军的气派。贝特里谢夫将军和我们这些俗人一样，有许多美德，同时也有不少缺点。像每个俄国人一样，美德和缺点集于一身，二者结合得优美和谐，但有时却显得复杂紊乱。在关键时刻他能牺牲自我、宽容大度、勇敢、聪明，但这些优点里却又掺杂着自私、好虚荣、独断专行、小气、嫉妒以及常人所具有的其他许多毛病。他不喜欢所有比他晋升得快的人，每当提到他们都免不了要讽刺挖苦一番。最让他讨厌的是他过去的一位同僚。他认为此人不论是智力还是才干都在他之下，但却官运亨通，不但超过了他，而且当上了统辖两省的总督大人。说来也真该他倒霉，他的庄园偏偏就在这位总督大人治下的一个省里，因此他的地位也就显得更加低下了。他心里不服气，就利用一切机会攻击总督大人，批评他的一切命令，把他采取的种种措施和行动都贬得一钱不值。将军虽然为人善良，却总喜欢嘲笑别人。总之，他总喜欢胜过别人，喜欢人家奉承他，喜欢卖弄聪明，炫耀自己的才华，显示他比别人懂得多，而不喜欢那些比他懂得多的人。他受的是半外国式的教育，然而却喜欢摆俄国老爷的架子。既然他性格这么不随和，又有一些非同小可的对立面，在官场上也就难免要遇到许多不顺心的事，结果只好告老还乡。他认为自己退休完全是受一帮政敌排挤，却没有表现出宽容大度，丝毫没有责怪自己。退休以后，他仍旧保持着往日的威严和优美的风度。不管是穿常礼服、燕尾服，还是穿便袍，他都显出将军的气派。从说话的语气到一举一动，无不流露出威严和尊贵，即便不能使一切下属官吏肃然起敬，那么至少也会让他们感到害怕和胆怯。

乞乞科夫是两种感觉兼有，他对将军肃然起敬，同时又感到胆怯。他毕恭毕敬地稍微歪着脑袋，开口说：

“久仰将军大名，我特意来拜望大人。在下一向敬重驰骋沙场、拯救祖国于危难之中的英雄人物，因此特意来拜望将军大人。”

看来，将军挺喜欢这样的开场白。他极为慈善地点了点头，说：

“认识您非常高兴。请坐吧，您曾在何处任职呀？”

“我的仕途生涯，”乞乞科夫说着在一把圈椅里坐下，他没有坐在圈椅中央，而是一只手按着扶手，侧身坐在圈椅边上，“是从税务局开始的，将军大人。后来我又在其他部门任职，在地方法院、建设委员会和海关都曾任过职。可以说，我这一生就像狂风巨浪中的一只小船，将军大人。可以说，我是在忍耐中长大的，小时候忍耐，长大了做官也得处处忍耐。总之，我的生涯可以概括为两个字，就是‘忍耐’。因为得罪了不少人，遭到政敌们报复，我吃的苦头太多啦，简直无法形容。现在，我也快到垂暮之年啦，想找个僻静的角落安度余生。暂时住在大人您的一位邻居家里……”

“住在谁家里？”

“住在田杰特尼科夫家里，将军大人。”

将军微微皱了皱眉头。

“将军大人，他对自己的行为深表后悔，后悔没有向您表示应有的敬意……”

“敬意？有什么值得尊敬的？”

“他对将军大人的功勋深为敬佩。他找不出适当的言辞。他说：‘可惜我不能为将军大人做些什么……因为我的确是非常敬重拯救过祖国的英雄人物的。’”

“算啦，他何必说这个呢？……其实我并没有生他的气！”将军心软下来，和颜悦色地说，“我是打心眼里喜欢他的，我相信他将来会成为一个有出息的人。”

“您说得太对啦，将军大人，他的确会成为一个有出息的人。他口才很好，还善于写作。”

“他好像是写一些无聊的小诗吧？”

“不，将军大人，不是无聊的小诗……”

“那么他写什么呢？”

“他在写……一部史书，将军大人。”

“史书！什么史书？”

“这部史书是……”乞乞科夫说到这里停顿了一下，不知是因为他面前坐着一位将军，还是想要强调一下这件事的分量，他接着说，“是一部将军传，将军大人。”

“是将军传？那么他写的是哪些将军呢？”

“是普通的将军传，将军大人，是概括性的……说实在的，他写的是我国的将领们。”说到这里，乞乞科夫心中暗想：“我这是瞎编些什么呀？”

“请原谅，我不大明白……这是一部什么样的史书，是一部编年史呢，还是一般的将军传记？再说，他收录的是全部将军呢，还是仅仅收录参加1812年卫国战争的将军？”

“您说得对，将军大人，他写的是参加过1812年卫国战争的将军！”说到这里，他心中暗想：“就是打死我，我也不知道在胡扯些什么！”

“既然这样，那他为什么不来找我？我可以给他提供不少有趣的素材嘛。”

“他不敢见您，将军大人。”

“这叫什么话呢！就为了那么一句空话就不敢来啦……我绝不是那种人。我还准备亲自去拜访他呢。”

“那他倒是不敢当，他自己会来的。”乞乞科夫说到这里，心中暗想：“将军传的事我提得恰到好处，不过这全是我顺口瞎编的。”

这时，书房里响起一阵窸窣声。雕花橱柜的胡桃木门自动打开了。门背后出现一个活泼的女郎，她那只美妙的小手握着门把手。假如在一个幽暗的房间里，挂着一幅透明的画像，假如它忽然被明亮的灯光从背后照亮了，那它也不及这位光彩照人的女子给人的印象深刻。这女子的突然出现，一下子照亮了整个房间，仿佛阳光伴随着她飞进来，忽然照亮了天花板、窗帘架和各个昏暗的角落。她似乎周身闪耀着奇异的光彩。不过，这只是一种美妙的幻觉。人们之所以会产生这样的幻觉，是因为她的身材特别匀称，身体各部分从头到脚的比例极为和谐。一件色彩单调的连衣裙，穿在她身上却显得特别合身、入时，就好像各大都会的裁缝聚在一起商议过，精心为她设计的。这也是一种错觉，其实她的穿着是很随便的，并没有特意打扮过。她随便拿一块没有剪裁过的布料，只在两三个地方缝几针，穿在她身上，便会自然形成美丽的皱褶，既合身又入时。要是被雕刻家看见，他一定会立刻把她和衣裙雕在大理石上。相比之下，那些穿着入时的小姐就显得俗不可耐了。乞乞科夫虽然在安德烈·伊凡诺维奇的图画上看见过她的头像，但见到她本人仍不免惊愕得目瞪口呆，等到他清醒过来，才发现她有一点美中不足，那就是过于苗条，不够健壮。

“我来给您介绍一下，这是我那任性的小女！”将军对乞乞科夫说，“可是，我还不知道您的名字和父称呢。”

“像我这样默默无闻的人，也配介绍名字和父称吗？”乞乞科夫说。

“总还是要介绍的……”

“在下巴维尔·伊凡诺维奇，将军大人。”乞乞科夫轻轻点了一下头答道。

“乌琳卡，巴维尔·伊凡诺维奇刚才讲了一个有趣的新闻。我们的邻居田杰特尼科夫完全不像我们所想象的那样，他不是一个蠢人。他在做一件相当重要的事，在为参加过1812年卫国战争的将军们立传呢。”

乌琳卡似乎忽然激动起来，脸上露出生气的神色。

“谁说他是蠢人了？”姑娘急促地说，“只有那个维施涅波克罗莫夫上校才这么认为呢。那上校本人是个庸俗而又卑鄙的小人，你却相信他，爸爸。”

“为什么说他是卑鄙小人？他有点庸俗，这倒是真的。”将军说。

“他下流，无耻，何止是有点庸俗，”乌琳卡马上接着说，“他对自己的兄弟横加侮辱，把亲生姐妹赶出家门，难道他还不是卑劣的小人吗？……”

“这不过是些传说罢了。”

“人们不会冤枉他的，无风不起浪嘛。爸爸，您是一个难得的好人，您心眼特别善良，可是您的行为却往往让人不可理解，让人对您产生误解。您明明知道一个人品质恶劣，就因为他能说会道善于向您讨好献媚，您就把他待为上宾。”

“哎呀，我亲爱的！我总不能下逐客令吧。”将军说。

“就是不下逐客令，但也不该那样宠爱他呀！”

“您说得不对，尊贵的小姐，”乞乞科夫带着愉快的笑容，微微点了一下头，对乌琳卡说，“按照基督教义，我们恰恰需要爱这种人呢。”

紧接着他又向将军转过脸来，带着几分调皮的微笑说：

“将军大人，不知您听说过没有，有这样一种说法：‘请在我们难看的时候来爱我们吧，因为我们好看的时候人人喜爱。’”

“没有，没听说过。”

“这是一个有趣的笑话，”乞乞科夫带着狡猾的微笑说，“在古科佐夫斯基公爵的庄园里，将军大人，您一定认识古科佐夫斯基公爵吧……”

“我不认识。”

“在他的庄园里有一个管家，将军大人，这管家是个德国人，年纪很轻。借着送新兵的机会，或者办其他事情，他时常进城，不消说，他也常给法官们塞些钱。”乞乞科夫说到这里，微微眯起眼睛，做出一副法官们受贿时的神情，“当然啦，法官们也都很喜欢这个年轻的管家，有时请他吃饭。有一次，法官们请他吃饭的时候，管家对他们说：‘好吧，如有机会，请诸位到公爵的庄园里来做客。’法官们说：‘我们会去的。’此后不久，这帮法官们就到了特列赫麦季耶夫伯爵的领地里，去那里调查一桩案子。我想，将军大人一定认识特列赫麦季耶夫伯爵吧。”

“我不认识他。”

“实际上他们没有调查案子，他们拐进管家的院子里，去找伯爵的老管家。在那里他们玩牌上了瘾，三天三夜没合眼。不消说，老管家在一旁伺候着，桌子上一直摆着茶炊和潘趣酒。后来，老管家实在是讨厌他们啦，想法儿把他们支使走，就说：‘诸位先生，公爵的管家，那个德国人就住在这附近，他正在家里等着你们呢，你们为何不顺便去看看他呢？’‘是该去一趟。’法官们说，这时他们都喝醉了酒，胡子拉碴，睡眼惺忪，坐上马车就直奔那个德国人的住所去了。这里要交代一下，将军大人，那个德国人这时刚结婚不久，妻子是贵族女子学校的学生，年纪轻轻的，弱不禁风（乞乞科夫说到这里做出一副弱不禁风的样子）。夫妻俩正坐在家里喝茶，什么事也没有想。忽然，门被推开了，紧接着闯进一大帮人。”

“我想象得出来，这帮家伙的模样够漂亮的！”将军笑着说。

“管家吓得不知所措，连忙问道：‘你们要做什么？’法官们说：‘啊！你小子就这样对待我们！’说到这里，他们忽然变了脸……‘我们是办公事！这庄园里酿了多少酒？快拿账本来！’管家手忙脚乱，到处去找账本。‘喂，找人来做见证人！’就这样，他们把管家给抓起来，带回城里去了。这个德国人蹲了一年半监狱。”

“瞧，你毫无办法！”将军说。

乌琳卡吃惊地两手一拍。

“妻子为营救丈夫四处奔走！”乞乞科夫继续讲下去，“可是，一个年轻女子，又没有经历过这种事，她能起什么作用呢？幸亏遇到一些好心人帮她出主意，劝她去求人帮助调解这件事。于是，管家出了两千卢布，并答应请法官们吃一顿饭，法官们就同意把管家释放了。在午宴上，法官们大吃大喝，非常快活，就对那个管家说：‘你小子也太不够意思啦，那样对待我们不感到惭愧吗？你总喜欢看到我们打扮得漂漂亮亮，脸刮得精光，穿着燕尾服。不，请在我们难看的时候来爱我们吧，因为我们好看的时候人人喜爱。”

将军听罢放声大笑，乌琳卡却痛苦地哼哼起来。

“我真不明白，爸爸，您怎么能够发笑！”乌琳卡急促地说，她怒气冲冲，美丽的额头竖起皱纹……“这种行为也太卑鄙了，这些无耻的法官，我认为应该把他们统统捉起来，流放……”

“我绝不是替他们辩护，我的朋友，”将军对女儿说，“这件事很可笑，你有什么办法？是怎么说的？‘你还是在我们好看的时候来爱我们吧……’”

“在我们难看的时候，将军大人。”乞乞科夫提醒说。

“请在我们难看的时候来爱我们，因为我们好看的时候人人喜爱。哈哈哈！”

将军笑得前仰后合。以前佩戴着带穗的大肩章的双肩激烈地抖动着，仿佛至今佩戴着将军肩章似的。

乞乞科夫也笑起来，但他的笑声是有所控制的。出于对将军的尊重，他不让自己放声大笑，只是附和着嘿嘿几下。他的身子也笑得摇晃起来，但是双肩却没有颤抖，因为他不曾佩戴过将军肩章。

“我想象得出来，胡子拉碴的法官们那副鬼模样！”将军继续大笑着说。

“是啊，将军大人，无论如何，三天三夜不合眼，就像斋戒一样，那肯定是熬得人不像人、鬼不像鬼的！”乞乞科夫也继续笑着说。

乌琳卡在圈椅上坐下来，一只手抚着那双美丽动人的眼睛，仿佛在抱怨无人理解她心中的愤怒似的，说：“我不明白，反正我觉得这件事很可气。”

令人奇怪的是，这件事在他们三人中间引起的反响是截然不同的。有人觉得那个笨头笨脑的德国人很可笑，另一个人觉得那些骗子的手段很可笑，第三个人为作恶多端的人逍遥法外而感到气恼。假如还有第四个人在场的话，那么他一定会好好琢磨一下，为什么这个笑话会使一些人感到可笑，同时又使另外一些人感到气恼。那些灵魂肮脏、堕落得不可救药的人还希望得到别人的爱，这意味着什么呢？莫非这是动物的本能，还是充满了卑鄙欲望的灵魂里发出的微弱的呼喊？尽管他们被肮脏行为迷住了心窍，心灵变得麻木不仁，是否有时候也会从心底发出感人的呼救声："兄弟，救救我吧！"假如还有第四个人在场的话，他也许会因为他的兄弟的灵魂的堕落感到伤心。

"我不知道，"乌琳卡把手从脸上移开，说，"反正我觉得这件事很可气。"

"可别生我们俩的气啊，"将军说，"这件事可不怪我们哟。来吻我一下，快回屋去吧。我要换一下衣服去吃饭了。您在我们这里吃午饭吧？"将军马上向乞乞科夫转过身来问道。

"如果将军大人……"

"不要客气啦。在这里吃饭吧！"

乞乞科夫令人愉快地鞠了一躬，等他抬起头来，乌琳卡已经不见了。她回屋去了。一个满脸大胡子身材魁梧的侍仆站在将军面前，一只手端着银盆，另一只手提着水壶。

"请原谅，我只好当着您的面换衣服啦。"将军说着脱下便袍，挽起袖子，露出巨人一般的胳膊。

"瞧您说的，将军大人，在我面前您不仅可以换衣服，而且做什么都可以。"乞乞科夫答道。

将军洗脸像水鸭子洗澡似的，水珠四溅，呼哧呼哧地喷着粗气。

"那句话是怎么说的？"将军一丝不苟地擦着自己粗壮的脖子，问道，"请在我们好看的时候来爱我们吧？"

"难看的时候，将军大人。"

"请在我们难看的时候来爱我们吧，因为我们好看的时候人人喜爱。这话说得太好啦！"

乞乞科夫心情极为畅快，忽然来了灵感。

"将军大人！"他说。

"怎么啦？"

"还有一件事呢。"

"什么事？"

"这件事也很可笑，可是我却感到很尴尬。如果大人您……"

"到底是怎么回事呢？"

"事情是这样的，将军大人！"这时乞乞科夫朝四周瞧了瞧，看到侍仆已端着银盆退出去了，这才开始谈正题，"我有一个伯父，已经到了风烛残年。他有三百个农奴。我是他唯一的继承人。因为年迈体弱，他不能亲自管理田庄，却不愿把田庄交我管理。他提出一个奇怪的条件，说什么对侄子的为人不够了解，担心侄子挥霍他的钱财。他说：'让他证实自己是个可靠的人，让他先自己花钱买三百个农奴来，那时我才可以放心地把三百个农奴交给他。'"

"他真是老糊涂了！"

"的确是这样的，将军大人。可是，我现在的处境您可想而知……"说到这里，乞乞科夫故意压低了嗓门，好像要告诉将军一个秘密似的说，"他家里还有个管钥匙的女人，将军大人，而那个女人又有不少孩子。您瞧瞧，说不定老头会把家产全交给他们呢。"

"我看这个愚蠢的老头是发疯了，的确如此，"将军说，"可是在这件事上，我能帮您什么忙呢？"

"我想了这么个办法。现在例行的农奴户口登记尚未进行，每个大地主那里，除了那些活着的农奴，还有不少死掉的但却没有注销户口的农奴……因此，比如说，您如果把您所拥有的死农奴转到我的名下，就当他们是活农奴，并且签订正式的买卖合同，我拿合同给老头看，那时，不管老头多么狡猾，他也只好把田产交给我啦。"

将军听了忽然大笑起来，笑得前仰后合，倒在椅子上几乎喘不过气来，恐怕从来也不曾有人这样大笑过。全家人都给惊动了。侍仆闻声走进来，女儿也连忙跑进来，脸上带着吃惊的表情。

"爸爸，怎么回事？"

"没什么，我的朋友。哈哈哈！你回屋去吧，我们马上就来吃午饭。哈哈哈！”

有几次将军笑得喘不过气来，停了一会儿，他又哈哈大笑起来，响亮的笑声久久地在将军府里回荡着。

乞乞科夫不安地等待着这疯狂的大笑停下来。

“老弟，请您原谅我，您真不该想出这样的鬼点子。哈哈哈！老头还蒙在鼓里呢，塞给他一大堆死农奴！哈哈哈！可怜的伯父啊，这下子您可要上大当啦。哈哈哈！”

将军的侍仆呆呆地站在那里，张着嘴，圆瞪着一双大眼睛，使得乞乞科夫非常难堪。

“将军大人，我想出这个办法实在是迫不得已啊。”他说。

“请原谅，老弟，真笑死我了。假如能让我看到您伯父接受您孝敬的死农奴合同时那一幕情景，我情愿给您五十万卢布。他是不是已经很老了？多大岁数？”

“八十岁，将军大人。不过，这件事可不能声张，我想……”乞乞科夫以寓意深长的目光望了望将军的脸，顺便朝侍仆斜了一眼。

“老兄你先出去，晚一会儿再进来。”将军对侍仆说。大胡子退出去了。

“是的，将军大人……这件事非同寻常，将军大人，我希望能够保密……”

“当然啦，这我明白。这个老傻瓜！只有八十岁的人才会出现这样的愚蠢念头！他看上去怎么样，精神还好吗，还能走路吗？”

“勉强能走路，但很困难。”

“这个老傻瓜！还有牙齿吗？”

“还剩两颗牙，将军大人。”

“这个笨驴！您不必生气，老弟……他实在是愚不可及。”

“的确如此，将军大人。他虽是我的亲伯父，并且我为他的行为感到难过，但我承认他的确是个笨驴。”

话又说回来，大概读者也能猜到，乞乞科夫实际上并不感到难过，再说他也未必真有这么一个老伯父。

“这么说来，将军大人，如果您真的愿意……”

“是指转让那些死农奴吗？为了您想出的这个妙计，我可以把他们连同土地和住所统统转让给您！你把墓地也拿去吧！哈哈哈哈！这个古怪的老头！哈哈哈哈！这下子上当了！哈哈哈哈！”

将军响亮的笑声又在将军府里回荡起来。[①]

---

① 本章缺少结尾部分。在1855年《死魂灵》第二卷初次出版时，编者曾附言：“这里漏掉了以下情节：贝特里谢夫将军同田杰特尼科夫言归于好；将军府的午宴以及他们关于1812年的卫国战争的谈话；乌琳卡与田杰特尼科夫订婚，她的祈祷以及她在母亲墓前的哭泣；两位恋人在花园里的谈话。贝特里谢夫将军委托乞乞科夫向他的亲戚们通报女儿订婚的喜讯。此时乞乞科夫正在去往将军的亲戚科施卡廖夫上校家的途中。”——原编者注

# 第三章

“不，我不能这样，”乞乞科夫心中暗想，这时他又驱车疾驶在辽阔的原野上了，“不，我，我不能这么做。只要上帝保佑，让我把这些事情做成功，成为一个真正的富绅，有自己的家业，那时我就要完全过另一种生活啦：我要有一个好厨师，有一座宅院，一切都应有尽有。不过要把田产经营搞好，起码要做到收支平衡，每年要略有盈余，给孩子们攒些钱，但愿上帝保佑我妻子能生儿育女……”想到这里，他忽然大喊起来：“哎呀，你这个蠢货！”

谢里方和彼得卢什卡从车夫台上回头望了望。

“你把车赶到哪里去呀？”

“是遵照您的吩咐走的，巴维尔·伊凡诺维奇，是去科施卡廖夫家。”谢里方说。

“你问过路吗？”

“巴维尔·伊凡诺维奇，您亲眼看见啦，我一直忙着套车来着，所以就……我只见到了将军的马夫……可彼得卢什卡向马车夫问过路的。”

“瞧你这个蠢货！早给你说过，彼得卢什卡靠不住，彼得卢什卡是根木头。”

“这条路有什么难走的呀，”彼得卢什卡斜眼望了望主人，说，“不就是下了山照直走吗，就这么一条路。”

“你除了知道喝酒别的什么也不知道，我看你现在还醉着呢！”

彼得卢什卡发觉主人的火气是冲他来的，便不再说什么，只是使劲抽了抽鼻子。他本想说他根本没喝酒，却没好意思说出来。

“这马车跑起来真舒服啊。”谢里方回过头来对主人说。

“什么？”

“我是说，托您的福，这辆马车跑起来真舒服，巴维尔·伊凡诺维奇，比您那辆马车强多啦。它一点也不颠。”

“走吧，走吧，用不着给我说这些。”

谢里方在马肚子上甩了一鞭子，又对彼得卢什卡说：“喂，据说科施卡廖夫老爷对下人的穿着很讲究，把他们打扮得跟德国人一模一样。从远处看上去，分不清他们是俄国人还是德国人，他们走路也像德国人那样，迈着仙鹤一般的步子。妇女们戴的是德国式的风帽，不像我们这里的娘儿们通常是戴那种大饼似的头巾，或者盾形头饰。知道吗？他们那里的娘儿们戴的是风帽，也就是德国式的风帽。”

“最好给你也来一身德国打扮，戴上德国式的风帽！”彼得卢什卡取笑谢里方说，说着嘿嘿一笑。然而这一笑却使他的尊容彻底毁坏了！因为他的笑不像是笑，而像一个患了鼻炎的人想打喷嚏却打不出来，处在那种想要打喷嚏的状态。

乞乞科夫抬起头来望了望他的脸，想弄清楚他这表情是怎么回事，说道：“真漂亮！还自以为是个美男子呢！”要知道，巴维尔·伊凡诺维奇确信彼得卢什卡醉心于自己的美貌，其实彼得卢什卡对自己的容貌一向是漠不关心的。

“有件事得提醒您，巴维尔·伊凡诺维奇，”谢里方回过头来对主人说，“您应该给安德烈·伊凡诺维奇说说，让他另给您一匹马，把这匹花斑马换掉。他这人讲交情，对您非常敬重，只要您张口，他会答应的。这花斑马实在是个无赖，尽捣乱。”

“快点赶路吧，别唠叨啦！”乞乞科夫说，但他心里却暗自思忖：“对呀，我怎么没想到呢。”

这时，四轮轻便马车轻捷如飞地奔跑着。虽然村间道路忽高忽低，坎坷不平，但马车一直在平稳行驶。下山之后，道路穿过一片片草地和弯曲的河滩，沿途有不少磨坊。远处可以看见一片沙滩。马车飞快地驶过一片片美丽的山杨树林，穿过一簇簇柳丛、细小的赤杨和银色的白杨树丛，坐在车夫台上的谢里方和彼得卢什卡不时地被树枝抽打着。彼得卢什卡的帽子多次被树枝挂掉。这位神色严厉的侍仆不得不跳下车去，破口大骂这些愚蠢的树木和树的主人，却不愿把帽子系牢，或者用手扶住帽子，而寄希望于下次再不会被挂掉了。越往前走，树木越稠密，除山杨和赤杨之外，又出现一些白桦树，很快就出现一大片密密匝匝的树林。阳光被遮断了，松树和云杉显得黑魆魆的。在这无边的密林里，光线渐渐暗下来，仿佛夜幕要降临了似的。马车继续前行，忽然，树木中间透出一缕亮光，周围的树枝和树墩之间闪烁着点点光斑，像闪闪发光的银子或者玻璃镜片。树林里渐渐亮堂起来，愈往前行，树木愈稀疏。远方传来呼喊声，忽然间，前方出现一个湖泊。湖水约莫有四俄里宽。湖边长满绿树，树后面隐隐露出一些农舍。有二十多条汉子站在湖水里，正在向对岸拖着一条宽大的渔网。他们有的被水没到腰部，有的没到肩部，有的被没到脖子。在他们中间，有一个横竖一样高，圆滚滚的活像是一只大西瓜似的汉子，高声吆喝着，敏捷地游动着，指挥大家拖网。由于他身体太胖，不管他在水里怎样折腾都不会沉下去，即使是他想潜入水中，水还是要把他托出水面。即便在他脊背上骑两个人，他照样会像不沉的气泡似的，驮着他们浮在水面上，只是给压得哼哼几声，鼻孔里和嘴里喷出几个气泡罢了。

“巴维尔·伊凡诺维奇，”谢里方从车夫台上转过身来说，“这人大概就是科施卡廖夫上校老爷。”

“您怎么知道的？”

“您瞧，他那身上比别人都白，他的块头也大，像老爷的派头。”

这时，可以听清楚那帮拖网人的喊声了。那位像西瓜似的老爷急急忙忙地高声叫道：

“快点传过去，快点传过去，丹尼斯，你传给库齐马。库齐马，你快拉住丹尼斯的绳头！大福马，使劲拉，往小福马那边拉！从右边走过去，从右边走过去！停下，停下！你们俩真他妈的见鬼！把我裹到网里啦！钩住我啦，听见没有，该死的，钩住我的肚脐啦！”

右翼的拖网人都停下来，因为老爷果真给裹到渔网里去了。这是他们万万没有想到的。

“你瞧，老爷成了网中的鱼啦。”谢里方对彼得卢什卡说。

老爷在网中拼命挣扎，想从网中挣脱出来。他翻过身来，肚皮朝上，结果又被裹在渔网里。他怕挣破了渔网，便跟网中的鱼一起轻轻游动，吩咐人们用一根绳子把他拴住。周围的人按照他的吩咐把他捆住，并把绳头扔到了岸上。站在岸上的二十多个捕鱼人立刻拿起绳子，小心地把他往岸边拉。老爷被拖到水浅的地方，就站立起来。他身上蒙着渔网，就像夏天女士们戴着透空纱手套的胳膊。他抬起头来朝岸上望了望，看见一辆马车朝大坝上驶来，马车里坐着一位绅士。他朝客人点了点头。乞乞科夫立刻脱下帽子，从马车里毕恭毕敬地点头施礼。

“吃过午饭了吗？”网中的老爷高声问道，这时他同网中的鱼一起来到岸边，一只手搭在额头上遮住阳光，另一只手遮住下体，那副样子很像梅迪奇收藏的浴后的维纳斯雕像。

“没有。”乞乞科夫答道。

“那好，那您应该感谢上帝。”

“为什么？”乞乞科夫好奇地问，一边脱下帽子举在头上。

“就为了这个！”老爷得意地说，这时他已经跟网中的鱼一起来到岸上，那些草鱼和鲫鱼在他脚旁挣扎着，高高地蹦跳着。“这些鱼算不得什么，不值一瞧。还有一条大鱼呢，瞧，在那儿！……大福马，把那条鲟鱼拿过来给客人瞧瞧。”于是两个健壮的汉子从鱼桶里拿出一条怪鱼。“瞧，这鱼王怎么样？是从河里来的！”

“这的确是一条鱼王！”乞乞科夫说。

“您说对啦。请您的马车走在前面，我随后紧跟着你们。马车夫，老弟，走下边这条路，穿过菜园子。呆小子，小福马，你快去把栅栏的门打开。你们走在前面，我随后就到，一眨眼工夫就追上你们啦。”

“这位上校真怪。”乞乞科夫心中暗想。这时马车终于驶过长长的河堤来到一大片农舍跟前。这些木造的小屋一部分坐落在山坡上，看上去像一群野鸭，一部分架在山坡下面的木桩上，看上去像一群长腿鹭鸶。到处都挂着各式各样的渔网。小福马打开栅栏门，马车穿过一个菜园子来到一片空地上，空地旁边有一座破旧的木造的教堂。教堂后面稍远一点的地方，呈现出一座地主宅院的房顶。

“哎，我来啦！”侧旁有人喊了一声。乞乞科夫回头一望，只见那位老爷已经驱车来到他身旁。他乘坐的是一辆小型轻便马车，身穿草绿色粗布常礼服，黄裤子，脖子上没有系领带，那副神气颇似爱神丘比特！他侧卧在马车上，肥大的身躯占满了整个车厢。乞乞科夫正要对他说些什么，可是胖老爷的马车已经消失不见了。过了不大一会儿，胖老爷的马车又出现在另一个地方，只听见他高声喊道：“把那条狗鱼和七条鲫鱼给呆厨子送去，把那条鲟鱼拿过来，我要把它放在车上拉走。”接着又传来嘈杂的喊叫声，“大福马和小福马！库齐马和丹尼斯！”当乞乞科夫驱车来到老爷门前的时候，他万万想不到，胖老爷已经站在台阶上伸出双臂来拥抱他了。他怎么回来得这么快，简直让人莫名其妙。两人交叉着彼此亲吻了三次。

“我向您转达将军大人的问候。”乞乞科夫说。

“什么将军大人？”

“就是您的亲戚，亚历山大·季米特里耶维奇将军。”

“亚历山大·季米特里耶维奇是谁？”

“是贝特里谢夫将军。”乞乞科夫有点吃惊地答道。

“我根本不认识他。”

乞乞科夫更为惊奇了。

“这怎么可能呢？……那么我想，至少站在我面前的这位老爷，就是科施卡廖夫上校吧？”

“我是彼得·彼得罗维奇·别杜赫。姓别杜赫，名叫彼得·彼得罗维奇！”主人答道。

乞乞科夫目瞪口呆。

“都是你们俩干的好事，蠢货！”他向谢里方和彼得卢什卡转过身来，骂道。两个家奴也不知如何是好，一个坐在车夫台上，另一个站在车门旁边，都傻着脸愣在那里。“你们俩是怎么搞的，混账东西？给你们交代得清清楚楚，是去科施卡廖夫上校家……可是这是彼得·彼得罗维奇·别杜赫……”

“他们俩做得对！”彼得·彼得罗维奇说，“为此赏给你们每人一杯伏特加酒，外加一张肉馅饼。快点卸车然后到下房里歇息去吧。”

“真不好意思。”乞乞科夫说着又鞠了一躬，“出了这种意外的差错……”

“不是差错，”彼得·彼得罗维奇·别杜赫快活地说，“不必介意。您先品尝一下我们的午饭，然后再说这算不算是差错，我恳求您。”他说着就挽起乞乞科夫的手，领他到里屋去了。

乞乞科夫非常客气地侧着身子，以便和主人同时进屋。结果他的客气却白费了，因为主人还没进屋就不见了。只听见院子里传来他的声音：“大福马是怎么搞的？他怎么现在还没有来？马大哈叶麦里扬，你快去告诉呆厨子，叫他快点把鲟鱼收拾干净。鱼精腺、鱼子、内脏和鳊鱼一起做汤，鲫鱼做成浇汁鱼。对啦，还有虾！小福马，你这个马大哈，虾放哪儿了？听见了没有，虾在哪里？”接着又吵嚷了很长时间，问虾放到哪里去了。

“哎呀，这下把主人给忙坏了。”乞乞科夫说着在一把圈椅上坐下，眼睛向四壁和墙角里打量起来。

“我在这儿呢。”主人说，这时他已经进了屋，身后跟着两个穿夏季常礼服的小伙子。那两个小伙子长得精瘦，高挑身材，像柳条似的，个头比彼得·彼得罗维奇几乎高出一俄尺。

“这是我的儿子，两人都是中学生，回家过节来了。尼科拉沙，你在这里陪客；阿列克萨沙，你跟我来。”

彼得·彼得罗维奇·别杜赫又不见了。

乞乞科夫同尼科拉沙闲谈起来。小伙子很健谈。他说，在他所就读的中学里，老师教得不大好，如果妈妈给老师送来的礼物比较丰厚，学生就会得到老师的宠爱；又说城里驻扎着英格尔曼兰骠骑兵团，骑兵大尉韦特维茨基的马比上校的坐骑还好，不过中尉伏兹叶姆采夫的骑术比他高强。

“那么，您父亲的田庄经营得怎样？”乞乞科夫问道。

“典当出去啦，”主人又出现在客厅里，替儿子答道，“典当出去啦。”

乞乞科夫无可奈何地动了一下嘴唇，当人们发现希望将化为泡影，最终将一无所获的时候，往往会做出这种动作。

“您为什么要把田庄典当出去呢？”乞乞科夫问。

“不为什么。大家都这么做，我何必要落后于他人呢？据说这么做有利可图。再说我在这儿也住腻味啦，想到莫斯科去过几天逍遥自在的日子。”

“糊涂，糊涂！”乞乞科夫心想，“最后他会把家产挥霍干净，孩子们也会变成浪荡公子。这个饭桶，还是留在乡下好。”

“我知道您心里在想什么。”主人说。

“想什么？”乞乞科夫不安地问道。

“您在心里说：‘这个别杜赫真是糊涂透顶！答应请人吃饭，可到现在还不把饭端上来。’正在做呢，亲爱的。只待姑娘梳辫子的工夫，饭就准备好啦。”

“爸爸，普拉东·米哈雷奇来了！”阿列克萨沙望着窗外说。

“他骑一匹枣红马，”尼科拉沙躬身望着窗外说，“阿列克萨沙，你看怎么样，我们的灰马比不上他那匹马吧？”

“那倒未必，不过走起路来不如它潇洒。”

就在俩兄弟争论枣红马和灰马哪个更好的时候，一位美男子出现在客厅里。此人身材匀称，一头浓密的金发，黑眼睛。一只模样凶恶的肥头大耳的狮子狗跟在他后面跑进来，脖子里的铜项圈发出叮叮的响声。

“吃过午饭了吗？”别杜赫问道。

“吃过了。”客人答道。

“您怎么回事，是来嘲笑我的？”别杜赫气呼呼地说，“既然吃过饭了，来我这里还有什么用呢？”

“彼得·彼得罗维奇，”客人微微一笑说，“我会让您高兴的，因为我午饭什么也没吃，一点胃口也没有。”

“可惜您没看见我们捕的鱼！一条大鲟鱼自投罗网！就甭提那些鲫鱼啦！”

“听您说这些我真羡慕，”客人说，“请您教一教我吧，让我也像您那样快活。”

“为什么会感到苦闷呢？您得了吧！”主人说。

“什么为什么感到苦闷？就因为苦闷嘛。”

“就因为您吃得太少了。您好好吃一顿试试。要知道，‘苦闷’这个词是人们最近才想出来的，过去从来没有人苦闷。”

“别吹牛啦！难道您从来没苦闷过？”

“从来没有！我根本不知道什么叫苦闷，我也没有工夫去苦闷。早晨醒来，接着就是去喝早茶，然后管家来见我，然后我就去打渔，打渔回来就吃午饭。吃过午饭刚刚睡了一会儿，马上又该吃晚饭了。晚饭后厨子来见我，问我第二天午饭吃些什么。哪儿有闲工夫去苦闷呢？”

别杜赫同客人谈话的时候，乞乞科夫一直在打量着那位来客。

普拉东·米哈雷奇·普拉东诺夫兼有阿喀琉斯和帕里斯[1]两人的俊美：身材匀称，不高不矮，像画中画的那样优美，面色红润，精力充沛。脸上常挂着令人愉快的微笑，其中夹带着几分讥讽，似乎使他的美貌更加动人。然而尽管如此，他仍旧显得暮气沉沉，像没有睡醒似的。情欲、忧伤和激动不安都没有在他那处子般鲜嫩的脸上刻下皱纹，但也没有使这张呆板的脸变得富有表情。

“老实说，我也不明白，”乞乞科夫说，“如果您允许我说出自己的看法，那么我也不明白，就凭您这样的相貌，怎么会苦闷呢？当然啦，苦闷也许还有别的原因，比如说，钱不够花啦，受到一些别有用心的人的排挤啦，说不定还会有人企图谋害您的性命呢。”

“您说的这些情况是根本不存在的，”普拉东诺夫说，“不知您是否相信，有时候我真想遇上您所说的这类事情，也好让自己尝受一下恐惧不安的滋味。比如说，哪怕是有人惹我生气也好啊！可惜没有！就是苦闷，无缘无故的苦闷。”

“我不明白这是为什么。是不是因为您的田庄小，拥有的农奴太少呢？”

“完全不是，我们兄弟二人拥有一万俄亩[2]土地，一千名农奴。”

“这么富有还感到苦闷，这就怪了！不过，也许田庄经营得很糟糕？收成不好，农奴大批死掉？”

“正相反，田庄经营得井井有条，各方面都很好。我兄弟是一个极为出色的地主。”

“这就奇怪了！”乞乞科夫说着耸了耸肩膀。

“好吧，我们现在就给您开心解闷，”彼得·彼得罗维奇说，“阿列克萨沙，你快到厨房去一趟，告诉厨子，叫他快点把露馅大馅饼给我们端上来。马大哈叶麦里扬哪儿去了？还有贼娃儿安托什卡

---

① 阿喀琉斯和帕里斯分别为古希腊神话和叙事诗中的英雄人物。

② 一俄亩约合一点零九公顷。

呢？怎么还不上冷盘？”

可是就在这时，客厅的门打开了。马大哈叶麦里扬和贼娃儿安托什卡拿着餐巾走进来，摆好餐桌，马上就端上来六瓶各种颜色的露酒。在酒瓶和托盘四周很快就摆上一圈菜盘，有鱼子、干酪、腌乳蘑、蜜环口蘑。此外，又从厨房里端上来一些热菜，热菜盛在带盖的盘子里，只听见沸油在菜盘里发出吱吱的响声。马大哈叶麦里扬和贼娃儿安托什卡都是很好的仆人，为人机灵，办事麻利。老爷给他们起外号并不是因为他们做事马虎或者偷东西，而是因为老爷喜欢给人起外号。他觉得没有外号一切都显得索然无味。这位老爷本是个厚道人，心眼好，但喜欢使用尖刻的字眼。不过仆人们对此并不生气。

吃过冷盘之后，紧接着便是正餐。这时，和善的主人立刻变得蛮横起来，强逼着客人吃菜。只要他发现谁的盘子里只有一块菜，他马上就给加一块，并且说：“鸟要双双飞，人要配成对，不然就没法活下去。”客人把两块菜吃下去，他马上又给加一块，说：“只吃两块没意思，上帝喜欢三位一体。”客人吃了三块，他马上又说：“谁见过三只轮子的马车？哪里有三角的木舍？”客人吃了四块，他马上又说了一句谚语。逼着客人吃了五块，他仍不肯放过。乞乞科夫差不多一连吃了十二块，心想：“这下主人无话可说了吧。”结果完全出乎他意料之外：主人什么话也没有说，便把一大块烤通脊连同两个腰子放到他的盘子里。这是烤牛犊最好的部位，而且是一头肥大的牛犊！

“这牛犊我用牛奶喂了整整两年，”主人夸耀说，“像喂养亲生儿子一样喂养它！”

“我吃不下啦。”乞乞科夫说。

“您先尝尝它的味道，然后再说吃不下！”

“肚子盛不下啦。没地方盛啦。”

“教堂里挤满了人，一个空位子也没有。市长驾到，立刻就找出空位子啦。本来人挤得满满的，连一只苹果也塞不进去了。您只要尝一尝就行了，这块烤牛犊就是市长。”

乞乞科夫只好尝了尝。果然不错，这块烤牛犊像市长一样，立刻在他肚子里找到了位子，尽管他原来觉得自己肚子里什么东西都盛不下了。

主人劝酒也非同寻常。他从当铺里拿到钱之后，当即买了足够十年喝的酒，储藏起来。他不停地给客人们斟酒，客人喝不下的时候，他就让两个儿子代喝。阿列克萨沙和尼科拉沙一杯接一杯地喝着，可是离席的时候却若无其事似的，仿佛喝下去的是水。客人们就不同啦，他们摇摇晃晃地走到阳台上，然后又摇摇晃晃地坐到圈椅里。主人坐进那把可以坐进四个人的奇大无比的圈椅里，立刻就呼呼大睡。他那庞大的躯体变成锻炉风箱，张大的嘴巴和鼻孔里发出稀奇古怪的声音，新派音乐里是没有这种音调的。这里有咚咚的擂鼓声，有婉转的长笛声，还有一种恰似犬吠的时断时续的嗡嗡声。

“他的口哨吹得真棒！”普拉东诺夫说。

乞乞科夫笑起来。

“照这样大吃大喝，自然不会苦闷啦！”普拉东诺夫说，“你还没有来得及苦闷，困劲儿就上来了。”

“是啊，”乞乞科夫萎靡不振地说，他那双小眼睛此刻显得更小了，“不过，请原谅，我这里还是不明白，怎么会感到苦闷呢？再说了，开心解闷的办法不是有很多吗？”

“有什么办法？”

“一个年轻人，要开心解闷办法太多了！可以跳跳舞，玩玩乐器……要不然就娶亲。”

“娶谁呢？您来说说。”

“莫非这一带就没有既漂亮又富裕的好姑娘？”

“确实没有。”

“那么可以到别处去找嘛，到外地去转一转嘛。”这时乞乞科夫心中忽然闪出一个两全其美的方案，于是他的眼睛也睁大了，“这倒是一个奇妙的办法！”他望着普拉东诺夫的眼睛说。

“什么样的奇妙办法？”

“外出旅行。”

“去什么地方？”

“您要是有时间，就跟我一起走吧。”乞乞科夫说到这里，望了望普拉东诺夫，心中暗想：“这倒是两全其美：旅行的费用两人平摊，修车费全部由他负担。”

“您去什么地方呢？”

“我去什么地方，怎么给您说呢？我暂时并非为了自己的事情，而是为别人去办一件事情。我的一位好朋友贝特里谢夫将军，也可以说是一位慈善家，请我代他去探望几位亲戚……代人探亲固然重要，但从另一方面来说，这种旅行对我自己也大有好处，因为可以增长见识，熟悉各种各样的人。不管人们说些什么，这毕竟是活的书本，也是了解人生的好机会。”

普拉东诺夫沉思起来。

这时，乞乞科夫心中暗想：“这的确是个好主意！甚至可以这么办，全部费用都由他来负担。甚至可以用他的马，让我的马在他的田庄上好好养一养。为了节省开支，还可以借用一下他的马车，把我的马车留在他的田庄里。”

“是啊，为何不出去转一转呢？”普拉东诺夫也暗自寻思，“说不定出去散散心会快活一些。再说待在家里也无事可做。田庄本来就由哥哥管理，因此我离开家也不会有什么妨碍。真的，我何不乘此机会出去转一转呢？”

“您是否愿意到我哥哥家里去做客，在他那里住一两天？”普拉东诺夫问道，“不然的话，他是不放我出去旅行的。”

“非常高兴。住三天也没问题。”

“既然如此，那我们就击掌吧！走吧！”普拉东诺夫高兴地说。

“好极了！”乞乞科夫说着同他击了掌，“我们现在就去！”

“去哪儿？去哪儿？”主人忽然醒过来，瞪大眼睛望着他俩，高声喊起来，“不行，两位先生，我已经叫人把您的马车轮子卸下来了。普拉东·米哈雷奇，您那匹公马现在也不在这里，给放到十五俄里以外去了。不行，你们两位今天就在我这里过夜，明天吃过午饭再走。”

“真叫人没办法！”乞乞科夫心想。普拉东诺夫没有再说什么，他知道别杜赫一向固执己见，任何人也更改不了他定的规矩。只好留下来。

不过，他们在这里度过一个春日的良宵，这也算是主人给予他们的奖赏。别杜赫安排他们到河上去游玩。十二名桨手划着二十四只船桨，一边唱歌一边划船。游船载着他们驶过明镜一般的湖面，驶入一条宽阔的大河。河两岸是平缓的山坡，河面上微波荡漾。他们在游船上吃茶点，游船不时地碰到横在河面上支撑着渔网的缆绳。还在吃茶点之前，主人就脱下衣服，扑通一声跳下水去，在河里挣扎着，一会儿呼喊大福马和库齐马，一会儿跟渔夫们高声谈话，吵嚷了约莫半个时辰。最后终于吵嚷够了，爬上游船，又累又冷，食欲倍增，大吃大喝一通，实在是令人艳羡不已。此刻，太阳已经落山，空中升起明丽的晚霞。喊叫声在远方激起响亮的回声。那帮渔夫不见了。岸边出现了一群群洗澡的顽童。他们击水嬉戏，欢声笑语在两岸回荡着。这时，桨手们挥动双桨猛地一划，忽然间把二十四只船桨指向空中，游船像飞鸟似的掠过明镜一般的河面。舵手旁边第三个小伙子，生得眉清目秀，像大姑娘一样俏丽，他清了清嗓子，唱起清脆嘹亮的歌。紧接着五个桨手跟着他唱起来，又有六个桨手齐声附和，婉转的歌声在河面上飘荡着，像俄罗斯大地一样无边无际。歌手们用手掩着耳朵，仿佛他们自己也迷失在这辽阔的歌声里了。一切都显得无拘无束，自由自在。乞乞科夫心中思忖道：“对啦，有朝一日我也要置办一个这样的田庄！”普拉东诺夫心想：“唉，这凄凉的歌有什么好呀？让人听了心里更加苦闷了。”

游船驶上归程时，暮色早已四合。水面上黑魆魆的，只听见船桨击水的哗哗声。湖岸上闪动着隐隐约约的火光。游船拢岸时，湖面上升起一轮明月。渔夫们生起一堆堆篝火，篝火上支着三脚架，正在用活蹦乱跳的梅花鲈鱼煮鱼汤。这时，人畜家禽都已归家，鹅群、母牛和羊群荡起的尘埃已落下去了。牧童们站在大门口，等待着送来的鲜牛奶，或者等着人们请他们去喝鱼汤。村里不断有人在谈话、喧嚷，有时听得见本村的狗叫声，邻村也偶尔传来低沉的狗叫。月亮升起来，昏暗的暮色渐渐稀薄，最后，湖面和村舍全被照亮了。篝火变成了淡白色。在银色的月光下，可以看见村舍的烟囱里升起的一缕缕轻烟。这时，尼科拉沙和阿列克萨沙骑着马从客人们面前跑过去，那两匹剽悍无比的种马在月色下互相追逐着，马蹄荡起的尘埃在空中飞扬着，恰如刚刚跑过羊群似的。“是啊，有朝一日我也要置办一个这样的田庄！”乞乞科夫心想。这时，妻子儿女又在他头脑里转悠开了。面对这样的良宵美景，谁心里能不感到美滋滋的？

晚餐又大吃大喝。乞乞科夫回到卧室里躺下的时候，轻轻地摸了摸自己的肚皮，不禁叫道：“简直成了大鼓啦！不论什么样的市长都进不去啦！”事情说来真是巧合，隔壁恰好是主人的书房。透过薄薄的隔板，乞乞科夫听得见隔壁的谈话声。主人正在向厨子安排次日的早餐。说起来是早餐，但饭菜像午宴一样丰盛。倘若听见主人点的那些菜，死人也会食欲倍增的！乞乞科夫不禁咂了咂嘴唇。隔壁又传来主人的声音：“这个要煎的，还有，那个菜要用文火好好炖！”厨子声音很细，像吹笛子似的尖声答道：“是的，老爷。可以的，老爷，可以的，老爷。”

“馅饼做成方的。四个角里放上不同的馅，一个角里放鲟鱼腮和鳣鱼脊筋，另一个角里放荞麦粥、蘑菇、葱头、甜牛奶、猪脑子，还有其他的东西，你都知道……”

“是，老爷。可以做成这样的。”

“不过馅饼的一面要烤得焦黄，你明白吗？另一面要烤得嫩一点。它的底面要烤好，你明白吗？要烤得酥脆松软，要烤得透出汁来，要让它吃到嘴里听不见响声，像雪花似的，进嘴就化。”

“真他妈的见鬼！”乞乞科夫翻了个身，心里骂道，“成心不让睡觉！”

“你再给我做一个填馅的猪肚子。里面放上一个冰块，让它好好膨胀起来。鲟鱼可要做漂亮了，要把配菜做好，配菜要做得丰盛些！周围要摆一圈虾，再摆上一些炸小鱼，撒上胡瓜鱼丁，再放点碎米、洋姜、乳蘑、萝卜丁、豆子。你那里还有什么菜？”

“还可以放点大头菜或甜菜丁。”厨子答道。

“就放大头菜和甜菜吧。热菜你也要给我这么做……”

“睡意全没了！”乞乞科夫翻了个身说，他把脑袋扎到枕头底下，用毯子把自己裹起来，免得再听见隔壁的谈话声。结果完全是徒劳的，透过毯子他依旧听得见主人的声音：“这个菜要煎好，那个菜是烤的，还有，这个菜用文火好好炖。”直到主人讲到火鸡的时候，乞乞科夫才终于睡着了。

第二天，客人们又饱餐一顿，普拉东诺夫撑得上不了马，那匹马只好让别杜赫的马夫牵着。他和乞乞科夫两人坐在马车里。那只长毛狮子狗也吃撑了，跟在马车后面慢吞吞地走着，无精打采的。

“不行，这么吃也太过分啦，”他们乘坐的马车驶出大门以后，乞乞科夫说，“这样吃东西实在是了不得。您不感到难受吗，普拉东·米哈雷奇？这辆马车是很舒适的，可是现在坐上就让人难受。彼得卢什卡，你这蠢货，是你搞的鬼吧，哪儿来的这么多纸盒子？”

普拉东诺夫嘿嘿一笑。

“我来告诉您吧，”普拉东诺夫说，“这是彼得·彼得罗维奇给准备的，是让我们路上吃的。”

“的确是这样的，”彼得卢什卡从车夫台上回过头来说，“他吩咐把馅饼和烤饼统统装上马车。”

“是的，巴维尔·伊凡诺维奇，”谢里方也回过头来，兴高采烈地说，“他是位很好的老爷，是个好客的主子！还赏给我们每人一杯香槟酒呢。是的，还让人拿菜给我们吃。那菜做得好极了，非常好吃。这么好的老爷可真少见呢。”

“听见没有？大家对他都很满意，”普拉东诺夫说，“不过，您老实说，您有没有时间到一个田庄去一趟？离这里有十俄里远，我想去那里跟姐姐和姐夫告个别。”

“好极了！”乞乞科夫说。

“您走一趟也不会吃亏的。我姐夫是个非常好的人。”

“您指的是哪一方面？”

“他是俄罗斯第一流的当家人。他买了一处破败的田庄，当时田庄的收入不足两万。结果他只用了十年多的时间，就让田庄变了样，现在他年收入二十万。”

“啊，的确是不简单！这种人的生平事迹值得效仿，应该让人们向他学习才是！能和他认识，简直是太高兴啦。他姓什么？”

“柯斯坦若格洛。”

“那么他的名字和父称呢？”

“康斯坦丁·费多罗维奇。”

“康斯坦丁·费多罗维奇·柯斯坦若格洛。能认识他太荣幸啦。了解他的为人肯定是大有好处的。”乞乞科夫顿时兴趣倍增，一丝不苟地打听起柯斯坦若格洛的情况来。普拉东诺夫向他介绍的情况的确使他感到吃惊。

“您瞧，从这地方开始就是他的田地啦，”普拉东诺夫指着一片田野说，“您立刻会发现，这里的一切都跟别处不同。车夫，从这里向左转弯。您看见那座小树林了吧？这是用人工播种种植的树林子。别人家的林子十五年也长不起来，可他这片林子只用八年就长成了。您瞧，树林这边是庄稼地，过了这五十亩地，又是一片树林子，也是人工播种种植的，而那边又是庄稼啦。您瞧这庄稼长得多好，要比别人的密多少倍哩。”

“我看见了。可他是怎么种的呢？”

“这就得问他本人啦，您会发现……他是个无所不知的人，像他这样学识渊博的人，可说是天下少有。他不但知道什么土壤该种什么东西，而且知道什么作物应该与什么作物为邻，什么树林旁边该种什么庄稼。我们所有人家的地都干旱缺雨，土地干裂了，可他家的地却不旱。他懂得需要多少水分就种多少树。他做什么事都极精明，往往是一举三得：他种植树林子，可以培植木材，树叶可以做肥料，树荫可以遮阳光。他做什么事都是这样的。”

“此人的确是非同寻常！”乞乞科夫说，一面惊奇地打量着眼前的田野。

这里的一切都显得井井有条。树林四周都带有围栅，一座座养畜场随处可见，也都修得整整齐齐，里面养着令人羡慕的牲畜。巨大的庄稼垛矗立着。到处呈现出一派富裕景象。明白人一望便知，这里的地主非同寻常。这时，乞乞科夫乘坐的马车驶上一座小山包，只见对面的山坡上有一座大村庄，疏落的村舍分布在三个山坡上。这显然是一个富裕的村庄，村里的街道平直，农舍也都很坚固，见到的大车也是新的，并且做得坚固耐用。遇上的每一匹马都养得又肥又壮，牛羊像精心挑选过似的，连农奴们养的猪也带有一副贵族的气派。由此可以看出，这里的庄稼汉正如歌里唱的，也都过着丰衣足食、金银铺地的生活。在老爷的宅院前面，没有结构雅致的英国式的花园、凉亭和小桥流水，也没有各种各样的林荫大道。从农舍到老爷的宅院的道路旁是一座座作坊。在老爷府第的屋顶上，有一座挺大的晒亭。不过这不是为了观望风景用的，而是一座瞭望台，以便随时察看各处的生产进行情况。

马车驶到主人门口。主人不在家，普拉东诺夫的姐姐，也就是主人的太太出来迎接客人。主妇生得面色白皙，金黄头发，典型的俄罗斯女子的相貌。她长得像弟弟一样漂亮，但也像弟弟一样萎靡不振。看样子她似乎对人们所关心的事不大关心。这大概是因为所有的事情都由丈夫做了，她没有什么可过问的，也许是因为她生来就是那种达观快活的人，虽然有感情有思想，并且聪明过人，但对待生活却不很认真，甚至玩世不恭，看到人们惊惶不安、钩心斗角，就说："让这帮傻瓜去争斗吧！他们不会有好结果的。"

"姐姐，你好！"普拉东诺夫说，"康斯坦丁哪里去了？"

"不知道。他早该回来了，大概有什么事脱不开身吧。"

乞乞科夫没有注意女主人在说些什么，他在仔细察看这位奇特人物的住所。他以为，从住房的装饰和陈设可以发现主人的性格和特长，就好像从贝壳的形状可以判断里面曾住过某种牡蛎或蜗牛一样。不过乞乞科夫却没有达到目的。这里的房间没什么特色，只是显得宽大而已。墙壁上没有壁画、油画一类的装饰，桌上也没有青铜古玩，室内没有摆放着瓷器和陶器的搁架，没有花瓶、花盆和雕像，总之，这里似乎是一个清贫之家。只有一套普普通通的家具，旁边有一架钢琴，上面落满了灰尘，可见女主人是不大弹琴的。客厅里有一道门通向主人的书房。这道门敞开着，可以看见书房的陈设也很简陋。看来主人到这里来只是为了歇息片刻，而不是为了在这里居住。要思索各种计划考虑各种问题，他不必待在有弹簧圈椅和各种舒适设备的书房里。他的生活不是坐在温暖的壁炉前想入非非，而是脚踏实地的行动。他的思想产生于具体的情势之中。遇到某种情况时，他立刻产生某种想法，并且立刻把它付诸实施，根本用不着将它写下来。

"啊，是他！是他回来了！"普拉东诺夫叫道。

乞乞科夫也立刻朝窗外望去。只见一位四十岁左右的汉子朝门口的台阶上走来。此人活泼，面孔黝黑，头戴一顶绒线织的软帽。他左右两旁有两名下人模样的男人，一个像是老实巴交的农夫，另一个穿蓝色西比尔卡上衣的人很像是外地来的奸商，一副老奸巨猾的样子。两人都把帽子拿在手里。他们和主人边走边谈，大概在同他商议一件重要的事情。

“您就收下吧，老爷！”那农夫边说边鞠躬。

“不行啊，老弟，我给您说过多少遍了，告诉您不能再拉了。我这里材料积压很多，都没处放了。”

“康斯坦丁·费多罗维奇老爷，在您这里，没有派不上用场的东西。像您这么聪明的人，就是走遍世界也找不到哇。托您的福，任何东西都能派上用场的。因此，您就收下吧。”

“我这里人手不够用，老弟。我需要的是能干活的人，而不是材料。”

“您不愁找不到能干活的人。我们那里闹饥荒，颗粒无收。这样的荒年百年不遇啊！整村的人都要外出找活干。只怕您不愿意收留我们大家呢，您要是肯收留我们，我们会老老实实地为您效力的。在您这里能学到各种本领，康斯坦丁·费多罗维奇，您就吩咐一声，收下这批材料吧，下不为例。”

“可是你上回就说过下不为例，这回又送来了。”

“这是最后一次，康斯坦丁·费多罗维奇。您要是不收下这批货，别人就再不会要我的货了。您就收下吧，老爷。”

“好，这回我收下了，这纯粹是因为不忍心让你白跑一趟。不过，下次你要是再运来，那就别怪我不客气啦。你就是在我这里磨三个礼拜，我也不收。”

“遵命，康斯坦丁·费多罗维奇。请您放心，下次绝不会再送来了。谢谢您啦。”农夫心满意足地告辞了。不过他那番话纯粹是撒谎，下回他还会送材料来的。他不会放过碰运气的机会。

“这价格的事，康斯坦丁·费多罗维奇，您行行好……您最好能再减一点。”走在他另一侧的那个穿西比尔卡上衣的外地奸商说。

“我一开始就给你讲清楚了。我是不喜欢讨价还价的。我再给你重复一遍：我跟别的地主不同。对待别的地主，到了该赎当的时候你可以去讨好他。对你们这些人我是最清楚的。你们手里都有清单，什么时候该谁赎当你们心中有数。这也是理所当然的事！他急着用钱，就把家产半价当给你。我要你的钱做什么？我这里的东西就是闲置三年也不送当铺里去！再说我也不需要赎当……”

“您说得很对，康斯坦丁·费多罗维奇。不过我是为了那个……我只是为了今后同您建立业务往来，并没有别的意思。这三千卢布定金请您收下。”

那奸商从怀里掏出一沓油渍麻花的钞票。柯斯坦若格洛漫不经心地接过来，没有点数，就随手塞进常礼服外侧的衣袋里了。

“嘿，三千卢布在他看来像块手绢似的！”乞乞科夫心想。

过了一分钟，柯斯坦若格洛便来到客厅里。

“哟，是弟弟，你来啦！”他一看见普拉东诺夫便失声叫道。两人拥抱亲吻之后，普拉东诺夫把乞乞科夫介绍给他。这时，乞乞科夫毕恭毕敬地走到主人面前同他互相亲吻。

柯斯坦若格洛的面孔生得与众不同。从他脸上可以看出南方人的特征。他的头发和眉毛又黑又密，一双炯炯有神的眼睛闪烁着逼人的光芒。他的任何一种表情都显示出超人的智慧，脸上没有丝毫倦意。不过，显而易见，他的性格是暴躁的。他到底属于哪个民族？在俄罗斯有许多非俄罗斯血统的俄国人，但就其灵魂而言，他们也算是俄罗斯人。柯斯坦若格洛不大关心自己的血统和出身，他认为没有这个必要。再说他一天到晚忙于经营田产，也没有余暇去顾及这个问题。况且他只懂俄语，不懂其他任何民族的语言。

“您知道吧，康斯坦丁，我有一个打算。”普拉东诺夫说。

“什么打算？”

“我想到外省去转一转。说不定这可以医治我的忧郁症。”

“真的？这倒是很有可能的。”

“我想跟巴维尔·伊凡诺维奇同行。”

“这再好不过啦！您打算现在去什么地方呢？”柯斯坦若格洛十

分客气地向乞乞科夫问道。

“不瞒您说，”乞乞科夫微微点了点头，一手扶着圈椅的扶手说，“我此行暂时是受人之托，去为别人办一件事情，而不是为了我的私事。我的一位好朋友贝特里谢夫将军，也可以说是一位慈善家，请我代他去探望几位亲戚。代人探亲固然重要，但从另一方面来说，这种旅行对我自己也大有好处。且不说这样经常活动有助于医治痔疮，主要的是可以增长见识，熟悉各种各样的人。不管人们说些什么，这毕竟是活的书本，也是了解人生的好机会啊。”

“是的，到别处去看一看也没有害处。”

“您说得很对，”乞乞科夫说，“的确是没有害处。可以开阔眼界，见到你过去没见过的东西，遇见一切难以见到的好人。同他们聊一聊，其价值跟金钱是一样的。最尊敬的康斯坦丁·费多罗维奇，我特意来向您求教，请您给我一些指教。我期待着您的金玉良言，如大旱之望云霓。”

柯斯坦若格洛给他说得不好意思起来。

“指教什么呢？……有什么可指教的？我自己也没什么学问。”

“教我智谋，尊敬的人，请您教我智谋，也就是经营之道。怎样才能像您那样获得可靠的收入，像您那样创造真正的财富，而不是凭空想象，从而尽到一个公民的义务，并且赢得同胞们的爱戴？”

“那么就这么办吧，”柯斯坦若格洛说，“您在我这里住一天，我给您看一看我的经营管理情况，谈一谈我的全部做法。您会发现，我这里什么智谋也没有。”

“弟弟，今天就别走了。”女主人对普拉东诺夫说。

“我倒是可以住下，”普拉东诺夫心平气和地说，“不知巴维尔·伊凡诺维奇能否留下？”

“我也可以留下，我很高兴留下来……不过有一个情况：我得去拜望一下贝特里谢夫将军的亲戚。有一个姓科施卡廖夫的上校……”

“原来是他呀……您了解他吗？此人是个十足的傻瓜，精神不正常。”

“关于这一点，我已有耳闻。我同他没什么来往。只是因为贝特里谢夫将军是我的好友，也可以说，是一位慈善家……不去拜访一下恐怕不合适。”

“既然这样，”柯斯坦若格洛说，“您就现在去好啦。我这里正好有现成的马车。从这里去他家不到十俄里，您一口气就跑到了。晚饭前还能赶回来呢。”

乞乞科夫对这个建议颇为满意。马车很快就驶过来，他上了车，立刻出发去拜访上校了。科施卡廖夫的确是让他大为吃惊，这一点是他始料未及的。科施卡廖夫的一切都与众不同。村子里乱糟糟的，有的地方在盖房，有的地方在翻修房子，所有的街道上都堆着石灰、砖石和木料。有一些新盖的房屋外观很气魄，好像是官府的衙门。一座房屋上用镀金的大字写着“农具库”，另一座房屋上写着“总会计处”，第三座房屋上写着“农业委员会”，还有一座房屋上写着“居民规范教育学校”。总之，名目繁多，应有尽有。乞乞科夫甚至以为自己来到一座省城。上校本人有些过于拘礼。他那张三角形的脸显得庄重古板。鬓角和连鬓胡子修剪得线一样直，头发、发型、鼻子、嘴唇、下巴，这一切都仿佛精心修饰过。他开始说话了，听他的口气倒像是一个精明强干的人。他一开始就向乞乞科夫抱怨周围的地主没教养，说他自己将来要付出艰巨的劳动，耗费很多心血。他对乞乞科夫很客气，显出一副非常亲切友好的样子，立刻取得了对方的信任。他得意扬扬地吹嘘自己花费了多少心血才把庄园治理成今天这个样子，使农奴们能够丰衣足食；吹嘘他如何开发农奴们的智力，让他们明白什么是崇高的思想，只有文明的享受、艺术和绘画才能使人产生这种崇高的思想；他又讲述自己如何努力克服俄国农夫的愚昧，让他们穿德国式的裤子，使他们多少感觉到一些做人的尊严；他又说，虽然他花费了种种努力，但至今也未能使村妇们养成束腰的习惯。然而在德国，当他 1814 年随团队在那里驻防时，连磨坊主的女儿都会弹钢琴，会讲法语，行屈膝礼。谈到邻村的地主的愚昧无知，他流露出深深的遗憾，责怪他们对下属漠不关心。他说，他曾竭力劝说他们，为了搞好经营管理，必须修建办公处所，成立各种防盗窃组织和委员会。为了全面细致地掌握经营情况，必须任用受过正规教育的人做书记员、管家和会计师，这些人一律要大学毕业，等等；那帮地主不但不听他的劝告，反倒嘲笑他；结果他费尽口舌，也没能说服他们；他们始终不相信，每个农民都富有教养，可以在犁田的同时阅读有关避雷针的著作，这对他们的产业会大有好处。

听了这番话，乞乞科夫心中暗想："不过，恐怕未必能抽出时间。我倒是能读书，有文化，可是一本《拉瓦列尔侯爵夫人》至今还没读完呢。"

"如此愚昧无知，实在是可怕！"科施卡廖夫最后说，"中世纪的愚昧，实在是没治啦……请您相信，没治啦！不过，我倒是有办法对付他们。我这里有一个办法，一个行之有效的办法。"

"什么办法？"

"让俄国每个人都照德国人的样子打扮起来。只有这个办法可行。我向您保证，只要做到这一点，一切问题就迎刃而解了：科学会发达，贸易会繁荣，俄罗斯的黄金时代就为期不远啦。"

乞乞科夫凝视着他，暗暗思忖道："跟这种人打交道，看来用不着那么多虚礼。"于是他不再拖延时间，立刻向上校说明来意：他需要一些什么样的农奴，需要办理什么样的买卖合同。

"依我看来，您的意思是请求我办理此事，对吗？"上校丝毫没有流露出为难的样子，问道。

"正是。"

"既然如此，您就写一份书面申请吧。申请书是写给呈文受理委员会的，由该委员会注册登记之后，呈报到我这里来。我批阅之后送交农业委员会，由农业委员会对此事进行调查。然后由总管家和办公室人员一起尽快拟定决议案。这样事情就办妥了。”

乞乞科夫不知该说什么才好。

“请原谅，”他说，“这么一来，事情拖得太久啦。”

“哦！”上校微笑着说，“公文手续的好处就在于此啊！这么做的确是要拖延一点时间，可是事情办理得周密细致，不会出半点差错。”

“可是……这种事写进申请书里恐怕不方便吧？再说这种事情……在某种程度上说，农奴是死的呀。”

“好极了。您就如实地写，农奴在某种程度上说是死的。”

“农奴是死的怎么行呢？不能这样写。他们虽然死掉了，但是要让人觉得他们是活的才行。”

“好吧，您就这样写吧：‘但是需要让人觉得他们是活的才行。’”

这个糊涂上校，实在是让人毫无办法！乞乞科夫决计亲自去一趟，看看那些委员会到底在做些什么。结果不仅使他大为吃惊，而且他所看到的一切都叫人不可思议。呈文受理委员会徒有其名，仅有一块招牌而已。委员会主任是上校过去的贴身侍仆，现在已调到刚成立的村庄建设委员会任职。办事员季莫什卡接替了他的职位，又被派去调查酒鬼管家和骗子村长之间的纠纷去了。委员会里一个办事人员也没有。

“这到底是怎么回事？……我怎么一点也弄不明白？”乞乞科夫向特派员打听道，这位特派员是上校派来给他做向导的。

“您不会弄明白的，”向导说，“我们这里搞得乱七八糟。您看到了，我们这里所有的事情都由建设委员会做主。他们随便把人调来调去，愿往哪儿调就往哪儿调。在我们这里，只有建设委员会收益最多。”他显然对建设委员会大为不满，“我们这里的情况是，老爷给人牵着鼻子走，他以为这里一切都好，实际上不过是一块招牌而已。”

“要把这些情况告诉他才是。”乞乞科夫心想。于是他回到上校那里，直截了当地说，他的那些委员会办得乱七八糟，简直让人莫名其妙；建设委员会营私舞弊。

上校听了，立刻火冒三丈，怒不可遏。他马上拿来纸和笔，写了八条极为严厉的质问：建设委员会凭什么擅自调动其他部门的官员？总管怎能容许主任擅离职守去调查他人的纠纷？农业委员会岂能容许呈文受理委员会名存实亡？……

“唉，全乱了套啦。”乞乞科夫暗想，于是他向主人鞠躬告辞。

“不，您不能走。不出两个小时，我保证把事情办妥，保您各方面都满意。您这件事情我现在就让专人去办理，此人刚刚大学毕业。请您到我的藏书室里去坐坐。那里什么都有，有书，有纸，有鹅毛笔、铅笔，您愿意用什么就用什么，您自己做主吧。”

科施卡廖夫说着把他引进了书库。这是一间大厅，高大的书架上摆满了各种书籍，还摆放着各种动物标本。这里的藏书很丰富，有森林、畜牧、养猪、园艺等专业书籍，有数千种杂志、手册、指南，还有许多介绍养马学和自然科学最新发展和完善的杂志，还有《养猪的学问》一类的书籍。乞乞科夫发现，这类书籍是不能让人愉快地打发时光的，便转身来到另一个书橱跟前。这里的书籍同样枯燥无味，全是哲学专著。其中有一部叫作《哲学是一门科学》，紧挨着的是六卷本的《思维理论入门。论共性、总体、本质，兼论社会生产有机因素的分化原理之运用》。乞乞科夫随便打开一本书，只见通篇是“表现”“发展”“抽象”“封闭性”“严密性”一类的哲学术语。鬼晓得还会有什么艰深难懂的字眼！“不，这些东西我看不懂。”乞乞科夫说着转身去看第三个书橱。这里收藏的全是艺术方面的书。他随手抽出一本大部头的书，发现里面有一些不大体面的神话故事的插图，便认真翻看起来。这本书挺对他的胃口。中年光棍汉往往喜欢那些插图。据说那些老态龙钟的芭蕾舞迷最近也开始迷恋这类插图了。有什么办法，当代人就是喜欢香艳色情的书。乞乞科夫浏览过这本带插图的大书，正要抽出另一本同类的书，科施卡廖夫上校忽然走进来，手里拿着一张纸，一副兴高采烈的样子。

“全办好啦，写得棒极了。此人就是聪明，他一个人顶得上所有的人。为此我要提拔他，让他的职位高于所有的人。我要专设一个最高管理机构，让他来当总管，他是这样写的……”

“终于办妥啦，谢天谢地！”乞乞科夫心想，于是认真听起来。上校念道：“鄙人受大人委托，经再三斟酌，现将结果禀报如下：一、在六品文官、勋章获得者巴维尔·伊凡诺维奇·乞乞科夫先生的申请书里，有些地方表达得含糊不清，易产生误解：在欲购买纳税农奴一节中，误将遭受各种意外之农奴混同于死农奴。这里所谓的死农奴可能是指行将死亡之农奴，而并非死农奴，因为死农奴是无法购买的。既然人已不存在，还购买什么呢？这也是人之常情。由此可见，该先生语文水平有限……”念到这里，科施卡廖夫停顿了一下说，“这个滑头，他在这儿顺便讽刺您一下。不过，您看得出来，他的文笔很出色，简直是御前大臣的笔法。要知道，他只读了三年大学，还没毕业。”科施卡廖夫继续念道：“……由此可见，该先生语文水平有限……因为他使用了‘死魂灵’这个说法，然而任何一个读过神学教义的人都知道，灵魂是永生不死的。二、上述纳税农奴，不论是外地移来的，还是本地出生的，还是被该先生错称为死农奴者，都已经无一例外地典押出去。这些农奴不仅已全部典押出去，而且以每个农奴一百五十卢布的加价再次典押，唯有古尔麦洛夫卡小村除外。因与地主普列季谢夫打官司该村尚在争议之中，因而既不能出售，也不能典押。”

“既然已经典押出去了，您为什么不早说呢？为什么还要让我瞎耽误工夫？”乞乞科夫生气地说。

“这些情况我事先怎么能知道呢？再说公文手续的好处就在于此嘛，现在您一切都明白了吧，看得一清二楚啦。”

“你这个笨蛋，愚不可及的畜生！”乞乞科夫心里暗暗骂道，“一天到晚钻书本，钻出什么名堂来啦？”他顾不得任何礼貌和体面，拿起帽子就走。车夫站在马车旁边，马匹也没有从车上卸下来，因为要喂马也得先写一份书面申请。申请书批准之后才能给马吃燕麦。可是要等到第二天公文才能批下来。尽管乞乞科夫粗暴无礼，科施卡廖夫却满不在乎，他仍旧对乞乞科夫十分客气，礼貌周到。他一把抓住客人的手，把它按在自己心口上说了许多感谢的话。他说，乞乞科夫来访使他有机会真正看到了办理公文手续的过程；又说对下属严厉训斥是必要的，因为任何人都会出差错，村务管理的发条也会生锈、松弛；又说这件事使他产生了一个好主意，那就是成立一个新的委员会，叫作监察委员会，专门监督建设委员会的工作。这样一来，就再没有人敢营私舞弊了。

“蠢驴！笨蛋！”乞乞科夫一路上气愤难平，心中骂道。这时天色已晚，群星在天空闪烁，夜色笼罩着大地。路旁的村庄里已经上灯。马车驶到台阶跟前，他从窗口看见晚餐已经摆在桌子上。

“您怎么这么晚才回来？”他进屋的时候，柯斯坦若格洛问道。

“您同他谈这么长时间，是为了什么事呀？”普拉东诺夫说。

“真是笑死人！”乞乞科夫答道，“像他这种傻瓜，我是平生头一次见到。”

“他还算不了什么！”柯斯坦若格洛说，“科施卡廖夫可以供人们开心嘛。他这种人也是不可少的，因为他滑稽可笑地体现了那些聪明人的愚蠢。他们又是设立办公处，又是设立衙门，又是设立总管，开办各种作坊、工厂，办学校，成立委员会，鬼才晓得他们搞的那些花样。仿佛他们在治理一个国家！您觉得这样好吗？我在问您。作为地主，有那么多可耕地，农民忙不过来，他却开办了一个蜡烛厂，还从伦敦请来了做蜡烛的师傅，当起商人来了。另一个傻瓜更高明：居然开办了一个丝绸厂！”

“可是，您自己也有一些工厂啊。”普拉东诺夫说。

“那些工厂是谁开办的？那是自然形成的：羊毛无处销售，越攒越多，我把它织成呢子。这种呢子厚实，朴素大方，并且价格便宜，一上市立刻就被抢购一空。比如说，人们老是把鱼鳞扔在我村前的河岸上，一连扔了六年。后来我设法把这些鱼鳞熬成胶，卖了四万卢布。不然的话，那么多鱼鳞往哪儿放呢？我的工厂都是这样办起来的。”

“这鬼东西真行！”乞乞科夫睁大眼睛望着他，思忖道，“真是一把挣钱的好手！”

“再说了，我也没有修建厂房，没有大兴土木，修建什么带柱廊和山花墙的庄园。我也没有从国外聘请师傅。我无论如何也不肯把农民调出去干别的。在我的工厂里干活的人，都是从外地来的逃荒的农民。他们遇到荒年，到我这里挣一口饭吃。这样的工厂可以办许多呢。当你经营田产的时候，只要留心，你就会发现，任何废物都是可以派上用场的，任何废物都能生财。这样的财源多得很，你简直没有时间去收集它，只好说不需要了。”

“这真是令人吃惊啊！想不到任何废物都能生财！”乞乞科夫感叹道。

“哼！不仅如此！……”柯斯坦若格洛说到这里，止不住一腔怒气直往上撞，他真想把邻近的那些地主臭骂一顿，“又有一位聪明过人的地主，您想他会开办什么机构？在村里建造了一座石头房子，办起了慈善机关。虔敬基督的事业！……你要是想帮助人，就应该帮助每个人去履行这种基督教徒的职责，而不是去背离这一职责。要教育儿子，让他把生病的老父收留在自己家中，而不是给他创造条件，让他把父亲抛开不管。最好是让他发财致富，让他有能力养活亲人和兄弟。要全力帮助他，而不是把他革出教门，否则他就会完全背离基督教徒的职责。现在唐吉诃德无处不在！……慈善机关养活一个人每年要花二百卢布！……我用同样多的钱在村里可以养活十个人！”柯斯坦若格洛生气地啐了一口。

乞乞科夫对慈善机关毫无兴趣，他很想谈谈废物如何生财的事。但柯斯坦若格洛正在气头上，怒冲冲地继续说下去：

“还有一位热衷于教育的唐吉诃德，在村里办起了学校！当然啦，对一个人来说，有什么能比学知识更有益的呢？可是他办学的结果如何呢？他村里的农民们到我这里来，对我说：‘这是怎么搞的，老爷？我们的孩子们全都不服管教啦，谁也不愿意帮助爹妈干活，都想去当录事。可是当录事只需要一个人呀。’这就是他办学的结果！”

乞乞科夫对办学问题也不感兴趣，但普拉东诺夫接过话茬儿说：

“毫无疑问，现在的确不需要很多录事，但是以后会有用途的。要为子孙后代着想啊。”

“说得对，老弟，就算您是聪明人！可是你们干吗老惦记着子孙后代呢？所有的人都以为自己是彼得大帝。您要多注意眼前的事，不要老盯着子孙后代。您要想方设法让庄稼汉丰衣足食，让他们有时间去学习，让他们自愿去学习，而不是您拿棍子逼着他去学习。鬼才晓得该从哪一方面做起……对啦，您来听听吧，我请您来评判一下……”这时柯斯坦若格洛将身子朝乞乞科夫移近一些，为了让他明白事情的实质，柯斯坦若格洛勾住了他的身子，确切些说，是用一个手指勾住了他的燕尾服的扣眼。“还有什么比这更明白的呢？您的农民希望您做什么？希望您保护他们，使他们能够过上好日子。他们怎样才能过上好日子？那么农民的职业是什么？是种田吗？那您就要想方设法让他们成为出色的庄稼汉。明白吗？不，还有一些聪明人，他们说：要让农民摆脱这种生活。他们的生活太不文明，太简陋了。要让他们见识一下阔绰的生活奢侈品，由于这种阔绰的生活，这帮老爷自己也变成了废物，变得没有人形了。鬼才晓得他们得的是什么病，一个十八岁的小伙子，就什么事都尝试过啦，所以牙也掉光了，头发也谢顶了。现在又想来传染给庄稼汉啦。感谢上帝保佑，现在我们就剩下这么一个健康的阶层了，只有他们还没有变得那么刁钻古怪！为此我们应该感谢上帝。我认为，种田人最可尊敬。求上帝保佑，让所有的人都变成种田人！”

“这么说来，您以为种田收益最大吧？”乞乞科夫问道。

“种田更合乎情理，而不是收益大小的问题。您要种田，就得流汗。这是人人皆知的。这话说得不无道理。世世代代的经验证明，种田人的心灵更纯洁。在社会生活方面，哪里把种田放在首要位置，哪里就富裕。在这些富裕的地方，既没有人受穷，也没有人花天酒地、奢侈腐化。俗话说得好，您要种田，就得好好干……在这方面可要不得滑头！我常对农民们说：‘不管你是给谁干活，给我干活也好，给自己干活也好，给邻居干活也好，都要好好干。在你的工作中，我是你的最好的帮手。你没有牲口，我把马借给你，把母牛、大车借给你……你缺少什么，我就给你提供什么，但是你得好好干，好好干。对于我来说，如果你不好好种田，把家业搞得一团糟，你缺吃少穿，我也就完蛋了。我是容不得无所事事的人的。我管教你，是为了让你好好干活。’哼！有人想靠办学校开工厂来发财！可是您首先得想一想，要让您的农民都富起来，那时候您用不着开办工厂，用不着转动那些愚蠢的念头，您自然就会发财的。”

“最尊敬的康斯坦丁·费多罗维奇，您的宏论的确是极精彩的，让人越听越爱听。”乞乞科夫说，“我最尊敬的先生，请您给我说一说，比如说，假如我想要成为一名地主，比如说，就在此地，那么我应该主要注意哪些方面呢？假如我想在短期内发财致富，也就是说，真正履行一个公民的职责，那么我该怎么做呢？”

“怎么做才能发财致富？那么您应该……”柯斯坦若格洛答道。

“该吃晚饭啦！”女主人说着站起身来，走到客厅中央，打了一个寒颤，连忙用披肩裹住她那娇嫩的身躯。

乞乞科夫像军人似的敏捷地从椅子上抽身站起，带着文官所特有的温文尔雅的笑容疾步走到女主人面前，直直地把胳膊伸给她，仪态优雅地挽着她穿过两个房间走向餐厅。他始终微微歪着头，保持着那种令人愉快的姿势。仆人打开扣在汤盘上的盖子。大家把椅子移近餐桌，便开始喝汤。

喝过汤之后，又喝了一杯上好的果子露酒，这时乞乞科夫对柯斯坦若格洛说：“最尊敬的先生，请容许我重新提起那个中断的话题。请您告诉我，我应该怎么做，最好先从哪里着手……”

…………[1]

“那是一处很好的田庄，假如他开价四万卢布，我也会立刻把它买下来。”

“噢！”乞乞科夫沉思片刻，“那么您为什么没有买呢？”他小心翼翼地问道。

“不过，要知道，什么事都有个限度。我的田产本来就够多啦，我哪里还顾得过来呢。再说呢，我们这里的贵族本来就对我有成见，在那里大喊大叫，好像我乘人之危，趁他们破产时买他们的地是占他们的便宜啦。这种事让我烦透了，我不愿再惹麻烦。”

“贵族就爱诋毁别人！”乞乞科夫说。

“可是，在我们这个省里……他们对我的评价，您是无法想象的。他们从来不称呼我的名字，开口闭口称我是守财奴，头号吝啬鬼。他们对自己却宽容得很，什么事都可以原谅。他们说：‘我把家产花光是理所当然的，那是因为我生活中有崇高的需求。我需要很多书，我要过阔绰日子，以便鼓励工业发展。假如我像柯斯坦若格洛那样，像猪那样生活，恐怕我一辈子也不会破产的。’情况就是这样！”

“我甘愿成为这样的猪！”乞乞科夫说。

“这都是因为我没有请他们吃饭，没有借钱给他们。我不请他们吃饭，是因为请客吃饭太麻烦，我没有这个习惯。假如您愿意到我家来，和我吃同样的饭，那就敬请光临吧！至于说我不肯借钱给他们，那纯粹是胡说。真正缺钱的人来找我，只要给我说清楚您借钱做什么，只要您说的话有道理，让我明白，您会合理地使用这笔钱，并且能够使用这笔钱赚取利润，那么我绝不会拒绝您，我甚至不让您付利息。不过，让我白白地把钱扔掉，那我是不干的。但愿他们

① 原作手稿中此处缺两页。1855年《死灵魂》第二卷初版曾有附注：“乞乞科夫同柯斯坦若格洛的谈话此处中断。可以认为，中断部分的内容是主人建议乞乞科夫购买邻村地主赫洛布耶夫的田庄。”——原编者注

能谅解我！他们要为情人举办午宴，要买豪华家具装修房子，我还把钱借给他们？……”

说到这里，柯斯坦若格洛啐了一口唾沫，差点当着妻子的面骂出极不文雅的脏字来。此刻，他那张生动的脸上笼罩着严厉的阴影，显得阴沉、可怕，额头上皱纹密布。这表明他怒火中烧，激动万分。

乞乞科夫喝了一杯果子露酒，又说：“我最为尊敬的先生，请容许我再次向您提起那个中断的话题。假如我把您刚才提到的那个田庄买下来，那么需要多长时间，我就能发财致富……”

“如果您想很快就发财致富，”柯斯坦若格洛厉声说，他语气急促，显然还带着满腔怒气，“那么您永远也不会发财致富的；如果您想发财致富，但又不问需要多长时间，那么您很快就会发财致富的。”

“原来是这样的！”乞乞科夫惊奇地说道。

“是的，”柯斯坦若格洛严厉地说，仿佛对乞乞科夫充满怨气似的，“要热爱劳动，离开这一条，你就一事无成。还要热爱你的庄园，真的！你要坚信，管理你的庄园，这绝不是枯燥无味的事。有人胡说什么乡下苦闷……假如让我住在城里，过他们那种生活，哪怕是待上一天，我也会苦闷死的！真正的地主是没有时间去苦闷的。地主的生活永远是充实的，他们不会感到空虚。你要仔细观察一下，这一年四季之中有多少各种各样的农活啊！这些农活都是可以陶冶人的情操的，可以让人的心灵变得更加美好。更不要说这些农活如何丰富多彩了。在乡下，人与大自然，与一年四季是并肩前进的。人们直接参与造化的一切创作活动。春天尚未来临，人们已开始劳作：趁着道路没有化冻，赶紧运送木柴和其他必备的物资；准备播种用的种子；粮仓要清理，粮食要重新过秤，重新晾晒；还要确定新的赋税。等到冰化雪消，河水解冻，活计一下子就多起来：货物需要装船；森林里需要伐木；花园里需要移植果木；到处在翻地；铁锹在菜园里忙碌着，木犁和钉耙在田野里奔忙着；播种开始了。难道这是闹着玩的？这是播种未来的丰收啊！夏天转眼就到了，人们开镰割草，这是庄稼汉的重要节日。难道这是闹着玩的？接着收割就开始了：割过黑麦割小麦，割过大麦割燕麦，紧接着是拔大麻。然后是码草垛，堆庄稼垛。这时8月已过了一半，所有的东西都运到打谷场上。转眼秋天来了，开始翻耕土地，播种冬季庄稼，修理粮仓、烘谷房，修牲畜栏，试验粮食，粮谷初次脱粒。眼看着冬天到了，人们仍旧在忙碌着：开始往城里运货，打谷场上在脱粒，把烘干的粮食运入粮仓。森林里开始伐木，锯劈柴，运砖石和木材，准备来年春天修建房舍。我想拥抱这一切，却怎么也拥抱不过来。这里的活计真是丰富多彩，无穷无尽！你到各处去看一看吧，去看看磨坊，看看作坊，看看工厂，再去看看打谷场！你再到农民家里看一看，看他们是怎样为自己干活的。这难道是闹着玩的吗？看到一个木匠斧子使得熟巧，我简直高兴得像过节似的。他的手艺太动人了，让我看得入迷，我能在他面前站一两个小时。每当看到所有这一切都在创造财富，看到你周围的一切都在不断发展，在不断地产生成果和带来收益，你心里就有一种说不出的愉快。这一点我是无法向您形容的。这并不是因为钱在增多，钱固然是重要的，而是因为这一切是你亲手创造的事业，因为你看到，这一切都是因为有了你，你是这一切的创造者。你像一个魔法师一样，源源不断地撒下财富。像这样的享受和乐趣，您哪里找得到呢？”柯斯坦若格洛说到这里，昂首仰望天花板，他脸上的皱纹全都消失了，他像刚刚举行了加冕仪式的君主一样，喜气洋洋，“你就是走遍全世界，也找不到这样的享受和乐趣啊！这时，恰恰在这时，人在仿效上帝。上帝创造了世界，并且以此为最崇高的乐趣。他要求人也成为创造者，去创造幸福和各种业绩。这难道是枯燥无味的事吗？”

主人这番话讲得婉转悦耳，像天堂里的极乐鸟在唱歌似的。乞乞科夫听得入迷了，他咽了一口唾沫，眼睛闪闪发光，带着甜蜜的微笑，仿佛总也听不够似的。

“康斯坦丁！该散席啦。”女主人说着站起来。普拉东诺夫和柯斯坦若格洛也站起身来。乞乞科夫虽然还想听下去，但也不得不站了起来。他又直直地向女主人伸出胳膊，挽着她的手向客厅走去。不过他的头不再彬彬有礼地微微歪着，他的动作也不像往常那样轻巧灵活，因为他在思考一些至关重要的事情，举止变得庄重起来。

“不管你讲些什么，总还是让人感到毫无意思。”走在他们后面的普拉东诺夫说。

“看来这位客人是相当聪明的，”主人心想，“他举止稳重，谈话很得体，不是那种酸气十足的文人。”想到这里，他心情更加畅快了，似乎他那番宏论使他自己精神振奋起来，并且庆贺自己找到一个愿意听他陈述深奥见解的知音。

后来，他们在一间舒适的小房子里坐下。这里点着蜡烛，屋里显得很亮堂，有一扇玻璃门通往阳台。乞乞科夫心里好惬意，他好久没有过如此舒适的感觉了。仿佛在长久的漂泊之后他终于回到了故土，并且在萍踪浪游之中一偿夙愿，获得了自己所孜孜追求的一切。现在扔掉了他四处流浪时所用的手杖，终于心满意足了。是主人那番充满着智慧的谈话使他大为感动，产生了如此愉快的感觉。任何人都会遇到这种情况，有时听人一番谈话，心里感到无比的亲切。往往是在被人遗忘的穷乡僻壤，在某个荒无人烟的地方，你偶尔遇到一位知音，听他一番温暖人心的谈话，你大为激动，竟忘记了自己，忘记了路途漂泊之苦，忘记了充满着各种愚蠢行为和龌龊的欺诈的当今世界。在这里度过的难忘的夜晚，此后会永远铭刻在你的记忆里，当时的情景会时常浮上你的脑海：谈话时有谁在场，谁站在哪个位置上，手里拿着什么东西，甚至连墙壁、屋角以及各种细小的陈设都历历在目。

乞乞科夫正是如此，这天傍晚的一切都铭刻在他的记忆里：这个布置得不大讲究的小房子，主人脸上荡漾的温和的笑容，普拉东诺夫那支带琥珀烟嘴的长杆烟斗，以及他朝狮子狗亚尔布胖脸上喷的烟圈，亚尔布打喷嚏，模样俊俏的女主人笑着说：“得了，别折磨它啦。”快活地跳跃着的小蜡烛，在墙角里鸣叫的蟋蟀，那扇通阳台的玻璃门，凝视着他们的春天的夜空和挂在树梢上的阴沉的夜色，在树林深处啼叫的春天的夜莺，这一切都留存在他的脑海里了。

“最尊敬的康斯坦丁·费多罗维奇，您的谈话简直太美妙了，”乞乞科夫说，“我敢保证，我走遍整个俄罗斯，也从未见过像您这么聪明的人。”

主人微微一笑。

“不，巴维尔·伊凡诺维奇，”他说，“您要是想认识聪明人，那么我们这里还真有一位，他才真正算得上聪明过人。和他相比，我是望尘莫及啊。”

“他是谁呀？”乞乞科夫吃惊地问。

“就是我们的包税人穆拉佐夫。”

“我已经不止一次听到他的名字啦！”乞乞科夫高声说。

“此人可不像一般管理庄园的地主，他甚至可以执掌一个国家。假如我有一个国家，那么我会立刻任命他做财政大臣。”

“我听说过他。据说他是个神通广大的人，据说他有一千万家产。”

“什么一千万！四千万也不止啊。过不了多久，半个俄罗斯就归他所有啦。”

“这难道是真的？”乞乞科夫惊叫起来。

“千真万确。现在他的财产正在以惊人的速度增长。这是众所周知的。只有几十万卢布的地主要发大财不那么容易，而拥有几百万家产的人，活动范围就广啦：不论他去做什么，利润都能翻上两三倍。他活动起来无拘无束，得心应手，左右逢源。在这方面没有人能跟他竞争，也没有人能够竞争过他。不论什么东西，一旦他开了价，这个价格就这么定了，谁也不敢压他的价。”

乞乞科夫瞪大眼睛，张着嘴巴，一动不动地望着柯斯坦若格洛的眼睛，吃惊得喘不过气来。

“这不可思议！”他稍稍清醒了一些，叫道，“简直让人吓糊涂了。人们对那些善于观察昆虫的人的智慧感到惊奇，而我觉得，一个凡人能有这么多钱更是让人不可思议！这里有一个情况，请容许我向您提一个问题：他这些钱，当初自然不是通过正当手段得来的吧？”

“完全是通过正当手段得来的。”

“这我不信，最尊敬的先生，请原谅，我不相信。假如是几千卢布，这还有可能，可这是几百万呀……请原谅，我不相信。”

“恰恰相反，用正当手段挣几千卢布也是很难的，可是挣几百万却很容易。百万富翁就用不着去搞歪门邪道了。他用正当手段就能赚大钱，他钱多，气魄也大，不论多大的生意，他都能随意做！别人就不行。”

“真是不可思议！最让人纳闷的是，他居然是从一个戈比发达起来的！”

“这是确定无疑的。这是合乎情理的。”柯斯坦若格洛说，“谁能一生下来就带有很多钱，再说靠金钱培养出来的人是发不了大财的，因为他从小就养成许多怪癖，满身毛病。要发财致富得从头开始，而不是从半道开始。要从最底层开始。只有在最底层，你才能真正了解那些生活在最底层的人，日后你才能更好地同他们打交道。只有亲身体验了人生的种种艰辛，懂得每一个戈比都来之不易，经受过各种折磨，那时你就会聪明起来，就会磨炼出真正的本领，不论做什么事都不会失败。请您相信，这就是真理。要从头开始，而不是从半道上开始。如果有人对我说：‘给我十万卢布，我马上就能发大财。’那么我是不会相信他的，因为他是想去碰运气，而没有成功的把握。应该从一戈比做起！”

“这么说来，我肯定会发财致富啦，”乞乞科夫说，“我几乎是白手起家，可以说，是从零开始的。”

他这里指的是死农奴。

“康斯坦丁，该让巴维尔·伊凡诺维奇休息啦，他该睡觉了，可你聊起来没完没了。”女主人说。

“您肯定会发财的，”柯斯坦若格洛不听妻子劝说，继续说下去，“您将来会发大财的，黄金会源源不断地向您流过来。那时候，您的财产会多得无处放的。”

乞乞科夫一动不动地坐在那里，像着了魔似的，他的思绪沉浸在令人眼花缭乱的黄金梦里，似乎源源不断的金子真的在朝他流淌过来。

“康斯坦丁，巴维尔·伊凡诺维奇真的该睡觉了。”

“你是怎么回事？你要是想睡觉，就去睡吧！”主人说到这里又停下来，因为普拉东诺夫鼾声大作，紧接着屋里又响起狮子狗亚尔布的鼾声。远方早已响过敲打铁板的声音，看来时间已是后半夜了。柯斯坦若格洛发现的确该安歇了。于是大家互相道了晚安，各自回房歇息，并且很快就睡着了。

唯有乞乞科夫久久不能成眠。他的思想活跃起来，反复思索着，怎样才能像柯斯坦若格洛那样，成为一名富裕的地主。听了主人一番宏论，他心里豁然开朗，看来发财致富完全是可能的。现在，在他看来，管理庄园这项艰巨的事业也变得简单明了，仿佛他生来就适合做这项事业似的。于是他开始认真思考购买庄园的事。他立刻决定，等到把死农奴典押出去，他就拿这笔钱购买一座真正的庄园，这座庄园就不再是虚构和幻想的了。他已经把自己视为一个真正的地主，并且已经开始行动，开始管理庄园，正如柯斯坦若格洛所教导的那样，胆大心细，把庄园里的现状摸透之后，再采取一些新措施，对任何情况都要亲自去察看一番，要了解每一个农奴，排除各种干扰，集中精力搞好经营管理。此时，他已经预先感觉到成功的欢乐，仿佛看到自己的庄园里秩序井然，管理机构的各部分正在紧密配合，互相推动，扎扎实实地工作着。田庄里到处充满着热情而又紧张的气氛，农奴们都在卖力地干活，整个庄园恰如一座飞速转动的磨坊，正在把各种废物和垃圾源源不断地碾磨成金钱。那位神奇的庄园主形影不离地陪伴着他。这是在整个俄罗斯第一个使他感到敬佩的人。他以前敬重别人，要么因为那人身居要职，要么因为那人非常富有。纯粹因为聪明才智而使他敬佩的人还不曾有过。柯斯坦若格洛的确是凤毛麟角。乞乞科夫懂得，同他这种人是绝对不能谈论有关死农奴的事，这种事是万万提不得的。不过，他心里已经另有打算，那就是购买赫洛布耶夫的庄园。他手里已经有了一万卢布，他打算向柯斯坦若格洛借贷一万卢布，因为柯斯坦若格洛曾亲口许诺，他愿意帮助任何一个希望发财致富并且投身于经济管理的人。其余的一万卢布等他把死农奴典押出去之后再付。他购买的这些死农奴暂时还不能办理典押手续，因为他还没有搞到土地，无法把这些农奴迁移过去。尽管他反复说过在赫尔松省有他的田产，但那不过是他的设想而已。他之所以打算在赫尔松省买地，是因为那里的土地极便宜，只要有人愿意去住，就是不花钱也能得到土地。他又想到，目前地主们都在迫不及待地把庄园典押出去，过不了多久，整个俄罗斯的地主庄园就全部典押光了，因此他要抓紧时间去走访一些地主，尽快把他们的死农奴和逃奴购买过来。这些思绪不时地萦绕在他的脑际，使他久久不能入睡。睡梦已经把整个宅院困扰了四个小时，最后乞乞科夫也极不情愿地投入它的怀抱，酣然入梦了。

# 第四章

第二天，事情办得极为顺利，一切都让人喜出望外。柯斯坦若格洛十分爽快地借给他一万卢布，并且不取利息，也没有让他找人担保，仅仅让他写了一张借条。看来他的确愿意人们去发家致富。不仅如此，他还主动提出，要陪同乞乞科夫去拜访地主赫洛布耶夫，一起去察看他的庄园。早上他们饱餐了一顿，然后就乘车出发了。宾主三人都坐在乞乞科夫的马车里。主人的马车里没有坐人，由车夫驾着跟在后面。狮子狗亚尔布在车前奔跑着，追赶着路旁的小鸟。一路上他们快马加鞭，只用了一个半小时多一点就跑完了十八俄里路程。这时，他们看见一个仅有两幢房屋的小村庄，其中一幢高大的房屋是新建的，尚未竣工就停下来，大概已搁置多年，另一幢房屋又矮又小，破旧不堪。庄主刚刚睡醒，一副睡眼惺忪的样子，头发蓬乱，衣衫不整，披着一件带补丁的常礼服来迎接客人，脚上穿着带破洞的靴子。

不知为什么，客人们的到来使他分外高兴。他像见到了久别的兄弟似的，大声向客人们打招呼。

“康斯坦丁·费多罗维奇！普拉东·米哈伊洛维奇！”庄主高兴得叫起来，“我的亲爷们！感谢你们光临！让我揉揉眼，好好看看你们！说真的，我原以为谁也不会来看我了，所有的人都像躲避瘟疫一样躲着我，怕我向他们借钱。唉，真是度日如年啊，康斯坦丁·费多罗维奇！我现在明白了，这一切都是我自己造成的！有什么办法呢？我现在是一败涂地，猪狗不如啦。对不起，诸位先生，我穿着这身破衣服接待你们。你们瞧，这双靴子也有破洞。请问，诸位想吃点什么？”

“请别客气啦。我们是来找您办正经事的，”柯斯坦若格洛说，“这位是您的买主，巴维尔·伊凡诺维奇·乞乞科夫。”

“见到您非常高兴。请允许我握您的手。”

乞乞科夫把两手伸给他。

“最尊敬的巴维尔·伊凡诺维奇，承蒙您关照，我很想让您看一看我的田庄……对了，先生们，请允许我问一句，你们吃过午饭了吗？”

“吃过啦，吃过啦，”柯斯坦若格洛不想过分打扰他，敷衍道，“我们不必耽搁，现在就去看看田庄吧。”

“既然如此，那就走吧。”

赫洛布耶夫拿起帽子。客人们也都戴上帽子。于是他们立刻出发步行去察看主人的田庄。

“我们去看看吧，我这里搞得乱七八糟，”赫洛布耶夫说，“你们吃了午饭来太好啦。康斯坦丁·费多罗维奇，说出来您也许不相信，我家里连一只母鸡也没有了，想不到落到这种地步。我现在是猪狗不如，猪狗不如哇！”

他说罢长叹一声，似乎感觉到康斯坦丁·费多罗维奇不大会同情他，便挽起普拉东诺夫的胳膊向前走去，并且不时地将他紧紧搂在胸前。柯斯坦若格洛和乞乞科夫手挽着手走在后面，与他们保持着一段距离。

“真是度日如年啊，普拉东·米哈雷奇！”庄主对普拉东诺夫说，“您想象不到有多难！缺钱，缺粮，缺衣少穿哪！要是年纪轻，独身一人，这些困难也算不了什么。可是我老了，偏偏遇上这些倒霉的事，身边还有老婆和五个孩子，实在是让人发愁啊……”

普拉东诺夫动了恻隐之心。

“您要是把田庄卖掉可以改善您目前的处境吗？”

“能改善什么呢？”赫洛布耶夫挥了挥手说，“卖得的钱全得拿去还债，最后剩下的不到一千卢布啦。”

“那么您打算怎么办呢？”

“天晓得。”赫洛布耶夫耸了耸肩膀说。

普拉东诺夫大为惊奇。

“您为何不采取任何措施，不去摆脱目前的困境呢？”

“采取什么措施？”

“难道就没有办法了吗？”

“毫无办法。”

“您可以去做官嘛，去随便找个差事做呀。”

“我是十二品文官，能找到什么好差事呢？薪水低得可怜，我还得养活妻子和五个孩子啊。”

“您可以给私人做事，去给人家当总管嘛。”

“那么谁敢把庄园交给我呢？我把自己的家产都挥霍光了。”

“既然饥饿和死亡威胁着您，您就应该想个法子才是啊。我去问问哥哥，看他能否托人在城里给您找个差事。”

“不用啦，普拉东·米哈伊洛维奇，”赫洛布耶夫说罢，长叹一声，紧紧地握着他的手，“我现在是毫无用处啦。人还没有老，身子先垮啦，因为过去作孽太多，落下了腰疼病，肩膀得了风湿病。我还有什么用啊？何必去白拿国家的钱呢？目前，想得到肥缺的官员本来就够多啦。求上帝保佑，千万不要再为了给我发薪俸去加重穷人的捐税了。现在到处是吸血鬼，穷苦人的日子本来就够艰难的啦。不要为我费心啦，普拉东·米哈伊洛维奇，算啦。”

“落到这个地步，比我犯懒贪睡还难受呢。”普拉东诺夫心想。

这时，走在后面的柯斯坦若格洛和乞乞科夫与他们拉开了一段距离，两人边走边谈。

“这些土地全让他给荒废了！”柯斯坦若格洛用手指点着说，“弄得农民一贫如洗！牲口大量病死，就不能再顾惜财产啦。得把能卖的东西统统卖掉，给庄稼汉买牲口，因为他们一天也离不开干活的工具啊。您瞧，走到眼下这个地步，要摆脱困境就不是一两年的事啦，因为农民们变懒了，放荡惯了，都成酒鬼啦。”

“您的意思是说，现在购买这个田庄没什么好处？”乞乞科夫问道。

这时柯斯坦若格洛神色严厉地瞧了他一眼，好像要对他说：“你这人太无知了！难道还要我把着手指教你吗？”

“的确没什么好处！把这个田庄交给我，我保证三年后每年收入两万卢布。您瞧，这的确是没什么好处！离我家十五俄里，这没关系！这是什么样的土地？您好好瞧瞧这土地！全是河滩地。我在这里种上亚麻，单是亚麻我每年就能收入五千多卢布，再种上芜菁，我又能收入四千多卢布。您再瞧瞧那边，那山坡上长满了黑麦。这全是野生的黑麦。据我所知，他是从不种庄稼的。这个田庄价值十五万卢布，而不是四万。”

乞乞科夫担心赫洛布耶夫会听见他们的谈话，就故意放慢了脚步。

“您瞧，他荒废了多少土地啊！”柯斯坦若格洛生气地说，“哪怕是事先通报一下情况，肯定会有人愿意种这块地的。就算是没有农具耕种，也还可以开发成菜园嘛。种菜照样可以生财。他居然让庄稼汉闲了四年。这难道是闹着玩的？他这一下子就把他们给惯坏了，同时也彻底毁了他们。他们过穷日子过惯了，穿得破破烂烂，四处流浪！这就是他们的生活了……”柯斯坦若格洛说到这里，气愤地啐了一口唾沫，止不住一股怒气直往上撞，额头上升起一片阴云……

“我不能在此久留。看着这里荒凉破败的景象，我难过得要死！现在您可以同他谈了，不必要我作陪。尽快把这块宝地从这个傻瓜手里买下来。这天赐的宝地在他手里全给糟踏了！”

柯斯坦若格洛说到这里，便同乞乞科夫道了别，然后追上庄主，说要告辞回家。

“得了吧，康斯坦丁·费多罗维奇，”庄主吃惊地说，“刚来了就要走！”

“我不能久留。因为家里有急事等着我。”柯斯坦若格洛说罢，便辞别庄主，乘坐自己的马车回去了。

赫洛布耶夫似乎明白了他告辞的原因。

“康斯坦丁·费多罗维奇是受不了啦，”他对乞乞科夫说，“我知道，像他这么出色的地主，看着我把庄园搞得一塌糊涂，他心里不好受啊。您相信吧，我是走投无路，巴维尔·伊凡诺维奇……我今年几乎一点庄稼也没有种！我是一个诚实的人，绝不撒谎。连种子都没有，就更谈不上耕地用的农具了。普拉东·米哈伊洛维奇，听说您哥哥是一位不平凡的地主，康斯坦丁·费多罗维奇就更不用说啦，他简直是一位拿破仑式的人物。说实在的，我常常这样想：‘为什么一个人会拥有那么多智慧？为什么我这么愚蠢？哪怕是把他的智慧给我一点点也好啊，能让我管理好这个庄园就够啦！可是我什么也不会，一事无成。’巴维尔·伊凡诺维奇，您把这田庄买了吧，您去好好管理吧！我最可怜的是这些贫苦农民。我知道，我不会做……[①]您说该怎么办呢，我这人心太软，对人严厉不起来。我自己散漫惯了，哪里会教他们守秩序呢？要是照我的打算，我愿意立刻给予他们自由。可是俄国人生就这种性格，没有人管束还真不行……不然他们就会偷懒，干坏事。”

“说来也真奇怪，”普拉东诺夫说，“我们的人就是这样，你不瞪大眼睛盯住他们，他们就会变成酒鬼，变成无赖，这到底是怎么回事呢？”

---

① 原作手稿中这里有一个词模糊不清。——原编者注

“因为受教育太少了。”乞乞科夫说。

“天晓得是怎么回事。我们都是受过教育的人，可是生活得怎样呢？我读过大学，各种课程都学了，结果不但没有学会生活的艺术，没有学会守秩序，反而学会了挥霍钱财，去追求那些五花八门的新享受。花钱的地方倒是见识得很多。是因为我没有好好上学吗？当然不是。因为其他同学也与我差不多。大概有那么两三个学到了真才实学，真正有收获，那也是因为他们本来就聪明啊。其余的同学都挖空心思去干那些荒唐事，搞垮了身体，而且浪费了钱财。我说的全是实情！去上课无非是为了给教授们鼓鼓掌，送送礼罢了，而不是为了学知识。可见我们受教育反而学坏了，无非是装装门面而已，真正的本领没有学到。您说得不对，巴维尔·伊凡诺维奇，我们不会生活是因为别的什么原因，可到底是什么原因，我的确不知道。”

“肯定是有原因的。”乞乞科夫说。

可怜巴巴的赫洛布耶夫长叹了一声，接着又说：

“说实在的，有时我甚至觉得，俄国人简直是不可救药。缺乏意志的力量，有时胆小怕事。什么事情都想做，结果什么也做不成。老是想着从明天开始就要过一种新生活，从明天开始各方面都要认真干起来，从明天开始就节制饮食，结果什么事也没有做。当天晚上就大吃大喝起来，撑得身子动弹不得，只能眨巴眼睛，连舌头也不会动弹了，像猫头鹰似的坐在那里，瞪着眼睛望着大家。老实说，大家都是这样的。”

“要保持足够的理智，”乞乞科夫说，“要时刻保持冷静的头脑，凡事都要同自己的理智商量。”

“您得了吧！”赫洛布耶夫说，“说实在的，我甚至觉得，我们这些人，生来就没有理智。我根本不相信我们这些人中间谁有理智。即便我看到有的人安分守己地生活，有钱舍不得花，把钱攒起来，那我也不相信他是理智的！等他老了，他就糊涂了，他会一下子把钱全花光。我们这里的人全是这样的，贵族也好，庄稼汉也好，受过教育的也好，没受过教育的也好，全是一个样。比如说，有那么一个聪明的农民，本来一无所有，后来好不容易积攒了十万卢布，可是他刚刚攒够十万卢布，头脑就生出一个糊涂念头，要造一个浴池，用香槟酒来洗澡。结果他真的这么做了。不过，我们好像都看完了。可看的东西就这么多。您还想去看看磨坊吗？可是水磨上没有转盘，那座房屋也不行啦。”

“那还看它做什么！”

“既然如此，我们就回家吧。”

于是他们朝庄主的宅院走去。

回程一路上景色依旧。他们看到的仍然是破败、混乱。到处都乱糟糟的，不堪入目。村子里空空荡荡，一片荒凉景象。与别处不同的是，这里的街道上刚泼了一摊污水。一个身穿油渍麻花的粗布衫的农妇，正在怒冲冲地殴打一个小女孩。那个可怜的孩子被打得半死。那泼妇一边打孩子，一边破口大骂，用尽了各种难听的词句。不远的地方有两个农夫，眼睁睁地看着那个喝醉酒的婆娘痛打孩子，却不管不问，无动于衷。其中一个人在挠自己的屁股，另一个人在打哈欠。这里的村舍也仿佛在打哈欠似的。房盖张着嘴，做打哈欠的样子。普拉东诺夫望着这一切，不禁打了个哈欠。“这些农奴就是我未来的财产，”乞乞科夫心中暗想，“穿得破烂不堪，补丁摞补丁！”这里的村舍也破破烂烂，有一座农舍上搭着两块门板，代替了房盖。窗户摇摇欲坠，下面用板条支撑着，那板条显然是从老爷家的粮仓上拆下来的。总之，这田庄的管理采用的是挖肉补疮，或者剪下袖口和下襟补肘弯的办法。

他们来到庄主家里。乞乞科夫不觉吃了一惊：家里虽然一贫如洗，却摆着一些闪闪发光的时髦的奢侈品。什物和家具都破烂不堪，中间却摆着一些崭新的青铜器。墨水瓶上有一个精致的莎士比亚雕像。桌上放着一把给背部挠痒用的象骨雕制的漂亮的小耙子。赫洛布耶夫向两位客人引见了自己的妻子。这位女主人可说是无可挑剔的。就是在莫斯科也算得上体面大方，不会让丈夫丢脸的。她的衣着打扮也很讲究，并且很时髦。她比较喜欢谈论城里的事，对那里新建的剧院很感兴趣。种种迹象表明，她不像丈夫那样喜爱乡村，孤独寂寞的时候，她比普拉东诺夫更萎靡，哈欠连天的。过了不大一会儿，孩子们出来了，把客厅挤得满满的，男孩和女孩一共五人。有一个孩子还不会走路，由保姆抱着。孩子们长得都很漂亮，令人喜爱。他们穿得很讲究，一个个显得活泼、愉快。望着这群孩子们就更令人发愁了。假如他们和普通农民的孩子一样，穿着普通的粗布衣裙，无拘无束地在院子里跑来跑去，你看着他们也许心里会好受些。有一位女客来看望女主人，两位女士就到另一个房间里去了。随后孩子们也跑了出去。客厅里只剩下几位男人。

乞乞科夫开始谈正题。和其他买主一样，他照例先说田庄如何不好，各方面都不能令人满意。然后他才问道：

“您打算要什么价？”

“您不是都看见了吗？”赫洛布耶夫说，“我不会向您要高价的，再说我也不愿这么做。我认为抬高价格是一种可耻的行为。不瞒您说，在我的田庄里，登记在册的农奴，一百人里面有五十个已经不存在了。这些人有的得流行病死了，有的私自逃跑了。因此，您就把逃跑的人当作死掉了的。所以，我只要您付三万卢布就行了。”

“要三万！这田庄荒凉破败，农奴都死掉啦，还值三万卢布！就给您两万五吧。”

“巴维尔·伊凡诺维奇，我把它典押给当铺也能得两万五，您明白吗？我拿到两万五，将来还可以把田庄赎回来。我要把它卖掉，唯一的原因是因为我急着用钱。要是典押出去，不能马上拿到钱，还要付钱给那些经手人，可是我手头没有钱，没法支付这笔费用。”

“不论怎样，我只能出两万五。”

普拉东诺夫替乞乞科夫感到良心不安。

“您就买了吧，巴维尔·伊凡诺维奇，”他规劝道，“要买一处田庄这个价格不算高。您要是不愿出这个价，我就同哥哥一起把它买下来。”

乞乞科夫听了吓一跳……

“好！”乞乞科夫说，“我给您三万。我现在先给您两千卢布定金，过一个礼拜再付给您八千，而其余的两万一个月后付清。”

“不，巴维尔·伊凡诺维奇，我这里有一个条件，那就是要尽快付款。现在您至少要先付一万五，其余的支付无论如何也不能迟于两个礼拜。”

“一万五不行！现在我只有一万。让我想想办法吧。”

实际上乞乞科夫撒了个谎，现在他手里有两万卢布。

“不行，巴维尔·伊凡诺维奇！老实说，我急需钱，需要一万五千卢布。”

“我的确缺五千卢布。我自己也不知道在什么地方能借到钱。”

“我借给您。”普拉东诺夫说。

“那就只好这样了！”乞乞科夫说，这时他心中暗想：既然他愿意借钱给我，这倒是件好事。这样一来，明天这笔钱就可以送来了。他从马车里拿来那只精致的小匣子，立刻取出一万卢布交给赫洛布耶夫，其余的五千他答应明天送来。他虽然是这么答应的，但心里却另有打算。他打算明天先送来三千，余下的过两三天再说，如果可能的话，就再拖几天。不知为什么，巴维尔·伊凡诺维奇特别不喜欢把钱交给别人。即便是在非交不可的情况下，他也尽量拖到明天，而不愿在今天就把钱交出去。其实他的做法与我们大家是一样的。对于求我们办事的人，我们总喜欢让他们耐心等待。让他们在门厅里坐立不安地等着，其实让他们等一会儿有什么呢！至于他们的时间如何宝贵，每拖一小时都会给他们的事业造成损失，那就与我们毫不相干啦。“明天再来吧，老兄，今天我没空。”

“今后您到哪里去住呢？”普拉东诺夫问道，“您还有别的田庄吗？”

“没有别的田庄，我打算搬到城里去住。这也是为了孩子们，我自己住在哪里都是无所谓的。孩子们需要有教授神学、音乐和舞蹈的教师。这些教师在乡下是请不到的。”

“连饭都吃不上，还想教孩子们学跳舞！”乞乞科夫暗暗嘲笑道。

“这人真怪！”普拉东诺夫心想。

“不过，为了我们的买卖成功，我们总得喝杯酒庆贺一下吧，”赫洛布耶夫说，“喂，基柳什卡，拿一瓶香槟酒来。”

“连饭都吃不上，还会有香槟酒！”乞乞科夫心想。

普拉东诺夫大为惊愕。

果然拿来了香槟酒。三杯酒下肚，他们马上就高兴起来。赫洛布耶夫变得无拘无束，谈吐举止十分自然，显得既聪明又可爱。他不停地讲笑话和俏皮话，言谈之中流露出他对人情世故的精辟见解。许多事情他看得非常清楚，寥寥数语就能惟妙惟肖地勾画出邻村地主们的可笑嘴脸，对他们的缺点和错误了如指掌，对这帮老爷破产的过程以及前因后果掌握得详尽无遗。他原原本本、绘声绘色地描述着这些破产的老爷的细小的习癖。两位客人完全被他的话迷住了，几乎要承认他是一个极为聪明的人。

“您听我说，”普拉东诺夫握住他的手说，“以您的智慧、经验和对人情世故的了解，怎么会找不出办法来摆脱目前的困境呢？”

“办法是有的。”赫洛布耶夫答道，接着他便列举了一大堆方案。不过这些方案都显得荒唐古怪，与他的聪明才智风马牛不相及，让人听了哭笑不得，只好耸耸肩膀说：“天哪，原来富有聪明才智和善于运用聪明才智有天渊之别啊！”几乎所有的方案都需要一下子先弄到十万或二十万卢布的款子。他认为，只有在此基础上，一切才能够安排就绪，生产才能发展，漏洞才能补上，收入才能增加几倍，他自己才能缓过劲儿来，偿还全部债务。最后他又说：“你们说说，我该怎么办呢？可惜找不到一个人愿意开恩行善，能借给我十万二十万的。看来上帝不肯帮忙啊。”

“当然啦，”乞乞科夫心想，“上帝怎能把二十万卢布赏赐给一个傻瓜呢！”

“我有一个姑母，她大约有三百万家产，”赫洛布耶夫说，“老太婆笃信上帝，宁可把钱捐献给教堂和修道院，却不肯帮助自己的亲人。不过她倒是一个非常出色的老太婆。她属于那种老派人物，偶尔去看看她倒是挺有意思的。光金丝雀她就养了四百多只，还有狮子狗、门客、仆从，全是现在见不到的。最年轻的一个仆从也快六十岁了，可她还一直称呼他‘小伙子’。如果她认为某个客人举止失当，吃饭时就吩咐不给他上菜。仆人就果真不给客人上菜。”

普拉东诺夫微微一笑。

“她姓什么，现在住在什么地方？”乞乞科夫问道。

“她就住在我们省城里，名叫亚历桑德拉·伊凡诺夫娜·哈纳萨罗娃。”

“您为什么不去找她呢？”普拉东诺夫好奇地问道，“我认为，她要是了解您的家庭现在的处境，不管她多么吝啬，也不会拒绝您的。”

“不，您说错啦，她完全有可能拒绝我！我这位姑母脾气倔。这老太婆是个吝啬鬼，普拉东·米哈雷奇！况且本来已经有一些人在讨好她，整天围着她转。其中有一个人瞄准了省长的职位，就跟她套近乎，攀亲戚……愿上帝保佑他！说不定他会成功的！愿上帝保佑他们所有的人！我这人一向不会巴结人，就更不要说现在了。腰弯不下去啊。”

“傻瓜！”乞乞科夫心想，“我要是有这么个姑母，我会像保姆对待孩子似的去侍奉她。”

“哎呀，这样干巴巴的聊天太没意思啦，”赫洛布耶夫说，“喂，基柳什卡，再拿一瓶香槟酒来。”

“不，不，我不再喝了。”普拉东诺夫说。

“我也不喝了。”乞乞科夫说。两人都断然谢绝了。

“那好，两位至少得答应我，请光临我城内的住所，6月8日我宴请本城的长官们。”

“您算了吧！”普拉东诺夫尖叫起来，“就凭您这样的处境，家产荡尽了，还能举行宴会？”

“没有法子啊？不得已而为之。这是我的义务，”赫洛布耶夫说，“他们也宴请过我呀。”

“对他这种人有什么办法呢？”普拉东诺夫心想。他还不曾知道，在俄罗斯大地上，在莫斯科和其他城市里，有那么一些神通广大的人，他们的生活整个是个谜。好像家产全花光了，并且负债累累，进钱的路子也都彻底堵死，好像是最后一次大宴宾客啦。吃宴会的人也在想，主人明天就要被捉去坐牢啦。可是十年过去了，这位主人却安然无恙，欠的债比过去更多了，却照样在大宴宾客，而吃宴会的人都认为，这是最后一次啦，并且坚信明天主人肯定会被捉去坐牢。赫洛布耶夫就是这样的能人。他这种人，也只有在俄罗斯才能这样生存下去。家里一无所有，他却能请客吃饭，慷慨大方，甚至还能提供赞助，奖励来本城演出的演员们，请他们住在自己家里，为他们提供舒适的住所。假如有人顺便到他在城里的房子里去瞧一眼，那么他无论如何也猜不出这房子的主人是谁。在这幢房子里，今天穿着法衣的神父来做祈祷，明天法国演员们来预演，第三天又来了一位陌生的官吏，带着公文包在客厅里住下来，把客厅变成了他的办公室。家里人谁也没有为此感到为难和不安，仿佛这是小事一桩，不值得为此大惊小怪似的。有时家里一连好几天吃不上饭，有时却又大宴宾客，那宴会又是那样的丰盛精美，连最讲究的美食家也感到非常满意。主人常常像过节似的，兴高采烈，摆出一副阔老爷的派头，趾高气扬，神气十足，好像日子过得逍遥自在。然而有时却度日如年，换成别人早就上吊或者开枪自杀了。但他却每次都渡过了难关，因为他笃信宗教，是宗教情绪给了他生活的希望。说来令人奇怪，对他来说，宗教信仰居然能与放荡的生活并行不悖。每当他穷困潦倒、走投无路的时候，他就打开书，阅读圣徒传和苦行僧传，用他们受苦受难的生平事迹来勉励自己，使自己超脱尘世的痛苦和不幸。此时此刻，他的心灵被彻底打动了，他深深地怜悯自己，泪水止不住涌上他的眼窝。说来也真是怪事，几乎每次都有人向他伸出援助之手，给予他意外的救助。有时是他的某个老朋友念及旧交，给他送来一笔钱；有时是一位过路的陌生女子无意中听说他的不幸遭遇，出于女性急切的慷慨仗义送给他一笔很可观的赠金；有时是他的一桩买卖突然赚了钱，而他自己对这桩买卖却一无所知。于是他便虔诚地感谢上帝，认为这是天意，是上帝对他大发慈悲，并且专门做一次感恩祈祷，接着又开始过放荡生活。

“他太可怜啦，真的，太可怜啦！”普拉东诺夫对乞乞科夫说，这时他们已辞别了庄主，乘马车驶上归途。

“是个花花公子！”乞乞科夫说，“这种人不值得可怜。”

他们两人很快就不再想他了。普拉东诺夫一向不爱过问别人的事，对别人的处境，他也像看待世间其他一切事物一样，懒于过问，不过是马马虎虎地看一眼罢了。看到别人遭受痛苦，他虽然也同情，心中也很难过，但在他心里留下的印象却不深刻。他所以不再去想赫洛布耶夫的遭遇，是因为他连自己的事也不愿去多想。乞乞科夫却与之不同，他纯粹是无暇去考虑赫洛布耶夫的事，因为他的思想被刚刚成交的这笔买卖给占据了。他细细地算计着这座田庄的种种收益，不禁浮想联翩。他觉得，不管从哪一方面来看，购买这座田庄都是有利可图的。可以直接把这个田庄典押给当铺，也可以只典押死农奴和逃奴，也可以先把田庄里的好地卖掉，然后再典押给当铺。当然也可以采取这种办法，就是亲自经营田庄，做一个柯斯坦若格洛式的地主，并且请这位邻居和恩人多多指教。当然了，如果自己不想经营的话，甚至可以把这个田庄转手卖掉，只留下逃奴和死农奴。这么做还有一个好处，那就是随时可以从这里溜走，借柯斯坦若格洛的那笔钱也就不还了。总之，不论怎么说，不论从哪方面来看，这笔买卖都有利可图。此时他不禁扬扬自得起来，因为现在他终于当上了地主，不再是幻想虚构的地主，而是一个拥有田庄和农奴的实实在在的地主了。再说农奴也不再是幻想中的名存实亡的农奴，而是现实中存在的活人。想到这里，他不禁颠动身子，轻轻地搓着双手，低声哼起小曲，自言自语地说了些什么，接着又把手握成喇叭形状放到嘴上，吹了一支进行曲，甚至出声地夸奖自己几句，称自己是丑小鸭和阉鸡。但他马上又想到身旁还坐着别人，便立刻压低了声音，尽量克制着心中的狂喜和冲动。普拉东诺夫听到他发出的声音，以为乞乞科夫在跟他说话，便回头问了句："什么？"乞乞科夫回答说："没什么。"

直到这时，乞乞科夫才朝四周瞧了瞧，发现他们已经进入一座风景秀丽的树林，车道两旁长着高大挺拔的白桦树，像栅栏似的，密密层层，排列整齐。树木之间可以隐约看见一座白色的砖石结构的教堂。马车驶出了树林，只见一位乡绅出现在街道尽头，他头戴便帽，手里拿一根带木节拐把的手杖，正迎着他们的马车走过来。一条毛色光亮的高大的英国种公狗跑在他前面。

"停车！"普拉东诺夫朝车夫喊了一声，旋即跳下马车。

乞乞科夫紧跟着也下了车。他们两人迎着那乡绅走过去。狮子狗亚尔布已经跑上前去，同那条英国种公狗亲吻起来。看来它们俩本来就认识，只是那条英国种的公狗热烈地亲吻亚尔布肥大的嘴脸时，后者显得相当冷淡。那条机灵的英国公狗名叫阿佐尔，它亲吻过亚尔布之后，便跑到普拉东诺夫跟前，伸出舌头舔了舔他的手，然后直立起来，趴在乞乞科夫胸脯上，想要舔他的嘴唇，但是没有够着，被乞乞科夫一把推开了。它又跑到普拉东诺夫面前，扑来扑去地缠着他，想舔一下他的耳朵。

这时，普拉东诺夫已走到那乡绅面前，两人拥抱起来。

"你怎么搞的，普拉东，你这是跟我要的什么把戏？"那乡绅热情地问道。

"什么把戏？"普拉东诺夫冷冷地说。

“你到底是怎么回事？出去三天了，像失踪了似的，杳无音信！你的马是别杜赫派马夫送回来的。据那马夫说，你跟一位老爷走了。可是你们去往何处，去做什么，要去多久，你总得给我说一声啊。你说说，弟弟，你这么做合适吗？这几天可把我急坏了！”

“可是有什么办法呢？忘记告诉你啦，”普拉东诺夫说，“我们顺便到康斯坦丁·费多罗维尔那儿去了一趟……他向你问好，姐姐也问你好。我给你介绍一下，这位是巴维尔·伊凡诺维奇·乞乞科夫。巴维尔·伊凡诺维奇，这是我哥哥瓦西里。请您对他多加关照，像对待我一样。”

瓦西里和乞乞科夫都摘下帽子，相互亲吻了一下。

“这个乞乞科夫究竟是什么人？”瓦西里心想，“普拉东交朋友从来不加选择，恐怕根本不了解他是个什么人。”出于礼貌，他相当谨慎地打量了一下乞乞科夫，发现他站在那里，稍稍歪着头，脸上保持着甜蜜的笑容。

乞乞科夫也出于礼貌，相当谨慎地打量了一下瓦西里。他发现瓦西里的个子不如普拉东高，头发的颜色比普拉东深，相貌远不如普拉东漂亮，但他脸上充满朝气，显得生气勃勃。看来他不是那种萎靡不振、成天昏昏欲睡的人。

“瓦西里，你知道我想出一个什么主意吗？”普拉东说。

“什么主意？”瓦西里问道。

“我想漫游神圣的俄罗斯，就同这位巴维尔·伊凡诺维奇一起去。出去走一走，说不定可以医治我的忧郁症呢。”

“你怎么会突然做出这样的决定呢？”瓦西里问道。弟弟的这一决定的确使他感到莫名其妙，他差点脱口而出：“同人家刚见一面，就决定跟他一起走，说不定此人是个无赖呢，鬼才晓得他是什么东西！”这时他疑虑重重地从侧面打量着乞乞科夫，只见他的举止和神态都非常得体，微微低着头，稍稍侧着脸，保持着那种令人愉快的风度，脸上带着既礼貌周到，又和蔼可亲的表情，因此无论如何也看不出乞乞科夫到底属于什么类型的人。

三人沉默着向前走去。在树林中看到的那座砖石结构的白色教堂就坐落在道路左侧，老爷的宅院位于道路右侧，透过树木之间的空隙，可以看见院内的建筑物。终于来到宅院大门口，三人进了庭院。这是一座古老的地主庄园，老爷居住的房子很高。庭院中央有两棵高大的椴树，几乎把半个院子遮在树荫里。低垂的树枝向四面八方伸展着，浓密的枝叶后面隐隐露出老爷的住房的墙壁。椴树底下有几条长凳。瓦西里请乞乞科夫在树下落座，于是他们三人就在长凳上坐下来。院子里飘荡着丁香和稠李的花香，原来这宅院坐落于花园环抱之中，盛开的丁香和稠李透过漂亮的白桦树栅栏拥抱着庭院，像花环或者珍珠项链似的，把院子紧紧地围起来。

一个机灵的小伙子给他们端来几只长颈玻璃瓶，瓶里盛的是水和各种颜色的克瓦斯。克瓦斯像柠檬汽水一样，咝咝地冒着气泡。小伙子看上去有十七八岁，穿一件漂亮的红棉布衬衣。他把饮料摆在主人和客人面前，然后走到一棵树下，拿起靠在树上的一把铁锹，就到花园里干活去了。确切地说，普拉东诺夫兄弟是没有仆人的，他们家的仆人都在花园里干活，既是园丁，有时又充当仆人。瓦西里一直主张，没有仆人照样过日子。端茶倒水，人人都会，用不着养一批专职仆从。他认为，俄国人穿着衬衫和粗呢大褂，显得干净利落，漂漂亮亮，无拘无束，干起活来毫不含糊。可是只要一换上德国式的常礼服，就立刻变得笨头笨脑，邋里邋遢，原来那股子机灵劲儿没有了，整个变成了懒鬼。他断言，俄国人穿衬衫和粗呢大褂可以保持整洁，可是一换上德国式的常礼服就变得又懒又脏，衬衣脏了也不换洗，也不洗澡了，睡觉也不脱掉那件常礼服，所以臭虫、跳蚤和别的虫子就在他身上繁殖起来。也许他的看法是对的。在他的田庄里，农民们都穿得非常讲究，看上去干净利落。这么漂亮的衬衫和粗呢大褂在别处是很难见到的。

“您不喜欢喝这种饮料吗？”瓦西里指着玻璃瓶对乞乞科夫说，

“这是我们的工厂里生产的克瓦斯。我们家做这种饮料是享有盛名的。”

乞乞科夫从第一只玻璃瓶里倒了一杯克瓦斯，尝了尝味道，很像他过去在波兰喝过的椴树蜜酒，像香槟酒似的冒着泡沫，喝下去有一股令人愉快的凉气直冲鼻腔。

“这饮料好极了！”乞乞科夫说。接着他又从别的瓶子里倒了一杯，味道更美。

“您打算往哪个方向走，主要是去哪几个地方？”瓦西里问道。

“我这次旅行，”乞乞科夫说着，用手揉了揉自己的膝盖，同时轻轻地摇晃着身子，把脸稍稍侧向一旁，“并不是为了办我自己的事情，而是受人之托。我的一位好朋友贝特里谢夫将军，也可以说是一位慈善家，托我代他去看望几家亲戚。探望亲戚固然是主要目的，但在某种意义上说，这对我自己也大有好处。且不说这种旅行可以帮助医治痔疮，就是从另一方面来说，它可以开阔视野，熟悉各种人物，可以说是一部活的教科书，是了解人生的好机会啊。”

瓦西里陷入了沉思。“这人说起话来有点文绉绉的，不过，他的话倒是有些道理，”他寻思道，“我弟弟普拉东恰恰缺少这方面的知识，对人情世故一窍不通。”他沉吟了一会儿，说道：“普拉东，我现在觉得，这种旅行也许会真的使你振作起来。你萎靡不振是精神因素造成的。你成天昏昏欲睡，这不是因为吃得过饱或者过度疲劳，而是因为你的生活中缺少生动的印象和新鲜感。我与你恰恰相反。我非常希望自己不要过于敏感，对周围发生的一切不要过于认真。”

“谁让你对什么事都那么认真哪！”普拉东说，“那是你自寻烦恼，庸人自扰。”

“本来就到处遇到麻烦，怎么是自寻烦恼呢？”瓦西里说，“你知道吗，你这几天不在家，列尼津给我们制造了多大麻烦？他把我们那片空地给强占了，我们每年复活节后都要在那片空地上聚会的。”

“他不了解情况，所以就占用了，”普拉东诺夫说，“他是个新住户，刚从彼得堡搬来不久，要把情况给他解释清楚。”

“情况他很清楚。我派人给他说过了，但他的答复很粗暴。”

“你应该亲自去找他，亲自同他谈判。”

“不，我要是去找他，他就更加傲慢啦。我绝不去找他。你要是想去，就自己去吧。”

“我可以去一趟，可是我不了解情况。他会蒙哄我，让我上当的。”

“如果您愿意的话，我愿去一趟。”乞乞科夫说。

瓦西里瞟了他一眼，心想：“真是个爱好旅行的人！”

“不过您要给我讲清楚，他属于什么类型的人，”乞科夫说，“事情的来龙去脉又是怎样的。”

“劳您的大驾去办理这件棘手的事情，真不好意思。同他这种人谈话，简直让人头疼，烦死人了。我得告诉您，此人出身于本省一个普通的穷贵族，曾在彼得堡供职。靠逢迎巴结出人头地，娶了京城里某人的私生女为妻，就志得意满起来，在这里专横跋扈。可是我们这些外省居民并不蠢，上帝保佑，谁也不吃他那一套：对我们来说，时髦算不了什么，彼得堡也不是教堂。”

“当然啦，”乞乞科夫说，“那么事情的来龙去脉是怎样的呢？”

“这件事其实算不得什么。他的土地不够用，于是就占了别人一片荒地，也就是说，他以为那块地无人耕种，土地的主人早把它忘掉啦。可是这块地我们偏偏不可缺少，我的农奴们自古以来每年都要在这片空地上聚会，庆祝春分节。就因为这个，我宁可把别处的好地白送给他，也不愿让他占这片荒地。对我来说，风俗习惯是神圣不可侵犯的。”

“这么说来，您愿意把别处的土地让给他？”

“假如他不这样蛮横无理，我是愿意这么做的。可是依我看，他是想同我打官司。好吧，那我们就走着瞧，看谁能打赢吧。虽然地图上标得不大清楚，但我有证人，那些老人都健在，他们记得清清楚楚。”

“哼！我看这两人都不是好惹的。”乞乞科夫心想。接着他又说道：

“我认为，这件事可以友好解决。关键取决于中间人。书面……”

…………[1]

“……比如说，把所有的死农奴都转到我的名下，对于您本人是非常合算的。在最后一次农奴登记时，这批人都在您的田庄注册，从今以后，他们的人头税由我来缴纳了。为了避免麻烦，您可以办理正式的转卖合同，把这批人当活农奴卖给我。”

“亏你想得出来！”列尼津心想，“这桩买卖太离奇了。”想到这里，他稍稍把椅子往后移了移，这件事的确使他莫名其妙。

“我绝不怀疑，这件事您会完全同意的，”乞乞科夫说，“因为这桩买卖与我们刚才谈到的事情是完全一样的。您和我都是有身份的人，这是我们两人的私下交易，不妨碍其他任何人。”

这事到底该怎么办呢？列尼津想不到自己会落到这种进退两难的境地。他万万没有料到，他刚才表示的那些看法会迫使他这么快就付诸实施。购买死农奴的建议也出乎他的意料。当然啦，这笔交易倒是对谁都不会有什么妨碍，因为地主们迟早要把死农奴和活农奴一起抵押出去，可见对国家也不会造成什么损失。所不同的是，这样做他们就被集中在一个人名下，而本来他们是分散在许多人名下的。但他仍然感到为难。他是个奉公守法的人，并且对诉讼业务颇为精通，不论人家怎样贿赂他，他都不会去做违法的事。然而此时此刻，他却有些不知所措，不知这件事合法不合法。假如是别的什么人向他提出这样的建议，他会毫不犹豫地说：“这是胡扯！异想天开！别拿我当傻瓜耍啦。”可是这位客人他的确是非常喜欢，他们对教育和科学的成就的看法特别一致。怎么拒绝他呢？列尼津左思右想，感到这件事很是棘手。

---

① 原作手稿此处缺两页。在1855年《死灵魂》第二卷初版中有附注：“原稿此处有遗漏，内容可能是讲乞乞科夫前去拜访地主列尼津。”——原编者注

然而恰在这时，女主人走进来了，仿佛专门来排忧解难似的。列尼津夫人很年轻，翘鼻子，面色苍白，又瘦又小，像彼得堡所有的女士一样，衣着打扮十分讲究。保姆紧跟着走进来，抱着他们的头生孩子。这对年轻夫妇结婚不久，他们的爱情已开花结果。不消说，乞乞科夫立刻走到女主人面前，礼貌周到地向她请安，其实他稍稍侧着脸令人愉快地鞠一躬，就已经博得她不少好感。然后他走到孩子跟前。这时孩子正要放声大哭，但乞乞科夫赶紧哄他，连声呼喊道："哟，哟，小宝宝！"一边打着响指，并且拿出怀表链子上的红宝石图章哄他。然后他从保姆手里接过孩子，把他高高地举过头顶，终于把孩子逗得露出愉快的笑容。父母看见孩子笑了，也都感到非常高兴。

可是，不知是因为一时高兴，还是因为别的什么原因，这孩子忽然使起坏来了。列尼津夫人喊道："哎呀，我的天哪！他把您的燕尾服弄脏了！"

乞乞科夫往自己身上一瞧，只见崭新的燕尾服的一只袖子全弄脏了。"这讨厌的鬼东西，真他妈的该死！"他在心里生气地骂道。

列尼津夫妇和保姆连忙跑去拿花露水，然后在他身上擦了一遍。

"没关系，没关系，一点关系也没有，"乞乞科夫忙说，"一个天真无邪的孩子，能责怪他什么呢？"同时他却在心里骂道："这个该死的坏蛋，不偏不斜，全撒在我身上了！"当他的燕尾服给擦干净以后，他脸上又露出那种令人愉快的表情，他又补了一句："黄金般的年龄！"

"您说得太对啦，"主人回转身子对乞乞科夫说，他脸上也带着令人愉快的微笑，"再没有比婴孩时代更让人羡慕的了：无忧无虑，用不着去操心未来……"

"要是能跟他对换一个位置，我愿意立刻回到婴孩时代。"乞乞科夫说。

"我情愿拿眼睛来对换。"列尼津说。

然而，大概两人都在撒谎。假如真的让他们对换，恐怕他们会马上退避三舍，坐在保姆怀抱里或者往别人燕尾服上撒尿有什么可羡慕的呢？

年轻的女主人和抱着孩子的保姆退出去了，因为要给孩子换衣服了：他报答过乞乞科夫之后，并没有忘记奖赏自己。

这件无足轻重的小事却使主人大为感动。现在，他不得不满足乞乞科夫的请求了。的确，客人对他的爱子如此疼爱，并且为了孩子牺牲自己的燕尾服也在所不惜，他怎么好拒绝这样一位客人的请求呢？列尼津心想："真的，既然他有这个愿望，我何必不满足他呢？"

…………[1]

[1] 原作手稿中本章缺结尾部分。——原编者注

# 结尾部分残存的一章

此时，乞乞科夫穿着崭新的波斯金丝绸便袍，懒洋洋地坐在长沙发上，正在跟一个外来的走私商人讨价还价。那走私商人是犹太血统，讲俄语带有德国口音。他们面前摆着已买好的一匹做衬衫用的荷兰上等麻布和两盒上好的香皂。这香皂正是乞乞科夫在拉德齐维洛夫斯克海关供职时用过的那种，它的确具有使面部增白抗皱之奇效。正当乞乞科夫以内行的身份购买这些对上等人来说必不可少的物品时，外面响起一阵哗啦啦的马车声，震得门窗和墙壁微微颤抖起来。不一会儿，阿列克赛·伊凡诺维奇·列尼津阁下走了进来。

“请阁下来评价一下吧，您瞧，这匹麻布怎么样，这香皂怎么样，还有昨天买的这玩意儿怎么样？”说到这里，乞乞科夫把一顶绣着金边、镶着珍珠的小圆帽戴在自己头上，那副模样活像个威风凛凛的波斯国王。

列尼津阁下却没有理会他说的话，神色忧虑地对他说：“我想同您谈一件事情。”

从面色可以看出，他心里很难过。乞乞科夫立刻打发走那个说话带德国口音的商人。屋里只剩下他们俩了。

“您知道吗？出了一件很不愉快的事。又找到老太太五年前写的另一份遗嘱。她把一半家产捐献给修道院，另一半平分给两个养女，其他人什么也得不到。”

乞乞科夫大吃一惊。

“不过，这份遗嘱一钱不值。它的效力已被第二份遗嘱废止了，所以毫无用处啦。”

“可是在第二份遗嘱里并没有声明，它可以废止第一份遗嘱的效力。”

“最后一份遗嘱废止前一份遗嘱的效力，这是自然而然的事。第一份遗嘱是一张废纸。我非常了解死者的遗愿。当时我在她身边。那份遗嘱是谁签的字，证人是谁？”

“是按照手续在法院办理的公证。证人是原来的民事法官布尔米洛夫和哈瓦诺夫。”

“这下糟了，”乞乞科夫心想，“听说哈瓦诺夫是个廉洁清正的人，布尔米洛夫是个伪君子，每逢节日就到教堂里去读《使徒行传》。”

“不必担心，不必担心，”乞乞科夫大声说，他立刻感到信心百倍，决计为朋友舍弃一切，“这件事我很清楚，因为死者临终时我在她跟前。这件事我比谁都清楚，我愿意亲自宣誓作证。”

乞乞科夫这番话和他的决心暂时使得列尼津安定下来。他本来非常激动，已开始怀疑那份遗嘱是乞乞科夫伪造的。现在他很是内疚，责怪自己不该如此多疑。乞乞科夫甘愿亲自宣誓作证，这一点足以证明他是清白的。我们不晓得乞乞科夫是否真有勇气去向天发誓，只知道他说这话的时候是勇气十足的。

“您尽可放心，关于这件事，我去找几位法律顾问了解一下。您在这方面就完全不必费心了。您完全可以作为一个局外人。我现在时间有的是，愿在城里住多久就住多久。”

乞乞科夫立即叫人备车，于是立刻动身去见法律顾问。这位法律顾问阅历丰富，见识极广。十五年来他不断受到法庭审判，但由于他善于随机应变，所以一直安然无恙，始终没有被革职。他的所作所为人人皆知。就他的罪恶勾当来说，早该把他流放六次了。他的犯罪嫌疑比比皆是，却抓不住他犯罪的任何实证。他这人的确有些神秘色彩。假如我们所描写的这个故事发生在蒙昧时代，那么我们就可以大胆地称他为魔法师了。

法律顾问神情冷淡得令人吃惊。他穿一件油渍麻花的便袍，室内却摆着上等的红木家具，玻璃罩里摆着金质的钟表，还有罩在细纱布套中的枝形烛架。四周的一切都带有高度的欧洲文明的鲜明印记。总之，他那身打扮与室内的陈设显得极不协调。

不过，乞乞科夫并没有留心观察法律顾问那副怀疑论者的奇特仪表，立刻说明这件事的棘手之处，并且事先把酬金吹嘘了一通，说事情办妥之后对他的忠告和同情必然给予重谢。

法律顾问听了立刻回答说，世间的一切都是靠不住的，都值得怀疑，同时又巧妙地暗示说，天上的仙鹤虽好，但可望而不可即，因而他比较喜欢手中的山雀。

毫无办法，乞乞科夫不得不往他手里塞了一只山雀。于是哲学家脸上那种怀疑论者的冷淡表情顷刻间便荡然无存。原来他是一个非常慷慨仗义的人，谈起话来滔滔不绝，而且他的谈话又特别令人愉快，就其措辞的雅致巧妙而言比乞乞科夫毫不逊色。

“为了不拖延您的时间，请容许我直截了当地说吧。您大概没有好好看一看那份遗嘱，那上面肯定会有一句附言。您可以暂时把它借过来看一看。当然了，按理说这类文件是不许借回家看的。但是，如果您多说些好话，求求某些官吏……我这方面也会尽力帮忙。”

“我明白了。”乞乞科夫心想，接着他说：

“真的，我的确不记得那上面有没有附言了，就好像这遗嘱不是我执笔似的。”

“这一点您最好要看清楚。话又说回来，不管出现什么情况，”法律顾问极为和善地继续说下去，“您都要沉着冷静，即便是发生更坏的情况，您也用不着惊慌失措。不论在任何时候，不论遇到什么情况，都不要丧失希望。世上没有不可补救的事情。您就看看我吧，我一向沉着冷静。不论遇到多么复杂的事情，我都沉着冷静，毫不动摇。”

深明哲理的法律顾问神色果然极为镇静，因此乞乞科夫……[1]

“当然了，这一点毋庸置疑，”乞乞科夫说，“不过您得承认，有时会遇到一些意想不到的情况和事情，有时会遭到敌人的诬陷，会陷入极端困难的境地，那时任何人都会沉不住气的。”

“请您相信，这是一种怯懦行为，”深明哲理的法学家心平气和地答道，“不管做什么事，您都要尽量留下文字依据，免得空口无凭。只要您发现事情即将收场，很快就要做出结论了，这时候，您不要急于为自己开脱，不必为自己辩解，而是要节外生枝，把一些毫不相干的事情搅进来。”

“您的意思是说……”

“把水搅浑，只此一条就够了，”哲学家答道，“把与此事毫不相干的事情也搅进来，从而把别人也牵连进来，把事情搞复杂，仅仅这些就足够了。就这样，让彼得堡来的官员去审理好了。让他去审理吧，让他去审理吧！”他说到这里重复一句，得意扬扬地望着乞乞科夫的眼睛，仿佛老师望着学生的眼睛，正在给他讲解俄语语法的奇妙之处似的。

“是啊，要是能收集到这样一些情况，可以专门用来蒙蔽人该多好啊。”乞乞科夫说，此时他也得意地望着哲学家的眼睛，仿佛小学生明白了老师指点的奇妙之处似的。

“这些情况会收集到的，会收集到的！请您相信，经常动脑筋，您的头脑就会变得机灵起来。首先，您要记住，肯定会有人帮助您的。把事情搞复杂了，很多人都可以从中得到好处：需要的官员多，他们的薪俸也会增多……总之要多牵连一些人。让一些人受点冤枉也没什么关系，因为他们很容易洗清自己。他们要做出书面回答，

---

① 原作手稿中这句话没有写完。——原编者注

他们可以要求赔偿损失……这样一来，他们就有饭吃了……请您相信我，一旦遇到紧急情况，您首先是要把水搅浑。搅得越乱越好，要把整个事情搅得一塌糊涂，让所有的人都晕头转向。我为什么可以如此放心呢？是因为我明白，只要我的事情遇到麻烦，我就要把所有的人都牵连进去。省长啦，副省长啦，警察局局长啦，国家金库的司库啦，我一个也不会放过的。他们的情况我全知道，谁和谁闹别扭啦，谁和谁有仇啦，谁想把谁关进监狱啦，我很清楚。把他们统统卷进来，让他们互相咬去吧。当他们拼命为自己开脱的时候，别人就可以乘机发财啦。只有在浑水里才便于捞虾呀。所以大家都盼着有人把水搅浑呢。”满腹哲理的法学家说到这里，又快活地望了望乞乞科夫的眼睛，仿佛老师正在给学生讲解俄语语法的更加奇妙的特点似的。

“不，这人的确是一位谋略大师。”乞乞科夫心想。辞别法律顾问时，他心里甜蜜蜜的，情绪极为畅快。

乞乞科夫完全放下心来，精神倍增，潇洒自如地登上马车，坐在富有弹力的垫子上，吩咐谢里方收起车篷（他来拜访法律顾问时，一路上撑起车篷，甚至连皮帘也扣得严严实实）。此时，他坐在马车里，那副样子恰似一位退役的骠骑兵上校，或者就跟维施涅波克罗莫夫本人一模一样，得意地架着二郎腿，歪戴着一顶崭新的丝制礼帽，容光焕发，喜气洋洋地面对着迎面走来的行人。谢里方按照主人的吩咐，驾着马车直奔商业街。外来的客商和本地的商贩们站在沿街的店铺门口，纷纷摘下帽子向乞乞科夫致意。乞乞科夫也不时脱帽，不无尊严地向商人们致意。商人们中间有不少人是他的熟人。外来的客商虽然同他不熟，但也对他那潇洒自如的绅士风度十分着迷，便像熟人一样热情地同他打招呼。季弗斯拉夫尔城的交易会是常年不散的，骡马交易会和农产品交易会刚刚结束，紧接着又举办新的交易会，销售供上等人享用的衣料。估计这次交易会要持续到冬天，那些乘马车来的客商是做好了准备乘雪橇返回的。

“里边请，里边请！”一个商人站在呢料店铺门前，毕恭毕敬地对乞乞科夫说。只见那商人穿一件莫斯科缝制的德国式常礼服，一只手举着礼帽，另一只手用两个手指抚摸着刮得精光的胖下巴，脸上带着相当优雅的表情。

乞乞科夫走进店铺。

“先生，请给我看看呢料。”

热情的商人立刻掀开柜台上的一块活动木板，为自己打开通道。走进柜台之后，他便转过身来，背对着货架，面对顾客。

商人背朝货架面对顾客站稳之后，再次举起帽子向乞乞科夫躬身施礼。然后戴上帽子，十分可爱地俯下身来，两手按着柜台说道：

“您要看什么样的呢料，先生？您是喜欢英国产的，还是喜欢国产的呢？”

“我要看国产的，”乞乞科夫说，“不过我要最好的，就是跟英国货一模一样的那种。”

“您希望要什么颜色？”那商人两手按着柜台十分可爱地摇晃着身子，问道。

“要深色的，橄榄绿或者接近于越橘色的那种绿色带斑点的。”乞乞科夫说。

“我敢保证，您在我这里可以买到最好的呢料，您就是到两大京城也买不到比这更好的料子啦。”商人说罢，走到货架跟前，从上面抽出一匹呢料，往柜台上一扔，然后抖开一头儿，拿到亮处，“瞧这颜色，先生！最时髦的料子！”

呢料果然不错，像丝绸制品似的闪着亮光。商人已察觉到眼前的顾客是个精通呢料的行家，所以没有给他看便宜货。

“这料子相当好，”乞乞科夫轻轻抚摸着呢料说，“不过您知道吗，先生？请您把最好的呢料拿给我看一看，颜色要更好的……要略微有点发红的，带斑点的。”

“我明白，先生，您要的那种是现在彼得堡最时髦的颜色。我这里有最高级的呢料。我先告诉您，价钱很贵，不过质地良好。”

“好吧。”

双方都没有谈价格。

商人从上层货架上抽出一匹呢料，扔在柜台上，更加艺术地将它抖开，抓住另一头儿抖了一下，像抖绸缎似的。然后拿到乞乞科夫面前，让他不仅可以仔细察看，而且可以闻到气味。

“您瞧这呢子，先生！纳瓦林①的烟火色。”商人说。

双方商定了价格。商人立刻拿起铁尺，像魔法师挥舞魔杖似的给乞乞科夫量出一块做燕尾服和裤子的呢料。然后，用剪刀剪了一个口儿，紧接着两手飞快地一挥，只听刷的一声，呢料已撕成两段。撕过之后，他毕恭毕敬地向乞乞科夫鞠一躬，脸上带着迷人的微笑。此后，他熟练地把呢料叠起来，卷在包装纸里，再用一根细绳捆好。乞乞科夫正要伸手去摸口袋，但忽然觉得有一只娇弱的胳膊从背后搂住了他的腰，同时耳边响起一个声音：“您在这儿买什么呀，可敬的先生？”

“啊，真是奇遇，太高兴啦！”乞乞科夫叫道。

“想不到在这里碰上您，真是分外高兴，”从背后搂抱他的人说，此人原来是维施涅波克罗莫夫，“我正要从店铺门前走过，本来并没有留心，忽然看见一张熟悉的脸。这样的巧遇，简直太高兴了，我怎能不留步呢？不用说，这是我今年见到的最好的呢子。说来惭愧，丢人！我到处找却一直没找到……我愿出三十卢布，四十卢布的价格……只要是好呢子，甚至五十卢布我也愿买。依我看，要买东西就买最好的，要么就干脆别买。您说是吗？”

“说得太对啦！”乞乞科夫说，“要不是为了买好东西，那么挣钱做什么呢？”

“请给我看看中等价格的呢子。”背后又传来一个声音。乞乞科

① 希腊海港，1827年俄英法与埃及、土耳其曾在此发生海战。纳瓦林烟火色指棕红色。

夫感觉有些耳熟，连忙转过身来：原来是赫洛布耶夫。各种迹象表明，他买呢子并不是出于某种古怪的愿望，因为他身上的常礼服已磨出了破洞。

“哎呀，原来是巴维尔·伊凡诺维奇！终于见到您了，请容许我同您谈一谈。要找到您简直太难啦。我找过您多次，可是您老是不在家。”

“可敬的先生，我忙得不可开交，真的，一点闲空也没有。”说着朝四周瞟了一眼，他不愿多解释，想找个机会溜走，可是他看见穆拉佐夫走了进来。“阿法纳西·瓦西里耶维奇！哎呀，我的天哪！”乞乞科夫说，“想不到在这里能遇见您，太高兴啦！”

维施涅波克罗莫夫紧跟着重复一句：

“阿法纳西·瓦西里耶维奇！”

赫洛布耶夫也重复一句：

“阿法纳西·瓦西里耶维奇！”

最后，那个富有教养的商人也摘下帽子，高高地举过头顶，向前探着身子说：

“阿法纳西·瓦西里耶维奇，感谢您光临本店！”

这帮人脸上都带着卑贱的殷勤可爱的表情。卑贱的人讨好百万富翁时脸上就带着这种表情。

老人向大家鞠躬还礼，然后转身对赫洛布耶夫说：

“请原谅，我从远处看见您进了这家店铺，就特意来打扰您。过一会儿您要是有时间，路过我家时请务必赏光，顺便到我家坐一会儿，有件事我要同您谈谈。”

赫洛布耶夫说：

“那太好了，阿法纳西·瓦西里耶维奇。”

“我们这儿天气真好啊，阿法纳西·瓦西里耶维奇。”乞乞科夫说。

“这是少有的好天气，阿法纳西·瓦西里耶维奇，您说对吗？”

维施涅波克罗莫夫马上接着说。

“是的，感谢上帝，这天气是不错。可是对庄稼来说还需要下点雨啊。”

“太需要啦，”维施涅波克罗莫夫说，“下点雨对打猎也有好处。”

“是啊，下点雨的确没什么妨碍。”乞乞科夫说。虽然他不需要下雨，可是既然百万富翁这么说了，他也乐于附和。

这时老人又鞠了一躬，同大家告了别，走了。

“我简直无法相信，”乞乞科夫说，“您想得到吗？此人居然有一千万家产。这实在是让人不可思议。”

“这也是一种不合理的现象，”维施涅波克罗莫夫说，“资本不应该掌握在一个人手里嘛。现在全欧洲都在著文讨论这件事。你有钱，就拿出来让别人也享受一下嘛。比如说，请客吃饭，举办舞会，拿出钱来施舍给穷人，让工匠们和手艺人有一口饭吃。”

“我无法理解，”乞乞科夫说，“拥有千万家私，却还像普通农夫那样生活！要知道，有了这一千万，那么还有什么事情办不到呢？你完全可以这样生活，也就是说，根本不跟普通人打交道，专门结交那些将军和公爵。”

“是的，先生，”那商人附和说，“阿法纳西·瓦西里耶维奇固然有许多可敬的品德，但也有不少愚昧之处。如果他是一个商人的话，那么他已不是普通商人啦。在某种意义上说，他算得上一位大批发商。我要是有那么多钱，就在剧院里订一个包厢。我会把女儿嫁给一个普通上校吗？不会，绝不会的，我非把她嫁给将军不可。对我来说上校算什么？我要请一个包办宴会的专门给我做饭，而不用普通的女厨子……”

“您那些算什么呀！得了，”维施涅波克罗莫夫说，“拥有千万家私什么事不能干呢？假如我有一千万，那你们就瞧着吧，我会让你们开眼的！”

“不，”乞乞科夫心想，“你要是有一千万，也不会干出什么好事来的。我要是有一千万，那么我肯定要干一番事业。”

“不，经历这些可怕的事情之后，现在假如我能得到一千万，”赫洛布耶夫心想，“嘿，那么我绝不会再去挥霍了，因为我已经是过来人啦，深知每一个戈比来之不易啊。”他思索片刻，然后又暗暗问自己：“我现在做事真的比过去聪明了吗？”想到这里，他把手一挥，在心里说：“见鬼去吧！我想我会像过去一样，把它花个一干二净。”他很想知道穆拉佐夫究竟要对他说些什么，便匆匆离开了店铺。

“我正等着您呢，彼得·彼得罗维奇！”穆拉佐夫看见他走进来，说道，“请到我的客厅里来吧。”

他把赫洛布耶夫领进客厅。读者已经知道这是一间什么样的客厅了，恐怕连年俸仅有七百卢布的小官家里的客厅也会比它讲究一些。

“请告诉我，我想，您现在的处境好些了吧？姑母死后您总还是得到些财产吧？”

“怎么给您说呢，阿法纳西·瓦西里耶维奇？我也不知道，我的处境是否好了些。我总共得到五十个农奴和三万卢布。我需要拿这笔钱偿还一部分债务，还过债之后，我又身无分文了。可主要问题是，有人利用这份遗嘱干了些卑鄙勾当。阿法纳西·瓦西里耶维奇，这里面有一系列欺骗行为！我现在就讲给您听，您听了会大吃一惊的。这个乞乞科夫……”

“彼得·彼得罗维奇，请您先谈谈自己的情况吧，然后再谈那个乞乞科夫。您告诉我，依您看来，您大概需要多少卢布，才能完全摆脱目前的困境呢？”

“我的处境是很困难的，”赫洛布耶夫说，“要摆脱困境，还清全部债务，并且能够过上中等水平生活，那么我至少需要十万卢布，说不定还会更多。总之，我自己是办不到的。”

“那么，假如您有了这笔钱，您今后会怎样生活呢？”

“那我就租一处房子，专心教育孩子，因为我本人已不能为国效力，毫无用处啦。”

“您为什么说自己无用呢？”

“您自己看看嘛，我还有什么用？我不可能再去当抄写员了。您忘了，我有老婆孩子。我已是四十岁的人了，经常腰疼，也懒惰惯了。再说也不会给我一个重要的职位的，因为我这人名声不好。老实说，即便是给我一个所谓的肥缺，我也不会去干的。我这人虽然无能，是个赌徒，谁也瞧不起我，但我却不愿去吃贿赂。我不会去做克拉斯诺诺索夫和萨莫斯维斯托夫那种人。”

“不过，请原谅，我还是弄不明白，一个人没有出路怎么行呢？人生在世，怎么可能不走路？脚下没有土地，车在哪里行走？船不漂在水上，它将如何航行？要知道，人生就是一种旅行啊！请原谅，彼得·彼得罗维奇，您所说的那些先生，他们毕竟也在旅行，也在为生存而操劳啊。比如说，即便他们走了弯路，那也是任何凡人都难免的事啊。再说他们还有希望改邪归正嘛。人在世间走，总有回心转意的时候，总有希望改邪归正的。但是，假如一个人无所事事，一天到晚闲待着，他怎么可能走到正道上去呢？路是靠自己去走的，而不会自动找上门来的。”

“请您相信，阿法纳西·瓦西里耶维奇，我觉得您说的是完全正确的，可是不瞒您说，我已经心灰意懒，彻底丧失活动能力啦。我看不出自己还能给世人做什么有益的事。我觉得，我已是一段废木头，毫无用处啦。过去年轻，那时我认为，关键问题在于钱。假如我手头有几十万卢布，我会使很多人得到幸福的。比如说，我可以帮助贫穷的画家成名，开办图书馆，办慈善事业，收藏艺术品。我这人还有些鉴赏力，不像我们的那些富人。我坚信自己在许多方面都比他们强得多，不会像他们那样糊里糊涂地乱花钱。不过现在看来，那也是无谓的奔忙，收益甚微。不，阿法纳西·瓦西里耶维奇，老实说，我不行了，毫无用处啦。一点能力也没有啦。”

“您听着，彼得·彼得罗维奇！您不是还去做祈祷嘛，您天天去教堂，据我所知，您晨祷和午祷都从不间断。您虽然一向不愿早起，可是您毕竟早晨4点钟就起床上教堂了，那时人们都还没有起床呢。”

“这另当别论，阿法纳西·瓦西里耶维奇，我上教堂是为了拯救自己的灵魂。我坚信，这样做多少能赎免自己荒唐生活的罪过。我这人虽然愚蠢，但我知道，在上帝那里，祈祷还是有一定意义的。不瞒您说，我甚至对祈祷也不抱什么信心，但我毕竟是去了。我毕竟感觉到有一个主宰，所有的人都有求于他，就像马和耕地的牛能感觉到有人在驱使它一样。”

“看来您上教堂是为了讨好上帝。您向他祈祷是为了拯救自己的灵魂，这给予您力量，并且迫使您早早地起床。请您相信，假如您能够这样去供职，能够坚信您正在为您所祈祷的上帝效力，那么您一定会有活动能力的，任何人也无法冷却您的热情。”

“阿法纳西·瓦西里耶维奇！我又要给您说，这另当别论。我认为，在前一种情况下我是做得到的。我告诉您，我愿意到修道院去，在那里，不管让我干什么活，哪怕是再艰巨的劳动，再苦的修行，我都会毫无怨言。我相信，我绝不会去发牢骚，不会对那些让我干这些活的人表示不满。在那里，我会服从的，我知道，我服从的是上帝。”

“可是，对待世间的事情，您为什么就不这么看呢？在人世间，我们照样要为上帝效力，而不是为别人效力。即便我们为别人效力，那也是因为我们相信这是上帝让我们做的，没有上帝的意旨我们是不会去做的。每人所具有的不同的才能和天赋是什么？是我们向上帝祈祷的一种手段，所不同的是，一种是用语言祈祷，而另一种是用行动，您可不能出家到修道院去，您笃定是要在尘世间生活的，您有家室啊。”

说到这里，穆拉佐夫沉默了一会儿，赫洛布耶夫也没有说话。

“就是说，您认为，假如您有二十万卢布，您就能过上安稳的日子，并且从此勤俭持家？”

“那么至少我可以做自己力所能及的事情，比如教育子女，那时我就有能力为他们聘请优秀教师。”

“彼得·彼得罗维奇，您敢不敢说，两年以后您又债台高筑，一无所有了呢？”

赫洛布耶夫沉吟片刻，然后慢吞吞地说：“不会的，有过这些经历……”

“这些经历有什么用呢，”穆拉佐夫说，“我太了解您啦。您这人心眼好，为人厚道。朋友来向您借钱，您不会不借给他。您一看见穷人就想帮助他。遇到讨人喜欢的客人来拜访您，您就想把他招待得好一些。您遇到每个善良的举动都会动心的，那时您就忘了应该勤俭持家。最后，请容许我坦诚地告诉您，您没有能力教育好自己的子女。做父亲的，要教育好自己的子女，必须自己以身作则，好好履行父亲的职责。再说您妻子……她也是个心地善良的人……从她所受的教育来看，她也是无力教育好子女的。请您原谅我，彼得·彼得罗维奇，我甚至认为，同您生活在一起，对孩子们会有害的！”

赫洛布耶夫听了，没有答话。他在沉思，内心里对自己进行全面省察，最终感觉到穆拉佐夫的话有一定道理。

“您看这么办好吗，彼得·彼得罗维奇？您把这些孩子和家里的事都交给我，不要再管您的家庭和孩子，我会好好照料他们的。您现在的处境是这样的，您的事情都由我来办，否则您全家会饿死的。现在需要您来拿主意。您知道伊凡·波塔佩奇吗？”

“我非常尊重他，尽管他穿着平民的粗布衣。”

“伊凡·波塔佩奇曾经是个百万富翁，女儿们也都嫁给了官宦人家。当年他的日子过得跟沙皇一样。可是破产了，有什么办法呢？

只好去给人家当听差。过去他用银盘子吃饭，后来不得不用普通的饭碗。这对他来说当然是不舒服啦，因为那滋味也不是好受的呀。现在伊凡·波塔佩奇又可以用银盘子吃饭啦，可他不愿这么做。他本来又可以大吃大喝啦，但他却说：‘不，阿法纳西·瓦西里耶维奇，我现在不是为自己做事，而是照上帝的意旨做事。我不想依照自己的意愿去做任何事情。我听从您的安排，因为我想听上帝的话，而不是听普通人的话，因为上帝是通过杰出人物的口来说话的。您比我聪明，所以应该由您来回答，而不是由我。’这就是伊凡·波塔佩奇说的话，老实说，他比我聪明好多倍呢。”

“阿法纳西·瓦西里耶维奇，我甘愿听从您的安排，甘愿做您的奴仆，一切听候您的吩咐。我把自己交给您啦。不过，您不要让我去做力不能及的事情，因为我不是波塔佩奇。我告诉您，任何美好的差事我都力不胜任啦。”

“并不是我要委派您去做事，彼得·彼得罗维奇，而是正如您自己所说的，希望您能够做点事情。现在有一项慈善事业。有一个地方，正在靠虔诚的教徒们捐献的钱盖一座教堂，资金不够用，还需募捐。您现在就穿上平民的粗布衣……您现在就是平民嘛，破产的贵族就是乞丐，还有什么放不下架子的？您就拿上募捐册子，坐上平民的马车，到城乡各地去募捐吧。临行前，大主教会为您祝福，会交给您一本装帧精美的募捐册子，祝您成功。”

这个意想不到的新差事使得彼得·彼得罗维奇大为吃惊。不管怎么说，他毕竟是一个名门贵族，现在却要他手捧募捐册子去为教堂募捐，坐着简陋的马车东奔西跑！然而这是慈善事业，自然是不可推脱的。

“考虑过了吗？”穆拉佐夫说，“您这里干的是两份差事：一方面为上帝效力，同时也为我效力。”

“为您效什么力呢？”

“事情是这样的。您要去的这些地方，我还不曾去过，希望您能够了解当地的情况：那里的农民生活怎样，地区之间的贫富差别和一般情况。不瞒您说，我是很喜欢农民的，这大概是因为我自己出身农民。但问题在于，他们中间也有不少恶劣行为。那里有分裂派教徒，有形形色色的流浪汉，这些人在煽动他们闹事，反对政府，目无法纪。可是当人们受到压制的时候，是很容易起来闹事的。不过，真正忍耐的人是不容易受人挑唆的。问题在于不应该从下边开始镇压。一动起武来就麻烦了。动武毫无益处，只能让盗贼趁火打劫。您聪明过人，去好好察访一下，弄清楚哪些地方的农民确实受人欺压，哪些地方的农民确实不安分守己，然后把这些情况告诉我。我给您带些钱，万一遇上无辜受害的农民，您就拿这些钱接济他们。从您这方面来说，耐心地安慰和开导他们也是很有益的。要给他们讲清楚，上帝要人们顺从、忍耐，遇到不幸时要祈祷，而不要去寻衅报复。总之，您告诉他们，大家要和睦相处，不要无事生非，挑动这个反对那个。如果发现有人对某人怀恨在心，不论他恨谁，您都要竭尽全力去消除他的怨恨。”

“阿法纳西·瓦西里耶维奇，您要我做的这件事，”赫洛布耶夫说，“是神圣的事业。可是请不要忘了，您现在委托的是何许人。这种事，只能委派那种近乎圣徒的人，那种善于宽恕他人的人。”

“我并不是说，这些事情全部由您去完成，而是让您尽可能地去做。因为您去那里走了一趟，肯定会对那些地方有大致的印象，会对那个地区的现状有所了解。官员们从来不愿接触农民，再说农民也不肯对他们说真话。而您就不同啦，借着为教堂募捐的机会，您可以去接触各种各样的人，比如小市民啦，商人啦，您有机会察访民情。我给您说这些是有原因的，因为总督大人目前特别需要这种人。您会得到越级提拔的，不必再去当各种办事员。这样对您的生活会有好处的。”

“我去试试吧，我会全力以赴的，”赫洛布耶夫说。从他的声音可以听出，他显然受到了鼓舞。此时他已经直起腰来，像一个看到希望的人那样抬起了头。“我知道，您的智慧是上帝赐予的，有些事情您比我们这些目光短浅的人看得清楚。”

“现在请您告诉我，”穆拉佐夫说，“乞乞科夫到底是怎么回事？”

“乞乞科夫的事，可说是闻所未闻的。我现在就讲给您听。他干了一些卑鄙勾当……您知道吗，阿法纳西·瓦西里耶维奇，遗嘱是伪造的。真遗嘱找到了，死者把全部财产给了两个养女。”

“还有这样的事？那么假遗嘱是什么人伪造的呢？”

“问题就在这里，这件事可说是无耻之极！听说是乞乞科夫干的。那遗嘱上的签字是老太婆死后伪造的，他们找了一个村妇装扮成老太婆，在假遗嘱上签了字。总之，这笔遗产是令人羡慕的，人们纷纷向法院投诉，据说法院已收到上千份呈文。现在，向玛丽娅·叶列梅耶夫娜求婚的人络绎不绝，甚至有两个官吏为她争风吃醋，动手打起架来。大致情况就是这样的，阿法纳西·瓦西里耶维奇！”

“这些情况我一点也没听到过，事情的确是违背了教规。老实说，巴维尔·伊凡诺维奇·乞乞科夫对我来说简直是个谜。”穆拉佐夫说。

“我也以自己的名义递交了一份呈文，告诉法院我是最直接的继承人……”

“我倒无所谓，让他们为了遗产打架去吧，”赫洛布耶夫辞别了老人，边走边想，“阿法纳西·瓦西里耶维奇毕竟聪明过人，他让我去做这件事，肯定是周密思考过的。我照办就是了。”于是他便去考虑路上的事。此时此刻，穆拉佐夫还在心里重复着那句话：“巴维尔·伊凡诺维奇·乞乞科夫对我来说简直是个谜！既然有顽强的意志，坚韧不拔，那就该去行善啊！”

此时，法院的确接连不断地收到不少呈文，出现了一些从未听说过的亲属，像争相啄食死尸的鸟群似的，从四面八方跑来抢夺老太婆留下的巨额资产。有人告发乞乞科夫，指控他伪造了最后那份遗嘱，同时也有人指控前一份遗嘱是伪造的，还有人提供了盗窃和隐瞒财产的罪证。又有人提供了乞乞科夫购买死农奴以及在海关任职时参与走私的罪证。总之，他的所作所为全给翻腾出来，连他过去的历史也给打听得清清楚楚。天晓得这些情况是从哪儿探听到的。更为奇怪的是，就连那些在乞乞科夫看来除他之外只有天知地知的事情，现在也都有了罪证。不过这一切只是法庭内部的秘密，乞乞科夫暂时还被蒙在鼓里。然而，那个法律顾问不久就派可靠的人送来一个便条，向他暗示这件事情将会出现麻烦。便条的内容很简单："紧急奉告：事情要闹大了。但切记，千万不要惊慌。关键要沉住气。我们会应付过去的。"看了便条，乞乞科夫完全放下心来，说道："此人果然是个天才！"

恰在这时，又有一件好事：裁缝把衣服送上门来。于是乞乞科夫立刻更衣，他急于看见自己穿上崭新的纳瓦林烟火色呢料燕尾服是什么样子。他先穿上裤子。裤子紧紧地绷在他身上，既合身又漂亮，他简直成了时装模特啦。大腿显得很健美，小脚肚也很潇洒，每个细小的部位都显得更富有弹性。他从背后扣上背带，肚子立刻挺了起来，像一面大鼓似的。他用刷子在肚皮上敲了敲，说："瞧这副蠢样，不过总体看来还是可以入画的！"燕尾服做得比裤子还漂亮，一点褶皱都没有，两侧很贴身，腰部微微收起，衬托出全身的线条。右腋下有些紧，不过这更显出腰身好看。那裁缝得意扬扬地站在一旁，一再说："您尽可放心，除了彼得堡，别处任何地方也不会有这么好的做工。"裁缝虽然来自彼得堡，他的招牌上却写着"外国裁缝，来自伦敦和巴黎"。他这并不是开玩笑，而是想用这两个城市堵住其他裁缝的嘴。这样一来，别的裁缝谁也不好再借用这些城市做幌子，只好称自己是卡尔斯鲁厄或者哥本哈根来的啦。

乞乞科夫颇为慷慨地付了裁缝的工钱之后，剩下他独自一人，闲待着无事可做，便对着镜子自我欣赏起来，恰如一个富有美感而又热衷于自恋的演员。他发现自己比过去更美了：面颊显得更漂亮了，下巴变得更迷人了。雪白的衣领衬托得面颊更白嫩；天蓝色的丝绸领带将衣领衬托得更雅致；胸衣上的时髦的褶皱把领带烘托得美观大方；华贵的天鹅绒坎肩又把胸衣烘托得格外好看；而他这件纳瓦林烟火色新燕尾服，像绸缎似的闪着亮光，则把他浑身上下衬托得漂亮无比。他向右转了一下身，好极了！又向左转身，更妙啦！瞧这身段，瞧这股子高雅劲儿，恰如皇宫中的侍从，又如某个喜欢讲法语的绅士。这绅士的法语讲得比法国人还好，甚至在生气的时候也不肯讲俄国话，甚至不会用俄国话骂人，连骂人也非用法国俚语不可。多么高雅啊！他稍稍侧着脸，试着做了一个向某个受过时髦教育的中年女士请安的姿势：简直像一幅画似的。画家啊，快拿起画笔把他画下来吧！这时他得意地做了一个腾空跃起的芭蕾舞动作。五斗柜颤抖了一下，花露水瓶子啪的一声掉在地板上。不过这对乞乞科夫毫无妨碍。他照例对愚蠢的玻璃瓶子骂了一句混账，然后想到："在这时候先去拜访谁呢？最好是……"

恰在这时，门厅里忽然传来类似马靴在走动的声音，那马靴上肯定是戴着刺马钉的，紧接着闯进来一个全副武装的宪兵，一副杀气腾腾的样子，仿佛统领着千军万马似的。"上峰有令，命你去见总督大人，着即前往，不得迟误！"乞乞科夫吓得浑身发麻，再看那宪兵，只见他凶神恶煞般站在那里，留着两撇小胡子，头盔上有一缕马尾，双肩都披挂着武装带，腰侧挂着一把长长的佩刀。乞乞科夫觉得，那宪兵另一侧腰里也挂着一件什么武器，因为心中害怕，他没有看清。那副杀气腾腾的样子可怕极了！他刚要开口解释，只听那宪兵毫不客气地说："着即前往，不得迟误！"他透过门缝朝门厅里瞟一眼，恍惚看见另一名宪兵站在门厅里。他瞟一眼窗外，发现院子里停着一辆马车。实在是插翅难逃！就这样，他穿着那件崭新的纳瓦林烟火色燕尾服哆哆嗦嗦地上了马车，由宪兵押着去见总督大人。

来到总督衙门，值班官吏甚至没有容他稍稍镇定一下，便立刻对他说："快进去吧！公爵大人等候多时了。"他神思恍惚地走过门厅，发觉那里有几个信使在接收邮件，接着穿过一个大厅，他边走边想："这下全完了，直接抓起来流放西伯利亚，不经法庭审判，各种手续全免啦！"他心跳得厉害，恐怕连妒火中烧的情夫也不至于这么激动。最后，他面前有一道门打开了。这便是总督大人的办公室，里面摆着公文包、文件柜和一些书籍。公爵怒冲冲地坐在那里，气得满面通红。

"这个灾星！"乞乞科夫暗暗叫苦，"这下子他非要我的命不可，他会像饿狼对付羊羔似的杀掉我！"

"我上回饶了你，容许你住在本城。上回就该让你去坐牢的，可是你恶习不改，又干起了极端可耻的欺骗勾当，再次玷污了你自己。"

公爵气得嘴唇直哆嗦。

"大人，我有什么可耻行为，干了什么欺骗勾当呢？"乞乞科夫吓得浑身发抖，问道。

"有一个女人，"公爵走到乞乞科夫面前，逼视着他的眼睛说，"有一个女人按你的授意在假遗嘱上签了字。此人已被捕，她要和你当面对质。"

乞乞科夫面色如土。

"大人！我说，我说，我要把实情全部说出来。我有罪，我的确有罪。不过我的罪行并不像他们说的那样，我有一些仇人，是他们诽谤我。"

"谁也没法儿诽谤你，因为你这人坏透了。你干的那些坏事，连最卑鄙的谎言大师也编造不出来。我认为，你有生以来没做过一件正正当当的事。你的每一个戈比都是骗来的，你到处行骗，干尽了卑鄙勾当。为此你应该受到鞭笞，应该把你流放西伯利亚！够了，用不着啰唆了！你现在就要去坐牢。在那里，你和那些罪大恶极的坏人和匪徒是一样的，等候命运的安排吧。这对你来说，已经是够宽容的啦，因为你比他们坏许多倍，他们穿的是粗布衣和羊皮筒子，可你呢……”

公爵朝乞乞科夫身上扫了一眼，拉了一下铃。

“总督大人，”乞乞科夫哀求道，“您发发慈悲吧！您也是一家之主啊。您可以不宽恕我，可是我家中还有年迈的母亲啊！”

“你胡说！”公爵生气地叫道，“上回你就骗了我，说什么你有老婆孩子，实际上你从来就没有过老婆孩子。现在又说你有母亲！”

“总督大人，我该死，我是个十恶不赦的坏蛋，”乞乞科夫说，他的声音……[1]“上回我的确是撒谎，我的确没有老婆孩子。不过上帝可以作证，我一直想娶妻生子，希望履行做人的职责和公民的义务，也好在今后真正赢得人们的尊敬和上司的器重……可惜阴差阳错，我这人实在是不走运啊！总督大人，我为生活所迫不得不为生存付出血的代价。到处都是诱惑，每走一步都会遇到仇人。他们要坑害我，要抢夺我的财产。我的遭遇像暴风骤雨，我的一生就像大风大浪里的一只小船。我也是人啊，总督大人！”

他说到这里，泪水止不住夺眶而出。此时，他扑倒在公爵脚下，就穿着那件崭新的燕尾服，穿着天鹅绒坎肩，系着丝绸领带，穿着那条新裤子，头发梳得油光光的，并且洒着芳香扑鼻的花露水。

“你给我滚开！来人呀，把他给我抓起来！”公爵对走进来的士兵说。

“总督大人！”乞乞科夫两手抱住公爵一条腿，哀求道。

公爵气得浑身颤抖。

“听见没有，你给我滚开！”公爵说罢，用力把腿从乞乞科夫怀抱中抽出来。

“总督大人！您不宽恕我，我就不走啦。”乞乞科夫死抱住公爵的皮靴，哀求说。这时他趴在地上，抱住公爵一条腿向前爬着，就穿着那件纳瓦林烟火似的棕红色的新燕尾服。

---

① 手稿中此句中断。——原编者注

“快滚开，你听见没有！”公爵严厉地说，此时他心里有一种说不出的厌恶，这是当人们看见令人恶心的虫子而又不屑去踩死它时所产生的那种厌恶。他猛地抽脚，皮靴立刻踢在乞乞科夫的鼻子、嘴唇和胖下巴上。乞乞科夫不但没松手，反而把这只脚抱得更紧了。这时两名身强力壮的宪兵把他揪起来，扭着两只胳膊把他带出去了。乞乞科夫吓得面如土色，丧魂落魄，昏头昏脑地向前走着，有如一个面临死亡而又无法逃避的人。死神是人人厌恶的……

这时，穆拉佐夫出现在楼梯口与乞乞科夫打了个照面。乞乞科夫心里忽然闪现一线希望。就在这一瞬间，他奇迹般地从两名宪兵手中挣脱出来，扑倒在大为惊讶的老人脚下。

“原来是巴维尔·伊凡诺维奇，您这是怎么回事？”

“快救救我吧！他们拉我去坐牢，要整死我……”

宪兵又紧紧地抓住了他，把他押走了。他甚至没有听见老人的回答。

牢房里阴森森的，寒冷潮湿，散发着卫戍士兵的皮靴和包脚布的臭味。这里有一张没有涂漆的小木桌，两把难看的破椅子，窗户上装着铁栅栏，摇摇欲坠的壁炉上到处是裂缝，不时地冒烟，却没有丝毫温暖。这里便是我们的主人公的新居。他刚刚尝到人生的甜蜜，刚刚穿上那件纳瓦林烟火似的棕红色的新燕尾服，正在让同胞们羡慕呢，却忽然给送到这里来了。甚至没有让他带一点生活用品，也没有让他带那只精致的钱匣子。那些公文和购买死农奴的契据，现在统统让官吏们拿去了！他痛苦万分，栽倒在地；他越想越害怕，一股绝望的情绪笼罩在他心头，像一条凶残的巨虫咬啮着他那颗无力自卫的心。这样下去，再有一天工夫，乞乞科夫就不在人世啦。然而就在这时，还有一个人没有忘记他，向他伸出了救援之手。大约过了一个小时，牢门打开了，穆拉佐夫老人出现在他眼前。

一个人遭受焦渴的折磨，倘若有人在他那干燥的喉咙里注入一股清泉，他会立刻振作起来。此刻，不幸的乞乞科夫也振作起来，几乎有一种绝处逢生的感觉。

“救星啊！”乞乞科夫说着一下子抓住老人的手，急促地吻了吻，并把它紧贴在自己胸前，“想不到您会来看望一个不幸的人，上帝会赏赐您的！”

他声泪俱下。

老人用悲痛的目光打量着他，不住地说：“唉，巴维尔，巴维尔·伊凡诺维奇！巴维尔·伊凡诺维奇，您干了些什么事啊？”

“我该死……我有罪……我犯了法……可是您想想吧，您说句公道话，可以这样对待人吗？要知道，我是贵族。未经法院审理，未经调查，就直接把人投入监狱，并且没收了我的所有的一切：我的衣物和那只小木匣子……我的钱都放在那只小木匣子里，那是我的全部财产，是全部财产，阿法纳西·瓦西里耶维奇，那些财产是我用血汗挣来的啊！……”

说到这里，他再也忍不住心头的悲痛，不禁高声痛哭起来，哭声透过牢房坚固的墙壁，在远处激起沉闷的回声。他揪掉了自己脖子里的丝绸领带，一只手揪住自己的衣领，撕破了那件崭新的纳瓦林烟火似的棕红色燕尾服。

“巴维尔·伊凡诺维奇，这一切都无所谓啦，因为您不得不同财产和世上的一切告别。您触犯的是无情的法律，而不是冒犯了某个人的尊严。”

“是我自己害了自己，我心里明白，是因为我不善于及时刹车。可是凭什么要如此残忍地惩罚我，阿法纳西·瓦西里耶维奇？难道我是强盗？难道我坑害过什么人？难道我让谁遭受了不幸？我辛辛苦苦，凭自己的血汗挣来这一点点钱。我挣这点钱的目的是什么呢？是为了在晚年能过得富裕些，是为了给子女留下一点财产。为了祖国的繁荣，我一直打算生几个孩子，让他们去报效祖国。我是采取了一些不正当手段，这我承认，做了一些不合法的事……这也是迫不得已啊！我发现正道走不通，搞歪门邪道有利可图，我才这么做的。但我毕竟付出了劳动，毕竟是煞费苦心啊。可是那些贪官污吏不顾廉耻，假公济私，从国库里窃取无数的钱财，或者敲诈那些并不富裕的人，连穷鬼也不肯放过，从他们身上榨取最后一个戈比！……阿法纳西·瓦西里耶维奇啊，我既不挥霍钱财，也不放荡酗酒。您不知道，我吃尽了千辛万苦，忍受了多少屈辱啊！可以说，我挣的每一个戈比都来之不易啊。让他们来试试看，尝一尝我受过的这些苦难！可以说，我这一生都在挣扎、奋斗，像惊涛骇浪中的一叶孤舟。现在全完了，阿法纳西·瓦西里耶维奇，多年奋斗的成果毁于一旦啦……”

他泣不成声，心中痛苦难耐，忍不住又放声大哭起来。他扑倒在椅子上，把挂在身上的燕尾服碎片撕下来扔在地上，然后两手揪住自己的头发，再也顾不得他那精心修饰的发型，拼命地往下揪着，试图以皮肉的疼痛来抑制心中难以忍受的痛苦。

“唉，巴维尔·伊凡诺维奇，巴维尔·伊凡诺维奇！”穆拉佐夫痛心地望着他，连连摇头，说道，“我一直在想，您付出这么大的努力，忍受了这么多折磨，如果是去做好事，为了一个美好的目的，那么您该会成为一个多么伟大的人啊！要是那些一心向善的人，哪怕只有一个人，能够像您拼命挣钱那样，为了行善付出这么大的努力，那该多好啊！……要是他们能像您不顾一切地拼命挣钱那样，为了行善不惜牺牲自己的自尊心和虚荣心，甚至不怜惜自己的一切，那该是多么美好啊！……”

“阿法纳西·瓦西里耶维奇！”可怜巴巴的乞乞科夫紧紧抱住老人的双手，哀告道，“啊，要是能把我释放了，把我的财产还给我就好了！我向您起誓，今后绝不做违法的事，再不像过去那样生活！恩人啊，救救我吧，救救我！”

“我能帮您什么忙呢？我不能去违背法律啊。再说了，即便我横下一条心，愿意这么去做，那么公爵也绝不会让步的。要知道，他是从不徇私情的。”

“恩人啊，没有您办不到的事。对我来说，可怕的不是法律，我会找到办法对付法律的；可怕的是我目前的处境，我无辜被投进监狱，我会像狗一样被关死在这里。我的财产，我的文契和钱匣子全完了……救救我吧！……”

他双手搂着穆拉佐夫的腿，痛哭流涕，泪水沾湿了老人的双脚。

“唉，巴维尔·伊凡诺维奇，巴维尔·伊凡诺维奇！”穆拉佐夫边说边摇头，“这些财产怎么会对您有这么大的吸引力？为了这些财产，您连自己那可怜的灵魂都给忘啦！”

“我会想到自己的灵魂的，可是您得搭救我呀！”

“巴维尔·伊凡诺维奇！”穆拉佐夫老人说到这里停顿了一下，“搭救您，这不是我权限范围之内的事，这一点您自己是知道的。不过我将竭尽全力去奔走，争取将您宽大处理，早日释放。至于能否达到目的，目前尚无把握，但我会尽力去做的。如果能办成的话，巴维尔·伊凡诺维奇，我求您一件事：您要彻底抛弃贪财的欲望，来报答我对您的搭救。我老实告诉您吧，我对财产看得是很淡的。我的财产比您的多，即使我失掉了自己的全部家产，那么我也不至于为它流泪的。说实在的，对一个人来说，财产并不重要，财产随时可能被人剥夺，而重要的是那种任何人都无法窃取和剥夺的东西，您在世上活了这么多年，见识应该是很广的。您自己说过，您的一生有如惊涛骇浪中的一叶孤舟。您已经有了一些财产，也足够您安度余生了。所以我劝您找一个安静的角落住下来，经常上教堂，多接触那些善良的普通人。再说了，假如您真的想要留下后代的话，您就结婚，娶一个普通人家的善良姑娘。这样的姑娘过惯了勤俭生活，安于本分，会操持家务。忘掉这让人烦恼的上流社会吧，忘掉这里的种种诱惑，也让这个圈子里的人彻底把您忘掉。在这里，您是得不到安宁的。您自己也知道，这个圈子里的人相互仇视，彼此诱惑，尔虞我诈。”

乞乞科夫没有答话。他在沉思。他心中有一种古怪的感觉，这是一种从未有过的情感，是一种连他自己也说不清楚的陌生的东西。仿佛他心中有某种东西渐渐苏醒过来，这种东西从他童年时代起就被压抑着，那些严厉的呆板的说教，毫无温情可言的寂寞的童年，家境贫寒，单身汉的孤苦，早年的孤陋寡闻，以及透过冰雪覆盖的昏暗的窗户窥视着他的命运的冷酷的目光，这一切一直重重地压在他心头。

“您一定要把我搭救出去，阿法纳西·瓦西里耶维奇！”乞乞科夫喊道，“我保证遵照您的吩咐过另一种生活。这就是我向您许下的诺言！”

“您要当心，巴维尔·伊凡诺维奇，切不可违背自己的诺言。”穆拉佐夫握着他的手说。

“如果没有这次可怕的教训，那么说不定我会违背诺言的。”可怜巴巴的乞乞科夫说到这里，长叹一声，又说，“这次教训太深刻了，惨痛的教训啊，阿法纳西·瓦西里耶维奇！”

“教训深刻对您有好处。为此您应该感谢上帝才是，祈祷吧。我现在就去为您奔走。”

老人说完就走了。

这时乞乞科夫已不再痛哭，也不再拽燕尾服和自己的头发。他已经安静下来。

“不，够了！”他终于自言自语地说，“我要过另一种生活，的确该做一个正派人啦。哦，只要这回我能活着出去，我就远走高飞，哪怕是少带些钱……那些买卖合同怎么办呢？……”于是他又想道：“这又何必呢？这件事既然花费了那么多心血，为什么要放弃它呢？……我再不去买死农奴了，但买到的还是要典押出去。这些东西毕竟来之不易啊！我要把他们典押出去，再用得来的钱买一处田庄。我应该去当地主，到那时我可以做许许多多的好事情呢。”这时他的情绪兴奋起来，在柯斯坦若格洛家里做客时一度使他陶醉的那种感受又在他心里萌动了。他恍惚看见主人在暖融融的烛光下，亲切而又富有智慧地给他讲述管理田庄的要诀和经验。在他的心目中，乡村忽然变得无限美好，就仿佛他现在感受到了乡村生活的种种乐趣似的。

“我们这种人热衷于追求虚荣，实在是太蠢啦！”最后他对自己说，“那是因为无事可做！近处什么东西都有，一切都唾手可得，可我们却舍近求远，四处奔波。即便生活在穷乡僻壤，只要您肯劳动，怎么会不能生活呢？要知道，劳动的确是其乐无穷啊。再没有比自己的劳动成果更甜美的了……不，我要去参加劳动，要在乡村里定居，踏踏实实地干活，也给别人做个好样子。怎么，难道我真的不行了，完全不中用了？我有能力管理好田庄，我克勤克俭，头脑灵活，富于理智，甚至可以说很有毅力。只要拿定主意去好好干就行啦。现在我切实感觉到自己有一种义务。人生在世就应该履行这种义务，不论上帝把你安排在什么地方，你都要在那里辛勤劳作。”

此刻，他眼前清晰地浮现出幽静的乡村生活的景象：人们在那里辛勤劳作，远离城市的喧嚣以及好逸恶劳的人们发明的种种诱惑。于是他几乎忘记了自己的处境和由此产生的一切烦恼，只要能获得释放，哪怕是只归还他一部分财产，说不定他也会为了这惨痛的教训感谢上帝圣明呢。然而……牢房的门打开了，一个官员打扮的人走进这间肮脏的小屋。原来是萨莫斯维斯托夫，此人一向贪图享乐，逞强好胜，喜欢交朋友，吃吃喝喝。同伴们对他的评价是：一个狡猾的家伙。要是打起仗来，此人会创造奇迹的。比如说，派他越过一些难以通行的危险地带，到敌人鼻子底下去偷一门大炮，那么派他去是最为合适的。可惜他没有用武之地，也就失去了堂堂正正地做人的机会，以致于误入歧途，胡作非为起来。说来真让人莫名其妙！在同事们中间，他人缘很好，从不出卖人，并且信守诺言，说到做到。但对待上司就不同了，他把上司视为敌人的堡垒，总是千方百计地去寻找他们的弱点、漏洞或疏忽，以便攻而克之……

“您的情况我们全知道，全听说了！”他等到身后的牢门关严之后，才对乞乞科夫说，“没什么大不了的事儿！您不必担心，一切都会应付过去的。大家都会为您奔走的，都愿意为您效力！为了酬谢大伙儿，有三万卢布就足够啦。”

“真的？”乞乞科夫忍不住叫起来，“这么说来，我将被宣判无罪啦？”

“完全无罪！并且还会赔偿您的损失。”

“酬金是多少？”

“三万卢布。这包括给我们的人的报酬，给总督衙门的，给秘书的，全在这里了。”

“请容许我问一句，我如何付钱呢？我的所有东西，包括钱匣子，现在全被查封了……”

“一个小时之后，这些东西会全部归还您。让我们击掌为定，好吗？”

乞乞科夫伸出手来，他的心跳得很厉害，他不相信这件事能办成功……

“我们后会有期！我们那位共同的朋友托我告诉您：沉着镇静，至关重要。”

“好！”乞乞科夫心中暗想，“我明白了，他指的是法律顾问！”

萨莫斯维斯托夫转眼就不见了。牢房里只剩下乞乞科夫一个人，他仍旧对萨莫斯维斯托夫的话将信将疑。可是，萨莫斯维斯托夫走后不到一个小时，那只精致的小木匣子果然给送来了，他的文契和钱保存得完好无损。原来，萨莫斯维斯托夫装作本案的主持人前来视察，他把值班哨兵大骂一通，说他们看管不严，缺乏警惕，要求增派士兵来加强警戒。这时，他不仅拿到了那只小木匣子，而且拿到了那些可能会损害乞乞科夫名誉的各种文契，并把这些东西包在一起，贴上封条，吩咐哨兵立刻送还乞乞科夫本人，同时送去了夜间必备的用品和卧具。这样一来，乞乞科夫除收到文契之外，又得到一套暖和的卧具，就可以保养他那娇贵的身子啦。想不到这一切来得这么快，他简直喜出望外。得意之余，他心中燃起热烈的希望，他又开始想入非非，那些抵御不住的诱惑：夜晚的剧院，他曾追求过的舞女，又在他脑海里转动起来。此刻，寂静的乡村在他眼中渐渐模糊了，繁华的都市又变得异常清晰……啊，诱人的生活！

与此同时，各级法院已开始审理此案，可是案情迅速扩大，涉及的人越来越多。书记员们在奋笔疾书，足智多谋的官吏们不时地闻着鼻烟，开动脑筋苦思冥想，有时像艺术家似的欣赏着案卷中弯弯曲曲的字迹。法律顾问没有露面，却在暗中操纵着这一切，俨如一位隐身魔法师。法官们还没弄清楚到底是怎么回事，就被他搅得晕头转向，结果所有的人都被弄糊涂了。案情越来越复杂。萨莫斯维斯托夫大显身手，表现出闻所未闻的英雄气概。他打听到那个被羁押的女人关在什么地方，就直奔那里，摆出一副长官的架势闯进去。哨兵见了他连忙敬礼，立正站好。

“你上岗很久了吗？”

“早晨上岗的，大人！”

“什么时候换岗？”

“还有三个小时，大人！”

“我需要你去办一件事。我去通知你们的长官，让他派人来接替你。”

“是，大人！”

紧接着他就登上马车回家去了。为了保密起见，他没有让任何人参与这件事，毫不迟疑地把自己化装成宪兵，贴上唇髭和连鬓胡子，连魔鬼也认不出他的真面目。于是他来到关押乞乞科夫的那座监狱里，从女牢里随便提出一名女犯，将她交给两个官员打扮的年轻人。两人也是他们的同伙。他自己便戴着胡子背着枪，镇静自若地来到哨兵面前，说道：

“你走吧，队长派我来接替你站岗。”换岗之后，他自己就成哨兵了。

同伙们等待的正是这个时机。就在这时，原先那个女人的牢房里，出现了另一个女人。这女人对假遗嘱的事一无所知。原先那个女人给藏了起来，由于她隐藏得过于严密，结果事后一直没查到她的下落。就在萨莫斯维斯托夫乔装打扮、以军人身份大显身手时，法律顾问正在文官们的圈子里创造奇迹：他已设法让省长间接了解到检察长正在写告密信揭发他；又让宪兵司令了解到，一个化装私访的官吏正在收集他的材料；又让这个化装私访的官吏确信，还有一个更加神秘的人物在暗中监视着他，正准备写信告发他。这样一来，所有的官员都给搅进去了，纷纷跑来求他给想想办法。结果是乱上加乱，官员们在暗中互相揭发，告密信雪片似的飞来。于是出现一大批稀奇古怪的案件，其中有些案件纯属子虚乌有。什么事都给牵涉进去了，比如某个官员是私生子，某个官员养姘妇，那姘妇是什么人，什么出身；再比如某官员的妻子与谁私通，等等。这些丑闻逸事又都搅在一起，并且都和乞乞科夫的案子以及死农奴有牵连。结果一切全乱了套，谁也分辨不清这堆案子里哪一桩案子最重要。看来彼此都差不多，分量不相上下。案卷最后送到总督大人手里时，竟把可怜的公爵给看糊涂了。他指定一个聪明过人、办事干练的官吏写一份案情提要，那官吏费了九牛二虎之力也理不出个头绪来，急得差点发了疯。这时公爵又遇到许多麻烦事，一件比一件棘手，弄得他心神不宁。本省部分地区发生饥荒，派去赈灾放粮的官吏们偏偏在那里胡作非为。省里另一部分地区的分裂派教徒活动猖獗，有人在他们中间传播一个消息，说基督的敌人已经出现，这个敌视基督者连死人也不肯放过，正在四处购买死魂灵。这些分裂派教徒虽然常常忏悔，却继续干违背教规的事，以捉拿基督的敌人为名打死了不少无辜的人。另一个地方的农奴起来造反，反抗地主和当地的警官。原因是一些流浪汉从中挑拨、造谣说，一个新的时代就要来临，到那时农奴应该当地主，穿燕尾服，而地主则穿上农奴的衣服去种田。有整整一个乡的农民听信了谣言，就拒绝交纳任何赋税。他们居然不想一想，这样一来地主和县警察局局长是不是太多了。不得不对他们采取强制措施。可怜的公爵情绪坏透了。就在这时，有人向他禀报说，包税人来访。

“请他进来吧。”公爵说。

老人走进来……

“这就是您的乞乞科夫！您为他求情，为他辩护。现已查出，他参与了一件极为卑鄙的事。这种事连最下贱的小偷都不肯去做的。”

“总督大人，请容许我说一句，这件事我不大明白。”

“伪造遗嘱，还有比这更卑鄙的吗？干这种事应该把他拉到广场上去，当众鞭笞！”

“总督大人，我并不是要给乞乞科夫辩护。可是要知道，此事暂时还没有证据，法庭的调查尚未结束。”

“有罪证。那个冒充死者在遗嘱上签字的女人已缉拿归案。我打算当着您的面审问她。”公爵说罢拉了一下铃，吩咐士兵把那个女人押到这里来。

穆拉佐夫没有答话。

“这件事简直太可耻了！令人羞愧的是，省城的主官们包括省长本人都参与了此事。他不该跟那些小偷和无赖搞在一起！”公爵气愤地说。

“因为省长是继承人，所以他有权提出继承遗产的要求。至于其他的人，从四面八方跑出来想捞一把，总督大人，我以为这也不足为怪。一个富婆逝世了，死前对财产没有做出明确公正的交代。爱占便宜的人纷纷跑来攀亲，这不足为怪……”

“可是为什么要采取那些卑鄙手段呢？……这些无耻的家伙！”公爵骂道，“我这里的官吏没一个好东西，全是坏蛋！”

“总督大人，严格说来，我们这些人谁是完美无缺的呢？我们这省城里的官吏们也都是人呀，他们各有所长，许多人精明强干，不过人免不了有过错。”

“阿法纳西·瓦西里耶维奇，我知道，您是一个很正直的人，可是请您告诉我，您为什么热衷于为那些坏人辩护呢？”

“总督大人，”穆拉佐夫说，“您所说的那些坏人，不管他们怎样坏，但他们毕竟是人。您明明知道他们作恶多半是因为愚昧无知，您怎能不为他们辩护呢？连我们自己也不是完人，我们每走一步都会做出不公正的事，每时每刻都会给人带来不幸，尽管我们并非出自恶意。大人，您也做过一件很不公正的事啊。”

“您说什么？”公爵惊叫起来，他完全没想到穆拉佐夫竟突然指责起他来了。

穆拉佐夫停顿了一下，没再说什么，似乎在考虑什么事情，然后又说：“就拿田杰特尼科夫的案子来说吧。”

“阿法纳西·瓦西里耶维奇！反对国家大法，其罪行无异于叛国！”

“我不愿为他辩解。然而，如果一个青年因年幼无知，受他人引诱和唆使，那么我们在判罪的时候却判他和主犯同罪，难道这么做公正吗？田杰特尼科夫被判处与无赖沃罗内依同罪，可是他们所犯的罪行是不同的呀。”

“看在上帝的分上……”公爵掩饰不住内心的激动，说道，“请告诉我，关于此案您还听到些什么？就在前不久，我还直接上书彼得堡请求为他减刑呢。”

“不，总督大人，关于这个案子，我并不是说我知道的情况比您多。不过，的确有一个情况可以为他开脱罪责，只是他本人不会同意这么做，因为这样势必连累别人。我只是觉得，大人您当时处理此案似乎过于匆忙了。请原谅，总督大人，我生来愚笨，我的判断也未必正确。您不止一次要我直抒己见。就说我自己吧，我做长官的时候，手下也有不少人，这些人各色各样，有好有坏……对待他们过去的经历也不可忽视，对各种情况都要冷静地观察和思考。如果一见面就给人一个下马威，这样只能把人吓住，结果真实情况你一点也得不到。如果你像对待兄弟一样，和颜悦色地盘问他，他就会把实情全部讲出来，甚至并不要求恕罪，也不怨恨别人。因为他清楚地知道，不是我要惩罚他，而是他触犯了法律。”

公爵陷入了沉思。这时，一个年轻官吏走进来，他拿着公文包，站在一旁恭候着。他虽然很年轻，细嫩的脸上却带着忧虑和疲倦。看来他担任专员之职并没有偷懒。像他这样怀着爱心勤勉供职的人实在为数不多。他不贪图虚荣，不追求名利，也不去仿效他人，之所以在这里供职，是因为他深信这里才是他的用武之地。上帝给予他生命，也正是为了让他在这里供职。他专管调查一些疑难案子，从各方面进行分析，抓住各种线索，然后把案情解释清楚。如果案子终于有了眉目，发案的隐秘原因趋于明朗，他感觉自己可以用短短几句话把案情讲述清楚，并且使任何人都能够一目了然，那么他所付出的辛劳、努力和那些不眠之夜，也就算得到了丰厚的奖赏。可以说，每当他查明一桩极为复杂的案件时，他内心的喜悦远远胜于学生读懂了一个疑难句子，以及发现伟大作家思想的真谛时的高兴心情。然而……[1]

“[2]……闹饥荒地区……粮食。对这些地区的情况，我比官吏们熟悉一些。因此我想亲自去一趟，看看那里的百姓缺少什么。如果大人信得过我的话，我可以同分裂派教徒们谈一谈。他们同我们这些普通人谈话更随便一些。也许我可以说服他们，平息他们的不满情绪。我是绝不会从您这里领取报酬的，老实说，在饥民们不断饿死的情况下去考虑个人得失，简直是一种耻辱。我家中还贮备着一些粮食，刚刚发运一批粮食支援西伯利亚的灾民，明年夏天又可以贮存一些。”

“您如此鼎力相助，只有上帝才能真正给予您报偿，阿法纳西·瓦西里耶维奇。我也不再多说了，因为您知道，任何语言在这

---

① 手稿中此处中断，缺一部分内容。——原编者注

② 这句话在手稿中残缺。——原编者注

里都是苍白无力的。不过，对于您提出的请求，我只想说一句话。请您告诉我：我是否有权把这个案子放下不管，从我这方面来说，如果宽恕这帮坏人，那么我还算得上公正廉明吗？”

“总督大人，我可以起誓，绝对不应该把他们称为坏人，再说他们中间有不少人是可尊敬的人。有的人做坏事是迫不得已，总督大人，有时人的处境极端困难。有的人表面看上去坏透了，可是你设身处地替他想一想，就会觉得罪责不在他身上。”

“可是，我要是放任不管，那么他们自己会怎么想呢？要知道，这样一来，他们中间有些人肯定会得寸进尺，更加猖狂，甚至会说我被他们吓住了。他们会不把我放在眼里……”

“总督大人，请允许我谈谈自己的看法。您最好把他们召集起来，让他们知道，您已经掌握了他们的全部情况。当着他们的面，您把自己的处境如实告诉他们，就像您刚才对我说的那样，然后请他们给出出主意：如果处在您的位置，他们每个人会怎么办？”

“那么您以为，他们会从此改恶从善，不再去搞歪门邪道、贪赃枉法了？请相信，我要这么做了，他们就会笑我无能。”

“我不这么看，总督大人。俄罗斯人是有正义感的，即便是那些坏人，也会多少有些正义感。除非他们是犹太人，而不是俄罗斯人。不，大人，这些事您不必瞒着他们。您要向他们交个底，就像您刚才给我说的那样。他们在背后骂你沽名钓誉，爱摆架子，听不进不同意见，过分自信，现在您就向他们交底，让他们自己明白谁是谁非。这对您有什么不好呢？您是秉公执法嘛。您对他们讲话的时候，就像面对上帝忏悔一样，只当他们不在您面前。”

“阿法纳西·瓦西里耶维奇，”公爵沉思地说，“此事我再斟酌一下，对您的忠告我是非常感激的。”

“乞乞科夫如何处置呢，总督大人，您就下令把他放了吧。”

“您告诉那个乞乞科夫，让他尽快离开此地，远走高飞，走得越远越好。我是永远不会原谅他的。”

穆拉佐夫鞠一躬，辞别了公爵，就直奔监狱。来到牢房里，他发觉乞乞科夫情绪已恢复正常，正在安静地用餐。午餐相当精美，是装在精致的陶瓷饭盒里送来的，显然不是出自普通厨师之手。没谈几句话老人就明白了，乞乞科夫肯定同某个赃官谈过话。他知道，准是那个老奸巨猾的法律顾问暗中捣鬼。

“您听着，巴维尔·伊凡诺维奇，”穆拉佐夫说，“我给您带来了自由，不过您必须立刻离开本城，再不要出现在这里。收拾行李走您的吧，一分钟也不能停留，因为事情会变得更加复杂。我知道，本城有人在教唆您，所以我要告诉您一个秘密：另有一桩案子即将公之于世，任何力量也救不了那个人啦。对他来说，当然是牵连的人越多越好，这样他就有陪伴啦，不寂寞啦，事情最后也就不了了之啦。我上次来看您，告别的时候，您的心理状态是很好的，要比现在好一些。我现在奉劝您是为了您好。说实在的，尽管人们为了财产争吵不休，互相残杀，仿佛在这个世界上只有钱财才能给人带来幸福似的，从不考虑还有另一种生活。但是，那些财产又算得了什么呢？请相信，巴维尔·伊凡诺维奇，当人们为了物质利益而互相争夺和残杀，对精神财富漠不关心的时候，人间的物质财富也只能是空中楼阁。将来有一天，饥饿和贫穷会降临每个人头上……这一点是很清楚的。不管您怎么说，肉体总是要受灵魂支配的。不然的话，世上的一切岂不都乱了套了。您还是多想想自己的活的灵魂吧，而不要老想着那些死魂灵了。求上帝保佑您，改邪归正吧！明天我也要走了。赶快离开这里吧！否则我不在家出了乱子就没人管您啦。”

老人说到这里就告辞了，乞乞科夫陷入了沉思。这时，在他看来，生活的意义又显得非同寻常了。“穆拉佐夫说得对，”他对自己说，“该改邪归正了！”说罢，他便走出监狱。两名哨兵跟着他，一人帮他拿着那只小木匣，另一个帮他提着盛内衣的皮箱。谢里方和彼得卢什卡见老爷获释，甭提有多高兴啦。

“喂，伙计们，”乞乞科夫怜爱地对他们说，“快收拾行李上路吧。”

“好吧，巴维尔·伊凡诺维奇，”谢里方说，“下了这么多雪，道路恐怕不会变坏了。的确是该走啦。在这个城市里待了这么久，早住腻味了，连看也不想看它了。”

“你快去找修车的，叫他给马车装上滑雪板。”乞乞科夫说完就上街去了，不过他并不打算去向某人辞行。经过这场风波之后，他感觉自己灰溜溜的，况且城里流传着许多有关他的谣言，对他的名声极为不利。所以他避开一切熟人，偷偷找到卖给他纳瓦林烟火色呢料的那个店铺老板，又裁了一套燕尾服和裤子的呢料，就直接去找上次那个裁缝去了。他出了双倍的价钱，老师傅才答应加急，并且督促手下的全体裁缝挑灯夜战，第二天燕尾服果然做好了，尽管比原定时间晚了一些。这时车夫已备好马车等着他上路。不过乞乞科夫还是从从容容地穿上燕尾服试了试。这套衣服做得很漂亮，跟上次那套丝毫不差。可是，唉呀呀！他发现头顶有一块白花花的秃斑，不禁凄然说道：“何必过分伤心呢？更不该揪自己的头发。”付给裁缝工钱之后，他便乘车出城了。当他最终要离开这座城市的时候，心里有一股奇怪的说不出的滋味。他已不是过去的乞乞科夫了。此时此刻，乞乞科夫心里犹如一片废墟。如果把他的灵魂、他的内心比作一座拆毁的建筑物，那么可以说，拆除它是为了重建一座新的大厦。然而新的大厦尚未动工，建筑师还没有拿出明确的设计方案，工人们不知从何处下手，只好犹豫不决地等待着。在他动身前一个小时，穆拉佐夫同波塔佩奇一起乘一辆席篷马车走了，而在乞乞科夫启程一小时之后，总督府传下命令，说公爵要去彼得堡，临行前想同全体官员见个面。

于是全城官吏从省长到九品文官纷纷来到总督府，聚集在大客厅里。他们中间有各厅厅长、处长，也有品级不等的陪审员和办事员，有基斯洛耶多夫、克拉斯诺诺索夫、萨莫斯维斯托夫，有没受过贿的，也有受过贿的，有昧过良心的，有昧了良心又良心发现的，也有完全没有昧过良心的，全都站在那里恭候着总督，心头揣着几分忧虑。公爵终于走出来，他的脸色并不阴沉，却也没有一丝笑容，两眼闪烁着锐利的光芒，目光像步子一样坚定……官吏们连忙鞠躬，不少人几乎以头点地。公爵微微点了点头，向官员们还礼，然后说道：

“我要前往彼得堡，临行前有必要同大家见个面，同时有些事情也想向诸位交代一下。据我所知，本城发生了一桩稀奇古怪的案子。我认为，站在我面前的官吏们，有不少人是知道我所说的这个案子的。在调查此案时又发现了其他一些案件，其情节都是卑鄙无耻的。想不到我一向认为廉洁清正的官吏们也参与了这些案件。据我所知，有人怀着不可告人的目的，正在四处活动，企图把水搅浑，让我们无法按正常程序审理此案。我还知道是谁在背后操纵，在暗中……[1]尽管他老谋深算，伪装得十分巧妙。不过，我可以告诉诸位，我不准备按照正常的审讯程序去审理此案，而是要像战时那样，通过军事法庭迅速解决问题。待我把全部案情奏明皇上，我想，皇上会给予我这个权力的。在目前这种情况下，已没有可能再去按照民法程序审理案件。有大量的公文亟待处理，出现了许多虚假的旁证和诬告信，有人企图以此混淆黑白，把本来已相当复杂的案子搅得一塌糊涂。因此，我认为，只能通过军事法庭来解决问题。现在我想听听你们的看法。”

公爵停顿了一下，似乎在等候回答。官员们不敢抬头，两眼死盯着地板。许多人吓得面如土色。

“据我所知，还有一桩案子。作案人过分自信，以为他们干的事神不知鬼不觉。这个案子也不必按正常法律程序审理，因为我要亲自充当原告，亲自申诉，并拿出确凿的证据。”

---

① 原作者手稿中此句未写完。——原编者注

官员们中间有人在哆嗦，一些胆小的人也露出惊慌的神色。

“不消说，对此案的主犯，要革去官职，没收其财产，对从犯也要解除所任职务。当然啦，这样做难免要冤枉好人，让不少无辜者代人受过。可是有什么办法呢？罪犯们实在是无耻之极，我也只好秉公执法啦。我知道，这样做不见得能使其他官吏引以为戒。我惩治这批官吏之后，继任者虽然迄今是正派人，值得信任，但他们会变的，会变成贪官，会贪赃枉法。尽管如此，我还是要秉公执法，对案犯们严惩不贷，因为国法无情啊。我知道，有人会指责我过分残酷，缺少人情味，但我知道……[①] 现在我只能秉公执法，凭借无情的国法的利斧，让案犯们得到应有的下场。”

官员们个个大惊失色。

公爵却镇静如初，脸色没有丝毫变化，没露出愠怒，也没有显示内心的激动。

“本来嘛，许多人的命运就握在我的手中，不论任何人来向我求情都毫无用处。然而现在，我却要拜倒在你们脚下，向诸位提出一个请求。过去的一切会被忘记的，一切罪过都将得到宽恕；如果诸位能够答应我的请求，那么我愿亲自去面见皇上，为人家求情。我的请求是这样的：我知道，虚伪和欺骗之风在官场已经是根深蒂固，不管采取什么手段，任何威胁和惩罚都不可能从根本上制止这种歪风。索贿受贿这种卑鄙行为，就连那些并非天生卑鄙的人也在所难免。我知道，许多人在这种普遍的潮流面前显得无能为力。但是，现在我要振臂高呼，就像在拯救祖国的神圣时刻每个公民都应该挺身而出并牺牲自己的一切那样，我要向那些还有俄罗斯人的良心，或多或少能够理解‘高尚’这一字眼的人，发出呼吁。我们何必去谈论谁之罪呢？与诸位相比，说不定我的罪责更大；也许当初我对待你们太严厉了，也许因为我的多疑，你们中间那些本来愿意

---

① 手稿中此句残缺。——原编者注

竭诚为我效力的人疏远了我，虽然在我看来，他们也并非无可指责的。如果他们真的富有正义感，以祖国的利益为重，那么他们就不应该生我的气，责怪我待人傲慢，而应该宽大为怀，不再计较自己的名利得失。对他们的献身精神和对善的崇高的爱，我不可能视而不见的，也不可能拒绝你们的规劝和忠告。不管怎么说，部下应该善于揣摩上司的脾气，努力按上司的意愿办事，而不能要求上司迁就部下，照顾他们的性情脾气。至少这样比较合理，做起来也比较容易，因为上司只有一个人，怎么能照顾到数百名部属呢。不过，现在我们不要再去讨论谁是谁非的问题了，因为我们已经到了拯救祖国的紧要关头，我们的祖国已面临亡国的威胁，这种威胁不是来自二十个异邦的联合入侵，而是来源于我们自己。现在，在我们的官府里，已经形成另一股势力，操纵着各种合法的办事机构，而他们的能力要比任何法规都强大得多。他们办事是有条件的，不论办什么事都要索取贿赂，并且是明码标价，毫不掩饰。对这种恶势力，任何长官都毫无办法，即便他比所有的立法者和统治者都高明，即便他可以派其他官吏充当监察官，监督和限制那些贪官污吏，即便这样，恐怕也治不住他们。关键在于我们自己，我们每个人都应感觉到自己的责任，就像祖国面临外敌入侵时人民奋起抗敌那样，自觉地起来反对舞弊行为，否则，一切都将是徒劳的。作为一个俄罗斯人，我与你们是同族同种，同一个血统，所以我现在向你们提出请求，我向你们中间那些还多少有些良知的人提出请求。我请你们回想一下一个人所面临的责任，不论他处在什么位置。我请你们认真思考一下自己的义务和职责，因为这在我们大家看来已经变得模糊不清，我们几乎……”①

---

① 原作手稿到此中断。——原编者注

出 品 人：许　永
出版统筹：林园林
责任编辑：许宗华
特邀编辑：王　霄
封面设计：张传营
印制总监：蒋　波
发行总监：田峰峥

发　　行：北京创美汇品图书有限公司
发行热线：010-59799930
投稿信箱：cmsdbj@163.com

官方微博　微信公众号